복거일 대하 전기 소설

『물로 씌어진 이름』

제20장

아우슈비츠

1944년 12월 16일. 독일군은 아르덴에서 총반격에 나섰다. '팽창부 싸움(벌지 전투)'으로 알려진 산악지대 전투에서 독일군 기갑부대는 고전했다. (48쪽)

엄청난 병력과 무기의 손실을 연합군은 공수작전으로 이내 회복했지만, 독일군은 전력을 보충할 길이 없었다. 히틀러의 몰락도 빨라졌다. (51쪽)

히틀러는 크림반도에 대한 미련을 버리지 못했다. 마침내 1945년 5월에야 철수를 결정했으나, 세바스토폴 철수에서 3만 명의 독일군과 루마니아군이 러시아군의 포로가 되었다. (78쪽)

1945년 6월 22일부터 7월 4일까지 벌어진 '민스크 공세'는 독일군의 가장 큰 패배였다. 방대한 영토를 되찾은 러시아군은 독일군을 더 몰아세우기 시작했다. (85쪽)

폴란드 망명정부와 본국군은 바르샤바를 해방하는 봉기를 계획했다. 그러려면 바르샤바 동쪽까지 진군한 러시아군의 협력이 필수였다.
1945년 7월 31일. 바르샤바 봉기에서 러시아군은 봉기 세력을 구원하지 않았다. 독일군의 힘을 빌려 폴란드 본국군을 제거하는 것이 스탈린의 속셈이었다. (90쪽)

1945년 1월 28일. 아우슈비츠 수용소가 러시아군에 의해 해방되었다. 러시아 병사들이 수용소의 막사들에 들어가서 포로들에게 외쳤다.
"동무들, 여러분들은 이제 자유로운 몸입니다!"
그러나 포로들은 아무런 반응도 보이지 않았다. 독일군이 자신들을 처형하려고 속임수를 쓴다고 생각한 것이었다. (103쪽)

유럽의 반反유대주의는 뿌리가 깊었다. 1894년 말 프랑스에서 일어난 '드레퓌스 사건'은 자유롭고 풍요로운 사회에서도 반유대주의가 시민들의 자유와 생명을 위협할 만큼 크다는 것을 괴롭게 일깨워 주었다. (126쪽)

반유대주의가 광기로 치달은 것은 독일에서였다. 1938년 11월 9일, 히틀러의 승인을 받아 괴벨스는 독일 전역에서 유대인들의 재산과 교회당들에 대한 공격을 지시했다. 이 '크리스탈의 밤'에 90명이 유대인들이 죽고 유대인 상점 7,500개가 약탈당하고 교회당 1천 곳 이상이 피해를 입었다. (134쪽)

독일이 러시아를 침공한 1941년 6월부터 곳곳에서 유대인 대학살이 자행되었다. 수만 명이 한꺼번에 죽음을 맞기도 했다. (150쪽)

'최종적 해결'의 가장 효과적인 수단은 가스였다. 아우슈비츠의 가스실에는 대량 학살에 사용된 시안화수소(시안)의 푸른 얼룩이 아직도 남아 있다. (157쪽)

독일이 점령된 모든 나라들에서 온갖 형태의 저항운동(레지스탕스)이 일어났다.
1942년 5월 27일. 체코슬로바키아 망명정부가 보낸 암살조가 '프라하의 도살자' 라인하르트 하이드리히를 저격해서 중상을 입혔고, 그는 6월 2일 죽었다.
유대인들도 들고 일어났다. 1943년 4월 19일, 독일군의 바르샤바 게토 소탕작전에 맞선 무장투쟁에서 유대인 1만 3천 명이 죽고 5만 6천 명이 끌려가 죽었다. (172쪽)

아우슈비츠는 모든 빛을 빨아들이는 암흑의 기념비다. 인류 역사가 아무리 오래 나아가도 결코 잊혀지지 않을 죄악의 이정표다.
바르샤바 게토 봉기 33년 만인 1976년, 폴란드 작가 한나 크랄은 유일한 생존 지휘관인 에델만을 인터뷰하고 『촛불 지키기』를 출간했다.
"신은 촛불을 끄려 하고, 나는 그가 잠시 한눈 판 틈을 타서 촛불을 지키려 한다." (189쪽)

제21장

얄타(上)

1945년 2월 4일. 크림반도의 얄타에서 미·영·소 삼국 수뇌가 만났다. 루스벨트가 탄 배와 처칠이 탄 배가 각기 상대국 국가國歌로 인사를 나누었다. (197쪽)

세 지도자의 동상이몽. 루스벨트는 대일 전쟁과 국제연합(UN)에 러시아를 끌어들이기 원했다. 처칠에겐 동유럽이 자유사회로 돌아오는 것이 중요했다. 스탈린은 제정 러시아의 부활이 목표였다. (208쪽)

드러난 얄타 합의는 스탈린의 러시아에 일방적으로 유리했다. 스탈린은 다른 두 지도자들보다 협상력이 월등했다. 루스벨트는 스탈린이 원하는 것들을, 도저히 양보할 수 없는 것들까지 선뜻 양보했다. 처칠은 회담의 흐름을 거스르기엔 힘이 너무 약했다. (213쪽)

1945년 3월 1일. 미국 대통령부인 엘리너 루스벨트의 신디케이트 칼럼 「나의 하루」가 '한국, 26년 전 그날'을 언급했다.
"3월 1일은 한국의 독립 선언 26주년을 기록한다. (…) 미국 시민들이 오랫동안 압제를 받아 온 그 사람들에 대한 공감적 이해와 지지를 지속하기를 희망해 보자." (239쪽)

1945년 4월 12일. 프랭클린 루스벨트 대통령이 뇌출혈로 서거했다. 전무후무하게 4선에 성공해 새 임기를 시작한 지 석 달 만이고, 역사적인 샌프란시스코 회의 개막 보름 전이었다.
죽기 직전 루스벨트는 스탈린의 정체를 깨닫고 자신의 어리석음을 인정했지만, 그가 할 수 있는 것은 없었다. 국제연합의 창설이라는 필생의 목표를 이루려면 스탈린의 협력이 필수적이었다. 국제연합의 꿈이 스탈린에게 볼모로 잡힌 것이었다.
부통령 해리 트루먼이 대통령직을 이어받았다. (248쪽)

1948년 12월의 「만국인권선언」은 국제연합의 성과들 가운데 하나다. 이 역사적 문서를 기초하는 데 '세계의 퍼스트 레이디' 엘리너 루스벨트가 주도적 역할을 했다. (259쪽)

1945년 4월 25일. 국제연합의 출범을 알리는 샌프란시스코 회의가 개막했다. 신탁통치위원회에서 필리핀 대표 로물로가 '목소리를 낼 수 없는 다수의 목소리'를 대변했다. (278쪽)

"세상과 불화한 사람들이 세상을 바꾼다. 그리고 보답으로 박해를 받는다."
'미국 공군의 아버지' 윌리엄(빌리) 미첼은 육군 장교로서 일찍이 1906년부터 미래의 전쟁에서 공군이 결정적 역할을 할 것을 예측하고 준비했다. 그가 1936년에 죽고 5년이 지나 일본 함대의 함재기들이 펄 하버를 기습했고, 다시 6년이 지나 1947년에 공군이 독립했다. (289쪽)

1945년 5월 11일. 이승만은 기자 간담회를 열어, 조선을 러시아의 영향 아래 둔다는 '얄타 비밀협약'의 존재를 폭로했다.

"나는 그 각서의 사본을 가졌습니다."

만일 그들이 비밀협약이 있다고 인정하면, 세상이 그들을 심판할 것이었다. 만일 그들이 없다고 주장하면, 그것이 집행되는 것을 막을 수 있었다. 어느 쪽이든 소비에트가 몰래 한국을 장악하는 것을 막을 수 있었다. (302쪽)

41년 전 처음 미국에 왔을 때 샌프란시스코의 금문교(골든게이트브리지)를 보고 감탄하던 일이 생생하게 떠올랐다. 그러나 1906년의 대지진이 샌프란시스코의 옛 모습을 말끔히 지워 버렸다. 그리움이 이승만의 가슴을 시리게 적셨다. (320쪽)

이승만은 사유재산을 전제로 한 '법의 지배'를 주창했고, 미 군정도 사유재산과 시장경제를 정착시켰다. 반면 사회주의자들은 토지의 국유화를 주장했다.
토지의 국유화는 농장의 집단화를 부른다. 1928년 러시아, 1946년 북한, 1958년 중국이 이 길을 걸었다. 농장 집단화의 참혹한 결과는, 국가에 생계를 의존하게 되면 자유만을 잃는 것이 아니라 목숨도 위협을 받는다는 사실을 일깨워 준다. (330쪽)

휴전 직후인 1953년 가을이 이승만의 삶에서 중요한 변곡점이었다. 평생 '가치를 실현하는 수단'으로 권력을 추구하던 이승만이 권력 자체를 최고의 가치로 삼고 있었다. 사람들은 그런 욕심을 인정하지 않는다. 사람들은 이승만 이름 석 자를 물로 썼다. 그리고 그의 작은 허물들을 청동에 새겼다. (346쪽)

1945년 3월 30일. 미·영·러는 수백만의 러시아 피난민과 러시아인 전쟁 포로들을 러시아로 강제 송환하는 '비밀 추가 조항'에 합의했다. 강제 송환되는 사람들이 맞을 운명은 자명했다. '용골끌이 작전'이라는 명칭은 미국과 영국이 이를 잘 알고 있었음을 말해 준다. (357쪽)

얄타 회담에 앞서 1944년 10월에 영·러의 모스크바 회담에서 처칠은 동유럽을 포기하고 발칸반도에 대한 영향력을 확보했다. '백분율 협정'의 지분을 놓고 미·영·러의 흥정이 이어졌다. 자유민주 세계의 지도자들인 처칠도 루스벨트도 전체주의 국가의 지도자 스탈린과 협상하며 자유민주주의 원칙을 내세우지 않았다. (377쪽)

1950년 1월. 앨저 히스는 공소시효가 지난 간첩죄 대신 위증죄로 유죄를 선고받았다. 러시아에 충성하는 히스의 존재가 미 국무부의 대한민국 임시정부 승인을 번번이 가로막았음이 밝혀졌다. (399쪽)

공산주의에 대한 서방의 환상과 지지는 '붉은 십년대'인 1930년대에 극에 달했다. (402쪽)

러시아 첩자로 암약한 대표적인 서방 지식인들이 '케임브리지 5인'이다. 그중 한 명인 킴 필비는 1963년 러시아로 도주해 정착하고 나서야 공산주의의 실상을 깨달았다. 그러나 이념이 틀렸다는 것을 끝내 인정하지 않았다.

"이상은 옳았지만 방식이 틀렸다. 그리고 그 잘못은 일을 주도한 사람들에게 있다." (412쪽)

레닌 사후 벌어진 권력투쟁의 최종 승자는 스탈린이었다. 스탈린이 정적들을 제거하기 위해 꾸민 '모스크바 재판들'은 시연까지 거쳐 완벽하게 연출된 재판들이었다. 정적들을 고문한 뒤 스탈린은 "자백하면 가족들과 추종자들은 살려주겠다"고 회유했다. 이들이 혐의를 인정하자 스탈린은 이들을 처형하고, 가족들도 거의 다 체포해 처형했다. (438쪽)

11년간 강제수용소 생활을 한 솔제니친은 『수용소 군도』에서 이곳들을 "추위와 잔인의 극"이라 묘사했다. (443쪽)

그러나 1944년에 마가단 수용소를 방문한 미국 부통령 헨리 월러스는 이곳의 실상을 직시하지 못했다. 연출된 '행복한 노동자들'만을 봤기 때문이었다. 이때 월러스를 수행한 오언 래티모어가 러시아 첩자였다. (445쪽)

1934년 10월. 장개석군의 공세로 중국 공산군은 꼬박 1년 동안 6천 킬로미터를 싸우면서 섬서성까지 후퇴했다. 이 전략적 후퇴는 후에 '장정長征'이라 불리며 불후의 명성을 얻었고, 모택동에 눈부신 후광을 입혔다. (457쪽)

미국은 장개석 정부보다 공산당에 우호적이었다. 중국 주재 미군 최고사령관 스틸웰과 장개석 사이의 불화는 되돌릴 수 없는 상태로 치달았다. (473쪽)

1946년 1월 10일. 미국, 국민당, 공산당 '삼자위원회'의 합의는 공산당의 숨통을 틔워 주었다. (499쪽)

1946년 3월 5일. 미국을 방문 중인 처칠은 미주리주 웨스트민스터 대학에서 한 '평화의 근골'이라는 연설에서 새로운 전체주의 세력의 위협을 경고했다.
"대륙을 질러 철의 장막이 드리워졌습니다. 그 선 뒤에 중부와 동부 유럽의 오래된 나라들의 수도들이 모두 놓여 있습니다. 소비에트 영향권, 모스크바의 통제 조치들 아래에." (505쪽)

물로 씌어진 이름

제1부

광복

제 4권 차례

제 1 권 차례

제 2 권 차례

제 3 권 차례

제 5 권 차례

제20장

아우슈비츠

한국 '대사관'의 다과회

"오, 아름답네요."

주미 중국 대사 위도명의 부인 정육수가 탄성을 냈다.

이승만이 들고 온 우표 세트를 살피던 사람들이 모두 동의했다. 우표 한가운데엔 바람에 나부끼는 태극기가 있었다. 5센트짜리 우표였는데, 우표 50개가 한 세트였다.

"재작년에 미국 체신부가 '유린된 나라들(Overrun Countries)' 시리즈 우표들을 발행했습니다." 이승만이 설명했다. "독일과 이탈리아에 의해 유린된 유럽 국가들을 상기하자는 뜻에서 폴란드부터 시작해서 12개국의 국기를 넣은 우표들을 발행했습니다. 지난 11월에 '유린된 국가' 시리즈에 한국이 포함되었습니다."

원래 이런 아이디어를 낸 사람은 이승만의 오랜 친구 제이 윌리엄스였다. 한국도 '유린된 국가들' 가운데 하나니, 한번 체신부에 요청해 보자고 이승만에게 제안했다. 이승만은 좋은 생각이라고 기뻐하면서, 프랭크 워커(Frank C. Walker) 체신부장관(Postmaster General)을 찾아갔다. 일본과의 전쟁이 일본에 유린된 나라들을 해방시킨다는 고귀한 목적도 지녔다는 사실을 홍보하는 효과가 있을 것이라는 얘기를 듣자, 워커는 이승만의 제안을 선뜻 받아들였다.

"정말로 좋은 일입니다." 호적胡適(후스)이 말했다. "그리고 이 아름다운 한국 국기엔 깊은 뜻이 담겼습니다. 국기마다 나름으로 뜻을 담았지만, 한국 국기는 세계의 국기들 가운데 가장 철학적인 국기입니다. 여기 태극은 유교 우주론의 근본적 개념을 상징하거든요."

둘러선 사람들이 미소를 지으면서 동의를 표했다. 정육수 옆에 선 프란체스카가 환한 얼굴로 끄덕였다. 한동안 태극에 관한 얘기가 이어졌다. 이승만도 귀를 기울였다. 저명한 철학자인 호적의 얘기엔 늘 깊이가 있었지만, 유교의 철학적 바탕에 관한 얘기라서 특히 흥미로웠다.

"친절한 설명 감사합니다, 대사님. 호 박사님 얘기대로 이 세상에서 가장 철학적인 국기를 담은 이 우표는 150만 장이 발매되었습니다. 미국의 우표 수집가들이 150만 명으로 추산된다고 합니다." 이승만이 설명을 이었다. "그래서 이 우표를 구하지 못한 한국인들과 한국의 친구들이 많습니다. 값도 뛰어서, 이 5센트짜리 우표가 백 배 넘게 뛰었다 합니다. 나도 워싱턴의 우표 수집가 모임들에서 강연을 했습니다. 덕분에 한국을 알리는 데 효과가 있었습니다."

사람들이 박수를 쳤다. 여기 모인 사람들은 물론 대한민국 임시정부의 열렬한 지지자들이었다.

"아쉽게도, 우리 위원회는 미리 우표들을 확보할 생각을 하지 못했습니다. 이 우표 세트는 늘 한국을 위해 마음을 쓰시는 마담 정에게 증정하고 싶습니다." 이승만은 우표 세트를 집어 봉투에 넣어서 정육수에게 건넸다. 사람들이 환호하면서 박수를 쳤다.

이 모임은 1945년 1월 6일부터 17일까지 버지니아주 서부의 온천 도시인 핫스프링스에서 열린 '태평양문제연구소(Institute of Pacific Relations, IPR)' 9차 회의에 참석했던 중국 대표단을 환영하는 다과회였다. 중국 적십자사 총회장 장몽린蔣夢麟(장멍린)이 단장이었는데, 9명의 대표들 가운데엔 호적과 소육린邵毓麟(샤오위린)이 들어 있었다. 저명한 철학자인 호적은 1938년부터 1942년까지 주미 대사를 지냈는데, 당시 처지가 어려웠던 이승만에게 늘 도움을 주었었다. 직업 외교관인 소육린은 대한민국이 세워진 뒤 1949년에 주한 대사로 부임하게 된다. 회의에서 중국 대표단이 한국의 입장을 대변했다는 얘기를 위도명 대사로부터 듣자, 이승만이 중국 대표단에 감사하는 뜻에서 환영 다과회를 '대사관'에서 열겠다고 제안한 것이었다.

작년 4월 노스웨스트 16번가에 있는 이 집을 사서 이사하자, 이승만은 자기 집을 '대사관(Embassy)'으로 불렀다. 비록 다른 나라들로부터 승인을 받지 못했지만, 26년이나 존속해서 세계에서 가장 오래된 대한민국 임시정부의 공식 주소니 대사관이라 부르는 것이 이치에 맞는다는 얘기였다. 그리고 7월 12일에 OSS의 프레스턴 굿펠로(M. Preston Goodfellow) 대령 식구들과 한미협회 임원들을 초청해서 대사관에서 '첫 공식 만찬'을 열었다. 이번에 중국 대사관에 초청장을 보낼 때, 타자를 하던 프란체스카가 "장소: 대한민국 임시정부 주미 대사관"이란 구절을 보고 이승만을 흘긋 돌아보면서 흐뭇한 웃음을 지었었다.

대사관으로 불러도 될 만큼 큰 집이어서, 집값으로 2만 8,500달러를 치렀다. 근근이 살아온 그로선 이런 집을 살 만한 돈이 없었는데,

1941년 6월에 낸 『일본내막기』가 많이 팔린 덕분에 목돈을 쥐게 되었다. 인세도 적지 않았지만, 강연 수입이 많아졌다.

이승만은 흐뭇한 눈길로 사람들을 살폈다. 다과회의 분위기는 좋았다. 이런 종류의 파티는 분위기를 예측하기 힘들었다. 마음을 많이 써서 준비했어도 분위기가 살아나지 않는 경우들도 있었다. 중국 차와 커피를 마련하고 케이크와 핫 초콜릿을 간식으로 내놓았는데, 반응이 괜찮았다. 워싱턴에 있는 교포 부인들이 수고하고 있었다. 이런 행사의 경험이 많은 이원순의 부인 이매리가 특히 큰 도움을 주었다.

한쪽에서 굿펠로 대령과 중국 대사관의 무관장 상진商震(상전) 중장이 얘기하고 있었다. 굿펠로는 한국인 젊은이들을 OSS 요원들로 양성하자는 이승만의 제안을 추진하려 애쓰고 있었다. 그렇게 교류하는 사이에 두 사람의 가족들도 친해졌다. 연말에 이승만이 지독한 감기를 앓았을 때는 굿펠로의 부인 플로렌스와 딸 앨리스가 문병을 왔었다. 오늘도 부인과 딸이 함께 왔다.

상진 중장은 일찍이 국민당에 참가해서 장개석의 북벌北伐부터 중원전쟁을 거쳐 중일전쟁에 이르기까지 국민당 군대가 치른 모든 싸움들에서 공을 세운 노병이었다. 야전 지휘관으로 뛰어났을 뿐 아니라 외교에도 밝아서, 1943년의 '카이로 회담'에서 장개석 총통을 수행했었다. 이제 막바지에 이른 태평양전쟁의 마무리를 위해 워싱턴에서 활약하고 있었다.

상진은 이승만과 중경임시정부에 호의적이어서, 중국 국민당 정권과 주미 중국 대사관의 실정을 이승만에게 귀띔해 주고 있었다. 상진에 따르면, 중국의 비밀 정보기관 '군사위원회 조사통계국' 국장으로 국민당 정권의 실력자인 대립戴笠(다이리)이 이승만의 제안에 부정적 태도를 보인다는 것이었다.

'조사통계국'은 중국 정부의 비밀 정보기관으로, 왕조명汪兆銘(왕자오밍) 정권과 일본군에 대항하면서 정보 수집, 방첩 및 암살을 수행했다. 이 기관의 요원들이 남빛 옷을 입어서 흔히 '남의사藍衣社'로 불렸다. 대립은 외국 군대가 중국에 들어오는 것을 싫어해서 OSS의 작전에도 비우호적이었다. 1943년에 중국 정부군과 미군이 '중미 특종기술합작소(Sino-American Cooperative Organization)'를 만들어 중국인 특수전 요원들을 양성하는 사업을 추진했다. 대립은 이 조직의 책임자가 되고 미국 해군 중국 파견단(Naval Group China)의 밀턴 마일스(Milton E. Miles) 대령은 부책임자가 되었다. OSS는 이 기구와 협력하게 되었는데, 마일스는 OSS를 경쟁자로 여겨서 견제했다. OSS 요원들이 많이 중국에 들어가자, 대립은 윌리엄 도노번(William J. Donovan) 소장에게 경고했다고 한다. "만일 OSS가 '중미 특종기술합작소' 밖에서 활동하려고 시도하면, 나는 당신의 요원들을 죽이겠소." 지금 주미 대사관의 무관들도 대립의 지시에 따라 움직이므로, 도노번 소장도 그들의 뜻을 따를 수밖에 없다고 이승만에게 귀띔해 주었다. 그리고 이승만의 제안이 실현되려면 장개석 총통에게 직접 얘기해야 할 것이라고 조언해 주었다.

이승만은 그들에게로 다가갔다. 상진을 수행한 무관들인 전세영田世英(톈스잉) 대령과 이민헌李民憲(리민셴) 대령이 반갑게 웃으면서 그에게 자리를 내주었다.

"히틀러의 마지막 도박이었던 것 같습니다. 이제 도박이 실패했으니, 독일군의 저항은 무너졌다고 보아야 하겠지요." 상진이 말했다.

굿펠로가 고개를 끄덕였다. "그런 것 같습니다. 양쪽 다 피해가 컸지만, 아무래도 잃어버린 인적 및 물적 자원을 보충할 길이 없는 독일이 훨씬 타격이 크겠지요. 독일과의 전쟁이 예상보다 일찍 끝날 수도 있다는 생각이 듭니다."

그들은 '팽창부 싸움(Battle of the Bulge)'을 얘기하고 있었다. 1944년 12월 16일 후퇴하던 독일군이 기습적 반공에 나서서 치열한 싸움이 벌어진 뒤로, 미국 사람들의 관심은 온통 그 싸움으로 쏠렸다. 어저께 루스벨트 대통령과 해리 트루먼(Harry S. Truman) 부통령의 취임식이 있었지만, 사람들의 관심은 온통 '벌지'로만 쏠렸다. 전시라서 취임식은 아주 검소했다. 축하 행진이나 행사도 없었고, 국회의사당(Capitol)이 아니라 백악관에서 열렸고, 진눈깨비가 내려 날씨마저 음산했다. 그래도 루스벨트가 선례가 없는 네 번째 임기를 시작한 터라서 취임식 얘기가 나올 만도 했지만, 사람들은 어제도 오늘도 '벌지' 얘기만 했다.

특히 전선의 남쪽에 있는 룩셈부르크의 작은 도시 바스토뉴에서 독일군에 포위된 미군 101공수사단의 분전은 날마다 상세하게 보도되어서 사람들의 마음을 붙잡았다. 독일군의 빠른 공격, 고립된 미군의 분투, 낙하산과 글라이더를 이용한 물자의 재보급, 조지 패튼(George S. Patton) 중장이 이끄는 3군의 선두 부대들이 독일군 포위망을 뚫고 그들을 구원하는 극적 장면은 미국 시민들의 관심을 끌어들였다.

아르덴 반격

1944년 가을 독일군은 절망적 상황을 맞았다. 노르망디 해안에서 연합군을 막아 내지 못하자, 독일군은 걷잡을 수 없이 밀려서 프랑스에서 물러났다. 동쪽에선 러시아군이 더 빠르게 밀려오고 있었다. 독일군 지휘부가 늘 걱정해 온 '2개 전선'이 실제로 형성된 것이었다. 그래서 독일군 지휘관들은 패전을 피할 길이 없다고 생각했다.

항복을 결코 받아들일 수 없었던 히틀러는 생각이 달랐다. 그는 자신에게 남은 여유 병력으로 한 번의 대규모 공세를 펼칠 수 있다고 느꼈다. 그런 공세로 한쪽의 적군에 치명적 타격을 입혀서 휴전을 하면, 그 전선에 투입된 병력을 다른 쪽으로 돌려서 싸울 수 있다고 보았다. 그런 전략이 성공하면 독일은 더욱 발전된 무기들을 설계해서 생산할 수 있는 시간을 벌 터였다.

동부 전선에선 그렇게 할 능력이 없었다. 러시아군의 병력과 무기가 워낙 압도적이어서, 설령 러시아군에게 큰 타격을 입히더라도 러시아군의 기동 능력은 별다른 영향을 받지 않을 터였다.

서부 전선에선 상황이 훨씬 나았다. D데이 이후 연합군은 빠르게 증강되었지만, 시설이 좋은 항구를 아직 확보하지 못한 터라서 보급이 무척 어려웠다. 게다가 연합군이 노르망디 상륙작전을 위해서 프랑스의 철도망을 철저하게 파괴한 것이 이제는 연합군의 보급을 어렵게 만들고 있었다. 마침 프랑스 남쪽에서 올라오는 미군의 진격이 느려서, 전선이 남북으로 길게 형성되었다. 따라서 독일군이 기습적으로 반격하면 독일군 전차부대가 엷은 연합군의 전선을 뚫고 연합군의 큰 병력을 포위할 수 있었다. 그렇게 많은 연합군 포로들을 인질로 삼아 연합국과 협상을 벌이면 서부 전선에서 휴전을 이룰 수 있다고 히틀러는 판단했다. 게다가 협상 과정에서 미국과 영국을 갈라 놓을 수도 있다는 것이 히틀러의 생각이었다.

히틀러는 벨기에 동부에서 룩셈부르크를 거쳐 프랑스 북동부에 이르는 아르덴을 반격의 기지로 삼았다. 아르덴은 '아르덴 숲'이라고도 불릴 만큼 험준한 산악 지역이어서 대규모 군대의 기동이 어려웠다. 그런 인식을 이용해서, 1940년에 독일군 전차부대들이 아르덴을 지나서 프랑스군을 성공적으로 기습했었다. 마지막 도박으로 전황을 반전시키려는 히틀러에게 아르덴은 매혹적인 기억과 가능성을 지닌 땅이었다. 이번에도 연합군의 수비가 약한 아르덴 지역에서 전격작전을 펼치면 큰 승리를 얻을 수 있다고 보았다.

이때 히틀러는 러시아군에게 점령될 위험을 맞은 동프로이센의 '늑대 요새'를 떠나 서부 총사령부가 있는 크란스베르크 성에서 작전을 지휘하고 있었다. 이곳은 1940년의 성공적 아르덴 작전을 지휘한 곳이어서, 마약에 찌들고 환상 속에서 살면서 전조前兆를 믿는 그로선 단번에 전황을 바꿀 수 있다는 꿈을 꾸기 좋은 자리였다.

아르덴을 반격의 기지로 삼은 것은 전략적으로도 타당했다. 아르덴에서 북서쪽으로 진출하면 독일군은 연합군을 둘로 분리시킬 수 있었다. 그래서 히틀러는 아르덴에서 서북쪽으로 진격해서 안트베르펜을 장악하는 작전을 세웠다. 당시 안트베르펜은 연합군이 보유한 유일한 주요 항구여서, 그곳을 점령하면 독일군은 연합군의 주요 보급로를 끊을 터였다. 만일 그의 작전이 성공적으로 수행되면, 연합군 4개 군이 보급로가 실질적으로 끊긴 채 독일군에 포위되는 것이었다.

독일군은 3개 축으로 진출하도록 되었다. 주공은 안트베르펜에 가장 가까운 북쪽 축이었다. 히틀러는 이곳에 자신이 가장 신임하는 무장친위대(Waffen-SS) 전차부대들을 배치했다. 요제프 디트리히(Joseph Dietrich) 무장친위대 대장(SS-Oberstgruppenführer)이 지휘하는 6기갑군이 이 임무를 맡았는데, 주력은 1친위대 기갑군단(1 SS Panzer Corps)이었다.

1944년 7월 독일 정규군 장교들이 꾸민 암살 시도에서 가까스로 살아난 그로선 가장 충성심이 강한 부대에 가장 중요한 임무를 맡기는 것이 당연했다. 그러나 디트리히는 병사 출신으로 히틀러의 호위병이란 인연 덕분에 고급 지휘관이 된 인물이어서, 군 사령관으로선 자질과 경험이 너무 부족했다. 북쪽 축이 주공이었으므로 6기갑군에 병력과 물자가 우선적으로 배당되었다.

중앙 축은 하소 폰 만토이펠(Hasso von Manteuffel) 대장이 지휘하는 5기갑군이 맡았는데, 1차 목표는 벨기에의 수도 브뤼셀의 점령이었다. 폰 만토이펠은 북아프리카와 동부 전선에서 싸운 경험 많고 유능한 기갑부대 지휘관이었다.

남쪽 축은 에리히 브란덴베르거(Erich Brandenberger) 대장이 이끄는 7군이 맡았다. 이 부대는 4개 보병사단으로 이루어져서 공격을 이끌 전차부대가 약했다. 그래서 브란덴베르거 자신은 기갑장교 출신이었지만, 7군은 적극적으로 작전에 참여하기보다는 독일군의 좌측의 보호에 주력하도록 되었다.

히틀러의 이런 군사적 도박이 성공하려면, 네 가지 조건들이 충족되어야 했다.

1) 독일군은 완벽한 기습에 성공한다.
2) 기상 조건이 항공기들의 비행을 크게 제약할 만큼 나빠서, 작전 기간중엔 연합군이 누리는 항공 작전에서의 압도적 우위가 사라진다.
3) 독일군의 진격 속도가 아주 빨라서, 연합군이 효과적으로 반응하지 못한다(독일군이 D+3일엔 목표 안트베르펜까지 가는 여정의 중간

인 뫼즈강까지 진격하는 것으로 계획되었다).

4) 독일군이 격파한 연합군 연료 창고들을 연합군이 파괴하기 전에 확보한다(독일군 참모본부는 독일군이 보유한 연료는 치열한 전투 상황에서 안트베르펜까지 가는 데 필요한 양의 3분의 1 내지 2분의 1 정도라고 추산했다. 독일군의 극심한 연료 부족은 루마니아의 유전들을 러시아군에게 빼앗긴 데서 나왔다).

이 네 가지 조건들이 모두 충족된다고 가정하는 것은 너무 비현실적이었다. 서부 총사령관 룬트슈테트 원수와 B집단군 사령관 발터 모델 원수는 히틀러의 계획이 성공할 가능성은 전혀 없다고 판단했다. 그것은 당시 독일군의 역량으로는 도저히 이룰 수 없는 꿈이었다. 그들은 대신 뫼즈강을 건너지 않고 연합군에 심각한 타격을 줄 수 있는 작전을 계획했다. 독일군의 크게 줄어든 전투 역량을 고려해서 만들어진 현실적 방안이었지만, 전세를 단숨에 바꾸려는 생각을 품은 히틀러는 노련한 두 지휘관들의 건의를 받아들이지 않았다.

히틀러는 독일군의 모든 예비 전력을 이 작전에 투입했다. 지금까지는 너무 어리거나 너무 나이가 많다고 간주되었던 사람들까지 동원해서 단기간의 훈련을 거쳐 부대들에 배치했다.

1944년 12월 16일 마침내 독일군의 '아르덴 반격'이 시작되었다. 반격작전 초기에 독일군은 41만의 병력을 동원했다. 이들이 공격한 연합군은 아르덴 서쪽의 미군 8군단이었다.

연합군 지휘부는 독일군의 움직임을 전혀 예상하지 못했었다. 그들은 이미 전력이 고갈된 독일군이 공세로 전환하기는 어렵다고 판단했고,

아르덴은 독일군이 기동하기 어려워서 안정된 전선으로 여겼다. 그래서 8군단을 지친 부대들의 휴식처로 삼았다. 8군단에 배속되어 아르덴의 지역 사정에 익숙한 사단들을 다른 데로 돌리고 독일군과의 격전들에서 큰 손실을 입어 휴식과 재편성이 필요한 사단들을 대신 배속시켰다. 4보병사단과 28보병사단은 큰 손실을 입어 휴식과 충원이 필요했고, 106보병사단은 새로 투입되어 전투 경험이 없었다. 전차부대는 9기갑사단뿐이었다. 다행히, 군단장 트로이 미들턴(Troy H. Middleton) 소장은 유능하고 전투 경험이 많은 지휘관이었다.

8군단 북쪽 지역을 맡아 독일군의 주공에 맞서게 될 5군단의 2보병사단과 99보병사단도 전력이 약했다. 2보병사단은 독일군과 격전을 치러서 휴식과 재편성을 하는 참이었다. [2보병사단은 한국전쟁이 일어났을 때 1950년 7월 23일 부산에 상륙했다. 미국 본토에서 발진해서 한반도에 상륙한 첫 부대였다. 그 뒤로 한국전쟁에서 쉬지 않고 싸우면서 큰 희생을 치렀다. 1954년에 한국을 떠났다가 1965년에 다시 한국에 돌아와서 지금까지 한국의 '선제적 방어(preemptive defense)' 임무를 수행하고 있다.] 99보병사단은 막 창설되어 유럽 전선에 처음 투입된 부대였다.

반면에, 독일군은 기습을 완벽하게 만들기 위해 최선을 다했다. 무선연락을 최소한으로 줄이고 유선과 연락병을 이용했다. 프랑스에서 작전할 때는 연합군이 독일군의 무선 통신을 감청할 수 있었고 프랑스 저항운동 조직이 첩보들을 제공했지만, 독일군이 자국 영내로 물러나자 그런 정보가 끊겼다. 가을 안개로 비행 정찰의 정확도도 크게 떨어졌다. 독일군은 부대가 집결한다는 것을 드러내지 않으려고 취사에 나무 대신 숯불을 쓰도록 했다. 아울러 독일군은 라인란트 북쪽 뒤셀도르프에 대규모 방어 부대를 집결한다고 연합군이 믿도록 하는 기만전술을 썼다. 이 지역에 대공포들을 많이 배치하고 이 지역의 무선 교신을 크게 늘렸다.

연합군에서도 독일군의 의도를 정확하게 예측한 사람들은 있었다. 연합원정군 최고사령부(Supreme Headquarters Allied Expeditionary Force) 정보참모인 케네스 스트롱(Kenneth W. D. Strong) 영국군 육군 소장은 독일군이 미군 8군단 지역에서 반격작전을 펼칠 의도와 역량이 있다고 판단했다. 스트롱의 보고를 받자, 참모장 베델 스미스(W. Bedell Smith) 중장은 곧바로 그를 12집단군 사령관 오마 브래들리(Omar Bradley) 중장에게 보냈다. 스트롱은 뛰어난 정보를 잘 수집하고 판단해서, 아이젠하워 연합원정군 최고사령관과 스미스 참모장의 완전한 신임을 받았다. 노르망디 상륙작전이 시작되기 전에 아이젠하워와 스미스는 스트롱을 정보참모로 쓰려 했으나 영국군 참모총장의 반대에 부딪쳤다. 아이젠하워는 그래도 포기하지 않고 처칠 수상에게 호소해서 스트롱을 데려온 터였다. 독일군이 몰려오리라는 스트롱의 보고를 받자, 브래들리 중장은 간명하게 대꾸했다. "오라고 하지(Let them come)." 영국군인 스트롱은 영국군 21군사령관 버나드 몽고메리(Bernard Montgomery) 원수와 사사건건 다투는 브래들리 중장에게 강력하게 경고하지 못했다.

12집단군 사령관 브래들리는 스트롱의 독일군 반격 경고를 가볍게 여겼지만, 12집단군 예하 3군 사령관 조지 패튼 중장은 자신의 정보참모 오스카 코크(Oscar Koch) 대령의 경고를 받아들였다. 코크는 독일군 진영으로 정찰대를 파견해서 야간 촬영으로 독일군의 부대 이동을 관찰했다. 그리고 곧 독일군이 공격하리라고 패튼에게 보고했다. 처음엔 코크의 판단을 믿지 않았던 패튼도 차츰 정보가 쌓이자 정보참모의 경고에 바탕을 두고 대비책을 세우기 시작했다. 만일 독일군이 아르덴에서 반격에 나서면, 프랑크푸르트를 바라고 북동쪽으로 움직이는 3군은 왼쪽으로 90도 돌아 룩셈부르크를 바라고 올라가서 위기를 맞은 8군단을 지원한다는 작전계획을 세웠다. 8군단은 9군 소속이어서 패튼으로서는 당장 부대를 움직일 수 없었다. 이처럼 독일군의 세심한 조치들과 연합군 지휘부의 오만 덕분에 독일군은 완벽한 기습에 성공했다.

날씨도 독일군의 희망대로 계속 나빴다. 그래서 작전이 개시되고 일주일이 지난 12월 23일에야 연합군 항공기들이 활동을 시작할 수 있었다. 그러나 작전 초기에 독일군을 보호한 궂은 날씨는 결국 독일군을 유인한 함정으로 판명되었다. 날씨가 개자 연합군 항공기들은 도로의 독일군을 공격하고 후방의 보급로를 차단했다. 독일군을 견고한 방어 진지들에서 공습에 그대로 노출된 도로와 들판으로 끌어낸 셈이었다.

독일군의 기습적 반격을 보고받았을 때, 연합군 지휘부는 이미 이런 결말을 예측했었다. 12월 19일 베르됭의 지하 요새에서 열린 지휘관 회의에서, 연합군 최고사령관 아이젠하워 대장은 자신 있게 말했다. "현재 상황은 우리에게 절망적이 아니라 기회를 제공하는 것으로 간주되어야 합니다. 여기 탁자 둘레엔 밝은 얼굴들만이 있어야 합니다." 그리고 전선의 바로 남쪽에 있는 3군을 지휘하는 패튼에게 물었다. "3군이 반격에 나서는 데는 시간이 얼마나 걸리겠소?"

패튼은 이내 대답했다. "48시간 안에 2개 사단을 투입할 수 있습니다."

다른 장군들은 모두 믿어지지 않는다는 얼굴로 그를 쳐다보았다. 보급의 어려움으로, 특히 연료의 극심한 제약으로 작전에 어려움을 겪는 상황에서 48시간 안에 2개 사단을 움직일 수 있다는 얘기는 허풍으로 들릴 수밖에 없었다. 움직일 사단들에 필요한 연료와 탄약을 공급하는 데도 이틀은 걸릴 터였다.

산악 지대라는 지리적 조건은 독일군 전차부대의 진격을 어렵게 했다. '아르덴 반격'은 종군 기자들이 붙인 '팽창부 싸움(Battle of the Bulge, 벌지 전투)'으로 더 널리 알려졌다.

그러나 패튼의 얘기는 허풍이 아니었다. 회의에 참석하기 전에 이미 군단 규모의 반격작전을 참모들에게 지시한 터였다. 아이젠하워가 그의 의견을 물었을 때, 그의 부대는 이미 북쪽으로 진출하고 있었다.

기습에 성공하고 날씨도 도왔지만, 독일군은 작전계획대로 나아가지 못했다. 산악 지대라는 지리적 조건은 전차부대의 빠른 진격을 어렵게 했고 미군 보병의 저항을 효과적으로 만들었다. 그래서 부대들이 예정된 통로로 나아가지 못하고 우회하는 경우가 흔해서, 도로 정체가 극심했다.

당시 미군은 북부 지역에 5군단의 2보병사단과 99보병사단, 중앙 지역에 8군단의 106보병사단과 28보병사단, 그리고 남부 지역에 28보병사단의 1개 연대와 4보병사단이 자리 잡았다. 독일군의 대규모 반격을 예상하지 못했으므로 미군은 아르덴 전역에서 밀렸다. 그러나 전투력이 약해졌거나 전투 경험이 없는 부대들로 이루어진 8군단은 뜻밖으로 잘 싸웠다.

북쪽에선 미군 2보병사단과 99보병사단이 완강히 저항했다. 특히 전투 경험이 전혀 없는 99보병사단은 독일군 주공의 기갑부대에 맞서 엘젠보른 능선을 끝까지 지켰다. 엘젠보른 능선은 아르덴의 서쪽 끝에 솟은 산줄기였다. 이 능선을 독일군에 빼앗기면 서쪽의 발달된 도로망을 이용해서 독일군 전차부대들이 진격할 터였고, 연합군 보급 기지들을 독일군이 차지할 위험도 컸다. 신병들로 이루어진 99사단은 이 능선에 깊은 참호들을 파고 효과적 포병 사격으로 독일군의 계속된 공격을 10일 동안 막아 냈다. 결국 독일군 기갑부대들은 우회로들을 찾아야 했고, 독일군의 진격 속도는 많이 느려졌다. 덕분에 미군은 후퇴하기 전에 연료 창고들을 비우고 다리들을 폭파할 수 있었다. 전사자가 5천이나 나올 만큼 큰 희생을 치렀지만, 미군은 이 전투에서 이김으로써 '아르덴 반격'에서 승리할 수 있었다.

남쪽에선 긴급 투입된 101공수사단이 분전했다. 앤서니 매콜리프(Anthony McAuliffe) 준장이 이끈 이 부대는 12월 21일에 바스토뉴에서 독일군에 포위되었다. 그러나 노르망디 상륙작전에서 공을 세운 이 부대는 어려운 상황에서도 꿋꿋이 버텼다. 덕분에 미군은 독일군의 협격을 받을 위험에서 벗어났다.

그러나 중앙에선 독일군이 엷게 배치된 106보병사단과 28보병사단을 압도했다. 특히 제때에 후퇴하지 못한 106보병사단의 2개 연대가 포위되어 항복하면서 미군의 방어선이 독일군에게 뚫렸다. 이런 성공 덕분에 중앙 축의 독일군은 좌우의 부대들보다 빠르게 진출해서 '팽창부(the Bulge)'를 형성했다. 지도에서 보면 꼭 거대한 코처럼 튀어나온 이 '팽창부' 덕분에 공식적으로는 '아르덴 반격(Ardennes Counteroffensive)'이라 불린 이 싸움은 종군 기자들이 붙인 '팽창부 싸움(Battle of the Bulge, 벌지 전투)'으로 널리 알려지게 되었다.

독일군의 진격 속도가 느려지면서, 미군의 연료를 획득해서 쓴다는 계획은 어그러졌다. 독일군이 획득한 연료는 아주 적었고, 대규모 연료 저장 시설들은 철수하는 미군이 파괴했다. 미군의 반격이 시작되자, 연료가 떨어진 기갑부대들은 제대로 후퇴하지 못하고 전차들을 버려야 했다. 독일군의 작전계획에서 가장 비현실적이라고 여겨진 연료 대책이 끝내 독일 전차부대의 괴멸을 부른 것이었다.

1944년 12월 24일이 되자 독일군의 진격은 뫼즈강을 건너지 못한 채 멈췄다. 연료와 탄약의 부족으로 뫼즈강을 건너 진격하는 것은 불가능했다. 아직 연합군의 반격이 효과적이지 못했으므로 독일군의 손실은 작았고 전차부대들도 거의 그대로 남았다. 그래서 중앙 축의 독일군 사령관 폰 만토이펠 대장은 원래의 독일군 방어선인 '서부 성벽(Westwall)'으로 철수할 것을 히틀러에게 건의했다. '서부 성벽'은 연합국에선 '지크프리트 선(Siegfried Line)'이라 불렸는데, 독일의 서부 국경을 따라 구축된 방어선이었다. 630킬로미터에 이르는 이 거대한 장벽은 무려 1만 8천 개에 이르는 지하 요새, 터널 및 전차 함정으로 이루어졌다. 물론 히틀러는 그 건의를 거부했다.

남쪽 축에선 바스토뉴 공방전이 이어졌다. 마침내 12월 26일 1650시

엄청난 병력과 무기의 손실을 연합군은 이내 회복했지만, 독일군은 전력을 보충할 길이 없었다. 히틀러의 몰락도 그만큼 빨라졌다.

패튼의 3군 예하 4기갑사단 37전차대대 D중대의 선두 전차들이 독일군의 포위망을 뚫고 바스토뉴에 도착했다.

1945년 1월 1일 독일군은 마지막 반격들을 시도했다. 독일 공군은 벨기에와 네덜란드의 연합군 공군 기지들에 대한 공습을 시도했다. 이 반격작전으로 연합군과 독일군은 함께 큰 피해를 입었다. 연합군은 이내 공군의 전력을 회복했지만, 독일군은 회복할 길이 없었다. 전략적 차원에서 독일군이 패배한 셈이었다.

같은 날 G집단군과 라인강 상류 집단군은 알자스의 미군 7군을 공격했다. 7군은 아르덴 지역의 미군을 지원하기 위해 북쪽으로 병력과 물자들을 보낸 터라 전력이 약화된 상태였다. 3면에서 독일군의 공격을 받자 7군은 위험한 처지로 몰렸고, 1월 21일엔 모데르강 남쪽으로 물러나야 했다.

그러나 독일군의 마지막 반격도 상황을 반전시킬 수 없다는 것이 드러났다. 결국 1월 7일 히틀러는 독일군이 아르덴에서 모든 병력을 철수하는 것을 허가했다. 그리고 1월 25일에 '아르덴 반격'은 공식적으로 끝났다.

싸움이 치열했던 만큼 '아르덴 반격'에서 양측이 입은 손실도 엄청났다. 미군 사상자는 8만 9,500명이었고 영국군은 1,400명이었다. 제2차 세계대전의 싸움들에서 미군이 입은 인명 손실은 이 싸움에서 가장 컸다. 독일군 사상자는 적게는 6만 4천에서 많게는 9만 8천에 이른 것으로 추산된다. 무기와 물자의 손실도 컸다. 그러나 그처럼 엄청난 병력과 무기의 손실은 양측에 서로 다르게 작용했다. 연합군은 전력을 이내 회복했지만, 독일군은 전력을 보충할 길이 없었다. 히틀러의 마지막 도박이 실패하면서, 그의 몰락은 그만큼 빨라졌다.

호적과의 대화

"이제 전쟁은 과학입니다. 병력이 많고 무기가 우세하면 이기고, 열세면 지는 것이죠. 제공권을 잃은 독일군이 이길 수는 없었습니다." 상진이 말했다.

"맞는 말씀입니다." 굿펠로가 동의했다. "이젠 바다에서나 육지에서나 공군력이 결정적 요소가 되었습니다. 일본군도 독일군도 공군이 괴멸되면서 작전다운 작전을 펼치기 어렵게 되었죠."

"무기들이 너무 발전해서 군인들의 개인적 역할이 줄어든 것은 아닌가요?" 이승만이 조심스럽게 자신의 생각을 밝혔다. 군인으로써 싸움터에 선 적이 없는지라, 그로선 두 전문가들 앞에서 조심스러울 수밖에 없었다.

상진이 웃음을 지으면서 고개를 끄덕였다. "예전엔 병사들의 자질이 중요했는데, 이번 전쟁에선 워낙 큰 부대들이 싸우고 발전된 무기들이 나와서 병사들만이 아니라 지휘관들도 역할이 어쩔 수 없이 줄어드는 것 같습니다. 그러나 오에스에스에선 여전히 개인적 자질이 결정적으로 중요하겠죠?"

굿펠로가 싱긋 웃었다. "그렇죠. 작전마다 모험이니까요. 우리 요원들이 유럽이나 아시아로 떠날 때마다 어쩔 수 없이 아쉬워지곤 합니다. '내가 조금만 젊었어도…' 하는 생각이 들죠." 굿펠로는 제1차 세계대전에 참전했던 노병이었다.

이승만은 한국인으로는 처음 OSS 요원이 된 장석윤이 버마로 떠날 때를 떠올렸다. 그때 그도 아쉬운 마음이 들었었다. 가벼운 한숨을 내쉬면서 그는 실내를 둘러보았다. 분위기가 무르익었다는 느낌이 들었다. 한쪽 벽을 바라보면서 부인들이 모여 있었다. 벽을 비워 놓기가 뭣해서 그가 이순신의 한시 「한산도閑山島」를 쓴 족자를 걸어 놓았는데, 그것을 보고 있었다. 프란체스카가 열심히 설명하고 정육수를 비롯한 중국인 부인들이 듣고 있었다.

이승만의 얼굴에 미소가 어렸다. 프란체스카는 그 시가 이순신이라는 한국의 유명한 해군 제독의 시인데, 일본의 침략을 한국이 물리친 '임진왜란'이란 고대의 전쟁 중에 씌어졌으며, 이순신이 일본 함대들을 단 한 번도 패하지 않고 물리쳐서 나라를 구했다는 것을 설명할 터였다.

서양 사람들에겐 시의 뜻도 설명했는데, 오늘의 관객들은 중국 사람들이니 아마도 생략하겠지만. 사람들이 글씨가 훌륭하다고 칭찬하면, 남편은 고문을 받다 손을 다쳐서 먹을 갈기 어려워 자신이 먹을 갈았다고 얘기할 터였다. 사람들이 이 박사가 어떻게 하다 고문을 받았느냐고 묻기를 기다려, 자기 남편은 원래 혁명가여서 무능하고 부패한 황제를 폐위하고 뛰어난 황자를 황제로 옹립하려다가 실패해서 감옥에 갇혀 고문을 받았다는 사실을 자세히 밝힐 터였다. 프란체스카는 남편에게 '혁명가의 낭만적 후광'이 어리는 것을 기뻐했다. 그녀는 이승만이 인민들을 선동해서 개혁을 시도한 '만민공동회'의 일화들을 특히 좋아하고 자랑스럽게 여겼다. 여러 번 한 덕분에 이제 그녀는 미술관의 안내인처럼 매끈하게 설명하고 사람들의 반응을 유도했다.

오늘의 관객은 호의적일 터였다. 족자의 시를 상형문자들로 여기는 서양 사람들과 달리, 그들은 이순신의 시를 예술작품으로 감상할 수 있는 사람들이었다. 임진왜란에서 조선과 명明의 연합군이 왜군을 물리쳤다는 사실은 지금 중국 정부와 대한민국 임시정부가 함께 일본에 대항한다는 사실과 겹쳐서 그들에게 감회를 일으킬 터였다. 그리고 장개석의 지지자들로 북벌에 참여한 사람들의 부인이나 딸일 터이니 나름으로 혁명가 가문들의 후예일 터였다. 특히 정육수는 혁명을 배신한 원세개袁世凱를 암살하려 시도했던 혁명가니, 늘 혁명을 꿈꾼 이승만의 삶에 공감할 터였다.

한쪽에 호적이 혼자 앉아 있는 것이 눈에 들어왔다. 좀 피곤한 기색이었다. 이승만은 조용히 그에게로 다가갔다.

"대사님."

"예?" 생각에 잠겼던 호적이 그를 보고 웃음을 지으면서 일어났다.

"좋은 파티입니다."

"감사합니다. 대사님, 이층에 제 서재가 있는데 한번 보시겠습니까?"

"감사합니다."

이승만은 한쪽에서 살피던 비서 루스 홍에게 손짓했다. "서재로 차 두 잔 부탁해요."

서재에 자리잡자 이승만은 호적에게 다시 감사했다.

"이번에 중국 대표단이 한국을 위해 애쓰신 것에 대해 다시 감사 말씀을 드립니다."

호적이 손을 저었다. "우리는 당연한 일을 한 것입니다. 지금 대한민국 임시정부를 위하는 것은 우리 자신에게도 좋습니다."

"그렇게 생각하시니 정말로 감사합니다."

이번 9차 회의에서 '태평양문제연구회'의 회원국 대표들은 '태평양의 안전보장'을 주제로 삼아 종전 뒤 일본의 처리를, 특히 천황제의 존폐를 중점적으로 다루었다. 그러나 가장 중요한 의제로 떠오른 것은 '식민지 독립' 문제였다. 아시아에서 식민지를 영위했다가 일본에 쫓겨난 영국, 프랑스 및 네덜란드는 옛 식민지에 대한 권리를 회복하기를 원했다. 그러나 미국, 중국 및 인도는 식민지들이 독립해야 한다고 맞섰다.

조선 문제에 대해선 의견이 다시 엇갈렸다. 미국과 영국은 전쟁이 끝난 뒤 5년 동안 조선을 연합국의 신탁통치 아래 두어야 한다고 주장했다. 조선이 나라를 잃은 지 오래여서 행정을 맡을 인재들이 부족하고, 조선인들은 단결과 협력을 하지 못하므로, 통일 정부를 수립하는 것이 불가능하다는 얘기였다. 그러나 중국은 그런 주장이 근거가 약하다고 반론을 폈다. 조선을 신탁통치 아래 두는 것은 연합국의 공동작전의 목표와 '카이로 선언'의 정신에 어긋나고, 조선에 행정 인력이 부족하다는 것은 실정과 어긋나는 견해로 조선인들에 대한 모욕이며, 조선인들이 단결과 협력을 하지 못한다는 주장은 조선을 통치한 제국주의 국가의 도발과 이간에서 나온 현상이라고 지적했다.

이승만이 호적에게 감사한 것은 조선을 연합국의 신탁통치 아래 두어야 한다는 미국과 영국 대표들의 주장에 대해 중국 대표들이 반론을 편 일이었다. 호적에게 감사하면서도 이승만은 마음이 편치 않았다.

미국 대표단의 행태는 1942년 1월 2일에 그가 국무부에서 앨저 히스를 만났을 때 히스가 한 얘기를 떠올리게 했다. 그때 히스는 조선 문제를 다룰 수 없다고 잘라 말했다. 조선 문제는 러시아의 이익과 직결되는데, 러시아가 일본과 외교 관계를 아직 끊지 않아서 조선 문제를 논의할 처지가 못 되니, 러시아가 조선에 관한 논의에 참여할 때까지는 조선 문제를 다룰 수 없다고 했었다. '카이로 선언'으로 조선의 독립이 보장되었으니 5년 동안 신탁통치 아래 두는 방안으로 조선의 독립을 미루고, 신탁통치 기간에 러시아가 조선에 대한 우월적 지위를 확립하도록 하기로 결정한 모양이었다. 요즈음 히스는 국무부에서 '뜨는 별'이었다. 히스의 영향력이 이번에 핫스프링스에 몰려간 무려 30명이나 되는 미국 대표단에 미치고 있었다.

그러나 이승만은 호적에게 그런 상황을 얘기하지 않았다. 그렇지 않아도 중국 정부는 미국 국무부의 눈치를 보고 있었다. 일본이 펄 하버를 공격한 지 채 한 달이 되지 않아서 미국 사회가 일본에 대한 적개심에 끓었을 때도 국무부 관리들은 조선에 관한 한 미국 자신의 이익보다 러시아의 이익을 앞세웠다는 사실을 밝혀서, 중국 정부가 더욱 움츠러들도록 할 필요는 없었다.

루스 홍이 차 쟁반을 들고 들어왔다.

"대사님께선 요세미티에서 열린 회의에 중국 대표단 단장으로 참석하셨죠?"

"예. 1936년에 열린 회의였죠." 호적이 반갑게 말을 받았다.

"그 회의에서 일본의 정책에 대해 엄하게 비판하신 연설에서 저는 깊은 감명을 받았습니다."

호적이 몸을 숙여 인사했다. "감사합니다."

"그 회의엔 조선 대표가 참석하지 못했습니다. 그러나 창립 회의와 2차 회의엔 조선 대표단이 참석했었습니다. 호놀룰루에서 열린 덕분에 저도 그 두 회의들엔 참석했었습니다."

원래 IPR의 창립은 미국 YMCA가 주도했다. 당시 국제 정세가 좋아서 민간 기구가 할 일이 있으리라는 기대가 있었다. 그래서 '범태평양 YMCA회의(the Pan-Pacific YMCA Conference)'라는 조직으로 제안되었는데, 준비 과정에서 IPR로 발전되었다. 미국 기독교 교단과 YMCA의 지원을 받으면서 이승만은 IPR의 창립 과정에서 적극적으로 활동했었다.

"창립 회의에서 가장 주목을 받은 것은 조선 대표의 총회 연설이었습니다." 차를 한 모금 마시고서 이승만은 말을 이었다. "조선 대표로선 조선의 처지와 희망을 얘기하지 않을 수 없는데, 그러면 일본 대표단의 반응이 걱정되었죠. 일본 대표단이 반발해서 퇴장하는 상황이 나올 가능성이 작지 않았죠. 자칫하면 창립 회의가 마지막 회의가 될 수도 있다고 주최측에서 걱정했죠." 눈에 웃음을 담고서 이승만이 말했다.

"그랬겠네요." 웃음 띤 얼굴로 호적이 고개를 끄덕였다. "당시 상황을 충분히 상상할 수 있습니다."

"조선 대표는 저의 오랜 친구였습니다. 그는 조선 인민들의 처지와 희망을 얘기했습니다. 그러나 그는 '독립'이란 말을 하지 않았습니다. 해야 할 얘기와 현실적으로 할 수 있는 얘기 사이에서 미묘한 균형을 찾은 것이었죠. 그래서 일본 대표단도 그의 얘기를 경청하고 끝내 반발하지 않았습니다. 그의 연설이 끝나자, 큰 박수 소리 속으로 주최측이 내쉬는 안도의 한숨이 들려오는 것 같았습니다."

호적이 껄껄 웃었다. "그분은 누구였습니까?"

"신흥우申興雨라는 목사였습니다. 그는 조선으로 돌아갔는데, 일본 정부가 기독교를 억압하니 큰 어려움을 겪을 것입니다."

조선 대표들은 단장 신흥우, 동아일보 사장 송진우宋鎭禹, 조선일보 기자 김양수金良洙, 연희전문학교 교수 유억겸兪億兼, 보성전문학교 교수 김종철金鍾哲이었다. 미국에 체류하는 서재필과 신문 기자 필지성弼志成이 대표단에 합류했고, 미국에서 공부하고 귀국하는 길에 하와이에 들른 윤치호의 딸 윤혜은尹惠恩이 준회원으로 참석했다.

호적이 힘주어 고개를 끄덕였다. "빨리 조선이 독립해야죠. 중국은 조선의 완전한 독립을 위해 최선을 다할 것입니다."

"감사합니다." 이승만은 몸을 숙여 인사했다. "혹시, 회의에서 러시아를 언급한 사람이 있었습니까?"

"러시아를 직접적으로 언급한 경우는 제가 아는 한 없었습니다." 잠시 생각한 뒤, 호적이 조심스럽게 말했다. "그러나 회의장엔 '러시아'라는 '유령(specter)'이 배회하고 있었습니다."

이승만이 소리 내어 웃자 호적도 따라 웃었다.

호적은 중국 지식인들 가운데 보기 드물게 마르크스를 비판해 온 사람이었다. 『공산당 선언』에 빗댄 그의 얘기는 회의의 분위기를 더할 나위 없이 잘 전한 것이었다.

"대사님, 트루먼 부통령을 잘 아시나요?"

"안면은 있는데… 워낙 갑작스럽게 떠올라서…. 1935년에 상원의원이 되었을 때는 평판이 그리 좋지 않았거든요. 미주리주의 민주당 '기계(machine)'의 지원으로 당선된 사람이어서…. 그러다가 1940년에 상원 군사위원회를 이끌며 미군의 부패를 파헤쳐 전국적 명성을 얻었잖아요? 〈타임〉지의 표지에도 나오고."

"그랬죠. 저도 기억합니다."

"그래서 아쉽게도 친해질 기회를 잃었습니다. 제가 지인지감知人知鑑이 부족합니다."

두 사람은 함께 유쾌한 웃음을 터뜨렸다. 그들에게 트루먼이 부통령이 된 것은 퍽이나 반가운 소식이었다.

작년 11월 7일의 제40대 대통령 선거에서 민주당 후보인 현직 대통령 루스벨트가 공화당 후보인 뉴욕 주지사 토머스 듀이(Thomas E. Dewey)를 누르리라고 모두 예측했다. 루스벨트의 인기가 높은 데다가 전시에 지도자를 바꾸는 것에 대한 불안감도 상당했다.

그러나 루스벨트는 얼굴에 병색이 완연할 만큼 건강이 나빠서, 그가 4년 임기를 채우지 못할 가능성이 무척 컸다. 자연히 누가 민주당 부통령 후보가 되느냐에 관심이 쏠렸다. 당시 현직 부통령인 헨리 월러스(Henry A. Wallace)가 후보가 될 가능성이 단연 높았다. 현직이라는 이점에다 명성이 높고 처음부터 루스벨트의 '뉴딜 정책'을 열렬히 지지해서 민주당원들의 열렬한 지지를 받았다. 그러나 그는 이단으로 여겨진 기독교 종파를 신봉했고 공산주의 러시아에 지나치게 호의적이었다.

그래서 민주당 지도부 안에서 월러스에 반대하는 세력이 연합해서 트루먼을 내세웠다. 트루먼은 나치 독일과 공산주의 러시아를 함께 미워했다. 1941년에 독일이 러시아를 침공하자 그는 자신의 견해를 솔직히 밝혔다.

"독일이 이기면 우리는 러시아를 도와야 하고, 러시아가 이기면 우리는 독일을 도와야 한다. 그렇게 해서 그들이 서로 되도록 많이 죽이도록 해야 한다. 비록 나는 히틀러가 이기는 것은 어떠한 경우에도 보고 싶지 않지만."

이승만은 당연히 트루먼을 성원했다.

처음엔 월러스가 단연 앞섰다. 그러나 민주당의 실력자들이 연합해서 트루먼을 월러스의 대항마로 내세우자, 루스벨트가 그를 밀었다. 덕분에 트루먼이 막판에 전세를 역전시켜 민주당 부통령 후보로 지명되었다. 대통령 선거에선 예상대로 루스벨트가 압도적 지지를 받았다. 일반투표에선 루스벨트가 53.4퍼센트를 얻었고 듀이가 45.9퍼센트를 얻었다. 선거인단 투표에선 루스벨트가 432표를 얻었고 듀이는 99표를 얻었다.

"어찌 되었든, 부통령에 전체주의의 위험을 아는 사람이 당선된 것은 다행입니다." 이승만이 말했다. "저는 월러스 씨의 인품은 높이 평가하지만, 전체주의의 위험을 모르는 사람이 미국 지도자가 되는 것은 자유세계의 재앙입니다. 월러스 씨가 러시아를 둘러보고도 러시아를 여전히 변호하는 것을 보고 저는 크게 실망했습니다."

"맞습니다. 이러다간 유라시아에 공산주의 대국이 등장할 것 같습니다."

"전적으로 동감합니다. 공산주의 대국이 동아시아에 군림하는 것을 저지하려면 조선에 자유 국가가 세워져야 합니다. 자유주의를 추구하는 중국과 조선이 연합하고 미국이 지원해야 비로소 동아시아에 희망이 있습니다. 이번 IPR 회의에서 중국이 조선의 즉각적 독립을 지지한 것은 큰 뜻을 지닙니다. 대사님께 감사의 말씀을 다시 드립니다."

"감사합니다. 이 박사님의 의견에 저도 전적으로 동감합니다." 잠시 생각을 가다듬더니 호적이 덧붙였다. "중국 정부와 대한민국 임시정부는 힘을 합쳐서 공동의 적에 대항해야 합니다. 전체주의의 위협을 가장 먼저 경고한 이 박사님께 저희 중국 대표단은 깊은 경의를 품고 있습니다."

권력을 지니지 못한 지도자의 비애

잠시 서성거리면서 어깨를 편 뒤, 이승만은 자신이 쓴 편지를 다시 읽었다. '태평양문제연구소(IPR)' 9차 회의의 경과를 조소앙 외교부장에게 보고하는 문서였다. 회의에 조선을 대표해서 정한경이 참석했고 전경무와 김용중이 동행했음을 알리면서, 회의에서 논의된 사항들을 설명했다. 조선의 독립에 관해서 미국과 중국의 태도가 엇갈린 정황을 특히 상세히 기술했다.

"됐다."

혼잣소리를 하고서 그는 보고서를 접어 큰 봉투에 넣었다. 봉투엔 그가 김구 주석에게 보내는 안부 편지와 「1944년도 주미외교위원부 활동 상황 보고서」가 들어 있었다. IPR에 참석한 중국 대표단이 돌아가는 편에 중경임시정부에 보낼 문서들을 한꺼번에 보내려는 것이었다.

서재의 불을 끄고서 그는 창가로 다가갔다. 잘 시간이 되었는데 졸리지 않았다. 나이가 들면서 잠이 줄어들었다. 오늘은 대사관 다과회를 연 터라 아직 흥분이 덜 가셔서 잠이 쉽게 올 것 같지 않았다.

밖은 어둑했다. 도심이었지만 전시라서 모두 전기를 아껴서, 가로등만이 어둠을 힘겹게 헤치고 있었다. 아직 젖은 땅에서 앙상한 몸을 드러낸 나무들이 겨울을 견디고 있었다. 문득 이렇게 안온한 방에 있다는 것이 어쩐지 비현실적인 상황처럼, 무슨 누리기 힘든 사치처럼, 그래서 곧 깨어질 환상처럼 느껴졌다. 지금 세계 곳곳에서 사람들이 떨고 굶주리고 죽어 가고 있었다. 그런 비참함을 통해서 새로운 세계 질서가 태어나는 것이었다. 그런 질서가 어떤 모습을 할지 누구도 알 수 없었다. 떨고 굶주리고 죽어 가는 사람들의 비참함과 새로운 세계 질서의 정당성 사이에 별 상관관계가 없다는 사실이 그의 마음을 독하게 훑었다.

"어찌 되었든, 오늘 다과회는 무사히 마쳤으니…."

점점 비어 가는 듯한 마음을 추스르려고 그는 혼잣소리를 했다. IPR 중국 대표단을 위한 다과회를 연 것은 주미외교위원부로선 큰 성과였다. 그러나 그의 가슴은 오히려 허전했다. 지난 한 달 동안 그는 환멸과 자책감으로 마음 편할 날이 없었다. 밖으로 드러내지 않으려 애썼지만, 부르튼 입술이 그의 어지러운 마음을 드러냈다.

작년 12월 15일 '대사관'에서 주미외교위원부 회의가 열렸었다. 이승만과 정한경, 이원순, 임병직이 참석했다. 정한경이 IPR 9차 총회에 조선 대표로 선정되었다고 보고했다. IPR에서 재미한족연합위원회에 조선 대표를 보내 달라고 요청해서 전경무, 유일한, 정한경 세 사람이 선정되었다는 것이었다. 정부 기관은 배제한다는 방침에 따라, IPR이 주미외교위원부엔 초청장을 보내지 않았다고 했다. 정한경은 주미외교위원부가 1944년 12월과 1945년 1월의 두 달치 봉급을 지급해 주면 참석 경비는 자신이 부담하겠다고 밝혔다. 그래서 그렇게 하기로 결정되었다.

며칠 뒤 중경에서 온 중국 대표단이 이승만에게 김구의 편지를 전했다. 그 편지에서 김구는 중국이 IPR에 중요한 인물들로 꾸린 대표단을 파견하니 주미외교위원부에서 대한민국 대표를 선정해서 참석시키라고 지시했다. 그제서야 이승만은 이번 IPR가 중요한 회의라는 것을 깨달았다. 그래서 서둘러 알아보니, 미국 대표단도 중요한 인물들로 꾸려졌다. 대표단은 30여 명이나 되었고, 대통령 특별보좌관 로칠린 커리(Lauchlin Currie), 국무부 차관보 딘 애치슨(Dean G. Acheson), 국무부 극동국 중국과장 존 빈슨트(John C. Vincent)도 들어 있었다.

IPR의 창립에 참여했었지만, 이승만은 일본이 1936년의 6차 회의를 마지막으로 IPR을 탈퇴한 뒤엔 IPR에 그리 큰 관심을 갖지 않았었다. 1939년 11월에 버지니아주 동남부의 휴양 도시 버지니아 비치에서 열린 7차 회의는 제2차 세계대전이 일어난 직후라 참가자들이 적어서 '연구 집회'라 칭했다. 1942년의 8차 회의는 캐나다 퀘벡주에서 열렸는데, 재정이 어려운 주미외교위원부는 대표를 보내지 못했다. 재미한족연합위원회에선 대표를 보냈다.

1944년 12월 16일에 뉴욕에서 열린 임시회의는 일본인을 이해하는 연구 집회의 성격을 띠었는데, 일본인에 대한 인종적 비하 발언들이 쏟아졌다. 그 내용을 들은 이승만은 몹시 불쾌했다. 치열한 전쟁 중에 적국에 대한 적개심을 고취하는 선전이 나오는 것은 어쩔 수 없었지만, 일본인을 원숭이로 묘사해서 인간 이하의 인종으로 묘사하는 것은 지나쳤고 후유증이 클 수밖에 없었다. 일본계 미국 시민들을 강제수용소로 보낸 일은 아직도 이어지는 비극이었다. 그리고 그런 인종적 편견은 다른 동양 사람들에게로 번질 수밖에 없었다.

미국의 외교 정책을 실질적으로 관장하는 백악관과 국무부의 고위 관리들이 포함된 30명의 미국 대표단과 중요한 외교관들로 이루어진

9명의 중국 대표단이 참가한다는 것을 알게 되자, 이승만은 긴장했다. 갑자기 중요해진 IPR에 재미한족연합회는 대표들을 보내고 주미외교위원부에선 아무도 참가하지 않는다면, 대한민국 임시정부의 공식 기구인 주미외교위원부로선 중대한 실책이 되는 것이었다. 미국에서의 대표성을 놓고 치열하게 경쟁하는 두 조직의 위상이 단숨에 뒤바뀔 가능성도 있었다.

이승만은 이원순에게 상황을 설명했다. 그리고 IPR의 핫스프링스 회의에 주미외교위원부 대표로 참석해 달라고 부탁했다. 그러나 이원순은 이미 조선 대표가 결정되어 IPR 사무국에 등록을 마쳤으므로 이제 와서 바꾸기는 불가능하다고 지적했다. 이승만이 상황이 심각하니 한 번 시도해 보자고 설득했다. 그러나 이원순은 너무 무모하다고 반대했다. IPR 사무국에서 대표 변경을 받아 주지도 않겠지만, 이미 대표들로 선정된 세 사람이 순순히 대표 자격을 박탈당할 리 없으니 공연히 분란만 일으켜서 역효과를 내리라는 얘기였다. 이원순이 중요한 일에서 자기 체면만을 고려해서 궂은일을 마다한다는 생각이 들자 이승만은 화가 치밀었다.

"독립운동이 언제는 쉬웠소? 우리가 언제부터 쉬운 일만을 골라서 했소? 알았소. 그만두시오."

이승만은 곧바로 임병직에게 대표를 맡으라고 부탁했다. 그러나 임병직도 이원순과 생각이 같았다. 이제 와서 조선 대표들을 바꾸는 것은 현실적으로 불가능하다는 얘기였다. 애초에 IPR 사무국에서 주미외교위원부를 따돌리고 재미한족연합위원회에만 참가를 요청했다는 사실에서도 미국 측의 의도가 드러났다는 것을 지적했다. 그리고 정한경이 주미외교위원부 위원이니 그를 공식 대표로 삼는 방안을 제시했다. 한

참 생각한 뒤에 이승만은 그 방안을 따랐다.

바람 한 무더기가 바로 앞에 서 있는 단풍나무 가지들을 흔들고 지나갔다. 환멸의 시린 물살이 그의 가슴을 훑었다. 무엇보다도 자신에 대한 환멸이 깊었다. 처음부터 그는 일을 잘못 처리한 것이었다.

IPR이 주미외교위원부를 따돌리고 재미한족연합위원회만을 초청했다는 것을 알았을 때 그는 물론 불쾌했다. 그러나 크게 마음을 쓰지는 않았다. 1942년의 8차 회의에 재미한족연합위원회가 대표를 보냈으니 이번에도 그렇게 되는 것이라고 여겼다. 정한경이 대표단에 들었으니 나중에 회의 내용을 들을 수 있겠거니 생각했다. 처음에 정한경이 상황을 알렸을 때 보다 진지하게 대책을 마련했어야 했는데, 중경임시정부가 요청한 재미한족연합위원회와의 통합에 마음을 쓰느라 소홀히 한 것이었다.

이번 회의가 중요하다는 것을 깨달은 뒤엔, 주미외교위원부의 대표를 보내라는 중경임시정부의 지시를 이행하는 데에만 마음을 쓰느라 당사자인 이원순의 처지를 제대로 헤아리지 못했다. 그는 아직도 이원순이나 임병직을 '젊은 세대'로 여기곤 했지만, 이제는 그들도 50대였다. 임시정부는 세워진 지 26년이었고, 1930년대에 들어서면서 조선에서 유입되는 조선인들이 거의 끊기면서 독립운동가들이 함께 늙은 것이었다. 미국의 조선인 사회에서 원로 대접을 받는 이원순으로선 젊을 때처럼 처신하기 어려웠을 터였다. 조선 대표로 국제회의에 갔다가 문전박대를 당하는 것은 결코 작은 일이 아니었다. 임무를 제대로 수행하지 못했다는 책임을 져야 하고, 재미한족연합위원회 사람들의 조소를 평생 받아야 할 터였다.

이승만에게도 변명은 있었다. 재미한족연합위원회가 워싱턴에 사무소를 내고서 주미외교위원부를 무력하게 만들려고 온갖 술수들을 부리는 터라서, 그로선 중경임시정부의, 특히 김구와 조소앙의 호의와 보호가 필요했다. 주석이 명시적으로 지시한 일을 주미외교위원부가 제대로 수행하지 못해서 결국 재미한족연합위원회가 파견한 사람들이 조선을 대표했다는 것이 중경에 알려진 뒤에 나올 반응들을 이승만으로선 상상하기도 싫었다. 아마도 그의 적들은 주미외교위원부의 무능을 비난하고 재미한족연합위원회에 외교 업무를 넘기라고 요구할 터였다. 그로선 가장 유능한 사람을 대표로 뽑아 IPR 회의에 보내고 행운을 빌 수밖에 없었다.

그러나 이원순에게 심한 말을 한 것은 그런 변명도 내놓을 수 없는 잘못이었다. 30년이 넘는 그의 망명 생활에서 가장 충실했던 동지는 단연 이원순이었다. 이승만을 돕기 위해서 이원순은 개인적으로 큰 희생을 치른 터였다. 그런 동지에게 "독립운동이 언제는 쉬웠소?"라고 한 것은 스스로 '미친 짓'이라고 인정할 만큼 어이없는 실수였다. 그 말을 입밖에 내는 순간, 그는 돌이킬 수 없는 잘못을 저질렀다는 것을 깨달았다. 워낙 믿음과 우정이 깊었던 사이라서, 말 한마디로 깊은 상처가 난 것이었다.

두 사람이 처음 만난 것은 1910년이었다. 미국에서 돌아온 이승만이 서울 YMCA 학교의 학감으로 학생들을 가르쳤을 적에, 이원순은 이승만에게 매료된 학생들 가운데 하나였다. 이승만의 충실한 조력자들이 된 임병직, 허정, 정구영도 그때 이승만의 강의를 함께 들었다.

이승만이 하와이에서 선교와 교육에 종사하면서 그곳 조선인 사회를 독립운동의 기지로 삼았던 1914년, 미국으로 유학 가던 이원순이 하와이에 들렀다. 이승만은 이원순이 자신을 도와주리라 기대했지만, 이원순은 무장투쟁을 지향한 박용만이 세운 '대조선국민군단'에 매료되어 박용만을 도왔다. 박용만이 중국으로 건너간 뒤 이원순은 박용만이 세운 '대조선독립단'을 이끌었다. 1928년 박용만이 중국에서 살해되자, 이원순은 이승만의 권유를 받고 그를 돕기 시작했다.

이원순은 사업에 재능이 있어서 자동차 판매와 부동산 사업을 통해 상당한 재산을 모았다. 그래서 그는 이승만에게 금전적 도움도 줄 수 있었고, '대한인동지회'를 이끌면서 이승만을 정치적으로 떠받쳤다. 이승만이 발행하던 월간 〈태평양잡지〉가 1930년에 〈태평양주보(The Korean Pacific Weekly)〉로 개편되자 그 잡지의 발행을 주관했다. 이 주간지는 이승만과 동지회의 견해를 대변해서, 이승만의 적들이 퍼뜨리는 왜곡된 정보들을 막아 내는 데 큰 역할을 했다.

1931년 만주사변이 일어났을 때, 이원순은 동지회 동지들과 협력해서 이승만이 워싱턴에 구미위원부 사무실을 다시 열도록 후원했다. 당시 이승만은 은퇴한 조선인 노동자들의 노후 대책으로 시도한 '동지식산회사' 사업이 실패해서 실의에 빠져 있었는데, 구미위원부 사무실의 재개는 그가 정치적으로 재기하는 계기가 되었다.

1932년 10월 불워리튼 백작(Victor A. G. Bulwer-Lytton)이 이끈 국제연맹 조사단의 만주사변에 관한 보고서가 공표되자, 온 세계의 관심은 국제연맹이 자리 잡은 스위스 제네바로 쏠렸다. 이승만은 이원순이 급히 마련해 준 3천 달러 덕분에 제네바로 갈 수 있었다. 그리고 그곳에서 펼친 활동으로 단숨에 국제적으로 주목받는 정치가가 되었다. 더 큰 행운은 물론 그곳에서 프란체스카를 만난 것이었지만.

1939년 이승만이 하와이에서 워싱턴으로 나와서 폐쇄된 구미위원부를 다시 열고 활동하도록 지원한 사람도 이원순이었다. 덕분에 이승만은 『일본내막기』를 써서 펴낼 수 있었다. 일본의 미국 공격을 예언한 그 책의 성공으로 이승만은 비로소 미국에서 전국적 명성과 확실한 지지 기반을 얻었다. 이승만이 하와이를 떠나자, 그가 하와이에서 벌인 독립운동의 핵심인 '한인기독학원'의 운영도 이원순의 부인 이매리가 맡았다.

1943년 4월에 로스앤젤레스에서 재미한족연합위원회 2차 전체회의가 열렸다. 이승만에 반대하는 서북파가 주도해 온 이 단체는 이승만을 외교 업무에서 배제하려 시도했다. 그들은 이승만을 지지하는 이원순을 워싱턴의 이승만에게 보내 교섭하도록 했다. 그러나 이승만은 주미외교위원부에서 위원으로 일하도록 이원순을 설득했다. 그래서 이원순은 하와이의 가족을 워싱턴으로 불러들이고 주미외교위원부에서 일했다. 재력이 있는 이원순은 주미외교위원부의 살림을 실질적으로 꾸려서 이승만의 짐을 크게 덜어 주었다.

그동안 이원순과 함께한 날들이 영화 장면들처럼 이승만의 쓸쓸한 마음을 스쳤다. 하와이에서 독립운동을 시작한 뒤로 이원순처럼 충실하게 그리고 실질적으로 그를 도운 사람은 없었다. 그가 그런 사정을 잊은 것도 아니었고, 이원순에 대한 신뢰와 고마움이 줄어든 것도 아니었다. 그러나 한번 심한 얘기가 그의 입 밖으로 나오자, 두 사람 사이엔 가느다란 금이 생겼다. 비록 가느다란 금이었지만, 그리로 우정이 속절없이 새고 있었다. 안타깝게도 그 금을 메울 길은 없었다.

그는 그 실수에 대해 하루에도 여러 번 자신을 질책했다. 그럴 때마다 '내가 나이가 많이 들어서 그런 실수를 하는 건가?' 하는 생각이 들어서, 마음이 더욱 우울해졌다. 다른 편으로는 자신의 속마음과 처지를 들어 누누이 자신을 변호하곤 했다.

애초에 이원순을 IPR 회의에 대표로 보내기로 마음을 정했을 때, 이승만은 이원순에게 외교 경험을 쌓을 기회를 주려는 뜻도 있었다. 이원순이 앞으로 큰일을 하려면 국제회의에 대표로 나가서 일이 돌아가는 것을 살피는 것이 도움이 될 뿐 아니라 이력에도 보탬이 될 터였다. 이원순은 동지회를 이끌면서 정치 감각을 익혔고 성공한 사업가답게 경제에도 밝았지만, 국제 무대에서 활동한 적은 없었다. 해방된 조국으로 돌아가서 나라의 운영에 참여하려면, 이승만으로선 충실하고 유능한 조력자들이 필요했다. 오랫동안 해외에서 활동해서 국내엔 지지 세력을 갖추지 못한 그로선 일단 지금 자신을 돕는 사람들에 의지할 수밖에 없었다. 정한경, 이원순, 양유찬, 임병직, 장기영, 장석윤, 이순용, 피터 현, 이문상, 조종익, 현승염, 황득일, 정운수, 한표욱 등이 그가 기대를 건 사람들이었는데, 그가 가장 신임한 사람이 바로 이원순이었다.

만일 하늘이 도와서 그가 한반도에 세워질 정부를 이끌게 된다면, 그는 이원순에게 경제 분야의 중책을 맡길 셈이었다. 미국에서 자수성가하면서 자유경제가 움직이는 원리를 몸으로 배운 터라, 이원순은 이승만이 꿈꾸는 자유주의 경제를 세우고 키우는 데 적임자였다. 지금 동아시아에선 자유주의를 따르는 사람들은 드물었다. 일본이나 러시아만 전체주의를 따르는 것이 아니었다. 중국에선 모택동이 이끄는 공산당이 세력을 키우고 있었고, 실은 장개석 자신도 전체주의에 호의적인 지도자였다.

더욱 걱정스러운 것은 중경임시정부의 다수가 사회주의로 기운다는 사실이었다. 자유로운 사회에서 민주주의를 경험한 적이 없으니 사회주의로 기우는 것이 이상하지 않았다. 정치적으로 자유주의를 따르는 사람들도 경제는 사회주의 체제로 가는 것이 당연하다고 여기는 상황이었다.

1941년 11월에 채택된 「대한민국 건국강령」은 "전국의 토지와 대생산기관의 국유화"를 경제 정책의 기본으로 삼았다. 중소기업들을 빼놓고는 모두 국유화한다는 얘기였다. 만일 「건국강령」을 충실히 따라서 대한민국이 세워진다면, 실질적으로 사회주의 국가가 되는 것이었다. 「건국강령」은 정치, 경제 및 교육의 완전한 평등을 내용으로 하는 '삼균주의三均主義'를 주창해 온 조소앙이 자신의 주장에 바탕을 두고 만들었는데, 임시정부에서 가장 보수적이고 사회주의자들과 맞서 온 임시정부 요인들이 찬동했으니, 지금 중경임시정부의 주류는 다소간에 사회주의에 호의적이라고 보아야 할 터였다. 개인들이 자유롭게 경제활동을 하고 국가의 간섭은 최소한에 그치는 미국처럼 자유로운 경제 체제를 독립된 조국에 도입하려는 이승만으로선 큰 과제를 안은 셈이었다. 그렇게 중요하고 힘든 일에서 이원순은 큰 도움을 주리라고 그는 기대해 온 터였다. 그래서 이원순이 IPR 회의에 참석하라는 그의 지시를 따르지 않았을 때 그의 노여움이 컸던 것이었다.

그가 실수를 한 것은 분명했지만, 따지고 보면 실수 자체가 근본적 문제는 아니었다. 그런 실수는 누구나 하는 것이었다. 문제는 그런 실수를 덮을 힘이 그에게 없다는 사정이었다. 평생 독립운동을 해 오면서 그는 늘 다른 사람들로부터 도움을 받았다. 그러나 도움을 준 사람들에 대해서 그가 무슨 보상을 해 준 적은 없었다. 권한은 없고 책임만 큰 망명정부의 지도자라는 처지가 그를 힘들게 했다. 추종자들에게 보상을 해 주고 반대자들에겐 불이익을 줄 권력을 지니지 못한 지도자의 비애였다.

만일 그에게 힘이 있어서 받은 도움을 갚을 수 있었다면 얘기가 달라질 터였다. 만일 그가 어느 나라로부터도 인정받지 못한 임시정부의 주미 대표부 대표가 아니라 어엿한 나라의 주미 대사였다면, 그래서 재미 교포들에게 실질적 도움을 줄 수 있다면, 그의 둘레엔 그의 환심을 사려는 사람들이 붐빌 터였다. 이번 일만 하더라도 애초에 IPR 회의에 대표를 보내는 일을 두고 말썽이 생기지 않았을 터였다.

평생 나라를 위한다고 목숨을 걸었고 고생을 마다하지 않았는데, 남은 것은 '마음의 빚'뿐이었다. 두 달 뒤면 그도 만 일흔이었다. "칠십고래희七十古來稀"라 했으니 은퇴를 생각해야 할 나이인데, 뚜렷이 이룬 것은 없고 빚만 진 것이었다.

나오던 한숨을 되삼키고, 그는 잎새를 털어 버린 나무를 잔잔한 눈길로 내다보았다. 앙상한 모습을 드러내고 겨울을 견디는 나무가 어쩐지 자신의 모습과 비슷하다는 생각이 들어서, 그의 입가에 쓸쓸한 웃음이 어렸다. 어저께 내린 진눈깨비로 땅은 질척였지만, 이제 동지 지난 지도 한 달이니 봄은 오고 있을 터였다. 그 생각에 가슴 밑바닥으로 따스한 기운이 도는 듯했다. 그는 한숨을 길게 내쉬었다.

유럽의 동부 전선

대한민국 임시정부 '대사관'에서 IPR 9차 회의에 참석한 중국 대표단을 환영하는 다과회가 열린 때, 대서양 건너 동유럽에선 러시아군이 거세게 독일군을 밀어붙이고 있었다. 러시아군의 기세가 워낙 흉흉해서, 독일군은 제대로 방어작전을 펴지 못했다.

'아르덴 반격'을 계획할 때, 독일군 최고사령부 참모들은 러시아군이

1945년 1월 20일에 공격에 나서리라 예상했다. 독일군의 반격이 예상 밖으로 거세자, 1945년 1월 6일 처칠은 스탈린에게 동부 전선에서 독일군을 압박해 달라고 요청했다. 처칠의 요청을 받아들여 스탈린은 1월 12일에 '비스와(비스툴라)·오데르 공세(Vistula-Oder Offensive)'를 개시했다. 스탈린의 결정은 날씨가 예년보다 일찍 풀려서 1월 하순에 땅이 해동되리라는 기상 예보에 바탕을 두었다. 얼었던 땅이 녹으면 전차부대들의 기동이 어려워질 터였다. 물론 스탈린은 처칠에게 생색을 냈고, 처칠은 스탈린에게 감사했다.

'비스와·오데르 공세'가 개시될 때, 러시아군은 독일군에 대해 병력과 무기에서 대략 5 대 1의 우세를 보였다. 이런 격차는 독일군이 전략이나 전술로 극복될 수 있는 수준을 훌쩍 넘었다. 자연히 독일군은 전선 전체에서 밀렸고, 부대들은 러시아군에 포위되는 것을 피하기 위해 필사적으로 싸워야 했다.

독일군의 이런 열세는 이미 1943년 여름의 '쿠르스크 싸움' 뒤에 뚜렷해졌다. 그 싸움에서 러시아군은 독일군보다 훨씬 많은 병력과 무기를 잃었다. 그러나 우랄산맥 동쪽으로 옮긴 중공업 시설이 확장되어 생산이 증가한 덕분에 러시아의 무기 생산은 크게 늘었다. 1943년에 러시아는 매월 2,500대의 전차를 생산했다. 그러나 독일은 300대를 생산하는 데 그쳐서, 전장에서 소모되는 전차들을 보충하는 수준에 머물렀다. 그래서 독일은 '쿠르스크 싸움'에서 잃은 예비 전차부대를 다시 키우지 못했다. 육군을 근접 지원하는 항공기에서도, 「무기대여법(Lend-Lease Act)」에 따라 미국의 막대한 원조를 받아서 러시아는 독일군과 대등하게 되었다. 많은 인구 덕분에 보병에서 이미 압도적 우세를 누리는 러시아는 보병사단들을 빠르게 늘렸고, 독일은 보병사단의 부족으로 방어전을 수행하기가 더욱 어려워졌다.

쿠르스크 싸움에서 이긴 러시아군은 1943년 8월 3일 반격에 나섰다. '쿠르스크 돌출부(Kursk salient)'의 목 부분에서 남북으로 공격에 나선 러시아군에 독일군은 걷잡을 수 없이 밀렸다. 남부집단군 사령관 만슈타인 원수는 히틀러에게 20개 사단이 증강되어야 도네츠 분지를 지킬 수 있다는 사정을 보고하고, 증원군을 보낼 수 없다면 남부집단군이 도네츠 분지에서 물러나는 것을 승인해 달라고 요청했다. 도네츠 분지는 우크라이나 동부 도네츠강과 드네프르강 하류 지역으로, 광물 자원이 풍부하고 공업이 발달해서 독일의 전쟁 수행에 무척 중요한 지역이었다. 병력의 부족이 심각한 남부집단군은 도네츠 분지의 중심이고 전략적 요충인 하리코프를 지키기 어려운 형편이었다.

히틀러는 만슈타인이 제시한 두 방안들을 아예 무시했다. 그리고 동부 전선에서 병력을 빼내어 위기를 맞은 이탈리아로 돌리는 방안을 추진했다. 대신 동부 전선엔 서부 전선과 마찬가지로 '동부 성벽(Ostwall)'을 구축하라고 지시했다. 남쪽의 아조프 해안에서 시작해서 키예프를 거쳐 발트해 나르바에 이르는 선이었다. 말로는 그럴듯했지만, 필사적으로 싸우는 군대로선 그런 '성벽'을 마련할 인력도 물자도 없었다. 그리고 그런 방어선을 구축할 시간을 러시아군이 줄 리도 없었다. 그것은 끝내 지도에 그려진 선을 넘지 못했지만, 후퇴를 극도로 싫어하는 히틀러에겐 독일군이 결코 물러나선 안 되는 선이 되었다.

쿠르스크 돌출부의 남쪽 전선에서 전반적 공격에 나선 러시아군은 8월 23일 하리코프를 점령하고 도네츠강을 건넜다. 이런 상황은 크림 반도와 그 북쪽 지역을 지키는 에발트 폰 클라이스트(P. L. Ewald von Kleist) 원수의 A집단군을 포위 위험에 노출시켰고, 바로 북쪽에 있는 남부집단군 예하 6군의 방어선을 위협했다. 결국 8월 31일 히틀러는 남부집단군이 물러나는 것을 승인했다.

그러나 이때는 벌써 귄터 폰 클루게(Günther von Kluge) 대장의 중부집단군도 러시아군의 거센 공격에 무너지고 있었다. 9월 8일 러시아군 전위부대는 드네프르강에서 50킬로미터 되는 지점까지 진출했다. 9월 14일엔 러시아군이 키예프와 스몰렌스크를 위협했다. 후퇴 요청을 거부하던 히틀러는 9월 15일 중부집단군이 드네프르강 서쪽으로 물러나는 것을 승인했다.

그러나 이 승인은 너무 늦게 나왔다. 러시아군이 드네프르강을 향해 급속히 진군하면서, 독일군은 조직적 철수를 수행하지 못하고 러시아군과 드네프르강을 바라고 경주하는 격이 되었다. 그 경주에서 독일군이 져서, 9월 30일까지 러시아군은 드네프르강에 5개의 교두보를 확보했다. 히틀러는 '초토작전'을 지시했지만, 조직적 철수를 하지 못하는 바람에 독일군은 중요한 시설들을 파괴하지도 못했다. 중부집단군의 후퇴 요청을 히틀러가 거부하다가 뒤늦게 승인하는 바람에, 독일군은 남부 러시아에서 가장 좋은 방어선인 드네프르강을 싸우지도 못하고 잃었다.

쿠르스크 싸움에 이기고 이어진 역습에 성공한 러시아군은 전력을 증강시켰다. 그리고 겨울이 다가오자 러시아군은 다시 공격에 나섰다. 겨울은 러시아군에 크게 유리했다. 러시아 사람들이 원래 추운 곳에서 살아서 추위를 잘 견디는 데다가, 미국의 막대한 원조 덕분에 러시아 병사들은 방한복이 충분히 지급되었다. 반면에, 단기전을 예상했던 독일군은 방한복이 부족해서, 특히 동상으로부터 발을 보호할 수 없는 군화 때문에 추위로 전력 손실이 컸다.

크림 싸움

독일군에서 러시아군의 공격에 가장 취약한 부대는 크림반도의 A집단군 예하 17군이었다. 러시아군이 크림반도와 대륙을 연결하는 지협을 장악하면 17군은 '독 안에 든 쥐' 신세가 되는 것이었다. 설령 러시아군의 포위를 뚫는다 하더라도, 너른 드네프르강 하류를 건너야 서쪽으로 후퇴할 수 있었다.

당연히 독일군으로선 크림반도와 드네프르강 하류 동쪽 지역을 포기하고 서쪽으로 물러나야 했다. 그러나 이미 남부집단군의 후퇴를 거부한 히틀러는 17군에 대해서도 크림반도를 고수하라는 명령을 내렸다. 중부집단군의 후퇴 요청을 뒤늦게 승인해서 조직적 철수 대신 패주를 부르고 드네프르강 방어선이 무너지도록 만들었지만, 히틀러는 여전히 교훈을 얻지 못한 것이었다.

히틀러가 이처럼 명백히 불리한 상황에서도 후퇴를 승인하지 않고 전선의 고수를 고집한 데엔 여러 요인들이 복합적으로 작용했다.

먼저 히틀러는 땅에 대한 욕심이 커서, 한번 점령한 땅을 내놓기를 싫어했다. 생활영토(Lebensraum)가 나치의 이념적 원리였다는 점에서 드러나듯, 히틀러는 독일의 지역적 팽창에 유난히 집착했다(하긴 이런 땅에 대한 욕심은 거의 모든 전체주의 지도자들이 보였다. 무솔리니와 스탈린도 히틀러만큼 영토의 확장을 추구했고, 한번 손에 넣은 땅은 결코 내놓지 않으려 했다).

다음엔, 히틀러는 독일군 지휘관들을 불신했다. 히틀러는 오스트리아 출신이었고, 제1차 세계대전에서 병사로 복무했고 병사로선 타기 어려운 철십자훈장을 받았다. 독일군 참모본부와 지휘관들은 프로이센 귀족들이 주류를 형성했다. 자연히 히틀러는 사관학교 훈련을 받고 큰 부대들을 지휘한 경험이 많은 독일군 고급 장교들에 대해 어쩔 수 없는 열등감을 품었고, 그런 열등감을 그들이 최전선의 현실을 자신만큼 알지 못한다는 경멸감으로 덮었다. 그래서 그는 최전선에서 싸우는 부대의 용기를 높이 평가했고, 늘 퇴로를 먼저 확보하려는 지휘관들에 대해 비판적이었다. 그리고 자신의 확고한 의지만이 독일군의 흔들리는 방어선을 안정시킬 수 있다고 믿었다.

셋째, 히틀러는 독일군의 현황에 대해 잘 알지 못했다. 후방의 지휘부에서 큰 지도를 놓고 전황을 살피는 터라서, 그는 벌써 4년 동안 전쟁을 치른 독일군이 상당히 피폐했다는 사실을 충분히 인식하지 못했다. 편제는 그대로였지만 대부분의 부대들은 병력이 크게 부족했고, 병사들은 심신이 극도로 지쳐서 전투 능력이 크게 줄어들었으며, 무기들과 장비들도 크게 부족했다. 그래서 압도적 전력을 갖춘 러시아군과 맞선 지휘관들의 현실적 판단을 그는 너무 가볍게 무시하곤 했다.

넷째, 히틀러는 전선의 상황과 관련이 없는 요소들을 고려해서 군사적 결정을 내렸다. 그는 자신의 명성과 위신이 국제 정세에 큰 영향을 미친다고 여겼다. 독일군의 후퇴가 히틀러 자신의 명성과 위신을 깎아내려 독일의 동맹국들의 결속을 약화시킨다고 믿었다. 그래서 그는 후퇴 요청을 일단 거부하는 경향이 있었다. 너른 러시아 평원에선 독일군으로선 기동적 방어가 유리한데도, 전선을 형성해서 물러나지 않도록 했다. 독일군이 스탈린그라드의 점령에 집착해서 끝내 전세를 그르친 일도 히틀러가 그 도시의 점령에 자신의 명성과 위신이 걸렸다고 여긴 것이 한 요인이었다. 전세가 불리해진 1943년부터는 독일군의 후퇴가 동맹국 핀란드로 하여금 러시아와 단독 강화를 하거나 터키로 하여금 연합국에 가담하도록 할 가능성을 겁냈다.

17군이 크림반도로부터 철수하는 일을 놓고, 히틀러는 크림반도의 전략적 중요성을 너무 크게 고려해서 또 한 번 비합리적 결정을 내렸다. 그는 크림반도가 러시아군에 넘어가면, 독일군에 석유를 공급하는 루마니아의 플로에슈티 유전이 크림반도에서 발진한 러시아 항공기들의 폭격을 받게 된다고 믿었다. 그는 루마니아 지도자인 이온 안토네스쿠(Ion Antonescu) 장군도 그런 위협을 걱정하리라고 여겨서, 안토네스쿠에게 병력 지원을 요청했다. 게다가 17군엔 루마니아 산악군단 6만 5천 명이 배속되어 있었다. 그러나 안토네스쿠는 무너지는 동부 전선에 병력을 증파할 마음이 없었다. 그러자 히틀러는 17군에 크림반도에 그대로 머물면서 끝까지 지키라는 명령을 내리고 끝냈다.

우크라이나 전선에 투입된 러시아군의 전력이 워낙 강력해서, 17군의 바로 이웃인 6군은 뒤로 물러났다. 그래서 1943년 11월에 크림반도와 대륙을 잇는 페레코프 지협을 러시아군이 장악하게 되었고, 17군의 독일군 23만 명은 반도에 갇혔다. 그 뒤로 다섯 달 동안 러시아군은 크림반도의 탈환에 큰 힘을 들이지 않았고, 1944년 4월이 되어서야 크림반도를 본격적으로 공격하기 시작했다. 러시아군은 페레코프 지협을 통해 서쪽에서 공격하고 반도의 동쪽 해안에 상륙했다. 압도적으로 우세한 러시아군에 맞서 독일군은 용감하게 싸웠고, 마지막 거점인 세바스토폴에서 저항했다.

히틀러는 세바스토폴을 요새로 삼아 러시아군에 저항할 생각이었다. 1941년에서 1942년에 걸친 '크림 전역(Crimean Campaign)'에서 러시아

히틀러의 어리석은 고집과 무책임한 명령으로, 세바스토폴 철수작전에서 3만가량의 독일군과 루마니아군 병력이 러시아군의 포로가 되었다.

군이 그런 전략을 따랐다. 17군 사령관 에르빈 야에네케(Erwin Jaenecke) 대장은 4월 29일 최고사령부에서 히틀러와 만나 세바스토폴에서 완전히 철수해야 한다고 강력히 건의했다. 세바스토폴의 파괴된 방어 시설들이 제대로 복구되지 않아서 독일군은 세바스토폴을 요새로 삼을 수 없는 실정이었다. 그러나 히틀러는 그의 의견을 받아들이지 않고 그를 해임했다.

1944년 5월이 되자, 히틀러도 17군이 크림반도에서 더 저항하는 것은 의미가 없다고 인정했다. 그래서 5월 4일부터 나흘 동안 야간에 세바스토폴에서 루마니아 항구 콘스탄차로 병력을 수송하는 철수작전이 수행되었다. 이 과정에서 루마니아와 독일의 함정들과 러시아의 함정들과 항공기들 사이에 치열한 해전이 벌어졌다. 독일군과 루마니아군의 철수는 불리한 상황 속에서 비교적 성공적으로 이루어졌지만, 3만가량의 독일군과 루마니아군 병력은 뒤에 남겨져서 러시아군의 포로들이 되었다. 히틀러의 어리석은 고집과 무책임한 명령으로 1개 군이 실질적으로 사라진 것이었다.

히틀러는 '크림 싸움(Battle of Crimea)'에서 패배한 책임을 야에네케에게 뒤집어씌웠다. 야에네케는 루마니아에서 체포되어 군법회의에 회부되었다. 그는 동부 전선에서 줄곧 야전 지휘관으로 활약한 군인이었고, 스탈린그라드에서 부상해서 마지막으로 후송되었다. 이 재판의 특별조사관으로 임명된 하인츠 구데리안 대장은 재판을 천천히 진행시켰고, 야에네케는 1944년 6월에 조용히 방면되었다.

바그라티온 작전

동부 전선 전체에서 러시아군의 공세는 독일군을 압도했다. 특히 우크라이나 전선에서 러시아군은 큰 전과를 얻었으니, 1943년 11월 초순 러시아는 우크라이나의 수도 키예프를 탈환했다.

독일군과 러시아군 사이의 전력의 차이가 점점 커지는 상황에서 영토를 지키려는 히틀러의 전략은 점점 더 비합리적이 되어 갔다. 1944년 1월에 만슈타인은 히틀러의 사령부를 두 차례 방문해서 전략적 후퇴를 건의했다. 히틀러는 만슈타인의 요청을 거듭 거부했다. 결국 2월에 남부집단군 2개 군단이 러시아군에 포위되었다. 이 부대들을 구출하기 위해 남부집단군의 기갑부대들이 동원되었고, 포위된 부대들은 탈출했지만 기갑부대들은 긴급한 전선에 투입될 수 없었다.

지킬 수 없는 지역을 지키던 클라이스트의 A집단군은 러시아군에 거의 포위될 지경에 이르렀다. 상황이 절망적임을 히틀러가 인정하고 후퇴를 승인했을 때는 이미 늦었다. 그래서 A집단군은 조직적 철수를 하지 못하고 야포들과 차량들을 포기하고 급히 물러났다.

북부집단군도 위기를 맞았다. 러시아군의 공격으로 독일군의 전선은 세 군데가 뚫려서, 북부집단군은 조직적 방어작전을 수행하기 어려워졌다. 1944년 1월 26일 레닌그라드는 공식적으로 해방되었다. 1천 일 동안의 포위로 100만 명이 굶어 죽은 비극이 마침내 끝난 것이었다.

이런 패전의 책임을 물어 히틀러는 만슈타인과 클라이스트를 해임하고, 모델을 남부집단군 사령관에, 그리고 페르디난트 쇠르너(Ferdinand Schörner)를 A집단군 사령관에 임명했다. 만슈타인과 클라이스트는 독일군에서 가장 뛰어난 기갑전술 지휘관들이었다. 모델은 나름으로 방어전술에서 뛰어난 능력을 보였지만, 쇠르너는 용렬한 군인이었다. 그러나 그들은 열렬한 나치 지지자들이었고, 히틀러에겐 그것이 가장 중요한 덕목이었다.

1944년 5월 전선이 소강상태에 들어가자, 스탈린은 군사 참모들에게 다음 작전을 검토하라고 지시했다. 테헤란 회담에서 스탈린은 미군과 영국군의 노르망디 상륙작전에 맞춰 독일군을 공격하겠다고 약속한 터였다. 당시 동부 전선은 발트해에서 흑해까지 3천 킬로미터가 넘었다. 참모들의 분석은 아래와 같았다.

1) 체코슬로바키아에서 우크라이나에 이르는 거대한 카르파티아

산맥을 향해 계속 진격하는 방안은 독일과 협력해 온 루마니아, 불가리아, 헝가리 및 유고슬라비아에 대한 위협을 증가시킨다는 이점이 있다. 그러나 그것은 독일군 중부집단군에 노출된 측면을 늘릴 것이다.

2) 레닌그라드에서 발트해 연안을 따라 남진하는 방안은 동프로이센을 위협하겠지만 독일 중심부엔 영향을 미치지 못할 것이다. 그것 역시 중부집단군의 반격에 노출될 측면을 늘릴 것이다.

3) 따라서 바람직한 전략은 아예 중부집단군 자체를 격파하는 것이다. 중부집단군은 러시아의 가장 중요한 부분을 차지하고서 폴란드의 수도 바르샤바와 궁극적 목표인 베를린으로 가는 길을 막고 있으므로, 중부집단군의 격파는 가치가 더욱 크다.

스탈린은 참모들의 작전계획을 승인했고, 러시아군은 공세에 필요한 부대 개편과 물자 확보에 나섰다. 마침내 5월 20일 스탈린은 세부 작전계획을 보고받았다. 그는 그것을 승인하고 '바그라티온 작전(Operation Bagration)'이란 이름을 붙였다. 표트르 바그라티온(Pyotr Bagration)은 1812년 나폴레옹의 러시아 침공작전에서 활약하다 전사한 러시아 장군이었다.

당시 독일군은 게오르크 린데만(Georg Lindemann) 대장이 지휘하는 북부집단군, 에른스트 폰 부슈(Ernst von Busch) 원수가 지휘하는 중부집단군, 모델이 지휘하는 북우크라이나 집단군(이전의 A집단군) 및 쇠르너가 지휘하는 남우크라이나 집단군(이전의 남부집단군)으로 이루어졌다. 공군이 크게 약해진 독일군은 러시아군 지역을 제대로 정찰하지 못해서 러시아군의 움직임에 대한 정보가 아주 빈약했다. 게다가 러시아군의 기만작전이 성공해서, 독일군은 거짓 정보들을 사실이라 믿었다. 그렇게 부족하고 거짓이 섞인 정보에 바탕을 두고서 독일군 지휘부는 러시아군이 북우크라이나 집단군을 공격하리라고 판단했다. 그리고 그런 판단에 따라 기동 병력을 북우크라이나 집단군으로 돌렸다. 동부 전선의 작전 예비전력인 18개 기갑 및 기계화사단이 모두 북우크라이나 집단군에 배속되었다.

자연히 러시아군의 표적이 된 중부집단군은 전력이 크게 약화되었다. 벨라루스의 중부집단군은 포병의 3분의 1, 전차파괴차(tank destroyer)의 절반, 그리고 전차의 88퍼센트를 남쪽으로 내려보냈다(전차파괴차는 앞부분의 장갑을 강화하고 직사포와 같은 전차 파괴 무기들을 갖추어 전차 파괴 임무에 특수화된 전차다). 그래서 중부집단군의 전차, 전차파괴차 및 돌격포(assault gun)의 총수는 겨우 580대였다(돌격포는 보병을 직접 지원하는 자주포다). 반면에, 그들을 공격한 러시아군은 5,800대 이상의 전차와 자주포를 보유했다.

중부집단군은 그때까지 비교적 잘 싸워서, 그들의 전선은 이웃 집단군들의 전선보다 동쪽으로 깊숙이 들어갔다. 특히 비텝스크 지역은 돌출부를 이루어서 러시아군의 협격을 받을 위험이 컸다. 독일군은 병참선을 따라 주요 거점들에 배치되었는데, 히틀러는 이들 주요 거점들을 "어떤 희생을 치르더라도 지켜야 할 요새도시들(Feste Plätze)"로 지정했다. 중부집단군이 지킨 벨라루스에선 수도 민스크를 비롯해서 교통의 요지들인 비텝스크, 오르샤, 모길레프, 바라노비치, 보브루이스크, 슬루츠크 및 리투아니아의 수도인 빌뉴스가 그렇게 지정된 요새도시들이었다.

독일군 야전 지휘관들은 이런 조치를 무척 걱정했다. 병력에서 크게 열세인 독일군이 지역을 고수하면 방어선을 돌파한 러시아군에 포위될 터였다. 9군 사령관 한스 요르단(Hans Jordan) 대장은 "만일 러시아군이 돌파하면, 우리 군대는 기동방어로 돌아가거나 전선이 무너지는 것을 보아야 할 것이다"라고 예측했다.

'바그라티온 작전'은 3단계로 수행되었다. 1단계는 전술적 돌파였다. 2단계는 독일군 중부집단군에 대한 전략적 공세로, 민스크의 탈환이 목표였다. 바그라티온 작전은 원래 여기까지였다. 그러나 2단계에서 독일군 전선이 완전히 무너지자, 러시아군 사령부는 북쪽 지역에서의 전략적 공세를 목표에 추가해서 3단계가 되었다.

1단계는 1944년 6월 19일 유격대(빨치산)가 독일군 후방에서 철도와 통신 시설들을 파괴하는 것으로 시작되었다. 6월 21일 밤엔 독일군 전선에 대한 위력공격(probing attack)과 독일군 통신선에 대한 폭격이 시작되었다. 6월 23일 아침 드디어 독일군 진지들에 대한 엄청난 공격준비사격에 이어 주공격이 시작되었다. 이 공격에 투입된 러시아군 병력은 167만가량 되었고 독일군 병력은 85만가량 되었다. 전차와 자주포에서 압도적 우위를 누린 러시아군은 항공기에서도 큰 우위를 누렸으니, 러시아군은 7,800대를 투입했고 독일군은 920대를 보유했다.

러시아군의 전력이 그렇게 압도적이었으므로, 독일군 전선의 곳곳에서 러시아군은 돌파에 성공했다. 그러면 후방에 있던 러시아군 예비대들이 독일군 후방으로 빠르게 진출해서 독일군의 큰 부대들을 포위하려고 시도했다. 미국이 「무기대여법」에 따라 지원한 22만 대의 트럭 덕분에 러시아군은 보병사단들도 기동력이 뛰어났다. 포위될 위험을 맞은 독일군 부대들은 급히 물러나야 했고, 많은 야포들과 중장비들을 버릴 수밖에 없었다.

러시아군의 돌파에 이은 빠른 침투로 독일군 방어선이 무너지면서 독일군은 곳곳에서 고립되었다. 비텝스크 돌출부를 지키던 3기갑군 53군단이 맨 먼저 고립되었다. 53군은 6월 24일 1개 사단을 '비텝스크 요새'에 남기고 3개 사단과 함께 후퇴하라는 허가를 받았다. 그러나 그 명령이 도착했을 때는 이미 군단이 러시아군에 포위된 뒤였다. 53군단장 프리드리히 골비처(Friedrich Gollwitzer) 대장은 명령을 무시하고 모든 부대들이 동시에 탈출하기로 결심했다. 6월 26일 아침 군단은 중장비들을 모두 버리고 탈출을 시도했다. 그러나 독일군은 시 외곽에 러시아군이 설치한 장벽에 막혔다. 포위된 독일군은 러시아 육군의 공격을 막아 내면서 러시아 공군의 끊임없는 공습을 받았다. 결국 비텝스크는 6월 29일 러시아군에 함락되었고, 독일군 53군단의 2만 8천 병력은 독일군 전투 서열에서 사라졌다.

이처럼 '요새도시들'을 방어하느라 기동방어를 하지 못하는 사이 러시아군에 포위되면 뒤늦게 후퇴 명령이 내려와서 부대들이 단숨에 무너져 포로들이 되는 상황이 중부집단군의 거의 모든 부대들에 닥쳤다. 러시아군이 모든 목표들을 달성한 채 1단계 작전이 끝났다.

이런 전과를 바탕으로 러시아군은 벨라루스의 수도인 민스크를 탈환한다는 2단계 작전에 들어갔다. 러시아군은 단순히 민스크를 점령하는 것이 아니라, 민스크를 지키는 독일군의 주력을 포위해서 파괴하는 것을 목표로 삼았다. 그래서 3벨라루스 전선은 북쪽으로 진격하고 1벨라루스 전선은 남쪽으로 진격해서 7월 초순에 민스크를 포위하는 데 성공했다. [러시아군의 전선(front)은 집단군(army group)을 뜻한다.] 독일군 4군 전부와 9군의 잔존 병력이 갇힌 것이었다. 결국 중부집단군은 1944년 6월 22일부터 7월 4일까지 2주 동안에 25개 사단과 30만 병력을 잃었

독일군의 가장 큰 패배인 '민스크 공세'에서의 참패도 히틀러의 어리석은 고집이 빚은 참사였다. 러시아군은 방대한 영토를 되찾았고, 독일군에 치명적 타격을 주었다.

다. 제2차 세계대전에서 독일군이 맛본 가장 큰 패배인 '민스크 공세(Minsk Offensive)'에서의 참패도 땅을 탐낸 히틀러의 어리석은 고집이 빚은 참사였다.

민스크 탈환이라는 목표를 이룬 러시아군은 무너진 독일군을 추격하는 3단계 작전에 들어갔다. 러시아군 최고사령부는 새로운 목표들을 세우고 독일군을 급하게 몰아세웠다.

6월 28일 부슈가 중부집단군 사령관에서 해임되고 모델이 후임이 되었다. 방어작전에 뛰어난 그는 중부집단군의 패잔병들과 지원 병력으로 벨라루스 서쪽 리다와 빌뉴스를 잇는 선에 방어선을 쳤다. 그러나 러시아군을 막기에는 힘이 부쳐서 독일군은 줄곧 밀렸다. 러시아군은 리투아니아와 라트비아로 진출해서 빌뉴스를 점령하고 리가만에 닿았다. 둘로 나뉜 독일군은 필사적 반격으로 다시 연결되었다.

원래의 공격 방향인 벨라루스에서도 러시아군은 빠르게 진격했다. 러시아군 선두는 1944년 7월 25일에 비스와강 동안에 이르렀다. 이어 8월 초순엔 비스와강 서안에도 교두보들을 확보했다. 이로써 바그라티온 작전은 실질적으로 끝났다.

이 작전에서 러시아군은 완벽한 승리를 얻었다. 독일군으로부터 방대한 영토를 되찾았고, 독일군에 치명적 타격을 주었다. 독일군 사상자들은 적게는 40만에서 많게는 50만으로 추산되는데, 러시아군에 포로가 된 병력이 26만을 넘었다. 작전에 참가한 독일군 사단장들과 군단장들 47명 가운데 31명이 죽거나 포로가 되었다는 사실에서 독일군의 괴멸적 피해를 엿볼 수 있다. 독일군에 대한 완벽한 승리를 세계에 과시하기 위해 러시아가 독일군 포로들을 모스크바에서 행진시켰을 때, 5만 7천 명의 포로들이 20열 종대를 이루어 속보로 지나가는 데 90분이 걸렸다. 러시아는 77만가량의 사상자들을 냈는데, 전사자는 18만이었다.

두 나라 군대가 함께 엄청난 병력과 장비의 손실을 보았지만, 이내 전력을 회복한 러시아군과 달리 독일군은 훈련된 병력과 장비를 보충할 능력이 없었다. 자연히 독일군은 전력이 급속히 떨어졌다. '미드웨이 싸움'에서 항공모함들을 모두 잃은 일본 해군이 항공모함들만이 아니라 숙련된 조종사들과 정비사들을 잃고서 전력이 급속히 떨어진 것과 비슷했다.

바르샤바 봉기

'바그라티온 작전'의 성공은 필연적으로 동유럽의 정세에 큰 영향을 미쳤다. 독일군을 크게 깨뜨린 러시아군이 자국 영토를 회복하고 곧바로 폴란드 영토 안으로 진격해 오자, 5년 동안 독일군의 통치를 받은 폴란드 사람들이 활발하게 움직이기 시작했다.

1944년 7월 하순에 러시아군이 폴란드 수도 바르샤바를 가로지르는 비스와강 동쪽 연안에 이르자, 러시아군에 호응해서 바르샤바를 해방시키려는 시도가 구체화되었다. 드디어 1944년 8월 1일에 바르샤바에서 폴란드 본국군(Polish Home Army)이 일어섰다. 본국군은 폴란드 안의 지하 저항 세력으로 런던 망명정부에 충성했다.

현실적으로 이 '바르샤바 봉기(Warsaw Uprising)'는 극도로 위험한 거사였다. 비록 큰 손실을 입고 밀려났지만 독일군은 아직 와해된 것이 아니었다. 그리고 전략적으로 중요한 바르샤바엔 강력한 독일군 부대가 주둔하고 있었다. 이런 상황에서 본국군이 봉기하게 된 데엔 여러 사정들이 복합적으로 작용했다.

원래 런던 망명정부와 본국군은 서쪽에서 진격해 오는 미군과 영국군에 합류해서 조국을 해방하기를 기대했었다. 그러나 독일군의 동부전선이 예상 밖으로 빨리 무너지면서, 러시아군이 폴란드를 해방시킬 것이 확실해졌다. 이런 상황은 망명정부와 본국군에 더할 나위 없이 괴로운 선택을 강요했다. 폴란드는 오랫동안 러시아의 침략과 지배를 받았으므로 러시아에 대한 두려움과 혐오가 컸다. 많은 폴란드 사람들에겐 러시아군에 의한 해방은 러시아에 다시 종속되는 것을 뜻했다.

1939년에 독일이 폴란드를 침공하자, 러시아는 폴란드 동부를 점령했다. 1940년 스탈린은 폴란드 지도층을 제거하려고 2만 2천 명의 폴란드 장교들과 지식인들을 러시아의 카틴 삼림 인근에서 학살했다. 1943년 독일군이 '카틴 학살(Katyn Massacre)' 현장을 발굴해서 공개하면서 그 만행이 드러났다.

게다가 러시아는 자신이 통제하는 폴란드 정부를 세우려 했다. 러시아는 이미 1944년 7월 하순에 러시아군이 점령한 루블린에 공산주의자들로 이루어진 '루블린 위원회(Lublin Committee)'를 세워서 정통성을 지닌 런던 망명정부에 대항했고, 러시아군은 공산주의자들로 이루어진 '폴란드 1군'을 거느렸다. 자칫하면 루블린 위원회가 런던 망명정부를 밀어내고 폴란드 1군이 폴란드 군대의 주력이 되는 상황이 나올 판이었다.

본국군 앞엔 두 길이 있었다. 하나는 어려운 상황에서도 봉기하는 길이었다. 이 경우엔 러시아군이 도와주지 않아서 독일군에 패배할 위험이 컸다. 다른 하나는 전황이 나아질 때까지 기다리는 길이었다. 이 경우엔 본국군이 무력할 뿐 아니라 나치 독일의 협력자들이라는 러시아의 선전 공세에 시달릴 터였다. 이미 러시아에 봉사하는 폴란드 공산주의자들은 모스크바에서 본국군의 봉기를 호소하는 방송을 하고 있었다. 본국군 사령관 타데우시 부르코모로프스키(Tadeusz Bór-Komorowski) 소장에겐 후자가 더 끔찍한 선택이었다. 만일 바르샤바가 러시아군에 의해 해방되면 본국군은 설 땅이 없었다.

7월 31일 그는 8월 1일 1700시를 봉기 시점으로 정하고 총동원령을 내렸다.

당시 바르샤바의 본국군은 적게는 2만에서 많게는 4만 9천으로 추산된다. 3천가량 되는 다른 저항 세력과 외국인들이 합세했다. 봉기를 실제로 지휘한 안토니 흐루스첼(Antoni Chruściel) 소장은 자신의 병력을 8개 부대로 편성했다. 그리고 바르샤바를 8개 구역으로 나누어 각 부대에 담당 구역을 부여했다. 물론 이들의 무기는 빈약했다.

바르샤바 시내와 인근에 주둔한 독일군은 초기엔 적게는 1만 3천에서 2만 5천 사이로 추산되는데, 빠르게 증원되어 후기엔 5만가량 되었다. 이들의 핵심은 바르샤바 주둔군으로 1만 1천가량 되었다. 독일군이 바르샤바를 중요한 거점으로 여겼으므로, 바르샤바 주둔군은 충분한 무기들을 갖추었을 뿐 아니라 병영과 주요 시설들을 요새들로 만들었다. 바르샤바 주둔군은 인근의 여러 정규군 부대들의 도움을 받을 수 있었다. 또 하나의 병력 집단은 경찰과 무장친위대였는데, 초기엔 5,700가량 되었다. 셋째 병력 집단은 주요 시설들의 경비병들과 같은 보조 병력이었다. 이들을 지휘하는 총사령관은 라이너 슈타엘(Rainer Stahel) 중장이었다.

본국군이 1700시를 거사 시간으로 잡은 것은 실책이었다. 대낮에 많은 사람들이 움직이자, 독일군 사령부는 바로 경계에 들어갔다. 기습의 이점을 잃은 본국군 부대들은 전략적 목표들 가운데 상당수를 점령하는 데 실패했다. 그래도 병사들의 분전 덕분에 8월 4일까지는 바르샤바의 상당 부분을 차지했다. 특히 서쪽 지역인 볼라와 오초타에선 연결된 전선을 이루는 데 성공했다.

그러나 이날 서쪽으로 물러나던 독일군이 증원을 받아 반격에 나섰다. 고립되어 부대를 지휘할 수 없게 된 슈타엘 중장 대신 바르샤바 지역 총사령관에 임명된 에리히 폰 뎀 바흐(Erich von dem Bach) 친위대 장

러시아군은 봉기군을 구원하지 않았다. 바르샤바 봉기는 독일군의 손을 빌려 폴란드 본국군을 처치할 기회를 스탈린에게 준 셈이었다.

군은 아직 바르샤바에 남아 저항하는 독일군 부대들과 협력해서 본국군을 격파하는 작전을 폈다. 이 과정에서 독일군은 주민들을 모두 죽이라는 친위대 사령관 하인리히 히믈러(Heinrich Himmler)의 명령을 실행했다. 볼라와 오초타에서 살해된 주민들은 적게는 2만에서 많게는 10만으로 추산된다. 이런 정책은 폴란드 병사들의 사기를 꺾으려는 의도에서 나왔으나, 독일군의 만행은 오히려 폴란드 병사들의 저항을 더욱 거세게 만들었다.

형세는 점점 폴란드군에 불리해졌다. 특히 독일군의 포병 사격과 항공기 폭격에 폴란드군은 대응할 길이 없었다. 그래도 방어에 유리한 시가전이라, 폴란드군은 8월 내내 시내 중심부에서 버틸 수 있었다.

처음부터 바르샤바 봉기는 러시아군이 곧바로 도움을 주리라는 가정 아래 진행되었다. 당시 러시아군 전차부대들은 바르샤바 동쪽 15킬로미터 지점까지 진출한 터였다. 며칠만 버티면 러시아군의 도움으로 독일군을 바르샤바에서 몰아내는 데 성공할 수 있다고 본국군은 기대했다.

그러나 러시아군은 봉기군을 구원하지 않았다. 8월 1일 본국군이 봉기했을 때, 스탈린의 직접 지시에 따라 러시아군은 진격을 멈췄다. 이어 러시아군 전차부대들은 보급 기지들로부터 연료를 받지 못해서 모두 멈췄다.

러시아 정부는 바르샤바 봉기에 대해 잘 알았다. 바르샤바에 있는 요원들로부터 상세한 정보들을 입수했을 뿐 아니라, 런던 망명정부 수상 스타니스와브 미코와이츠크(Stanisław Mikołajczyk)로부터 봉기에 대해 통보를 받은 터였다. 8월 23일 스탈린은 러시아군 점령 지역에 있는 본국군 병력이 바르샤바를 지원하지 못하도록 하라는 긴급명령을 내렸다. 이 명령에 따라서 러시아군은 본국군 병력을 체포해서 무장을 해제했다. 스탈린은 바르샤바 봉기를 "러시아의 적들이 부추긴" 일이라고 비난하고 본국군을 "한 줌의 범죄자들"이라 불렀다.

스탈린이 바르샤바 봉기를 돕지 않은 것은 그가 본국군을 제거해야 할 대상으로 여겼기 때문이다. 런던 망명정부와 연합군의 일부로 싸워온 폴란드군은 폴란드를 다시 장악하려는 스탈린에겐 큰 장애였다. 그는 그들이 다시 폴란드로 돌아오는 것을 허용할 생각이 없었다. 바르샤바 봉기는 독일군의 손을 빌려 본국군을 처치할 기회를 그에게 준 셈이었다.

바르샤바 봉기를 외면한 것은 러시아만이 아니었다. 런던 망명정부는 봉기에 앞서 영국과 미국의 협력을 얻으려 필사적 외교를 했다. 그러나 영국과 미국은 폴란드에 관련된 작전을 동부 전선의 문제로 여겨서 러시아의 승인을 받기 전엔 움직이려 하지 않았다. 망명정부는 영국 정부에 임무단(mission)을 폴란드에 파견해 달라고 여러 차례 요청했다. 그러나 영국 임무단은 바르샤바 봉기가 실패로 끝나고도 한참 지난 1944년 12월에야 폴란드에 닿았다. 그들은 러시아군 당국자들을 만났지만, 러시아군은 그들을 체포해서 감옥에 가두었다.

그래도 영국 공군과 폴란드 공군은 223회의 출격으로 146인의 폴란드 요원들과 물자가 든 컨테이너 4천 개 및 1,600만 달러어치의 화폐와 금괴를 본국군에 투하했다. 러시아군이 자기 지역의 비행장들을 영국 항공기들이 사용하는 것을 막았으므로, 이들 항공기들은 영국과 이탈리아의 비행장들을 이용해야 했다. 그래서 영국 공군의 수송 능력은 크게 줄어들었다.

영국의 반응이 미지근했다면, 미국의 반응은 비정했다. 스탈린이 공개적으로 바르샤바 봉기를 비난하자, 처칠은 루스벨트에게 공동 공수 작전을 제안했다. 그러나 '얄타 회담(Yalta Conference)'을 앞둔 루스벨트는 스탈린의 반응을 걱정해서 처칠의 제안을 거부했다.

본국군을 지원하지 않으려는 스탈린의 정책에도 불구하고, 러시아군에 속한 폴란드 인민군(Polish People's Army)의 1폴란드군은 본국군에 합류하려 시도했다. 지그문트 베를링(Zigmund Berling) 중장이 이끄는 이 부대는 9월 14일에 본국군이 장악한 비스와강 서쪽 연안에 상륙했다. 그러나 러시아군이 지원하지 않았으므로, 그들은 도강 과정에서 큰 손실을 입었다. 결국 1폴란드군은 강을 되건너와야 했다. 독자적으로 봉기군을 도우려던 작전의 실패로 1폴란드군은 5,700명가량 되는 사상자를 냈고, 베를링 중장은 해임되었다.

이처럼 러시아의 반대에 부딪쳐 미국이 외면하고 영국이 큰 도움을 주지 못하는 사이, 바르샤바의 본국군을 실질적으로 도운 것은 독일의 동맹군인 헝가리군이었다. 당시 바르샤바 둘레엔 헝가리군 부대들이 주둔하고 있었다. 전통적으로 헝가리와 폴란드는 우호적 관계를 유지해 왔고, 두 나라의 병사들과 지휘관들은 그런 우호적 관계를 해칠 뜻이 없었다. 그들 헝가리 부대들은 독일군 9군에 배속되었지만, 그들은 바르샤바 봉기의 진압에 참가하기를 거부했다. 오히려 독일과의 동맹을 공개적으로 깨뜨리지 않는 범위 안에서 폴란드군을 도왔다. 헝가리군은 부상한 폴란드 병사들을 야전 병원들에서 치료하고, 폴란드 병사들에게 물자와 무기를 넘기고, 독일군에 관한 정보를 제공했다. 그들은 독일군에 쫓기는 폴란드 병사들이 도망치도록 도왔고 독일군의 추격을 가로막았다. 독일군이 봉기군의 방송국을 찾아내자 헝가리 무선병들은 독일군의 추적을 무선으로 방해했다. 독일군 헌병들과 교전해서 강제수용소행 열차들에 탄 폴란드인들과 유대인들을 구출하기도 했다. 헝가리군은 친위대에 살해될 폴란드 민간인들을 많이 구출해서 헝가리로 빼돌렸다.

1944년 9월이 되자, 본국군 지휘관들과 독일군 지휘관들은 러시아군이 바르샤바 봉기를 구원하러 오지 않으리라고 판단했다. 스탈린이 폴란드 사람들과 독일 사람들이 서로 죽이는 것을 즐긴다는 것을 깨닫자, 그들은 휴전 협상을 시작했다. 폴란드군은 사상자들이 늘어나는 것을 걱정했고, 독일군으로선 봉기를 빨리 끝내야 바르샤바에 방어 진지를 구축할 수 있었다. 그러나 러시아군이 바르샤바로 다가온다는 소식을 듣자, 폴란드군은 휴전 협상을 중단했다. 러시아군이 끝내 돕지 않자, 폴란드군은 점점 절망적 상황으로 몰렸다. 마침내 10월 2일 폴란드군은 독일군에 항복했다.

항복협정에서 독일군은 폴란드군을 「제네바 협약(Geneva Convention)」의 규정들에 따라 처리하고 민간인들을 인도적으로 대하기로 약속했다. 그러나 독일군은 약속을 지키지 않았다. 무장해제된 폴란드군 포로 1만 5천 명은 독일 안의 포로수용소들에 수감되었다. 35만 내지 55만으로 추산되는 바르샤바 주민들은 독일의 노역장들에 배치되거나 아우슈비츠를 비롯한 강제수용소들로 보내지거나 각지로 분산되었다. 바르샤바 시내는 철저하게 파괴되었다.

바르샤바 봉기로 폴란드 사람들은 참혹한 피해를 보았다. 15만 내지 20만으로 추산되는 민간인들이 죽고, 1만 5,200 내지 1만 6,200으로 추산되는 군인들이 죽고, 5천 내지 2만으로 추산되는 병력이 부상했다. 독일군 사상자는 1만 1천 내지 2만 6천으로 추산된다.

결국 바르샤바 봉기는 스탈린의 의도대로 흘렀다. 폴란드 민족주의 세력의 핵심인 폴란드 본국군은 사라졌고, 러시아에 충성하는 공산주의자들의 군대가 폴란드를 장악했다. 그래서 런던 망명정부 대신 '루블린 위원회'가 확대된 공산당 정권이 폴란드를 장악했다.

바라던 것을 모두 얻었지만, 스탈린이 대가를 치르지 않은 것은 아니다. 그의 행태에 온 세계가 경악했고, 공산주의 러시아의 실체를 많은 사람들이 깨닫게 되었다. 특히 그때까지 러시아와 스탈린에 호의적이었던 미국과 영국의 관리들과 지식인들이 환상을 버리고, 외면했던 러시아의 실상을 보게 되었다.

이런 상황을 예측하지 못했던 스탈린은 재빠르게 거짓 선전으로 대응했다. 러시아의 방대한 선전 기구는 바르샤바 봉기의 정당성을 깎아내리는 주장들을 폈고, 국제공산당(코민테른)에 충성하는 서방의 공산주의자들은 그런 거짓 선전을 그대로 옮겼다.

1) 바르샤바 봉기는 자발적 민중 봉기가 아니라 멀리 떨어진 런던의 망명정부의 지시에 따른 것이었다.
2) 망명정부의 지시는 영국 정부나 러시아 정부와 상의하지 않고 내려졌으며, 봉기를 연합군의 행동에 맞춰 조정하려는 시도도 전혀 없었다.
3) 폴란드 저항운동의 중심은 런던 망명정부가 아니다.
4) 런던 망명정부는 러시아군이 바르샤바에 이르렀을 때 정치적으로 보다 유리한 위치를 차지하려고 봉기를 서둘렀다. 그래서 결과적으로 폴란드 인민들을 배신했다.

이런 행태에 분개한 조지 오웰(George Orwell)은 1944년 9월 1일자 〈트리뷴(Tribune)〉지에 실린 논설에서 이들을 비판했다. 그는 영국 공산주의자들이 러시아의 외교 정책에 대해 "이 정책은 옳은가 그른가?" 하고 묻지 않고 "이것이 러시아의 정책이다. 어떻게 하면 우리는 이것이 옳게 보이도록 할 수 있는가?" 하고 묻는다면서, "스탈린은 언제나 옳다"는 태도 위에선 진정한 동맹이 이루어질 수 없다고 말했다.

오웰은 좌파 저널리스트들과 지식인들에게 그들의 부도덕엔 대가가 따른다는 사실을 경고했다, "부정직과 비겁에 대해선 언제나 대가를 치러야 한다는 것을 기억하라." 그리고 덧붙였다. "한번 갈보가 되면, 영원히 갈보가 된다(Once a whore, always a whore)"

비스와·오데르 공세

폴란드에서 바르샤바 봉기군을 독일군이 진압하도록 러시아군이 움직이지 않는 사이, 남쪽에선 러시아가 독일의 동맹국들을 빠르게 장악해 나갔다. 러시아군이 독일군 전선을 무너뜨리고 루마니아로 몰려오자 1944년 8월 23일 루마니아에선 국왕 미하이(Mihai) 1세가 주도하는 정변이 일어나, 독일과 동맹을 맺었던 이오 안토네스쿠 정권이 무너졌다. 8월 29일엔 러시아군이 수도 부쿠레슈티를 점령했다.

이 러시아군 부대엔 '투도르 블라디미레스쿠(Tudor Vladimirescu) 사단'이라 불린 루마니아인 부대가 있었다. 러시아군은 1943년 10월에 루마니아군 포로들을 모아 부대를 만들고, 철저한 이념 교육을 통해서 러시아에 충성하는 공산주의자들로 만들었다. 그리고 19세기 초엽에 오토만 투르크 제국의 압제에 맞서 봉기한 루마니아 영웅의 이름을 따서 부대 이름으로 삼았다. 이 부대는 루마니아에 러시아의 체제와 정책을 강요하는 일에 앞장을 섰다.

루마니아 바로 남쪽 불가리아에선 1944년 5월에 독일과 동맹을 맺었던 도브리 보질로프(Dobri Bozhilov) 정권이 물러나고 중립을 추구하는 이반 바그리아노프(Ivan Bagrianov) 정권이 들어섰다. 8월 26일 새 정권은 전쟁에서 물러난다고 선언하고 불가리아 영토 안에 있는 독일군의 무장해제를 지시했다. 9월 2일엔 공산주의자들의 저항운동인 '조국전선'이 군사 정변을 일으켜 정권을 장악했다. 10월 28일엔 연합국들과의 휴전이 성립되었고, 불가리아군은 러시아군 사령부의 지휘를 받으면서 독일군과 싸우게 되었다. 이어 전 정권에 참여했던 지도자들에 대한 숙청이 시작되었고 러시아의 체제를 본딴 공산주의 체제가 들어섰다.

발칸반도 남서부의 유고슬라비아는 1941년 독일과 이탈리아를 비롯한 추축국들에 의해 점령되어 분할되었다. 저항 세력도 민족과 이념에 따라 잘게 나뉘어서 서로 싸웠다. 이 과정에서 요시프 브로즈 티토(Josip Broz Tito)가 이끈 공산주의 세력이 득세해서 1944년엔 산악 지역을 장악했다. 그가 거느린 병력은 1944년 10월에 러시아군과 함께 수도 베오그라드를 점령했고, 그는 공산주의 체제의 수립에 착수했다.

헝가리는 아직 독일군이 장악하고 있었지만, 헝가리가 러시아의 영향권 안으로 들어오는 것은 시간문제였다. 1944년 8월 23일에 루마니아가 러시아에 항복하자, 1920년부터 섭정(Regent)으로 헝가리를 통치해온 미클로스 폰 너기바녀 호르티(Miklós von Nagybánya Horthy) 제독은 전쟁에서 발을 빼기로 결심했다. 그는 모스크바에 임무단을 보내서 10월 11일에 휴전 예비협정을 맺었다. 이어 10월 15일에 그는 헝가리가 연합국에 항복할 의사가 있다고 밝혔다. 그러자 독일군은 헝가리로 진주해서 호르티를 체포했다.

독일의 동맹국들 가운데 오직 체코슬로바키아만이 러시아의 직접적 위협을 받지 않았다. 1938년 9월의 '뮌헨 협정'으로 체코슬로바키아는 독일인 주민이 50퍼센트 이상인 지역을 독일에 할양해야 했다. 그러나 처음부터 체코슬로바키아 전체를 병합하려는 뜻을 품었던 히틀러는 1939년에 군대를 보내 체코슬로바키아를 점령하고 보호령으로 삼았다. 체코슬로바키아의 중공업이 독일의 전쟁 수행에 긴요하므로, 독일군의 저항도 클 터였다. 하지만 체코슬로바키아 국민들은 독일의 압제와 착취에 넌더리를 내고 봉기를 일으켰으므로, 러시아의 영향은 조만간 체코슬로바키아에도 미칠 터였다.

이처럼 동유럽의 모든 나라들이 러시아의 실질적 지배를 받게 될 가능성이 빠르게 커지자, 영국의 걱정도 따라 커졌다. 영국의 전통적 외교 정책은 유럽 대륙에 패권국이 출현하는 상황을 막는 것이었다. 19세기 초엽 나폴레옹의 프랑스가 강성해지자, 영국은 오스트리아, 프로이센, 러시아를 아우르는 연합으로 대항했다. 19세기 말엽에 독일이 강성해지자, 프랑스와 러시아를 아우르는 동맹으로 독일에 맞섰고, 그런 동맹에 힘입어 제1차 세계대전에서 독일과 오스트리아에 이겼다. 그리고 제2차 세계대전에선 독일을 중심으로 한 추축국들에 프랑스와 연합해서 맞섰다. 이제 독일이 패망하면, 유럽에서 러시아에 맞설 나라가 없어질 터였다.

이런 상황을 예견하고서, 처칠은 미군이 프랑스 남부가 아니라 발칸반도에 상륙해야 한다고 주장했다. 그렇게 하면 러시아군이 중부 유럽을 장악하는 상황을 막을 수 있다는 얘기였다. 그러나 전통적으로 고립 정책을 추구해 온 미국 지도층은 유럽 내부의 사정에 대해서 지식도 관심도 작았다. 특히 루스벨트는 공산주의의 위험에 대해 잘 알지 못했고 스탈린에게 환상을 품었다. 결국 지중해의 미군은 프랑스 남부에 상륙해서 노르망디에 상륙한 부대와 합류했다.

러시아군이 루마니아와 불가리아를 점령하자, 다급해진 처칠은 1944년 10월에 러시아를 찾았다. 열흘 동안 모스크바에 머물면서 그는 스탈린과 중부 유럽의 미래를 놓고 협상을 벌였다. 그러나 이미 러시아군이 점령했거나 점령할 것이 확실한 중부 유럽 국가들에 관해서 처칠이 협상의 패로 쓸 수 있는 것은 없었다. 스탈린은 러시아군이 점령한 국가들에 공산주의 괴뢰정부들을 세우겠다는 의도를 드러냈다. 처칠이 얻은 것은 그리스가 영국의 영향권에 속한다는 것을 스탈린이 인정한 것뿐이었다.

비스와강 동쪽에 머물던 러시아군은 다음 공격작전을 위한 휴식과 보급이 끝나자, 1945년 1월 12일 일제히 공격에 나섰다. '비스와·오데르 공세'라는 이름이 가리키듯, 러시아군은 비스와강을 건너 오데르강까지 진격하는 것을 목표로 삼았다. 비스와강은 바르샤바를 관통했고 오데르강은 베를린에서 겨우 70킬로미터 동쪽으로 흘렀다. 따라서 이 작전은 베를린을 점령해서 독일을 패망시키는 마지막 작전의 디딤돌이 될 터였다.

러시아군의 우세는 처음부터 분명했다. 독일군 사령부는 러시아가 모든 면들에서 3배가량 우세하다고 판단했지만, 실제로는 5배가량 우세했다. 먼저 병력에서 차이가 컸으니, 220만 명의 러시아군을 45만 명의 독일군이 막아야 했다. 러시아군은 4,500대가 넘는 전차, 2,500대가 넘는 돌격포, 1만 3,700문이 넘는 야포, 1만 4,800문이 넘는 박격포, 5천 문 가까운 대전차포, 2,200문가량 되는 다연장로켓 발사대, 그리고 5천 대의 항공기를 보유했다. 독일군은 1,200대가 채 못 되는 전차와 4,100문의 야포를 보유했다. 포병 화력에서의 두드러진 열세는 독일군의 방어작전에 치명적 약점으로 작용했다.

육군사령부(OKH) 참모총장 하인츠 구데리안 대장은 1944년 7월부터 라트비아의 쿠를란트반도에 고립된 북부집단군 20만 명을 해상으로 철수시켜 심각한 병력 부족을 해결하는 방안을 히틀러에게 제시했다. 히틀러는 그 제안을 즉각 거부했다. 그는 러시아군의 병력이 과장되었다고 믿었다. 아울러, 그는 북부집단군이 쿠를란트반도에 계속 머무는 것이 전쟁 수행에 긴요하다고 여겼다. 그는 해군 사령관 카를 되니츠(Karl Dönitz) 원수의 주도로 개발 중인 신형 잠수함(U-boat)이 대서양의 해상 운송을 단절시켜 유럽 서부 전선의 연합군을 굴복시킬 수 있다고 믿었다. 그렇게 하려면 발트해 연안의 조선소들과 잠수함 기지들을 꼭 유지해야 했는데, 북부집단군이 쿠를란트반도에서 저항해야 그 시설들을 지킬 수 있었다. 전황에 절망하고 마약에 찌든 히틀러가 기괴한 환상 속으로 숨은 것이었다.

비스와강은 큰 강이어서 방어선을 치기 좋았다. 그러나 러시아군이 이미 3개의 교두보를 확보한 터여서, 독일군은 방어선을 제대로 칠 수 없었다. 이번에도 땅을 잃기 싫어하는 히틀러의 성격이 문제를 낳았다. 독일군의 방어선을 설정할 때, 그는 주방어선을 전초 방어선에 너무 가까이 두었다. 그래서 주방어선의 주력 부대들도 러시아군의 가공할 포병 화력에 노출되었다.

러시아군은 게오르기 주코프 원수가 이끄는 1벨라루스 전선이 북쪽 구역을 맡았고, 이반 코네프(Ivan Konev) 원수가 이끄는 1우크라이나 전선이 남쪽 구역을 맡았다. 이들에 맞선 독일군은 요제프 하르페(Josef Harpe) 대장이 이끄는 A집단군이었다.

1945년 1월 12일 아침 러시아군은 3개 교두보에서 일제히 공세를 폈다. 러시아군의 공격준비사격은 엄청났고, 교두보를 막고 선 독일군 부대들은 괴멸적 타격을 입어서 러시아군의 공격에 제대로 대응할 수 없었다. 1우크라이나 전선의 기갑부대들이 진격하기 시작했을 때, 이들에 맞선 독일군 4기갑군은 이미 포병의 3분의 2와 병력의 4분의 1을 잃은 처지였다.

러시아 기갑부대들은 빠른 돌파로 독일군 부대들을 포위하려 시도했다. 전력에서 워낙 큰 차이가 나서 독일군 부대들은 모두 포위될 위험을 맞았다. 1벨라루스 전선의 교두보를 막아섰던 9군의 56기갑군단은 이내 러시아군에 포위되어 부대가 분산되었다. 러시아군의 포위를 가까스로 피한 독일군 부대들은 살아남기 위해 오데르강을 바라고 러시아군과 경주해야 했다.

이처럼 독일군 전선이 무너지면서, 히틀러가 가장 중요하게 여긴 바르샤바가 위태롭게 되었다. 북쪽과 남쪽에서 진출한 러시아군이 바르샤바를 포위하려고 기동하고 있었다. 하르페 대장은 바르샤바에서의 철수를 승인해 달라고 최고사령부에 요청했다. 그러나 히틀러는 그 요청을 거부하고 바르샤바를 고수하라는 명령을 내렸다. 9군의 36기갑군단이 포위될 위험을 맞자, 총사령부의 작전참모 보기슬라브 폰 보닌(Bogislaw von Bonin) 대령은 A집단군에 후퇴하라는 명령을 내렸다. 덕분에 A집단군은 러시아군의 포위에서 벗어났지만, 폰 보닌은 분노한 히틀러의 명령에 의해 체포되어 강제수용소에 갇혔다. 이어 A집단군, 9군 및 36기갑군단의 사령관들을 모조리 해임함으로써 히틀러는 패전의 책임이 그들에게 있다고 선언했다.

독일군의 패주 덕분에 러시아군은 예상보다 빠르게 오데르강에 이르렀다. 1월 31일 1벨라루스 전선의 2근위전차군과 5충격군(shock army)이 맨 먼저 오데르강에 이르렀고, 5충격군의 한 부대는 얼어붙은 강을 건너 교두보를 확보했다(충격부대는 강력한 포병 화력으로 적군의 전선을 돌파하는 임무를 띤 보병부대다. 충격부대가 돌파구를 찾으면 대기하던 전차부대가 그리로 진격해서 적군 후방 깊숙이 들어가서 적군의 포위를 시도한다).

주코프 원수는 내친 김에 베를린으로 진격하고자 했다. A집단군이 무너지면서 베를린은 수비하는 군대가 없는 도시가 되었다. 그러나 주코프는 자신이 이끈 1벨라루스 전선의 양 측방이 적군에게 노출된 것을 걱정했다. 우측방은 북쪽에서 공격하는 2벨라루스 전선이 독일군의 거센 저항을 받아 제대로 서쪽으로 진출하지 못했고, 좌측방은 남쪽에서 공격하는 1우크라이나 전선이 역시 독일군의 저항을 받았다. 북쪽 우측방이 보다 걱정스러웠으니, 발트해 연안의 독일군은 기회가 나올 때마다 역습을 했고, 발트해 연안의 동쪽 지역인 동프로이센에선 러시아군 부대가 독일군에 포위되어 고전하고 있었다. 그래서 발트해 연안 서쪽 지역인 포모제(포메라니아)의 독일군이 주코프의 부대를 측방에서 공격할 위험이 컸다.

주코프의 지원 요청을 받자, 스탈린은 위험이 심각하다고 판단했다. 베를린은 탐나는 목표였지만, 이미 이긴 전쟁에서 잘 싸우는 군대를 위험에 노출시키는 것은 현명하지 않다고 판단한 스탈린은 주코프에게 공격 중단을 지시했다. 그런 결정에 따라, 2월 2일 러시아군 총사령부는 '비스와·오데르 공세' 작전이 완료되었다고 선언했다.

아우슈비츠 수용소의 해방

1945년 1월 27일 러시아군의 '비스와·오데르 공세'가 최종 단계에 이르렀을 때, 1우크라이나 전선의 60군 예하 322소총사단은 폴란드 남부의 작은 공업도시 오시비엥침을 점령했다. 독일 사람들은 이 도시를 아우슈비츠라 불렀다. 322소총사단 병사들은 그날 1500시경에 아우슈비츠에 세워진 독일의 강제수용소를 해방시켰다. 그곳엔 7,500명가량 되는 생존자들과 600구의 시체들이 있었다.

"동무들, 여러분들은 이제 자유로운 몸입니다!"
그러나 포로들은 독일군이 자신들을 속여서 처형하려는 것으로 여기고 숨으려 했다.

러시아 병사들은 말을 타고 아우슈비츠 수용소로 다가왔다. 너무 낯설고 참혹한 수용소의 모습에 질려, 그들은 수용소에 갇혀 피골이 상접한 유대인 포로들에게 말을 걸지도 미소를 보이지도 않았다. 대신 죽음의 그늘에 덮인 수용소의 황량한 풍경으로 눈길을 돌렸다. 그들은 어색한 부끄러움을, 무슨 감추고 싶은 비밀을 들킨 당황스러움을 느끼는 듯했다. 그런 감정들이 자연스러운 동정심을 무겁게 눌러서 밖으로 드러내는 것을 막았다.

마침내 보고를 받은 지휘관이 수용소에 닿았다. 곧 러시아 병사들이 수용소의 막사들에 들어가서 포로들에게 외쳤다.

"동무들, 여러분들은 이제 자유로운 몸입니다!"

그러나 포로들은 아무런 반응도 보이지 않았다. 말이 통하지 않아서 그런다고 생각한 러시아 병사들은 독일어, 폴란드어, 우크라이나어로 얘기했다. 그러자 포로들은 독일군이 자신들을 속여서 처형하려는 것으로 여기고 숨으려 했다. 그들이 독일군이 아니라 러시아군이라는 것이 밝혀지자 비로소 포로들은 상황을 깨달았다. 감격한 포로들은 소리 지르면서 러시아 병사들에게 달려와서 무릎을 꿇고 병사들의 외투 자락에 입을 맞추고 다리를 껴안고서 감사했다.

그렇게 해서 '아우슈비츠 강제수용소'가 온 세계 사람들 앞에 모습을 드러냈다. 거기서 저질러진 참혹한 일들에, 그런 참상을 만들어낸 사악함에, 그런 사악함이 인간의 본성에 있다는 깨달음에 사람들은 경악했다.

나치 독일 정부가 유대인들을 조직적으로 학살한다는 것과 그런 학살이 이루어지는 강제수용소들이 존재한다는 것은 이미 여러 해 전부터 세상에 알려진 터였다. 연합군 수뇌부에선 강제수용소들을 폭격하자는 얘기도 나왔었다. 그러나 전략적 중요성을 지니지 못했다는 이유로 그런 얘기는 흐지부지되었다.

아우슈비츠가 연합군에 의해 해방된 첫 독일 강제수용소였던 것도 아니다. 1944년 7월 러시아군은 폴란드 동부 루블린 인근의 마이다네크 강제수용소를 해방시켰다. 당시 러시아 정부는 그 수용소의 참상을 밝히고 세계의 언론 기관들을 초청했었다. 그러나 바그라티온 작전의 전황이 워낙 큰 관심을 끌어서, 마이다네크는 주목을 받지 못했었다.

실은 아우슈비츠도 해방 당시엔 별다른 주목을 받지 못했다. 〈프라우다〉는 2월 2일에 아우슈비츠의 해방을 보도했지만, 포로들을 그저 "파시즘의 피해자들"이라고 소개하고 그들이 모두 유대인이라는 사실은 밝히지 않았다. 그러나 나치 독일이 저지른 '유대인 대학살(Holocaust)'이 제대로 밝혀지자, 가장 많은 유대인들이 살해된 아우슈비츠가 나치 독일의 사악함을 상징하게 되었다.

아우슈비츠는 외면하고 싶은 역사적 사건이다. 그곳에서 백만이 넘는 사람들이 아무런 잘못도 없이 그저 특정 민족에 속한다는 사실 때문에 살해되었다. 그러나 아우슈비츠는 이 세상을, 그리고 자신을 알려고 애쓰는 사람 앞에 놓인 피할 수 없는 문제다. 그것은 어떻게 해서 나왔는가? 우리는 그것을 어떻게 받아들여야 하는가? 우리는 그것에서 무슨 교훈을 얻어야 하는가? 그 어려운 물음들에 답하려면, 우리는 먼저 유대인의 역사와 문화를 살펴야 한다.

히브리 성서

유대인의 역사는 유대교(Judaism)의 경전인 『히브리 성서(Hebrew Bible)』에 상세히 기록되었다. 『히브리 성서』는 신의 계시와 신과 인간 사이의 관계를 기록한 책이라고 유대인들과 기독교도들이 믿는 경전이다. '성서(Bible)'는 '책들(books)'을 뜻하는 그리스어 낱말에서 나왔는데, 그 어원은 이집트의 파피루스를 그리스로 수출한 페니키아 항구 '비블로스'라는 설이 있다. 『히브리 성서』는 기독교의 『구약(Old Testaments)』과 대체로 겹치는데, 기독교에선 『구약』과 『신약(New Testaments)』을 아울러 『성서』라 부른다.

『히브리 성서』는 세 부분으로 이루어졌다. 첫 부분인 『토라(Torah)』는 『5서(Pentateuch)』라고도 불리는데, 「창세기(Genesis)」, 「출애굽기(Exodus)」, 「레위기(Leviticus)」, 「민수기(Numbers)」 및 「신명기(Deuteronomy)」로 이루어졌다. 이 책들은 모세(Moses)가 썼다고 전해 오나, 학자들은 여러 세기들에 걸쳐서 여러 사람들에 의해 씌어졌다고 여긴다. 『토라』에 나온 「십계명(Ten Commandments)」은 유대인의 종법의 기본이 되었다. 『토라』엔 613개의 계명이 있다고 전해진다. 『토라』는 '율법(Law)'이라 번역되어 왔으나, '가르침(Teachings)'에 가깝다는 의견도 있다. 어쨌든, 『토라』는 『히브리 성서』의 핵심이다. 『토라』에 기록된 역사는 신의 천지창조에서 모세의 죽음까지다.

둘째 부분은 『예언서들(Nevi'im, Prophets)』로 『전예언서(Former Prophets)』와 『후예언서(Latter Prophets)』로 나뉜다. 『전예언서』는 「여호수아(Joshua)」, 「판관기(Judges)」, 「사무엘(Samuel)」 및 「열왕기(Kings)」로 이루어졌고, 『후예언서』는 「이사야(Isaiah)」, 「예레미야(Jeremiah)」, 「에제키엘(Ezekiel, 에스겔)」, 「다니엘(Daniel)」 및 「12 군소 예언자들(Twelve Minor Prophets)」을 포함한다. 군소 예언자들은 호세아(Hosea), 요엘(Joel), 아모스(Amos), 오바디아(Obadiah), 요나(Jonah), 미가(Micah), 나훔(Nahum), 하바꾹(Habakkuk), 스바니야(Zephaniah), 하깨(Haggai), 즈가리야(Zechariah) 및 말라기(Malachi)인데, 이들에 관한 기록은 한 권으로 묶였다(기독교의 구약은 이들 예언자들을 따로 다루어 12권으로 나누었다). 예언서들에 기록된 역사는 히브리 왕국의 성립부터 바빌로니아에 의한 예루살렘 신전(Temple)의 파괴까지다.

셋째 부분은 『제서(Ketuvim, Writings)』인데, 성령의 영향 아래 씌어졌지만 예언서보다는 작은 권위를 지녔다고 믿어진다. 운문으로 씌어진 「시편(Psalms)」, 「잠언(Proverbs)」 및 「욥기(Job)」는 함께 묶여서 'Sifrei Emet'라 불린다. 비교적 짧은 「아가(Song of Songs)」, 「룻기(Book of Ruth)」, 「애가(Book of Lamentations)」, 「전도서(Ecclesiastes)」 및 「에스델(Book of Esther)」은 함께 묶여서 'Hamesh Megillot'이라 불린다. 나머지

편들은 「다니엘(Daniel)」, 「에즈라·느헤미야(Ezra-Nehemiah)」 및 「역대기(Chronicles)」다.

『히브리 성서』가 유대인의 역사를 담았지만, 그것이 씌어진 언어들도 유대인의 역사를 증언한다. 팔레스타인에 살던 유대인들은 기원전 6세기에 바빌로니아에 예속되었고 이어 페르시아의 지배를 받았다. 자연히 유대인의 고유 언어인 히브리어는 바빌로니아 상인들의 국제어이자 페르시아 제국의 공용어였던 아람어(Aramaic)에 깊이 침윤되었다. 마침내 기원전 2세기경에 유대인들은 히브리어 대신 아람어를 쓰기 시작했고, 히브리어는 지식인 계층만이 읽을 줄 아는 '박물관 언어(museum language)'가 되었다. 그래서 아람어 『성서』가 나왔다. '번역' 또는 '통역'을 뜻하는 아람어 'Targum'이라 불린 이 『성서』는 구전으로는 이미 기원전 6세기 말엽부터 나왔고 기록으로는 기원후 1세기부터 나왔다.

기원전 4세기 말엽 알렉산드로스 대왕의 정복 뒤 팔레스타인은 프톨레마이오스(Ptolemaios) 왕조가 집권한 이집트에 예속되었다. 자연히 많은 유대인들이, 특히 알렉산드리아를 중심으로 한 이집트의 유대인들이 아람어 대신 그리스어를 쓰기 시작했다. 그래서 히브리어도 아람어도 모르는 유대인들을 위해 『성서』를 그리스어로 번역할 필요가 생겼고, 기원전 3세기부터 2세기까지 알렉산드리아 박물관에서 그리스어 번역판을 냈다. 그것이 역사적으로 중요하고 뒤에 기독교의 구약의 바탕이 된 『그리스어 성서(Septuagint)』다(Septuagint는 70을 뜻하는데, 유대인 학자 70인이 번역에 참여했다는 사실에서 연유했다).

이처럼 『히브리 성서』는 『그리스어 성서』와 기독교의 구약과 대체로 겹친다. 그러나 『그리스어 성서』는 편찬 과정에서 정경(canon)의 범위를 넓혀서, 『히브리 성서』에 없는 책들이 여럿 들어갔다. 천주교와 동방

정교는 『그리스어 성경』의 정경을 대체로 인정한다. 그러나 개신교는 『히브리 성경』의 정경만을 인정하고 나머지 책들은 『외경(Apocrypha)』으로 삼는다. 천주교가 정경으로 받아들인 책들은 「토비트(Tobit)」, 「유딧(Judith)」, 「마카베오(1 & 2 Maccabees)」, 「지혜서(Wisdom)」, 「집회서(Ecclesiasticus)」, 「바룩(Baruch)」, 「예레미야의 편지(The Letter of Jeremiah)」, 「에스델」 추가분, 「다니엘」 추가분이다.

『히브리 성서』에 담긴 유대인의 역사를 간략히 기술하면 아래와 같다. 유대인의 조상은 팔레스타인의 가나안에 살았던 아브라함(Abraham)이다. 그의 손자 야곱(Jacob)은 열두 아들을 두었는데, 그들은 유대인 '12부족'의 선조들이 되었다. 야곱의 아들 요셉(Joseph)이 이집트의 파라오의 신임을 받아서, 야곱 일가는 이집트로 이주했다. 그들은 끝내 노예들이 되었는데, 모세의 인솔 아래 이집트를 탈출해서 가나안으로 돌아왔다. 모세의 후계자인 여호수아(Joshua)의 지휘 아래 유대인은 가나안을 정복했다.

이런 역사 기술은 다른 역사 기록이나 고고학적 증거들에 의해 떠받쳐지지 않는다. 고고학적 증거들은 유대인이 가나안을 정복한 것이 아니라 가나안의 주민들 가운데 유일신 야훼(Yahweh)를 믿는 부족이 다른 주민들과 구별되면서 유대인이 생겨났음을 가리킨다. 다른 편으로는, 이집트 이주와 탈출을 이집트 역사에 비추어 해석하는 견해도 있다. 셈족 집단의 이입을 그린 기원전 19세기 이집트 벽화는 야곱 집안의 이주를 연상케 하고, 당시 아시아 인종인 힉소스족의 이집트 정복은 그런 이입의 배경으로 볼 수 있다. 인구가 불어난 유대인의 노예화는 기원전 1550년경에 힉소스 정권이 아모스(Ahmose) 1세에 의해 전복된 사실을 떠올리게 한다. 현재 학자들은 아브라함에서 여호수아에 이르는 역사를 건국 신화로 해석하는 태도를 보인다.

여호수아가 죽은 뒤엔 판관들의 시대가 나왔다. 사무엘의 중재로 사울(Saul)이 왕이 되면서, 비로소 통일 왕조(United Monarchy)가 섰다. 이어 다비드(David)와 솔로몬(Solomon)이 다스렸는데, 솔로몬의 사후에 이스라엘 왕국과 유다 왕국으로 분열되었다. 유다 왕국은 유다(Judah)의 부족과 베냐민(Benjamin)의 부족에다 레위(Levi)의 부족의 일부를 포함했다. 이스라엘 왕국이 아시리아 제국에 정복당했을 때 이스라엘의 10개 부족이 사라졌으므로, 현대의 유대인들은 유다 왕국 부족들의 후손들이다.

이런 역사 기술에도 고고학적 증거들에 의해 떠받쳐지지 않는 부분들이 있다. 기원전 1200년경에 세워진 메르넵타 석비(Merneptah Stela)에 '이스라엘'이 언급되었고, 가나안은 기원전 21세기에서 16세기에 걸친 중기 청동기시대(Middle Bronze Age)의 유적을 지녔다. 그러나 판관들의 시대의 존재는 확실치 않고, 통일 왕국이 존재했다는 증거도 없다. 이스라엘 왕국과 유다 왕국이 처음 형성된 시기는 명확하지 않지만, 북쪽의 이스라엘 왕국은 기원전 900년경에, 그리고 남쪽의 유다 왕국은 기원전 700년경에 분명히 존재했다. 이스라엘 왕국이 기원전 720년경에 아시리아 제국에 정복되어 멸망했다는 것은 널리 받아들여진다.

기원전 7세기 말엽에 바빌로니아 왕국이 아시리아 제국을 무너뜨리고 메소포타미아를 장악했다. 당시 유다 왕국은 이집트와 연합해서 바빌로니아에 대항했다. 기원전 605년 이집트 군대가 패배하면서, 팔레스타인은 바빌로니아의 통치를 받게 되었다. 기원전 597년 예루살렘이 바빌로니아 군대에 포위되어 함락되자, 유다 국왕을 비롯해서 왕족과 기술자들이 바빌로니아의 수도 바빌론으로 끌려갔다. 기원전 587년 유다 왕국이 약속을 어기고 이집트와 다시 연합하자, 바빌로니아는 예루살렘을 다시 포위했다. 예루살렘을 함락시킨 바빌로니아 군대는 유다 왕국의 배신에 대한 응징으로 예루살렘을 철저히 파괴했다. 이때 솔로몬이 세웠다고 전해지는 신전이 파괴되었고 많은 유대인들이 바빌론으로 끌려갔다.

이런 재앙은 유대인들의 공동체를 파괴하고 유대인들의 문화와 종교를 단절시켰다. 바빌론으로 끌려간 사람들은 자신들의 처지를 받아들이고 거기 정착했다. 이집트에도 유대인 공동체가 생겼다. 바빌론과 이집트의 유대인 공동체들은 유대인의 첫 이산(diaspora)이었다. 멸망된 유다 왕국의 터전엔 살아남은 유대인 평민들이 농사와 목축에 종사했다.

'바빌론 유수(Babylonian Captivity)'라 불린 포로 생활은 페르시아 제국의 흥기에 의해 끝났다. 기원전 539년 바빌론을 장악하자, 너그러운 정책을 편 키루스(Cyrus) 대왕은 이듬해에 유대인들이 자신들의 고토로 돌아가서 신전을 재건하는 것을 허용했다. 그래서 둘째 신전(Second Temple)이 서고 예루살렘이 다시 유대인의 중심지가 되었다. 많은 학자들은 이 시기(기원전 539년에서 333년까지)에 비로소 『히브리 성서』의 『토라』가 씌어졌다고 본다. 이보다 늦은 헬레니즘 시기(기원전 333년에서 164년까지)에 완성되었다고 보는 학자들도 있다. 어느 쪽이 맞든, '바빌론 유수'로 종교적 전통이 많이 단절된 뒤 새로운 관점에서 그때까지 전해 온 문서들을 기본 자료로 삼아 여러 편집자들이 유대인의 신앙과 역사를 엮은 것이다.

기원전 333년 알렉산드로스 대왕이 페르시아 제국을 무너뜨리자, 유대인은 마케도니아 제국의 지배를 받게 되었다. 마케도니아 제국이 분열된 뒤, 유대인은 프톨레마이오스 왕국의 지배를 받았다가 기원전 2세기 초엽부터 셀레우코스(Seleukos) 왕조의 지배를 받았다. 이 시기에 많은 유대인들이 헬레니즘의 영향을 받았고, 알렉산드리아엔 큰 유대인 공동체가 자라났다.

기원전 167년에 셀레우코스 왕조의 압제에 맞서 유대교 승려 마타티아스 하스몬(Mattathias Hasmon)이 주도한 반란이 일어났다. 맏아들 유다 마카베오(Judas Maccabee)를 비롯한 그의 다섯 아들들은 모두 지략이 뛰어나고 용감해서 셀레우코스 군대를 물리치고 유대인의 독립을 쟁취했다.

그러나 유대교 승려들은 사두개파(Sadducees)와 바리새파(Pharisees)로 분열되었다. 사두개파는 고급 승려들과 지배계층으로 이루어졌고, 바리새파는 하급 승려들과 하층민들로 이루어졌다. 구성원들의 신분을 반영해서, 사두개파는 신전 중심의 종교 활동을 중시했고, 기록된 『토라』를 유일한 권위로 삼았다. 바리새파는 신전과 함께 교회당(synagogue)들을 통해서 활동했고 『토라』 이후에 나온 방대한 구전 율법(Oral Law)도 숭상했다. 그래서 전자는 성서와 율법의 해석에서 보수적이었고 후자는 진취적이었다.

이런 분열은 끝내 내전으로 이어졌고, 동쪽으로 세력을 넓히던 로마의 침입을 불렀다. 기원전 65년 폼페이우스(Pompeius Magnus)는 예루살렘을 정복했고, 이후 유대인은 로마의 지배를 받게 되었다.

기원후 66년에 유대인들은 로마의 통치에 반발해서 반란을 일으켰다. 유대인 군대는 처음엔 로마군을 물리쳤으나, 결국 70년에 티투스 플라비우스 베스파시아누스(Titus Flavius Vespasianus)가 이끈 로마군에 의해 진압되었다. 이어 그의 아들 티투스(Titus)에 의해 예루살렘이 함락되었고 신전은 파괴되었다. 신전이 사라지면서 예루살렘의 중요성도 따라서 약해졌고, 흩어진 유대인들이 다시 모일 가능성도 사라졌다.

132년 하드리아누스(Hadrianus) 황제가 예루살렘에 로마 식민지를 세우기로 하고 유대교 의식을 금하자, 팔레스타인에 남았던 유대인들이 마지막으로 봉기했다. 이들은 구세주로 여겨진 시메온 바르 코스바(Simeon Bar Kosba)의 지도 아래 로마군에 맞섰다. 그들은 로마군에 심각한 피해를 입혔으나, 결국 135년에 예루살렘이 함락되었다. 처절한 싸움과 기아로 유대 지역은 황폐화되었다. 그 뒤로 유대인들은 그들의 '성스러운 도시'를 출입하는 것이 금지되었다.

유대인들이 지니고 갈 수 있는 조국

66년에 일어난 유대인들의 봉기는 73년에야 끝났다. '유대인 대봉기(Great Jewish Revolt)'라 불리게 된 이 참혹한 전쟁으로 예루살렘은 파괴되고 신전은 불탔다. 당시 유대 국왕 아그리파(Agrippa) 2세의 추종자들과 신전의 승려들을 중심으로 한 유대인 사회의 지배계층은 작은 민족이 로마 제국에 맞서는 것의 무모함을 잘 알았고, 로마와 타협하려 시도했다. 그러나 로마의 동화 정책으로 자신들의 신앙이 영향을 받는 것에 분개한 주민들은 로마와의 전쟁을 마다하지 않았다. 이런 분열은 끝내 주화파에 대한 주전파의 박해로 이어졌다.

열심당원들(Zealots)을 중심으로 한 주전파의 그런 태도가 궁극적으로 예루살렘의 함락과 신전의 파괴를 부르리라고 예견한 사람들 가운데 하나는 랍비 요하난 벤 자카이(Johanan Ben Zakkai)였다. 로마와의 싸움을 고집하는 사람들을 설득하는 데 실패하자, 그는 68년 6월에 관 속에 누워 몰래 예루살렘에서 빠져나와 로마군 진영으로 향했다. 그동안 베스파시아누스가 한 행동을 보고, 요하난은 그 로마 장수가 신중하고 너그러운 사람이라고 판단했다. 그래서 그에게 자비를 호소하려는 생각이었다.

요하난은 관에서 나와 자신의 신분을 밝혔다. 그리고 자신이 찾아온 목적을 말했다.

"저는 너그러우신 장군님께 앙청할 일이 있습니다."

"랍비 요하난 벤 자카이, 내가 그대를 위해 해 줄 수 있는 것이 무엇이오?" 유대인 랍비의 극적 출현에 호기심이 인 베스파시아누스가 미소를 띠고 물었다.

"존경하옵는 장군님, 저는 장군님께서 야브네를 살려 주시기를 바랄 따름입니다. 저는 야브네로 가서 학교를 세우고 제자들을 가르치겠습니다. 저는 그곳에 기도하는 곳을 세우고 율법에 정해진 의무들을 다하고자 합니다."

잠시 생각한 뒤, 베스파시아누스는 고개를 끄덕였다. "좋소. 그리로 가시오. 그리고 하고 싶은 일들을 하시오."

이 사소해 보이는 은혜가 유대교를 살렸다. 요하난은 『성서』가 유대인들이 어느 곳에 가든 지니고 갈 수 있는 조국이라는 것을, 학교에서 『성서』를 가르치면 유대교는 살아남으리라는 것을, 그래서 예루살렘이 폐허가 되고 신전이 사라져도 유대인들은 하느님과 소통할 수 있다는 것을 내다본 것이었다.

"감사합니다, 장군님." 요하난은 너그러운 장군에게 진심으로 감사했다. "그런데 장군님, 제가 장군님께 한 말씀을 드려도 되겠습니까?"

"말해 보시오, 랍비."

"장군님께선 로마 제국을 다스리시게 될 것입니다." 요하난은 나직하지만 확신에 찬 목소리로 말했다.

베스파시아누스의 몸속으로 짜릿한 전율이 흘렀다. 그는 잠시 이교도 학자의 얼굴을 살폈다. 요하난의 태도와 낯빛은 더할 나위 없이 진지했다. 그저 아부하는 얘기는 아니었다.

베스파시아누스의 가슴에 기대감이 뿌듯하게 차올랐다. 이곳 유대에선 앞날을 잘 내다보는 현인들과 예언자들이 많이 나왔다고 했다. 그는 앞에 선 요하난을 다시 살폈다. 평생을 신앙생활에 바친 랍비의 몸엔 맑은 기운이 어렸다.

그리고 로마에선 새 황제가 나올 참이었다. 로마 사람들은 여러 해 전부터 네로(Nero) 황제의 방종에 넌더리를 냈다. 지난 3월엔 갈리아에서 가이우스 빈덱스(Gaius Julius Vindex)가 네로에 대항해서 기병했다. 빈덱스의 반란은 곧 진압되었지만, 스페인 총독 세르비우스 갈바(Servius Sulpicius Galba)를 새 황제로 옹립하려는 움직임이 일었다. 이제 로마군에 기반을 가진 장군들이라면 누구나 황제가 되려는 꿈을 품었을 터였다. 베스파시아누스 자신도 그런 장군들 가운데 하나였다. 봉기한 유대인들을 진압할 임무를 띤 그는 지금 3개 군단 6만 명의 병력을 거느렸다. 그리고 병력의 손실을 줄이는 방식으로 유대를 평정해서 휘하 장교들과 병사들의 지지를 받았다. 유대인들의 봉기를 무난히 평정한다면, 그가 유력한 황제 후보로 떠오를 수도 있었다.

가슴속에서 일렁이는 감정의 물살을 누르고서 베스파시아누스는 차분한 목소리로 물었다. "랍비 요하난 벤 자카이, 랍비는 무슨 근거로 그런 예언을 하는 것이오?"

"저희에겐 옛적부터 전해 온 말씀이 있습니다. 성스러운 집안은 평민에 지나지 않는 사람의 손으로 넘어가지 않고 왕의 손으로 넘어간다는 말씀입니다." 요하난은 확신에 차서 대답했다. 그리고 『성서』의 한 구절을 낭송했다.

"랍비," 한참 생각에 잠겼던 베스파시아누스가 조용히 말했다. "그 구절을 한 번 더 들려주시오."

요하난은 『성서』의 구절을 다시 낭송했다. 그리고 덧붙였다. "이제 예루살렘이 로마군의 손으로 넘어가는 것은 정해진 일입니다. 따라서 장군님께선 예루살렘이 무너지기 전에 로마 황제가 되실 것입니다."

요하난이 낭송한 『성서』의 구절은 「이사야」의 10장 34절이었다.

> 무성한 숲이 도끼에 찍혀 넘어가고 레바논은 강하신 하느님의 손에 맞아 내려앉으리라." (『공동번역 성서』, 1977)

다만, 이 구절의 표현은 요하난의 얘기와 어울리지 않는다. 『흠정 영역 성서』(1611)엔 "And he shall cut down the thickets of the forest with iron, and Lebanon shall fall by a mighty one"이라 나온다. 이 표현은 요하난의 얘기와 맞는다. 'a mighty one'은 하느님을 뜻할 수 없다.

요하난이 야브네로 떠나고 며칠 지나지 않아서, 로마로부터 사자가 와서 네로 황제가 축출되어 자살했다는 소식을 베스파시아누스에게 전했다. 이어 갈바가 새 황제로 옹립되었다. 그러나 그는 이내 마르쿠스 오토(Marcus Salvius Otho)의 지지자들에 의해 살해되었다. 제위에 오른 오토는 석 달 만에 아울루스 비텔리우스(Aulus Vitellius)와의 싸움에서 패하여 자살했다. 오토의 지지자들은 비텔리우스 황제에 대항할 인물로 베스파시아누스를 선택했다. 69년 2월 베스파시아누스는 비텔리우스에게 도전할 생각을 굳혔다. 그는 로마 제국 동부의 장군들과 협의했고 그들의 지지를 얻었다. 결국 69년 12월 원로원은 아직 이집트에 머물던 베스파시아누스를 새 황제로 뽑았다.

베스파시아누스는 사람들의 기대를 저버리지 않았다. 그는 '4황제의 해(Year of the Four Emperors)'라 불린 69년의 혼란을 극복하고 여러 개혁 조치들을 취했다. 그는 성격이 너그럽고 참을성이 많아서 정적들이나 비판자들을 탄압하지 않았다. 덕분에 잇단 내전들로 어지러웠던 로마 사회는 안정을 되찾았다. 그가 죽은 뒤엔 맏아들 티투스(Titus)가 제위를 물려받았다. 티투스는 일찍 죽었지만 그의 동생 도미티아누스(Domitianus)가 제위를 이었다. 이들 플라비아누스 왕조(Flavian Dynasty)는 30년이 채 못 되는 기간에 로마를 안정시켜서, 로마 제국의 극성기인 '오현제(Five Good Emperors) 시대'가 나왔다.

랍비 유대교

야브네에 정착해서 학교를 세운 뒤, 요하난 벤 자카이는 유대 지역 유대교의 중심이 되었다. 베스파시아누스가 곧 황제가 되리라는 예언이 후광처럼 감싸서, 요하난과 그의 학교는 로마군의 억압을 피할 수 있었다.

요하난이 떠안은 시급한 과제는 예루살렘의 함락과 신전의 파괴라는 대참사에 대한 종교적 대응이었다. 예루살렘은 유대 사회의 정치와 종교의 중심이었으므로, 예루살렘의 파괴는 흩어진 유대인들이 한데 모일 곳을 없앴다. 신전은 유대교의 모든 의식들이 이루어지는 성스러운 장소였고 신전의 승려들은 종교 활동의 핵심 집단이었으므로, 신전의 파괴는 종교 의식을 거행할 장소와 집단이 일시에 사라지도록 만들었다. 요하난은 종교 의식들을 이런 상황에 맞게 바꾸었다. 특히 신전의 희생 제단(sacrificial altar)이 없어졌으니, 동물의 희생을 기도로 바꾸자고 사람들을 설득했고, 그 뒤로 기도로 희생을 대신하는 관행이 이어졌다.

이처럼 요하난은 유대교의 부흥에서 결정적 역할을 했다. 현실을 정직하게 살피고 최선의 길을 찾는 그의 태도는 그가 남긴 말에서 드러난다.

"만일 당신이 손에 묘목을 들고 있을 때 누가 당신에게 '빨리 오시오. 구세주께서 여기 오셨소!' 하고 외치면, 먼저 그 나무를 다 심고 구세주를 맞으러 가시오."

예루살렘의 신전이 사라지고 종교 의식의 중요성이 차츰 줄어들자, 『성서』를 공부하는 지적 활동이 활발해졌다. 자연히, 신전을 장악하고 권력을 누렸던 사두개파는 쇠퇴하고 민중에 바탕을 두고 『성서』를 진취적으로 해석하는 바리새파가 득세했다.

이런 변화는 랍비 유대교(Rabbinic Judaism)가 출현해서 유대교의 주류가 되도록 만들었다. 랍비 유대교는 기록된 『토라』와 함께 구전 율법(Oral Torah)을 중시한다. 기록된 『토라』는 간략해서 일반 신도들이 제대로 이해하기 어려운데, 구전 율법은 『토라』의 참뜻을 설명하고 『토라』의 가르침을 실천하는 데 필요한 지침들을 담았다고 여겨진다.

구전 율법을 그렇게 숭상하므로, 랍비 유대교는 구전 율법을 다룬 『탈무드(Talmud)』를 중시한다. '교육(instruction)'이란 뜻을 지닌 『탈무드』는 두 부분들로 이루어졌다. 「미슈나(Mishnah)」는 기록된 구전 율법들의 요약(compendium)이다. 「게마라(Gemara)」는 『미슈나』의 해설이다. 『탈무드』엔 기원전부터 5세기까지 활약한 수천 명 랍비들의 가르침들과 의견들이 담겼다.

구전 율법을 연구하고 해설하고 기록하는 작업은 갈릴리 지역과 바빌로니아(메소포타미아)에서 따로 시작되었다. 갈릴리에서 발전한 『탈무드』는 4세기경에 마지막으로 편집되었는데, 『예루살렘 탈무드』라 불린다. 이때엔 이미 기독교가 로마 제국의 국교가 되어 유대교가 박해를 받았으므로 편집이 완결되지 못했다. 그래서 내용이 부실하고 해석이 어려운 경우들이 많다. 반면에 바빌로니아에서 발전한 『탈무드』는 6세기에 완성되었고 편집이 완결되었다. 그래서 『바빌로니아 탈무드』가 유대교도들의 지침이 되었다.

유대인들이 '성스러운 도시' 예루살렘으로부터 추방되어 세계 곳곳으로 흩어져 차별과 박해 속에 힘들게 살았으므로, 그들의 종교는 어쩔 수 없이 분화되고 지역적 특질들을 지니게 되었다. 역설적으로, 이런 사정은 유대교가 빠르게 진화하도록 만들었다. 특히 방대한 지역에 걸쳐 신도들을 통제하는 교단이 존재할 수 없었다는 사정은 유대교의 교리가 지적으로 높은 수준에 이르도록 격려했다.

유대교의 이런 지적 면모는 13세기 학자 랍비 모제스 벤 마이몬(Moses ben Maimon)의 사상에서 잘 드러난다. 흔히 마이모니데스(Maimonides)라 불리는 이 위대한 철학자는 뛰어난 천문학자이자 의사이기도 했다. 그는 아리스토텔레스의 철학을 받아들여서 이성을 중시했다. 신과 옳은 관계를 맺으려면 먼저 신에 관한 지식을 얻어야 한다고 그는 지적했다. 그래서 영원한 생명과 열락은 신에 대한 이성적 지식에 달렸다고 믿었다. 다른 편으로는, 사람의 추론에는 근본적 부족함이 있어서 그것만으로 궁극적 진리를 판정할 수 없다고 강조했다. 당연히, 신의 계시에 의지해야 궁극적 진리를 깨달을 수 있다고 믿었다.

마이모니데스는 유대교도들의 신조로 13가지 믿음을 꼽았다.

1) 조물주와 섭리에 대한 믿음
2) 신의 일체성에 대한 믿음
3) 신의 비물질성(incorporeality)에 대한 믿음
4) 신의 영원성에 대한 믿음
5) 예배는 신에 대해서만 행해져야 한다는 믿음
6) 예언자들의 말씀들에 대한 믿음
7) 모세가 예언자들 가운데 가장 위대한 예언자였다는 믿음
8) 시나이에서 모세가 율법의 계시를 받았다는 믿음
9) 계시된 율법의 불변성에 대한 믿음
10) 신의 전지全知에 대한 믿음
11) 현세와 내세에서 응보가 있다는 믿음
12) 구세주의 출현에 대한 믿음
13) 죽은 자들의 부활에 대한 믿음

마이모니데스의 신조들은 유대교도들 사이에서 널리 받아들여졌다. 그리고 그의 학문적 업적이 워낙 위대했으므로, 그의 사상은 유대교를 넘어 중세 기독교에도 큰 영향을 미쳤다. 알베르투스 마그누스(Albertus Magnus), 토마스 아퀴나스(Thomas Aquinas), 둔스 스코투스(Duns Scotus)와 같은 스콜라 철학자들이 그의 영향을 깊이 받았고, 그는 '유대인 스콜라 철학자'로 일컬어진다.

랍비 유대교는 『성서』의 해석과 신앙 활동에서 대체적으로 이지적 태

도를 견지하면서 신비주의적 경향을 경계했다. 그런 이지적 태도에서 마이모니데스로 상징되는 합리주의적 전통이 확립되었다.

그렇다고 유대교에서 신비주의적 경향이 작았던 것은 아니다. 종교적 체험은 본질적으로 신비스러운 경험이다. 신과 소통하고 신의 계시를 받는 것보다 더 신비스러운 경험은 없다. 게다가 여러 나라들로 흩어져서 정당한 구성원들로 대접받지 못하고 늘 다수로부터 박해를 받는 처지라서 유대교도들에겐 영적 위로가 더욱 절실할 수밖에 없었다. 그런 요구에 부응해서 일찍부터 신비주의적 경향이 유대교의 비주류로서 전해졌다.

유대교의 신비주의는 중세에 '카발라(Kabbalah)'의 모습으로 분출했다. '전통'이란 뜻을 지닌 카발라는 12세기에 기독교 지역인 남부 프랑스와 이슬람 왕조의 지배를 받던 스페인에서 나온 비교秘敎적(esoteric) 유파다. 카발라는 '광휘'를 뜻하는 『조하르(Zohar)』를 기본 경전으로 삼았다.

카발라의 융성에 결정적 영향을 미친 학자는 16세기에 활약한 이삭 루리아(Isaac Luria)였다. 그는 신의 천지 창조 과정에 대해서 자세히 설명했다. 그리고 그 과정에서 나온 혼란이 세상을 덮고 악이 세상에 널리 퍼지게 되었다고 말했다. 그러나 그런 악이 오래갈 수는 없으니, 신이 구세주를 보내서 세상이 조화를 되찾도록 하리라 예언했다. 그의 영향이 워낙 컸으므로, 그의 사후에 카발라는 실질적으로 '루리아의 카발라(Lurianic Kabbalah)'가 되었다.

17세기 후반 인쇄술의 발전으로 동유럽에서 '루리아의 카발라'를 소개하는 책자들이 많이 나왔다. 이처럼 대중화된 카발라의 영향을 받아, 18세기 우크라이나에서 하시디즘(Hasidism)이 일어났다. '경건(piety)'을 뜻하는 하시디즘은 빠르게 성장해서 동유럽에 널리 퍼졌다. 유대교도들에 대한 학살(pogrom)이 주기적으로 자행되는 동유럽 기독교 사회들에선 신과 구세주에 대한 믿음이 보다 절실할 수밖에 없었다. 이런 사회들에서 신에 대한 믿음은 자연스럽게 신비주의적 경향을 띠었다.

하시디즘의 근본 교리는 신이 우주에 내재(immanence)한다는 믿음이다. 이런 믿음은 흔히 "신이 없는 곳은 없다(No site is devoid of Him)"라는 구절로 표현된다. 자연히, 모든 곳에 내재하는 신과의 영적 교섭(communion)이 중요한 신앙 활동이 되었다. 신과의 영적 교섭은 누구나 할 수 있고, 종교 지도자들은 신도들이 그렇게 신과 교섭하는 것을 돕는다.

하시디즘을 부흥시킨 브레슬로프의 나흐만(Nachman of Breslov)의 단편 환상소설(fantasy) 「산 위의 바위」에 이런 신조가 감동적 모습으로 나온다.

> 세계의 한끝에 산 하나가 서 있다. 그 산의 정상엔 바위 하나가 서 있다. 그 바위에서 샘이 흘러내린다. 그런데, 모든 것들이 심장을 갖추었다. 그래서 세계도 심장을 가졌다. 세계의 심장은 세계의 다른 끝에 서서 맥박 친다. 샘으로 다가가고 싶은 거센 그리움으로 계속 한탄하고 갈망하면서. 샘도 따라서 세계의 심장을 그리워한다.
>
> 그러나 세계의 심장은 샘에 가까이 갈 수 없고, 샘도 세계의 심장에 가까이 갈 수 없다. 그들이 서로 가까워지면 산의 정상은 세계의 심장의 눈길로부터 가려질 것이다. 산의 정상과 샘을 볼 수 없게 되면 세계의 심장은 맥박이 멈추고 죽을 것이다. 세계의 심장이 멈추면 온 세계가 멈출 것이다. 심장은 세계와 그 안에 있는 모

든 것들의 생명이다. 그래서 세계의 심장은 감히 샘에 다가가지 못하고 멀리 떨어진 채 거센 그리움에 부대껴야 한다.

나흐만은 하시디즘의 창시자인 이스라엘 벤 엘리에제르(Israel ben Eliezer)의 증손자로 18세기 말엽에서 19세기 초엽에 걸쳐 활약했다. 그는 카발라에 관한 비교秘教적 지식과 『토라』에 관한 학문적 지식을 결합해서 높은 경지에 이르렀고, 그의 가르침은 '브레슬로프 하시디즘'의 바탕이 되었다. 그는 사람들이 신에 가까이 가는 것을 신앙의 근본으로 삼았고, "진정한, 좋은 친구에게 하듯이" 신에게 속마음을 얘기하라고 권했다.

반유대주의

둘레의 강대한 민족들에 비기면 유대인은 작은 민족이었다. 애초에 가나안에 정착했던 종족에서 유일신 야훼를 믿는 집단이 분화해서 생겼고, 그 뒤로 정복에 나서서 큰 국가를 이룬 적이 없다. 그런 민족이 3천 년 가까이 자신의 종교와 문화, 민족적 정체성을 그대로 유지했다는 것은, 그것도 2천 년 가까이 고토에서 살지 못하고 세계 곳곳에 흩어져 살면서 그렇게 했다는 것은 대단한 성취다. 그런 과정에서 유대인은 인류 문명의 발전에 크게 공헌했다. 인류 역사에서 유례가 없는 일이다.

그렇게 자신의 종교와 문화, 민족적 정체성을 지니기 위해 유대인이 치른 값은 끔찍했다. 작은 민족이 독특한 종교와 문화를 지니고 민족적 정체성을 고수한다면, 그래서 주류 사회에 동화되는 것을 거부한다면 그들은 다수의 반감과 박해를 받을 수밖에 없다. 반유대주의(Antisemitism)는 현대에 나온 말이지만, 그것이 가리키는 현상은 무척 오래되었다.

고대 그리스와 로마의 반유대주의는 주로 문화적 반감이었다. 기원전 3세기에 프톨레마이오스 왕조에 정복된 유대인들은 알렉산드리아로 많이 이주해서 큰 공동체를 이루었다. 다신교 사회에서 유일신을 믿으면서 주류 사회에 동화되기를 거부하는 유대인들은 그리스인들과 로마인들의 혐오와 비난을 받았다. 기원후 38년에 알렉산드리아에선 유대인들에 대한 대규모 공격이 나와서 유대인 수천 명이 죽었다.

기독교가 득세한 뒤에 유럽에서 나온 반유대주의는 주로 종교적이었다. 4세기의 로마 황제 콘스탄티누스(Constantinus) 1세는 기독교에 귀의한 뒤 기독교 우대 정책을 적극적으로 추진했다. 그는 로마의 전통적 종교(paganism)를 억제했고, 유대교에 대해선 극심한 혐오감을 드러냈다. 서로마 제국이 멸망한 뒤 게르만족의 국왕들이 기독교로 개종하자, 유대인들에 대한 억압과 박해가 더욱 심해졌다.

이슬람 왕조들은 이교도들에 대해 비교적 너그러웠다. 덕분에 10세기 초엽부터 11세기 중엽까지 스페인에선 유대 문화가 융성했다. 그러나 11세기에 스페인에 억압적인 이슬람 왕조가 들어서자 유대교가 억압을 받았고 대규모 학살들이 일어났다.

11세기 말엽에 십자군 운동(Crusades)이 일어나면서 많은 유대인들이 팔레스타인과 유럽에서 학살되었다. 특히 수도원들이 유대인에 대한 반감을 부추기고 법적 차별과 억압에 앞장을 섰다. 반유대주의가 극심해지면서 유대인들을 아예 추방하려는 움직임이 일어나서, 1290년엔 잉글랜드가 유대인들을 모조리 추방했고, 1394년엔 프랑스에서 10만 명의 유대인이 쫓겨났고, 1421년엔 오스트리아에서 수천 명이 쫓겨났다. 이슬람 왕조가 밀려나고 기독교 왕조가 득세한 스페인에선 유대인에 대한 박해가 부쩍 심해졌다. 1391년엔 유대인들에 대한 대대적 학살이 나왔고, 종교재판(Inquisition)으로 유대인 사회가 고초를 겪더니, 1492년엔 모든 유대인들이 스페인에서 추방되었다.

이렇게 서유럽에서 추방된 유대인들은 대부분 동유럽의 폴란드로 향했다. 당시 폴란드 왕국은 유대인에 대해서 너그러운 정책을 폈다. 특히 14세기 중엽에 폴란드를 다스린 카지미에르즈 3세 대왕(Kazimierz III the Great)은 쇠퇴한 폴란드를 부흥시킨 위대한 군주였는데, 그는 유대인들의 이민을 환영했다. 그리고 13세기에 유대인들에게 허여된 특권들을 인정하고 유대인들에 대한 반감과 폭력을 엄금했다.

그러나 유대인들이 늘어나자 폴란드에서도 반유대주의가 퍼져서 반감과 학살이 잇따랐다. 특히 17세기 중엽의 '흐멜니츠키 봉기(Khmelnytsky Uprising)'에서 수만 명의 유대인들이 코사크 반란군에 의해 살해되었다.

폴란드가 분할된 뒤, 러시아의 통치를 받는 지역에서 유대인들은 극심한 차별과 박해를 받았다. 예카테리나(Ekaterina) 2세는 유대인들을 '정착 지역(Pale of Settlement)'으로 강제로 이주시키고 분할 이전에 살던 곳으로 돌아가는 것을 금했다.

14세기 중엽에 유럽에서 흑사병(black death)이 창궐해서 인구의 30 내지 60퍼센트가 죽었다. 병의 원인을 모르는 터라서 병에 대한 공포는 극대화되었고, 유대인들이 병을 퍼뜨린다는 소문이 퍼졌다. 곳곳에서 유대인들이 희생양들이 되었고 수많은 유대인 공동체들이 파괴되었다.

유럽 사회는 문예부흥(Renaissance), 해외 진출, 종교개혁 및 과학혁명(Scientific Revolution)을 통하여 중세사회에서 근대사회로 발전했다. 안타깝게도, 문명의 발전에도 불구하고 유럽의 반유대주의는 그리 수그러들지 않았다. 이런 사정은 계몽운동(Enlightenment)이 일어난 18세기에서 역설적으로 뚜렷이 드러난다.

이성과 과학을 높이고 인본주의를 내세운 계몽운동은 역설적으로 유대인과 유대교에 대해서 무척 적대적이었다. 이 운동을 상징하는 지식인인 볼테르(Voltaire)는 유난히 유대인들을 혐오했고, 그의 많은 저작들엔 반유대주의 발언들이 가득 찼다. 그의 뒤를 이어 많은 프랑스 지식인들이 반유대주의를 내세웠다. 유럽의 계몽 군주들인 프로이센의 프리드리히 2세(Friedrich II)와 오스트리아의 마리아 테레지아(Maria Theresia)는 유대인들을 억압하고 배교를 강요했으며 가혹한 세금을 부과했다.

프랑스 혁명이 일어나자, 유대인은 해방되어서 최소한의 자유와 권리를 누리게 되었다. 그러나 왕정 복고 뒤엔 반유대주의가 오히려 더욱 거세어져서 총체적 반유대주의로 진화했다.

리하르트 바그너(Richard Wagner)의 공공연한 반유대주의가 상징하듯, 독일에서도 반유대주의는 점점 험악한 모습을 띠었다. 비교적 유대인에 대해 너그럽던 동유럽 국가들에서도 반유대주의는 빠르게 거세어졌다.

19세기 말엽에 프랑스에서 일어난 '드레퓌스 사건(Dreyfus Affair)'은 자유롭고 풍요로운 유럽 사회에서도 반유대주의가 시민들의 자유와 생명을 위협할 만큼 크다는 것을 괴롭게 일깨워 주었다. 1894년 12월 프랑스군 포병 장교 알프레드 드레퓌스(Alfred Dreyfus) 대위가 프랑스군의

드레퓌스 사건은 자유롭고 풍요로운 유럽 사회에서도 반유대주의가 시민들의 자유와 생명을 위협할 만큼 크다는 것을 괴롭게 일깨워 주었다.

기밀문서를 파리 주재 독일 대사관에 넘겼다는 혐의로 체포되었다. 그는 비밀군사재판에서 반역죄로 종신형을 선고받아 프랑스령 기아나의 감옥에 갇혔다.

그러나 그의 가족은 그가 무죄임을 확신하고 사건의 진상을 밝히려 애썼다. 그가 알자스 출신 유대인이라는 사실이 그에게 불리하게 작용했다고 그들은 생각했다. 마침내 1896년 3월 프랑스 총참모부 정보국장 조르주 피카르(Georges Picquart) 대령은 독일에 기밀을 넘긴 반역자가 페르디낭 에스테라지(Ferdinand W. Esterhazy) 소령임을 밝혀냈다. 그러나 프랑스 총참모부는 드레퓌스에 대한 선고의 재심을 거부하고, 오히려 피카르를 북아프리카의 한직으로 전출시켰다.

1897년 7월 드레퓌스의 가족은 상원의원 오귀스트 쇠레케스트네(Auguste Scheurer-Kestner)에게 사정을 호소했다. 쇠레케스트네는 3개월

동안 이 문제를 조사한 끝에 드레퓌스가 무죄임을 확신했다. 그는 하원 의원을 지낸 언론인 조르주 클레망소(Georges Clemençeau)를 설득해서 이 사건을 보도하도록 했다. [클레망소는 뒤에 두 차례 총리를 역임했고 제1차 세계대전 후반에 프랑스를 이끌었다.]

1898년 1월 에밀 졸라(Emile Zola)는 「나는 고발한다!(J'accuse…!)」라는 글을 클레망소가 운영하는 일간지 〈새벽(L'Aurore)〉에 발표했다. 펠릭스 포르(Félix Faure) 대통령을 향한 공개편지의 형식을 한 이 글에서 졸라는 프랑스 군부의 최고위층이 무고한 유대인 장교를 반역죄 혐의를 씌워 종신형을 선고하고 남아메리카의 감옥에 가둠으로써 반유대주의와 사법 방해를 저질렀다고 지적했다. 이것은 졸라로선 자신의 앞날을 건 모험이었다. 그는 자신이 명예훼손죄로 고발당함으로써 드레퓌스의 무죄를 입증할 증거들이 법정에서 공개되기를 바란 것이었다.

이와 동시에 드레퓌스의 가족은 에스테라지를 기밀 유출 혐의로 국방부에 고소했다. 에스테라지는 재판에 회부되었으나 반역 혐의에 대해서 무죄 선고를 받았다. 반면에 그의 반역 행위를 찾아낸 피카르는 기밀 유출 혐의로 군사재판에서 유죄 판결을 받았다.

졸라가 워낙 뛰어나고 존경받는 작가였으므로 그의 고발은 프랑스만이 아니라 해외에서도 큰 반향을 얻었고, '드레퓌스 사건'은 프랑스 사회의 가장 중요한 논점으로 떠올랐다. 결국 이 사건을 놓고 프랑스 사회는 둘로 갈라져서 점점 격렬하게 대립했다. 한쪽에선 반동적인 군부와 천주교 교회가 반유대주의를 이끌었고 다른 쪽에선 보다 진취적인 지식인들이 정의가 시행되도록 하라고 외쳤다. 이런 대립은 극단적 행태들을 불러서, 20개가 넘는 도시들에서 반유대주의 폭동들이 일어났고 북아프리카 알제에선 사람들이 죽었다.

이 사건을 묻어 버리려는 군부의 집요한 노력에도 불구하고, 철저한 조사 끝에 최고재판소는 드레퓌스에 대한 유죄 선고를 파기했다. 최고재판소의 파기 환송에 따라 1899년에 열린 군사재판에서 드레퓌스는 다시 유죄 판결을 받고 10년 징역형을 받았다. 그러나 군부의 초법적 행태에 대한 반감이 커지자, 포르 대통령은 이 사건에 관련된 모든 사람들에 대한 사면령을 내렸다. 애초에 일을 꾸민 자들의 죄까지 사면하는 이 사면령은 부당하다는 비판을 받았으나, 드레퓌스는 사면을 받아들여 풀려났고, 1906년엔 최고재판소의 최종 심의에서 무죄가 확정되었다. 그는 소령 계급으로 군대에 복귀했고 제1차 세계대전에 참가했다. 피카르도 준장으로 복직되었고, 뒤에 클레망소가 집권하자 국방장관이 되었다.

'드레퓌스 사건'은 그리 큰 사건은 아니었다. 그래도 그것은 프랑스처럼 자유로운 사회에서도 반유대주의가 뿌리를 깊이 내렸고 유대인이라는 사실만으로 자유와 생명을 위협받을 수 있다는 사실을 일깨워 주었다. 최고재판소의 판결로 무죄가 확립되어도 유대인이라는 사실 때문에 유죄를 주장하는 사람들이 다수고 그들이 공공연하게 폭동을 일으켰다는 사실은 프랑스를 넘어 온 세계의 양심적 지식인들에게 큰 충격을 주었다.

나치 독일의 반유대주의

이처럼 깊어진 반유대주의는 히틀러가 이끈 독일에서 최종 단계로 진화했다.

히틀러는 30대 중반인 1925년부터 이듬해에 걸쳐 자전적 선언인 『나의 투쟁』을 출간했다. 이 책에서 그는 반유대주의를 기본으로 삼은 세계관을 밝혔다.

히틀러는 인류의 기본 단위가 인종(race)이라고 믿었다. 생존경쟁의 무대인 지구는 크기가 한정되었으므로, 각 인종은 자신의 '생활공간(Lebensraum)'의 확보를 위해 경쟁하게 된다. 당연히, 가장 우수한 인종이 열등한 인종들을 밀어내고 생활공간을 차지하는 것이 자연스럽고 정당화된다. 인종들 사이의 끊임없는 투쟁은 삶의 한 요소가 아니라 그것의 본질이다.

이 세상에서 가장 우수한 인종은 독일 민족을 핵심으로 한 '아리안족'이므로, 세계 질서는 아리안족 위주로 세워져야 한다고 히틀러는 주장했다. 그의 생각엔 그런 질서를 방해하는 것이 바로 유대인들이었다. 유대인들은 인간의 육신이 아니라 정신을 높여서 인종들 사이의 경쟁을 약화시킨다. 경쟁이 약화되면 세계 질서는 부패한다. 유대인들은 인종이라는 단위를 넘어서는 보편적 원리들을 늘 내세우니, 자본주의도 공산주의도 유대인들이 만들어 낸 체제들이다. 유대인들은 그렇게 보편적 이념과 체제를 장악해서 세계를 지배해 왔다. 즉, 유대인들은 인류를 해치는 "세균"이고 "국제적 독약 투입자"다. 사정이 이러하므로, 근본적 대책은 유대인들을 아예 없애는 것이라고 히틀러는 주장했다.

히틀러가 이런 극단적 반유대주의를 품게 된 과정은 분명하지 않다. 그가 태어난 오스트리아와 주로 활동한 독일에 깊이 스며든 반유대주의를 일찍부터 받아들였다는 것은 분명하다. 그러나 그의 반유대주의를 구체적으로 만든 것은 그의 군대 경험이었다. 그는 독일군에 지원해서 전선에서 연락병으로 복무했다. 연락병은 위험한 임무였는데, 그는 늘 용감하고 성실하게 임무를 수행해서 상관들의 칭찬을 들었다. 그는 그의 계급인 하사에겐 좀처럼 주어지지 않는 철십자훈장 1등급(Iron Cross, First Class)을 받았다. 애국심에 불탔고 승전을 확신했던 터라서, 제1차 세계대전이 독일의 항복으로 끝나자 그는 큰 충격을 받았다. 그리고 많은 독일 군인들과 마찬가지로, "싸움터에서 패배하지 않은" 독일군이 민간 지도자들에게 배신당했으며, 그렇게 독일군의 "등에 비수를 꽂은" 배신자들은 유대인들과 마르크스주의자들이었다고 굳게 믿었다.

히틀러는 흔히 '나치당'이라 불리는 '민족사회주의 독일노동자당(Nationalsozialistische Deutsche Arbeiterpartei)'을 통해서 정치적 기반을 마련했다. 1929년에 시작된 '대공황'은 선동선전에 비범한 재능을 지닌 그에게 기회를 주었고, 나치당은 제1당이 되었다. 1933년 1월 파울 폰 힌덴부르크(Paul von Hindenburg) 대통령에 의해 총리에 임명되면서 드디어 그는 권력을 쥐었다. 그리고 합법을 가장한 폭력적 방식으로 단기간에 일당 독재 체제를 완성했다.

히틀러는 곧바로 유대인들을 독일 사회에서 제거하는 작업에 착수했다. 정부 기관들의 지원을 받으면서, 나치당원들은 사회의 모든 분야들에서 유대인들을 배척하는 운동을 펼쳤다. 유대인 판사들의 재판을 방해하고, 유대인 교수들의 강의를 막고, 유대인 상점들에 고객들이 들어가지 못하게 막고, 길거리에선 유대인 행인들을 폭행했다. 유대인 배척 운동은 곧 문화생활로 퍼져서, 하이네의 시도 멘델스존의 음악도 리버만(Max Liebermann)의 그림도 라인하르트(Max Reinhardt)의 연극도 사람들은 즐길 수 없었고, 프로이트의 심리학 이론도 아인슈타인의 물리학 이론도 설 땅을 잃었다.

문화 전반에 걸친 유대인 배척 운동은 1933년 5월 10일 밤에 베를린의 대학들에서 음산하게 타올랐다. 베를린 소재 대학들의 학생 단체는 대학 도서관들이 소장한 책들을 심사해서 "비독일적 정신"을 지닌 책들을 모아 베를린 도심의 광장에서 불태웠다. 그들의 블랙리스트에 오른 책들은 다양했으니, 마르크스의 저작들과 반反군국주의 작가 레마르크(Erich Maria Remarque)의 작품들을 아울렀다.

물론 하이네의 작품들도 블랙리스트에 올랐다. 일찍이 하이네는 경고했었다. "그것은 서곡에 지나지 않는다. 사람들이 책들을 태우면, 끝내 그들은 사람들도 태운다." 1821년에 쓴 희곡 『알만소르(Almansor)』에서 극중 인물인 이슬람교도 하산은 스페인의 기독교도 정복자들이 그라나다의 시장에서 『코란』을 태웠다는 소식을 듣고 그렇게 말한다. 하이네의 예언은 한 세기 뒤에 그가 사랑한 독일 사회에서 끔찍한 모습으로 실현되었다.

원래 독일엔 유대인들이 그리 많지 않았으니, 히틀러가 집권했을 때 50만 명가량으로 인구의 1퍼센트가 채 못 되었다. 그리고 독일 유대인들은 독일 사회에 많이 동화되어서 언어와 문화에서 차이가 없었다. 실은 20세기 초엽 독일의 고급문화에 대한 유대인들의 기여는 두드러졌다. 그래서 일반 독일 시민들이 유대인들을 가려내는 일은 쉽지 않았다. 히틀러는 자신의 주장에 방해가 되는 이 문제를 '독일 유대인의 국제화'를 통해서 풀었다. 그는 독일 유대인은 '세계 유대인 집단(Weltjudentum)'에 속하며, 그들은 세계를 장악하려는 음모를 꾸며 왔다고 선전했다.

모든 문제들의 근원엔 '세계 유대인 집단'이 있다는 나치의 선전이 먹히자, 나치가 바람직하지 않다고 판단한 사상이나 추세의 제거는 그것들이 유대인들의 해로운 영향을 받았다는 지적만으로 정당화되었다. 그런 논리에 따라, 히틀러에 반대하는 사람은 바로 그 사실만으로 "유대인"이라는 비난을 받았다.

독일 시민들이 유대인 문제에 민감해지고 독일 사회에 유대인들을 배척하는 기운이 일어나자, 1935년 9월에 독일 의회는 반유대주의를 구체화한 '뉘른베르크 법률들'을 통과시켰다. 「독일 국가 시민권법」 제2조는 "독일 또는 관련된 혈통을 지녔고 그의 행동으로 독일 인민들과 국가를 위해 충실히 봉사하기를 원하고 그렇게 할 수 있음을 보인 국민들만이 독일 국가의 시민이다"라고 규정했다. 「독일 혈통과 명예의 보전을 위한 법」은 독일 혈통을 지닌 국민과 유대인 사이의 결혼과 혼외정사를 금하고 이를 어긴 자들은 금고나 강제노역에 처할 수 있다고 규정했다.

독일에 의한 오스트리아 병합(Anschluss)은 나치당의 유대인 박해가 한결 더 광포해지는 계기가 되었다. 1938년 3월 독일군이 오스트리아에 진주하자, 오스트리아의 나치 세력은 곧바로 유대인 박해에 나섰다. 유대인들은 거리에서 조리돌림을 당했고, 유대인 상점들은 약탈당했고, 유대인 기업들은 '아리안화(Aryanization)'를 통해 독일계 오스트리아 사람들에게 넘어갔다. 유대인들은 공공 활동들에서 점점 엄격하게 제외되었고, 움직임의 자유도 점점 제약을 받았다. 그리고 독일에서 시행되는 반유대인 법률들이 그대로 시행되었다.

오스트리아가 멸망하고 유대인에 대한 박해가 극심해지자, 폴란드 국적의 오스트리아 유대인들이 폴란드로 들어갔다. 그러자 폴란드는 해외의 폴란드 국적 유대인들의 시민권을 박탈했다. 독일은 그런 유대인들을 폴란드 국경 너머로 추방했다. 폴란드 국적을 가진 독일 유대인들은 대부분 독일에서 오랫동안 살아온 사람들이어서 폴란드는 낯설고 생계를 찾을 수 없는 땅이었다.

그렇게 재앙을 맞은 가족들 가운데 하나는 그린슈판(Grynszpan) 가족이었다. 이들은 폴란드가 독립을 되찾기 7년 전인 1911년에 러시아에서 독일로 이주했다. 아이들은 독일에서 태어나 독일어를 모국어로 썼고 자신들을 독일인으로 여겼다. 그러나 그들의 부모가 뒤에 폴란드가 된 러시아 영토에서 태어났으므로, 그들도 폴란드 여권을 소지했다. 1935년에 이 가족은 아들 헤르셸(Herschel)을 파리로 유학 보냈다. 1938년 11월 3일 그는 누이가 보내온 엽서를 받았다. 가족이 모두 독일에서 폴란드로 추방되었다는 소식엔 "이제 우리는 모든 게 끝났다"는 절망적 탄식이 달려 있었다. 11월 7일 헤르셸 그린슈판은 독일 영사관을 찾아가서, 자신을 만나 준 외교관 에른스트 폼 라트(Ernst vom Rath)를 권총으로 저격했다. 그것은 자기 가족과 종족을 박해한 독일에 대한 복수였다고 그는 프랑스 경찰에 진술했다.

11월 9일 폼 라트가 죽자, 나치당의 고위 간부들은 이 사건에서 유대인 문제의 '최종적 해결(Final Solution)'을 향해 움직일 기회를 보았다. ['최종적 해결'은 유대인의 절멸을 통해서 유대인 문제를 완전히 해결한다는 나치당의 복안을 가리켰다.] 히틀러의 승인을 받자, 괴벨스(Joseph Goebbels)는 11월 9일 밤에 유대인의 재산들과 교회당들에 대한 공격을 지휘했다. 급작스럽게 이루어진 일이라서, 이 일은 목표가 분명치 않았고 관련된 기관들 사이에 제대로 조정되지도 않았다. 동원된 나치당원들은 주로 친위대(SS)와 돌격대(SA)였지만, 일반 시민들도 많이 합세했다. 그래서 유대인들에 대한 살인, 폭행, 강간, 약탈, 재산 파괴가 걷잡을 수 없

'크리스탈의 밤'에 독일에선 90명이 넘는 유대인들이 죽었고, 유대인 상점 9천 개 가운데 7,500개가 약탈당했고, 1천 채가 넘는 유대교 교회당들이 파괴되거나 손상을 입었다.

이 커졌다. 약탈과 파괴로 유리창들이 많이 부서져서 '크리스탈의 밤(Kristallnacht)'이라 불린 이날 밤에 독일에선 90명이 넘는 유대인들이 죽었고, 유대인 상점 9천 개 가운데 7,500개가 약탈당했고, 1천 채가 넘는 유대교 교회당들이 파괴되거나 손상을 입었다. 오스트리아와 주데텐란트에서도 같은 일들이 일어났다.

나치당 지휘부는 그들이 꾸민 일에 만족했다. 11월 12일 나치당의 2인자로 '경제개발 4개년계획'을 관장하는 괴링(Herman Göring) 원수의 사무실에서 열린 회의의 기록은 이들의 생각과 인품을 잘 보여 준다.

괴링 유대교 교회당이 실제로 몇 채나 불에 탔소?

라인하르트 하이드리히(Reinhard Heydrich) 국내에서 교회당 101채가 불에 탔고, 76채가 파괴되었고, 상점 7,500개소가 파괴되었습니다. (…) [하이드리히는 친위대의 방첩부대(SD) 책임자로 '크리스탈의 밤'에 인력 동원을 관장했다.]

괴벨스 그러면 유대인들이 그런 손실에 대해 보상을 해야 합니다. (…) [괴벨스는 선전상으로 '크리스탈의 밤'을 총괄 지휘했다.]

하이드리히 재산, 설비, 및 재고자산의 손실은 수억[마르크]에 달하는 것으로 추산됩니다. (…)

괴링 당신이 그렇게 많은 소중한 재산들을 파괴하는 대신 유대인들을 한 이백 명 죽였으면 좋았을 텐데.

하이드리히 서른다섯 명이 죽었습니다.

괴링 내 생각엔 우리가 이렇게 발표하는 게 좋을 것 같소. "유대인들은 그들의 천인공노할 범죄들 등등에 대한 벌로서 십만 마르크를 국가에 기부하도록 결정되었다." 그렇게 하면, 일이 잘될 것 같소.

그러나 사태는 그들의 희망대로 돌아가지 않았다. 나치당원들의 광란에 환호한 시민들도 있었지만, 다수 시민들은 전례 없는 무법과 폭력에 큰 충격을 받았다. 비록 나치당원들에 반대하는 목소리를 낸 사람들은 드물었지만, 일반 시민들은 문득 야만적 모습을 드러낸 사회에 몸서리를 쳤다. "난생 처음으로, 나는 독일인인 것이 부끄럽다"고 한 퇴위 황제 카이저 빌헬름(Kaiser Wilhelm) 2세의 얘기는 그런 분위기를 대변했다.

국제 여론은 훨씬 나빴다. 유럽의 다른 나라들과 북아메리카에서 독일이 문명사회를 벗어나 야만적 국가가 되었다는 비난들이 쏟아졌다.

나치당의 정체가 드러나면서 모든 나라들이 독일을 경계하게 되었다. 그래서 '크리스탈의 밤'은 독일과 다른 나라들 사이의 관계에서 전환점이 되었다.

'크리스탈의 밤'은 나치당의 유대인 정책에서도 전환점이 되었다. 이날 이전엔 유대인에 대한 박해는 주로 정치적, 경제적, 사회적 및 문화적 차별이었다. 그러나 '크리스탈의 밤'부터 유대인에 대한 박해는 폭행, 살인, 강간, 수감과 같은 육체적 박해로 확장되었다. 이전까지는 히틀러의 목표는 유대인의 국외 추방이었지만, 이날 이후로 그는 유대인의 박멸을 추구하게 되었다. 그런 뜻에서 '크리스탈의 밤'은 '유대인 대학살(Holocaust)'의 첫 단계였다.

이런 변화에 맞춰, 독일 정부는 1938년 11월 9일부터 16일까지 3만 명의 유대인들을 체포해서 부헨발트, 다하우 및 작센하우젠의 강제수용소들로 보냈다. 이들은 몇 주 안에 풀려났지만, 2천 명은 이듬해까지 억류되었다. 독일 정부는 피해를 본 유대인 상점들과 기업들에 지급된 보험금을 압수했고, 유대인 공동체에 1억 마르크가 넘는 '속죄세'를 부과했다.

이제 유대인들은 독일에서 살 수 없게 되었다. 당장 목숨이 위태로웠고, 자기 집조차 지킬 힘이 없었고, 생계를 유지할 길이 없었다. 당연히 유대인들은 모두 독일을 떠나려 필사적으로 애쓰게 되었다. '뉘른베르크 법률들'이 시행되면서 늘어났던 이민 행렬은 이제 피난 행렬이 되었고, 곧 25만가량의 유대인들이 독일을 떠났다. 안타깝게도 그들을 선뜻 받아 주려는 나라는 드물었고 많은 사람들이 정착할 곳을 찾아 유랑해야 했다.

흉흉한 '크리스탈의 밤'이 닥치기 넉 달 전인 1938년 7월, 프랑스 에

비앙에서 32개국 대표들이 모여 유대인의 이민 문제를 협의했다. 이 '에비앙 회담(Evian Conference)'은 루스벨트 대통령의 주도로 열렸다. 그러나 그는 미국 정부 관리를 대표로 보내지 않고 자기 친구인 기업가 마이런 테일러(Myron C. Taylor)를 보냈다. 그래서 그는 유대인 이민 할당량(quota)을 엄격히 제한한 미국의 조치에 대한 주목과 비판을 피하기 위해 이 회의를 열었다는 의심을 샀다. 실제로, 이 회의를 주도한 미국과 영국은 사전에 비밀협약을 맺어서, 영국은 미국이 유대인 이민 할당량도 채우지 못했다는 사실을 언급하지 않고, 미국은 영국이 신탁통치 중인 팔레스타인에 유대인 이민들을 받아들이지 않겠다고 결정한 것을 언급하지 않기로 합의했다.

죽음의 위기를 맞은 독일의 유대인들을 도와줄 생각이 없기는 다른 나라들도 같았다. 모두 독일 유대인의 어려운 처지에 동정을 표시했지만, 이번 회의는 이 문제를 다루는 첫걸음이니 서두를 필요가 없다면서 당장 공동행동에 나설 필요는 없다고 주장했다. 오스트레일리아 대표는 "우리는 진정한 인종 문제가 없으므로, 우리는 그것을 수입할 의향이 없다"는 모욕적 발언까지 했다. 선뜻 받아들이겠다고 나선 나라는 10만을 받아들이겠다고 선언한 도미니카뿐이었다. 그런 분위기를 반영해서, 팔레스타인 거주 유대인들을 대표한 골다 메이어(Golda Meir)에겐 대표의 자격도 발언할 권리도 허여되지 않았다. 결국 에비앙 회담은 '정부간 피난민위원회(Intergovernmental Committee on Refugees)'를 만드는 것으로 끝났다. 이름은 그럴듯했지만, 이 위원회는 권한도 작았고 예산은 더욱 작아서 전혀 움직이지 못했다.

유대인들이 맞은 어려움을 다루면서 유대인 대표에겐 발언의 기회도 주지 않은 채 그저 동정만을 늘어놓는 참가국 대표들의 위선에 분개한 메이어는 회담이 끝난 뒤 기자들에게 말했다.

"나는 죽기 전에 보고 싶은 것이 단 하나 있는데, 그것은 우리가 사람들이 동정하는 얘기를 더 이상 필요로 하지 않는 것입니다." [전쟁이 끝난 뒤 1948년에 이스라엘이 섰고, 메이어는 1969년부터 1974년까지 이스라엘 총리를 지냈다.]

이스라엘의 건국 대통령을 지낸 하임 바이츠만(Chaim Weizmann)은 냉소적 논평을 내놓았다.

"세계는 두 부분으로 나뉜 듯하다. 유대인들이 살 수 없는 곳들과 그들이 들어갈 수 없는 곳들로."

나치 특별임무부대

1939년 9월 독일이 폴란드를 침공하면서 제2차 세계대전이 일어났다. 독일의 폴란드 침공은 나치당의 반유대주의 정책에 결정적 운동량을 제공했다. 폴란드는 유럽에서 가장 많은 유대인들이 사는 나라였다. 독일과 러시아가 밀약을 맺어 함께 폴란드를 분할 점령했으므로, 독일의 나치 정권이 폴란드의 유대인들을 모조리 살해하더라도 막겠다고 나설 나라가 없었다.

당시 유럽의 유대인들은 950만가량 되었다. 독일 안에 사는 유대인들은 '크리스탈의 밤' 이후 많이 해외로 탈출해서 20만가량 되었고, 독일의 직접 통치를 받게 된 오스트리아(185,000~192,000)와 체코슬로바키아(357,000)에도 적잖은 유대인들이 있었다. 그러나 유대인들의 다수는 폴란드(3,300,000~3,500,000), 러시아(3,020,000), 헝가리(725,000~825,000), 루마니아(756,000), 리투아니아(168,000), 라트비아(91,500~95,000) 같은 동유럽 국가들에 살았다.

유럽의 유대인들을 박멸시키는 '최종적 해결'을 본격적으로 추구할 수 있게 되자, 친위대(SS)는 그 임무를 수행할 '특별임무부대(Einsatzgruppen)'를 편성했다. 3천 명에 이르는 이 부대의 임무는 독일군 전선의 후방에서 독일에 적대적인 세력들을 제거하는 것이었다. 그런 '적대적 세력'의 핵심은 물론 유대인들이었다. 폴란드 공격 이틀 전인 1939년 8월 29일까지 특별임무부대는 강제수용소들로 압송될 3만 명의 명단을 완성했다.

폴란드의 분할 점령을 마치자, 독일은 자신이 점령한 지역들에 있는 유대인들을 중부 폴란드의 '게토(ghetto)'들로 보내기 시작했다. 게토는 유대인 구역으로, 높은 담장을 둘러쳐서 외부와 완전히 단절되었다. 게토마다 유대인들 가운데 영향력이 있는 24명의 남성들로 이루어진 '유대인 장로회(Judenrat)'에 의해 운영되었다. 장로회는 음식, 물, 땔감의 배급과 의료 및 피난처의 제공과 같은 일들을 관장하고, 독일인 감독자들이 요구하는 대로 재산을 압수하고 강제노역을 조직하고, 주민들을 강제수용소들로 보내는 일에 협조했다.

폴란드의 게토들 가운데 가장 큰 곳은 바르샤바 게토였는데, 1941년 초엔 44만 5천 명이 수용되었다. 게토의 유대인은 바르샤바 인구의 30퍼센트나 되었지만, 게토의 면적은 바르샤바 면적의 2.5퍼센트에 지나지 않았다. 그래서 방 하나에 평균 9명이 살아야 했고, 극도로 나쁜 위생 상태와 식량 부족으로 많은 사람들이 죽었다.

공동체를 이루어 살던 땅에서 쫓겨난 유대인들이 궁극적으로 이르는 곳은 강제수용소(concentration camp)들이었다. 나치당은 강제수용소들을 처음엔 정치적 반대 세력들을 불법으로 감금하는 데 이용했지만, 차츰 범위를 넓혀 "바람직하지 않은 분자들(undesirables)", 즉 유대인, 로마니(집시), '여호와의 증인' 신도, 동성애자 등을 가두었다.

폴란드 침공 이후엔 주로 폴란드에 강제수용소들이 많이 세워졌다. 독일 시민들이 강제수용소의 설치에 부정적으로 반응하리라는 점도 있었고, 수용 대상인 유대인들과 폴란드 지식인 계층에 가까운 곳이라는 점도 있었고, 독일 안에 남은 유대인들을 국외로 내보낼 수 있다는 점도 고려되었다.

독일이 서유럽을 점령하자, 거기 살던 유대인들이 폴란드의 강제수용소들로 보내졌다. 1940년 4월 독일이 노르웨이와 덴마크를 침공해서 점령한 뒤, 두 나라에 살던 유대인들은 폴란드로 이송되었다. 1940년 5월 독일은 벨기에, 네덜란드, 룩셈부르크 그리고 프랑스를 침공해서 예상보다 훨씬 빨리 이겼다. 독일의 통치 아래 놓인 유대인들은 벨기에의 9만 명, 네덜란드의 14만 명, 그리고 프랑스의 30만 명이었는데, 모두 폴란드로 이송되었다. 프랑스 비시 정권의 통치를 받은 북아프리카에서도 많은 유대인들이 박해를 받았다. 1941년 4월엔 유고슬라비아와 그리스가 이탈리아와 독일에 패배했고, 두 나라의 유대인들이 박해를 받았다. 특히 유고슬라비아에선 독일에 협력한 크로아티아의 우스타샤 정권이 유대인들을 많이 살해했다.

독일에 점령된 유럽 국가들은 거의 다 독일의 반유대주의 정책에 순응했고, 자기 국민들인 유대인들이 박해받고 강제수용소들로 이송되는 것을 방관하거나 거들었다. 독일군과 비밀경찰의 통치가 워낙 압제적

이어서 저항하기 어려웠다는 사정도 있었고, 유럽 사회에 가득한 반유대주의 전통이 작용하기도 했다.

유일한 예외는 네덜란드였다. 1940년 5월 네덜란드가 항복하자, 독일은 네덜란드 총독 아르투르 자이스인크바르트(Arthur Seyss-Inquart)의 지휘 아래 유대인 시민들에 대한 차별과 박해를 시작했다. 모든 공직들에서 유대인들은 배제되었고, 독일과 협력하는 민간 조직은 폭력으로 유대인들을 괴롭혔다. 마침내 1942년 2월에 친나치 조직과 유대인 자위 조직 사이에 시가전이 벌어졌다. 그러자 독일군과 네덜란드 경찰은 암스테르담의 유대인 구역을 봉쇄하고 경찰 검문소를 설치했다. 이어 독일 경찰의 유대인 상가 수색으로 싸움이 일어나자, 독일군은 400이 넘는 유대인 젊은이들을 체포해서 독일의 강제수용소들로 이송했다.

유대인들에 대한 박해에 항의하고 독일에서의 강제노역에 반대해서, 2월 25일 네덜란드 공산당은 총파업의 조직에 나섰다. 불법화된 공산당의 호소에 많은 노동자들이 호응했다. 암스테르담의 전차 운전사들이 파업을 주도하고 다른 공공 분야 종사자들이 호응해서, 파업에 참여한 노동자들은 30만에 이르렀다. 파업은 이내 다른 도시들로 퍼졌다. 이들의 저항은 용감했지만, 독일 경찰의 무자비한 탄압을 받아 사흘 만에 무너졌다.

의인 스기하라

독일의 동맹국인 일본이 유대인들에 대해 보인 태도도 주목할 만하다. 한문 문명권에 속한 동아시아는 인종과 종교에서 다른 문명들에 비해 너그러운 태도를 지녀 왔다. 그리고 동아시아엔 유대인 공동체가 아예 없었으므로 반유대주의도 없었다. [중국 하남(허난)성 개봉(카이펑)엔 오래 전부터 작은 유대인 공동체가 존재했었다. 이들 '개봉 유대인들(Kaifeng Jews)'은 바빌론에 정착한 유대인들 가운데 페르시아를 거쳐 중국으로 들어온 일파의 후예로 추측된다. 이들은 12세기부터 송의 수도였던 개봉에 정착했는데, 그들이 세운 교회당은 청진사淸眞寺라 불렸다. 이들은 자신들의 종교를 지녀 왔지만, 중국인들과의 교혼으로 중국 사회에 많이 동화되었다.]

19세기 말엽 중국 상해에 박해를 피해 찾아온 러시아 유대인들의 공동체가 처음 생겼다. 1930년대에 나치 독일에서 탈출한 독일 유대인들이 찾아오면서, 상해의 유대인 공동체는 커졌다. 1937년에 일본군이 상해를 점령한 뒤, 일본군 사령관은 거기 정착한 유대인 공동체를 차별하지 않았다. 새로 찾아오는 유대인 난민들을 막지도 않았다.

동아시아에 형성된 또 하나의 유대인 공동체는 만주 하얼빈에 있었다. 20세기 초엽에 러시아가 시베리아 횡단 철도를 부설하고 그 지선인 동청철도東淸鐵道를 놓기 시작하면서, 북만주의 하얼빈은 러시아인들의 근거가 되었다. 러시아 혁명 뒤에 피난 온 유대인들이 늘어나면서, 1920년대엔 2만가량 되는 유대인들이 살았다. 박해를 받지 않고 자유롭게 경제활동을 하게 되자, 하얼빈의 유대인들은 번창했다. 그러나 만주국이 세워지고 일본인들이 우위를 누리게 되자 유대인들의 경제활동은 위축되었다. 볼셰비키의 적군赤軍과 싸웠던 하얼빈의 백계 러시아인들은 일본군의 비호 아래 '러시아 파시스트당(Russian Fascist Party)'을 결성했다. 이들은 반유대주의를 공공연하게 드러내면서 하얼빈의 유대인들을 박해했다. 결국 하얼빈의 유대인 공동체는 허물어지고 유대인들은 상해로 이주했다.

이처럼 동아시아엔 반유대주의가 없었다. 게다가 일본은 개항 이래 서양 열강으로부터 인종적 차별을 받아 왔고 불평등 조약들을 가까스로 수정한 터였다. 그래서 일본은 해외 팽창 정책을 추구하면서 인종적 및 민족적 평등을 앞세웠다. 일본은 만주에 괴뢰정권인 만주국을 세울 때 민족적 평등과 협력을 추구하는 '오족 협화五族協和'를 근본이념으로 내세웠고, 이어 인종적 및 민족적 평등에 바탕을 둔 '대동아공영권'을 선포했다. 유대인들을 공식적으로 차별하는 것은 일본 정부로선 자신의 기본 외교 정책을 허무는 일이었다.

1940년 초에 리투아니아는 실질적으로 러시아에 점령되었다. 리투아니아에 정착한 유대인들과 폴란드에서 도피해 온 유대인들은 러시아 공산주의 정권의 박해를 두려워해서 다른 나라로 탈출하려 했다. 그러나 그들을 받아 주려 나서는 나라는 드물어서, 모두 출국 비자를 얻으려 필사적으로 노력했다. 1940년 6월 이탈리아가 독일에 가담해서 참전하자, 지중해를 통한 탈출이 불가능해졌다. 남은 길은 러시아를 거쳐 일본으로 가서 아메리카 대륙으로 가는 길뿐이었다. 그래서 많은 유대인들이 일본의 비자를 얻기 위해 리투아니아 카우나스의 일본 영사관으로 몰려왔다.

당시 일본 외무성은 적절한 입국 절차를 밟고 필요한 경비를 부담할 수 있는 사람들에게만 비자를 내준다는 규정을 시행하고 있었다. 카우나스 영사관의 스기하라 지우네三原千畝 부영사는 유대인들이 이런 조건들을 갖추지 못했음을 잘 알았다. 그는 외무성 본부에 사정을 설명하고 현실적 지침을 요청했다. 외무성 본부는 그의 요청에 대해 "목적지인 제3국의 비자를 얻은 사람들에게만 일본 입국 비자를 허여하며 예외는 없다"고 통보했다.

마침 런던의 폴란드 망명정부에 충성하는 정보장교들이 리투아니아 주재 네덜란드 명예영사 얀 스바르턴데이크(Jan Zwartendijk)를 설득해서 "카리브해의 네덜란드 식민지 퀴라소에 들어가는 데는 비자가 필요하지 않다"는 확인서를 발급하도록 했다. 스기하라는 스바르턴데이크가 발급한 확인서를 근거로 1940년 7월 18일부터 일본을 경유하는 10일 기한 비자들을 발급하기 시작했다. 서류 작성에 시간이 많이 걸려서, 그는 날마다 18시간에서 20시간까지 일했다. 가장들에게 발급된 비자들은 가족을 모두 데리고 갈 수 있는 비자들이어서, 그의 비자를 받은 유대인들은 수천 명이 되었다. 그는 러시아 관리들에게 얘기해서 정상 요금의 5배가 되는 요금을 지불하기로 하고 시베리아 횡단 열차의 승차권들을 비자를 신청한 유대인들에게 알선해 주었다. 스기하라의 낮은 지위와 일본 외무성의 관료주의적 풍토를 고려하면, 본부의 지침을 어긴 그의 행동은 보기 드물게 과감한 결단이었다.

1940년 8월 3일 리투아니아는 러시아에 합병되었다. 그래서 카우나스의 일본 영사관이 9월 4일 폐쇄되었다. 스기하라는 호텔에서 기차역으로 가는 사이에도 비자들을 만들어서 기차역에 모인 유대인들에게 뿌렸다. 기차를 타고 나서 마지막 순간엔, 백지에 영사 인장을 날인하고 자신의 서명을 한 채로 열차 창문을 통해 밖에 선 유대인들에게 뿌렸다. 기차가 움직이기 시작하자 그는 창밖의 사람들에게 말했다.

"용서하십시오. 더 이상 해 드릴 일이 없습니다. 행운을 기원합니다."

그가 고개를 숙여 인사하자, 누가 외쳤다.

"스기하라, 우리는 당신을 잊지 않을 것입니다. 우리는 꼭 다시 만날 것입니다."

스기하라의 비자를 받아 일본에 도착한 유대인들은 6천 명가량으로 추산된다. 이들은 여러 곳들로 떠났는데, 상당수가 상해의 유대인 공동체로 향했다.

1941년 12월 일본 함대가 펄 하버를 기습해서 일본이 미국과 영국을 상대로 전쟁을 하게 되자, 상해 게토의 삶은 갑자기 어려워졌다. 영국 국적의 유대인들은 억류되고, 미국 자선 단체들의 구호는 끊겼다. 일자리들이 많이 줄어들고 물가는 뛰어서, 나름으로 활기를 지녔던 유대인 공동체는 위기를 맞았다.

전쟁이 격화되자 독일은 동맹국인 일본에 상해의 유대인들을 자신에게 넘기라고 압박했다. 유대인 문제에 대한 '최종적 해결'엔 동맹국인 일본의 통치를 받는 유대인들도 포함된다는 얘기였다. 인종적 문제인지라, 인종이 다른 일본과 독일은 이 문제에 관해 생각이 완전히 같을 수 없었다.

인종과 관련해서, 나치 독일은 독일인들이 '아리안 인종(Aryan race)'이라는 독특한 주장을 내세웠다.

19세기 초엽 유럽에서 인도유럽어(Indo-European languages)를 쓰는 사람들은 다른 사람들과 변별되는 인종이라는 주장이 나왔다. 이들 아리안 인종은 남서 유라시아의 초원 지대(현재의 우크라이나와 러시아 남서부)에서 발생해서 둘레로 퍼졌다는 얘기였다. 언어와 인종이 일치한다는 생각에 바탕을 두었고 유럽과 서아시아에 거주해 온 인종들의 대부분을 포함하므로, 아리안 인종이라는 개념은 과학적 근거가 약했다. 그래도 유럽인들이 다른 인종보다 우월하다는 함의가 담긴 덕분에 그 개념은 유럽에서 확산되었다.

이런 '아리안 인종의 초원 기원설'은 19세기 말엽에 '북유럽 기원설'의 도전을 받았다. 아리안 인종이 고대 독일이나 스칸디나비아에서 발생했거나 적어도 그곳에서 아리안 인종의 특질이 충실히 보존되었다는 얘기였다. 이 주장이 득세하면서, 아리안 인종은 독일과 스칸디나비아에 살아온 '게르만 민족'만을 뜻하게 되었다. 히틀러는 이 주장을 그대로 받아들였고, 게르만 민족 거주지의 동쪽 광활한 지역에 사는 슬라브족을 '하등 인간들(Untermenschen)'로 여겼다. 그리고 아리안 인종은 자신의 생활공간을 확보하기 위해 슬라브족을 정복해서 지배해야 한다고 믿었다. 그는 아리안 인종의 생활공간이 볼가강까지라고 구체적으로 제시했다.

독일이 일본과 이탈리아와 동맹을 맺자, 나치당의 아리안 인종 개념이 미묘한 문제를 제기했다. 나치당의 기준으로 보면, 지중해 연안의 이탈리아는 역사상 가장 위대한 제국인 로마 제국의 후예라는 사실에도 불구하고 아리안 인종이 못 되었다. 일본은 극복하기 훨씬 어려운 문제를 제기했다. 아리안 인종을 넓게 해석하면 이탈리아는 포함될 수 있었지만, 일본은 아리안 인종이라는 개념을 아무리 넓히더라도 포함될 수 없었다. 그래서 나온 방안이 일본인들을 '명예 아리안 인종(Honorary Aryans)'으로 대우하는 것이었다.

상해의 유대인들을 넘기라는 독일의 압력이 거세어지자, 상해를 관장하는 일본군 사령관은 유대인 공동체의 지도자들을 불렀다. 그는 독일인들이 유대인들을 그리도 증오하는 이유가 궁금했다. 그는 상황을 설명한 다음, 앞에 선 유대인 지도자에게 물었다.

"랍비, 왜 독일 사람들이 당신들을 그리도 미워합니까?"

랍비 시몬 숄롬 칼리슈(Shimon Sholom Kalish)는 잠시 생각한 다음 이디시어로 통역에게 말했다. “저분에게 말해 주시오, 독일 사람들은 우리가 키가 작고 머리가 검어서 미워한다고.”

그때까지 냉랭했던 사령관의 얼굴에 한 줄기 미소가 스쳤다. “알겠소.”

랍비 칼리슈의 현명한 대답이 상해의 유대인들을 살렸다. 독일과 일본 사이의 동맹은 깊어졌지만, 그래서 일본군은 상해의 유대인 공동체를 ‘게토’라고 선언하고서 자유를 크게 제한했지만, 상해의 유대인들은 전쟁이 끝날 때까지 독일로 강제 송환되지 않았다.

독일은 반유대주의 전통이 없는 일본 정부를 움직이기 위해, 상해 유대인들의 반나치 성향이 일본의 안보에 위협이 된다고 설득했다. 친위대 사령관 히믈러가 직접 지휘한 이 공작은 성과를 거두어서, 일본군 헌병대는 상해의 유대인들이 일본의 안보에 큰 위협이 된다고 판단했다. 1943년 2월 일본 정부는 ‘무국적난민 한정지구無國籍難民限定地區’를 설치하고 1937년 이후에 상해에 도착한 유대인들에게 이 지구 안으로 들어가도록 했다. 이렇게 해서 ‘상해 게토(Shanghai Ghetto)’가 생겼다. 비록 게토라 불렸고 주민들은 비좁은 지역에서 가난하고 힘든 삶을 영위했지만, 일본군은 이 공동체를 독일처럼 담으로 둘러싸서 고립시키거나 둘레의 주민들과 교류하는 것을 막지 않았다.

[스기하라는 리투아니아 카우나스 영사관을 떠난 뒤 독일 쾨니히스베르크 영사관과 체코슬로바키아 프라하 영사관을 거쳐 루마니아 부쿠레슈티 공사관에서 삼등서기관으로 근무했다. 1945년 러시아군이 루마니아를 점령하자, 스기하라는 가족과 함께 체포되어 포로수용소에서 18개월을 보냈다. 그들은 1946년에 풀려나 일본으로 돌아왔다. 1947년 일본 외무성은 감원을 이유로 스기하라에게 사직을 권고했다. 그의 부인의 술회에 따르면, 실제로는 외무성이 그에게 리투아니아의 “그 사건”이 문제가 되었다고 밝혔다.

실직한 뒤 스기하라는 가난하게 살았다. 자식 셋을 키우면서 허드렛일들로 생계를 꾸렸다. 다행히 뛰어난 러시아어 실력 덕분에 그는 수출 회사의 러시아 지점에서 일할 수 있었다. 그가 워낙 조용히 살았으므로 그가 구출한 유대인들이 그를 찾는 데 시간이 걸려서, 1968년에야 일본 주재 이스라엘 대사관의 경제참사관 예호슈아 니시리(Yehoshua Nishiri)가 그를 찾아냈다. 니시리는 스기하라의 비자 덕분에 살아난 폴란드 유대인으로 1940년 당시엔 소년이었다. 이듬해 스기하라는 이스라엘을 찾아서 이스라엘 정부의 환영을 받았다. 그리고 1984년에 유대인 대학살 기념관 야드 바솀(Yad Vashem)은 그를 유대인 대학살로부터 용감하게 유대인들을 구한 비유대인들을 기리는 이름인 '열방의 의인(Righteous Among the Nations)'으로 인정했다. 이어 리투아니아와 이스라엘에서 그의 헌신적 행위를 기념하는 행사들이 열렸다.

스기하라는 자신의 나라에선 전혀 알려지지 않았다. 1986년에 그가 죽고 세계 곳곳에서 이스라엘 사람들이 찾아와 추모하는 것을 보고서야 이웃 사람들은 조용히 살았던 그가 한 세대 전에 한 일을 알게 되었다.]

유대인 대학살

1941년 6월 독일이 러시아를 침공하면서 유대인 대학살은 결정적 전기를 맞았다.

강대국 러시아와의 전쟁은 총력전이었으므로, 독일은 모든 면들에서 극단적으로 치닫게 되었다. 나치 정권은 러시아와의 전쟁을 독일의 민족사회주의와 러시아의 유대인 볼셰비즘(Jewish Bolshevism) 사이의 이념적 전쟁이며 독일 아리안 민족과 유대인·로마니·슬라브 민족으로 이루어진 '하등 인간들' 사이의 인종적 전쟁이라고 선전했다.

독일의 러시아 침공작전이 초기에 성공적으로 진행되자, 유대인 박해와 학살은 러시아가 점령했던 국가들과 러시아 서부 지역으로 확산되었다. 이 지역엔 500만가량 되는 유대인들이 살았으므로, 독일이 이 지역을 점령했던 기간엔 참혹한 박해와 학살이 곳곳에서 일어났다.

이런 상황에 맞추어, 친위대(SS) 사령부는 유대인 학살 임무를 수행할 특별임무부대를 독일군 전투 서열에 맞추어 재편성했다. A특별임무부대는 북부집단군을 따라 발트 3국(리투아니아, 라트비아, 에스토니아)으로 들어갔다. B특별임무부대는 중부집단군을 따라 벨라루스로 들어갔다. C특별임무부대는 남부집단군을 따라 우크라이나로 들어갔다. D특별임무부대는 남부집단군 예하 11군을 따라 우크라이나 남부로 깊숙이 들어갔다. 독일 치안경찰(Order Police) 9개 대대와 무장친위대 3개 부대가 이들을 수행했다.

특별임무부대를 관장한 라인하르트 하이드리히는 일차적 목표를 독일군 점령 지역의 '반독일 분자들'의 제거에 두었다. 그래서 특별임무부대는 공산당 지도부를 집중적으로 제거했고, 유대인들도 공산당 소속 유대인들을 먼저 겨냥했다. 실제로는 개전 초기의 가장 큰 희생자들은 독일군에 항복한 러시아군 포로들이었다. 350만으로 추산되는 러시아군 포로들 가운데 200만이 처형되거나 포로수용소들의 열악한 상태로 인해 죽었다.

한번 '반독일 분자들'의 대규모 처형이 시작되자, 유대인들에 대한 박해는 점점 포악해졌다. 유대인 학살은 처음엔 성인 남자에 국한되었지만, 1941년 8월부터는 성과 나이를 가리지 않는 유대인 절멸로 바뀌었다. 원래 러시아 서부는 반유대주의가 전통적으로 거세었던 곳이었으므로, 친위대는 주민들에 의한 유대인 학살을 기대했었다. 그러나 독일

유대인 학살은 곳곳에서 자행되었다. 리투아니아의 포나리, 우크라이나의 카미아네츠포딜스키와 바비야르 학살에서는 수만이 한꺼번에 죽음을 맞았다.

군의 점령으로 권력이 바뀌면서 자연스럽게 일어난 보복행위들이 끝나자 주민들에 의한 유대인 학살은 좀처럼 일어나지 않았다. 결국 친위대는 대량 학살을 주도해야 했고, 부역자들의 도움을 받아 주민들에 의한 자연적 유대인 학살로 꾸몄다.

유대인 희생자들은 먼저 옷을 다 벗고 귀중품들을 처형자들에게 바친 다음 구덩이 앞에 서서 사살되었다. 때로는 먼저 구덩이로 들어가서 이미 처형된 사람들의 시신들 위에 엎드려 사살되기를 기다려야 했다. 이런 방식을 친위대 요원들은 '정어리 포장(Sardinenpackung)'이라 불렀다.

유대인 학살은 곳곳에서 자행되었는데, 규모가 큰 경우엔 수만이 한꺼번에 죽음을 맞았다. 1941년 7월 리투아니아에서 일어난 '포나리 학살(Ponary Massacre)'은 독일군이 새로 점령한 지역에서 일어난 첫 대규모 학살이었다. 포나리는 리투아니아 수도 빌뉴스의 교외에 있는 기차 역인데, 러시아가 군용 비행장에 딸린 석유 저장고들을 건설하고 있었다. 독일 B특별임무부대와 리투아니아인 협력자들은 석유 저장고 건설을 위해 파 놓은 거대한 구덩이들에 처형한 유대인들을 묻었다. 1944년까지 이어진 처형들에서 7만 2천 명의 유대인들과 8천 명의 비유대인 리투아니아인들과 폴란드인들이 죽었다.

1941년 8월 하순에 우크라이나에서 일어난 '카미아네츠포딜스키 학살(Kamianets-Podilskyi Massacre)'에선 2만 3,600명의 유대인들이 살해되었다. 이들 가운데 1만 4천 명은 헝가리로 피난한 유대인들로, 헝가리 정부에 의해 독일군에 인계되었다.

우크라이나 수도 키예프의 교외에 있는 바비야르 계곡에선 1941년 9월 하순에 C특별임무부대와 치안경찰이 우크라이나 민병대의 도움을 받아 3만 3,771명의 유대인을 사살했다. 그 뒤로 독일은 계속해서 바비야르를 학살 장소로 삼았고, 그곳에서 학살된 유대인 총수는 10만으로 추산된다. 일반적으로 독일 정규군은 친위대가 주도한 유대인 학살에 가담하지 않았지만, '바비야르 학살(Babi Yar Massacre)'에선 독일군 6군이 희생자들의 체포와 수송에 협력했다.

독일의 동맹국들은 모두 반유대주의를 추구했다. 독일과의 동맹을 열렬하게 원한 루마니아는 독일의 환심을 사려고 1940년부터 유대인을 박해하기 시작했다. 1941년엔 부쿠레슈티와 이아시에서 학살이 일어나 1만 5천 가까운 유대인들이 죽었다. 1941년 10월부터 1942년 3월까지 우크라이나 흑해 연안에서 이어진 '오데사 학살(Odessa Massacre)'에선 루마니아군이 2만 5천 명의 유대인들을 살해했다. 루마니아는 트란스니스트리아에 강제수용소를 설치하고 15만 4천에서 17만에 이르는 유대인들을 가두었다.

불가리아는 1940년부터 반유대인 조치들을 도입했다. 유대인들은 갖가지 형태로 차별을 받았고, 유대인과 비유대인 불가리아 시민들 사이의 결혼은 금지되었다. 1943년 2월 불가리아 정부는 2만 명의 유대인들을 트레블링카 절멸수용소로 보내라는 독일의 요구를 받아들였다. 그러나 수도 소피아의 유대인들을 이송한다는 계획이 알려지자, 정교회(Orthodox Church)와 불가리아 시민들이 거세게 항의했다. 불가리아 정부는 그들의 이송을 포기하고 대신 시골로 추방했다. 그러나 불가리아 정부는 병합한 그리스 지역의 유대인 1만 1천 명을 모두 트레블링카로 보냈다.

독일의 가장 중요한 동맹국인 이탈리아는 반유대주의를 적극적으로 추구하지 않았다. 원래 이탈리아에선 반유대주의가 그리 거세지 않았다. 그래서 유대인들의 권리를 제약하는 조치들이 도입되었어도 적극적으로 시행되지 않았다. 이탈리아와 이탈리아가 점령한 지역의 유대인들은 다른 지역에서보다 훨씬 안전했다.

1941년 12월에 일본과 미국 사이에 전쟁이 일어나자, 히틀러는 상황이 독일에 결정적으로 유리해졌다고 판단했다. 이제 미국은 독일과 싸울 여력이 없을 터였다. 히틀러의 이런 정세 판단에 따라, 일본 함대의 펄 하버 공격 나흘 뒤인 12월 11일 독일 외상 요아힘 폰 리벤트로프(Joachim von Ribbentrop)는 베를린 주재 미국 대사관의 참사관을 불러 미국에 대한 독일의 선전포고문을 낭독했다.

러시아와의 전쟁에서 이긴다고 확신하자, 히틀러는 '하등 인간들'인 슬라브족을 정복하고 독일의 '생활공간'을 볼가강까지 확장한다는 자신의 구상을 구체화하기 시작했다. 러시아의 '유대인 볼셰비즘'을 분쇄하면, 유대인들은 모조리 없애고 나머지 슬라브족 주민들은 시베리아로 추방해서 강제노역에 종사시킨다는 방안이었다.

당장 할 수 있는 것은 유대인의 제거였으므로, 히틀러는 유대인 학살을 더욱 강력하게 추진하기로 결심했다. 마침 그는 유대인에 대한 증오와 분노가 한층 더 끓어오른 참이었다. 그는 미국에서 유대인들이 가장 강력한 집단이어서 미국의 정책을 좌우한다고 믿었다. 그래서 독일이 미국에 선전포고를 하더라도, 유럽에서 독일의 지배를 받는 유대인들의 안전을 고려해서 미국 유대인들은 미국이 독일과 전쟁 하는 것을 막으리라고 그는 예상했었다. 그러나 미국이 곧바로 독일에 대해 선전포고를 하자, 그는 유대인들이 음모를 꾸몄다고 비난했다.

거의 3년 전인 1939년 1월의 의회 연설에서 히틀러는 세계의 유대인들에게 경고했었다.

"만일 유럽 안팎의 국제 유대인 금융가들이 국가들을 세계대전으로 다시 몰아넣는 데 성공한다면, 그 결과는 지구의 볼셰비키화(Bolshevising)와 그것에 따른 유대인들의 승리가 아니라 유럽 유대인들의 전멸일 것이다."

미국과의 전쟁에 들어가자, 그는 자신의 경고를 실현하는 일에 적극적으로 나섰다. 미국에 대해 선전포고를 한 다음 날 그는 나치당의 고위 간부들에게 자신의 생각을 밝히고, 유대인을 멸종시키기 위한 정책들을 강력히 추진하라고 독려했다. 이어 18일에 그는 친위대 사령관 히믈러와의 협의에서 유대인들을 '빨치산들'이라는 명분을 내세워 처형하기로 결정했다.

절멸수용소

유대인 학살을 강력히 추진한다는 히틀러의 방침이 나오자, 라인하르트 하이드리히가 그것의 실행 계획을 짰다. 그는 1939년에 '안보경찰 및 방첩대 책임자(CSSD)'로 임명되어 '국가보안본부(RSHA)'를 관장했다. 이 부서는 친위대 방첩대(SD), 비밀국가경찰(Gestapo) 및 형사경찰(Kripo)을 아울렀다.

1942년 1월 20일 그는 베를린 교외 반제의 안전가옥으로 유대인 문제를 다루는 부서들의 고위 간부들을 초청했다. 뒤에 '반제 회의(Wannsee Conference)'라 불리게 된 이 회의엔 친위대와 경찰만이 아니라 나치당 총통 비서실, 점령동부지역성, 폴란드 전반정부(폴란드 점령 지역을 관할하는 행정조직), 외무성, 사법성, 내무성, 4개년계획 전권사무처, 국가총통 비서실을 대표한 15명의 핵심 간부들이 참석했다. 이 회의에서 독일과 독일이 병합한 지역들에서 유대인들을 체포해서 독일군이 점령한 동쪽 지역으로 보내기로 합의되었다. 거기서 일할 수 있는 유대인들은 강제노역에 동원하고, 나머지 유대인들은 기아와 질병과 같은 요인들로 자연적으로 제거되도록 하는데, 그래도 살아남은 유대인들은 처형하기로 했다. 강제노역과 대량 학살을 결합해서 유대인들을 절멸시킨다는 얘기였다.

반제 회의에서 강조된 사항은 "일단 유대인들의 강제 이송이 완료되면, 이송된 유대인들의 처리는 친위대의 내부 문제가 된다"는 방침이었다. 이 방침은 유대인 문제의 처리에서 친위대가 주도적 역할을 한다는 것을 재확인했을 뿐 아니라, 친위대 주도로 절멸수용소(extermination camp)를 설치해서 운용하겠다는 의사를 드러냈다. 유대인들을 처형하는 절멸수용소의 설치는 유대인 박해에서 마지막 단계였으므로, 하이드리히를 비롯한 친위대 고위 간부들은 다른 행정기구들을 끌어들여 공범으로 삼고자 했다. 그것이 반제 회의를 소집한 하이드리히의 속내였다.

절멸수용소의 필요성은 이미 친위대 고위 간부들 사이에서 논의된 터였다. 러시아를 침공해서 점령한 지역에서 벌어진 유대인 학살들은 무고한 사람들을 많이 죽이는 일이 얼마나 힘든가 보여 주었다.

한 지역의 유대인들을 한데 모아 사살해서 구덩이들에 파묻는 것은 현실적으로 무척 어려웠다. 당해 지역의 반유대주의를 부추기고, 협력자들을 조직해서 도움을 받더라도 매끄럽게 조직하기가 힘들었다. 게다가 지역 사회에 큰 충격을 줄 수밖에 없어서 민심이 이반하도록 만들었다. 그래서 여러 해를 두고 지속적으로 유대인들을 제거하기 어려웠다.

대량 학살은 많은 사람들이 참여하므로, 세상에 널리 알려질 위험도 무척 컸다. 무엇보다도, 땅에 한데 묻힌 시체들이 범행을 생생하게 증언할 터였다. 그래서 뒤에 소각장이 마련되면 학살을 주도한 자들은 파묻은 시체들을 파내어 소각하곤 했다.

유대인들을 실제로 살해한 특별임무부대 요원들의 심리적 충격도 점점 큰 문제가 되었다. 1941년 9월 친위대 사령관 히믈러는 벨라루스의 수도 민스크 교외에 있는 유대인 학살 현장을 찾았다. 그곳에서 학살을 지휘하던 장교는 유대인들을 향해 방아쇠를 당기는 요원들이 심리적으로 피폐해지고 있다고 보고했다. 그래서 히믈러는 다른 방식으로 유대인을 절멸하는 것이 시급하다고 판단했다. 실제로, 아우슈비츠의 소장을 지낸 루돌프 회스(Rudolf Höss)는 많은 특별임무부대 요원들이 끔찍한 처형 현장에서 사람들을 죽이는 일을 견디지 못하고 미치거나 자살했다고 뒤에 증언했다.

결국 유대인들을 보다 조직적으로 처형할 수 있는 절멸수용소들이 필요하다는 데 친위대 간부들은 합의했다. 절멸수용소들은 이미 강제수용소들이 많이 들어선 폴란드에 세우는 것이 합리적이라는 점에 대해서도 합의가 이루어졌다. 그래서 유럽 각지의 유대인들을 강제수용소들에 모으고 철도로 수송해서 폴란드의 절멸수용소들에서 가스로 죽인다는 방안이 채택되었다.

1941년 10월 히믈러는 폴란드 루블린 주재 친위대 부대장에게 베우제츠에 절멸수용소를 건설하라고 지시했다. 반제 회의에서 '최종적 해결'에 관한 합의가 이루어진 뒤엔 절멸수용소의 건설이 빠르게 추진되었다. 베우제츠 절멸수용소는 1942년 3월에 가동되었다. 강제수용소로 세워진 아우슈비츠의 시설엔 가스 벙커들이 새로 설치되어 절멸수용소로 바뀌었다. 1942년 중반에 이르자, 소비보르와 트레블링카에 절멸수용소들이 건설되었다. 1942년 9월엔 마즈다네크에도 가스 벙커가 설치되었다.

절멸수용소들에선 주로 가스를 이용해서 '최종적 해결'을 시도했다. 원래 나치 정권은 장애인 7만 명을 일산화탄소를 사용해서 살해하면서 '안락사 프로그램(euthanasia program)'으로 위장했었다. 일산화탄소는 치명적 효과가 있었지만, 용기에 담아 동부로 보내는 것은 비용이 너무 들었다. 대신 친위대는 유독한 가스를 생산하는 가스 차량들을 이용했다. 벨라루스의 말리 트로스티네츠 수용소는 원래 포로수용소였는데, 뒤에 포로들을 죽이게 되자 이 방식을 썼다. 비슷한 시기에 헤움노 절멸수용소에서도 이 방식이 사용되었다. 이어 트레블링카, 베우제츠 및

대량 학살에 사용한 시안화수소(HCN, 청산) 성분 때문에 푸른 얼룩이 남은 아우슈비츠의 가스실.

소비보르에선 대형 내연기관들이 생산하는 배기가스를 이용했다.

아우슈비츠와 마즈다네크에선 시안화수소(HCN, 청산) 성분이 든 치클론-베(Zyklon-B)가 사용되었다. 원래 이 약품은 죄수들의 의복에서 이蝨를 잡는 데 쓴 구충제였다. 이는 티푸스를 옮기므로 강제수용소에선 이를 구제하는 데 마음을 썼다. 죄수들이 샤워를 할 때, 밀폐된 방에 죄수들의 의복을 넣고 치클론-베 가스가 퍼지도록 해서 소독했다. 아우슈비츠에선 1941년 8월부터 죄수들을 밀실에 가두고 이 약품을 넣어서 그들을 살해하기 시작했고, 마즈다네크에서도 이 방식을 채택했다. 치클론-베는 배기가스보다 훨씬 경제적이고 효과가 강력해서, 아우슈비츠에서의 대량 학살을 가능하게 했다.

이들 여섯 절멸수용소들 가운데 아우슈비츠와 마즈다네크의 절멸 시설은 거대한 강제노역수용소 콤플렉스의 한 부분이었지만, 나머지 네 곳은 전적으로 신속한 절멸에 바쳐진 수용소들이었다. 이 네 수용소들에 도착한 유대인들과 다른 죄수들은 몇 시간 안에 살해되었다. 이들은 모두 폴란드 철도망으로 이어진 지선 가까이 세워졌는데, 동일한 설계에 따라 지어졌다. 신속한 살해를 지향했으므로 죄수들의 생활에 필요한 시설들은 없었다. 죄수들이 도착하면 수용소 요원들은 그곳이 일시적으로 체류하는 역이며 더 동쪽에 있는 작업수용소(work camp)들로 향할 것이라고 속였다.

절멸수용소들은 건장한 죄수들은 따로 뽑아서 수용소의 절멸 작업을 돕는 특별분대(Sonderkommando)에 편입시켰다. 이들은 가스실로 들어가는 죄수들을 안심시켜서 소동이 일어나지 않도록 하고, 가스실에서 시체들을 꺼내어 태우는 작업을 했다.

특별분대는 이를 잡는 작업이라고 죄수들을 속이고 죄수들이 옷을 벗도록 유도하고 샤워실처럼 꾸며진 가스실로 들어가도록 다독거렸다. 그리고 가스실 문이 닫히기 직전까지 죄수들에게 수용소 생활에 대해 얘기해서 안심시켰다. 갓난아이를 안은 여인들은 '이 구제 작업'이 아기에게 해로울까 걱정해서 옷 아래에 아기를 숨기곤 했다. 특별분대 요원들은 그런 일을 특히 경계해서 여인들에게 아기를 샤워실로 데리고 들어가라고 설득해서 함께 들여보냈다.

물론 모든 죄수들이 그런 심리전술에 속은 것은 아니었다. 자신을 기다리는 운명을 짐작하거나 아는 죄수들도 있었는데, 그들은 자신들이 느끼는 두려움에도 불구하고 두려움에 질린 아이들을 농담을 걸어 다독거렸다.

확실한 죽음과 마주서면, 자제력을 잃는 사람들도 적지 않았다. 어떤 여인들은 옷을 벗다가 두려움에 질려서 소리를 지르거나 머리카락을 쥐어뜯었다. 그러면 특별분대 요원들이 그녀를 바로 데리고 나가서 총으로 쏘아 죽였다. 가스실 문턱을 넘다 말고서 자기 종족 가운데 아직 숨은 사람들의 정체와 은신처를 밝히는 사람들도 있었다.

가스실에서 시체들을 꺼내면, 특별분대는 먼저 금니들을 뽑았다. 그리고 소각장으로 운반해서 시체들을 태웠다. 처음엔 시체들을 거대한 구덩이를 파고 묻었지만, 나중엔 증거를 남기지 않으려고 시체들을 파내어 태웠다. 특별분대는 산더미 같은 시체들이 잘 타도록 돌려 놓으면서 불길을 보살폈다. 이들은 자신들도 곧 살해되리라는 것을 잘 알았지만, 열심히 일했다. 그들은 구덩이에 오래 묻혀서 다 썩은 시체들을 태우는 사이에도 무심하게 식사하고 담배를 피웠다. 때로 아는 사람의 시체를 만나도 그들은 별다른 반응을 보이지 않았다. 자기 아내의 시체를 만난 특별분대 요원은 아무런 일도 일어나지 않은 듯이 시체를 태우는 일을 계속했다.

아우슈비츠가 워낙 효율적으로 죄수들을 살해했으므로, 시체를 빨리 처리할 수 있는 시설이 필요했다. 그래서 대규모 소각장 셋이 설치되었다. 이 소각장들은 24시간 가동되었지만, 시체들이 워낙 많아서 때로는 노천에서 시체들을 태워야 했다. 시체들이 완전히 타면 재를 묻거나 강에 버렸다.

강제노역

아우슈비츠와 마즈다네크에서 사용된 약품 치클론-베는 독일 기업 IG 파르벤(IG Farben, 염료 산업 신디케이트 회사)이 공급했다. 이 독약은 1920년대에 발명되었는데, 당시엔 자회사인 데게슈(Degesch)에서 생산했다. 이 기업은 1925년에 바스프(BASF), 바이엘(Bayer), 회히스트(Hoechst)를 포함한 6개의 대규모 화학 및 약품 기업들이 연합해서 만들어진 회사였다. 20세기 초엽에 독일이 화학공업에서 가장 앞섰고 특히 염료 분야에선 독점적 지위를 누렸다는 사정을 반영해서, 이 기업은 당시 유럽에서 가장 크고 세계적으로는 넷째로 큰 회사였다. 화학과 약품 분야에선 세계에서 가장 큰 회사였다. 그리고 이 기업의 과학자들과 기술자들은 화학과 제약의 발전에 크게 공헌했고 3명이 노벨상을 받았다. 신경작용제 사린(Sarin)을 발명한 것도 이 기업이었다.

IG 파르벤은 초기엔 자유주의 정당인 '독일인민당(German People's Party)'을 지지했고, 나치당으로부터 '국제 자본주의 유대인 회사'라고 비난을 받았다. 나치당이 집권하자 이 기업은 나치당을 적극 지원했다. 그리고 이사진의 3분의 1을 차지했던 유대인 이사들은 사임하고 유대인 종업원들은 해고됨으로써 1938년까지 '아리안화'를 마쳤다.

IG 파르벤의 제품들은 다양해서 독일군에 필요한 제품들을 많이 포함했다. 합성 염료, 합성 고무, 폴리우레탄, 프론토실, 클로로키닌은 군사적으로 긴요했고, 석탄 액화를 통해 생산하는 합성 연료는 특히 중요했다. 자연히 이 기업은 독일군과 밀접하게 협력했다. 제2차 세계대전 말기에 IG 파르벤은 독일에서 생산되는 합성 고무와 메탄올의 전부, 플라스틱의 90퍼센트, 화약의 84퍼센트, 질소와 용제(solvent)의 75퍼센트, 약품의 50퍼센트, 그리고 합성 연료의 33퍼센트를 생산했다.

1941년 2월 친위대 사령관 하인리히 히믈러는 아우슈비츠 강제수용소 근처에 IG 파르벤의 합성 고무 공장을 짓는 것을 도우라는 명령을 내렸다. 이 공장의 노동자들의 대부분은 친위대가 낮은 노임을 받고 대여한 아우슈비츠의 죄수들이었는데 대략 3만가량 되었다. 1943년에 IG 파르벤은 독일이 점령한 지역에 산재한 334곳의 시설들에서 33만 명의 노동자들을 고용해서 30억 마르크의 매출을 올렸다. 연간 순이익은 5억 마르크(2009년 기준 20억 유로)였다. 이들 노동자들의 반가량은 노예 노동자들이거나 점령지에서 징발된 사람들이었다.

물론 강제노역을 이용한 독일 기업은 IG 파르벤만이 아니었다. 실은 철강 기업 티센(Thyssen)과 크루프(Krupp)를 필두로 거의 모든 대기업들이 강제노역으로 공장을 돌렸고, 아주 낮은 임금 덕분에 큰 이익을 냈다.

강제노역으로 독일과 점령지들로 끌려온 '외국인 노동자들'은 엄격한 계급제도 아래 일했다. 최상층은 독일 민족이나 스칸디나비아 국가들의 주민들, 프랑스인, 이탈리아인, 독일 동맹국들(루마니아, 불가리아, 헝가리)의 주민들, 그리고 호의적 중립국들(스페인, 스위스)의 주민들로 '초대 노동자'라 불렸다. 이들은 전체 외국인 노동자들의 1퍼센트도 되지 않았다.

'초대 노동자들' 아래엔 독일과 동맹 관계를 맺지 않은 나라들의 노동자들이 있었다. '강제노동자'라 불린 이 계층은 다시 세 부류로 나뉘었다. 하나는 전쟁 포로들인데 비교적 대우가 좋았다. 전쟁 포로들에 관한 「제네바 협약」이 있었고, 이들을 학대할 경우 독일군 포로들이 보복을 당한다는 사정도 있었다. 둘째는 폴란드 주민들인데, 작업이 고되고 생활환경도 열악했으며 갖가지 제약이 있었다. 셋째는 러시아 지역에서 붙잡혀 온 사람들로, 철조망을 둘러친 수용소에서 살면서 가장 나쁜 대우를 받았다.

이들이 일하는 작업장마다 정문엔 "노동이 자유케 하리라(Arbeit macht

frei)"라는 구호가 걸렸다. 열심히 일하면 보다 자유롭게 지낼 수 있고 궁극적으로 강제노역에서 풀려나리라는 희망을 노역자들이 품게 하려는 술책이었다. 그러나 강제노역에 관한 독일 정부의 기본 정책은 원시적 도구들과 최소한의 급식을 주면서 작업량을 극대화함으로써 노역자들이 탈진해서 죽도록 유도하는 것이었다. 초기에 강제노역에 동원된 사람들은 거의 다 작업장에서 죽었다.

강제노역에 동원된 인원은 1944년에 1천만 명에 이르는 것으로 추산되었는데, 민간인들이 650만, 전쟁 포로가 220만, 수용소들에 수용된 인원이 130만이었다. 전쟁 기간중에 강제노역에 동원된 연인원은 1,500만에 이른 것으로 추산된다. 이런 노예 노동자들은 독일 전체 노동력의 4분의 1가량 되었다.

일제검거의 사회적 충격

강제노역은 당사자들에겐 극도의 불행이었고 하소연할 곳 없는 불의였다. 이런 재앙은 독일 정부가 야만적 방식으로 그들을 징집한 데서 더욱 커졌다. 독일 정부는 행정 조직을 통해 통상적 절차를 따라 강제노역에 종사할 인원들을 뽑아 작업장들에 배치하지 않았다.

독일 정부는 일제검거(roundup)를 통해 강제노역자들을 납치했다. 독일군 병력이 도시의 한 구역을 포위하면 독일 경찰과 친위대 요원들이 그 구역의 모든 사람들을 조사했다. 유대인들은 그 자리에서 사살하고, 비유대인 성인들은 모조리 체포해서 강제수용소로 보냈다.

당시 상황을 겪은 사람 하나는 이렇게 술회했다.

"거리들이 통째로 경찰들과 군인들에 의해 봉쇄되었고, 갇힌 남녀들은 대부분 강제수용소로 이송되거나 노예노동을 위해 독일로 보내졌다. 전차와 기차에 탔던 사람들이, 작업허가증의 소지 여부를 가리지 않고, 가축처럼 트럭에 실려 갔고 다시는 집과 가족을 보지 못했다."

이렇게 체포된 여성들 가운데 젊은 여성들은 독일군의 '군 공창'과 강제수용소의 '수용소 공창'으로 보내져서 '성노예들'이 되었다. 군 공창들은 독일군 부대가 주둔한 곳들에 세워진 '주둔지 공창'과 전선의 독일군을 위해 전선 바로 후방에서 영업하는 '야전 공창'이 있었다. 주둔지 공창은 독일이 점령한 유럽에 500곳 가량 설치되었다.

수용소 공창은 강제수용소들에서 강제노역에 종사하는 죄수들을 위한 공창이었다. 죄수들의 사기를 높이고 작업 능률을 올리는 수단으로 도입되었다. 동성애자들을 극도로 혐오한 히믈러는 수용소 공창을 동성애 치료 수단으로 여겨서 동성애자들이 주기적으로 공창을 이용하도록 지시했다. 유대인들은 이 시설을 이용할 수 없었다.

군 공창들과 수용소 공창들에서 성노예들로 살아야 했던 여인들은 적어도 3만 4천 명을 넘는 것으로 추산된다. 이들의 비참한 운명은 1941년 5월에 런던의 폴란드 망명정부가 폴란드에서 자행된 일제검거의 실상과 성노예로서 살아온 여성들의 처지를 기록한 문서를 공개함으로써 세상에 처음 알려졌다.

독일 정부의 일제검거는 독일이 점령한 유럽의 나라들에서 행해졌다. 독일 정부에 의한 일제검거를 뜻하는 단어가 여러 나라들에 있다는 사실에서 이런 사정을 엿볼 수 있다. 이런 일제검거는 공동체를 직접적으로 파괴한다는 점에서 유난히 야만적이었다. 언제 재앙이 날벼락처럼 닥칠지 모른다는 사실은 사람들의 공포를 극대화했고, 납치된 사람들이 가족에게 알릴 기회조차 주어지지 않는다는 사정은 불행을 극대화했다.

당연히 저항도 컸다. 일제검거로 가장 큰 피해를 본 폴란드에선 주요 저항 세력인 본국군이 나섰다. 그들은 일제검거를 주도하는 독일인들을 비밀 특별재판에 회부해서 사형을 선고하고 처형했다. 주로 당해 지역의 실업청(Unemployment Office) 직원들, 친위대 요원들, 그리고 독일 경찰관들이 암살의 표적이 되었다.

독일 정부가 군대와 경찰을 동원한 일제검거를 통해서 점령지의 주민들을 강제노역에 동원한 것은 독일의 점령 통치를 받는 사회들에 큰 충격을 주었다. 그래서 일제검거가 심했던 나라들에선 그런 일제검거를 가리키는 낱말이 나왔다. 폴란드어의 łapanka, 러시아의 oblava, 프랑스어의 rafle/attrapage, 네덜란드어의 razzia, 체코어의 lapanka, 그리스어의 bloko, 그리고 세르비아어의 lapanje 등이다.

이런 사정은 독일 정부의 유대인 박해를 뜻하는 낱말이 따로 나오지 않았다는 사실과 대비된다. 동유럽에서 전통적으로 유대인 학살을 가리킨 말인 포그롬(pogrom)과는 다른 말이 필요해지자, '번제燔祭(burnt offering)'의 뜻을 지닌 홀로코스트(holocaust)가 미국에서 더러 쓰였을 따름이다(홀로코스트는 1978년에 미국에서 동명의 텔레비전 연속극이 방영되면서 널리 쓰이기 시작했다). 자신들도 홀로코스트의 희생자라고 주장하는 비유대인 집단들이 늘어나자, 유대인들은 홀로코스트 대신 '파괴'라는 뜻을 지닌 히브리어 쇼아(shoah)를 쓰기 시작했다.

이처럼 일제검거가 사회를 뒤흔든 것은 그것이 사회의 구성 원리에 어긋나는 행태였기 때문이다. 어느 사회든 근본적 구성 원리는 도덕이다. 인류가 오랜 세월 사회를 이루어 살아왔으므로, 사람은 깊은 도덕심을 지니게 되었다. 그런 도덕심이 각 사회의 특수한 역사와 환경에 맞는 도덕률로 구현된다. 도덕률 가운데 사회의 유지에 특별히 중요하거나 명시적으로 규정해야 할 사항들은 법이 되었다. 일제검거는 도덕과 법을 정면으로 부정하고 파괴하는 행태였다. 권력을 쥔 집단이 그런 행태를 보이면 사회는 정상적으로 작동할 수 없고 구성원들은 혼란과 두려움 속에 나날을 보내야 한다.

독일에 점령된 사회들에서 살았던 사람들이 모두 이런 이치를 명확하게 인식한 것은 물론 아니었다. 그러나 정상적 사회에선 보통 사람들이 양심과 상식에 따라 행동하면 도덕과 법에 어긋나지 않게 살아갈 수 있다. 그리고 도덕과 법에 어긋나지 않게 살아가면 공권력의 간섭을 받지 않고 안정된 삶을 꾸릴 수 있다. 독일 정부가 수시로 일제검거를 자행하면서 그런 근본적 질서가 깨졌고, 사람들은 안정된 삶을 누릴 수 없게 되었다.

일제검거가 그렇게도 파괴적이므로, 현대에서 그것을 일상적으로 시도한 나라는 드물었다. 독일의 동맹국으로 전체주의를 추구했던 이탈리아와 일본도 그런 식으로 인력을 징집하지 않았다. 이탈리아는 유럽에서 점령한 지역이 작기도 했지만, 통치 방식도 독일처럼 혹독하지 않았다. 전쟁 전에 대만과 조선을 식민지로 경영했던 일본은 기본적으로 시장을 통해서 인력과 물자를 조달했다. 중일전쟁으로 전시 체제가 들어선 뒤엔 먼저 법을 만들고서 징집, 징용 및 '공출'을 시행했다. 그래서 식민지 주민들에 대한 억압과 착취가 심했지만, 공동체의 혼란과 파괴에 이르지는 않았다. 아마도 이 점에서 '삼국 동맹'에서 나치 독일이 유난히 사악하고 파괴적이었던 사유를 찾을 수 있을 것이다.

군 공창

이런 사정은 '군 공창(military brothel)'에서 가장 선명하게 드러난다.

군대 지휘관들은 장병들의 성욕의 처리에 마음을 쓴다. 군인들은 모두 젊고 성욕이 왕성한데, 싸움터에선 그들의 성욕을 충족시킬 방안이 마땅치 않다. 그래서 중세까지도 동서양을 가리지 않고 점령지의 민간인들에 대한 약탈과 겁탈이 장병들에게 지급하는 보상의 주요 부분이었다.

일단 타국을 점령해서 통치하기 시작하면, 주둔 병력의 성욕 문제는 '기지 추종자들(camp followers)'을 통해 해결되었다. 군대의 보급에 필요한 노동을 제공하는 여성 노동자들과 군인들의 가족들과 매춘부들이 모여서 이루어진 '기지 추종자들'은 군대의 원활한 운영에 결정적 도움을 주었다. 매춘부가 드문 상황에선 피정복민 여성들이 '성노예'들이 되었다.

서양에서 군 공창이 공식적으로 도입된 계기는 십자군 운동이었다. 12세기 말엽의 제3차 십자군에선 영국의 리처드(Richard) 1세와 프랑스의 필리프(Philip) 2세가 기독교군을 이끌면서 살라딘(Saladin)이 이끈 회교군과 싸웠다. 그때 필리프 2세는 십자군들의 강간과 계간이 너무 심한 것에 충격을 받았다. 그는 프랑스에서 매춘녀들을 모집해서 배로 실어 오도록 했다.

이런 전통을 이어받아, 현대에서 프랑스군은 유럽 국가들 가운데 맨 먼저 군 공창을 공식적으로 도입했다. 강대국들이 엄청난 규모의 상비군을 갖추어서 장병들의 성욕 충족 문제도 함께 커졌으므로 현실적 대응이 필요해진 것이었다. '종군 군공창(Bordel militaire de champagne)'이라 불린 이 제도는 프랑스의 식민지 알제리에서 처음 도입되어, 제1차 세계대전에서 본국으로 확대되었다. 이후 제2차 세계대전과 제1차 인도차이나 전쟁에서 나름으로 역할을 했다. 특히 제1차 인도차이나 전쟁에서 공산주의 월맹(Viêt Minh) 군대에 포위된 디엔 비엔 푸 요새로 알제리와 베트남 출신 매춘부들이 공수되었다. 이 여인들은 포위된 프랑스 병사들의 '간호원들'이 되어 그들과 운명을 같이했다. 그 뒤엔 '야전 군 공창'은 해외 외인부대들에 설치되었다가 2003년에 폐지되었다.

동양에서 처음 이 문제에 기능적으로 접근한 것은 근대화에 가장 먼저 성공한 일본이었다. 1932년 '제1차 상해사변'이 일어났을 때, 일본군 사령부는 상해에 군 공창을 설치했다. 병사들이 여자들을 찾아 주변 지역을 훑고 다니면서 갖가지 문제들이 발생했다. 그래서 병사들이 민가 여인들을 겁탈하는 것을 막고 군대의 사기를 높이고 성병을 예방하며 적군의 첩보 활동에 대비하기 위해 군 공창을 운영하기로 결정했다. 상해에 설치된 군 공창에는 일본군 직영 위안소, 일본군이 감독하는 군 전용 위안소 및 병사들의 이용을 허가한 민간 매춘업체들인 민군 공용 위안소가 있었다. 일본이 해외 팽창 정책을 줄곧 추구하면서 일본군은 크게 증강되었고, '군 위안소'라 불린 군 공창도 따라서 커졌다. 2천 가량 되는 군 위안소에서 '위안부'로 일한 여인들은 대략 20만으로 추산된다.

군 위안소 제도를 도입한 사람은 당시 상해 파견군 참모부장副長이었던 오카무라 야스지岡村寧次 대좌였다. 오카무라는 태평양전쟁 말기에 지나 파견군 사령관으로 중국 전선을 총괄했는데, 그는 종전 뒤에 이 제도에 대해 술회했다.

"이렇게 말하는 것은 부끄럽지만, 나는 위안부 방안의 창설자다. 쇼와 7년의 상해사변 때 두세 건의 강간 범죄가 발생했으므로, 파견군 참모부장이었던 나는 그곳 해군을 본따 나가사키長崎현지사에게 요청해서 위안부단을 불러들였다. 그 뒤로 강간 범죄가 완전히 그쳐서 나로선 기뻤다."

오카무라의 술회는 일본 육군이 군 공창을 설치하기 전에 일본 해군이 이미 이 제도를 도입했음을 알려 준다.

오카무라의 얘기는 일본군의 군 위안소에 대한 평가와 관련해서 음미할 만하다. 청일전쟁의 '여순(뤼순) 학살', 중일전쟁의 '남경 학살' 및 태평양전쟁의 '마닐라 학살'은 일본군이 얼마나 위험한가 거듭 보여 주었다. 그러나 태평양전쟁에서 일본군이 점령한 광대한 지역에서 일본군 병사들의 강간으로 주민들이 받은 고통은 그리 크지 않았다. 그런 사정에 일본군이 군 위안소를 조직적으로 운영했다는 사실은 실질적으로 기여했을 터이다.

그러나 군 위안소 제도는 성격상 많은 문제들을 낳을 수밖에 없었다. 거기서 위안부로 일하는 여인들은 육체적으로나 정신적으로 힘들 수밖에 없었다. 몸이 아파도, 심지어 병에 걸렸어도 그들은 힘든 '위안' 업무에서 벗어날 수 없었다. 위안소와 계약을 맺고 일정 기간만 일하도록 되었지만, 그런 계약 조건이 지켜지지 않는 경우에도 위안부가 하소연할 길은 없었다.

원하지 않게 군 위안소로 끌려온 여인들의 삶은 더욱 힘들었다. 위안부는 수요보다 공급이 늘 부족했으므로, 중개인들이 매춘부가 아닌 젊은 여성들을 속이고 협박해서 끌고온 경우들이 많았다. 전쟁이 격화되자 조선에선 일본군이 제시한 할당량을 채우려고 관리들이 젊은 여인들을 강제로 징집하는 상황이 나왔다. 도시에서 멀리 떨어진 주둔지에선 현지 여인들을 징발해서 위안부로 삼은 경우들도 있었다. [전쟁이 끝난 뒤, 자신은 매춘부가 아니었는데 위안부로 끌려가서 '연속 강간(repeated rapes)'을 당하는 삶을 살았다고 일본 법원에 소송을 낸 중국 여인들과 필리핀 여인들이 있었다. 일본 법원은 그들의 주장이 사실인지 아닌지 따지지 않고 순전히 소송 자격만을 심의해서 기각 판결을 내렸다.]

네덜란드령 동인도에선 일본군 장교들이 군 위안소 제도를 악용해서 집단 강간을 자행했다. 그곳에 주둔한 일본군은 적국 시민들로서 수용소에 갇힌 네덜란드 여인들을 군 위안소에 감금하고 주로 장교들을 상대하는 위안부들로 삼았다. [당사자들이 밝히지 않아서 이 사실은 오랫동안 알려지지 않았다. 1992년 네덜란드 여인 얀 루프 오헤른(Jan Ruff O'herne)은 나이 많은 조선인 여인 셋이 텔레비전에 나와서 자신들이 위안부로 겪은 일들을 밝히는 것을 보았다. 그녀는 비로소 용기를 얻어 반세기 동안 감추었던 자신의 처참한 경험을 밝혔다. 유럽인인 자신의 목소리가 아시아인들의 목소리에 합쳐지면 일본의 관심을 얻을 수 있으리라는 생각이었다. 그녀의 폭로로 위안소 제도로 위장된 네덜란드령 동인도 주둔 일본군 장교들의 성범죄들이 비로소 드러났다. 그리고 그녀의 희망대로 일본 정부의 태도가 상당히 달라졌다.]

전세가 일본군에 불리해지면서, 위안부들은 생명의 위협을 받았다. 일본군은 미군의 공격을 받으면 먼저 위안부들에게 자살을 강요했다. 일본군의 가장 큰 해군 기지였던 캐럴라인 제도의 트루크에선 미군의 공격이 임박했다고 판단한 일본군이 70여 명의 위안부들에게 자살을 강요했다. 사이판 싸움에선 위안부들이 절벽에서 뛰어내려 자살하도록 강요되었다. 이 지역에서 희생된 위안부들 가운데엔 조선 여인들이 많았다.

이처럼 일본군의 군 위안소 제도는 여러 문제들을 낳았고 많은 위안부들에게 지옥의 경험을 강요했다. 그래도 그 제도가 일본군 점령 지역에서 일본군의 성적 폭력을 줄이는 데 크든 작든 기여한 것은 분명하다. 그리고 주로 매춘부들을 모집해서 군 공창을 운영한 것이 독일군처럼 일제검거를 통해서 여인들을 납치해서 군 공창의 성노예들로 만든 것보다 덜 비인도적이었던 것도 분명하다. 이 사실은 나치 독일의 본질적 반생명성을 이해하는 단서들 가운데 하나다.

저항운동

나치 독일의 이념과 행태가 그렇게 반생명적이었으므로, 독일의 통치에 대한 저항운동(Resistance)은 독일에 점령된 모든 나라들에서 일어났다. 독일에 대한 개인적 비협력에서 독일군과의 대규모 전투까지 다양한 형태의 저항들이 나왔다.

전쟁 초기엔 저항이 미미했다. 독일군의 전격작전으로 전선이 걷잡을 수 없이 무너지고 점령당한 터라, 모든 나라들에서 시민들이 충격에서 벗어나는 데는 상당한 시간이 걸렸다. 그리고 점령 지역에 대한 독일의 통치는 무자비해서, 저항운동은 큰 조직으로 발전하기 어려웠다. 1941년 6월 독일이 러시아를 침공하면서 저항운동은 큰 운동량을 얻었고, 전황이 독일에 불리하게 된 뒤로는 점점 활발해졌다.

저항운동이 가장 두드러진 나라는 폴란드였다. 인구의 10 내지 15퍼센트가 저항운동에 참여했고, 본국군은 1943년 말에는 40만가량 되었다. 본국군의 저항은 1944년 8월의 '바르샤바 봉기'로 절정에 이르렀으나, 봉기를 부추긴 스탈린의 계획된 배신으로 독일군에 의해 진압되어 큰 손실을 입었다.

러시아 서부 우크라이나와 벨라루스의 러시아 빨치산도 세력이 커서 폴란드 본국군과 비슷했다. 그러나 이들은 러시아 비정규군의 성격을 지녀서 러시아군의 지휘를 받았고, 활동 기간도 비교적 짧았다.

유고슬라비아에선 1941년 4월부터 드라자 미하일로비치(Draža Mihailović)가 체트니크(Chetnick)라 불린 저항군을 이끌었다. 독일이 러시아를 침공하자, 티토가 공산주의 빨치산 부대를 조직해서 저항운동에 가세했다. [티토의 본명은 요시프 브로조비치(Josip Brozovich)였다.] 이 두 세력은 주도권을 놓고 서로 다투었는데, 1943년 11월의 테헤란 회담에서 연합국들이 티토의 빨치산 세력을 지원하기로 결정하면서 공산주의 세력이 득세하게 되었다.

프랑스의 저항운동(la Résistance)은 샤를 드골(Charles de Gaulle)이 이끄는 런던의 망명정부와 긴밀히 협력했다. 특히 1944년 6월의 노르망디 상륙작전에서 크게 활약했다. 그러나 이 조직은 공산주의자들이 압도적으로 우세해서, 독일군이 물러나자 드골이 이끈 우익 세력과 대립했다.

체코슬로바키아에선 1942년 5월에 라인하르트 하이드리히가 암살되었다. 그는 제2차 세계대전 중에 암살된 나치 독일 지도자들 가운데 서열이 가장 높았다.

1941년 여름 '보헤미아 및 모라비아 보호령(Protectorate of Bohemia and Moravia)'에서 독일의 학정에 저항하는 움직임이 일었다. 이 지역은 체코슬로바키아의 중심부로 1939년 3월에 독일에 병합되었다. 히틀러는 국가보안본부(RSHA)를 관장하는 하이드리히에게 '보헤미아 및 모라비아 보호자 대행' 임무를 추가로 맡겼다. 히틀러는 하이드리히를 "철 심

체코슬로바키아 망명정부가 보낸 암살조가 1942년 5월 27일 '프라하의 도살자' 라인하르트 하이드리히를 저격해서 중상을 입혔고, 그는 6월 2일 죽었다.

장을 가진 사람"이라 평가하면서 깊이 신임했다.

히틀러의 기대에 어긋나지 않게, 하이드리히는 무자비한 탄압으로 저항의 여지를 없앴다. 프라하에 부임하자 그는 계엄령을 선포하고, 저항운동에 가담했다고 알려진 사람들 142명을 처형했다. 1942년 2월까지 4천 내지 5천 명이 체포되고 400 내지 500명이 처형되었다. 그는 체코 사회의 모든 문화 활동들을 극도로 억압해서 독일에 반대하는 세력이 활동할 공간을 없앴다. 그래서 그는 '프라하의 도살자'라 불렸지만, 다른 편으로는 노동자들의 처우를 개선하는 경제 정책을 펴서 대중의 환심을 샀다. 당근과 몽둥이를 함께 쓴 그의 정책은 성공해서, 체코 안의 저항운동은 마비되었다.

런던의 체코슬로바키아 망명정부는 하이드리히의 처형을 결의하고 영국군 특수부대의 도움을 얻어 암살조를 프라하로 보냈다. 1942년 5월 27일 그들은 오픈카를 탄 하이드리히를 저격해서 중상을 입혔고, 그는 6월 2일 죽었다.

격노한 히틀러는 체코 사람들에 대한 대규모 보복을 명령했다. 그래서 하이드리히의 암살과 관련이 있다고 잘못 알려진 마을 두 곳이 초토화되었다. 결국 1,300여 명의 체코 사람들이 보복에 희생되었다.

이처럼 유럽 곳곳에서 독일에 대한 저항운동이 일어났지만, 정작 가장 큰 피해를 본 유대인들의 저항운동은 거의 없었다. 유대인들은 여러 나라들에 분산되어 살아왔고 그들을 아우르는 국제적 조직은 나온 적이 없었다. 한 국가 안에서도 유대인들은 랍비 중심의 작은 공동체를 이루어 살았고, 주류 민족의 주목을 받을 조직을 만들려 하지 않았다. 자연히, 독일이 유럽을 거의 다 점령한 뒤 유대인들을 검거해서 게토나 강제수용소로 이송해도 저항을 주도할 조직이 없었다.

한번 게토나 강제수용소에 갇히면, 개인적으로나 집단적으로나 저항이 어려웠다. 게다가 게토에서 유대인들의 자치를 맡은 '유대인 장로회'의 지도자들은 박해와 학살을 견디면서 살아온 유대인의 전통을 지닌 사람들이었다. 그들은 힘이 약한 유대인들이 다수민족과 정부 권력에 저항하는 것은 더 큰 화를 부른다는 현실에 적응해 온 터였다. 그래서 독일 정부가 그들을 박해해도 그들은 늘 순종하면서 피해를 최소화하는 방식으로 대응했다.

유대인 장로회는 '유대인 경찰'을 통해서 수용소의 유대인들을 통제했다. 독일인들의 지시를 충실히 따르면 자신들은 안전하다고 생각했으므로, 유대인 경찰들은 게토 안의 일반 유대인들을 철저히 감시했다.

그리고 비밀국가경찰(Gestapo)의 밀정들로 일하는 유대인들이 게토 안의 동정을 염탐했다.

가장 큰 게토인 바르샤바 게토엔 많을 때는 44만 5천 명이 수용되었다. 삶의 터전에서 쫓겨나 좁은 구역에 수용된 터라, 기아와 질병으로 많은 사람들이 죽었다. 게다가 게토를 관장한 하인츠 아우어스발트(Heinz Auerswald)는 유대인들을 학대했고 무단 처형으로 유대인들을 통제했다. 그래서 바르샤바 게토의 유대인들은 많이 줄어들었다.

1942년 여름 친위대는 바르샤바 게토의 유대인들을 대대적으로 트레블링카 절멸수용소로 이송하기로 결정했다. 7월 22일 독일 친위대 '재정착(resettlement)' 책임자는 유대인 장로회에 동부에 '재정착'할 '비생산적 유대인' 6천 명을 매일 선정해서 내보내라고 요구했다. 유대인 장로회는 독일인들의 요구를 받아들여서 유대인들의 이송을 '주관'하게 되었다. 그리고 친위대의 지휘 아래 유대인 경찰들이 유대인들의 '선발'을 주도했다.

일제검거를 할 구역이 선정되면, 독일 경찰이 외곽을 에워쌌다. 그 앞쪽에 나치에 협력하는 '우크라이나인들'이 서서 집들을 둘러쌌다. [이들은 독일군에 편입된 러시아군 포로들이었으므로, '우크라이나인들'이라는 표현은 정확하지 않았다.] 그러면 유대인 경찰들이 집안으로 들어가서 주민들을 불러 모았다. 그들은 먼저 주민들에게 경고했다. "유대인들은 모두 급히 내려와라. 짐은 30킬로그램까지 허용된다. 안에 남은 자들은 총살될 것이다." 주민들이 짐 보따리를 들고 급히 내려오면, '우크라이나인들'이 문을 박차고 들어가서 수색했다. 때로는 경고대로 총성 몇 발이 들렸다.

이송이 시작된 7월 23일 유대인 장로회 지도자 아담 체르니아코프(Adam Czerniaków)가 자살했다. '재정착'의 목표가 무엇인지 확실히 알게 되자, 체르니아코프는 동족의 대량 학살에 대한 책임을 질 수 없다고 판단한 것이었다. 7월 23일부터 9월 21일까지 두 달 동안에 25만 4천 내지 30만의 바르샤바 게토 유대인들이 트레블링카로 이송되었다.

게토 봉기

절멸수용소로의 강제 이송은 게토 사회에 충격을 주었다. 어쩔 수 없이, 게토에 남은 유대인들은 자신들의 처지를 직시하게 되었다. 그래서 순종적 태도를 버리고 저항하자는 기운이 일었다. 그래서 두 개의 저항 단체가 결성되어 저항을 주도하게 되었다.

'유대인 군사동맹(ŻZW)'은 1939년 폴란드가 독일에 점령된 뒤 폴란드군 출신 유대인 장교들의 주도로 만들어진 저항 단체였다. 자연히 폴란드 본국군과 인적 및 이념적 유대가 깊었고, 본국군의 지원을 많이 받았다. 덕분에 규모가 크고, 요원들이 전투 경험도 많고, 무기도 비교적 충실했다. 그들은 본국군으로부터 중기관총 2정, 경기관총 4정, 기관단총 21정, 소총 30정, 권총 50정 및 수류탄 400발을 지원받았다.

'유대인 전투조직(ŻOB)'은 사회주의자들이 게토 안에서 만든 단체였는데, 초기엔 본국군의 지원을 받았다. 1942년 1월에 러시아군의 지원을 받아 '인민근위대(GL)'가 조직되자, ŻOB는 GL의 지원도 받았다. ŻOB는 ŻZW보다 규모가 작고 요원들은 전투 경험이 거의 없었다.

이들 저항 단체들은 '벙커'라 불린 은신처들을 만들고 외부로부터 무기와 폭약을 몰래 들여오고 요원들을 훈련시켰다. 아울러, 독일에 협력하는 유대인들을 처단했다. 게토 안에서 벌이는 싸움이라 본국군은 주로 보급과 훈련을 지원했다. 그들은 게토 봉기에 관한 정보들을 전파하고 봉기군이 연합군의 지원을 받도록 하려 애썼다.

1943년 1월 18일 친위대는 다시 게토의 유대인들을 검거하기 시작했다. 이들은 곧 두 저항 단체들의 무력 저항에 부딪쳤다. 유대인 가족들은 벙커들에 숨고, ŻZW의 전사들을 중심으로 ŻOB의 전사들이 합류해서 독일군과 싸웠다. 빈약한 무기들과 화염병으로 맞선 유대인 전사들은 큰 희생을 치렀지만, 독일군도 사상자들이 나와서 독일군은 며칠 뒤에 작전을 멈추었다. 결국 독일군이 계획한 8천 명 대신 5천 명의 유대인들이 트레블링카로 이송되었다.

독일군에 맞선 유대인 전사들은 자신들의 저항이 실질적 결과를 얻으리라는 환상을 품지 않았다. 그들은 자신들의 행동이 유대인들의 명예를 위한 싸움이고 침묵하는 세상에 대한 항의라고 여겼다. 그러나 이들의 저항이 부분적으로 성공하자, 절망에 빠져 순종하던 게토의 유대인들의 태도가 바뀌었다. 게토 안에선 이들의 저항에 가담하는 사람들이 늘어났고, 외부의 폴란드 저항운동 세력은 게토의 유대인들을 보다 적극적으로 돕기 시작했다.

1943년 4월 19일 바르샤바 주둔 친위대 및 경찰 지휘관 페르디난트 폰 자메른프랑케네크(Ferdinand von Sammern-Frankenegg)의 지휘 아래 무장친위대를 중심으로 한 독일군 병력이 바르샤바 게토로 진입했다. 이들은 사흘 안에 나머지 유대인들을 모두 트레블링카로 이송한다는 계획을 세운 터였다.

그러나 이들은 저항 단체 전사들의 매복 공격을 만났다. 골목과 하수구에서 사격하고 화염병을 던지는 전사들에 의해 전투 차량 두 대가 불

타고 독일군 59명이 피해를 입었다. 독일군이 유대인 전사들의 저항을 진압하지 못하자, 히믈러는 폰 자메른프랑케네크를 해임하고 위르겐 슈트로프(Jürgen Stroop)에게 임무를 맡겼다.

항복하라는 최후통첩을 유대인들이 거부하자, 슈트로프는 화염방사기를 사용해서 건물들을 하나씩 파괴했다. 건물 안에 있던 전사들과 유대인들은 불에 타거나 연기에 질식했다. 독일군은 지하실과 하수구를 폭파해서 전사들의 은신처들을 없앴다. 이런 잔인하면서도 효과적인 독일군의 공격에도 불구하고 유대인 전사들은 저항을 포기하지 않았다.

게토 안에서 싸움이 이어지는 동안 폴란드 본국군 병사들은 유대인들을 도우려고 외곽의 독일군 초병들을 공격했다. 그들은 게토의 담장을 뚫으려고 시도했으나 실패했다. 그래도 본국군의 한 부대는 터널을 뚫고 게토 안으로 들어가서 ŻZW 전사들과 함께 싸웠다.

한 주일이 지나자 유대인 전사들의 전력은 바닥이 났다. 전차와 경포병을 갖춘 2천 명의 독일군에 맞서 600명 남짓한 저항 단체들이 한 주일을 버틴 것도 실은 대단한 성취였다. 4월 26일 ŻOB는 무선으로 온 세상에 상황을 알렸다.

> 오늘은 벌써 우리의 생사를 건 투쟁의 여드레째다. (…) 희생자들의 수는, 처형과 사격의 희생자들인 남자, 여자, 그리고 어린이들의 수는 엄청나다. 우리의 마지막 날들이 다가오고 있다. 우리가 손에 총을 들 수 있는 한, 그러나 우리는 저항하고 싸울 것이다.
>
> 우리는 항복하라는 독일의 최후통첩을 거부한다. 우리의 마지막 날들이 다가오는 것을 보면서 우리는 당신들에게 호소한다. 잊지 마시오! 우리의 무고하게 흘린 피가 갚아질 날이 올 것이다.

독일군의 주요 목표는 ŻZW의 사령부였다. 사령부를 지키는 과정에서 ŻZW의 전사들은 큰 손실을 입었고 사령관 파벨 프렝키엘(Paweł Frenkiel)도 전사했다. 4월 29일 지휘관들이 모두 전사하자, 생존한 ŻZW 전사들은 본국군 지원군과 함께 터널을 통해서 게토에서 빠져나왔다. 이로써 게토 봉기군의 조직적 저항은 끝났다.

5월 8일엔 ŻOB의 지휘소가 독일군에게 포위되었다. ŻOB의 지휘관들과 가족들은 모두 자결했다. 사령관 모르데차이 아니엘베비치(Mordechaj Anielwewicz)가 자결하자 부지휘관 마레크 에델만(Marek Edelman)이 남은 부대를 지휘했다.

그날 밤 밖에서 ŻOB의 연락병 둘이 돌아왔다. 열흘 전에 ŻOB는 전사들을 하수도망을 통해 외부로 탈출시키기 위한 준비를 위해 밖으로 내보냈었다. 그들이 구출 준비를 마치고 돌아온 것이었다. 남은 전사들은 에델만의 지휘 아래 하수도망으로 들어갔다. 높이가 80센티미터인 하수도를 종일 걸어서 그들은 약속된 탈출구로 갔다. 그들은 거기서 극심한 갈증 속에 이틀을 기다렸다. 마침내 5월 10일 10시에 하수도 맨홀이 열렸다. 겨우 4명의 전사들이, 행인들이 많은 거리를 지키는 사이, 에델만을 비롯한 전사들이 하수구에서 나왔다. 그리고 행인들이 놀라 쳐다보는 사이 트럭 2대에 나눠 타고 사라졌다.

그날 런던에선 폴란드 망명정부 요인 슈물 지기엘보임(Szmul Zygielbojm)이 자살했다. 그의 유서는 인류의 한 부분이 잔인한 폭력으로 비참하게 사라지는데도 무심한 이 세상에 대해 통렬하게 항의했다.

> 내가 대표하는 폴란드의 유대인들이 살해되는 동안 나는 침묵하면서 살아가는 것을 계속할 수 없다. 바르샤바 게토의 나의 동지

들은 마지막 영웅적 싸움에서 손에 무기를 들고 쓰러졌다. 나는 그들처럼, 그들과 함께 쓰러지는 것이 허락되지 않았지만, 나는 그들과 함께하고 그들의 대량 학살 무덤들에 속한다. 나의 죽음으로써 나는 유대인들이 파멸을 그저 바라보고 허용한 무기력에 대해 나의 가장 깊은 항의를 표한다.

1943년 5월 16일 봉기는 공식적으로 진압되었다. 그날 독일군 사령관 슈트로프는 바르샤바의 유대교 대교회당(Great Synagogue of Warsaw)을 폭파하는 단추를 눌렀다.

바르샤바 게토 봉기에서 1만 3천가량 되는 유대인들이 죽었다. 5만가량 되는 나머지 유대인들은 거의 다 마즈다네크와 트레블링카로 이송되었다. 봉기의 진압에 가담한 유대인 경찰들은 진압이 끝난 뒤 비밀국가경찰에 의해 모두 처형되었다. 슈트로프가 보고한 독일 측 손실은 유대인 협력자들을 빼놓고 110명이었는데 전사자가 17명, 전상자가 93명이었다.[ŻZW가 우익 단체고 우익 본국군의 지원을 받았으므로, 러시아는 폴란드를 점령한 뒤 ŻZW의 존재와 활약을 증언하는 기록들을 모조리 없앴다. 그리고 ŻOB만이 봉기에서 활약한 것으로 조작했다. 이런 정책에 따라 에델만도 1945년에 발표한 자신의 첫 회고록에서 ŻZW를 전혀 언급하지 않고 모든 공을 ŻOB로 돌렸다. 이런 책략은 성과를 거두어서 ŻZW의 존재와 활약은 거의 잊혀졌다. 그러나 ŻZW의 정치 지도자였고 독일군에 일찍 검거되어 절멸수용소로 이송되었다가 살아남은 다비드 브도빈스키(Dawid Wdowiński)가 1963년에 자서전 『그리고 우리는 구원받지 못했다(And We Are Not Saved)』를 내면서 실상이 밝혀졌다.]

1968년 바르샤바 게토 봉기 25주년에 봉기 당시 게토 외부에서 ŻOB를 대표했던 이츠하크 주커만(Yitzhak Zuckerman)은 "봉기에서 무슨 군사적 교훈을 얻을 수 있는가?"라는 질문을 받았다. 그는 이렇게 대답했다.

> 나는 '봉기'를 군사적 관점에서 분석할 어떤 실질적 필요가 있다고 생각하지 않습니다. 이것은 천 명도 안 되는 사람들이 강력한 군대에 맞선 전쟁이었고, 그것이 어떻게 결말이 날 것인지 누구도 의심하지 않았습니다. 이것은 군사학교에서 공부할 주제는 아닙니다. (…) 만일 인간 정신을 공부하는 학교가 있다면 그것은 주요 주제가 되어야 할 것입니다. 중요한 것들은 여러 해에 걸친 추락 뒤에 자신들의 파괴자들에 맞서 봉기해서 자신들이 어떤 죽음을 고를 것인가, '트레블링카냐 아니면 봉기냐'에서 어떤 것을 고를 것인가 결정한 유대인 젊은이들이 보여 준 힘에 내재했습니다.

신들러의 활약

1933년 집권한 나치당이 유대인들을 박해하기 시작한 뒤 1945년 독일이 패망할 때까지, 어느 나라도 어느 군대도 유대인들을 도우려 하지 않았다. 어느 정치 지도자도 군사 지휘관도 종교 지도자도 유대인들을 죽음에서 구하려 나서지 않았다.

그러나 유대인들을 돕고 구한 사람들이 없었던 것은 아니다. 실은 많은 사람들이 위험을 무릅쓰고 그들을 도왔다. 그런 사람들은 대부분 평범한 사람들이었다. 많은 유대인들을 구한 사람들도 일본 부영사 스기하라 지우네처럼 공식 조직의 낮은 지위에 있는 사람들이었다.

혼자 힘으로 가장 많은 유대인들을 확실한 죽음으로부터 구한 오스카 신들러(Oskar Schindler)도 '영웅'과는 거리가 먼 사람이었다.

신들러는 1908년에 오스트리아·헝가리 제국의 모라비아에서 독일계 부모에게서 태어났다. 그는 성적표를 위조한 혐의로 다니던 기술학교에서 퇴학 처분을 받았다. 그는 알코올 중독자여서 풍기문란으로 여러 번 체포되었고 혼외정사로 자식들을 두었다. 그의 아버지도 알코올 중독자로 아내를 버린 사람이었다.

1936년 신들러는 나치 독일의 군사정보국(Abwehr)에 포섭되었다. 그는 독일군의 체코슬로바키아 침공에 앞서 체코슬로바키아의 철도와 군사 이동에 관한 정보들을 수집해서 보고했다. 이 행위들이 발각되어 그는 체코슬로바키아 정부에 의해 간첩죄로 체포되었으나, '뮌헨 협정'에 따라 풀려났다. 이듬해 그는 정식으로 나치당원이 되었다. 독일이 폴란드를 침공하기 전에 그는 폴란드에서 정보를 수집해서 군사정보국에 보고했다.

1940년 신들러는 폴란드 크라쿠프에 있는 에나멜 기기 회사를 독일 정부 기관으로부터 임차했다. 원래 유대인들이 소유한 회사였는데, 소유자들이 파산 신청을 한 터였다. 그는 유대인들의 자금으로 임차료를 지불했다. 군사정보국과의 인연 덕분에 그는 독일군에 에나멜 식기들을 납품할 수 있었고 그의 사업은 번창했다. 사업의 실제 운영은 전 소유주인 유대인이 맡았다. 그는 처음엔 유대인 7명과 비유대인 폴란드인 250명을 고용했는데, 전성기인 1944년엔 유대인 1천 명과 비유대인 750명을 고용했다.

독일군과의 인연 덕분에 신들러는 자기가 고용한 유대인들이 절멸 수용소로 이송되어 살해되는 것을 막을 수 있었다. 그는 독일군의 전쟁 수행에 필요한 물자들을 생산한다는 명분을 내세우면서 자기가 고용한 유대인들을 보호했다. 원래 그는 낮은 노임 때문에 유대인들을 고용했었다. 그러나 유대인들에 대한 박해가 점점 심해지면서 유대인 종업원들을 보호하는 데 들어가는 비용이 커져도 그는 그들을 보호했다. 그는 종업원들의 가족들도, 어린아이들과 불구자들까지도 공장 운영에 필수적인 기술자들이라고 주장하면서 그들을 보호했다.

신들러는 암시장에서만 구할 수 있는 고급 물품들을 바치면서 나치 요원들의 검색을 피했다. 한번은 비밀국가경찰 요원 둘이 그의 사무실에 와서 위조 신분증명서를 소지한 가족을 내놓으라고 그에게 요구했다. 그 긴박했던 상황을 얘기하면서 그는 술회했다.

"세 시간이 지난 뒤, 만취한 게슈타포 요원 둘은 그들이 잡으러 왔던 가족도 그들의 서류도 없이 내 사무실에서 비틀거리면서 나갔습니다."

크라쿠프의 유대인들은 1941년 3월부터 게토로 이주했다. 그래서 신들러의 공장에서 일하는 유대인들도 게토에서 걸어서 공장으로 출퇴근을 했다. 이들을 보살피려고 신들러는 공장에 외래 병원, 협동조합, 취사장 및 식당을 만들었다.

1943년 3월 13일 독일 당국은 크라쿠프 게토의 청산에 들어갔다. 아직 일할 수 있는 유대인들은 프와시오프에 새로 세워진 강제수용소로 보내고 나머지는 절멸수용소로 이송한다는 계획이었다. 아는 독일군으로부터 이 정보를 입수한 신들러는 유대인 종업원들에게 공장에서 밤을 보내도록 했다.

그날 밤 게토에선 유대인 수천 명이 절멸수용소로 이송되고 몇백 명이 게토에서 죽었다. 이 사건으로 큰 충격을 받은 신들러는 나치에 대한 자신의 생각을 바꾸었고, 되도록 많은 유대인들을 구하는 데 온 힘을 쏟았다.

프와시오프 강제수용소의 소장은 유난히 악독한 친위대 간부여서, 수용된 유대인들을 함부로 쏘아 죽였다. 그는 신들러의 공장도 강제수용소 안으로 이전시킬 생각이었다. 그러나 신들러는 그를 아부와 뇌물로 구슬려서 공장 이전을 막았고, 오히려 공장 증설에 필요한 유대인 노동자 450명을 새로 배당받았다.

이렇게 유대인들을 돕는 과정에서 신들러 자신도 세 번 체포되었다. 두 번은 뇌물을 사느라 암시장에서 거래한 혐의였다. 한 번은 유대인과의 성관계를 금지한 「뉘른베르크법」을 위반한 혐의였는데, 자신의 생일 파티에서 축하하는 유대인 처녀의 볼에 키스한 것이 문제가 되었다. 그가 체포될 때마다 그의 비서가 그를 돌보아 주는 나치 고위 간부에게 연락해서 풀려났다.

1944년 7월 러시아군이 진격해 오자, 친위대는 가장 동쪽에 자리 잡은 강제수용소들을 폐쇄하고 수용된 죄수들을 아우슈비츠와 그로스로젠의 강제수용소들로 이송하기로 결정했다. 아울러 전쟁 수행에 직접 공헌하지 않는 공장들은 모두 폐쇄하기로 했다. 신들러는 자기 공장을 에나멜 식기 대신 대전차 총류탄을 생산하는 시설로 바꾸고 공장 시설을 체코슬로바키아로 옮기겠다고 제안했다. 그리고 뇌물과 설득으로 허가를 얻었다. 프와시오프 수용소장의 비서는 유대인 경찰의 도움을 얻어 새 공장으로 갈 유대인 노동자 1,200명의 명단을 만들었다. 이 명단 덕분에 1,200명의 유대인들이 절멸수용소를 피해 살아남았다.

[뒷날 신들러는 그의 행동에 대해 "선택의 여지가 없었다(There was no choice)"라고 말했다. 신들러와 그의 아내 에밀리(Emilie)는 '열방의 의인'으로 지명되었다. 그는 예루살렘의 시온산(Mount Zion)에 묻혔는데, 나치당원으로 이런 영예를 얻은

사람은 그뿐이다. 그의 삶은 오스트레일리아 작가 토머스 키닐리(Thomas Keneally)의 소설 『쉰들러 리스트(Schindler's List)』의 주제가 되었고, 그것을 바탕으로 스티븐 스필버그(Stephen Spielberg)는 영화를 만들었다.]

암흑의 기념비

나치 독일에 의해 살해된 유대인들은 600만가량 된다. 이들 가운데 아이들이 100만을 넘는다. 제2차 세계대전이 일어났을 때 유럽의 유대인 총수는 970만으로 추산되니, 유럽 유대인의 3분의 2가 살해된 셈이다.

살해된 유대인들의 절반이 폴란드의 절멸수용소들에서 죽었다. 아우슈비츠에서 110만이, 트레블링카에서 80만이, 베우제크에서 60만이, 헤움노에서 32만이, 소비보르에서 25만이, 그리고 마즈다네크에서 8만이 죽었다.

아우슈비츠는 이들 절멸수용소들을 상징한다. 가장 오래 존속했고, 강제수용소와 절멸수용소를 아울렀고, 강제수용소 유대인들의 노예 노동을 이용하는 화학제품 및 약품 생산 기업이 생체실험까지 실시했다. 그리고 가장 많은 사람들을 가장 효율적으로 살해했다.

1940년 5월 무장친위대 중견 간부 루돌프 회스는 아우슈비츠 강제수용소 소장으로 발령받았다. 이곳은 처음엔 오스트리아·헝가리 제국의 낡은 병영들뿐이었다. 회스는 이 작고 낡은 건물들을 거대한 강제수용소로 확장했다.

아우슈비츠는 세 부분으로 이루어진 복합체였다. '아우슈비츠 I'은 복합체의 행정 본부였다. 이곳의 10구역에서 야만적 생체 실험이 행해졌다. '아우슈비츠 II – 비르켄나우'는 절멸수용소로, 유대인들의 살해는 주로 이곳에서 행해졌다. '아우슈비츠 III – 모노비츠'는 노예 노동을 위한 시설이었는데, IG 파르벤을 위시한 기업들이 주로 합성고무를 생산했다.

회스는 대량 살해 과정에서 가장 어려운 부분은 죄수들의 살해 자체가 아니라 시체의 소각이었다고 증언했다. 살해가 많았던 시기엔 24시간 가동되는 거대한 소각장들로 부족해서 노천 구덩이들에서 시체들을 태웠다.

아우슈비츠의 존재는 처음부터 '국가기밀'이었다. 회스에게 일을 맡길 때 히믈러는 극도의 보안을 지시했다. 회스는 아우슈비츠 가까이에서 함께 사는 자기 아내에게도 아우슈비츠의 정체에 대해 얘기하지 않았고, 아내가 다른 사람으로부터 얘기를 들은 뒤에야 상황을 밝혔다.

그러나 이 거대한 시설의 정체가 오래 비밀로 남을 수는 없었다. 폴란드군 소대장이었던 비톨트 필레츠키(Witold Pilecki)는 1939년 폴란드가 독일에 항복하자 저항운동 조직인 '비밀 폴란드군(TAP)'의 창설에 참여했다. 1940년 8월 그는 아우슈비츠에 잠입해서 그 정체를 알아내는 임무를 맡았다. 당시엔 아우슈비츠의 성격과 운영 방식에 대해 알려진 것이 없었다. 9월에 그는 바르샤바 거리에 나가서 독일 당국의 일제검거에 스스로 붙잡혔다. 이틀 동안 옛 폴란드군 병영에 갇혀서 고무 곤봉으로 구타를 당한 뒤, 그는 아우슈비츠로 이송되었다.

필레츠키는 '특별분대'에서 일했다. 덕분에 그는 여러 사람들과 접촉하면서 수용된 유대인들의 저항운동 단체들을 합쳐서 '군사조직동맹(ZOW)'을 만들었다. ZOW의 임무는 죄수들의 사기를 높이고, 죄수들에게 외부 소식을 제공하고, 조직원들에게 가외의 음식과 옷을 제공하고, 정보망을 만들며, 본국군이나 영국에서 발진한 폴란드 공수부대가 수용소를 공격하면 내부에서 호응하는 방안을 준비하는 것이었다.

ZOW는 1940년 10월부터 아우슈비츠의 사정에 대해 TAP에 보고하기 시작했다. 이 보고는 런던의 폴란드 망명정부로 보내졌다. ZOW는 밖에서 들여온 부품들로 무선 송신기를 만들어서 수용소 안의 상황을 실시간으로 보고했는데, 발각될 위험이 커지자 1942년 가을에 필레츠키는 이 시설을 철거했다.

1942년 2월에 폴란드의 여러 저항 단체들을 아우르는 본국군이 결성되어 저항운동의 역량이 커지자, 필레츠키는 탈옥하기로 결심했다. 자신이 탈옥함으로써 본국군 지도부에 아우슈비츠로부터 죄수들을 구출하는 작전이 현실적임을 보여 주려는 생각이었다. 1943년 4월 26일 밤, 아우슈비츠 담장 밖의 수용소 제빵소에서 일하게 되자 그는 동료 둘과 함께 경비병을 제압하고 전화선을 끊은 다음 탈출했다. 그는 독일 사람들에게서 훔친 서류들을 지참했다. 그들은 독일군의 추격을 받았고 필레츠키는 총상을 입었다. 그래도 그들은 독일군의 추적을 피하면서 넉 달 만에 바르샤바의 본국군 본부에 이르렀다.

필레츠키는 본국군의 정보와 방첩을 맡은 부서인 제2과에 배속되어 아우슈비츠를 공격해서 죄수들을 해방시키는 작전을 모색했다. 그러나 수용소를 정찰하는 과정에서 요원들이 여럿 죽으면서, 본국군 지도부는 연합군의 지원 없이 아우슈비츠를 공격하기엔 본국군의 실력이 너무 부족하다는 판단을 내렸다.

폴란드 망명정부는 아우슈비츠에 관한 정보들을 연합국 정부들과 영국 언론 기관들에 알렸다. 그러나 반응은 차가웠다. 영국 정부는 유대인들에 대한 대대적 지원이 팔레스타인의 아랍인들을 자극할 가능성을 걱정했다. 영국 정부의 그런 태도에 영향을 받아 영국 언론들도 아우슈비츠에 관한 기사를 거의 싣지 않았다.

[필레츠키는 러시아를 경계했고, 폴란드의 공산당 정권에 관한 정보를 수집해서 본국군과 런던의 망명정부에 보고했다. 1947년 5월 그는 폴란드의 공산당 정권에 체포되어 혹독한 고문을 받았다. 그러나 그는 끝내 중요한 정보를 밝히지 않았다. 그는 1948년 3월에 '연출된 재판(show trial)'을 받아 두 달 뒤에 처형되었다. 그의 처형은 러시아가 추진한 우익 망명정부와 본국군에 대한 철저한 탄압의 일환이었다. 폴란드에서 공산주의 체제가 무너진 뒤, 그는 복권되어 폴란드 최고훈장을 추서받았다.]

회스는 히믈러를 숭배했다. 그래서 사무실에 히틀러의 사진 대신 히믈러의 사진을 걸었다. 전쟁이 막바지에 이르렀을 때, 히믈러는 회스에게 해군 요원들 속에 숨으라고 조언했다. 덕분에 회스는 한 해 가까이 체포를 피할 수 있었다. 그러나 그를 추적하던 영국군 병사들이 그의 아들을 심하게 때리자, 그의 아내가 그의 은신처를 밝혔다.

1946년 4월 회스는 뉘른베르크의 '국제군사재판(International Military Tribunal)'에 출석해서 자신의 행적에 대해 자세히 증언했다. 그를 관찰한 미군 심리학자 거스테이브 길버트(Gustave Gilbert)의 평가는 대량 학살자의 성격을 이해하는 단서로서 흥미롭다.

> 모든 논의들에서 회스는 아주 사무적이고 무감정적이며, 그의 범죄에 대해 뒤늦은 관심을 어느 정도 보이는데, 누가 그에게 묻지 않았다면 그런 생각이 그에게 들지 않았으리라는 느낌을 준다. 회

한의 기미를 보이기엔 감정이 너무 없어서, 자신이 교수되리라는 전망까지도 그를 지나치게 괴롭히지 않는다. 지능적으로는 정상이지만 정신분열적 무감정, 무감각과 공감의 결여는 명백한 정신병자에게서도 더 극단적일 수 없다는 느낌을 받게 된다.

회스는 폴란드 법정에 넘겨져 사형을 선고받았다. 교수형에 처해지기 전에 그는 "인류에 대해 심각한 범죄를 저질렀음"을 인정했다. 그리고 "주님이 언젠가는 내가 저지른 일들을 용서하기를 기원한다"고 말했다. 그는 스스로 버렸던 천주교에 복귀했고, 아내에 남긴 유서에서 "신에 대한 믿음을 되찾았다"고 밝혔다. 자식들에게 남긴 유서에선 "네 스스로 책임감 있게 생각하고 판단하는 것을 배워라"라고 당부했다.

아우슈비츠는 모든 빛을 빨아들이는 암흑의 기념비다. 인간 본성의 어느 깊은 구석 병든 지층에서 우러나와서 문득 하늘이 컴컴해지도록 솟구친 검은 분수다. 인류 역사가 아무리 오래 나아가도 결코 잊혀지지 않을 죄악의 이정표다. 그 앞에 서면 누군들 절망하지 않겠는가?

'바르샤바 게토 봉기'에서 살아남은 유일한 지휘관인 마레크 에델만은 1945년에 공산당의 검열을 받은 짧은 회고록을 낸 뒤, 봉기에 대해 말하지 않았다. 봉기로부터 30년 넘게 지난 1976년에 그는 폴란드 작가 한나 크랄(Hanna Krall)에게 당시 상황과 자신의 생각을 얘기했다(크랄은 유대인으로 홀로코스트에 혈육을 모두 잃었다. 폴란드인이 숨겨 준 덕분에 혼자 살아남아서, 그녀는 자신의 나이도 모른다). 크랄은 그의 얘기를 펴냈는데, 영어판 제목은 『촛불을 지키기(Shielding the Flame)』다. "신은 촛불을 끄려 하고, 나는 그가 잠시 한눈 판 틈을 타서 촛불을 지키려 한다. 촛불이

"신은 촛불을 끄려 하고, 나는 그가 잠시 한눈 판 틈을 타서 촛불을 지키려 한다"(한나 크랄, 『촛불을 지키기』).

껌벅거리도록, 비록 신이 바라는 것보다 그저 조금 오래일지라도"라고 그는 자신의 철학을 설명했다.

신과 신도들 사이의 관계는 '성스러운 계약(Covenant)'으로 규정된다. 신도들은 자신들의 신만을 믿고 따르며, 신은 자신의 신도들을 이교도들보다 우대해 준다. 이런 관계는 모든 종교들에서 발견된다. 즉, 어떤 종족이나 그들의 신에 의해 선택된 종족이다.

유대인들과 그들이 믿고 따르는 신 야훼 사이의 계약은 특히 명시적이다.

"너희는 다른 신을 예배해서는 안 된다. 나의 이름은 질투하는 야훼, 곧 질투하는 신이다."

그런데 그 신이 유대인들을, 긴 세월을 온갖 재앙들을 견디면서 오직 자신의 신만을 믿어 온 신도들을 보호하지 않고 오히려 그들의 적들을 돕는 상황이 나온 것이다.

자신이 믿는 신이 자신의 종족을 없애려고 애쓴다는 생각보다 더 비극적인 세계관이 있을 수 있을까? 그런 신에 맞서 잠시나마 삶의 불을 지키려 한다는 철학보다 더 낙관적인 태도가 있을까?

제21장

얄타(上)

"장 형, 지금 중국에선 전선이 어떻게 형성된 건가요?" 커피 한 모금을 맛있게 마신 전병무가 장석윤에게 물었다. "일군과 중국군이 어디서 싸우는지 도무지 모르겠던데."

장석윤의 얼굴에 느린 웃음이 퍼졌다. "저도 잘 모르겠습니다. 아마 중국군 사령관이나 일군 사령관도 잘 모를 것 같습니다."

가벼운 웃음이 터졌다.

'태평양문제연구소' 9차 회의에 참석했던 대한민국 대표들을 위해 이승만이 마련한 저녁 식사 자리였다. 내일 로스앤젤레스로 돌아가는 유일한柳一韓을 송별하는 자리이기도 했다. 어제 열린 다과회는 중국 대표단을 환영하는 자리여서, 한국 대표단끼리 오붓하게 얘기할 기회가 없었다.

"왜 그런가요?" 웃음이 그치자 정한경이 진지하게 물었다. 나이가 많았지만 아직도 그는 매사에 호기심이 컸고 상상력도 발랄했다.

장이 잠시 생각을 가다듬었다. "일본군이 철도를 따라 점령한 것이 근본적 이유겠지요. 잘 아시다시피 중국이 워낙 넓어서 일본군이 다 점령하는 것은 불가능합니다. 가 보면 정말로 막막한 느낌이 듭니다. 미국과는 또 다른 의미에서 너른 나라입니다. 그래서 일본군은 철도가 지나가는 지역만을 지키는 형편이거든요. 철도만 건드리지 않으면 일본군도 군이 중국군을 공격하지 않는다고 합니다. 국부군이든 중공군이든. 그래서 일본군 후방에서도 중국군이 활동합니다."

장은 1942년에 전략사무국(OSS) 요원이 된 뒤 버마 전선에서 활동했다. 그는 1944년 7월에 운남성 곤명에 있는 셰놀트 소장의 14항공대로 이속되었다. 이 과정에서 그는 중경을 찾아 임시정부 요인들을 만났다. 그리고 김구에게 이승만의 얘기를 전하고, 김구의 얘기를 들어 이승만에게 보고했다. 덕분에 독립운동을 이끄는 두 지도자들은 중국 정부 사람들을 통해 주고받는 문서들로는 전할 수 없는 얘기들을 전할 수 있었고, 이런 얘기들은 두 지도자들이 서로 신뢰를 유지하는 데 크게 기여했다. 지금 장은 미군이 조선으로 진공할 때 조선인 OSS 요원들이 미리 침투해서 진공을 돕는 작전을 입안하고 있었다.

장의 얘기를 음미하면서, 정이 고개를 끄덕였다. "나도 살고 너도 살자, 그런 얘긴가?"

"예. 그런 셈이죠." 웃음이 그치기를 기다려 장이 말을 이었다. "중국군 안에선 국부군과 중공군의 이해가 다르기 때문에 더욱 그렇습니다. 지금 장개석이나 모택동이나 주적은 일본군이 아니거든요. 어차피 일본은 패망할 터이니, 그 뒤에 벌어질 내전에서…. 그래서 국부군과 중공군이 서로 치열하게 싸우는 것이죠."

"싸움이 그렇게 치열한가?" 이원순이 물었다. "중공군이 국부군을 뒤에서 친다는 얘기는 들었지만…."

"예. 국부군이나 중공군이 상대를 치기 위해 이동하면, 일본군은 모른

체하고 길을 터 줍니다. 중경엔 주은래가 머물면서, 국부군 사람들하고 '국공합작'을 조율하죠. 실제로는 곳곳에서 치열하게 싸웁니다. 보통 희비극이 아닙니다."

"장 형이 보기엔 어떻습니까? 누가 이길 것 같습니까, 국부군과 중공군 가운데?" 전병무가 물었다.

"글쎄요." 장이 턱을 두툼한 손으로 문질렀다. "어떻게 될지는 모르겠습니다만, 국부군이 아주 힘든 싸움을 하게 되리라는 것만은 분명합니다. 아무래도 중국을 대표하니, 일본군과의 싸움은 대부분 국부군이 하죠. 그사이에 중공군은 국부군의 뒤에서 세력을 기른다고 합니다. 중국에서 활동한 저희 부대 요원들한테 들은 얘긴데… 지금 중공군은 어떤 지역을 점령하면 먼저 토지를 분배한답니다. 지주의 땅을 빼앗아 소작인들이나 땅을 갖지 못한 빈민들에게 나누어 준답니다. 그러면 어떻게 되겠습니까? 자기 땅을 갖게 된 농민들은 중공군의 충실한 지지자들이 되지 않겠습니까?"

사람들이 생각에 잠겨 고개를 끄덕였다.

"지주는 얼마 되지 않지만, 땅을 나눠 받은 농민들은 많죠? 당연히, 중공군은 지지 세력이 늘어납니다."

"얘기가 그렇게 돌아가는구먼." 천천히 고개를 끄덕이면서, 유일한이 말을 받았다.

"지주계급이 독차지한 땅을 가난한 무산계급이 나눠 갖게 되면 좋은 일 아닌가요?" 전경무가 좀 공격적인 어조로 물었다. 전경무는 재미한족연합위원회가 워싱턴에 개설한 사무실을 이끌고 있었다.

"중공군이 그런 전술을 쓴다는 얘기입니다. 그것이 좋으냐 그르냐 하는 것은 별개 문제입니다." 장이 부드럽게 받았다. "중공군이 쓰는 그런 전술에 대해서 국부군은 효과적인 대응을 못 하고 있습니다. 땅은 다 임자가 있으니, 국민당 정부로선 그 소유권을 옹호할 수밖에 없습니다. 그렇게 하지 않으면 중국은 무법천지가 될 것 아니겠습니까? 정부의 역할을 포기하는 셈이 되죠."

"맞는 얘기지." 이원순이 말을 받자 사람들이 고개를 끄덕였다.

"그래서 이미 분배된 농지를 회수해서 지주에게 되돌리면 농민들 전부를 적으로 만들겠죠. 국부군은 인민 대신 지주계급만을 옹호한다고 중공군이 선전할 것 아니겠습니까? 그런 상황을 걱정해서 중공군이 시행한 농지 분배를 인정하면, 중공군이 국민당 정부 대신 옳은 일을 먼저 했다고 자인하는 것이 되겠죠. 어떻게 하더라도, 국민당으로선 지는 게임이죠."

사람들이 장의 얘기를 음미하는데, 전화를 받으러 나갔던 이승만이 돌아왔다.

"제이의 전화인데… 아이.엔.에스 기자 제이 윌리엄스의 전환데…." 사람들에게 설명 삼아 말하고서, 그는 이원순에게 말했다. "제이가 '한미협회' 일로… 근일중에 한번 만나자고…."

"아, 예."

"제이의 얘기로는 지금 워싱턴의 언론사마다 비상이 걸렸다는데…." 이승만이 싱긋 웃으면서 말했다. "곧 루스벨트 대통령하고 처칠 수상이 소비에트로 가서 스탈린 수상과 회담을 연다는 소문이 퍼졌다는 얘기예요."

"저도 그런 얘기를 들었습니다." 전경무가 말을 받았다.

"아, 그랬어요? 그런 소문은 맞을 겁니다. 곧 독일이 패망할 테니 독일을 어떻게 처리하느냐 하는 문제가 시급해졌고, 그 일은 역시 세 강대국

지도자들이 만나서 협의해야 할 테고. 그런데 언제 어디서 만나느냐 하는 것이 특급 비밀이라. 그것을 알아내면 '세기의 특종'이 된다는 얘기라, 지금 모든 통신사, 신문사의 모든 기자들이 눈에 불을 켜고서…."

"소비에트에서 열리는 것은 확실한가요?" 유일한이 물었다.

"그것만은 분명하다고 합디다. 스탈린이 자기 나라에서 나오기를 꺼린다고 합디다. 저번에도 카이로를 마다하고 테헤란에서 했잖아요?"

"테헤란이면…." 유가 사람들을 둘러보았다. "페르시아 아닌가요?"

"맞습니다." 장이 대꾸했다. "그런데 지금은 페르시아를 영국과 소비에트가 분할 점령을 했습니다. 그래서 테헤란의 북쪽은 소비에트 군대가 점령한 상태입니다."

"아, 그래요?"

"제이는 흑해 연안이 될 가능성이 높다고 합디다. 회담 날짜나 장소 가운데 하나라도 알아야 기사를 쓸 텐데, 둘 다 모르니." 이승만이 소리 없는 웃음을 터뜨렸다. "만난다는 얘기만으로는 기사가 안 된다는 얘기라."

얄타로의 항해

세 강대국 지도자들의 회담에 관한 기사가 '세기의 특종'이 되리라는 제이 윌리엄스의 얘기는 과장이 아니었다. 그 회담의 일자와 장소는 제2차 세계대전의 기밀들 가운데 가장 엄중하게 보호된 기밀이었다. 아직 대서양에선 독일 잠수함들이 먹이를 찾고 동유럽에선 독일 항공기들이 활동하는 상황에서, 미국과 영국의 지도자들이 러시아까지 가는 것은 큰 모험이었다. 회담의 시기와 장소는 당사자들이 업무를 마치고 무사히 귀국할 때까지 발표될 수 없었고, 재무부 산하 비밀임무국(Secret Service)은 회담에 관한 정보가 새어 나가지 않도록 온 힘을 쏟았다.

워싱턴의 주미 '대사관'에서 유일한을 송별하는 저녁 식사가 끝나 가던 1945년 1월 22일 늦은 저녁, 루스벨트 대통령과 수행원들이 조용히 백악관을 빠져나왔다. 비밀임무국 경호원들에게 에워싸여 대통령 일행은 역에 도착했다. 그리고 거기 대기했던 특별열차를 타고 버지니아주 뉴포트 뉴스 항구로 향했다.

1월 23일 0830시 중순양함 '퀸시(Quincy)호'는 대통령 일행을 태우고 지중해의 몰타섬을 향해 항해를 시작했다. 1943년에 취역한 이 배는 1944년 6월의 D데이에 연합국 함대에서 노르망디 해안을 향해 첫 포탄을 발사한 함정이었다. 0910시 구축함 '새털리(Satterlee)호'가 합류해서 앞장을 섰다. 1010시에 경순양함 '스프링필드(Springfield)호'가 대통령이 탄 배를 뒤에서 호위하기 시작했다. 이어 구축함 2척이 합류했다. 지브롤터 해협에 가까워지면 다른 함정들이 합류할 터였다. 보안은 철저해서 야간엔 완전한 등화관제와 무선 침묵이 실시되었다. 만일 무선 교신을 해야 할 경우, 호위하는 함정들 가운데 한 척이 대열에서 벗어나 교신을 하고 다른 항로를 따라 북상했다. 그리고 다른 함정이 그 배를 대신했다.

2월 2일 아침 퀸시호는 11일의 항해 끝에 몰타에 닿았다. 루스벨트는 갈색 외투를 입고 트위드 캡을 쓴 채 함교에 앉아, 발페타 항구의 양쪽에 서서 환호하는 군중을 흡족한 얼굴로 살폈다. 루스벨트가 탄 배가 항구로 들어가면서 환영 나온 처칠이 탄 '오리온(Orion)호' 옆을 지나자, 갑판에 도열한 영국 승무원들이 경례하고 군악대는 〈성조기(The Star-Spangled Banner)〉를 연주했다. 퀸시호의 군악대는 〈신이여 국왕을

루스벨트가 탄 퀸시호가 처칠이 탄 오리온호 옆을 지나자 영국 군악대가 <성조기>를 연주했고, 퀸시호의 군악대는 <신이여 국왕을 보호하소서>로 답례했다.

보호하소서(God Save the King)〉로 답례했다.

당시 영국령이었던 몰타는 작은 섬이었다. 그러나 이탈리아와 아프리카를 연결하는 시칠리아 바로 서쪽에 자리 잡아서, 제2차 세계대전 초기에 전략적으로 더할 나위 없이 중요했다. 그래서 독일군과 이탈리아군은 몰타를 입체적으로 포위하고 집중적 폭격을 통해서 함락시키려 했다. 1940년 6월부터 1942년 11월까지 두 해 반 동안 이어진 '몰타 포위(Siege of Malta)'를 끝내 이겨 낸 몰타 사람들의 용기와 인내를 기려, 조지 6세는 몰타 전체에 '조지 십자훈장(George Cross)'을 수여했다.

공습으로 폐허가 된 몰타에서 연합국 두 정상이 탄 배들이 서로 상대 국가를 연주하는 모습은 모든 사람들을 감동시켰다. 늘 차분한 영국 외상 앤서니 이든(Anthony Eden)도 당시 느꼈던 감동을 술회했다.

"전쟁의 냄새를 그렇게도 짙게 풍기는 그 많은 것들 사이에, 육안으로는 겨우 보이는 민간인이 함교에 앉아 있었다. 그의 예민한 두 손에 세계의 운명이 크게 달려 있었다. 모든 사람들의 머리가 그에게로 향하자, 문득 정적이 내렸다. 그것은 모든 것들이 정지한 듯하고 역사의 표지가 새겨지는 것을 의식하게 되는 그런 순간들 가운데 하나였다."

루스벨트 일행은 무사히 몰타에 이르렀지만, 처칠 일행은 그렇지 못했다. 처칠은 1월 29일 저녁에 런던 근교 노솔트 비행장을 이륙했다. 날씨는 좋지 않아서 눈이 예상되었지만, 처칠은 궂은 날씨를 무릅쓰기로 했다. 그의 일행은 항공기 세 대에 나누어 탔는데, 두 대만이 몰타에 도착했다. 동트기 전의 짙은 안개 속에 착륙하다가 한 대가 섬을 지나쳐 남쪽 바다에 추락했고 거기 탔던 사람들은 거의 다 죽었다.

처칠은 배나 항공기를 이용해서 멀리 여행하곤 했다. 원래 모험적으로 산 사람이어서 그는 해외여행의 위험성을 잘 인식했다. 그래서 해외로 떠나기 전엔 그는 자신의 후임으로 이든 외상을 지명하는 편지를 국왕 조지 6세에게 보내곤 했다. 영국 수뇌부가 얄타로 떠나기 전에, 조지 6세는 처칠과 이든이 함께 얄타에서 돌아오지 못할 경우에 대비해서 새로운 편지를 보내라고 처칠에게 요청했다. 처칠은 이든과 상의해서, 그럴 경우에 대비한 편지를 새로 써서 국왕에게 제출했다. 그리고 처칠과 이든은 다른 시각에 다른 항공기를 타고서 따로 몰타에 온 터였다.

루스벨트 일행은 몰타에서 묵지 않고 곧바로 항공기로 러시아를 향해 떠났다. 항로는 동쪽으로 지중해를 지나고 그리스에서 북쪽으로 머리를 돌려 터키와 흑해를 거쳐 크림의 사키 공항에 이르는 길이었다. 2월 2일 1130시에 미국과 영국의 대표단들을 태운 항공기들이 몰타의

루카 공항을 이륙하기 시작했다. 수송기들과 전투기들이 10분 간격으로 이륙했다. 루스벨트가 탄 특별기는 2월 3일 0330시에 이륙했다.

루스벨트와 처칠은 각기 6대의 전투기들의 엄호를 받았다. 그러나 이들에게 가장 큰 걱정거리는 독일 전투기들이 아니었다. 아직 에게해의 섬들에 남아 있는 독일군 부대들의 대공포화가 훨씬 큰 위협이었다. 한 주일 전에 루스벨트 일행의 선발대로 크림으로 답사를 가던 루스벨트의 수석경호원 마이클 레일리(Michael Reilly) 일행이 탄 항공기는 폭풍우를 피해 항로를 바꾸었다가 크레타섬의 독일군 대공포화에 꼬리를 잃을 뻔했었다.

현실적으로 가장 큰 위협은 러시아군의 오인 사격이었다. 1월 말에 러시아군 방공포병은 지시를 제대로 따르지 않은 영국군 항공기에 대해 사격했다. 언어 소통이 잘 되지 않는 터라서 그런 사고가 일어날 가능성은 컸다. 이번 여행을 위해서 흑해 동부의 러시아군 방공포병 부대마다 미군 장교 한 명이 주재할 수 있도록 되었지만, 그런 조치로 안전이 보장되는 것은 아니었다.

러시아 영공에 접근하자, 미국과 영국의 수뇌들을 태운 항공기들은 식별 기동(identification maneuver)을 수행했다. 그리고 32킬로미터 너비의 공중회랑(air corridor)를 따라 비행했다. 크림 상공에 이르자, 미리 약정한 대로 우선회를 해서 사키 비행장의 좁은 활주로에 차례로 내렸다.

불길한 선택

이처럼 루스벨트와 처칠이 크림을 찾은 것은 국가 수뇌들로선 나서기 망설여질 만큼 멀고 위험한 여정이었다. 게다가 두 지도자들은 그렇게 멀고 힘든 여행에 나설 만큼 건강한 사람들이 아니었다.

루스벨트는 오래간만에 보는 사람들이 모두 놀랄 만큼 병색이 완연했다. 원래 소아마비를 앓아 걷지 못하는 데다가, 기관지염과 심장병을 앓았다. 그는 먼 여행을 할 처지가 못 되었지만, 그의 아내 엘리너(Eleanor)의 얘기대로 그가 한번 마음을 먹으면 누구도 그의 고집을 꺾지 못했다. 결국 먼 여행과 더욱 힘든 협상이 명을 줄여서, 그는 두 달 뒤에 죽었다.

처칠은 멀고 힘든 여행에 익숙했고 건강도 괜찮은 편이었다. 그러나 그는 이미 71세의 노인이었다. 직접 어렵고 복잡한 협상에 나설 나이는 아니었다. 그의 수석 개인 비서인 존 마틴(John Martin)은 그의 주치의인 모란(Moran) 경에게 "수상의 업무 능력이 많이 떨어졌다"고 밝혔다. 나이가 많이 든 사람들이 흔히 그러하듯 처칠도 말이 많아지고 어떤 문제에 집착하는 경향이 심해서 내각이 답답해 한다는 얘기였다.

그러면 왜 두 지도자들은 그런 상태에서 그런 여정에 올랐는가? 근본적 조건은 당시 전황이 러시아에 압도적으로 유리했다는 사실이었다. 러시아군은 독일군을 격파하고 동유럽 국가들을 거의 다 점령한 다음 베를린에서 65킬로미터 떨어진 곳까지 진격한 터였다. 반면에, 미군과 영연방군이 주력이 된 연합군은 막 프랑스와 벨기에를 해방시키고 독일 영내로 들어가고 있었다. 히틀러의 마지막 도박이었던 '아르덴 공세'에 밀려, 아이젠하워 대장이 지휘하는 서방 연합군은 무너진 전선을 가까스로 수습하고 공세로 전환한 참이었다. 자칫하면 유럽의 태반이 러시아군 차지가 될 상황이었다. 그래서 독일의 항복 이후의 상황에 대해 미리 스탈린과 합의하는 것이 미국과 영국으로선 바람직했다.

직접적 요인은 외교에 관한 루스벨트의 독특한 견해였다. 루스벨트는 지도자들 사이의 개인적 친분이 외교 정책에 결정적 영향을 미칠 수 있다고 믿었다. 그는 측근들에게 말하곤 했다. "러시아와의 관계에서 가장 중요한 것은 러시아 사람들이 우리를 신뢰하도록 설득하는 것이다." 그리고 덧붙였다. "나는 스탈린을 다룰 수 있다."

얄타로 떠나기 이틀 전인 1월 20일, 루스벨트는 네 번째 대통령 선서를 했다. 이어 그는 백악관 남쪽 주랑현관(portico)에 서서 백악관 뜰과 울타리 너머에서 진눈깨비를 맞으며 기다린 지지자들에게 자신의 이상을 밝혔다.

"오늘 우리가 전쟁에서 온전한 승리를 위해 노력하고 싸우는 것처럼, 다가올 날들과 해들에 우리는 정의롭고 명예로운 평화를, 내구적 평화를 위해 노력할 것입니다."

그리고 그는 그런 목표를 이룰 길을 안다고 확신했다.

"에머슨이 말한 대로, '친구를 지니는 유일한 길은 친구가 되는 것'이라는 단순한 진리를 우리는 배웠습니다."

물론 스탈린은 생각이 달랐다. 그는 자본주의를 없애고 공산주의를 온 세계에 세우는 것을 궁극적 목표로 삼은 볼셰비키의 지도자였다. 그는 궁극적 적은 미국이라는 점을 한시도 잊은 적이 없었고, 곧 닥칠 궁극적 대결에서 미국을 파멸시키기 위해 노력해 온 터였다. 지도자들 사이의 개인적 친분이 정책들에 영향을 미치도록 하는 것은 그에겐 마르크스주의 역사관에 어긋나는 어리석은 짓이었다.

게다가 스탈린을 비롯한 러시아 정치 지도자들과 군사 지휘관들은 이번 전쟁의 상황에 관해서도 거대한 유감을 품고 있었다. 무엇보다도, 독일과의 싸움은 주로 러시아가 맡았다. 그래서 러시아는 엄청난 손실과 고통을 받았지만, 서방의 피해는 그리 크지 않았다. 독일군이 러시아군 포로들을 학대하고 살해하면서 영국군과 미군 포로들은 비교적 잘 대우했다는 사실도 그들을 자극했다.

놀랍지 않게도, 스탈린은 그런 비극이 애초에 러시아가 독일과 맺은 불가침조약과 폴란드 분할에서 비롯했다는 사실도, 독일군에게 거의 다 진 전쟁에서 러시아가 살아나서 반전시킬 수 있었던 것이 미국의 막대한 원조 덕이었다는 사실도 떠올리지 않았다. 러시아가 가장 큰 피해를 입었으니 보상도 가장 크게 받아야 한다고 생각했다. 그리고 독일군을 잇달아 격파하고 동유럽을 장악한 러시아군은 독일에 보상을 강요할 수 있었다.

이런 사정은 미국의 외교 정책을 비현실적으로 만들었다. 미국 외교관들은 대통령의 생각에 맞춰 러시아 외교관들의 비위를 건드리지 않는 것을 가장 중요한 고려 사항으로 삼았다. 전쟁 기간에 미국과 러시아 사이의 교섭을 쭉 지켜본 외교관 조지 케넌(George Kennan)은 루스벨트의 실책들이 "러시아 공산주의의 성격과 그것의 외교 역사에 관한 변명의 여지가 없는 무지"에서 나왔다고 진단했다. 자유주의 국가와 공산주의 국가 사이엔 건널 수 없는 심연이 있었지만, 루스벨트는 그런 현실을 제대로 인식하지 못했다. 스탈린의 통치 아래 러시아에서 일어난 사악한 일들을 모조리 무시하고서, 루스벨트는 스탈린과 만나 허심탄회하게 대화하면 자신의 매력으로 그를 설득할 수 있다고 믿었다. 즉, 공산주의에 대한 무지와 자신의 매력에 대한 자만에서 나온 거대한 환상이 루스벨트로 하여금 스탈린을 찾아가도록 만든 것이었다.

당시엔 자유세계 지도자들이 뒤늦게 연합국의 일원이 된 공산주의 러시아로 찾아간 것은 사소한 양보로 보였다. 실제로는 그것은 결코 가볍지 않은 실수였다. 무릇 공산주의자들과 협상할 때, 공산주의자들이 물리적으로 통제할 수 있는 장소를 고르는 것은 무척 위험하다. 공산주의자들은 그런 기회를 결코 그냥 보내지 않는다.

원래 루스벨트는 3자 회담을 지중해에서 열자고 스탈린에게 제의했었다. 그러나 스탈린은 카이로 회담 때와 마찬가지로 국경 밖으로 나가는 것을 거부했다. 그러자 루스벨트는 알래스카에서 만나자고 제안했다. 다른 나라를 거치지 않으므로 스탈린으로서도 마다하지 않으리라는 생각이었다. 그러나 스탈린은 의사가 장거리 여행을 금지했다는 이유를 내세우면서, 대신 몰로토프 외상을 어디든지 보내겠다고 했다. 이것은 두 서방 지도자들이 듣고 싶어 한 얘기가 아니었다. 그들은 '주무를 수 있는(malleable)' 스탈린과 만나기를 원했지 '단단한(tough)' 몰로토프와 협상하기를 기대한 것이 아니었다. 두 사람이 스탈린과 만나기를 고집하자, 스탈린은 흑해 연안의 휴양 도시인 얄타에서 만나자고 제안했다. 결국 루스벨트는 스탈린의 고집에 뜻을 굽혔고, 루스벨트의 눈치를 보는 처칠은 그의 뜻을 따랐다.

[여기서 루스벨트는 물론이고 공산주의를 경계해 온 처칠도 아직 공산주의 체제에 대해 충분히 깨닫지 못했음이 드러난다. 몰로토프가 어려운 협상 상대라는 것은 널리 알려진 터였다. 그러나 그것이 몰로토프 자신의 성격이나 견해 때문이라는 생각은 본질을 놓친 판단이었다. 일단 협상에 나서면, 몰로토프에겐 자신의 재량으로 협상할 권한이 거의 없었다. 모든 것들을 스탈린에게 묻고 허가를 받아야 했다. 모든 권한은 아주 사소한 일에서도 스탈린에게 있다는 것을 서방 지도자들은 깨닫지 못했던 것이다. 이것은 실은 모든 전체주의 체제의 속성이다. 뒷날 한국전쟁의 휴전 협상에 나온 중공군과 북한군의 대표들이 그 점을 잘 보여 주게 된다.

의심이 많고 무자비한 스탈린과 의견을 달리하는 것이 얼마나 위험한가는 얄타 회담 뒤에 몰로토프가 급속히 추락한 과정에서 잘 드러났다. 몰로토프는 스탈린 휘하에서 스탈린과 다른 의견을 낼 수 있었던 마지막 사람이었다. 전쟁이 끝나면서, 스탈린은 자기 휘하 사람이 스스로 생각하는 것을 용납하지 않았다. 그런 독자적 사고에서 스탈린은 몰로토프가 선을 넘었다고 생각했다. 1945년 12월 초순 캅카스에서 휴가를 보내던 스탈린은 비밀경찰 총수 라브렌티 베리아(Lavrentii Beria)를 비롯한 측근들에게 보낸 전보에서 선언했다. "몰로토프는 우리나라의 이익과 우리 정부의 위신을 높이지 않는다. 그가 원하는 것은 특정 외국인들 사이에서 인기를 누리는 것뿐이다." 협상하는 자리에 나가면 몰로토프는 자신의 판단을 따를 여지가 전혀 없었다. 만일 그가 상대에게 양보했다는 느낌을 스탈린이 받으면 그의 삶은 비참해지는 것이었다. 상대가 넌더리를 내고 '부드러워서 다룰 수 있는' 스탈린과 얘기하는 편이 낫겠다고 판단하도록 하는 것이 몰로토프에게 열린 유일한 길이었다.]

그래서 두 서방 지도자들이 러시아의 통제 아래 자신들을 두게 된 것은 중대한 문제였다. 실제로 얄타에서 미국과 영국 대표단들이 묵은 숙소들은 모두 러시아 내무부 비밀경찰(NKVD)이 몰래 엿듣고 촬영했다. 세 나라 대표단들이 묵은 건물들은 러시아 마지막 황제의 별궁이었는데, 독일군과의 싸움에서 많이 파괴되었다. 그 건물들을 수리하는 과정에서 러시아 비밀경찰은 도청 장치들을 깊숙한 곳에 설치했다. 미국과 영국의 경호 전문가들이 러시아의 도청 장치들을 발견하고 제거했어도, 깊이 숨긴 도청장치들은 그대로 남았다. 아울러 러시아 비밀경찰은 지향성 확성기(directional microphone)들로 옥외에서 하는 대화들도 도청했다. 두 나라 지도자들이 비행장에 착륙한 순간부터 비밀경찰 요원들은 그들의 대화를 엿듣기 시작했다.

원래 스탈린은 미국과 영국의 정부들에 깊숙이 침투한 러시아 첩자들을 통해서 두 나라가 추구하는 정책들과 협상 전략들을 잘 알았다.

실은 얄타에 온 미국 대표단에 끼어든 러시아 첩자가 날마다 미국의 전략과 정책을 러시아 정보기관 책임자에게 보고했다. 아침마다 베리아는 전날 몰래 녹음하고 촬영한 정보들과 미국 대표단에 낀 첩자가 제공한 정보들을 종합해서 스탈린에게 보고했다. 스탈린은 미국과 영국 대표단이 논의되는 사항들에 대해서 보인 반응들을 발언만이 아니라 몸짓과 표정까지 자세히 살핀 뒤 회담에 임했다.

미국 대표단이 묵은 곳과 영국 대표단이 묵은 곳은 서로 멀었고 그 사이에 러시아 대표단의 본부가 있었다. 그래서 미국과 영국은 서로 만나 협의하기가 실질적으로 불가능했다. 자유주의 국가들이고 이해가 비슷해서 러시아와의 협상에서 실질적으로 한편이 되어야 할 미국과 영국에, 이것은 상당히 큰 장애였다.

이런 사정은 루스벨트가 처칠과의 협의를 피할 수 있는 구실이 되었다. 애초에 루스벨트는 처칠과 협의해서 스탈린과의 협상을 진행할 생각이 없었다. 그래서 몰타에서도 시간이 충분히 있었지만, 처칠과 협의하는 대신 딸을 데리고 섬을 둘러보는 관광에 나섰다. 그리고 처칠과의 사전 협의로 얽매이지 않고 자유롭게 스탈린과 협상할 수 있게 되었다고 흡족해 했다. 몰타에서 만나 함께 협상 전략을 짜리라고 기대했던 처칠과 영국 대표단은 루스벨트의 태도에 경악했지만, 미국과의 관계에서 '서열이 낮은 파트너(junior partner)'인 영국으로선 어쩔 수 없었다.

훨씬 심각한 문제는, 긴 여행으로 두 나라 사람들이 극도로 피로했다는 사실이다. 특히 나이가 많은 처칠과 건강이 악화된 루스벨트는 긴 여행으로 활력을 많이 잃은 채, 미리 작전을 세우고 집요하게 파고드는 스탈린과 상대해야 했다. 그래서 어지간한 일에선 스탈린의 요구에 두 사람이 양보하는 상황이 거듭 나왔다.

루스벨트의 항공기는 2월 3일 1210시에 착륙했다. 처칠의 항공기는 20분 뒤에 착륙했다. 루스벨트의 항공기로 몰로토프가 먼저 올라왔다. 그는 미국 대통령에게 스탈린은 아직 도착하지 않아서 자신이 대신 나왔다고 설명했다. 이어 처칠이 올라왔다. 세 사람은 항공기에서 내려 함께 러시아 의장대를 사열했다. 루스벨트는 「무기대여법」으로 제공된 지프를 탔고 처칠은 그 옆을 걸었다. 처칠의 주치의는 루스벨트의 상태에 대해 "대통령은 늙고 마르고 표정이 수척했다. 그는 입을 벌린 채 앞을 똑바로 보았는데, 마치 둘레의 상황을 제대로 인식하지 못하는 듯했다"라고 증언했다. 루스벨트를 관찰하기 위해 공항에서 대기했던 러시아 의사들은 그가 탈진했고 건강이 나쁘다고 결론을 내렸다.

양국 대표단은 러시아 보안 요원들의 호위를 받으며 차를 타고 회담 장소인 얄타로 향했다. 이 여행은 무려 6시간 가까이 걸렸다. 당연히, 긴 여행으로 이미 지친 루스벨트와 처칠은 더욱 지쳤다.

미국 대표단이 묵게 된 리바디야 궁전(Livadia Palace)은 얄타 시내가 아니라 도심으로부터 7킬로미터 떨어진 마을에 있었다. 얄타 시내는 독일군과 러시아군 사이의 싸움으로 완전히 폐허가 되어 있었다. 영국 대표단은 보론초프 궁전(Vorontsov Palace)에, 그리고 러시아 대표단은 리바디야와 보론초프 사이에 자리 잡은 유수토프 궁전(Yusutov Palace)에 묵게 되었다.

세 궁전 모두 싸움으로 크게 파손된 상태였었다. 얄타에서 삼국 정상회담이 열리게 되자, 베리아가 궁전들의 복원에 나섰다. 러시아 육군과 흑해함대의 공병들이 복원 업무를 주관했고 루마니아군 포로들이 건설 작업에 동원되었다. 도청 장비들의 설치는 베리아의 아들 세르고(Sergo)가 맡았다. 세르고는 정보장교로 전자공학 전문가였는데, 1943년 테헤란 회담 때 루스벨트가 썼던 러시아 대사관의 방에 도청 장치를 설치하도록 스탈린이 직접 그를 발탁했었다. 건설 자재, 장비, 가구, 음식과 같은 물자들을 실어 오는 데는 철도 차량 1,500량이 필요했다. 복원 작업은 밤낮으로 이어져서 3주 만에 완결되었다.

리바디야 궁전은 니콜라이 2세가 즐겨 찾았던 별궁이었다. 나머지 두 궁전은 제정 러시아의 귀족들을 위해 지어졌다. 황궁을 미국 대통령에게 내주고 자신은 격이 떨어지는 궁전에 자리 잡음으로써 스탈린은 루스벨트의 환심을 샀다. 황궁의 너른 방들에서 회의가 열리게 되자, 거동이 어려운 루스벨트가 휠체어를 타고 움직이는 거리도 최소한으로 줄어들었다. 몰로토프는 스탈린이 "대통령의 편리를 위해서" 그런 결정을 내렸다고 러시아 주재 미국 대사 애버렐 해리먼(W. Averell Harriman)에게 생색을 냈다. 이렇게 미국을 특별히 우대하고 루스벨트의 환심을 사려는 스탈린의 태도는 회담 내내 이어졌다.

물론 스탈린을 비롯한 러시아 지도층의 속마음은 달랐다. 그들에겐 미국 사람들이나 영국 사람들이나 모두 자본주의 세력을 대표하는 사람들이었고 세계혁명을 이루려는 자신들이 궁극적으로 파멸시켜야 할 적들에 지나지 않았다. 서방과의 교섭이 많았던 스탈린, 몰로토프, 주미 대사 안드레이 그로미코(Andrei Gromyko) 와 같은 사람들은 미국과 영국의 지도자들과 외교관들 가운데 처칠이 가장 똑똑하다고 평가했고 가장 경계했다. 자연히 러시아 사람들의 전략은 루스벨트를 한껏 떠받들고 비위를 맞추어서 루스벨트와 처칠 사이에 있는 틈을 확대시키는 것이었다. 실제로 그런 전략은 상당한 성공을 거두었다.

독일과 맞선 연합국의 지도자들인 루스벨트, 처칠, 그리고 스탈

루스벨트, 처칠, 스탈린은 전쟁 중에 세 차례 만났다. 1945년 2월의 얄타 회담은 1943년 11월의 테헤란 회담을 이었고, 1945년 7월의 포츠담 회담으로 이어졌다.

린은 전쟁 중에 세 차례 함께 만났다. 1945년 2월의 얄타 회담(Yalta Conference)은 1943년 11월의 테헤란 회담(Tehran Conference)을 이었고, 1945년 7월의 포츠담 회담(Potsdam Conference)으로 이어졌다. 자연히 얄타 회담은 선행 회담인 테헤란 회담의 합의에 의해 제약을 받았고 포츠담 회의에 영향을 미쳤다.

그렇긴 했어도, 사전에 실무자들 사이에 회담의 내용과 절차에 관해 논의가 전혀 없었으므로, 이 중요한 회담은 아무 것도 정해지지 않은 채 시작되었다. 회담의 기간도 정해지지 않았고, 심지어 첫날에 다루어질 의제조차 논의되지 못한 상태였다. 그래서 2월 3일 자정이 다 되어서야 해리먼은 미국 대사관에서 실무를 총괄하는 찰스 볼런(Charles Bohlen)을 대동하고 유수토프 궁전으로 몰로토프를 찾아가서 회의의 진행에 관해 협의했다. 이 자리에서 회담은 5일이나 6일 동안 열기로 합의되었다. 첫날엔 독일의 군사적 및 정치적 상황에 대해 논의하기로 했다. 이어 해리먼은 첫날 만찬에 스탈린을 초청하고 싶다는 루스벨트의 뜻을 몰로토프에게 전했다. 급작스러운 초청이었지만 러시아 측은 기꺼이 응했다. 해리먼은 일단 회담이 예상보다 순조롭게 출발했다고 만족했다.

처음부터 회담의 준비에 참여해서 상황을 잘 아는 해리먼으로선 그럴 만도 했다. 얄타에 모인 세 지도자들은 각기 다른 목표를 추구하고 있었다. 그래서 회담이 무슨 성과를 낸다는 보장이 전혀 없는 판이었다.

루스벨트는 일본과의 전쟁에 러시아가 빨리 참가하도록 스탈린을 설득할 생각이었고, 자신이 설립을 주도하는 국제연합(UN)에 러시아도 적극적으로 참여하기를 희망했다.

공산주의 러시아의 급격한 팽창을 크게 걱정한 처칠은 러시아군이 점령한 동유럽이 자유로운 사회들로 부활하는 것을 가장 중요한 과제로 삼았다. 그래서 폴란드, 루마니아, 헝가리, 체코슬로바키아, 불가리아 및 유고슬라비아에서 자유로운 선거가 실시되어 민주적 정권들이 들어서도록 스탈린을 설득하는 것을 회담의 주요 목표로 삼았다. 그는 폴란드가 자유로운 독립국가가 되는 것이 러시아의 팽창을 저지하는 데 절대적으로 중요하다고 판단해서, 폴란드 문제에 특별히 마음을 많이 썼다.

스탈린의 꿈은 본질적으로 제정 러시아의 부활이었다. 이제 유라시아에서 러시아군에 대항할 만한 군대가 없어졌으니, 러일전쟁과 러시아 혁명 과정에서 잃은 제정 러시아의 영토를 되찾을 기회가 왔다고 그는 생각했다. 그래서 러시아가 이미 점령한 동유럽에서 우월적 지위를 지니는 것을 공식화할 속셈이었다. 특히 리벤트로프·몰로토프 협약

(Ribbentrop-Molotov Pact)에 의해 러시아가 차지한 폴란드 동부 지역과 발트 3국의 합병을 공식화하는 것을 주요 목표로 삼았다. 아울러 폴란드, 루마니아, 헝가리, 체코슬로바키아, 불가리아 같은 나라들에 공산당 정권을 세워서 위성국가들로 만들 생각이었다. 독일은 가혹하게 응징하고 공업 시설을 파괴해서 영구적으로 빈약한 국가로 만들 작정이었다. 동아시아에 관해선, 먼저 제정 러시아가 지녔던 이권들을 되찾고 일본을 무력화시킨 뒤 동아시아의 패권국가가 될 생각이었다.

세 지도자들의 목표들이 서로 달랐고, 특히 처칠의 구상과 스탈린의 구상이 정면으로 부딪쳤으므로 회담은 순조로울 수 없었다. 그런 상황에선 러시아가 누린 군사적 우위가 결정적 요인으로 작용했다. 미국의 막대한 원조로 독일군의 침공에서 가까스로 생존했지만, 이제 러시아군은 유럽을 호령하고 있었다. 그래서 스탈린은 자신감이 넘쳤고, 루스벨트와 처칠에게 자신의 조건들을 강요할 수 있다고 판단했다. 미국 대표단의 일원으로 회담에 참가했고 5개월 뒤에 국무장관이 될 제임스 번스(James F. Byrnes)는 "그것은 우리가 러시아 사람들에게 무엇을 하도록 허락하느냐가 아니라 우리가 러시아 사람들에게 무엇을 하도록 할 수 있느냐는 문제였다(It was not a question of what we would let the Russians do, but what we could get the Russians to do)"고 회고했다.

세 지도자들이 공유한 것은 지역적 문제들 가운데 폴란드 문제가 가장 중요하다는 인식이었다. 폴란드는 동부 유럽의 다른 나라들보다 훨씬 큰 나라였고 러시아와 영토 문제가 얽혀 있어서, 다른 문제들보다 중요하고 풀기 어려웠다. 폴란드 망명정부가 런던에 자리 잡았고 자유 폴란드 군대가 서부 전선에서 중요한 역할을 했으므로, 처칠은 폴란드를 대변하는 처지였다. 미국엔 폴란드계 시민들이 많았으므로 루스벨트로선 폴란드 문제를 가볍게 다룰 수 없었다. 스탈린은 테헤란 회담에서 이미 얻어 낸 폴란드 동부 지역의 병합에 관한 양해를 그대로 지키고 폴란드에 공산주의 정권을 수립한다는 목표를 향해 움직였다.

테헤란 회담에서 스탈린은 러시아와 폴란드의 국경이 '커즌 선(Curzon Line)'이 되어야 한다고 주장했었다. 커즌 선은 제1차 세계대전 중에 영국 외상 조지 커즌(George Curzon)이 폴란드와 러시아 사이의 국경으로 제시한 선이었다. 그러나 두 나라 사이의 국경은 두 나라가 전쟁을 하고 휴전한 1921년에 맺은 「리가 조약(Treaty of Riga)」에 의해 획정되었다. 1939년 독일과 러시아가 폴란드를 나누어 차지했을 때, 분할의 경계가 커즌 선과 비슷했다. 스탈린은 폴란드가 커즌 선 동쪽 영토를 잃은 데 대한 보상으로 오데르강과 나이세강 이동의 독일 영토를 할양받으면 된다고 주장했다. 다른 두 사람은 스탈린의 억지를 받아들였다. 원래 1941년 8월에 발표한 「대서양 헌장(Atlantic Charter)」에서 루스벨트와 처칠은 해당 인민들이 자유롭게 발표한 의사들에 반해서 영토가 변경되는 일은 없을 것이며, 전쟁이 끝나면 모든 나라들의 주권과 자치정부는 회복될 것이라고 밝혔었다. 루스벨트와 처칠은 자신들이 온 세계에 밝힌 원칙들을 가볍게 버린 것이었다. 테헤란 회담에서 이미 합의되었으므로, 얄타 회담에서 러시아·폴란드 국경과 폴란드·독일 국경을 획정하는 문제에 관해선 세 지도자들은 별다른 이견이 없었다.

얄타 회담의 내용

2월 4일 1700시 리바디아 궁전의 볼룸에서 얄타 회담이 공식적으로 개최되었다. 처음으로 모습을 드러낸 스탈린은 군복에 금장 원수 견장과 소비에트 연방 영웅훈장을 달았다(그는 '스탈린그라드 싸움'에서 승리한 뒤 자신을 원수로 승진시켰다).

첫 발언은 주최국 원수인 스탈린이 하게 되었다. 그러나 그는 이 발언에서 루스벨트에게 회담의 개회를 선언해 달라고 요청했다. 루스벨트는 스탈린의 제안을 기꺼이 받아들여 회담의 개회를 선언했다.

이처럼 화기애애하게 출발한 회담에서 세 지도자들은 예상보다 훨씬 쉽게 합의에 이르렀다. 스탈린은 다른 두 지도자들보다 협상력이 월등했고, 루스벨트는 별다른 저항 없이 스탈린이 원하는 것들을 양보했고, 처칠은 회담의 흐름을 거스르기엔 힘이 너무 약했다.

얄타 회담에서 합의된 사항들 가운데 핵심적인 것들은 아래와 같다.

1) 나치 독일의 '무조건 항복'이 무엇보다도 중요하다.
2) 전쟁이 끝나면 독일과 베를린은 4개 지역으로 분할된다. 프랑스는 네 번째 지역을 차지하지만, 그 지역은 미국과 영국이 차지한 지역에서 만들어진다.
3) 독일은 비무장화(demilitarization)와 비나치화(denazification)를 겪는다. 나치 전범들은 재판에 회부된다.
4) 독일은 현물로 손해배상을 하며, 현물 배상은 독일의 노동력도 포함한다.
5) 러시아가 수립한 공산주의 폴란드 정권은 "보다 넓은 민주적 바탕"을 지니도록 개편된다.
6) 폴란드의 동쪽 국경은 커즌 선으로 하고, 폴란드는 서쪽 국경에서 독일로부터 영토를 보상받는다.

얄타 회담의 합의 내용은 러시아에 일방적으로 유리했다. 루스벨트는 스탈린에게 도저히 양보할 수 없는 것들까지 선뜻 양보했다.

7) 러시아는 국제연합에 참여한다. 우크라이나와 벨라루스는 각기 독립된 구성원 자격을 지닌다.

이런 합의는 러시아에 일방적으로 유리했다. 특히 러시아가 동부 유럽을 군사적으로 점령했다는 현실을 인정한 것을 넘어 그런 점령을 합법화하고 국제적 인정을 강요했다.

당연히 얄타 협정은 이내 거센 비판을 받았다. 폴란드 주재 미국 대사 아서 블리스(Arthur Bliss)는 그것에 항의하면서 사임했다. 그는 "그 문서를 훑어보면서, 나는 내 눈을 믿을 수 없었다. 나에겐 거의 모든 문장이 스탈린에 대한 항복을 얘기하고 있었다"라고 기술했다.

이처럼 러시아에 일방적으로 유리한 합의는 여러 요인들이 복합적으로 작용해서 나왔다. 가장 근본적인 요인은 전쟁이 끝난 뒤 새로운 세계 질서를 세우는 일에 관한 루스벨트의 전략이었다.

테헤란 회담과 얄타 회담에 임할 때 루스벨트가 구상한 전략은 '공산주의 러시아와의 공존'이었다. 그는 독일에 맞서 함께 싸운 러시아와 미국이 전쟁이 끝난 뒤에도 협력할 수 있으리라고 믿었다. 위에서 살핀 것처럼 그는 공산주의의 본질과 스탈린의 의도에 관해 아주 낙관적인 견해를 품었다. 그의 측근들은 거의 다 그런 낙관적 견해를 부추겼고, 그의 견해에 회의적인 사람들은 밀려났다.

전쟁의 형세가 연합국 쪽으로 분명히 기운 1943년 1월, 초대 러시아 주재 대사를 지냈고 당시엔 순회대사로 일하던 윌리엄 불리트(William C. Bullitt)는 루스벨트 대통령에게 두툼한 비밀보고서를 제출했다. 러시아 공산당 정권의 성격과 전쟁이 끝난 뒤 미국이 러시아와 맺을 관계에 관해 루스벨트가 특별히 불리트에게 요구한 보고서였다. 모스크바에서 공산주의 러시아의 실상을 목격했고 그동안 스탈린 정권의 배신을 여러 번 겪은 터라, 불리트의 보고서는 러시아와의 협력에 대해 비관적이었다.

세 시간 가까이 걸린 불리트의 보고가 끝나자, 루스벨트는 보고의 내용이 정확하고 논리가 옳다는 것을 선선히 인정했다. 그래도 그는 스탈린과의 관계에 대해 낙관적이라고 밝혔다.

"만일 내가 [스탈린에게] 줄 수 있는 것들을 모두 주고 대가로 아무것도 요구하지 않는다면, 고귀한 신분에 따르는 의무(noblesse oblige)가 있으니 그는 아무것도 병합하려 하지 않을 것이고 민주주의와 평화의 세계를 위해 일할 것이라고 나는 생각하네."

뚝심이 있는 불리트는 대통령의 의견에 곧바로 이의를 달았다.

"각하께서 '고귀한 신분에 따르는 의무'를 말씀하셨는데, 지금은 노퍼크 공작(Duke of Norfolk)이 아니라 캅카스의 도둑에 대해서 말씀하시는 것입니다. 그는 무엇을 거저 얻으면 상대가 바보라고 생각하는 사람입니다. 그리고 스탈린은 공산주의를 위해서 세계를 정복해야 한다는 공산주의 신조를 믿습니다."

[노퍼크 공작은 잉글랜드의 수위공작(premier duke)으로 중요한 의식들에 귀족 대표로 참여한다. 그래서 불리트가 '고귀한 신분에 따르는 의무'가 어울리는 사람으로 거명한 것이다. 노퍼크 공작은 3개의 백작과 6개의 자작 작위를 아울러 지니는데, 이들 9개의 부속 작위들(subsidiary titles) 가운데 가장 중요한 것은 애런덜 백작(Earl of Arundel)이다. 1143년에 창설된 애런덜 백작은 영국에서 가장 오래된 작위로 1397년에 창설된 노퍼크 공작보다 훨씬 앞선다.

'캅카스의 도둑'이란 표현은 스탈린이 캅카스의 조지아에서 태어났음을 가리킨 것이다. 요시프 주가시빌리(Iosib Dzhugashvili)는 1878년에 구두 수선공의 아들로 태어났다. 그의 어머니는 해방 농노였다. 그의 주정뱅이 아버지는 아들이 자기 직업을 물려받기를 원했지만, 그의 어머니는 자식이 교육을 받도록 했다. 그러자 그의 아버지는 모자를 버렸다. 마르크스주의자가 된 뒤에 그는 '강철의 인간'이란 뜻을 지닌 스탈린(Stalin)이란 이름을 썼다. 스탈린은 강도, 납치, 보호 명목 갈취(protection racket)와 같은 방식으로 '혁명 자금'을 조달했다.]

불리트의 조언을 루스벨트는 끝내 물리쳤다. 불리트의 비관적 전망을 받아들이기엔 그가 공산주의 러시아와 스탈린에 대해 품은 환상이 너무 매혹적이었다. 그는 그동안 그런 환상에 바탕을 두고 러시아와 상대하는 외교관들을 기용해 온 터였다. 러시아의 실상을 알게 되어 그의 외교 정책을 충실히 따르지 않는 국무부의 고위 관리들과 모스크바 주재 대사관의 핵심 외교관들을 그는 자신에게 충성스러운 사람들로 계속 바꾸었다.

마침내 1943년 10월 루스벨트는 자신과 견해가 비슷한 해리먼을 러시아 대사로 보냈다. 해리먼은 일찍이 '뉴딜 정책'의 입안과 집행에 참여했고, 전쟁이 일어난 뒤엔 「무기대여법」에 따른 원조를 조정했다.

그러나 러시아 공산주의 정권의 실상을 알게 되자, 해리먼도 러시아와 스탈린에 대해 품었던 환상을 버렸다. 특히 '바르샤바 봉기'를 독일이 진압하도록 내버려 두어 네 해 동안 나치 독일에 저항한 폴란드 청년들이 무참히 스러지게 만든 스탈린의 행태는 그로 하여금 스탈린을 극도로 혐오하고 경계하게 만들었다. 그래서 그는 테헤란 회담 이래 줄곧 루스벨트에게 공산주의 러시아의 실상과 스탈린의 사악함에 대해 경고했었다. 그러나 루스벨트는 바르샤바 봉기에 대한 스탈린의 태도가 부차적 문제라고 여겼다. 그에게 중요한 것은 스탈린의 협력을 얻어서 세계 평화 기구를 만드는 것이었다.

이처럼 '공산주의 러시아와의 공존' 전략을 추구하면서, 루스벨트는 스탈린에게 도저히 양보할 수 없는 것들까지 선뜻 양보했다. 그래도 그는 얄타 회담에서 자신의 전략이 성공적으로 수행되었다고 믿었다. 스탈린은 독일과의 전쟁이 끝난 뒤 두세 달 안에 일본을 공격하겠다고 약속했고, 국제연합에 대해서도 호의적이었다.

처칠은 얄타 회담의 결과에 대해 마음이 계속 흔들렸다. 평소 공산주의와 스탈린을 극도로 경계했던 터였고, 이번엔 루스벨트가 너무 양보했다고 생각했다. 그래서 회담의 결과에 대해 자신하지 못했다. 다른 편으로는, 자신이 마음을 쓴 폴란드 문제에 관해선 얻을 만큼 얻었다고 판단했다. 무엇보다도 그는 스탈린이 약속을 지키리라 믿었다.

"불쌍한 네빌 체임벌린(Neville Chamberlain)은 히틀러를 믿을 수 있다고 믿었다. 그는 틀렸다. 그러나 나는 내가 스탈린에 대해서 틀리리라고 생각하지 않는다."

국제연합 회의 대한민국 대표단

"그러면 확정된 명단을 읽어 보겠습니다."

기록을 맡은 임병직이 말했다.

"김호金乎, 한시대韓始大, 김원용金元容, 전경무田耕武, 변준호卞俊鎬, 황사용黃思容, 송헌주宋憲澍, 이살음李薩音, 윤병구尹炳求. 이상 9명입니다."

듣던 사람들이 고개를 끄덕였다.

"그러면 그 명단을 중경에 보고합시다." 이승만이 결론을 내렸다. "그리고 샌프란시스코 회의에 제출할 안건은 이제부터 생각해 봅시다. 좋은 생각이 떠오르면 그때그때 나한테 알려 주시오."

오늘 2월 25일 이승만은 중경의 조소앙 외무부장으로부터 "4월 25일에 샌프란시스코에서 열리는 국제연합 회의에 파견할 대한민국 대표들을 선정하고 회의에 제출할 안건들을 준비하라"는 훈령을 받았다.

얄타 회담에서 국제연합의 설립에 관해서 합의가 이루어지자, 미국은 국제연합 창설 절차를 적극적으로 밟기 시작했다. 이미 1944년 9월 하순에서 10월 초순까지 워싱턴 근교 덤바턴 오크스에서 열린 회의(Dumbarton Oaks Conference)에서 미국, 영국, 중국, 러시아의 4대국은 국제연합의 목표, 구조 및 기능에 관해 대체적 합의를 본 터였다.

훈령을 받자 이승만은 바로 정한경, 이원순 및 임병직과 상의했다. 그는 국제연합의 창립이 조선의 독립운동에서 가장 중요한 계기가 될 것이며, 그래서 대한민국 임시정부가 창립 회의에 참석하도록 하는 데 모든 역량을 투입하겠다고 밝혔다. 그리고 1921년의 워싱턴 군축회의에 참가하려다가 실패한 일과 1933년 제네바에서 중국 대표단과 협력하면서 국제연맹 총회에 대응했던 경험을 얘기하면서, 대표단의 선정은 당연히 중요하지만 실제로 중요한 것은 회의장 밖에서 지원하는 일이며, 언론 기관들이 대한민국의 처지에 관심을 갖도록 하는 것이 결정적으로 중요하다는 점을 지적했다. 그래서 주미외교위원부 요원들은 밖에서 대표단을 지원하는 일에 주력하는 것이 좋겠다는 뜻을 밝혔다. 모두 흔쾌히 동의했다.

이어 이승만은 대표단 선정에 대한 생각을 밝혔다. 가장 중요한 고려사항은 재미한족연합위원회가 따로 참가하려고 나설 가능성이었다. 그런 분열은 치명적일 터이므로, 그 단체를 이끄는 사람들을 대표단에 여럿 포함시키는 것이 긴요했다. 이어 이승만은 미국에서 초기에 독립운동을 주도한 원로들을 대표로 뽑고 싶다는 뜻을 밝혔다. 미국에서의 독립운동이 30년이 되면서, 독립운동가 첫 세대는 어느 사이엔가 잊혀지고 있었다. 아마도 독립운동의 마지막 현장이 될 샌프란시스코 회의에 원로가 한두 사람이라도 참석하는 것도 뜻이 있으리라는 얘기였다. 사실 이 얘기는 참석한 사람들 자신들의 얘기였으므로, 모두 웃으면서 동의했다.

대표로 선정된 사람들을 살피면 이승만의 뜻이 이내 읽힌다. 김호, 한시대, 김원용, 전경무는 재미한족연합위원회를 이끄는 사람들이었다.

변준호는 골수 사회주의자로 한길수를 따라 '조선의용대'를 후원해

왔고 지금은 김원봉이 이끄는 조선민족혁명당의 미주총지부 책임자였다. 그러나 재미한족연합위원회가 워싱턴에 사무소를 냈을 때는 그렇게 중경임시정부의 권위에 도전하는 행태를 비판했었다. 이승만은 변준호가 OSS의 국내 진공 사업에 참가했다는 것도 장석윤을 통해서 알고 있었다.

황사용은 감리교 목사였는데, 평안도 의주 출신으로 일찍부터 안창호를 추종해 온 '서북파'의 원로였다.

송헌주는 본래 김규식과 절친했고 임시정부 초기에 김규식과 함께 구미위원부 위원으로 일했다. 그러나 동포들의 성금 모금과 관련해서 이승만과 대립하다 이승만에 의해 해임되었다. 그 뒤로 이승만과 적대적이 되어 재미한족연합위원회에서 활동해 왔다. 그러나 재미한족연합위원회가 워싱턴에 사무소를 내자 송헌주는 그런 행태를 비판했다. 그처럼 사리를 따지는 태도를 이승만이 높이 평가한 것이었다.

이살음은 장로교 목사로 대한인국민회에서 활약했다. 원래 조소앙 지지자였는데, 이승만이 탄핵된 뒤엔 그를 옹호했다.

윤병구는 감리교 목사로 국내에서부터 이승만과 절친한 사이였다. 1905년 이승만이 시어도어 루스벨트 미국 대통령을 예방했을 때 동행했었다. 그리고 이승만과 프란체스카의 결혼식에서 주례를 섰다. 송헌주와 윤병구는 1907년 고종이 헤이그 만국평화회의에 파견한 밀사단을 통역으로 수행했었다.

이승만의 충실한 지지자들이 이살음과 윤병구 둘뿐이라는 점을 사람들은 걱정했다. 재미한족연합회위원회의 네 사람이 똘똘 뭉치면 제어할 길이 없을 터였다. 이승만은 별문제가 없을 것 같다고 사람들을 다독거렸다. 중요한 것은 대표단의 활동이 아니라, 대한민국 대표가 회의에 참석할 자격이 있다고 인정받아 실제로 참석하는 것이라는 점을 상기시켰다. 무슨 일이 있어도 재미한족연합위원회가 따로 참가 신청을 하는 상황을 막아야 한다고 강조했다. 워낙 공정하고 합리적인 선정이었으므로, 중경임시정부는 이승만이 보고한 대표단 명단을 그대로 승인했다.

1945년 2월 28일 중경임시정부는 독일에 선전포고를 했다. 이 갑작스러운 조치는 샌프란시스코 국제연합 회의에 참석하기 위해서 나왔다.

흔히 '샌프란시스코 회의(San Francisco Conference)'라 불리게 된 '국제조직에 관한 국제연합 회의(United Nations Conference on International Organization)'는 참가 자격을 놓고 덤바턴 오크스 회의에서부터 논란이 일었고 얄타 회담에서 가까스로 타결을 본 터였다. 그래서 얄타 회담 기간중에 미국과 영국, 러시아는 독일과 일본에 대해 선전포고를 한 46개국을 샌프란시스코 회의에 초청했다.

덤바턴 오크스 회의에서 러시아는 소비에트 연방을 구성하는 16개 공화국이 모두 국제연합의 구성원들로 가입해야 한다고 주장했다. 러시아의 주장이 워낙 이치에 맞지 않았으므로, 이내 반대에 부딪쳤다. 그러나 러시아는 이 주장을 거두지 않고 얄타 회담에서 다시 제기했다. 몰로토프는 16개 공화국 모두가 아니라면 적어도 우크라이나와 벨라루스는 독자적으로 가입해야 한다고 주장했다. 미국 대표단은 '1국 1표'의 원칙을 허물 수 없다고 반박했다. 러시아의 논리를 따르면 미국의 모든 주들이 독자적으로 가입할 수 있다는 얘기가 된다고 그들은 지적했다. 그러나 국제연합을 열망했던 루스벨트는 우크라이나와 벨라루스를 독자적 구성원으로 받아들이는 데 동의했다.

원하던 것을 얻자, 스탈린은 러시아가 갖게 된 세 표의 효과를 높이기 위해 국제연합에 가입할 국가들을 제한하려고 시도했다. 그는 독일과 일본에 선전포고를 하지 않은 나라들과 함께 국제 안보를 논의하는 것은 어렵다고 말했다.

루스벨트는 국무차관 섬너 웰스(Sumner Welles)의 실수로 그런 상황이 나왔다고 인정했다. 웰스는 독일과 일본에 대해 선전포고를 하지 않아도 중립을 지키면 된다는 정책을 추진했었다. 루스벨트는 최근에 그런 나라들도 선전포고를 하라고 촉구했다고 설명하면서, 국제연합 창립 회의엔 1945년 2월 말일까지 독일과 일본에 대해 선전포고를 한 국가들만을 초청하자고 제의했다. 스탈린은 루스벨트의 제안을 받아들였다.

그렇게 해서 부랴부랴 9개국이 독일과 일본에 대해 선전포고를 했다. 중경임시정부도 독일에 대해 선전포고를 했다는 사실은 미국의 한국인들을 흐뭇하게 했다. 대한민국 임시정부가 독일에 맞서는 연합국 대열에 선 것이 대견스러웠고, 곧 대한민국 대표들이 샌프란시스코 회의에 초청받으리라고 여겼다.

중경임시정부가 독일에 선전포고를 했다는 소식을 들었을 때, 이승만도 마음이 흐뭇했다. 네 해 전 일본에 대해 선전포고를 했던 기억이 새롭게 떠올라서, 아련한 그리움으로 그때를 추억했다. 네 해 남짓한 세월인데 아득하게만 느껴졌다.

그는 곧바로 그 사실을 미국 국무부에 알리는 편지를 쓰기 시작했다. 편지를 쓰면서 독일에 대한 선전포고에 담긴 뜻을 차분히 음미하다 보니, 그의 마음엔 그늘이 덮이기 시작했다.

먼저 마음에 언짢게 얹힌 것은 국제 평화를 지향한다는 국제기구가, 그것도 막 세워지는 기구가, 문을 활짝 열어 놓지 않고 골라서 받아들인다는 사실이었다. 전쟁에서 중립을 지키는 것으로는 부족하고 전쟁에서 이긴 쪽에 가담한 국가들만이 참가 자격이 있다는 생각은 너무 좁고 오만했다.

스탈린에게 기대할 것은 애초에 없었다 치더라도, 루스벨트와 처칠의 행태는 크게 실망스러웠다. 그들은 「대서양 헌장」으로 선언한 보편적 원칙을 스스로 저버린 것이었다. 압제적 국가들에 의해 식민지로 전락한 나라들은 모두 해방되어 독립하도록 하겠다고 그들은 밝혔다. 식민지 상태에서 어떻게 종주국에 대해 선전포고를 한단 얘긴가? 결국 식민지가 된 나라들은 국제사회의 일원이 될 자격이 부족하다는 얘기밖에 더 되는가?

지금 독일에 대해 선전포고를 하는 행위에 무슨 내재적 도덕성이나 현실적 가치가 있는 것도 아니었다. 전쟁 초기 독일과 일본이 득세했을 때 그들의 침략에 대해 맞섰다면, 선전포고는 그만두고라도 비난 성명이라도 발표했다면, 그런 행동은 도덕적 용기와 현실적 가치를 지녔을 것이다. 그러나 독일이 이미 파멸을 맞았고 일본도 패망이 확실해진 지금, 그들에 대한 선전포고가 얼마만 한 가치를 지니겠는가? 실은 모든 나라들 가운데 가장 비열하게 행동한 것은 스탈린의 러시아 아닌가? 독일과 불가침조약을 맺어 독일이 유럽 대륙의 절반을 장악하도록 만들었고, 일본과는 지금도 불가침조약을 유지하고 있지 않은가? 생각할수록 속에서 쓴 기운이 올라왔다.

그러나 이승만의 마음에 가장 짙은 그늘을 드리운 것은 독일에 대한 선전포고를 회원 자격으로 삼은 조치가 대한민국의 회원 자격에 미칠 직접적 영향이었다. 대한민국 임시정부가 독일에 대해 한 선전포고는 대한민국 임시정부가 정부의 자격을 갖추었다고 인정을 받아야 효력을 지닐 터였다. 불행하게도 대한민국 임시정부는 단 한 나라로부터도 승인을 받지 못한 망명정부였다. 대한민국 임시정부는 1919년 이래 줄곧 일본과 싸워서 세계에서 가장 오래된 망명정부라고 기회가 나올 때마다 그는 강조해 왔지만, 공식 망명정부의 자격을 갖추지 못한 것도 사실이었다. 주미외교위원부를 이끌면서 대한민국 임시정부의 외교를 책임진 그로선 늘 마음이 쓰일 수밖에 없는 대목이었다. 이번 샌프란시스코 회의에 참석하려는 시도도 그 문제에 발목이 잡힐 것만 같다는 예감이 스멀스멀 마음 깊은 곳에서 올라오고 있었다. 물론 미국 국무부가 도와준다면, 일은 잘 넘어갈 수 있었다. 그러나 바로 미국 국무부가 최대의 적이 될 것만 같은 생각이 그의 마음의 덜미를 잡았다. 요즈음엔 미국보다 러시아를 더 위하는 것처럼 행동하는 인물들이 미국 국무부를 장악하고 일본과 조선에 대한 정책을 주도한다는 느낌이 들곤 했다.

루스벨트의 의회 연설

1945년 3월 1일 10시 주미외교위원부는 주미 '대사관' 홀에서 3·1 독립운동 26주년 기념식을 거행했다. 주미외교위원부가 거행하는 기념식으로는 아마도 마지막이 될 터여서, 이승만은 무슨 기념행사를 하고 싶었다. 그러나 정세가 급박하게 돌아가고 샌프란시스코 회의에 관심이 쏠려서 그럴 처지가 못 되었다. 그는 이번이 해외에서 갖는 마지막 기념식이 되도록 열심히 일해서 내년에는 서울에서 성대한 기념식을 열자는 얘기로 기념사를 대신했다.

단출한 기념식이 끝나자, 오래간만에 많이 모인 사람들은 차를 들면서 옛날얘기들을 했다. 이원순과 임병직이 점심 약속이 있다고 먼저 자리를 뜨자 다른 사람들도 일어섰다. 그래서 이승만은 혼자 서재로 올라왔다.

'스물여섯 해라.'

거울에 비친 자신의 모습을 살피면서 그는 속으로 탄식했다.

'그때만 하더라도….'

젊었던 자신의 모습이 떠오르면서, 그리움과 아쉬움이 가슴을 시리게 훑었다. 그때는 세상이 훨씬 밝고 선명했었다. 눈에 들어오는 세상도 그랬었고 마음이 느낀 세상도 그랬었다. 아마도 그래서 거듭되는 좌절들을 가볍게 뛰어넘으면서 힘들고 괴롭지만 꼭 해야 할 일들을 즐거운 마음으로 할 수 있었을 것이다.

3·1 독립운동이 일어났을 때, 그는 서재필과 정한경과 함께 4월에 필라델피아에서 열리는 '대한인 총대표회의'의 준비에 바빴다. 시위가 전국적으로 퍼져 나간다는 소식이 잇따라 들려왔다. 이어 일본 총독부가 시위를 무자비하게 탄압했어도 시위가 이어진다는 전보들이 상해, 파리, 호놀룰루 등지로부터 그에게 답지했다.

당시 일본은 많은 자금을 들여서 미국의 언론을 우호적으로 만들었다. 원래 러시아의 팽창 정책을 막아 내는 세력이라는 관점에서 일본에 대해 우호적이었던 미국의 여론은 일본에 호의적인 보도를 하는 언론에 의해 강화되었다. 그래서 미국의 주요 신문들은 모두 조선의 독립 시위를 제대로 보도하지 못했다.

대한인 총대표회의를 취재한 기자들 가운데엔 통신사 INS의 젊은 기자 제이 제롬 윌리엄스가 있었다. 이승만은 그로부터 좋은 인상을 받았다. 그래서 이승만은 자기가 받은 전보 두 통을 들고 워싱턴 펜실베이니아 애비뉴에 있는 윌리엄스의 사무실을 찾았다. 이승만이 찾아온 사연을 밝히자, 윌리엄스는 곧바로 타자기를 꺼내서 기사를 작성하기 시작했다. 다음 날 아침 그 기사가 많은 신문들에 실렸다. 그 뒤로 이승만은 그런 전보들이 들어오면 윌리엄스를 찾았고, 조선의 독립 시위에 관한 기사들이 미국 전역으로 퍼져 나갔다. 그렇게 인연이 맺어진 뒤로, 윌리엄스는 미국에선 이미 '끝난 얘기'가 되어 버린 조선 독립 문제를 기회가 나올 때마다 다루었다.

'이제는 제이도 쉰 살이 넘었구나.'

처음 만났을 적의 윌리엄스의 앳된 모습을 떠올리면서, 그는 한숨을 내쉬었다.

'그 긴 세월에 한결같이 조선을 위해 애쓴 그 은공을 보답할 날이 언제 올까?'

그는 어깨를 펴고, 자꾸 무거워지는 마음을 추스르면서 서가로 다가섰다. 기념행사는 못 했지만, 대신 조선과 대한민국 임시정부에 관한 정보들을 담은 책자를 만들어서 영향력이 큰 미국 사람들에게 배포하려는 생각이었다.

프란체스카가 차 쟁반을 들고 들어왔다. 요즈음 이승만은 입안이 많이 말라서 차를 자주 마셨다.

"파피, 차 드세요."

"마미, 내 생각을 들어 보오." 탁자로 다가서면서 그가 활기차게 말했다. "이제 전쟁도 고비를 넘겼고, 마침 샌프란시스코 회의도 열리니, 한국과 대한민국 임시정부를 사람들에게 알리는 일이 더욱 긴요해요."

프란체스카가 쟁반을 내려놓고서 고개를 끄덕였다. "그래요, 파피."

"그래서 팸플릿을 하나 만들 생각이오. 바쁜 사람들이 쉽게 읽을 만큼 간략하게 한국의 역사와 현상을 설명한 팸플릿을. 많이 찍어서, 우리에게 도움이 될 만한 사람들에게 모두 돌리는 거요."

"좋은 생각이에요. 그런데, 파피, 당신이 시간을 낼 수 있겠어요? 이제 더욱 바빠질 터인데?"

그가 고개를 끄덕였다. "이미 써 놓은 책들에서 뽑아내면 되니 일이 그리 많지는 않을 거요. 그래도 마미 말대로 시간을 내기가 쉽지 않을 것 같아요. 그래서 올리버 박사에게 부탁할까 하는데, 당신 생각엔 어떻소?"

그녀가 활짝 웃었다. "좋은 생각이에요."

"그럼 그렇게 하기로 합시다. 그리고," 그가 웃음을 지었다. "샌드위치를 만들어 줄 수 있겠소? 열두 시에 대통령의 의회 연설이 있다고 하잖아요? 샌드위치를 먹으면서 연설을 들어 보려고."

2월 11일 러시아 얄타에서 미국과 영국, 러시아의 정상들이 공동성명을 발표했다. 중요한 사항들이 논의된 회담이었을 텐데, 공동성명은 비교적 짧고 구체적 합의 사항들은 거의 언급되지 않았다. 자연히 사람들의 관심은 온통 루스벨트의 연설로 쏠렸다.

"알겠어요, 파피." 프란체스카가 웃음을 지으면서 흘긋 벽시계를 살폈다. "열두 시에 가져올 게요."

12시가 가까워지자 이승만은 라디오를 틀었다. 열띤 아나운서의 목소리가 의회의 분위기를 전해 주었다. 그러나 루스벨트 대통령의 연설은 이승만이 샌드위치를 다 먹고 난 12시 30분에야 시작되었다.

"부통령님, 하원의장님, 상원과 하원의 의원 여러분, 내가 말하고자 하는 것을 발표하면서 다른 때와 달리 이렇게 앉은 자세로 하게 된 것을 여러분께서 용서하시기를 희망합니다. 그러나 나로선 다리 아래에 10파운드의 강철을 달고 다니지 않는 편이 훨씬 편하며, 아울러 내가 막 1만

4천 마일의 여행을 마쳤다는 사실을 이해해 주시리라 믿습니다."

힘찬 박수가 터졌다.

"무엇보다도 먼저, 나는 말하고 싶습니다. 집에 돌아오니 좋다는 것을."

더욱 힘찬 박수가 터졌다.

그러나 이승만은 라디오에서 나오는 루스벨트의 목소리에 작지 않은 충격을 받았다. 그가 기억하는 루스벨트의 목소리가 아니었다. 약하고 메마르고 탁한 목소리로 억양 없이 원고를 읽는 듯한 연설이었다.

1941년 12월 펄 하버가 일본 함대의 기습을 받았을 때 루스벨트가 의회에서 한 연설은 아직도 그의 귀에 생생했다. 울림이 큰 목소리로, 서두르지 않고, 자신의 생각과 감정을 리듬을 타면서 전달하던 루스벨트의 연설에 그는 매료되었었다. 실제로 그는 그 연설에서 배운 바를 자신의 강연에 써 보려 애썼다.

실은 지난 1월 20일의 대통령 취임 연설보다도 훨씬 못했다. 그때도 예전의 연설들과는 판연히 달랐지만, 그래도 말씨는 또렷해서 알아듣는 데는 어려움이 없었다. 지금은 귀를 기울여도 말을 알아듣기 어려웠다. 문득 '죽어 가는 목소리'라는 말이 떠오르면서, 루스벨트가 실제로 죽어 가고 있다는 생각이 왈칵 들었다.

찻잔을 집으려다 멈칫하면서 그는 자세를 고쳐 앉았다. 미국 대통령이 죽어 가는 것이었다. 세 해 동안 전쟁을 치르면서, 자유세계의 중심적 지도자로서 격무에 시달리고 고뇌에 찬 결단들을 내리느라 몸도 마음도 탈진한 것이었다. 안쓰러움이 그의 가슴을 적셨다. 루스벨트는 63세였다. 아직 힘차게 일할 수 있는 나이였다. 그리고 아직 전쟁이 끝나지 않은 터였다. 한숨을 내쉬고서 그는 찻잔을 집어 들었다.

"이번 여행에서, 나를 멀리로 이끌었던 여행에서, 나는 원기를 회복하고 영감을 얻었습니다. 나는 여행 기간 내내 건강했습니다. 워싱턴에 돌아올 때까지 나는 단 일 초도 아프지 않았고, 비로소 나의 부재중에 생긴 소문들을 모두 들었습니다. 나는 여행에서 원기를 회복하고 영감을 얻어 돌아왔습니다. 루스벨트 가문의 사람들은, 여러분도 짐작하셨겠지만, 여행하는 것을 마다하지 않습니다. 우리는 여행을 하면 몸이 좋아지는 것 같습니다."

이승만의 가슴에 어렸던 안쓰러움이 문득 민망함으로 바뀌었다.

'아니, 지금 다 죽어 가는 목소리로 이런 얘기를…. "원기를 회복하고 영감을 얻어서 돌아왔다"고?'

그는 이 대목을 누가 썼을까 생각해 보았다. 이런 표현은 연설문 작성자가 쓰기는 아무래도 어려울 것 같았다. 루스벨트 자신이 넣으라고 했다는 얘기였다. 연설을 더 들을 마음이 싹 가셔서, 그는 일어나서 방안을 서성거렸다.

'왜 이런 거짓말을 하는가? 참말엔 따로 이유가 없지만 거짓말엔 무슨 이유가 있는 법인데, 왜 건강에 관해서 중언부언하는가? 얄타에서 무슨 일이 있었나? 워싱턴에서 무슨 소문들이 돌았나?'

"이번 크림 회담의 주목적은 둘이었습니다. 첫 목적은 가장 빠른 속도로, 그리고 연합국 병사들의 손실을 가장 작게 하면서 독일을 패배시키는 것이었습니다."

'독일'이란 말이 산만해진 그의 마음을 불러들였다. 그는 다시 라디오 앞에 앉아 대통령의 연설에 마음을 집중했다.

루스벨트는 얄타에서 이룬 성과들을 꼽기 시작했다. 작은 목소리를 크게 내려 애쓰다 보니 목소리가 더욱 메마르고 날카로워졌다. 그리고 조금만 목소리를 낮추어도 말씨가 또박또박하지 않고 말들이 서로 엉기는 듯해서 말뜻이 제대로 들어오지 않았다. 그렇게 몸 상태가 좋지 않은데도 연설은 예상보다 훨씬 길었다. 마침내 듣기 힘들었던 연설이 끝나고 박수가 나왔다. 벽시계를 보니 연설은 50분가량 걸린 듯했다.

윗몸을 의자 등받이에 기댄 채 눈을 감고서, 이승만은 연설에서 받은 혼란스럽고 어두운 느낌을 정리해 보았다. 먼저, 그의 은근한 기대와 달리 일본에 관한 실질적 언급은 없었다. 여전히 '무조건 항복'을 일본에 요구한 것뿐이었다. 원래 얄타 회담이 독일과 관련된 사항들을 협의하는 자리였으니 그럴 만도 했다.

루스벨트가 가장 중요하게 여긴 것은 국제연합의 창설이었다. 그것만큼은 분명했다. 루스벨트 자신은 회담의 주요 목표들이 둘이었다고 밝혔다. 하나는 가장 작은 병력 손실로 가장 빨리 독일을 패배시키는 길을 찾는 것이었다. 다른 하나는 "국제적 합의의 바탕"이 될 국제연합의 창설이었다. 전자는 당연한 목표였으므로, 후자가 루스벨트에겐 주요 목표가 된 것이었다. 그리고 그는 국제연합의 창설에 관해서 세 지도자들이 완전한 합의를 보았다고 말했다.

그러나 루스벨트가 갈망하는 목표를 이루려면 스탈린의 동의와 협력이 필요했다. 따라서 루스벨트는 스탈린이 원하는 것들을 들어주어야 했을 것이다. 루스벨트는 구체적으로 무엇을 양보했는지 명확히 설명하지 않았다. 그래도 이승만은 루스벨트가 스탈린에게 양보한 것들이 무엇무엇인지 어렴풋이나마 짐작할 수 있다는 생각이 들었다. 이번 연설에서 루스벨트는 유난히 변명들을 많이 늘어놓았다. 이승만은 루스벨트가 미국 시민들이 선뜻 찬성하기 어려운 일들을 저질러 놓고서, 구체적으로 밝히기 전에 변명을 앞세워 매서운 비난을 피하려 한다는 느낌이 짙게 들었다.

그는 몸을 바로 하고 책상 한쪽의 서류철에서 2월 11일자 얄타 회담 공동성명서를 꺼냈다. 신문에 실린 것은 요약이어서, 그는 제이 윌리엄스에게 부탁해서 전문을 얻었다.

'이번 연설문도 전문을 얻어야 하는데, 지금은 제이가 정신이 없을 테고….'

그는 비망록에 "Jay: R's speech - full text"라고 적어 놓았다.

그는 공동성명의 독일 관련 부분을 훑어보았다. 독일을 미국, 영국, 러시아, 프랑스의 네 나라가 분할해서 점령하고, 베를린에 본부를 둔 최고군사지휘관회의에서 독일을 통제한다는 계획이 나와 있었다. 다시는 독일이 세계 평화를 위협하지 않도록 독일의 군국주의와 나치 기구들을 쓸어 내겠다는 의도도 밝혔다. 독일이 연합국에 입힌 피해에 대해 보상해야 한다는 조항도 있었다. 루스벨트의 연설에 나온 얘기들도 대체로 같은 듯했다.

나치 독일이 저지른 죄악이 워낙 커서, 독일에 대한 응징도 철저할 수밖에 없을 터였다. 연합군이 동부와 서부에서 협격하는 형국이라 독일을 분할 점령하는 것도 현실적으로 유일한 방안일 터였다. 러시아가 엄청난 피해를 보았으니, 가져갈 만한 물자들은 모조리 러시아로 가져가겠다는 보상 방안도 탐욕스러운 스탈린을 달래기 위한 것이라고 넘어갈 수 있었다.

문제는 폴란드에 관한 항목이었다. 이 항목의 핵심은 국경에 관한 선언이었다.

"세 정부 지도자들은 폴란드의 동쪽 국경이, 몇몇 지역에서 5 내지 8킬로미터 폴란드에 유리한 방향으로 벗어나는 것을 제외하고는, '커즌

선(Curzon Line)'을 따라야 한다고 생각한다. 그들은 폴란드가 북쪽과 서쪽에서 상당한 영토를 취득해야만 한다는 것을 인정했다."

커즌 선은 국제정치를 공부하지 않은 사람들에겐 낯선 이름이었다. 그것은 제1차 세계대전 중에 영국 외상 조지 커즌이 폴란드와 러시아 사이의 국경으로 제시한 선이었다. 그러나 두 나라의 국경은 두 나라가 전쟁을 하고 나서 1921년에 맺은 「리가 조약」에 의해 획정되었다. 1939년 히틀러가 폴란드를 공격하자, 스탈린도 폴란드를 침공해서 두 나라가 폴란드를 나누어 차지했다. 그 경계가 대체로 커즌 선과 일치했다. 그렇게 불법으로 점령한 폴란드 영토를 스탈린은 내놓지 않겠다는 얘기였다. 그리고 갑자기 영토를 잃게 된 폴란드에겐 독일의 영토를 떼어 내서 보상하면 된다는 주장을 편 것이었다.

이번에 루스벨트는 공동성명의 영토 조항을 확인한 것이었다. 러시아는 커즌 선 이동의 땅을 차지하며, 폴란드는 독일 영토의 일부를 취득해서 잃은 영토를 보상받는다고 밝혔다. 공동성명의 '북쪽'이 동프로이센이고 '서쪽'이 독일의 동쪽 영토라고 명시하고, 동프로이센의 한구석은 러시아로 갈 것이라고 덧붙였다.

[루스벨트가 밝힌 대로 동프로이센의 '한구석(a corner of it)'은 러시아 차지가 되었다. 그러나 그 한구석은 실제로는 동프로이센의 수도 쾨니스베르크와 둘레의 지역이었다. 동발트해 연안의 이 요지는 러시아 영토가 된 뒤 칼리닌그라드로 개명되었고, 소비에트 연방(USSR)이 해체된 뒤에도 러시아 영토로 남아서, 러시아군이 서유럽에 대해 압도적 영향력을 행사하는 전진 기지 역할을 해 왔다.]

힘이 약한 폴란드와 곧 패망할 독일의 영토를 이리 나누고 저리 찢는 이런 행태는 도덕과 법에 크게 어긋났다. 국제법이 원래 강국들이 멋대로 주무르는 것이긴 하지만, 이번에 얄타에서 세 강대국 지도자들이 벌인 일은 너무 지나쳤다.

게다가 루스벨트와 처칠은 「대서양 헌장」의 원칙을 스스로 허물었다. 그들은 미국도 영국도 '영토적 이득(territorial gains)'을 추구하지 않겠다고 약속했다. 그런 원칙에 따라 그들은 스탈린의 영토적 탐욕을 막았어야 했다. 세 강대국이 이권들을 주고받는 과정에서 러시아가 영토를 확장했고 그 대가로 무엇인가 얻었으니, 결국 미국과 영국은 간접적으로 '영토적 이득'을 본 것이었다. 영토적 조정은 관련된 민족의 의사를 따라야 한다는 원칙과 모든 민족은 자결권이 있다는 원칙도 가볍게 무시되었다. 결국 「대서양 헌장」은 휴지가 되었다.

저번에 신문에서 공동성명을 읽었을 때 이승만은 크게 분개했었다. 그는 어쩔 수 없이 일본과 러시아가 조선을 분할 점령하자고 흥정했던 일을 떠올렸고, 러시아의 끝없는 영토적 탐욕을 소리 내어 저주했었다.

지금도 그는 마음이 편치 않았다. 얄타 회담에서 루스벨트는 스탈린의 영토적 요구를 다 들어주었다. 그 사실이 양심에 걸린 것인지, 아니면 미리 빠져나갈 길을 마련하려는 것인지, 루스벨트는 변명을 길게 늘어놓은 것이었다. 러시아에 떼어 준 땅엔 폴란드인이 드물고 벨라루스인과 우크라이나인이 많다고 얘기하고, 독일로부터 떼어 내서 폴란드에 줄 땅엔 독일인보다 폴란드인이 많다고 친절하게 설명했다. 실제로 그렇다 하더라도, 그런 사실만으로 한 나라의 영토를 떼어 내서 다른 나라에 붙이는 것은 부당했다. 그렇게 하면 안 된다고 루스벨트 자신이 「대서양 헌장」에서 말하지 않았던가?

실은 이것은 히틀러가 쓴 수법이었다. 뮌헨 회담에서 히틀러는 체코슬로바키아 북부 독일인이 다수인 지역을 따로 떼어 내서 민족 자결의 원칙을 주장하면서 병합했었다. 히틀러의 부당한 요구를 들어준 네빌 체임벌린과 에두아르 달라디에(Edouard Daladier)는 두고두고 비난을 받았다. 스탈린의 더 부당한 요구를 들어준 루스벨트와 처칠은 어떤 평가를 받아야 하나?

그나마 동프로이센에 대해선 루스벨트는 말이 없이 슬그머니 넘어갔다. 할 말이 있을 리 없었다. 동프로이센은 독일제국의 발상지였다. 13세기 이후 독일인들이 이주해서 세운 나라여서 독일 정치와 문화의 중심이었고, 주민들도 거의 다 인종적 독일인들이었다. 그런 지역을 독일에서 떼어 내서 중심부는 러시아가 차지하고 나머지는 폴란드가 차지한다는 얘기였다.

속에서 갖가지 감정들이 끓어올라서, 그는 일어나 방을 서성거리기 시작했다. 어느 사이엔가 찾아오는 봄의 기운이 느껴지는 바깥 풍경을 내다보노라니 마음속에서 물음 하나가 또렷한 모습을 갖추었다.

'왜 루스벨트는 이런 일을 한 것일까?'

답변은 이내 나왔다. "국제연합을 만들기 위해서." 국제연합이라는 자신의 희원을 이루기 위해 루스벨트는 도덕과 법에 어긋나고 자신이 선언한 「대서양 헌장」조차 부정하는 일을 한 것이었다. 그것만큼은 분명했다. 공동성명도 의회 연설도, 그가 국제연합을 만들기 위해 다른 모든 것들을 양보하고 희생했음을 보여 주었다.

따지고 보면 루스벨트의 그런 선택엔 본질적 모순도 있었다. 「대서양 헌장」은 국제연합의 뿌리였다. 1941년 8월에 나온 「대서양 헌장」을 1942년 1월에 러시아를 포함한 여러 나라들이 지지해서 「국제연합 선언(Declaration by United Nations)」이 나왔다.

루스벨트의 선택을 씁쓸하게 따져 보는 그의 마음속에서 다른 물음이 떠올랐다.

'과연 "유나이티드 네이션스"란 것이 그런 대가를 치를 만한 가치가 있을까?'

이번엔 답변이 이내 나오지 않았다. 국제연합을 만드는 데 들어가는 비용과 그것에서 얻을 이익을 비교해야 하는데, 그로선 그렇게 할 능력이 없었다. 미국 대통령은 보통 사람들이 상상하기 어려울 만큼 많고 자세한 정보들을 알고 여러 분야들의 전문가들의 조언을 들을 터였다. 그런 사람이 내린 결정을 보통 사람이 제대로 평가하기는 불가능했다.

그래도 국제연합과 같은 기구가 지닐 수밖에 없는 한계는 뚜렷했다. 가장 근본적 한계는 그런 기구 자체가 무슨 큰 힘을 지닌 것이 아니라는 사실이었다. 힘은 엄연히 민족국가들이 지닌 것이었다. 국제연합에 충성하기 위해서 자기 조국에 대한 충성을 조금이라도 줄이려는 사람은 없을 터였다. 국제연합의 문제는 바로 그것이었다. 궁극적으로, 자유와 평화를 사랑하는 나라들의 힘이 압제와 침략을 추구하는 나라들의 힘보다 강해야 자유와 평화가 유지되는 것이었다. 그것이 국제연맹(League of Nations)의 역사가 보여 준 교훈이었다.

이승만은 튼튼하게 보였던 국제연맹이 갑자기 무너지던 현장에 있었다. 만주와 관련해서 '만주국의 불인정과 원상 복구'를 권고한 「19인 위원회 보고서」가 국제연맹 총회에서 압도적 지지를 받아 채택되고 곧바로 마쓰오카 요스케松岡洋右 일본 대표가 일본의 국제연맹 탈퇴를 선언했던 1933년 2월 24일, 그는 총회가 열린 제네바에 있었다. 일본의 극단적 선택이 불러온 경악과 당혹은 지금도 생생했다. 호텔 방에서 「만주의 조선인들(The Koreans in Manchuria)」이란 보고서를 열심히 쓰고 있던 그에게 복도에 선 채 다급하게 총회 소식을 전하던 서영해의 모습이 눈에 선했다. 한동안 그는 아릿한 그리움으로 당시의 일들을, 특히 프란체스카와 처음 만났던 '오텔 드 뤼시'에 얽힌 일화들을 떠올렸다.

국제연맹이 안았던 치명적 약점을 국제연합도 극복할 길은 없을 터였다. 그렇다고 국제연합이 쓸모가 적다는 얘기는 결코 아니었다. 그런 상설 국제기구는 국제 관계를 원만하게 유지하는 데 더할 나위 없이 중요했다. 특히 한국처럼 작은 민족들과 국가들에 큰 도움이 될 터였다. 만일 국제연맹이 없었다면, 일본의 침략을 받은 중국이 어디에 하소연하고 누가 나서서 진상을 조사했겠는가? 국제연맹이 보낸 '리튼 조사단'이 올린 보고서가 국제적 대응의 바탕이 되지 않았던가? 그리고 미국의 절대적 우위가 계속되는 한, 국제연합은 효과적으로 움직일 터였다.

또 하나의 고려 사항은, 국제기구의 창설에 들어가는 비용은 일회적이지만, 국제사회가 그것으로부터 보는 혜택은 오랫동안 이어진다는 점이었다. 이번에 폴란드나 독일이 입은 손실과 고통은 엄청나게 크고 오래가겠지만 그래도 일회적일 터였다. 반면에, 국제연합의 좋은 영향은 오래 이어지리라 기대할 수 있었다.

하긴, 국제연맹의 창설을 위한 협의에서도 윌슨 대통령 자신이 내건 원칙들이 다 지켜진 것은 아니었다. 독일은 엄청난 배상 책임을 받아들여야 했고, 라인란트에 외국군이 주둔하는 것에 동의해야 했다. 독일과 오스만 튀르크 제국은 식민지들을 많이 잃었고, 유럽의 여러 나라들과 일본이 그 식민지들을 위임통치 형태로 물려받았다. 이것은 윌슨이 내건 민족 자결 원칙을 어긴 일이었다. 불완전한 세상에서 완전한 조직을 만드는 것은 어려웠다.

'어찌 되었든, 국제연합이 창설되면….'

대한민국 정부 대표가 국제연합에서 연설하는 모습이 눈앞에 떠올랐다. '1국 1표'의 원칙이 적용될 터이니, 막 독립한 약소국 대한민국도 당당히 국제 무대에서 활약할 수 있게 되는 것이었다. 평생 국제회의들에서 문전박대를 당해 온 그로선 상상만 해도 가슴이 벅차오르는 일이었다.

'창설 과정이 잘 진행되어야 하는데….'

이제 막 태어나려는 국제연합의 앞날을 생각하는 그의 마음은 자연스럽게 국제연맹의 역사를 더듬기 시작했다.

국제연맹의 탄생은 난산難産 중의 난산이었다. 한번도 시도된 적이 없는 상설 국제기구의 창설이니 당연히 어려울 수밖에 없었다. 게다가 미국의 국내 사정과 윌슨 대통령의 불운이 겹쳐서, 창설을 주도한 미국이 끝내 가입하지 않는 비극이 나왔다.

루스벨트도 국제연맹의 창설 과정과 윌슨의 선택에서 교훈들을 얻으려 하리라는 데 생각이 미쳤다. 그때와 지금은 상황이 많이 다르지만, 국제연맹보다 더 좋은 선례는 없었다. 그러고 보니 처음부터 루스벨트가 국제연맹을 위한 윌슨의 노력에서 교훈들을 얻으려 애썼다는 것이 눈에 들어왔다.

무엇보다도 루스벨트는 국제연합의 창설을 일찍부터 서둘렀다. 전쟁이 끝나기 전에 창설 절차를 마무리하려는 생각임이 분명했다. 공동의 적에 함께 대응하는 상황에선 합의가 수월할 수밖에 없었다. 국내적으로도 전쟁은 정치 지도자의 삶을 아주 단순하게 만든다. 모든 일들이 전쟁 수행이라는 최고의 목표에 맞추어지니, 지도자의 권위는 높아지고, 그의 선택은 이내 집행되고, 그의 실수조차 어지간하면 비판을 받지 않는다. 전쟁이 끝나기 전에 국제연합 창설 협정이 나오면 의회의 비준도 거의 자동적일 터였다.

아쉽게도 윌슨은 제1차 세계대전이 멈추고 평화조약을 맺는 과정에서 국제연맹 창설을 시도했다. 자연히 연합국들과의 협상이 어려웠다. 그래서 대통령이 유럽에서 꼬박 반년을 보내야 했다. 국내적으로는 전쟁으로 보류되었던 일들과 잠복했던 문제들이 한꺼번에 터져 나오는 상황을 맞았다.

당시 모든 것을 걸고 국제연맹의 창설에 전념하던 윌슨의 모습이 떠오르면서, 그의 가슴에 아릿한 그리움이 어렸다. 국제연맹에 호의적이 아닌 의회에 맞서서 자신의 뜻을 관철하려고 윌슨은 전국을 돌면서 시민들에게 호소했다. 그 과정에서 병에 걸려 끝내 회복하지 못하고 죽었다. 루스벨트는 병색이 완연한 몸으로 멀리 크림까지 찾아가서 힘든 협상을 매듭지었다. 그 과정에서 그는 자신의 명을 줄였다.

'윌슨이나 루스벨트나 모든 것을 걸었지….'

문득 뜨거운 기운이 가슴을 채웠다. 자신이 추구하는 이상을 이루려고 모든 것을 거는 사람들이, 옳든 그르든 성공하든 실패하든 이 세상을 바꾸는 것이었다. 몽상가라 불리든 이상주의자라 불리든, 그런 사람들 덕분에 문명은 앞으로 나아가는 것이었다. 따지고 보면 몇십 년 전에 지도에서 사라진 나라를 되찾으려 애쓰는 한국인들도 그런 사람들이었다.

눈가가 시려오는 것을 느끼면서 그는 간절히 기도했다.

'주여, 그들을 돌보소서.'

엘리너 루스벨트

루스벨트의 연설을 들으면서 무거워졌던 이승만의 마음은 프란체스카가 보여 준 신문 칼럼 하나로 문득 가벼워졌다.

"파피, 이 칼럼 보셨어요?" 프란체스카가 들고 온 신문을 가리켰다.

"무슨 칼럼?" 그는 그녀가 가리킨 글을 살폈다. "아직 안 보았는데. 오늘 아침은 바빠서…."

"퍼스트 레이디의 「마이 데이」."

"아, 그래요?" 그는 신문을 받아 들었다.

> (…) 3월 1일은 한국의 독립 선언 26주년을 기록한다. 그날 일본에 대한 전국적 봉기가 일어났지만, 그것은 무력으로 진압되었고 인민들은 잔인하게 고문을 받고 모욕을 당했다. 그러나 임시정부가 존속하면서 이리저리 옮겨 다녔고 오늘날도 중국 관리들의 호의 덕분에 중경에 존속한다. (…) 미국 시민들이 오랫동안 압제를 받아 온 그 사람들에 대한 그들의 공감적 이해와 지지를 지속하기를 희망해 보자.

엘리너 루스벨트가 전국적으로 동시에 게재하는(syndicated) 「나의 하루(My Day)」라는 칼럼이었다. 매주 6일 게재되는데, 백악관 안주인의 눈에 뜨인 일들을 친근한 어조로 얘기해서 인기가 높았다. 오늘 글은 세 주제를 다루었는데, 마지막으로 다룬 것이 3·1 독립운동이었다.

"퍼스트 레이디가 한국 독립운동을 이렇게 언급해 주다니!" 이승만이 감탄했다.

"정말로 고마운 일이네요."

그가 고개를 끄덕였다. "마미, 감사하는 편지를 써서 백악관으로 보냅시다."

“3월 1일은 한국의 독립 선언 26주년을 기록한다”(엘리너 루스벨트, 「나의 하루(My Day)」, 1945년 3월 1일).

“그래요. 그런데, 파피.”

“왜?”

“이왕 편지를 쓰는 김에, 백악관으로 찾아뵙고 직접 감사 인사를 드리고 싶다고 쓰는 것은 어때요?”

이승만이 빙그레 웃으면서 턱을 쓰다듬었다. “듣고 보니 괜찮은 생각인데. 마미, 한번 그렇게 써 봐요.”

“퍼스트 레이디께서 오십니다.” 문을 열고 들어온 여직원이 말했다.

이승만과 프란체스카는 급히 자리에서 일어났다. 그리고 접견실로 들어서는 퍼스트 레이디에게 고개 숙여 인사했다.

“잘 오셨습니다, 리 박사님, 미세스 리.” 엘리너 루스벨트가 쾌활한 목소리로 인사했다.

3월 2일에 부친 편지에서 "백악관으로 찾아뵙고 감사 인사를 드리고 싶다"는 뜻을 밝혔는데, 3월 8일 16시에 만나자는 답신이 왔다.

"들어오시는데 까다롭지는 않으셨나요?" 자리를 잡자 루스벨트가 물었다.

"아닙니다. 예상보다 절차가 간단했습니다." 이승만이 웃으면서 대꾸했다. "국무부에 들어갈 때보다 간단했습니다."

"그랬어요?"

"국무부에선 제게 호감을 갖지 않았거든요. 귀찮은 요구 사항을 들고 오는 친구라는 인식이 퍼져서…."

루스벨트가 소리 내어 웃었다. "전에 백악관에 오신 적이 있으세요?"

"이번이 처음입니다. 여러 해 전에 제가 시어도어 루스벨트 대통령의 별장을 찾은 적은 있습니다."

"아, 그래요?" 그녀가 반색했다. 시어도어 루스벨트 대통령은 그녀의 큰아버지였다. "그게 언제였나요?"

"1905년 여름에 오이스터 베이의 새거모어 힐 대통령 여름 별장을 찾아갔습니다." 뉴욕 롱아일랜드 북부의 오이스터 베이는 시어도어 루스벨트 가문의 근거였다.

"아, 그러셨어요?" 그녀 목소리가 좀 높아졌다. "그래서 대통령을 뵈었나요?"

"예. 저는 한국의 독립을 보장해 달라는 청원을 대통령께 하러 간 것이었습니다. 마침 그때 대통령께서 러일전쟁을 끝내기 위해 포츠머스 강화회의를 주선하셨을 때입니다. 대통령께서 무척 바쁘셨죠. 거기 기자들이 많이 몰려왔었는데, 저와 제 친구가 대한제국의 외교 사절로 대통령을 뵈러 왔다고 하니까 그들이 모두 고개를 저었습니다. 가망 없는 일이라고. 어떤 기자는 여러 달 기다려야 할 것이라고 말했습니다. 그런데 면담 신청을 한 다음 날 호텔로 연락이 왔습니다. 오후 3시 30분까지 오라고. 별장에 도착했더니, 윌리엄 롭(William Loeb) 비서가 저희를 작은 방으로 안내했습니다."

"윌리엄 롭?"

"예. 그때는 그가 얼마나 중요한 인물인지 몰랐죠." 그의 얼굴에 느린 웃음이 퍼졌다. "그저 친절한 분이구나 생각했죠."

그녀가 환하면서도 슬픔이 살짝 어린 웃음을 지었다. 잠시 회상에 잠겼던 그녀가 얘기를 계속하라고 손짓했다.

"마침 그때 포츠머스 회담의 러시아 수석대표인 세르게이 비테(Sergei Witte)가 수행원들을 이끌고 막 도착했어요. 그래서 별장이 갑자기 수선스러워졌는데, 대통령께선 틈을 내시어서 저희를 맞아 주시고 저희 얘기를 들어주셨습니다."

"그래서 일은 잘 해결되었나요?"

"아닙니다." 이승만은 아쉬운 웃음을 지었다. "대통령께선 친절하게 조언을 주셨습니다. 외교 절차를 밟으라고. 그 과정에서 어려움을 만났죠."

그의 얘기는 가벼운 거짓말이었다. 당시엔 이승만은 물론 몰랐지만, 시어도어 루스벨트는 조선에서 일본이 지닌 우월적 지위를 인정하는 '가쓰라·태프트 밀약'을 이미 승인한 터였다.

"새거모어 힐." 그녀가 탄식처럼 말하고서 프란체스카를 바라보았다. "미세스 리, 비엔나에서 자라나셨네요."

"예. 저는 1934년에 미국으로 건너왔습니다. 리 박사와 결혼하려고요."

"두 분께선 미국에서 만나셨나요?"

"아뇨. 저희는 제네바에서 만났어요. 마침 국제연맹 총회가 열려서 일본이 만주를 침략해서 만주국을 세운 것을 규탄했죠. 리 박사는 그 일로 제네바에 왔는데, 제가 일을 돕게 되었죠. 그렇게 해서 저는 한국을 조국으로 삼고 한국의 독립을 위해 일하게 되었죠."

이승만은 감탄하는 마음으로 루스벨트를 바라보았다. 그녀는 여신과 같았다. 그동안 뛰어나고 영향력이 큰 여인들을 많이 본 터였지만, 그녀처럼 묵직한 존재감을 투사하는 여인은 없었다. 미국의 퍼스트 레이디로 12년 동안 일해 온 것만으로도 그녀의 권위는 압도적이었다. 게다가 그녀는 퍼스트 레이디의 역할을 혁명적으로 바꾸었다. 정기 기자 회견을 했고, 일간신문과 월간잡지에 칼럼을 썼고, 라디오 쇼를 진행했다. 무엇보다도, 그녀는 약한 자들을 보살폈다. 아직 인종 차별이 극심한 미국 사회에서 흑인들의 권리를 보장하려 애썼다. 그런 관심과 태도는 국경을 넘어 온 세계로 향했다.

"중국에 있는 한국 임시정부는 군대를 가졌나요?"

"예. 우리는 작은 군대를 갖고 일본과 싸워 왔습니다. 큰 군대를 만들 수 있는데, 무기를 구할 길이 없어서 군대를 양성하는 데 한계가 있습니다."

"그런가요? 「무기대여법」의 도움을 받나요?"

"유감스럽게도, 받지 못합니다. 여러 해 전부터 「무기대여법」의 혜택을 받고자 했지만, 국무부가 호의적이지 않았습니다. 우리 '광복군'은 일본군과 싸우는데, 아직 1달러도 다이나마이트 한 개도 받지 못했습니다. 정치적 결단이 필요한데, 대통령께선 이 일을 보고받지 못하셨을 것입니다."

"그런가요?" 그녀가 잠시 생각했다. "제가 꼭 대통령께 말씀 드리겠습니다."

"감사합니다." 두 사람이 동시에 말하면서 고개를 숙였다.

1945년 3월 12일자 칼럼에서 엘리너 루스벨트는 이승만 부부와 만난 일을 먼저 언급했다.

> 목요일 오후 이승만 박사와 부인이 나를 만나러 오면서 이 박사의 저서 둘을 가져왔는데, 한 권은 한국에 관한 팸플릿이다. 나는 이 박사를 전에 만난 적이 없지만, 그의 얼굴에선 매우 아름다운 정신이 빛나고, 그의 동포들이 지난 여러 해 동안 발휘해 왔으리라고 느끼게 되는 참을성이 그의 부드러운 표정에 어린다. 언젠가는 큰 나라들과 작은 나라들이 함께 평화와 안전을 누리는 세상에서 한국인들이 평화와 안전 속에서 살 수 있기를 희망한다.

[엘리너 루스벨트의 약속에 이승만과 프란체스카는 크게 고무되었지만, 아쉽게도 대한민국 임시정부는 「무기대여법」의 혜택을 끝내 받지 못했다. 그때는 이미 루스벨트 대통령의 건강이 크게 악화되었고, 그에게 남은 기력은 스탈린의 배신으로 갑자기 살벌해진 폴란드 문제를 다루는 데 소진되었다.]

재미한족연합위원회의 도전

백악관에서 퍼스트 레이디를 만나고 돌아오자, 이승만은 에드워드 스테티니어스(Edward R. Stettinius) 국무장관에게 편지를 썼다. 대한민국 임시정부 대표단이 샌프란시스코 회의에 참가하도록 허락해 달라는 내용이었다. 그는 미국이 처음부터 한국을 좋은 길로 인도했다는 사실을 지적하고, 이번에도 한국이 국제사회의 일원이 되도록 인도해 달라고 요청했다. 그리고 대한민국 임시정부가 1941년 12월 10일 일본에 대해 선전포고를 했고 1945년 2월 28일 독일에 대해 선전포고를 했다는 사실을 상기시켰다.

국무부 일본과장 얼 디코버(Erle R. Dickover)는 3월 28일자 편지에서 이승만의 요청을 받아들일 수 없다고 밝혔다. 그는 1945년 3월 1일에 국제연합의 일원인 국가들만 초청받을 자격이 있다는 점을 강조했다.

이승만은 4월 20일에 디코버의 편지에 대한 답장을 썼다. 그는 3월 1일 이후에 아르헨티나, 시리아 및 레바논의 대표단이 샌프란시스코 회의에 초청을 받은 사실을 지적하면서, 이제 대한민국 임시정부 대표단이 초청을 받을 수 있느냐고 물었다. 그리고 아직도 미국 국무부가 부정적이라면, 샌프란시스코 회의에서 참가국들이 대한민국 대표단의 참가에 대한 투표를 실시해 달라고 요청하겠다는 뜻을 밝혔다.

이승만이 대한민국 임시정부 대표단의 샌프란시스코 회의 참석을 위해 온 힘을 쏟는 사이, 재미한족연합위원회는 그의 노력을 가로막고 나섰다. 그들은 4월 1일 로스앤젤레스에서 '해외한족대회'를 열어 대한민국 임시정부 대표단과 별도로 샌프란시스코 회의에 참가할 '민중대표단'을 뽑았다. 민중대표단은 김호, 한시대, 전경무, 한길수, 김용성[金容成], 김병연[金秉堧], 박상엽의 7인으로 이루어졌는데, 김호, 한시대 및 전경무는 지난 2월에 주미외교위원부가 대표들로 뽑아서 중경임시정부에서 공식적으로 임명한 터였다. 따라서 재미한족연합위원회의 이런 행태는 주미외교위원부만이 아니라 중경임시정부에 대한 도전이었다.

임병직이 그 소식을 보고하자, 이승만은 깊은 한숨을 내쉬었다. 자신이 그리도 걱정하고 막으려 애썼던 일이 끝내 벌어진 것이었다. 재미한족연합위원회 사람들에 대해선 오래전에 평가를 내린 터라서, 분개하는 마음도 일지 않았다.

"민중대표단?"

"예, 박사님."

"흠. 드디어 가면을 벗었구먼." 그는 싸늘한 웃음을 얼굴에 올리고서 임병직을 바라보았다. "임 대령."

"예."

"이제 시작되었네. 피할 수 없는 싸움이."

그는 이 사건이 미국에서 활동하는 한인 사회의 첫 권력투쟁이라고 보았다. 지금까지 상해와 중경에서 활동한 대한민국 임시정부는 모든 해외 동포들의 지지를 받았고 유일한 임시정부로서 권위를 지녔었다. 그러나 독일과 일본의 패망이 눈앞에 다가오자, 특히 공산주의 러시아의 득세가 점점 확실해지자, 좌익 세력이 임시정부에 도전하기 시작한 것이었다. '민중대표'라는 명칭이 그 사실을 유창하게 말해 주었다.

"예, 그렇습니다. 한길수가 주동하는 모양입니다."

"그럴 만하지. 한 군은 드러내 놓고 중공군과 연락해 왔으니."

"국무부가 제대로 움직이기만 해도 큰 걱정이 없는데… 그게 걱정입니다." 이승만의 뜻을 잘 아는 임병직이 조심스럽게 말했다.

"그게 문제지." 이승만이 고개를 끄덕였다. "혼벡 대사가 떠난 뒤로는 동아시아를 챙기는 사람이 없으니…."

미국의 정책들이 러시아에 유리하게 집행된다는 느낌은 동아시아에 관심을 가진 사람들 대부분이 공유하는 터였다. 특히 중국 외교관들의 걱정이 컸다. 며칠 전 중국 대사관을 찾았던 이승만은 돌아와서 프란체스카에게 "중국 대사관에서 두려움의 냄새를 맡았다"고 얘기했다. 이승만 자신도 지난 2월 초순에 조지프 그루(Joseph C. Grew) 국무차관에게 한반도의 공산화를 경계하는 편지를 보낸 터였다. 그는 말을 돌리지 않고 직설적으로 말했다.

"러시아가 시베리아에서 유지하는 한국인 공산군은 기회가 오면 한국으로 진격해서, 한국인 민족주의자들의 민주적 망명정부가 한국으로 귀환하기 전에 반도 전체를 점령할 수도 있습니다."

"박사님께서 소비에트 대사에게 보낸 서한에 대해서, 답신은 아직…?"

"여러 날 더 걸릴걸, 그 사람들이 답신을 보낸다 하더라도." 이승만이 웃음기 없는 웃음을 지었다.

3월 28일에 그는 주미 러시아 대사에게 강력하게 경고하는 편지를 보냈다.

"나는 러시아가, 만일 사실이라면, 대한민국 임시정부와 한국인들의 희망과 결심에 전적으로 해로운, 한국에 대한 전후 프로그램을 가졌다고 언명하는, 모스크바로부터 흘러나왔다고 말해지는, 지속되는 언론 보도들에 대해 귀하의 주의를 요청하는 영광을 가집니다(I have the honor to call your Excellency's attention to the persistent press reports, attributed to have emanated from Moscow, stating that Russia has a postwar program on Korea, which is, if true, entirely detrimental to the aspirations and determination of the Korean Provisional Government and the Korean people)."

이어 그는 "한국은 자신이 상실한 독립의 제약 없이 완벽한 회복에 미치지 못하는 어떤 전후 계획도 결코 받아들일 수 없다"고 언명했다. 그는 상황이 더 악화되기 전에 러시아에 대해서 경고하는 것이 필요하다고 판단했다. 그렇게 대한민국 임시정부 명의로 공식적으로, 그리고 공개적으로 항의해 놓아야 앞으로 나올 상황에 충분히 대응할 수 있다고 판단한 것이었다. 실제로 이 편지는 러시아 대사만이 아니라 다른 사람들에게도, 미국 국무부 관리들과 재미한족연합위원회 사람들에 대해서도 대한민국 임시정부의 태도를 천명한 것이었다. 그렇게 중요한 편지였으므로, 그는 보내기 전에 정한경, 이원순, 임병직, 장기영, 장석윤, 한표욱 등 그의 보좌진과 숙의한 터였다.

"그러면, 박사님, 이번 일을 어떻게…." 임병직이 조심스럽게 물었다.

이승만이 천천히 고개를 끄덕였다. "일단 설득을 해 봐야지. 김호, 한시대, 전경무에게 대의를 따르라고 얘기해 봐야지."

"대의를 따를 인물들이 아니라서…." 임병직이 씁쓸한 웃음을 얼굴에 올렸다.

이승만이 한숨을 쉬었다. "그렇게 해 보고. 정 안 되면, 일 잘하는 우리 사람들을 대신 넣으면 안 되겠소?"

루스벨트의 죽음

1945년 4월 12일 1535시에 루스벨트 대통령이 뇌출혈로 서거했다. 그는 3월 29일부터 조지아주 웜스프링스의 '소백악관(Little White House)'에서 요양하면서 4월 25일의 샌프란시스코 회의에 참석하기 위해 체력을 비축하고 있었다. 루스벨트의 건강에 관한 정보는 극비였으므로, 미국 시민들은 대통령의 갑작스러운 죽음에 큰 충격을 받았다. 다수 시민들의 사랑과 존경을 받은 지도자였으므로, 미국 전역은 깊은 애

1945년 4월 12일 루스벨트 대통령이 뇌출혈로 서거했다. 부통령 해리 트루먼이 대통령직을 이어받았다.

도에 잠겼다.

루스벨트는 삶의 마지막을 희망과 실망 속에 보냈다. 그의 희망은 샌프란시스코 회의에서 국제연합의 성립을 선언하는 것이었다. 그는 그 국제기구가 자신이 후대에 남기는 가장 큰 유산이라 여겼다. 기력이 빠르게 쇠하는 사이에도 그는 샌프란시스코 회의를 성공적으로 열기 위해 온 힘을 쏟았다. 죽기 전날 작성되어 미국 시민들에 대한 그의 마지막 전언이 된 '토머스 제퍼슨 국경일(National Thomas Jefferson Day)'[제퍼슨의 생일인 4월 13일] 연설 원고에서 그는 "그 일은, 나의 친구들이여, 평화입니다. 이 전쟁의 종식을 넘어—모든 전쟁들의 시작의 종식입니다(The work, my friends, is peace. More than an end of this war — an end to the beginnings of all wars)"라고 자신의 희망을 밝혔다.

그러나 그런 희망은 더 큰 실망으로 덮였다. 3월 1일의 의회 연설에서 얄타 회담의 성과를 자랑하면서, 그는 스탈린과의 돈독한 관계를 거듭 강조했었다. 그러나 그의 연설이 끝나자마자 스탈린이 약속을 지킬 뜻이 없음을 가리키는 일들이 잇따라 일어났다.

당장 문제가 된 것은 독일군에 붙잡혔던 미군 포로들과 러시아 전선 동쪽에 불시착해서 고립된 미군 조종사들을 구출하는 일이 러시아군의 비협조 때문에 큰 어려움을 겪는 상황이었다. 루스벨트는 이들 미군들에게 보낼 의복, 약품 및 식량을 실은 미군 항공기 10대를 우크라이나 지역으로 보내서 그들을 구출하도록 해 달라고 스탈린에게 요청했다. 그리고 이 일은 인도적 이유만이 아니라 미국 시민들이 깊은 관심을 보인다는 사정 때문에 더할 나위 없이 중요하다고 간곡히 부탁했다.

스탈린은 미군 포로들이 러시아군에 의해 충분한 보호를 받고 있으므로 항공기들을 보낼 필요가 없다고 회신했다. 그리고 불시착한 미군 항공기들을 구출하기 위해 미군 항공기의 도움이 필요하다면 러시아군 당국이 모스크바 주재 미국 대사관의 미군 대표들에게 연락하겠다고 밝혔다.

곧바로 보낸 회신에서 루스벨트는, 폴란드와 우크라이나엔 병든 미군 포로들과 조종사들이 아직 많이 있다는 정보를 받았는데, 폴란드 지역의 상황을 살피러 파견된 존 딘(John R. Deane) 소장의 방문 허가가 취소되었다는 연락을 받았다고 밝혔다. 그리고 처음으로 러시아의 태도에 대해 불만을 표시했다.

"솔직히 나는 이 문제와 관련해서 필요한 물자들을 지니고 파견된 미군 장교들이 자국민을 돕는 것을 허용하는 것을 꺼리는 당신의 태도를 이해할 수 없습니다. 우리 정부는 당신의 모든 요청 사항들에 응하려고 최선을 다했습니다. 이제 나는 이 특별한 문제에 관해 당신에게 내 요구 사항을 들어주기를 요청합니다."

이 다급한 요청에 대해 스탈린은 18일이나 지난 3월 22일에야 루스벨트의 요청을 거부하는 회신을 보냈다. 그는 먼저 루스벨트의 정보가 부정확하다고 퉁명스럽게 지적했다. 아울러, 대부분의 미군 포로들은 이미 흑해의 항구 오데사로 이송되었다고 밝혔다. 루스벨트의 요청에 대해선 "만일 그것이 나에게 개인적으로 관련이 있다면, 나 자신의 이익에 해가 되더라도 들어줄 의향이 있습니다. (…) 우리 지휘관들은 전선과 바로 후방의 일들에 대해서 전적으로 책임을 지므로, 나로선 그들의 권리를 어떤 정도까지 제한할 수 있을지 알 수 없습니다"라고 밝혔다. 그리고 미군이 독일군에 붙잡혔던 러시아군 포로들을 열악한 환경에 놓아두고 구타까지 했다고 비난했다. 다급한 루스벨트의 구차한 요청에 대해 스탈린은 루스벨트를 일부러 모욕하는 답신을 보낸 것이었다.

스탈린은 백악관과 국무부에 심어 둔 첩자들을 통해서 루스벨트의 상태를 상세히 보고받아 온 터였다. 아마도 스탈린은 루스벨트가 죽기 전에 그에게 모욕을 주고 싶었을 것이다. 얄타에서 루스벨트를 떠받들면서 그의 비위를 맞추느라 애쓴 것에 대한 앙갚음이었다. 스탈린은 그런 감정적 손해를 결코 잊지 않았다. 1930년대의 대숙청에서 많은 사람들이 그보다 뛰어났거나 의견이 달랐다는 이유만으로 처형되었다.

훨씬 큰 문제는 폴란드였다. 얄타 협정에 따라 폴란드와 관련된 일들을 협의하는 기구는 모스크바에 설치되었는데, 러시아가 협의에 제대로 응하지 않아서 폴란드 정부의 구성은 지지부진했다. 그사이에 폴란드를 점령한 러시아는 폴란드를 완전히 장악했다. 러시아군을 따라 폴란드로 들어온 내무인민위원회(NKVD) 소속 비밀경찰 부대들은 런던의 폴란드 망명정부와 연결된 폴란드 본국군의 말살에 들어갔다. 본국군 병사를 체포하면 고문으로 소속 부대의 은신처를 알아내어 습격하는 방식으로 본국군 조직을 빠르게 파괴했다. 그래서 5년 동안 독일군에 저항했던 폴란드 본국군은 단 두 달 만에 괴멸되었다.

그렇게 폴란드를 장악하자, 스탈린은 러시아가 세운 공산주의 정권이 폴란드를 대표한다고 선언했다. 얄타 협정에서 런던의 폴란드 망명정부와 루블린의 공산당 정권이 대등하게 정부를 구성한다고 합의한 것을 일방적으로 폐기한 것이었다. 루스벨트와 처칠은 스탈린에게 항의했지만, 폴란드를 실제로 장악한 러시아에 대해 압력을 넣을 길은 없었다.

마침내 루스벨트도 자신이 스탈린에 속았다는 것을 인정하게 되었다. 3월 13일 루스벨트는 사이가 가까웠던 애너 로젠버그(Anna Rosenberg)에게 고백했다.

"애버렐 얘기가 맞아. 우리는 스탈린하고 일할 수 없어. 그는 얄타에서 한 약속들을 모두 깨뜨렸어."

애버렐은 러시아 주재 대사 해리먼을 뜻했다.

스탈린의 정체를 깨닫고 자신의 어리석음을 인정했지만, 그가 할 수 있는 것은 없었다. 이미 죽어 가는 몸이었다는 사정 때문만은 아니었다. 그로선 국제연합의 창설이라는 필생의 목표가 아직 남아 있었고, 그 목표를 이루려면 스탈린의 협력이 필수적이었다. 국제연합의 창설이라는 루스벨트의 꿈이 스탈린에게 볼모로 잡힌 것이었다. 그래서 「무기대여법」에 따른 막대한 물자가 미국에서 러시아로 수송되고 있었지만, 루스벨트는 스탈린의 비협력에 대한 보복으로 그 물자 제공을 중지시킬 생각을 하지 못했다.

루스벨트가 그렇게 무력해지자, 스탈린은 국제연합의 창설에서도 루스벨트를 욕보일 기회를 찾아냈다. 샌프란시스코 회의를 한 달 앞둔 3월 25일 미국 주재 러시아 대사 안드레이 그로미코는 자신이 러시아 대표단을 이끌게 되었다고 국무부에 통보했다. 당연히 외상인 몰로토프가 참석하리라고 믿었던 루스벨트는 경악했다. 그로미코가 대표단을 이끌면 다른 나라들은 모두 러시아가 국제연합을 중요하게 여기지 않는다고 생각할 터였다. 그는 곧바로 스탈린에게 몰로토프를 대표로 보내 달라고 간곡히 요청했다. 스탈린은 루스벨트의 요청을 한마디로 거절했다. 몰로토프가 러시아 최고회의에 참석하는 것이 절대적으로 중요하므로 국제연합 개막 회의에만 참석하는 것조차 불가능하다고.

[루스벨트에 대한 스탈린의 모욕은 루스벨트의 사후에도 이어졌다. 그렇게도 중요하다던 러시아 최고회의에 참석하는 대신, 몰로토프는 샌프란시스코 회의에 참석해서 러시아 대표단을 진두지휘했다.]

트루먼 취임

루스벨트의 사망으로 부통령 해리 트루먼이 대통령직을 이어받았다. 주치의가 루스벨트의 사망을 확인하고 백악관에 알렸을 때, 트루먼은 상원 본회의를 의장으로 주재하고 나서 하원의장 샘 레이번(Sam Rayburn)의 사무실에서 술을 한잔 하려는 참이었다. 그때 백악관에서 즉시 돌아오라는 전갈이 왔다.

그가 백악관에 도착하자, 엘리너 루스벨트가 그에게 대통령의 사망 소식을 전했다. 트루먼은 그녀에게 애도의 뜻을 표하고서 의례적으로 물었다.

"내가 당신을 위해 할 수 있는 일이 있습니까?(Is there anything I can do for you?)"

그러자 엘리너가 걱정스러운 낯빛으로 진지하게 대꾸했다.

"우리가 당신을 위해 할 수 있는 일이 있습니까? 왜냐하면 당신이 지금 어려운 처지에 놓인 사람이기 때문입니다!(Is there anything we can do for you? For you are the one in trouble now!)"

그녀의 말뜻이 그의 마음에 들어온 순간, 트루먼은 가슴이 한번 거르고 뛰는 듯한 느낌이 들었다. 그랬다. 이제 그가 미국 대통령이었다. 그리고 그는 그 엄청난 직책을 수행할 준비가 전혀 되어 있지 않았다. 아득해지는 마음을 다잡고서 그는 자신의 마음을 가득 채운 고마움과 존경을 담아 대답했다.

"감사합니다."

엘리너의 얘기는 진심이었고, 진실이었다. 퍼스트 레이디였고 능력과 식견이 뛰어났으므로 그녀는 대통령이 내리는 결정들에 대해서 잘 알았다. 실은 그녀는 대통령이 내리는 중요한 결정들에 참여하고 영향을 미쳤다. 다른 편으로는 남편에 대해 애정과 환멸을 함께 품었으므로, 그녀는 백악관에서 벌어지는 일들과 대통령이 내리는 결정들을 객관적으로 살필 수 있었다.

루스벨트 부부는 아이를 여섯 낳았다. 그러나 부부 사이의 애정은 오래전에 식은 터였다. 1918년 엘리너는 남편의 여행 가방에서 자신의 공보비서 루시 머서(Lucy Mercer)가 남편에게 보낸 연서를 발견했다. 그녀는 남편에게 이혼을 제안했다. 그러나 프랭클린의 어머니는 아들에게 이혼하면 유산을 물려주지 않겠다고 선언했다. 결국 프랭클린이 머서를 만나지 않겠다고 엘리너에게 약속하면서 그들의 결혼은 위기를 넘겼다. 이미 남편에 대한 애정은 식었지만, 엘리너는 남편의 정치 경력을 위해 헌신적으로 노력했다. 그녀의 그런 조력 덕분에 프랭클린은 순탄하게 정치가로서 성장했고 대통령을 네 번이나 하는 전무후무한 기록을 세웠다. 그래도 남편에 대한 환멸을 끝내 극복하지 못한 엘리너는 따로 살았고, 남편이 대통령이 된 뒤에도 백악관에 들어가지 않고 출퇴근을 했다.

엘리너의 얘기대로 트루먼은 어려운 처지에 놓인 것이었다. 그는 부통령 직책을 겨우 82일 동안 한 터였다. 그리고 그 기간에 루스벨트는 중요한 문제들에 대해 그와 상의한 적이 드물었다. 얄타 회담에 매달리느라 루스벨트는 자신의 유고시에 대통령직을 이어받을 부통령의 교육에 마음을 쓸 겨를이 없었다. 트루먼 자신도 국제 정세나 국내정치에 대해서 큰 관심을 보이지 않았다. 그래서 그는 대통령이 되었을 때 중요한 군사작전들이나 원자탄을 만드는 '맨해튼 사업(Manhattan Project)'에 대해 알지 못했다.

불행하게도, 트루먼이 대응해야 할 전쟁 상황과 국제 정세는 점점 복잡해지고 있었고, 해결해야 할 문제들은 점점 어려워지고 있었다. 한 해 전만 하더라도 미국 대통령이 결정해야 할 일들은 그리 어렵지 않았다. 추축국들에 대한 전쟁에서 이기는 일에 모든 다른 일들은 종속되었으므로, 우선순위가 분명했다. 그리고 미국의 막대한 인적 및 물적 자원이 전쟁의 양상과 승패에 영향을 미치는 결정적 요소였으므로, 다른 연합국들도 미국의 뜻을 따랐다.

이제는 상황이 근본적으로 달라졌다. 독일군은 이미 괴멸되어서 유럽의 전쟁은 실질적으로 끝난 터였다. 그 과정에서 러시아가 유럽의 절대적 강자가 되었다. 그런 현실을 반영해서 러시아는 미국에 적대적 태도를 드러내고 있었다. 그리고 미국은 러시아의 그런 행태에 영향을 미칠 길이 거의 없었다. 얄타에서 스탈린을 그렇게도 굳게 믿고 러시아의 뜻을 그대로 받아들였던 루스벨트가 스탈린의 배신에 회한을 품고 죽은 상황에서, 아무것도 모르고 경험도 없는 트루먼이 유럽을 절반 넘게 장악한 스탈린과 교섭하는 것은 생각만 해도 마음이 막막해지는 일이었다. 그런 문제에 비기면, 아직도 힘든 전투들을 앞둔 일본과의 전쟁은 간단한 일이었다.

이것이 엘리너로 하여금 "당신이 지금 어려운 처지에 놓인 사람"이라고 말하도록 만든 것이었다. 그녀는 프랭클린이 풀 길 없는 문제 앞에서 고뇌하는 모습을 보면서 안타까워하고 도우려 애쓴 터였다. 트루먼은 아직 자신이 처리해야 할 일들이 무엇인지도 모르는 처지였다.

루스벨트에 대한 평가

루스벨트는 인류 역사의 흐름에 당대의 누구보다도 큰 영향을 미친 정치 지도자였다. 그가 미국 대통령으로서 내린 주요 결정들은 하나하나가 '역사의 분기점(branching point)'이었다. 그것들은 이후 인류 역사가 흐를 방향을 결정했고 역사의 구체적 모습을 다듬어 냈다.

루스벨트는 정치력이 출중했다. 대통령은 연임으로 끝난다는 미국 정치의 불문율을 가볍게 뛰어넘어 대통령 선거에서 네 번 이겼다. 그의 뛰어난 정치력의 핵심은 그의 마음을 가득 채운 '권력 자체에 대한 욕망'이었다. 그에게 권력은 무엇을 얻기 위한 수단이 아니라 자체로 가치가 있는 목적이었다. 그는 선거에서 이기는 것을 넘어 모든 유권자들의 지지를 받기를 열망했다.

무릇 '권력 자체에 대한 욕망'은 정치적 성공의 기본적 요소다. 모든 중요한 정치가들이 공통적으로 지닌 특질이 바로 권력 자체에 대한 무한한 욕망이다. 권력에 대한 욕망이 작으면, 험난한 정치계에서 끝까지 살아남아 권력을 쥘 수 없다.

물론 권력 자체에 대한 욕망만으로 정치력을 갖추는 것은 아니다. 사회마다 역사와 구조가 다르므로, 정치가는 자신의 권력에 대한 욕망을 사회의 특성에 맞게 채워 가야 한다. 자유로운 민주주의 사회에선 시민들을 설득하는 능력이 근본적 중요성을 지닌다. 압제적인 전체주의 사회에선 지배계층 안에서 투쟁하는 능력이 결정적으로 중요하다.

도덕도 법도 작동하지 않는 전체주의 체제에서 권력을 잡으려면, 무엇보다도 교활하고 무자비해야 한다. 두드러진 전체주의 지도자들—레닌, 스탈린, 히틀러, 모택동—은 모두 교활하고 무자비했다. 그들은 둘레의 정적들보다 더 교활하고 무자비했으므로 살아남았고, 권력을 잡았다. 그리고 상시적 숙청으로 권력을 유지했다.

자유로운 민주주의 사회에서 정치 지도자에게 필요한 성품과 재능은 당연히 전체주의 지도자들이 필요로 하는 것들과는 다르다. 루스벨트는 사람들을 끌어당기는 매력과 자신의 뜻을 따르도록 하는 설득력이 컸다. 특히 그는 기술의 발전으로 늘어난 소통 경로들을 활용하는 데 뛰어났으니, 라디오의 보급을 이용한 '노변 담화'는 그의 지지 기반을 단숨에 크게 늘렸다.

그러나 권력 자체에 대한 무한한 욕망은 화를 부를 수밖에 없다. 권력의 제약을 정치 원리로 삼는 민주주의 사회에선 특히 그렇다. 1944년 봄이 되자 그의 건강은 크게 나빠졌다. 원래 그는 소아마비로 하반신을 쓰지 못했다. 그리고 좌심실의 기능이 온전치 못해서 중요한 장기들에 혈액이 제대로 공급되지 못했고, 고혈압과 기관지염을 앓았다. 따라서 그는 1944년 11월의 대통령 선거에 나설 처지가 못 되었다. 그러나 그의 주치의는 그의 건강에 이상이 없다고 공언했다. 그는 그런 진단을 내세우면서 다시 대통령 선거에 나섰다. 미국 시민들을 속인 것이었다. 그런 행태는 부도덕했을 뿐 아니라 엄청난 현실적 문제들을 낳았다.

그의 유례없는 정치적 성공은 16년 동안 그의 지지자들이 정권을 차지하도록 만들었다(1945년에 그가 짠 내각은 트루먼이 그대로 이어받았다). 그래서 곳곳에서 '고인 물이 썩는' 현상이 일어났다. 가장 큰 문제는 그의 정권에 공산주의자들이 많이 들어온 것이었다. 그는 이념적으로 사회주의에 가까웠고, 사회주의자들과 공산주의자들은 그를 열렬히 지지했다. 그리고 그의 긴 집권 기간에 공산주의자들이 대거 행정부의 요직들에 침투해서 단단한 인맥을 형성했다. 그들은 주로 농무부, 국무부, 재무부 그리고 백악관의 요직들에 자리 잡았다. 심지어 육군과 전략사무국(OSS)에도 많이 침투했고, '맨해튼 사업'과 같은 무기 개발 사업들에 침투한 공산주의자들은 군사 기밀들을 러시아에 실시간으로 넘겼다.

그들 공산주의자들은 러시아의 첩자들이 되어 조국 미국 대신 러시아의 이익을 위해 봉사했다. 그들이 미국에 끼친 해독은 엄청났다. 가장 큰 해독은 정책의 차원에서 나왔다. 기밀은 아무리 중요하더라도 일회적이다. 정책은 내구적이어서 두고두고 영향을 미친다. 그들은 러시아가 독일과의 전쟁에서 승리하도록 돕는 것만이 아니라, 전쟁이 끝난 뒤 러시아가 유라시아 대륙을 장악하도록 돕는 정책들을 줄곧 폈다.

공산주의의 본질과 공산주의자들의 행태에 대해 무지했던 루스벨트는 둘레에 공산주의자들이 있다는 사실에 대해 걱정하지 않았다. 그는 그들이 러시아의 첩자들이 되었을 가능성을 알면서도 여전히 그들을 신임했다. 그리고 자신의 이상주의적 목표인 국제연합의 설립에 매달려서 전쟁의 정치적 측면을 소홀히 했다. 국제연합이 창설되면 그 기구에서 모든 문제들을 다루어 평화로운 세계를 구현할 수 있으리라고 여겼다. 그에게 국제연합은 모든 국제 문제들에 대한 만병통치 처방이었다.

그는 유럽의 중부까지 러시아군이 점령했을 때 나올 상황을 깊이 생각하지 않았다. 러시아군이 폴란드를 점령했을 때에야 비로소 그는 상황이 심각하다는 것을 깨달았다. 그러나 얄타로 가면서도 그는 스탈린을 교섭할 만한 사람으로 여겼고, 자신의 개인적 매력으로 스탈린을 설득할 수 있다고 믿었다.

자만에서 나온 그런 환상에서 깨어났을 때, 그는 히틀러의 제국보다 훨씬 크고 강력한 공산주의 제국이 유라시아 대륙에 군림한 것을 보았다. 이런 결과는 20세기 후반의 국제정치의 지형을 결정했고, 미국을 중심으로 한 자유주의 진영과 러시아를 중심으로 한 공산주의 진영 사이의 지속적이고 치열한 대결은 인류의 생존을 위협했다. 이런 사태에서 가장 큰 피해를 입은 나라들은 유럽의 폴란드와 동아시아의 조선이었다.

당시엔 그리 주목을 끌지 못했지만, 장기적으로는 러시아의 득세에 못지않게 중요한 실패로 판명된 것은 중국 대륙을 공산당 정권이 차지하도록 만든 것이었다. 백악관에서 중국 정책을 담당한 대통령 집행보좌관(executive assistant) 로칠린 커리의 주도 아래 국무부와 재무부에서 암약한 러시아 첩자들은 긴밀히 협력해서 중국에 공산당 정권이 들어서도록 돕는 정책을 추진했다. 21세기에 중국이 미국의 우세에 거세게

「만국인권선언」을 기초하는 데 엘리너 루스벨트가 주도적 역할을 했다. 그 공로를 기려 트루먼은 엘리너를 "세계의 퍼스트 레이디"라고 불렀다.

도전하면서 이런 실패의 심각성이 새삼 부각되었다.

루스벨트의 전략적 실패가 워낙 두드러졌으므로, 그가 필생의 과업으로 삼은 국제연합의 창설은 어쩔 수 없이 낮은 평가를 받았다. 그리고 실제로 국제연합은 루스벨트가 희망한 대로 움직이지 않았고, 이승만이 예견한 대로 자유주의와 전체주의로 나뉜 두 진영이 힘을 겨루는 마당으로 전락했다.

그러나 모든 나라들이 참여한 국제기구로서 국제연합은 국제 평화와 사회 발전에 크게 공헌했다. 국제연합이 존재하지 않고 뒤늦게 다른 기구가 나타난 상황을 상상하면, 국제연합의 성취를 깨닫게 된다.

국제연합이 창설된 지 거의 40년인 1982년에 「국제연합 헌장(United

Nations Charter)」의 작성에서 필리핀 대표로서 두드러진 역할을 한 카를로스 로물로(Carlos P. Romulo)가 평가한 국제연합의 성과는 음미할 만하다. 그는 두 개의 국제연합이 있다고 말했다. 성공한 국제연합은 국제아동기금(UNICEF), 식량농업기구(FAO), 국제노동기구(ILO)와 같은 특수화된 기구들이고, 실패한 국제연합은 평화 유지 기능을 담당한 부서들이라는 얘기였다.

국제연합의 성과들 가운데 하나는 1948년 12월 국제연합 총회에서 채택된 「만국인권선언(Universal Declaration of Human Rights)」이다. 이 역사적 문서의 기초에서 엘리너 루스벨트는 주도적 역할을 했다. 트루먼 대통령은 1945년 12월에 엘리너를 국제연합 총회의 미국 대표단의 일원으로 임명했고, 그녀는 1946년 4월에 「만국인권선언」을 기초하는 위원회의 위원장으로 활약했다. 그녀의 그런 공로를 기려 트루먼은 그녀를 "세계의 퍼스트 레이디(First Lady of the World)"라고 불렀다.

루스벨트는 자신의 불륜으로 잃은 아내의 마음을 끝내 되얻지 못했다. 1944년 여름 루스벨트는 자신의 병이 위중하다는 것을 느끼고 엘리너에게 백악관에 들어와서 함께 살자고 요청했다. 그러나 그녀는 끝내 거절했다. 자신이 열망했던 국제연합에서 아내가 약한 사람들의 권리를 보장하는 문서를 만드는 일을 주도한 것은, 비록 그의 사후였지만 루스벨트로선 보람이었을 것이다.

에밀 고브로의 제보

주문을 받은 웨이터가 떠나자, 제이 윌리엄스가 품에서 봉투를 꺼냈다.

"이것이 고브로의 편지입니다."

"아, 고맙습니다."

이승만은 봉투를 받아 편지를 꺼냈다. 두 장 가득 타자된 긴 편지였다.

어제 오후에 윌리엄스가 그에게 급히 만나자고 전화를 했다. 지난 4월 15일에 그는 윌리엄스의 소개로 에밀 고브로((Emile Gauvreau)라는 사람을 만났다. 한때는 영향력이 컸던 언론인이었는데, 지금은 펜실베이니아주의 시골에서 농사를 짓는다고 했다. 고브로는 안면이 있는 윌리엄스에게 조선 문제에 관한 중요한 정보를 얻었다고 알렸다. 윌리엄스가 오랫동안 조선의 독립을 위해 헌신해 온 것을 알았으므로 그에게 연락한 것이었다. 윌리엄스는 고브로가 얻은 정보를 한 달 가까이 확인했고, 믿을 만한 정보라 판단하자 이승만과의 만남을 주선했다.

고브로는 이승만에게 얄타 회담에서 조선에 관한 비밀협약이 맺어졌다고 말했다. 이승만이 그의 황당하게 들릴 수도 있는 얘기를 진지하게 받아들이자, 고브로는 조선 독립을 위해 자신이 나서겠다고 제안했다. 그렇게 오간 얘기들과 그 뒤에 고브로와 윌리엄스가 전화로 상의한 얘기들을 정리해서 고브로가 윌리엄스에게 편지를 쓴 것이었다.

수프가 나왔을 때에야 이승만은 편지를 접어서 봉투에 넣었다.

"이 편지가 상황을 명쾌하게 정리했네요. 이 편지를 기초로 삼아 앞으로 할 일들에 관한 논의를 진행시키면 될 것 같아요."

윌리엄스가 안도하는 기색으로 고개를 끄덕였다. "고브로가 한 얘기들을 어떻게 생각하세요?"

야채 수프를 한 숟가락 들고 나서, 이승만은 신중하게 말을 골랐다. "고브로 씨가 우리에게 알려 준 정보는 확인할 길이 없어요. 얄타 회담에 대한 정보가 워낙 적은데, 거기서 비밀리에 합의했다는 정보니, 우리가 확인할 길은 전혀 없어요. 하지만 고브로 씨의 정보는 신빙성이 있습니다. 그날 고브로 씨에게 얘기했듯이, 그의 정보는 지금 정세에 부합하거든요."

고브로가 들려준 얘기의 핵심은 셋이었다. 1) 얄타 회담에선 공식적으로 발표된 협약 이외에 비밀협약이 있었다, 2) 이 비밀협약은 일본과의 전쟁이 끝날 때까지 조선을 러시아의 영향 아래 두기로 했다, 3) 나아가서 미국과 영국은 일본과의 전쟁이 끝날 때까지 조선에 대해 아무런 약속도 하지 않는다.

이런 얘기는 바로 이승만이 의심하고 걱정했던 일이었다. 고브로의 얘기를 다 듣고 나자 그는 고브로에게 말했다.

"고브로 씨, 나는 당신이 한 얘기가 사실이라고 믿습니다. 이런 종류의 정보는 확인할 길이 없습니다. 따라서 믿고 받아들여서 그것에 바탕을 두고 행동하거나, 반신반의하면서 확인될 때까지 참고 자료로 삼는 길이 있습니다. 나는 당신의 얘기를 믿고 그것에 따라 행동하겠습니다."

이승만의 반응이 워낙 즉각적이고 태도가 단호하자 고브로는 적잖이 놀라는 기색이었다. "감사합니다, 이 박사님."

싱긋 웃으면서 이승만은 말을 이었다. "실은 나도 지난달에 주미 러시아 대사에게 이 일과 관련해서 경고하는 편지를 보냈습니다. 그 편지의 서두에서 나는 썼습니다. '나는 러시아가, 만일 사실이라면, 대한민국 임시정부와 한국인들의 희망과 결심에 전적으로 해로운, 한국에 대한 전후 프로그램을 가졌다고 언명하는, 모스크바로부터 흘러나왔다고 말해지는, 지속되는 언론 보도들에 대해 귀하의 주의를 요청하는 영광을 가집니다.'"

고브로가 무릎을 치면서 웃었다. "이 박사님, 그것은 마치 다람쥐가

곰에게 '여기는 내 영역이니 들어오지 마시오'라고 고함치는 것과 같습니다."

그렇게 한바탕 웃고 나니 이승만과 고브로는 바로 친숙해졌다.

이승만이 여전히 고브로의 정보를 믿는다고 하자, 윌리엄스가 힘주어 고개를 끄덕였다. "동의합니다. 고브로의 얘기는 사실로 들려요."

이승만이 수프를 다 먹고서, 식탁 한쪽에 놓인 고브로의 편지를 가리켰다. "제이, 이 편지를 내가 당분간 참고할 수 있을까요?"

"그렇게 하세요, 싱만. 그 편지는 이제부터는 당신에게 필요하니까, 당신이 보관하세요."

"고마워요, 제이." 이승만이 고브로의 편지를 안주머니에 넣었다. "이것은 폭탄이오. 거대한 음모를 단숨에 무너뜨릴 폭탄이오."

고브로가 편지에서 언급한 사항들은 일곱 가지였다.

1) 고브로는 자신이 미국의 러시아 승인에 관해 호의적으로 보고한 특별 의회조사단(Special Congressional Mission)의 참관자(observer)로 일한 경력이 지금 자신에게 조선을 위해 일할 능력을 부여한다고 확신한다. 고브로가 루스벨트 대통령과 러시아 승인 문제를 논의했고 러시아 승인에 관한 홍보를 위해 러시아에 파견되었다는 것을 러시아 사람들은 안다.

2) 러시아는 샌프란시스코 회의에서 무자비하게 나올 것 같지 않다. 러시아는 이미 '바르샤바 임시정부'가 회의에 참석해야 한다고 주장했다. 따라서 러시아의 폴란드에 대한 요구를 조선에 유리하게 이용할 여지가 있다.

[폴란드가 독일과 러시아의 공격을 받아 멸망한 뒤, 폴란드 사람들은 런던

에 망명정부를 세웠다. 전황이 유리해지자, 러시아는 공산주의자들로 '폴란드 민족해방위원회(PKWN)'을 조직했다. 흔히 '루블린 위원회'라 불린 PKWN은 1945년 1월 1일에 '폴란드 공화국 임시정부(RTRP)'로 바뀌었다. 런던에 있던 폴란드 망명정부는 이런 조치에 반발했고, 미국과 영국도 함께 항의했다. 고브로가 '바르샤바 임시정부'라 부른 것은 RTRP를 가리킨다.]

3) 그런 행동은 미국 국무부를 부끄럽게 만들어 미국이 조선을 위해서 움직이도록 만들 것이다.
4) 조선은 다른 모든 압제를 받은 소수민족들의 문제를 여는 열쇠가 될 수 있고, 바로 이 점이 조선 정부를 위한 가장 강력한 주장이 될 수 있다.
5) 고브로 자신은 러시아 사람들에겐 '고마운 사람(persona grata)'이다. 러시아 승인에 호의적인 책을 써서 연봉 3만 달러의 일자리에서 허스트에 의해 해직되었다는 것을 러시아 정부 수장들은 안다. 〈프라우다〉는 반 페이지에 걸쳐 그 책의 서평을 실었다. 그때 러시아 영사관에서 그에게 전화해서 도와줄 일이 없느냐고 물었다.
6) 고브로는 러시아로부터 아무런 대가를 받지 않았으므로, 이번에 조선 문제를 통해서 보답을 받고 싶다면 러시아 사람들도 긍정적으로 대할 것이다.
7) 고브로가 샌프란시스코에 가서 할 일들은 2천 달러가량 드는데, 고브로 자신이 500달러는 낼 수 있으니 나머지 금액을 마련해 주기 바란다.

윌리엄스가 웃음 띤 얼굴로 물었다. "싱만, 당신은 그 폭탄이 실제로 폭발하리라고 보나요?"

"예, 이것은 모조품이 아닙니다." 이승만이 싱긋 웃으면서 말을 이었다. "다만, 잘못 다루면 폭탄을 던진 사람이 먼저 해를 입는 그런 종류의 폭탄이오."

고브로와 만난 다음 날, 이승만은 의회도서관에 가서 오후 내내 고브로에 관한 정보들을 찾아보았다. 정보를 확인할 길이 없으니, 정보의 전달자를 검증하는 것이 더욱 중요했다.

고브로의 본명은 에밀 앙리 고브로(Emile Henri Gauvreau)였고 1891년에 코네티컷주에서 태어났다. 부모는 프랑스계 캐나다 사람들이었다. 부모가 떠돌아다니는 사람들이라서 그는 고등학교를 중퇴했다. 그는 일찍부터 미국 동부의 지방지들에서 일했는데, 탐사 보도를 잘했다. 그런 능력을 인정받아 그는 1924년에 창간된 선정적 타블로이드 〈뉴욕 이브닝 그래픽(New York Evening Graphic)〉의 초대 편집장이 되었다. 이 신문은 그의 주도 아래 크게 발전했지만, 후발 주자의 약점을 극복하지 못하고 1929년에 위기를 맞았다. 그러자 허스트가 자신의 타블로이드 〈뉴욕 데일리 미러(New York Daily Mirror)〉의 편집장으로 고브로를 발탁했다.

고브로는 1935년에 자신의 러시아 방문에 관한 책 『우리가 그리도 자랑스럽게 경례한 것(What So Proudly We Hailed)』을 펴냈는데, 이 책이 허스트의 분노를 사서 해직되었다. 허스트는 철저한 반공주의자였는데, 고브로는 이 책에서 러시아를 우호적으로 묘사했다. 윌리엄스에게 보낸 4월 17일자 편지에서 그가 "러시아 승인에 호의적인 책을 써서 연봉 3만 달러의 일자리에서 허스트에 의해 해직되었음을 러시아 정부 수장들은 안다"고 한 것은 바로 이 일을 가리킨 것이었다.

그는 저술에도 힘을 쏟았다. 1930년대 초엽엔 자전적 소설 두 권을 발표했다. 1941년엔 타블로이드 편집장으로서의 경험을 회고한 『나의 마지막 백만 독자(My Last Million Readers)』를 펴내서 주목을 받았다. 이어 1942년엔 『빌리 미첼: 우리 공군의 창설자 그리고 명예를 얻지 못한 예언자(Billy Mitchell: Founder of Our Air Force and Prophet Without Honor)』를 펴내서 불운한 영웅 빌리 미첼 소장을 추모했다.

이승만에겐 낯선 사람이었지만, 고브로는 미국 언론계에서 잘 알려졌고 영향력도 큰 인물이었다. 유명한 칼럼니스트 월터 윈첼(Walter Winchell)과 방송인 에드 설리번(Ed Sullivan)은 그와 함께 〈뉴욕 이브닝 그래픽〉에서 일하면서 명성을 쌓았다.

이승만은 『나의 마지막 백만 독자』를 대출해서 급히 훑어보았다. 거기서 그는 자신과 전혀 다른 세상에서 다른 목표를 추구한 인물을 만났다. 묘하게도 고브로의 얘기를 읽을수록 그는 고브로에 공감했다.

이승만이 감심한 일화들 가운데 하나는 고브로가 젊었을 때 실직한 사연이었다. 1916년 고브로는 〈하트퍼드 쿠란트(Hartford Courant)〉로 옮겨서 28세에 편집장이 되었다. 마침 그는 의과대학 졸업장을 마구 발급해서 자격 없는 의사들을 만들어 내는 '졸업장 공장(diploma mill)'의 실상을 파헤친 기사들을 연재했다. 그런 부패를 비호한 것은 코네티컷주의 정치 두목이었다. 그 사실을 알게 된 뒤에도 고브로는 계속 보도했다. 그 정치 두목은 신문 발행인에게 고브로를 해임하라고 압박했고, 고브로는 결국 사임했다.

이승만은 당시 고브로의 처지를 생각해 보았다. 영국계나 네덜란드계가 상층부를 이룬 미국 동부 사회에서 프랑스계 캐나다인 부모에게서 태어나, 발을 절고, 고등학교를 중퇴한 사람이 유서 깊은 신문에서 막 편집장이 되었다면, 누구나 힘센 정치인의 발등을 밟지 않으려 조심했을 터이다. 자신의 논설로 신문사가 정간되는 아픔을 겪었던 이승만으로선 고브로에게 그런 결정이 얼마나 힘들었을지 짐작할 수 있었다.

고브로의 행적과 글에서 이승만은 정의에 대한 열정을, 불의를 시정하려는 의지를, 특히 약한 자들에 대한 깊은 동정심을 읽을 수 있었다. 그리고 문득 깨달았다. 지금까지 그를 도와준 외국인 친구들은 존 스태거스나 제이 윌리엄스처럼 정의감이 강한 사람들이었다는 것을.

이제 이승만은 고브로가 그를 찾게 된 과정을 알 듯했다. 러시아 사람들이 고브로를 자기 편이며 이용 가치가 있는 인물로 여겼다는 사정과 그의 탐사 보도의 재능과 열정이 어우러져, 그가 얄타 회담에 관한 비밀 정보를 얻어 냈을 것이다. 고브로의 정의감은 조선을 점령하고 식민지로 삼으려는 러시아의 의도에 반발하도록 했고, 고브로는 자신이 입수한 정보를 조선 독립을 위해 애써 온 윌리엄스에게 먼저 밝혔을 것이다. 윌리엄스는 허스트 계열 통신사인 INS에서 줄곧 일했고 고브로는 허스트 계열 〈뉴욕 데일리 미러〉에서 여러 해 일했으므로, 두 사람은 일찍부터 아는 사이였다고 했다. 윌리엄스는 고브로의 얘기를 나름으로 검토하고 확인해서 사실일 가능성이 높다고 판단하고 이승만에게 고브로를 소개했을 것이다.

윌리엄스가 따라 웃으면서 물었다. "그러면 그 폭탄을 어떻게 터뜨릴 생각이세요?"

"여기 편지에 고브로 씨가 제안한 대로, 먼저 그가 러시아 사람들과 만나 호의적 반응을 얻어 내는 것이 좋지 않겠어요?"

윌리엄스가 고개를 끄덕였다. "예. 그게 좋을 것 같습니다."

"만일 러시아 대표단이 호의적 반응을 보이면 그들과 협의하고, 만일 그들이 호의적이지 않으면, 그러면 바르샤바 임시정부의 국제연합 가입과 한국의 가입을 연계시키는 방안을 고려해 봐야겠죠. 그런 시도가 실패하면 '얄타 비밀협약'이 존재한다는 사실을 폭로해서, 미국 정치가들이 부끄러워하도록 만들고 한국의 처지에 동정적인 여론이 일도록 하는 것이죠. 좋은 생각이 있으면 알려 줘요."

윌리엄스가 잠시 생각하더니 미소를 지었다. "좋은데요. 일단 그렇게 하는 것으로 하죠."

"제이, 이번 일 정말로 고맙습니다." 고기를 썰면서 이승만이 말했다. "고브로 씨의 정보가 결정적 계기를 만들어 낼 수 있다는 예감이 듭니다."

"나도 그렇게 되기를 진심으로 희망합니다."

"국제 정세가 하도 어지러워서 걱정이 됩니다. 이런 시기에 대통령이 연임 석 달 만에 서거했으니…."

"참으로 딱합니다. 건강에 이상 없다고 의사가 장담을 했는데…."

이승만이 기름진 한숨을 길게 내쉬었다. "동양에 '멈출 줄을 알면 위태롭지 않다'는 옛말이 있습니다."

"멋진 얘긴데요. 정말 그렇습니다."

"트루먼 대통령은 어떻게 생각해요? 잘 알아요?"

"몇 번 만난 적이 있습니다. 그가 상원의원으로 군사적 지출의 개혁을 추진해서 주목을 받았을 때였습니다. 부통령이 된 뒤엔 따로 만나지는 않았습니다."

"어떻게 생각해요? 그는 행정부에서 일한 경험은 없는데, 대통령의 직무를 감당할 수 있을 것 같아요?"

윌리엄스가 잠시 생각하면서 말을 골랐다. "그는 단단한 사내입니다.

화려하지는 않지만, 루스벨트처럼 화려하지는 않지만, 만나 보면 속이 꽉 찼다는 느낌이 듭니다."

이승만이 고개를 끄덕였다. "나는 만난 적이 없지만, 단단한 사람이라는 인상을 받았어요. 펜더개스트에 관해서 한 말이 인상적이었어요."

토머스 펜더개스트(Tomas J. Pendergast)는 미주리주 캔자스시티 일원의 민주당 조직을 장악한 정치 두목이었다. 그의 도움을 받아 트루먼은 상원의원이 되었다. 그러나 펜더개스트는 경마 도박을 즐겨 재산을 탕진하고 탈세죄로 징역을 살았다. 그가 죽었을 때 트루먼은 부통령 선서를 한 지 며칠 되지 않았지만 그의 장례식에 참석했다. 그런 행위에 대해 기자들이 부정적 반응을 보이자, 트루먼은 개의치 않고 간명하게 설명했다.

"그는 늘 나의 친구였고 나는 늘 그의 친구였습니다."

윌리엄스가 환하게 웃었다. "바로 그것이 내가 얘기한 것입니다. 그리고 그는 소박한 사람입니다. 남성용품 잡화점을 하다가 망해서, 나이도 있고 하니까 안정적 직장을 가져야 하겠다는 생각에서 공직을 찾았다고 스스럼없이 말했습니다. 무슨 사명감 때문에 정치에 입문했다는 얘기가 아니라."

"언행이 참 소탈한 사람 같습니다. 부통령이 되면 아무래도 자신의 위엄을 생각하게 되는데…."

"그렇죠. 사실 펜더개스트의 도움을 많이 받아서 '펜더개스트 출신 상원의원(Senator from Pendergast)'이란 야유를 받으면 변명을 하게 마련인데, 그는 개의치 않았어요. 따지고 보면 펜더개스트의 도움을 먼저 받은 것은 루스벨트잖아요? 펜더개스트가 무슨 힘이 있어요? 선거마다 민주당 후보에게 표를 몰아 주니까 권력을 잡고 유지해 온 것 아닙니까? 트루먼은 그 사실을 언급한 적이 없거든요."

"대신 공산주의의 위협을 얘기해 왔죠." 싱긋 웃으면서 이승만이 덧붙였다.

"아, 그것도 있죠." 두 사람은 모처럼 밝게 웃었다.

대한민국 임시정부 대표단

샌프란시스코 회의 개막에 맞추어 이승만은 샌프란시스코에 닿았다. 외교에 경험이 많은 임병직이 워싱턴에서부터 그를 수행했다. 대한민국 임시정부 대표단의 근거는 모리스 호텔이었다. 이승만이 도착하자 캘리포니아의 동지회 회원들이 동지회 총재 이승만을 열렬히 환영했다. 이승만은 재미한족연합위원회 사람들도 일일이 만나서 협조를 부탁했다.

재미한족연합위원회가 따로 '민중대표단'을 구성하면서 거기 소속된 대표들이 빠졌으므로, 주미외교위원부는 나머지 대표들과 하와이 동지회 대표로 온 유경상劉慶商으로 임시정부 대표단을 꾸몄다. [유경상은 강원도 출신 기독교 목사였는데, 영어 이름은 Kingsley K. Lyu였다. 그는 학구적이어서 전후에 『하와이와 미국에서의 한국 민족주의 활동, 1900~1945(Korean Nationalist Activities in Hawaii and America, 1900-1945)』를 저술했다.]

샌프란시스코 회의를 앞두고 한국 대표단이 둘로 나뉘자, 캘리포니아의 동포들 사이에선 두 대표단이 합쳐야 한다는 목소리가 높아졌다. 그런 통합이 현실적으로 어렵다는 것이 드러나자, 두 단체가 공동성명이라도 발표하자는 제안이 나왔다. 이승만은 그런 제안이 탐탁지 않았지만, 굳이 반대하기도 뭣해서, 임시정부 대표단과 '해외한인대표단'['민중대표단'의 개칭]이 만나서 절충하도록 했다. 개막일에 두 대표단과 샌프란시스코 거주 동포들이 한인교회에 모여 회의를 열고 "한국 대표단의 회의 참가가 허용되어야 한다"는 요지의 공동성명서를 발표했다.

이런 협조적 분위기는 이틀을 가지 못했다. 4월 27일자 〈샌프란시스코 이그재미너〉는 레이 리처즈(Ray Richards) 기자의 '한국인들은 빠른 자유를 요구한다(Koreans Ask Early Freedom)'라는 제목을 단 기사를 실었다. 기사의 내용에서 특별한 것은 없었고, 카이로 선언의 한국 항목에서 문제가 된 "적당한 시기에(in due course)"가 한국인들을 불안하게 한다는 얘기였다. 그러나 그 기사는 재미한족연합위원회가 선정한 '해외한인대표'의 주장을 그대로 따라서 사실과 거리가 멀었다. "하나를 빼놓고 모든 한국 민족주의 단체들을 대표하는 해외한인대표단(Overseas Korean Committee)"이라는 표현부터 대한민국 임시정부 대표단을 초라하게 만들려는 의도를 드러냈다. 그리고 "재미한족연합위원회가 선발한 8인의 참관인들은 미국 국무부와 법무부에 의해 준공식적 지위(quasi-official status)가 부여되었다"고 밝혔다. 그리고 뒤쪽에 "위원회의 밖에 머물지만 그래도 대한민국을 위해서 일하는 사람은 이승만 박사인데, 그는 지금 중경에 피신한, 그러나 중국이나 다른 연합국 어느 나라로부터도 승인받지 못한 한국 임시정부의 대표다"라고 한 줄을 덧붙였다.

신문 16면에 작게 난 기사였지만, 대표단은 아침 일찍부터 술렁였다. 이곳 캘리포니아는 서북파의 본거지라서 대표단과 하와이에서 온 동지회 사람들은 심리적으로 위축될 수밖에 없었는데, 이런 기사까지 나오니, 마음이 편할 리 없었다.

아침 식사 자리에서도 의론이 분분해서, 이승만은 그냥 넘어가기 어렵다고 판단했다. 모두 그의 얘기를 기다리는 듯했다. 그는 식탁 한쪽에 놓인 신문의 기사를 가리켰다.

"레이 리처즈는 저번에 특종을 한 기자입니다."

논의에서 좀 벗어난 얘기에 사람들이 하던 얘기를 멈추고 그를 바라보았다.

"작년 여름 '사이판 전투'에서 미군이 일본군 요새 지역을 공격하다가 큰 인명 손실을 보았어요. 그때 해병대 군단장이 육군 사단장에게 무리하게 공격을 지시했는데, 육군 사단장이 잘 따르지 않자 그 자리에서 해임했어요. 그 일이 군 밖으로 퍼져서 군간 알력으로 소문이 났었어요. 생각나요?"

"예, 박사님. 생각납니다." 유경상이 고개를 끄덕이면서 대꾸했다. 서넛이 고개를 끄덕였다.

"그때 그 기사를 써서 일을 터뜨린 기자가 바로 레이 리처즈입니다."

"아, 그렇습니까?" 사람들이 탄성을 냈다.

"그런 사람이 왜 이런 기사를 쓰나?" 윤병구가 고개를 저었다.

"여기가 저쪽 사람들이 많으니, 신문사로선 써 준 대로 기사를 작성한 것 아닐까요?" 정한경이 의견을 내자 모두 고개를 끄덕였다.

"리처즈는 워싱턴 지국에서 근무하니 아마도 전경무하고 안면이 있을 겁니다. 내용을 보니 정 박사님 얘기대로 저쪽 사람들이 쓴 것인데…."

"자기들 입장을 내세우는 것이야 그렇다 하더라도, 우리 임시정부를 이렇게 비하하는 것은…. 함께 잘해 보자고 해 놓고 이내 이렇게 악의적인 기사를 내다니, 참 한심한 인간들입니다." 유경상이 분개한 목소리로 말했다.

"저쪽 사람들이 이제 자기들 세상이 왔다고 생각하는 듯해요. 유럽은 소비에트 군대가 호령하고, 조금 있으면 만주와 한국을 소비에트 군대가 점령한다, 그렇게 되면 공산주의에 반대하는 임시정부는 설 땅이 없다, 따라서 지금 입장을 확실히 하자, 그렇게 생각하는 것 같아요."

"정말로 그렇게 생각할까요?" 이살음이 조심스럽게 물었다.

"여기 기사에 자기들에 합류한 단체들을 들었는데, '중한민중동맹'이 들어 있어요. 한길수 군 혼자 하는 그 단체를 넣은 것을 보니 저 사람들 생각을 알 것 같았어요. 지금 중국 대표단에 공산당 간부가 들어 있다고 합디다."

"예. 동필무가 대표로 왔다는 얘기를 들었습니다." 정한경이 말했다.

"그 사람에 대해서 아세요?"

"예, 조금. 동필무는 '국공합작'을 위해 중경에 파견된 공산당 대표입니다. 이번에 국민당 정부가 국공합작에 성의를 보인다는 뜻에서 국제연합 대표단에 넣은 것 같습니다."

정한경의 설명에 따르면, 동필무는 모택동의 충실한 추종자로 연안(옌안) 공산당의 원로였다. 국공합작에 따라 중경에 공산당 대표로 파견되었는데, 주은래의 높은 명성에 가려져서 덜 알려졌지만 모택동의 신임이 두터워서 실권은 주은래에 못지않은 듯하다는 얘기였다.

"아, 그래서 한길수의 위상이 높아졌고 '중한민중동맹'을 뭐 대단한 단체처럼 내세운다, 얘기가 그렇게 돌아가나요?" 송헌주가 동의를 구했다.

"그래요. 내 생각엔 그래요." 이승만이 동의했다.

"여기 프리스코에서 발행되는 중국 공산당 신문이 있는데, 〈더 뉴 월드〉라고 한답니다. 이번 회담 내내 전경무가 그 신문의 편집에 참여하기로 했다는 얘기를 들었어요." 정한경이 말했다.

한동안 전경무와 한길수에 관한 얘기들이 오갔다. 전경무는 원래 철저한 반공주의자였고 한때는 한길수를 가장 격렬하게 비난했었다는 얘기도 나왔다.

"내가 여러 번 얘기했듯이 한 군에겐 장점도 있어요. 난 한 군보다 더 부지런히 편지를 쓰는 사람을 못 보았어요. 우리 독립운동이 주로 편지 쓰는 일이긴 하지만, 한 군은 편지 쓰는 것에 관한 한 출중합니다."

사람들이 웃으면서 동의했다.

"그리고 더러 좋은 일도 해요. 성품이 뭐랄까, 야비하지만 사악한 것은 아니고, 큰 식견은 없지만 나름으로 똑똑하고. 어릴 적부터 한 군은 영악했어요. 그래서 한 군을 상대하기가 힘들어요." 한숨을 쉬고서 이승만은 말을 이었다. "여러분도 잘 아시다시피, 한 군의 재능은 남의 공을 가로채는 것입니다."

사람들이 모두 소리 내어 동의했다. 그리고 한길수가 다른 사람들이 수고해서 이룬 일을 자기 공으로 삼은 경우들을 꼽았다. 맨 마지막이 작년 11월에 미국 체신부가 '유린된 나라들' 시리즈로 발행한 태극 도안 기념 우표였다. 그 우표가 나오기 직전에 한길수는 체신부 관리들을 자기가 만났다는 내용의 공개편지를 돌렸다.

"이번에도 한 군은 무슨 좋은 결과가 나오면 그것을 먼저 가로채려고 할 겁니다." 이승만은 신문 기사를 가리켰다. "이 기사가 그런 일을 꾸미기 위해 미리 마련한 장치로 보입니다. 언뜻 보면 그럴듯하잖아요? 자기들이 주역이고, 우리는 따로 밖에서 노는 조직이고."

사람들이 무겁게 고개를 끄덕였다. 듣고 보니, 예사로운 일이 아니었다.

"우리가 무슨 일을 하든 일단 중국에 미리 알려야 하는데, 중국 대표단에 공산당 대표가 있다면…. 이제 우리가 하는 일은 저쪽에서 미리 알게 된다는 얘기가 되는 셈이네요." 임병직이 걱정했다.

"임 대령이 문제의 핵심을 짚었어요."

"그러면 무슨 조치를 취해야 되지 않겠습니까?" 유경상이 말했다,

이승만이 웃으면서 고개를 끄덕였다. "해야죠. 제일 좋은 대책은 저쪽에서 미리 알고도 어떻게 해 볼 도리가 없는 방식으로 일을 추진하는 건데…."

웃음판이 되었다.

"이 기사에 대해선 반격을 하겠습니다." 이승만이 단호하게 말했다. "그냥 넘어가면 더 방자하고 야비한 짓거리를 할 테니."

4월 30일엔 임시정부 대표단 회의가 열렸다. 하와이의 여러 단체들이 필요한 경비를 모금하겠다고 약속한 바 있었는데, 회의에선 5천 달러의 예산을 확정했다. 작은 돈이 아니고 하와이 동지회에 의지할 수밖에 없는 처지였는데, 유경상이 모금하겠다고 약속했다.

그사이에도 이승만은 로버트 올리버가 쓴 팸플릿 「한국을 위한 변호: 미국 외교의 한 역설(The Case for Korea: A Paradox of United States Diplomacy)」을 여러 회의장들에 입장하는 국제연합 대표단들에게 배포했다. 올리버가 열정적으로 쓰고 프란체스카가 출판을 능숙하게 처리한 덕분에 팸플릿은 아주 짧은 기간에 나올 수 있었다. 모두 4천 부를 찍었는데, 프란체스카의 지휘 아래 주미외교위원부 직원들과 가족들까지 나서서 미국 의회 의원들 전원과 행정부의 관계 부처들과 『의회 인명록』에 나온 신문과 방송사 대표들, 외교 사절들, 그리고 샌프란시스코 회의에 참석하는 각국 외교관들에게 보냈다. 워낙 품이 많이 드는 일이라서 '대사관'이 며칠 동안 부산했지만, 모처럼 모두 신명이 나서

일했다. 이승만은 1천 부를 샌프란시스코로 가지고 온 터였다.

「한국을 위한 변호」에서 올리버는 대한민국 임시정부를 미국이 승인하지 않는 이유에 대해 이승만이 줄곧 주장해 온 견해를 명쾌하게 밝혔다.

"러시아를 아시아 전쟁에 끌어들이려는 어떤 세력의 노심초사를 고려하면, [대한민국 임시정부의] 승인은 한국에 대한 러시아의 욕구가 보다 명확하게 형성될 때까지 보류되었을 수 있다. 만일 이것이 한 요인이었다면, 그것은 작은 나라의 독립을 큰 나라의 지지와 기꺼이 맞바꾸려는 비열함이거나, 어떤 외교 정책이 강대한 우방을 기쁘게 한다는 것을 확인할 수 있을 때까지 외교 정책을 세우기를 두려워하는 소심일 것이다. 어느 쪽 동기이든지 우리로선 [미국 정부가] 자인하기를 기대할 수 없다."

샌프란시스코 회의

1945년 4월 25일 샌프란시스코의 '전쟁 기념 오페라 하우스'에서 마침내 샌프란시스코 회의 전원회의가 열렸다. 50개국 대표들은 850명에 이르렀고 국제연합 사무국의 직원들을 포함한 참석자 총수는 3,500명이었다. 대중매체들과 갖가지 단체들의 대표들 2,500명도 참석했다. 전쟁이 일어난 뒤 처음으로 열린 대규모 국제 행사였다. 당연히 회의장 분위기는 달아올랐다.

얼 워런(Earl Warren) 캘리포니아주지사가 환영사에서 회의의 기조를 제시했다.

우리의 미래가, '좋은 이웃'이란 말이 범지구적 고려 사항이 된 세계의 미래와 연결되었음을 우리는 인식합니다. 서로의 문제들에 대한 이해가 평화의 가장 큰 보장이라는 것을 우리는 배웠습니다. 그리고 진정한 이해는 자유로운 협의의 산물로서만 온다는 것도. 이 회의는 그 자체가 세계적 업무들에서 인식되어야 할 선린과 단결의 새로운 개념의 증거입니다.

트루먼 대통령은 워싱턴에서 전화로 대표들에게 말했다.

"만일 우리가 전쟁에서 함께 죽기를 바라지 않는다면, 우리는 평화 속에서 함께 살기를 배워야 합니다."

샌프란시스코 회의의 핵심 임무는 「국제연합 헌장」의 제정이었다. 헌장의 초안은 네 부분으로 이루어졌으니, 첫 부분은 국제연합의 목적, 원칙, 구성원, 사무국 및 헌장의 개정을 다루었고, 둘째 부분은 총회를, 셋째 부분은 안전보장이사회(Security Council)를, 넷째 부분은 국제사법재판소(International Court of Justice)의 설립을 다루었다. 아울러, 경제사회이사회(Economic and Social Council)와 신탁통치이사회(Trusteeship Council)의 설치에 대한 논의가 진행되었다.

이미 덤바턴 오크스 회의에서 초안이 마련된 터라, 헌장 기초 작업은 비교적 빠르게 나아갔다. 신문마다 회의에서 일어나는 일들을 열심히 보도했지만, 회의에서 벌어지는 일들이라 큰 흥미를 끌지는 못했다.

5월 2일 총회에서 필리핀 대표 카를로스 로물로가 연설했다. 당시 필리핀은 미국의 자치령(commonwealth)이어서, 대통령이 통치했지만 외무부는 없었고, 주미 대사의 역할을 맡은 로물로의 직책은 '필리핀 제도의 미국 하원 주재 상임판무관(Resident Commissioner to the United States

필리핀 대표 카를로스 로물로는 유엔 신탁통치위원회에서 '목소리를 낼 수 없는 다수의 목소리'를 자임하며 식민지들의 독립을 위해 활약했다.

House of Representatives from the Philippine Islands)'이었다.

로물로는 동양엔 식민 통치를 받는 10억 사람들이 있는데, 그들을 대변할 대표들은 중국과 필리핀뿐이라고 지적했다. 이 회의엔 인도 대표단이 참석했지만 그들은 인도를 통치하는 영국에 의해 선발되었고, 버마, 네덜란드령 동인도, 영국령 동인도, 인도차이나, 말라야 및 조선에 사는 사람들을 대변할 사람은 아예 없다고 말했다. 이들을 대변할 나라는 식민지의 굴레를 벗고 자치를 하는 필리핀뿐이므로, 자신은 '목소리를 낼 수 없는 다수의 목소리(voice of voiceless millions)'를 자임한다고 선언했다. 그의 열정적 호소는 자발적 박수를 받았고, 그는 샌프란시스코 회의를 주도하는 인물들 가운데 하나로 떠올랐다. 대한민국 대표단과 회의를 지켜보는 한국 사람들은 로물로의 연설과 호의적 반응에 크게 고무되었다.

이어 로물로는 신탁통치위원회(Trusteeship Committee)에서 식민지들의 독립을 위해 활약했다. 회의를 주도하는 강대국들은 식민지를 많이 가진 터라서 식민지들의 독립에 대해 부정적이었다. 그래서 "비자치 민족들(non-self-governing peoples)의 희망은 자치(self-government)이어야 한다"라는 문안을 내놓았다.

로물로는 곧바로 이의를 제기했다.

"그것은 완전하지 않습니다. 그들의 희망은 자치 또는 독립(self-government or independence)이어야 합니다. 자치는 독립이 아니기 때문입니다."

로물로의 이의에 대해 식민지를 많이 가진 강대국들의 대표들은 일제히 반발했다. 영국 대표 로버트 개스토인세실 (Robert Gastoyne-Cecil)[통칭 크랜본 자작(Viscount Cranborne)]과 벨기에 대표 폴앙리 스파크(Henri Spaak)가 특히 거세게 그를 공격했다. 벨기에는 작은 나라였지만, 아프리카에서 가장 크고 자원이 풍부한 콩고를 강압적으로 통치해 온 터였다.

로물로는 미국 대표 해럴드 스타슨(Harold Stassen)을 찾아가서 자신의 견해를 설명하고, 자신이 많은 식민지들을 대표한다고 호소했다. 이틀 동안 이어진 격렬한 논쟁 끝에 행해진 표결에서 미국이 중립적 태도를 유지한 덕분에, 로물로의 제안이 상당한 표차로 채택되었다.

그러나 집요하게 자신들의 이권을 지키려는 강대국들은 그 문제를 총회에 부의했다. 벨기에 대표 스파크는 뛰어난 연설가였는데, 로물로의 제안을 거세게 비판했다. 로물로는 식민지들을 많이 독립시켜서 국제연합의 문을 활짝 열어 놓아야 한다는 견해를 밝혔다. 총회의 투표에서 로물로의 제안은 압도적 지지를 얻었다.

로물로는 일찍부터 신문 기자로 활약했다. 특히 아시아의 정세를 면밀히 살피고 충실히 보도해서, 1942년에 퓰리처상을 받았다. 그리고 투표권 없는 하원의원인 상임판무관이어서 미국 의회와 정계에 너른 인맥을 가졌고, 그런 영향력을 조국 필리핀을 위해 썼다. 그는 이승만과도 교분이 깊어서, 1944년 8월 29일의 '한미협회' 주최 '국치일 행사'에 참석해서 대한민국 임시정부의 독립운동을 성원했었다.

전쟁 초기에 로물로는 맥아더의 부관으로 활약했다. 그리고 1944년 10월 맥아더가 레이티섬에 상륙할 때 함께 상륙했다. 그는 키가 작아서 구두를 신어야 160센티미터가 되었다. 맥아더가 가슴에 차는 물속을 걸어서 상륙했다는 얘기가 퍼지자, 로물로의 기자 친구 하나는 "만일 맥아더가 가슴에 차는 물속에 있었다면, 로물로는 익사한 것이 틀림없다"고 타전했다.

그러나 그의 작은 몸집을 얕본 사람들은 그의 논리와 기지에 매운 맛을 보곤 했다. 샌프란시스코 회의 개회 전날 각국 수석대표들의 모임이 있었다. 그 자리에서 러시아 수석대표 몰로토프 수상이 "4개 전승국 대표들이 돌아가면서 의장을 맡도록 하자"고 공식적으로 제의했다. 그러나 멕시코 대표 파디야(Ezequiel Padilla Peñaloza) 외상이 "그것은 주최국 대표가 의장을 맡은 국제 관행에 어긋난다"고 반대했다. 그러자 몰로토프는 "국제연합은 모든 나라들이 공평하게 참여하는 기구니, 이번엔 다르다"고 반박했다. 로물로는 파디야의 의견을 지지하면서 "조종사가 네 명인 배나 비행기가 어떻게 안전하게 갈 수 있는가?"하고 물었다. 몰로토프는 그를 경멸에 찬 표정으로 쳐다보면서 말했다.

"필리핀에서 온 이 신사가 이 회담에 무슨 권리로 참석했는가? 필리핀은 아직 독립하지 않았다. 아직 자치령일 뿐이다. 그래서 나는 필리핀에서 온 신사가 이 회의에 참석할 적절한 자격이 있다고 믿지 않는다."

로물로는 의장대행인 스테티니어스 미국 국무장관에게 물었다.

"의장님, 러시아 수상의 질문에 답해도 되겠습니까?"

"물론이죠."

발언권을 얻자 로물로는 대꾸했다.

"러시아 수상에게 묻고 싶습니다. 우크라이나와 벨라루스가 독립하지 않고 러시아의 유기적 부분들인데 어떻게 그들이 여기에 있는가를."

박수가 터졌다. 모두 러시아가 우크라이나와 벨라루스를 독립국가들처럼 내세워 3표를 얻은 것에 대해 반감이 컸던 터였다. 무안을 당한 몰로토프는 그 제안을 더 고집하지 않았다. 그러나 휴회 시간에 러시아 대표단이 주요국 대표들에게 가한 압력이 주효해서, 속개된 회의에선 몰로토프의 제안이 가결되었다. 러시아가 국제연합에서 거둔 첫 승리였다.

그사이 이승만은 대한민국 임시정부의 국제연합 가입 신청을 준비하고 있었다. 가입 신청서를 국제연합 사무국에 제출하면, 사무국이 총회에 부의해서 총회의 표결을 통해 가입 여부가 결정될 터였다. 이 과정에서 결정적으로 중요한 것은 미국, 영국, 러시아 및 중국의 4대국의 사전 협의였다. 이 사전 협의에서 합의되면 대한민국의 가입 신청은 총회에 부의되고 거의 확실히 통과될 터였다. 반면에, 4대국의 동의를 얻지 못하면 가입 신청은 그대로 기각될 터였다.

4대국 가운데 러시아는 물론 한국의 가입에 전적으로 부정적일 터였다. 미국도 아직까지는 부정적이었고, 이승만이 절실히 느끼는 것처럼 러시아의 눈치를 보았다. 영국의 태도는 예측하기 어려웠다. 가장 큰 식민 제국이니 식민지의 독립에 대해 부정적일 터였고, 자연히 조선의 가입을 지지하지 않을 터였다. 다른 편으로는, 조선의 독립이 공산주의 러시아의 팽창을 막는 효과를 지닐 수 있다는 이승만의 주장에 동의할 수도 있었다. 결국 조선의 가입에 호의적인 나라는 중국뿐이었다. 걱정스럽게도 중국은 미국의 눈치를 보는 터여서, 한국의 가입을 적극적으로 지지할 것 같지 않았다.

그런 판단에 따라 이승만은 중국 대표들과 접촉해서 지원을 요청했다. 중국 대표단은 9명의 대표들로 이루어졌는데, 단장은 송자문(쑹쯔원) 외상이었다. 장개석의 인척이고 신임을 받았으므로, 그가 결심하면 일이 잘 풀릴 수도 있었다. 이승만은 그와 잘 아는 사이였지만, 안타깝게도 그는 조선을 얕보았고 대한민국 임시정부에 대해 호의적이지 않았다. 송자문 다음으로 영향력이 큰 대표는 고유균顧維鈞[구웨이쥔, 영어 이름은 웰링턴 쿠(Wellington Koo)]이었는데, 이승만과 일찍부터 교분이 있었고 1933년에 제네바 국제연맹 총회에서 함께 일한 적이 있었다. 그리고 원로 외교관인 시조기는 이승만과 친했고 대한민국 임시정부에 우호적이었다. 시조기의 딸은 이승만 가족과도 친했다.

나머지 대표들 가운데 이승만이 이름을 들어 본 사람은 왕총혜王寵惠(왕충후이)였는데, 그는 본업이 법관이어서 카이로 회담에 장개석 총통을 수행했었다. 오이방吳貽芳(우이팡)은 여성 대표여서 회의에서 주목을 받았다. 회의에 참석한 850명의 대표들 가운데 여성은 단 넷이었다. 그녀는 남경에서 대학을 운영하는 교육자라고 했다. 동필무가 대표단에 낀 것은 물론 마음에 걸렸다. 중국 공산당과 연결된 한길수가 재미한족연합위원회를 주도하는 터라서 더욱 꺼림칙했다.

상황이 좋지 않다고 판단한 이승만은 가입 신청서를 직접 국제연합에 내려고 했다. 시간이 지날수록 가입이 어려워질 수도 있고 회의에서 활동할 여지도 줄어들 터여서, 그로선 속이 탔다. 그러나 중국 대표단을 지원하는 주미 중국 대사관 사람들이, 특히 덤바턴 오크스 회의부터 실무를 주도한 유개劉鍇(류제) 공보공사와 우빈于斌(위빈) 주교가 조금만 더 기다려 보자고 권해서 미루어 온 터였다.

5월 5일, 더 기다릴 수 없다고 판단한 이승만은 국제연합 회의 의장에게 국제연합의 가입을 신청하는 편지를 보냈다. 그는 대한민국 임시정부가 이미 여러 차례 미국 국무부에 샌프란시스코 회의에 참석하도록 해 달라고 요청했지만 "호의적으로 고려할 처지에 있지 않다"고 회답했다는 사정을 밝히고, 국제연합이 대한민국 임시정부의 자격을 심의해 달라고 요청했다.

5월 7일 워싱턴에 갔던 송자문이 돌아왔다. 이승만은 무슨 구체적 성과가 나오기를 기대했지만, 중국 대표단은 약속과 달리 움직이지 않았고 그저 사정이 바뀌었다는 얘기만을 했다. 반쯤 이런 결과를 예상한 터라서 이승만은 중국 사람들의 행태에 분개하지도 않았다. 1933년 제네바의 일을 떠올리면서 그는 쓴웃음을 지었다.

그때만 하더라도 미국 국무부는 대한민국 임시정부에 무척 호의적이었다. 미국 국적을 취득하기를 거부해서 여권이 없는 이승만을 위해서 편법으로 여권을 마련하고 필요한 비자들까지 받아 줄 정도로 호의적이었다. 그때 일을 회상하면서, 그는 그리움과 아쉬움이 짙게 밴 한숨을 길게 내쉬었다. 루스벨트 정권이 오래 집권하면서 미국보다 러시아의 이익을 앞세우는 듯한 사람들이 국무부에 침투해서 뿌리를 내린 것이었다. 중국 대사관의 고위 외교관들이 "미국 국무부는 러시아의 승인이 없으면 움직이지 않는다"고 그에게 털어놓는 판이었다.

어쨌든 1933년 1월 '만주사변'을 조사한 「리튼 보고서」를 다루는 국제연맹 총회에 참석하려고 그가 제네바에 도착하자, 미국 기자들이 그를 적극적으로 도왔다. 영향력이 있는 사람들이, 특히 조선에서 활동했던 선교사들이 제네바를 찾은 기자들에게 이승만을 도와달라고 요청한 덕분이었다. 이제는 사정이 달랐다. 여러 가지 요인들이 겹쳤지만, 가장 중요한 요인은 조선이 일본에 병합되고 조선을 찾는 선교사들이 드물어지면서 조선을 잘 알고 조선에 호의적인 지식인들이 미국 사회에서 점점 줄어든 것이었다.

그렇게 미국 사회에서 자신을 도와줄 사람들이 줄어들면서, 이승만은 어쩔 수 없이 점점 공격적이 되었다. 이제 국무부는 '팔을 아프게 비틀지 않으면' 아예 움직이지 않았다. 그가 국무부에 껄끄러운 편지를 보내면 국무부 관리들이 그에게 편지를 되가져가라고 종용하는 판이었다. 그래서 그는 어지간한 편지는 아예 대통령 앞으로 썼다. 그러면 백악관에서 국무부로 이첩했고, 국무부로선 답신을 할 수밖에 없었다.

제네바의 미국 기자들이 많이 이승만을 찾자, 그의 영향력이 크다고 판단한 중국 대표단은 그에게 적극적으로 협력하겠다고 약속했다. 그가 국제연맹에 제출하려는 문서들은 모두 자신들이 제출해 주겠다고 장담했다. 대표단장은 안혜경顔惠慶(안후이칭)이었고, 실무는 곽태기郭泰祺(궈타이치)와 고유균이었는데, 고유균은 이승만이 발표하려는 성명서에 '일본의 수호조약 파기와 일본이 조선에서 저지른 만행들'을 자세히 기술해 달라고 요청했다.

중국 사람들의 적극적 태도에 고무되어 이승만은 국제연맹에 제출할 독립청원서를 작성했다. 막상 이승만의 청원서를 받자, 고유균은 지금은 그 청원서를 제출할 때가 아니라고 말했다. 이승만은 조선의 독립 청원이 일본의 침략성을 드러내서 중국의 입장을 강화시킨다는 점을 지적하면서 설득했지만, 고유균은 생각을 바꾸려 하지 않았다.

국제연맹의 회원국이 아니면 사무국이 문서를 접수하지 않는 상황인지라, 이승만은 중국 사람들의 주장을 받아들여서 만주의 조선 이주민 문제만을 다루기로 했다. 그는 조선과 일본 사이의 역사적 교섭을 자세히 기술한 문서를 만들어 중국 측에 건넸다. 그러자 중국 사람들은 만주 문제에 집중해야 하니, 조선과 일본의 역사적 교섭 부분을 모두 빼고 조선 이주민 문제만 다루어 달라고 요청했다.

이승만은 분개해서 독자적으로 행동하기로 결심했다. 그래서 새로 작성한 문서를 국제연맹 사무국에 우편으로 보내고 회원국 대표들에게도 사본을 보냈다. 그의 문서는 좋은 평판을 받았다.

그러나 고유균은 "만주에 있는 조선인들을 위해서 만주국의 수립에 반대한다"는 내용의 성명서 초안을 보내면서 이승만의 서명을 요청했다. 이승만은 내용을 다듬어서 서명했다. 중국 대표단은 이 성명서를 국제연맹에 제출했다. 이승만의 문서와 성명서는 만주국의 정당성을 부인하는 '19인 위원회'의 보고서가 압도적으로 의결되고 일본이 국제연맹에서 탈퇴하도록 만드는 데 작지만 실질적인 기여를 했다.

국제연합에 보낼 청원서는 이미 마련한 터라서 조금만 고치면 되었다. 한 통은 국제연합 사무총장에게, 그리고 다른 한 통은 미국 대표단 사무국장에게 보낼 것이었다. 청원서치고는 고고했다. 단도직입으로 서두에 "한국은 국제연합 구성원의 조건들을 충족했으며, 한국은 권리에 의거해서 초청되어야 합니다(Korea has fulfilled the conditions of the United Nations membership, and she should be invited as a matter of right)"라고 선언했다.

타자를 마치고서 검토하는 이승만의 가슴에 그리움과 아쉬움의 물살이 일었다. 제네바에서 활동할 때만 해도 그도 고유균도 활력이 넘쳤었다. 어떻게 보면 질긴 인연이었다. 국제연맹이 무너지기 시작한 때에 만나서 함께 일했는데, 이제 큰 전쟁을 겪고 나서 새로운 국제기구가 탄생하는 현장에서 다시 만난 것이었다. 그리고 두 사람은 그때와 비슷한 여건에서 비슷하게 움직이고 있었다.

'결국 이렇게 될 것이었지.'

중국 사람들과의 교섭에서 느끼게 되는 느끼함을 털어 버리려는 듯, 자리에서 일어나 창가로 다가가서 가슴을 펴고 숨을 깊이 쉬었다.

'어차피 우리 힘으로… 우리가 일을 저질러야지.'

얄타 비밀협약 폭로

실은 이승만은 이미 일을 저지르기 시작한 터였다. 함께 일을 저지를 고브로는 나흘 전에 이곳에 닿았다. 그리고 부지런히 뛰고 있었다. 아침에 호텔을 나서면 밤늦게 들어왔다.

이승만은 『나의 마지막 백만 독자』와 『빌리 미첼』을 사서 이곳으로 오는 사이에 읽었다. 의회도서관에서 대출해서 급히 훑어본 『나의 마지막 백만 독자』를 다시 찬찬히 음미하면서 읽다 보니 고브로에 대한 호감과 믿음이 깊어졌다.

생각해 보면 그것은 묘한 일이었다. 고브로가 타블로이드의 편집인으로서 독자들을 더 많이 얻기 위해 한 일들은 흔히 부도덕했다. 만일 유명한 여배우가 죽으면 기자에게 "먼저 일기를 확보해라. 일기가 없으면 일기에 나왔다고 그럴듯하게 이야기를 지어내서 기사로 써라" 하고 지시하는 식이었다. 그런 일들이 많은데도 묘하게도 고브로의 천성이 나쁘다는 느낌이 들지 않았다. 오히려 직업의식이 철저하다는 느낌이 들기도 했다. 하여튼 묘한 사람이었다.

고브로는 5월 3일 오후에 호텔에 도착했다. 여장을 풀었다는 그의 전화를 받고 이승만은 그의 방을 찾았다. 계획한 일을 성공적으로 수행하려면 일이 끝날 때까지 고브로의 존재를 드러내지 않는 것이 좋다고 이승만은 판단했다. 그래서 고브로를 대표단에게 소개하지 않았고, 그가 머무를 방도 다른 층에 자신이 손수 예약했다.

이승만은 『나의 마지막 백만 독자』와 『빌리 미첼』을 들고 바로 아래층 고브로의 방으로 내려갔다. 두 사람은 반갑게 만났다. 인사가 끝나자 이승만은 책들을 내놓고 서명을 부탁했다.

"이 책을 읽으면서," 이승만은 『빌리 미첼』을 가리켰다. "나는 거듭 생각했습니다. '세상과 불화한 사람들이 세상을 바꾼다. 그리고 보답으로 박해를 받는다.'"

흔히 빌리 미첼이라 불리는 윌리엄 미첼(William L. Mitchell)은 '미국 공군의 아버지'로 불리는 육군 장교였다. 육군 통신학교에서 교관으로 일하면서, 1906년에 그는 미래의 전쟁에서 공군이 결정적 역할을 하리라고 예측했다. 윌버 라이트(Wilbur Wright)와 오빌 라이트(Orville Wright) 형제의 첫 '공기보다 무거운 비행기'가 59초 동안 난 때부터 3년이 채 되지 않은 때였다.

미첼은 부유한 가문 출신이어서 자기 비용으로 비행 훈련을 받았다.

그리고 1916년에 소령으로 진급해서 제1군의 항공병과의 책임자가 되었다. 1917년 미국이 제1차 세계대전에 참가하자, 그는 영국과 프랑스의 공군이 작전하는 것을 면밀히 관찰하고 항공기를 조종해서 경험을 쌓았다. 마침내 1918년 9월 그는 첫 지공협동작전들 가운데 하나인 '생미옐 싸움(Battle of Saint-Mihiel)'에서 1,500대의 영국, 프랑스 및 이탈리아 항공기들을 이끌었다. 그는 준장으로 진급해서 유럽 주둔 미국 항공대의 사령관이 되었다.

미첼은 가까운 미래에 공군이 전쟁에서 중요한 역할을 하리라고 확신했다. 특히 전략적 폭격이 미국의 안전을 위협할 수 있다고 예측했다. 그래서 그는 육군과 해군에 이어 공군이 독립해야 한다고 주장하기 시작했다.

미첼의 주장은 육군과 해군의 격렬한 반발을 불렀다. 특히 해군의 반발이 심했으니, 해군 조종사들은 '통합된 공군'은 해군의 특수한 사정을 이해하지 못하리라고 걱정했다. 그러나 그는 부족한 국방 자원이 이미 낡은 무기인 전함들을 건조하는 데 들어가서 항공기의 개발이 늦어진다고 지적하면서, 항공기들의 폭격에 전함들은 대항할 수 없다고 주장했다. 자신의 주장이 받아들여지지 않자, 그는 전쟁부와 해군부가 나라를 위태롭게 만든다고 비판했다.

"전쟁 상황에서 항공기들의 폭격으로 전함들을 격침시킬 수 있다"는 미첼의 주장이 관심을 끌자, 전쟁부와 해군부는 낡은 전함들을 표적으로 삼아 항공 폭격의 효과를 시험하기로 결정했다. 1921년 5월 미첼은 자신이 소집한 제1임시항공여단 125대의 항공기와 1천 명의 요원들을 이끌고 시험에 나섰다. 그리고 표적들을 예상보다 훨씬 효과적으로 격침시켰다.

'미국 공군의 아버지' 빌리 미첼은 1925년 군법회의에 회부되어 유죄 판결을 받았다. 22년 뒤 미국 공군은 육군으로부터 독립해서 독자적 군이 되었다.

미첼의 주장을 입증한 이 시험은 해군의 약점을 노출시켰다. 그래서 그는 칭찬을 받는 대신 기득권을 지키려는 거대한 군부의 박해를 받았다. 그는 중요한 직책에서 밀려나 한직들을 전전했다. 1925년 9월에 해군의 첫 헬륨 비행선이 폭풍으로 추락해서 승무원 14명이 죽고 수상기 3대가 추락하자, 미첼은 육군과 해군의 지휘부를 격렬하게 비난했다. 그는 이 일로 군법회의에 회부되어 유죄 판결을 받아 5년간 무급 정직이 되었다. 그는 판결을 따르는 대신 사임했다. 그리고 여생을 공군의 중요성을 알리는 일에 바친 뒤 1936년에 죽었다. 그가 죽고 나서 다섯 해 뒤, 그가 경고한 대로 일본 함대의 함재기들이 펄 하버를 기습해서 미국 태평양함대의 막강한 전함들을 파괴했다.

고브로의 『빌리 미첼』은 미첼의 삶과 주장을 제대로 평가한 첫 저술이었다. 그 책은 미국 공군의 성장에 결정적 공헌을 했지만 군법회의에 회부되어 불공정한 판결을 받고 끝내 잊힌 영웅을 미국 사람들이 다시 기억하도록 했고, 그가 사후에 명예를 회복하고 정당한 평가를 받도록 하는 데 큰 공헌을 했다. 미첼은 1942년에 소장을 추서받았다. [1947년 미국 공군은 육군으로부터 독립해서 독자적 군이 되었다.]

"흥미로운 얘기군요." 고브로가 묘한 웃음을 지으면서 고개를 끄덕였다. "어쨌든 싱만, 그런 일에 관해선 나는 당신이 권위자라고 생각합니다. 제이 윌리엄스가 당신은 평생 혁명가로 살았다고 했습니다."

이승만은 소리 없는 웃음을 터뜨렸다. "그래서 그런 사람들은 그들의 진정한 모습을 밝혀 줄 수호자가 필요합니다. 에밀, 당신의 책은 접힌 역사의 한 장을 바로 펴서, 사람들이 제대로 역사를 알도록 만들었습니다. 이 책을 읽는 사람들은 모두 저자에게 감사하는 마음을 품으리라고 나는 확신합니다."

"칭찬 감사합니다."

이승만은 고브로에게 그동안 국제연합에서 일어난 일들을 간략히 설명했다. 그는 중국 대표단이 소극적 태도를 보인다는 점과 동필무라는 공산당 간부가 대표단의 일원이라는 점을 강조했다.

두 사람은 워싱턴에서 합의한 계획을 바꿀 이유가 없다는 데 합의했다. 그리고 내일부터 고브로가 러시아 사람들을 만나보기로 했다. 그들이 고브로의 제안에 호의적이면, 곧바로 이승만이 나서기로 했다.

고브로는 아침에 호텔을 나섰다. 그는 발을 절었지만, 어릴 적부터 열심히 운동을 해서 걷는 데 별다른 불편이 없다고 했다. 그러나 밤늦게 들어와서는 풀이 죽은 목소리로 이승만에게 러시아 친구들이 만나 주지도 않았다고 보고했다. 눈은 충혈되고 술 냄새가 나는 것으로 보아 충격과 실망이 컸던 듯했다.

이승만으로선 러시아 사람들의 태도가 놀랍지 않았다. 고브로가 접촉한 러시아 외교관들은 실무자들일 터인데, 그들은 재량권이 아주 작은 사람들이었다. 아마도 그들로서는 조선 문제를 폴란드 문제와 연계시켜 정책을 조정하는 것처럼 중대한 사항에 관해서 상부에 의견을 개진할 수도 없을 터였다. 그런 일은 모스크바에서 이루어지는 일이었고, 여기 국제연합 현장에 나온 외교관들은 지위가 높더라도 모스크바에서 내린 지시를 충실히 따를 수밖에 없었다. 그가 아는 한 공산주의 체제는 외교에서도 개인들이 움직일 여지가 전혀 없는 체제였다. 틀림없이 미국 사람과 개인적 친분이 있다는 사실조차 그들은 숨길 터였다. 그들로선 그것이 자신을 파멸로 몰 단서가 될 수 있는 일이었다. 러시아 사람들에게 고브로는 이미 이용할 가치가 사라진 미국인이었다. 고브로는 자신이 러시아 사람들에겐 '고마운 사람(persona grata)'이라고 말했지만, '대숙청'을 겪은 러시아 외교관들에겐 '반갑지 않은 사람(persona non grata)'일 터였다.

1933년 모스크바를 찾았다가 곧바로 추방당한 경험을 떠올리면서 이승만은 쓴웃음을 지었다. 일본과의 교섭에 방해가 된다고, 적법하게 입국한 외국인을 그대로 내쫓는 나라였다. 그런 체제에서 개인적 친분은 이용할 가치가 있을 때까지 유효했다. 그리고 그가 그때 경험한 사회는 아무리 음산하더라도 '대숙청'이 일어나기 전이었다. 지금의 러시아가 얼마나 공포에 질린 사회인지 그로선 상상하기도 어려웠다.

그래도 고브로의 이력이 그러했으므로, 이승만은 좋은 상황이 나올 수도 있다고 은근히 기대했었다. 러시아 사람들이 호의를 보이기만 해도 적잖은 소득이라고 생각했었다. 원래 독립운동이란 것이 이룰 가능성이 아주 작은 꿈을 이루려는 몸부림이었다. 신기루인 줄 알면서도 허위단심 달려가는 것을 거듭하는 삶이었다. 그래서 늘 기대를 품고 낙관적으로 살되, 높은 현실의 벽에 부딪쳐 기대가 무참히 깨어지면 실망을 이내 털어내야 했다. 1919년에 상해로 모인 많은 애국자들은 빈궁한 삶과 독립의 요원함이라는 현실 앞에서 모두 실망했다. 그런 실망에 의기가 꺾인 사람들은 몇 해 견디지 못하고 조선으로 돌아갔다. 실망을 털어 버릴 줄 아는 사람들만이 독립운동을 계속할 수 있었다.

다른 편으로는, 이승만은 마음이 개운해지는 느낌이 들었다. 그는 러시아 사람들이 호의적으로 나올 경우에 대비한 계획이 없었다. 러시아 사람들이 주도권을 쥘 수밖에 없는 상황에서, 그가 미리 구체적 계획을 세울 수는 없었다. 그리고 러시아 사람들과 교섭하다 보면 그가 공산주의 체제의 미로에 갇힐 가능성이 무척 컸다. 이제 상황이 어떠한지 드러났고, 덕분에 자신이 해야 할 일들이 뚜렷해진 것이었다.

워싱턴에서 윌리엄스에게 말했듯이, 고브로가 제공한 정보는 '폭탄'이었다. 러시아 사람들과의 교섭이 어떻게 진행되든, 그는 그 폭탄을 던져야 한다고 생각했다. 얄타 회담에서 나온 '비밀협약'이 존재하는 한 한국의 미래는 암담할 수밖에 없었다. 그리고 비밀을 무력화시키는 유일한 길은 그것을 드러내서 모든 사람들이 알도록 하는 것이었다. 이제는 '폭탄'을 던질 시기와 장소를 그 자신이 결정할 수 있게 된 것이었다.

"나는 실망했습니다. 그리고 당신을 실망시켰습니다." 고브로가 쓰디쓰게 말했다.

"에밀, 당신이 실망한 것은 당연합니다. 그러나 당신은 나를 실망시키지 않았습니다." 이승만은 힘을 주어 말했다. 고브로가 그를 쳐다보았다.

"당신은 우리 한국 사람들을 위해서 최선을 다했습니다. 대한민국 임시정부를 대표해서 나는 당신에게 공식적으로 감사의 말씀을 드립니다." 이승만은 탁자 너머로 손을 내밀었다.

고브로가 그의 손을 잡았다. "고맙습니다, 싱만."

"이제 상황이 분명해졌습니다. 소비에트 사람들이 우리의 제안을 받아들였다면 아주 멋졌을 것입니다. 그러나 그것에도 문제들은 있었을 것입니다. 그들은 직업적 외교관들이어서, 우리와 같은 아마추어들을 데리고 놀았을 것입니다. 갖가지 구실들을 대면서 관료주의의 미로 속에 우리를 가두었을 것입니다. 그렇게 우리를 미로 속에 가두고서 차일피일하면, 우리로선 대응할 길이 마땅치 않았을 것입니다. 크든 작든 그런 위험은 분명히 있었습니다. 이제 적어도 그런 위험은 사라졌습니다."

고브로가 좀 밝아진 낯빛으로 고개를 끄덕였다.

"에밀, 어차피 정의롭지 못한 '비밀협약'은 공개되어야 합니다. 그래야 그것의 독이 제거됩니다. 그것의 존재를 폭로하면, 그것을 만든 사람들이 반응할 수밖에 없어요. 만일 그들이 '비밀협약'이 있다고 인정하면, 우리는 목적을 달성하는 것입니다. 우리가 안 나서도 세상이 그들을 심판할 것입니다. 만일 그들이 없다고 주장하면, 우리는 그것이 집행되는 것을 막을 수 있습니다. 어느 쪽이든 우리는 우리가 원하는 대로, 소비에트가 몰래 한국을 장악하는 것을 막을 수 있습니다."

고브로의 얼굴에 장난기 어린 미소가 다시 자리 잡았다. 이승만은 문득 깨달았다. 고브로가 타블로이드의 편집자로서 객관적으로 부도덕한 일들을 많이 하면서도 부도덕한 사람으로 타락하지 않은 비결이 바로 그런 장난기라는 것을. 마음이 밝아지면서, 그의 마음에도 장난기가 어렸다.

"에밀."

"예."

"나는 천성적으로 타협보다는 대결로 끌리는 사람입니다. 내가 아는 당신도 그렇습니다. 루스벨트, 주여 그의 영혼을 보살피소서, 처칠, 그리고 스탈린, 주여 그를 적절한 지옥으로 보내소서, 세 힘센 사람들에 맞서서, 우리, 칼을 뽑읍시다."

이승만이 칼을 뽑는 손짓을 하자, 고브로가 소리 없는 웃음을 터뜨리면서 옆구리에 찬 칼을 뽑는 손짓을 했다. "좋습니다."

"이것은 자축해야 할 일입니다. 그렇지 않아요? 에밀, 바에 가서 한잔 합시다." 이승만이 일어섰다.

"하지만, 싱만, 당신은 술을 들지 않잖아요?"

"내가 좋아하는 칵테일은 '스카치 앤드 소다 상 스카치(sans scotch, 스카치 없음)'입니다."

두 사람은 유쾌하게 웃었다.

"갑시다."

세상에서 가장 강한 상대와의 결투를 앞두고, 평생을 세상에 맞서면서 살아온 두 노검객은 벅찬 가슴과 활기찬 걸음으로 방을 나섰다.

이승만이 임시정부 대표단에 약속한 '반격'은 5월 8일에 나왔다. 〈샌프란시스코 이그재미너〉에 레이 리처즈 기자가 쓴 '한국인들은 러시아의 장악을 멈추기 위해 애쓴다'라는 기사였다. 14면에 지난번 기사보다 곱절 길게 쓴 기사였다.

"새로운 영토와 보다 너른 정치적 통제에 대해 만족시킬 수 없는 식욕을 가진 러시아"의 위협에 대응해서 민족주의 단체들이 반공 전선을 구축해야 한다고, 26년의 역사를 가진 대한민국 임시정부의 초대 대통령 이승만 박사가 역설했다. 러시아가 일본과의 전쟁에 참가해서 한국을 정치적으로 장악하면 러시아에 순종할 '완충국(buffer state)' 괴뢰정부가 미국과 북중국에서 조직되고 있다는 보도에 대한 민족주의자들의 반응이다. 한국의 공산주의자들은 연안의 북중국 공산당 정부의 요원들과 확고한 협력 관계를 구축했다고 보도되었다. 러시아가 전후의 한국에 대한 영향권을 갖기로 얄타에서 약속을 받아 냈다는 확신이 확산되면서, 러시아의 악대차(bandwagon)에 편승하려는 한국인 기회주의자들이 늘고 있다. 대표적인 인물은 재미한족연합위원회의 워싱턴 대표인 전경무인바, 그는 국제연합 회의가 열린 뒤 일련의 기회주의적 행동을 보여 왔다. 전경무는 특히 국제연합 회의 기간에 샌프란시스코의 중국 공산당 신문 〈신세계(The New World)〉의 편집진에 참여하기로 했다. 그는 원래 반공주의자였고 전후에 러시아가 한국을 통제하는 것을 거세게 반대해 왔는데, 이번에 기회주의자로 처신하고 있다.

대략 이런 내용이었다. 그리고 그 기사는 이승만의 발언을 인용해서 결론으로 삼았다.

우리는 얄타 회담에서 스탈린 수상이 한국에 대한 통제를 약속받았다는 보도가 사실이 아니기를 희망해 왔지만, 보도는 점점 확인되는 듯하다. 이제 국제연합 회의에서 우리의 걱정을 밝히는 것이 우리의 과업이다.

그날 아침 식탁은 모처럼 활기찼다. 26년 동안 수많은 애국지사들이 피와 땀으로 세우고 지켜 온 대한민국 임시정부를 능멸한 재미한족연합위원회의 방자함과, 공산주의 세력의 득세에 빌붙으려는 기회주의자들의 비루함을 한꺼번에 비판한 기사에 모두 고무되었다. 캘리포니아와 하와이의 동포들의 반응도 당연히 좋았다. 전쟁이 끝나면 일본 대신 러시아가 종주국이 된다는 상황 앞에서 모두 경악한 것이었다.

이승만은 신문을 들고 고브로를 찾았다. 그리고 진심으로 감사했다. 그 기사는 고브로와 제이 윌리엄스가 기자를 설득한 덕분에 나올 수 있었다. 이승만은 흐뭇했다. 워싱턴에선 가장 많은 정보를 가장 먼저 얻는 윌리엄스가 일들을 기획했다. 그는 로버트 올리버와 모리스 윌리엄(Maurice William)의 자문을 얻어서 일을 진행했다. 윌리엄은 치과의사로 저술 활동을 하는데, 지금은 '한미협회' 뉴욕 지부의 부회장으로 이승만을 돕고 있었다. 자료의 정리와 제공은 프란체스카가 루스 홍과 토머스 박을 데리고 완벽하게 해내고 있었다. 고브로와 윌리엄스는 전보로 의견을 교환하면서 작전을 짰다. 거사를 앞두고 '이승만 팀'은 완벽하게 움직이고 있었다.

"싱만, 예약했습니다."

고브로가 말했다.

"모레 5월 11일 12시 팰리스 호텔 식당으로 예약했습니다."

"수고 많았어요, 에밀." 이승만이 웃음 띤 얼굴로 치하했다. "몇 사람이나 나올 것 같아요?"

"확실한 것은 다섯 사람입니다. 두어 사람이 더 나올 수도 있어요. 열 사람으로 예약했습니다. 샌프란시스코 이그재미너하고 아이.엔.에스가 나오니…."

"매우 좋습니다. 기대가 됩니다."

고브로가 장난기 어린 웃음을 지었다. "싱만, 당신은 빨리 경기장에 나가고 싶어 하는 검투사 같습니다."

이승만이 싱긋 웃었다. "나는 이런 기회가 주어진 것에 대해 하느님께 감사하고 있습니다. 연합국 관리들과 편지로 다투다가 좌절감을 맛보고 끝내는 것보다는 얼마나 좋아요? 에밀, 나는 당신에게 정말로 감사하고 있어요."

고브로의 웃음이 짙어졌다. "당신의 검술을 보게 된 것은 특권입니다."

"고맙습니다. 그런데," 이승만이 잠시 생각을 가다듬었다. "우리의 발표의 효과를 극대화하기 위해서 큰 신문들에 광고를 실으면 어떨까 생각했어요."

"광고요?"

"예. 전면 광고요. 강대국 지도자들이 얄타에 모여서 기껏 한다는 짓이 약소국의 앞날을 소비에트에 팔아넘긴 것이라고 자세히 설명하는 전면 광고를 낼 생각입니다."

"전면이면 돈이 많이 들 텐데요?"

"리처즈의 기사가 나온 뒤 이곳 한국인 사회의 여론이 달라졌습니다. 많은 사람들이 우리의 노력을 돕고자 합니다. 그래서 삼천 달러 정도 책정해서 〈뉴욕 타임스〉와 다른 신문 두 군데에 광고를 낼 생각입니다."

고브로가 잠시 생각하더니 조심스럽게 말했다. "괜찮은 생각입니다. 다만, 큰돈이 들어가니, 모레 점심 회동이 끝난 뒤에 결정하는 것이 좋을 듯한데요."

이승만이 고개를 끄덕였다. "그렇게 하는 것이 좋겠네요."

"여론이 호의적으로 돌아섰다고요?"

"예." 이승만이 싱긋 웃었다. "소비에트가 한국에 대한 욕심을 드러냈다는 얘기가 퍼지자, 사람들이 크게 놀랐어요. 모두 일본의 통치에서 소비에트의 통치로 바뀌는 것은 프라잉 팬에서 불로 뛰어드는 것이라고 했어요."

"아, 그래요?"

"지금 이곳엔 19세기 말엽에서 20세기 초엽에 걸쳐 제정 러시아가 한국에서 보인 행태를 기억하는 사람들이 많이 있어요. 그들이 기겁을 한 것이죠. 일본 사람들은 그래도 한국 왕실과 정부를 개혁하려는 의지를 보였어요. 물론 그들의 궁극적 목적이야 한국을 식민지로 삼는 것이었지만, 러시아는 한국의 개혁엔 전혀 관심이 없고 오로지 한국 왕실을 구슬려서 이권을 얻는 데만 마음을 쏟았어요. 왕실에 개혁 조치들을 강요한 일본을 싫어한 고종 황제는 러시아로 기울었고, 일본의 강요로 했던 개혁을 모조리 폐기했어요. 제정 러시아가 그러했는데 소비에트는 어떠하겠어요? 한국이 한번 '곰의 포옹'을 받게 되면 조선의 앞날은 없어요. 알 만한 사람들은 다 알죠."

"그것 좋은 소식인데요. 소비에트 러시아에 대해서 환상을 품은 사람들이 그리도 많은데…." 고브로가 고개를 저었다.

"내친 김에 소비에트와 중국 공산당에 기대려는 유.케이.씨 친구들에게 일갈했습니다." 이승만이 클클 웃었다. "당신들이 우리 임시정부를 도울 수 없다면, 차라리 한국의 독립을 반대하는 미국 국무부를 보호해라. 그랬더니 그 친구들이 놀라서 좀 덜 시끄러워졌어요." ['UKC'는 'United Korean Committee', 즉 재미한족연합위원회를 뜻했다.]

고브로가 소리 내어 웃었다. "싱만, 당신 그거 알아요? 당신이 환상적이라는 것을?"

이승만이 싱긋 웃었다. "그럼 나는 제이에게 전보를 쳐야겠습니다. 혹시 제이에게 하실 말씀이 있으세요?"

"아니요. 안부 인사나 전해 주세요."

택시에서 내리자 이승만은 팰리스 호텔을 올려다보았다. 이 웅장한 고급 호텔은 샌프란시스코의 두드러진 축조물(landmark)이었다. 그의 마음의 눈에 이 자리에 서 있던 옛 건물의 모습이 떠올랐다.

1904년 12월 시어도어 루스벨트 대통령을 만나러 가는 길에 이승만은 샌프란시스코에 들렀다. 그때 며칠 머물면서 관광에 나섰는데, 가장 고급이라는 이 호텔에 잠깐 들러서 견학 삼아 둘러보았다. 당시 그는 동행했던 이중혁李重赫과 함께 오이소야 앤드 미지(Oisoya & Miji)라는 허름한 일본인 소유 호텔에 이틀을 묵었다. 더블베드 하나가 놓인 방에서 하룻밤 자는 데 50센트를 받았다. 이중혁은 한성감옥의 간수장으로 이승만을 잘 대해 주었던 이중진李重鎭의 동생이었는데, 미국 유학을 가는 길이었다. 이중진은 이승만에게 여비를 보태 주었다. 그 뒤에 샌프란시스코에서 전도사로 활동하던 안정수가 그들을 자기 숙소로 데리고 갔다. 이중혁은 Howard Leigh라는 영어 이름을 썼고 안정수는 John Soo Arhn이라는 이름을 썼다.

두 해 뒤 '샌프란시스코 지진'으로 팰리스 호텔은 불에 탔다. 그래서 다시 세운 건물이 이 호텔이었다. 여기서 지난 4월 25일 저녁에 샌프란시스코 회의의 개막을 축하하는 연회가 열렸다.

로비로 들어서면서, 그는 40년 전 옛 건물로 들어서던 자신의 모습을 떠올렸다. 아직 만 서른이 되지 않은 청년이었다. 너른 세상의 발전된 나라들을 살피고 배워서 뒤진 조국을 발전시키려는 염원으로 가슴 벅찬 젊은 나그네였다.

제물포를 떠난 뒤, 그는 배에서도 조국의 인민들을 깨우치기 위해 〈제국신문〉에 실을 글을 썼다. 고베에서 갈아탄 기선 '사이비리아(Siberia)호'가 호놀룰루에 기항하기 직전에 쓴 편지에선 "태평양을 지나는 행객 이승만은 배에서 다시 제국신문 독자들을 위하여 두어 마디 적나이다"라는 인사로 시작해서 자기가 탄 배가 어떠한지 자세히 설명했다.

> 우리가 탄 배가 미국 우선회사郵船會社 사이비리아라는 배인데 재작일은 1천여 리를 왔나이다. 만일 풍범선風帆船 같은 배로 올 수 있을 것 같으면 몇 달이나 될는지 아득하외다. 이 배 길이가 목척으로 572척 4촌인데 내 걸음으로 온발씩 내디뎌 254보이니 땅에 이만치 재어 놓고 보면 얼마나 긴지 아실 것이오. 배 톤수는 1만 2천 톤이며 배에서 일하는 사람 수효는 함장 이하로 서양 사람이 일백여 명이고 청인이 이백여 명이니 능히 삼백여 명 사공이라. 먹고 쓰는 것과 월급은 다 얼마나 되겠나이까. 이 배가 코리아(Korea)라 하는 배와 서로 같고 만추리아(Manchuria)와 몽골리아(Mongolia)라 하는 배 둘은 이보다도 거의 갑절이나 크다 하오니 어떻게 굉장하오니까. 그 속범절이 곧 조그마한 나라 하나라 하겠소.

그는 젊은 날의 자신에게, 여러 사람들의 기대 속에 중대한 임무를 띠고 먼 길에 나선 젊은이에게, 자신이 겪어야 할 수많은 풍파들을 아직 짐작도 못하는 '순진한' 젊은이에게, 아득한 40년의 세월 너머로 응원의 말을 건네고 싶은 충동을 느꼈다.

고브로가 회상에 잠긴 눈길로 둘러보는 이승만에게 눈길로 묻고 있었다. 회상에서 깨어나 이승만은 느릿한 웃음을 얼굴에 올리고 설명했다.

"전에 이 호텔에 들른 적이 있습니다. 샌프란시스코 지진이 나기 전에…."

고브로가 그의 얘기를 재미있게 들었다.

예약한 방에서 기자들을 기다리는 사이, 이승만은 처음 샌프란시스코를 둘러볼 때 느낀 것들을 얘기했다. 그리고 조선처럼 뒤진 사회가 앞선 서양 문명을 받아들이는 일이 얼마나 혼란스럽고 위험한 일인가 자신이 경험한 대로 설명했다.

기자 간담회장엔 〈샌프란시스코 이그재미너〉의 레이 리처즈 기자가 맨 먼저 나타났다. 이미 만나서 얘기하고 호의적 기사를 써 주었고 이승만이 감사 인사를 한 터라 두 사람은 친숙한 사이였다. 그가 다른 사람들보다 일찍 나와 준 것도 이 자리가 잘되기를 바라는 마음에서 나온 듯해서 이승만은 퍽이나 고마웠다.

간담회에 나온 기자는 모두 여덟 사람이었다. 고브로가 접촉한 사람들은 모두 나온 것이었다. 이승만은 고무되었다. 일이 잘 풀리고 있었다.

고브로가 기자들에게 한국에 관심을 지니고 이렇게 나와 주어서 고맙다는 인사를 했다. 그리고 1906년의 지진으로 불탄 이 호텔의 옛 건물을 이승만이 찾은 적이 있다는 얘기를 했다. 사람들이 가볍게 감탄하면서 이승만을 바라보았다.

그렇게 해서 자연스럽게 이승만이 얘기를 넘겨받았다. 그는 자신이 그때 팰리스 호텔을 찾게 된 사연을 얘기했다. 러일전쟁에서 이긴 일본이 조선을 실질적 식민지로 삼을 의도를 드러낸 일, 자신이 미국의 도움을 요청하는 밀사로 파견되어 워싱턴으로 가다가 샌프란시스코에

"얄타에서 '일본이 조선에서 축출되면 조선을 러시아의 영향권 안에 둔다'는 비밀협약이 있었습니다. 나는 그 각서의 사본을 가졌습니다."

들른 일, 당시 일본으로 가던 미국 전쟁장관 윌리엄 태프트(William H. Taft)가 하와이에 들러서 그곳 한국인들의 열렬한 환영을 받은 일, 태프트가 환영대회를 주최한 윤병구에게 시어도어 루스벨트 대통령을 만나도록 소개장을 써 준 일, 덕분에 그와 윤병구가 루스벨트 대통령을 만나게 된 일, 태프트가 일본에서 수상 가쓰라 다로桂太郎와 '태프트·가쓰라 비밀협약'을 맺어서 일본의 조선 병합을 인정한 일, 그 비밀협약이 20여 년 뒤에야 공개된 일을 얘기했다.

처음엔 가벼운 호기심으로 이승만의 얘기를 듣던 기자들은 태프트·가쓰라 비밀협약에 담긴 합의들을 깨닫자 낯빛이 진지해졌다.

분위기가 무르익었다고 판단한 이승만은 간담회의 주제를 꺼냈다.

"그러면 오늘 여러분께 말씀 드리고자 한 사항에 대해 얘기하겠습니다. 얄타 회담에서 합의된 사항들은 이미 공표되었습니다. 그러나 그렇게 공표된 사항들 밖에 한국에 관한 비밀협약이 있었습니다. 알타에서 세 강대국 정상들은 '일본이 조선에서 축출되면 조선을 러시아의 영향권 안에 둔다'고 합의했습니다."

"이 박사님, 당신의 주장은 아주 대담한 주장입니다. 그런 주장의 근거는 무엇인가요?" 바로 앞에 앉은 리처즈가 물었다.

"나는 그 비밀협약의 각서(memorandum)의 사본을 가졌습니다."

"그 각서의 사본은 어떻게 얻으셨나요?"

"지금 그 각서의 원천을 밝힐 수는 없습니다. 그러나 그것을 제공한 사람의 신빙성과 그것의 진정성은 의심의 여지가 없습니다."

사람들의 눈길이 이승만 왼쪽에 앉은 고브로에게로 쏠렸다. 고브로는 장난기 어린 웃음만 띤 채 사람들의 묻는 눈길에 반응하지 않았다.

"이 각서를 미국 정부에 제출하고 확인하셨나요?" 리처즈 옆에 앉은 INS 기자가 물었다.

"오늘 우리 워싱턴 본부에서 트루먼 대통령에게 제출하기로 되었습니다. 그리고 상원의원들이 스테티니어스 국무장관에게 설명을 요청하는 전보를 보낸 것으로 알고 있습니다."

"그동안 알타에서 만주와 조선의 산업 시설들과 항구들을 소비에트 러시아에 넘기기로 했고 내몽골을 러시아의 영향권에 두기로 했다는 보도들이 나왔습니다. 혹시 이런 보도들을 확인할 만한 증거를 가지셨나요?"

"내가 가진 것은 한국에 관한 것뿐입니다. 그리고 트루먼 대통령에게 제출될 것은 한국에 관한 부분만인 것으로 알고 있습니다."

"이제 당신과 대한민국 임시정부의 계획은 무엇입니까?" 리처즈가 물었다.

"얄타 비밀협약은 미국이 한국을 두 번째 값싸게 넘긴 것입니다. 태프트·가쓰라 비밀협약이 나온 지 40년 뒤에 다시 원칙과 신의를 버린 것입니다. 그리고 그런 비밀협약에 따라, 미국 국무부는 한국이 국제연합의 창설에 참여하는 것을 극력 막아 왔습니다. 우리는 국제연합에 참여하기 위해 계속 노력할 것입니다."

식사가 나오면서 잠시 다른 화제들이 올랐다. 이승만은 마음이 밝았다. 기자들은 대체로 호의적이었다. 특히 리처즈가 이 간담회의 성공에 마음을 쓰는 것이 고맙고 든든했다. 그의 기사는 허스트 계열의 여러 신문들에 동시 게재되고 있었다.

"이 박사님," 식탁 왼쪽 끝자리에 앉은 젊은 기자가 물었다. "이렇게 강대국들이 함부로 일을 처리하면 마음이 무척 아플 것입니다. 지금도 속이 많이 상하셨을 것 같은데…."

이승만이 입에 든 것을 삼키면서, 천천히 고개를 끄덕였다. 사람들의 눈길이 그에게로 쏠렸다.

"씁쓸하죠. 배신감과 환멸이 크죠. 하지만 그런 감정은 개인적인 것은 아닙니다. 강대국들의 배신은 국제정치의 조건에서 나오니까요. 얄타 회담에서 그런 협약을 한 사람들에 대해 개인적으로 유감을 품고 비난하는 것이 아니라, 강대국들에 의해 작은 민족들과 나라들이 희생될 수밖에 없는 이 세상의 질서에 대한 분노지요."

그 기자가 고개를 끄덕였다. "알겠습니다."

"지금 국제연합의 창설 과정에서도 그런 편향된 질서가 작동하고 있습니다. 평화를 유지할 국제기구를 만들겠다는 프랭클린 루스벨트 대통령의 비원이 미국의 주도로 실현되고 있습니다. 그러나 미국 혼자 그런 기구를 만들 수는 없습니다. 다른 힘센 나라들의 동의를, 특히 소비에트의 동의를 먼저 얻어야 합니다. 그런 협상 과정에서 서로 주고받는 것들이 바로 작은 민족들과 나라들의 운명입니다. 우리는 폴란드의 운명이 그렇게 결정되는 것을 지켜보았습니다. 작은 나라들도 큰 나라들의 침략과 압제를 받지 않고 살 수 있는 세상을 만들려면 국제연합 같은 기구가 필요한데, 그런 기구를 만들려면 다른 강대국들의 협조를 얻어야 하고, 그들의 협조를 얻으려면 그들이 원하는 것들을 주어야 하는데, 그들이 원하는 것은 약소국들을 식민지나 보호령으로 통치하는 것이니, 먼저 그렇게 하기로 합의하게 됩니다. 즉, 약소국들을 보호할 국제기구를 만들려면 그들을 먼저 강대국의 식민지나 보호령으로 삼아야 합니다. 이것이 국제정치의 논리입니다." 사람들이 자신의 얘기를 새길 틈을 준 다음 이승만은 다시 강조했다. "비록 괴기하지만, 그것은 자연스러운 논리입니다."

"그러면 어떻게 해야 하나요?" 그 젊은 기자가 잠시 내린 무거운 침묵을 조심스럽게 깨트렸다. "그런 기괴하지만 자연스러운 논리를 어떻게 깨뜨릴 수 있나요?"

"약한 나라가 할 수 있는 일은 외치는 것입니다. 지금 힘센 나라들이 모여 부당한 일을 꾸민다고. 그런 외침은 잘 들리지 않습니다. 그러나 여러분이 글로써 알리면, 우리의 작은 외침은 사자의 포효처럼 온 세계에 들릴 수 있습니다. 나는 이번 우리의 항의하는 목소리가 여러분의 도움을 얻어 온 세계에 들리리라 기대합니다."

고브로가 손뼉을 치자, 모두 따라서 손뼉을 쳤다.

"이 박사님, 감동적인 말씀이었습니다." 감동으로 탁해진 목소리로 리처즈가 말했다. "우리가 도움이 되기를 진정으로 희망합니다. 최선을 다하겠습니다."

다음 날인 5월 12일 〈샌프란시스코 이그재미너〉는 논설 면인 8면에 '한국인들은 러시아의 손길을 두려워한다(Koreans Fear Grab by Russia)'라는 제목을 단 리처즈의 기사를 실었다. 리처즈는 이승만이 한 얘기들을 충실히 보도했다. 그리고 이승만의 워싱턴 본부에서 그의 동료들은 "완전한 얄타 협정은 러시아에 만주를 양여한다는 약속을 포함하는 것으로 이해한다"고 말했다고 덧붙였다. 이승만의 얘기에 대해서 그는 "그렇게 일컬어진 문서가 진정이라면, 이곳의 국제연합 회의에서 외교적 다이너마이트 장약이 될 수 있다"고 평했다. 이승만의 기대대로 폭탄이 제대로 터진 것이었다. 다른 기자들도 그의 얘기를 썼을 터이므로, 폭탄의 위력은 상당할 듯했다.

이승만으로선 먼저 다른 대표들에게 자신의 기자 간담회에 대해 해명을 해야 했다. 그들에게 이승만의 발표는 느닷없는 사건이었다. 그들은 이승만의 생각을 알고는 있었지만 이승만이 가진 정보에 대해선 별다른 얘기를 듣지 못한 터였고, 고브로의 존재와 역할에 대해선 아예 몰랐다. 당연히 불만이 클 터였다.

아침 식탁에 모두 모이자, 이승만은 상황을 간단히 설명하고 비밀을 지킬 수밖에 없었다고 양해를 구했다. 그리고 러시아 사람들을 잘 아는 사람으로부터 정보를 얻었다고 밝혔다.

그의 설명이 끝나자, 불만이 가득한 침묵이 식탁에 내렸다. 기침으로 목청을 가다듬은 정한경이 침묵을 깨뜨렸다.

"박사님, 그런 정보를 제공한 사람의 신원은 확실합니까?"

"예. 오래 사귄 사람은 아니지만, 믿을 만합니다."

"그 사람의 정보를 달리 확인하시지는 않으셨나요?"

"예. 확인할 길이 없는 정보라서, 그 사람을 믿고 발표한 것입니다."

"박사님은 얄타 회담에 참가한 연합국 지도자들을 국제사회에 고발한 셈입니다. 그러나 박사님은 그러한 고발에 대해 그 사람의 얘기 말고는 아무런 증거도 가지고 있지 않으십니다. 그 사람의 얘기가 실제로 근거 없는 것으로 밝혀지면, 그 결과가 두렵지 않으십니까?"

정한경은 이승만의 오랜 동지였고 특히 국제회의들에서 함께 활동한 처지였다. 정한경은 1919년에 '국제연맹의 조선 위임통치' 방안을 제안한 사람이었다. 그의 제안을 따라 파리 강화회의에 참석할 대표들인 이승만, 민찬호, 정한경 세 사람은 "조선을 현재의 일본 지배로부터 자유롭게 하여, 앞으로 완전한 독립을 보장하는 조건으로, 국제연맹의 위임통치 아래 두는 조치"를 강화회의를 주재하는 우드로 윌슨 대통령에게 청원했다. 일본이 승전국으로 강화회의에서 큰 영향력을 지닌 당시 상황에서 이런 방안은 뛰어난 전략이었다. 그러나 당장 무력으로 일본과 싸워야 한다고 주장하는 사람들은 두고두고 그 방안을 거세게 비난했다. 임시정부 대통령으로 선출되어 독립운동을 주도하게 된 이승만은 특히 악의적인 비난을 많이 받았다. 그가 임시정부 지도자로 선출될 때, 신채호는 '위임통치 청원'을 문제 삼아 극력 반대했다. 심지어 "이승만은 이완용보다 더 큰 역적이오. 이완용은 있는 나라를 팔아먹었지만, 이승만은 아직 나라를 찾기도 전에 팔아먹은 놈이오!"라고 욕설을 퍼부었고 끝내 임시정부에 참여하지 않았다. 정한경으로선 이번 일로 이승만이 맞을 어려움을 걱정하지 않을 수 없었다.

이승만은 정한경의 마음을 잘 알았다. 그는 무겁게 고개를 끄덕였다.

"정 박사님께서 걱정해 주시는 뜻을 내 잘 압니다. 고맙습니다. 실은 정 박사님 얘기대로 나는 증거가 없어요. 그것은 오직 나의 관찰에 따른 신념일 따름이오. 한국을 위하여 나는 내가 틀렸기를 바라오. 만일 비밀협정이 없다면, 그 결과에 대하여 나는 기꺼이 모든 책임을 지겠소. 사실이든 거짓이든, 우리나라가 어떤 위치에 있는가 밝히기 위해 지금 그것을 터뜨릴 필요가 있다고 판단했소. 내가 바라는 것은 얄타 협정에 서명한 국가 수뇌들이 그것을 공식으로 부인하는 것이오. 그보다 더 나를 기쁘게 할 것이 없소."

정한경은 비로소 깨달았다. 이승만이 이번 일을 어떻게 바라보는가를. 그렇게 확인하기 어려운 정보에 의존하는 것이 위험함을 이승만 자신이 누구보다도 잘 알았을 것이었다. 사실 그런 정보를 얻으면, 누구나 그런 정보의 진위에 마음을 쓰게 된다. 그래서 그것의 진위가 확인된 뒤에야 그것을 이용할 길을 생각하게 된다. 그러나 이승만은 그 정보의 진위나 그것에 의존할 때 안을 위험 너머를 바라보고, 그 정보가 가져다준 기회를 알아본 것이었다. 한반도의 운명이 강대국들의 비밀스러운 거래들로 결정되는 상황에서 아무런 발언권이 없는 대한민국 임시정부가 최소한의 언질이라도 얻으려면, 미국 사회의 관심을 끌어 미국 정부의 팔을 비틀어야 한다는 것을 이승만은 누구보다도 절실하게 인식했고, 그가 얻은 정보에서 그렇게 할 기회를 이내 알아본 것이었다. 나아가서 그런 기회를, 손으로 잡기 어려울 만큼 위험한 기회를 머뭇거리지 않고 움켜쥔 것이었다. 그런 통찰과 행동은 오직 민족의 이익을 위해 헌신하면서 자신에게 퍼부어질 억측과 비난과 박해를 두려워하지 않는 인품에서만 나올 수 있었다. 그것이 이승만의 위대함이었다. 그것이 이승만을 지도자로 만든 것이었다.

"박사님, 잘 알겠습니다." 문득 가슴에서 치밀어 오르는 뜨거운 감정을 가까스로 눌러 넣으면서 정한경은 탁한 목소리로 대답했다.

이승만이 싱긋 웃었다. "사실 이것은 폭탄이오. 그것도 던진 사람이 먼저 피해를 입는 그런 종류의 폭탄이오. 일단 던져서 터뜨렸으니, 역풍이 불 것입니다. 어떤 역풍이 불어오는지 한번 기대해 봅시다."

사람들이 무겁게 고개를 끄덕였다.

"우리가 이 박사님을 보호해야 합니다." 윤병구가 힘주어 말했다. 다른 사람들이 동의했다.

"감사합니다. 우리 함께 역경을 헤쳐 나갑시다."

가까스로 대표단 안의 분위기를 수습하자, 이승만은 속으로 안도의 한숨을 쉬었다. 자칫하면 우의가 상할 수도 있는 일이었다.

방으로 올라오자, 이승만은 어제 저녁에 쓰다 만 편지를 마저 써서 부쳤다.

어제 오후에 정한경과 임병직이 국제연합이 돌아가는 상황을 알아보려고 필리핀 대표단을 찾았었다. 지난 5일에 회의 의장에게 가입을 신청하는 편지를 보냈는데 아직 답신이 없다고 하자, 필리핀 사람들은 가입 문제를 다루는 1위원회(commission)의 2분과위원회(committee)의 위원장에게 직접 편지를 보내 보라고 조언하더라고 보고했다. 그는 필리핀 사람들의 조언을 따른 것이었다.

5월 13일 이승만은 많은 신문들을 거느린 허스트(William Randolph Hearst)에게 편지를 썼다. 자신이 기자들에게 발표한 주장들을 설명한 다음, 강대국들의 비밀협정으로 희생된 한국을 도와달라고 호소했다.

> 한국이 비밀협정의 희생이 된 것이 이번이 처음이 아니라는 것을 귀하는 기억하실 것입니다. 이러한 국제적 노예무역의 비밀이 폭로된 이상, 미국 국민들의 자식들이 민주주의를 위하여 이 세계

를 안전하게 하려고 지고의 희생을 하고 있는 때에 세계의 지도자들은 민주주의와 인간의 자유를 팔고 있다는 것을 미국 국민들에게 인식시킬 사람은 귀하와 같은 언론의 대지도자들입니다. 만일 미국 국민들이 이러한 일을 중지시키지 못한다면, 그들의 자식들은 다음 사반세기에 제3차 세계대전을 치르기 위해 불려 나갈 것입니다. (…)

허스트는 원래 극좌파로 루스벨트를 지지했었으나 뒤에 생각을 바꾸었다. 그래서 당시엔 철저한 반공주의자로서 러시아를 경계했고 루스벨트 대통령의 정책에 반대했다. 제이 윌리엄스가 근무하는 통신사 INS도 허스트의 소유였다.

5월 14일 이승만은 자신이 터뜨린 '폭탄'의 위력을 키울 방안에 관해 고브로와 상의했다. 두 사람은 고브로 명의로 의회 지도자들에게 전보를 보내기로 합의했다. 그래서 오언 브루스터(R. Owen Brewster) 메인주 출신 상원의원, 월터 조지(Walter F. George) 조지아주 출신 상원의원 그리고 클레어 호프먼(Clare E. Hoffman) 미시간주 출신 하원의원에게 전보를 쳤다.

미국, 영국 및 러시아에 의해 서명된 비밀협정은 일본과의 전쟁이 끝날 때까지 한국을 소비에트의 영향권 속에 두겠다고 선언했고, 나아가서 일본과의 전쟁이 끝날 때까지 미국과 영국은 한국에 대해 아무런 약속도 하지 않겠다고 선언했습니다. (…) 이 비밀협정은 지금 한국이 샌프란시스코 회의에서 국제연합의 일원이 되는 것을 막고 있습니다. (…) 지금 한국의 자유를 구하기 위해선 일분이 중요하므로 이 잘못을 바로잡는 데 귀하의 영향력을 발휘해 주시기를 귀하의 미국적 정의감에 호소합니다.

고브로의 호소 전보에 조지 상원의원만이 반응했다. 비록 의례적인 내용이었지만, 조지의 답신은 두 사람에게 큰 격려가 되었다. 고브로는 곧바로 그에게 도움을 요청했다.

"하느님과 미국인의 정의의 이름으로 3천만 기독교 국민이 러시아인들에게 팔려 가는 이 위급한 순간에 그들을 구원하기 위해 무엇인가 해 주시지 않겠습니까?"

조지는 고브로 명의로 된 두 통의 전보를 트루먼 대통령에게 보내면서, "나는 이 전보들을 각하에게 보내야 한다고 생각합니다. 나는 그 주제에 관하여 전보 말고는 다른 정보를 갖고 있지 않습니다. 그러나 그것은 각하께서 주의를 기울여야 할 문제라고 믿습니다"라고 편지에 썼다.

5월 15일 조지에게 고브로 명의로 답신 전보를 치고 나서, 이승만은 트루먼 대통령에게도 편지를 썼다. 그는 한국을 러시아에 넘긴다는 '얄타 비밀협약'이 바로잡혀야 하며, 대한민국이 국제연합 회의에 참석할 자격이 있고, 한국인들을 일본과의 전쟁에 동원하는 정책이 합리적임을 역설했다. 백악관은 이 편지를 국무부로 이송했다.

트루먼 대통령에게 편지를 쓰고 나서, 곧바로 이승만은 샌프란시스코 회의 미국 대표단의 사무총장인 더워드 샌디퍼(Durward V. Sandifer)에게 편지를 썼다.

5월 8일 샌프란시스코 회의 사무총장인 앨저 히스와 미국 대표단장에게 보낸 편지들에 대한 답신들이 막 도착했는데, 예상대로 그들은 한국이 국제연합에 가입할 자격이 없다고 단언했다. 히스는 이승만이 5월 5일에 회의 의장에게 보낸 편지와 5월 11일에 1위원회 2분과위원회 위원장에게 보낸 편지들도 언급하면서, 국제연합의 태도가 바뀔 가능성이 없다고 말했다. 이승만은 국제연합의 가입을 위해 더 이상 할 일이 없다고 판단했다. 그러나 샌디퍼의 편지는 대한민국 임시정부의 성격에 대해 부정적 표현을 담고 있어서, 이승만은 그냥 넘어갈 수 없다고 판단했다.

그는 편지지 두 장을 꽉 채운 편지를 써서 부쳤다. 그는 대한민국 임시정부의 자격에 대해 미국 국무부가 편견을 가졌다는 점을 지적했다. 이어 얄타 회담에서 나온 비밀협약으로 한국이 부당한 대우를 받고 있다고 주장했다. 벌집을 건드린 것이었다.

그의 예상대로, 미국 대표단은 얄타 비밀협약의 언급에 즉각 반응했다. 5월 17일 국무장관을 대신해서 동양업무국장 조지프 밸런타인(Joseph W. Ballantine)이 얄타 비밀협약의 존재를 부인하는 편지를 보내왔다.

샌디퍼와 히스의 회신들로 대한민국 임시정부의 국제연합 회의 참석은 공식적으로 좌절되었다. 이제 대표단이 샌프란시스코에서 할 일은 없었다. 얄타 비밀협약이 존재한다는 이승만의 주장은 앞으로 많은 논란을 불러올 터였지만, 그것은 이승만과 고브로가 처리할 일이었다.

5월 16일 아침 식사를 하면서, 이승만은 대표들에게 현재 상황을 간략하게 설명했다. 미국 대표단과 국제연합 사무국이 공식적으로 대한민국 임시정부의 가입을 거부했으므로 이제 샌프란시스코 회의 기간에 가입할 길은 없다는 것과, 얄타 비밀협약 때문에 한국이 독립하기 어려우니 얄타 비밀협약을 드러내어서 무력화시키는 일이 시급하다는 것을 얘기했다. 그리고 그 일은 주미외교위원부가 계속 추진하겠다고 밝혔다.

한참 동안 그 일에 관한 얘기들이 오갔다. 재미한족연합위원회에서 미국 국무부와 영국 대표단에 얄타 비밀협약의 존재에 관해 문의했으며, 만일 미국 국무부가 공식적으로 부인하면 대대적으로 이승만을 공격하기로 했다는 얘기도 나왔다.

얄타 비밀협약에 관한 얘기가 사그라지기를 기다려, 이승만은 앞으로 나올 상황을 설명했다.

"일본과의 전쟁이 금년 중에 끝날 가능성이 높습니다. 독일이 항복한 터라 일본이 더 버티기 어려울 것이고, 설령 일본 본토가 함락되지 않더라도 우리 한국 땅은 해방될 것입니다. 따라서 우리도 그런 상황에 대해 준비를 시작해야 합니다. 시간이 얼마 남지 않았습니다. 길어야 반년입니다."

"맞습니다." 정한경이 말을 받았다. "시간이 많이 남지 않았습니다."

"대한민국이 수립되면 민주공화국이 되니, 정당 정치가 나올 것입니다. 미국이나 영국처럼 정당 중심으로 국가가 움직이는 것이 바람직합니다."

"그렇다면 우리도 정당을 만들어야죠." 이살음이 말했다. 다른 사람들이 선뜻 동의했다. 분위기가 문득 바뀌었다. 하긴 모두 단체들을 여럿 만들고 참여해 온 사람들이었다.

"맞는 말씀입니다." 이승만도 동의했다. "한번 진지하게 논의를 해 봅시다."

"이 세상에서 미국이 가장 민주적이고 부강하고 자유로우니, 미국의 정치 제도를 본받아서 우리 한국의 실정에 맞게 좀 수정하는 것이 좋을 것 같습니다." 이승만의 생각을 잘 아는 임병직이 말을 받았다.

"맞아요. 그런데 실제로 창당 작업은 어떻게 해야 하나?" 윤병구가 둘러보았다. "무슨 위원회를 만들어야 하나?"

"어차피 정당은 이념이 같고 뜻이 맞는 사람들이 모여서 만드는 것이니, 우리 동지회를 토대로 삼아 정당을 만드는 것이 어떠할지…."

"그 방안이 좋겠습니다." 윤병구가 선뜻 동의했다.

사람들의 생각이 비슷해서 논의는 빨리 나아갔고, 일정에 대한 합의도 쉽게 이루어졌다. 동부에 사는 대표들이 돌아가기 전에 로스앤젤레스에서 창당 준비 모임을 열되, 동지회 북미총회장인 이살음이 주도하고 동지회 하와이 대표인 유경상이 협력해서 동지회를 정당으로 바꾸는 작업을 추진하기로 했다. 그 일을 위해 대표들은 편리한 시기에 로스앤젤레스로 떠나되, 이살음과 유경상이 먼저 떠나기로 했다.

5월 21일 〈샌프란시스코 이그재미너〉는 '한국을 러시아의 궤도에 두는 협상이 규탄받다(Deal Putting Korea in Russian Orbit Charged)'라는 제목을 단 리처즈 기자의 기사를 5면의 머리기사로 실었다. 20일에 대한민국 임시정부의 워싱턴 본부가 샌프란시스코에 머물고 있는 이승만 박사의 지시에 따라 "두 문장으로 된 얄타 협약의 사본이라고 지칭된 문서를 공개했다"는 얘기였다.

"루스벨트 대통령, 처칠 수상 및 스탈린 수상이 이니셜로 서명했다"는 이 문서의 대본은 아래와 같다.

> 한국은 일본과의 전쟁이 끝난 뒤까지 소련의 영향 궤도 안에 남

도록 한다는 것을 영국과 미국은 러시아에 동의한다(Great Britain and the United States agree with Russia that Korea shall remain in the orbit of influence of the Union of Soviet Socialist Republics until after the end of the Japanese war).

일본과의 전쟁이 끝난 뒤까지 어떤 약속도 미국과 영국에 의해 한국에 주어지지 않으리라는 것이 추가로 합의되었다(It is further agreed that no commitments whatever shall be made to Korea by the United States and Great Britain until after the end of the Japanese war).

이승만은 이 각서가 일본으로부터 해방된 한국이 독립할 것이라는 「카이로 선언」을 위반했다고 주장했다.

"각서의 '일본과의 전쟁이 끝난 뒤까지'라는 표현은 러시아가 자신이 점령한 유럽 국가들에 독립의 약속조차 일관되게 거부하는 태도에 의해 뜻이 없음이 드러난다. 강대국들은 오스트리아, 폴란드, 유고슬라비아, 체코슬로바키아 그리고 핀란드에 한국을 기꺼이 더할 생각이다." [이승만이 러시아가 장악한 루마니아, 불가리아 및 헝가리를 언급하지 않은 것은 이 나라들이 추축국에 가담했던 나라들이기 때문이었다.]

"박사님, 리처즈 기자가 잘 써 주었네요. 정말로 고마운 사람입니다." 임병직이 활짝 웃으면서 신문을 가리켰다.

이승만의 얼굴에 웃음이 퍼졌다. "맞아요. 제이 윌리엄스 기자 덕을 이번에 톡톡히 보네."

"박사님께서 오스트리아, 폴란드," 임병직이 신문을 들여다보면서 말했다. "… 유고슬라비아, 체코슬로바키아, 핀란드, 이렇게 열거하셨으니,

당사자들이 속이 뜨끔했겠습니다."

"그러길 바라야지. 지금이 고비거든. 이 고비에 무슨 언질을 받아 내지 못하면 우리 앞날이 험난해져요."

"알겠습니다. 엘.에이 가서 사람들에게 잘 이르겠습니다."

"언제 떠나나?"

"아침 들면 바로 떠나겠습니다."

동지회를 정당으로 전환하는 일을 위해 대표들은 모두 로스앤젤레스로 떠난 터였다. 임병직만 남아서 이승만을 도왔는데, 그도 오늘 떠나기로 되었다. 모임은 26일에 열리기로 되어서, 이승만은 뒷일을 마무리하고 당일에 로스앤젤레스로 향하기로 했다.

"그래도 엘.에이에 근거를 가진 사람은 우리 사람들 가운데선 임 대령이니, 이살음 목사하고 유경상 목사를 도와줘요."

"알겠습니다."

〈샌프란시스코 이그재미너〉의 기사에 먼저 반응한 것은 중국 대표단이었다. 우빈 주교가 이승만에게 전화를 걸어서 그 기사에 대해 자세히 물었다.

5월 12일에 그의 주장을 보도한 기사가 났을 때와 마찬가지로, 중국 사람들의 관심은 만주와 내몽골에 관한 내용에 쏠렸다. 그는 얄타 비밀협약에서 한국에 관한 것만을 알고 있고 중국에 관한 것은 문서도 없고 아는 바도 없다는 얘기를 되풀이했다. 그는 우빈 주교의 얘기에서 '두려움의 냄새'를 맡을 수 있었다. 독일이 공식적으로 항복했으니, 러시아는 이미 군대를 동아시아로 돌리기 시작했을 터였다. 러시아가 일본에 선전포고를 하면 만주와 내몽골은 러시아가 점령하는 것이었다. 극동에서 갑자기 커진 러시아의 군사력이 중국 공산당과 불안한 협력을 하는 국민당 정권에 어떤 영향을 미칠지 국민당 사람들은 모두 걱정할 터였다.

우빈은 한국 사람들이 러시아의 의도를 걱정하는 것을 충분히 이해한다고 말했다. 이승만은 고맙다고 인사한 뒤, 조선에 대한민국 정부가 들어서야 중국도 안전하다는 얘기를 덧붙였다. 늘 해 온 얘기지만, 때가 때인 만큼 우빈도 옳은 얘기라고 적극 찬동했다.

이어 우빈은 송자문이 임시정부 대표단과 재미한족연합위원회 대표단의 화합을 위해 내일 양 대표단을 초청해서 만찬회를 열려 한다고 말했다. 그리고 재미한족연합위원회 측에선 이미 수락했다고 밝혔다. 이승만은 뜻은 고맙지만 사양할 수밖에 없다고 말했다. 그로선 자꾸 대한민국 임시정부와 재미한족연합위원회가 동격으로 만나는 것이 반가울 리 없었다. 게다가 미리 저쪽 얘기부터 들어 보았다니, 과연 순수한 마음에서 주선한 일인지 의심이 갔다. 동필무가 중국 대표로 왔고 캘리포니아의 한국인 공산주의자들이 중국 공산당으로 쏠리는 상황에서, 그들과 함께 어울리는 것은 신중한 태도가 아니었다.

우빈은 다시 권했다. 송자문과 고유균의 간곡한 뜻을 얘기하면서. 이승만은 실은 임시정부 대표단이 모두 철수하고 자신만 뒤처리를 위해 혼자 남았다고 밝혔다. 결국 이승만이 떠나기 전에 우빈과 식사를 같이 하기로 약속하고 통화를 끝냈다.

오후엔 로물로가 전화를 해서 이승만을 치하했다. 국제연합 안에선 나올 수 없는 얘기를 밖에서 이승만이 해 주어서 고맙다는 얘기였다. 두 사람은 공산주의 러시아가 동아시아의 평화에 큰 위협이 된다고 믿었고 미국이 아직도 그런 위험에 둔감하다는 사실을 개탄했으므로, 매사에서 의견이 같았다. 이승만이 곧 샌프란시스코를 떠난다고 말하자,

로물로는 시간을 낼 터이니 식사를 함께 하자고 제안했다.

다음 날 이승만과 고브로는 아침을 함께 들었다. 둘이 함께 식사한 것은 이번이 처음이었다. 이승만은 마음이 쓸쓸했다. 임병직이 어제 떠났고 오늘은 고브로가 떠날 터였다. 이제 자기 혼자 이곳에서 며칠을 보내야 한다는 생각이 뜻밖에도 그를 외롭게 했다.

그러나 이승만도 고브로도 자신이 이룬 것들에 대해선 만족했다. 고브로는 아직도 러시아 사람들의 행태로부터 받은 실망이 컸고, 대한민국 임시정부가 이번에 국제연합에 가입하지 못한 것을 못내 아쉬워했다. 그래도 이승만이 공산주의자들의 행태에 대해 설명하고 러시아가 동아시아에 대해서 품은 야심을 자세히 얘기하자, 이제는 자신의 꿈이 비현실적이었다는 것을 받아들였다. 그리고 얄타 비밀협약의 폭로로 한국만이 아니라 동아시아의 여러 나라들이 큰 이익을 보았다는 점을 이승만이 거듭 강조하자, 그도 자신이 단초를 제공한 일의 성과를 제대로 평가하게 되었다.

고브로는 곧장 동부로 돌아가게 된 것을 아쉬워했다. 농장 일을 아내에게만 맡긴 지 벌써 3주라서 하루 바삐 돌아가야 했다. 농장에선 누비안 염소들을 키운다고 했다. 몸집이 큰 염소들인데 젖과 고기를 아울러 먹는다고 했다. 그는 미국 동부에서 태어나 주로 동부에서 활동했으므로 미국 서부를 찾은 적이 드물었고, 그의 부모의 모국인 캐나다도 동부만 몇 번 가 봤다고 했다. 여기서 밴쿠버로 올라가서 캐나다 횡단 철도를 타고 부모의 고향인 퀘벡까지 가 보고 싶은데 참으로 아쉽다고 한숨을 쉬었다.

이승만은 고브로의 아쉬움에 공감했다. 그도 방랑벽이 있었다. 부친으로부터 물려받은 것이었다. 이승만의 부친 이경선은 자주 집을 비우면서 방랑했고, 살림은 그의 모친 김씨가 했었다. 그가 아직 승룡承龍이라 불린 어릴 적에 그의 모친은 "네 아버지께선 여자나 노름 따위에는 눈길 한번 주시지 않는 분이지만, 친구들을 위해서라면 세상이라도 내주실 양반이다"라고 아들에게 설명했었다. 이승만 자신은 귀로에 여러 군데 들러서 사람들과 만나고 동지회를 바탕으로 만들 정당에 대한 지지를 구할 생각이었다.

식사가 끝난 뒤 두 사람은 고브로의 방으로 올라갔다. 고브로의 짐을 나누어 들고서 이승만은 함께 로비로 내려왔다. 프런트에서 체크아웃을 하는 고브로를 보면서, 그는 자신이 고브로에게 품은 우정이 생각보다 깊다는 것을 깨달았다.

"에밀," 고브로가 짐을 포터에게 맡기자, 이승만은 좀 탁해진 목소리로 말했다. "이번에 우리가 여기서 함께 한 일은 한국의 앞날에 큰 영향을 미칠 것입니다. 지도에서 사라진 나라가 다시 살아나 지도에 오르려면 많은 사람들의 공헌이 있어야 합니다. 나는 당신의 도움이 한국을 되살리는 데 결정적 공헌을 했다고 믿습니다."

고브로의 얼굴에 장난기 어린 웃음이 퍼졌다. "고맙습니다, 싱만. 나로선 모처럼 보람찬 일을 했습니다. 나는 오히려 당신에게 감사하고 싶습니다."

그들은 호텔 문을 나섰다. 포터가 택시에 짐을 싣고 있었다.

"전쟁이 끝나고 나의 조국 대한민국이 다시 세워지면, 그때, 에밀, 당신을 대한민국으로 초청하겠습니다." 이승만은 손을 내밀었다.

고브로가 손을 힘차게 잡았다. "고맙습니다, 싱만. 독립한 당신의 조국을 찾는 것은 나로선 정말로 큰 기쁨일 것입니다."

40년 전에 처음 샌프란시스코에 닿아서 금문교(Golden Gate)를 보고 감탄하던 일이 생생하게 떠올랐다. 그리움이 그의 가슴을 시리게 적셨다.

이 세상에서 가장 힘센 정치 지도자들인 루스벨트, 처칠 그리고 스탈린에 맞서서 도덕의 칼을 뽑았던 두 동지는 다시 태어날 이승만의 조국에서 만나기를 기약하고 헤어졌다. 애석하게도, 그들은 다시 만나지 못했다.

고브로를 배웅하고 나니, 이승만도 혼자 호텔에 머물 마음이 나지 않았다. 그래서 시내를 둘러보러 나섰다. 금문교(Golden Gate)를 보노라니, 40년 전에 처음 샌프란시스코에 닿아서 이중혁과 함께 이 유명한 다리를 보고 감탄하던 일이 생생하게 떠올랐다. 그때 금문공원(Golden Gate Park)의 박물관에 조선 동전 두 개를 기증했었다. 물론 그 박물관은 사라졌을 것이다. 1906년의 대지진은 샌프란시스코의 옛 모습을 말끔히 지워 버렸다.

문득 그 시절에 대한 그리움이 그의 가슴을 시리게 적셨다. 며칠 전 팰리스 호텔에서 맛보았던 그리움보다 더 짙은 것 같았다. 지금은 혼자여서 그런 듯했다. 호젓하게 시간 여행에 나선 셈이었다.

이중혁의 앳된 모습이 떠올랐다. 그들은 서울의 선교사가 써 준 소개장을 들고 베일(Vail)이란 미국 사람을 찾아갔는데, 그가 샌프란시스코에서 시카고를 거쳐 워싱턴까지 가는 기차표를 한 장 끊어 주었다. 차표가 한 장이라서 이중혁은 이승만과 함께 가지 못했다. 그렇게 헤어진 뒤 두 사람은 끝내 다시 만나지 못했고, 그 뒤로 연락이 끊겼다.

"이승만 형, 어서 오세유. 제가 안정수예유" 하고 느릿한 충청도 말씨로 부두에서 그들을 맞던 안정수의 모습이 떠올랐다. 안은 제물포세관에서 일하면서 제물포의 감리교 내리교회에 다녔다. 1902년에 미국 사업가 데이비드 데실러(David W. Deshler)가 조선인들의 하와이 이민을 위해 '동서개발회사(East & West Development Company)'를 세우자 그는 그 회사에서 통역관으로 일했다. 그리고 그해 12월에 첫 하와이 이민단 102명을 인솔해서 하와이로 왔다. 이승만을 부두에서 맞았을 때, 그는 캘리포니아의 동포들에게 선교를 하려고 막 샌프란시스코로 온 참이었다.

그 뒤로 안정수는 박용만과 함께 네브래스카로 옮겨 가서 활동했다. 이어 오하이오 주립대학에서 문학과 철학을 공부했고 마침내 사업가로 크게 성공했다. 그리고 자신의 재력을 바탕으로 기독교 선교 활동과 독립운동에 꾸준히 기여했다. 애석하게도 그는 1940년에 급성맹장염으로 뉴욕에서 사망했다. 끝내 독립한 조국을 보지 못하고 낯선 땅의 흙이 된 것이었다.

'이게 다 나이가 드는 것이지.'

쓸쓸한 마음으로 이승만은 한숨을 내쉬었다. 요즈음 그는 자신이 옛일들을 점점 많이 회상한다는 것을 깨닫곤 했다. 미래는 점점 흐릿해지고, 과거는 점점 선연해졌다. 사람들을 만나도 옛적에 알던 사람들이 더 반가워지고, 젊은 사람들은 이름 외우기가 쉽지 않았다. 그리고 독립운동에 힘을 쏟던 사람이 죽었다는 소식이 들려오면 깊이 비감해졌다. 안정수가 죽었다는 소식을 안정수와 절친했던 윤병구로부터 들었을 때, 그는 안정수와 박용만을 함께 떠올리고 울컥했었다. 지금 이 자리에서도 놀랄 만큼 발전한 샌프란시스코의 모습을 보고 감탄하면서 둘러보고 새로운 풍물을 배우는 대신, 40년 전 대지진으로 사라진 도시의 옛 모습을 회상하고 있었다. 지금 그가 가장 찾고 싶은 곳은 그가 처음 묵은 그 허름한 일본인 소유 호텔이었다.

그는 마음을 다잡았다. 이 일엔 심각한 함의도 있었다. 나이 들어 가면서 점점 과거에 매인다는 사실은 정치 지도자들에겐 개인적 심리나 취향의 문제로 그치는 것이 아니었다. 나라를 이끄는 사람들은 끊임없이 바뀌는 세상을 살피고 미래의 모습을 가늠해야 했다. 마음이 자꾸 과거로 돌아가고 새로운 일들과 사람들에 둔감하면 나라를 제대로 이끌 수 없었다. 끊임없이 젊은 정치 지도자들을 배출해야 사회는 점점 빠르게 바뀌는 세상에 적응할 수 있었다.

이제 그는 일흔을 넘긴 터였다. 아직 몸은 건강했고 지적 능력도 그리 쇠퇴하지 않았지만, "나이는 못 속인다"는 탄식을 자주 하게 되었다. 지금 당장 한국이 독립하면 그가 나라를 이끌 가능성이 컸다. 나라를 세우는 일은 어렵고 위험한 과업이니, 인망이 있고 경험도 많은 사람이 지도자가 되어야 했다. 특히 한국처럼 식민지에서 독립한 나라는 외교가 중요할 터였다. 그런 조건들을 생각하면 지도자로서 그보다 나은 인물은 없다는 것이 사람들의 얘기였다. 그러나 이미 나이가 많은 그가 나라를 이끌 기간은 길 수 없었다. 그로선 젊은 후계자들을 길러 내어 지도자의 자리를 넘겨주는 일이 시급했다.

'루스벨트처럼 권력에 대한 욕심을 이기지 못해서…' 그는 자신에게 일렀다. '그런 꼴을 보여선 안 되지.'

다시 이곳에 올 일은 없으리라는 생각에서, 그는 금문교에 작별의 눈길을 오래 주었다. 그리고 새로운 미래를 향하는 자세로 돌아섰다.

대한민주당

금문교를 둘러보고 돌아오자 이승만은 몸이 까라지는 느낌이 들었다. 저녁이 되자 미열이 났다. 다음 날 아침엔 몸이 욱신거리고 머리가 맑지 못했다. 한 달 넘게 긴장 속에 정신없이 일하면서 쌓인 피로가, 마음이 풀리니 몸살이 된 듯했다. 몸살엔 쉬는 것이 약이라는 생각에서 그는 의사를 찾지 않고, 그냥 방에서 묵은 신문들을 뒤적이면서 보냈다.

그다음 날엔 콧물이 나오고 목이 아팠다. 오후에 우빈 주교와 로물로가 다음 날 점심을 같이 하자고 전화를 했다. 그는 감기 때문에 초청에 응할 수 없다고 양해를 구했다. 그들은 진심으로 걱정을 해 주었다.

로스앤젤레스로 가는 5월 26일에도 몸살은 낫지 않았다. 그래서 오후에 열린 '제1회 대한인동지회 미포美布 대표대회'에서 간단히 인사만 하고 호텔로 돌아와 쉬었다. [포와布哇는 하와이의 일본식 표기다.] 그리고 다음 날 워싱턴으로 가는 기차를 탔다. 사람들이 걱정을 하고 임병직은 수행하겠다고 했지만, 그는 괜찮다고 혼자 나섰다. 그리고 5월 29일에 워싱턴에 무사히 닿았다. 원래는 오는 길에 여러 군데 들러서 사람들을 만나고 강연도 할 계획을 세웠던 터라서, 그대로 돌아온 것이 꽤나 서운했다.

이승만이 워싱턴으로 돌아온 뒤, 동지회를 정당으로 발전시키려는 작업은 순조롭게 나아갔다. 다섯 차례 회의에서 토론을 하고, 6월 24일에 열린 마지막 회의에서 당명과 정강과 정책이 채택되었다.

당명은 '대한민주당'으로 정했다. 영문으로는 'Korean Nationalist Democratic Party'였다. '민주당'이란 명칭은 주목할 만하니, 그때까지 조선인들이 만든 정당들은 자주당, 독립당, 혁명당, 국민당, 청년당과 같은 명칭을 썼고 추구하는 이념을 내세운 적은 드물었다. 이념을 내세운 경우는 '사회당'과 '공산당'처럼 마르크스주의를 추구했다. 대한민국의 역사에서 정당들이 가장 많이 사용한 명칭이 '민주당'인데, 대한민주당이 효시였다.

정강은 3개 항목으로 이루어졌는데, 민주주의를 국가의 구성 원리로 삼겠다고 천명했다.

1) 본당은 대한민족의 절대 독립을 주장함.

2) 본당은 민주주의를 수립하여 이로써 정체를 건설함.

3) 본당은 활민운동으로써 대한인민의 자유와 생명 재산을 보장함.

정강을 구현하기 위한 정책은 9개 항목으로 이루어졌다.

1) 임시정부가 한국에 들어가서 총선거를 실시할 때까지 절대로 봉대함.
2) 선거권은 남녀평등으로 함.
3) 국제통상을 장려함.
4) 왜적의 불법 소유는 국유로 몰수하고, 사유재산은 종법처리하기로 주장함.
5) 독립주권을 손상하는 자는 종법응징하기로 주장함.
6) 의무교육을 전국적으로 실시키로 주장함.
7) 한국 국방을 위하여 의무 군사교련을 실시하기로 주장함.
8) 국제 평화를 위하여 한국 군병으로 일본을 경찰하기를 주장함.
9) 종교, 출판, 언론, 집회 등 자유를 보장하기를 주장함.

제시된 정책들에서 먼저 눈길을 끄는 것은 3항 '국제통상의 장려'다. 온 세계가 전쟁에 휩싸였고 나라마다 '자급자족 경제(autarky)'를 추구하는 상황에서, 이승만과 그의 동지들은 국제통상의 근본적 중요성을 인식한 것이었다. 그들의 세계관은 '열린 사회(open society)'를 지향했고, 전쟁이 끝나면 다시 자유로운 통상으로 세계가 함께 번영해야 한다는 생각을 품었다.

막 세워진 대한민국이 지향할 목표들이 아직 뚜렷이 정해지지 않았고 모든 분야들에서 여러 가능성들이 상존했을 때, 이승만은 초대 대통령으로서 많은 운명적 선택들을 했다. 그런 운명적 선택들 가운데 특히 운명적이었던 것은 세계를 향해 열린 사회를 만든 일이었다. 그는 자급자족의 닫힌 경제가 아니라 국제통상의 열린 경제를 고른 것이었다.

이승만이 기초를 놓은 열린 경제는 박정희 대통령에 의해 크게 발전되었다. 박정희는 수입 대체 전략 대신 교역을 통한 경제 발전 전략을 과감하게 추구했다. 그는 무역 장벽을 낮추고 외국 자본을 끌어들여 산업에 투자했다. 이처럼 열린 경제 체제를 지향하는 것은 보기보다 훨씬 모험적인 선택이었다.

당시 뒤진 나라들의 경제 성장에 관해서 가장 큰 영향력을 지닌 이론은 '종속이론(dependency theory)'이었다. 이 이론에 따르면, 세계는 부유한 나라들로 이루어진 핵심부(core)와 가난한 나라들로 이루어진 주변부(periphery)로 나뉜다. 핵심부는 주변부에 공산품들을 수출하고 주변부는 핵심부에 원자재를 수출하는데, 교역 조건이 공산품에 유리해서 가난한 나라들은 손해를 보고 경제 발전을 이루지 못한다. 종속이론은 주변부 국가들이 핵심부에 원자재를 수출해서 공산품을 수입하지 말고 수입 대체를 통해서 경제를 발전시켜야 한다는 처방을 내놓았다. 그러나 종속이론에 따른 그럴 듯한 처방이 글렀다는 것이 밝혀지는 데는 그리 오래 걸리지 않았다.

한 사회였다가 갑자기 나뉜 남한과 북한이 각기 시장경제와 명령경제를 채택했으므로, 남북한의 역사는 좋은 대조실험이 되었다. 남한의 성공적 경제 발전과 북한의 경제적 몰락은 경제 발전 이론을 종속이론에서 벗어나 주류경제학의 이론에 따라 새롭게 정립하는 계기가 되었다. 그 뒤로 많은 뒤진 나라들이 대한민국의 본을 받아 경제 발전을 이루었다. 조선의 긴 역사에서 이것이 인류 문명에 대한 조선 사람들의 가장 큰 공헌이다.

이승만과 그의 동지들은 사회의 원리가 '법의 지배(rule of law)'라는 사실도 잘 인식했다. 원래 국제법은 국제통상에서 자연스럽게 나온 관행들이 국가들에 의해 공적 법규들로 채택된 것이었다. 그들이 법의 지배를 기본 원리로 삼았다는 사실은 4항에서 잘 드러나니, 일본 조선총독부가 강탈한 조선의 국유재산은 모두 몰수해서 국가가 소유하되, 일본인들이 소유한 개인 재산들은 법에 따라 처리한다는 원칙을 세운 것이다. 비록 적국의 국민들이라 하더라도, 그들의 개인 재산은 국제법에 따라 소유권을 판정하겠다는 얘기였다.

이 조항은 사유재산 제도를 전제로 삼았다는 점에서도 중요하다. 대한민주당의 정강이나 정책엔 명시적으로 사유재산 제도가 언급되지 않았다. 따라서 여러 조항들에서 경제 제도에 대한 작성자들의 생각을 유추해야 되는데, 일본 국가의 재산과 일본인들의 개인 재산을 구분한 이 조항이 주목할 만하다.

이처럼 사유재산 제도를 지지한 정당은 독립운동 시기엔 드물었다. 공산주의나 사회주의를 따른 단체들이나 정당들은 말할 것도 없고, 민족주의 단체들이나 정당들도 거의 다 사유재산 제도의 부정이나 사유재산에 대한 극도의 제약을 표방했다. 중경임시정부가 1941년 11월에 공표한 「대한민국 건국강령」은 대표적이다.

「건국강령」 작성을 주도한 조소앙은 자신이 주장하는 '삼균주의'를 근본적 원리로 내세웠다. 삼균주의는 '개인과 개인, 민족과 민족, 국가와 국가 간에 균등 생활을 실시하려는 주의'다. 이런 이념은 그럴듯하지만 본질적으로 사회주의적 세계관에서 나왔다.

실제로 「건국강령」은 이념과 정책에서 사회주의적이었다. 그래서 "전국의 토지와 대생산기관의 국유"를 근본적 경제 정책으로 삼았다. 특히 토지의 사유를 원칙적으로 금했으니, "토지의 상속, 매매, 저압抵押, 전양典讓, 유증遺贈, 전조차轉租借의 금지와, 대금업과 사인의 고용농업의 금지를 원칙"으로 정했다.

조소앙이 전범으로 삼은 제도는 중국에서 고대부터 이상적 토지 제도로 여겨진 정전제井田制였다. 그러나 정전제는 너무 비현실적이어서, 중국의 오랜 역사에서도 단 한 번도 시행된 적이 없었다. 1세기 초엽에 한漢 왕조를 대신해서 신新 왕조를 세운 왕망王莽은 복고적 제도들을 혁명적으로 도입했다. 그러나 그런 '개혁'은 참담한 실패로 끝났고, 특히 정전제는 농민들에게 큰 고통을 주었다. 결국 그는 권력을 잡은 지 15년 만에 부하에게 살해되었다.

토지의 사유를 금하고 국가가 토지를 직접 소유하게 되면, 필연적으로 농장의 집단화(collectivization)를 부른다. 국가의 기본 자산인 토지를 국유화하면, 그 방대하고 다양한 자산을 관리할 거대한 기구가 나와야 한다. 그런 거대한 기구가 토지를 관리하게 되면, 토지를 소유한 개인들을 위계조직 속으로 편입시켜야 한다. 궁극적으로 농민들은 거대한 집단농장에 소속되게 마련이다. 그런 집단농장은 도입 과정에서 큰 무리와 부정을 불러서 농민들의 저항을 만난다. 그리고 일단 도입되면 생산성의 극심한 저하로 모두 굶주리게 된다. 그래서 원래의 목표인 부의 평등이 아니라, 권력을 쥔 세력에 의한 전제적 지배를 부른다.

현대에서 가장 먼저 농장의 집단화를 시도한 러시아는 이 점을 잘 보여 주었다. 1928년에 시작해서 1940년에 완결된 러시아의 농장 집단화는 전대미문의 참혹한 결과를 낳았다. 농민들의 저항, 정부의 박해, 집단농장 관리 조직의 비효율, 생산성의 저하, 농민들의 산물에 대한 정부의 강제 수탈은 대규모 기아와 질병을 불렀다. 얄타 회담에서 스탈린은 처칠에게 "천만 명이 죽었다"고 고백했다. 실제로 죽은 사람들은

1,200만가량으로 추산된다.

국공내전에서 승리해서 중국을 차지한 중국 공산당 정권은 1958년부터 1962년에 걸쳐 모택동의 주도로 '대약진운동'을 벌였다. 이 운동의 핵심은 농장 집단화였고, 많은 중국 농민들이 처형되거나 아사했다. 아사자들의 수는 적게는 2,300만 명에서 많게는 5,500만 명에 이르는데, 최근의 연구일수록 아사자 수가 늘어나는 경향을 보인다. 주목할 점은, 적어도 250만 명이 타살 또는 고문으로 죽었고, 100만 명에서 300만 명에 이르는 사람들이 자살했다는 사실이다. 이 숫자는 자기 재산을 잃고 국가에 생계를 의존하게 되면, 자유만을 잃는 것이 아니라 국가 권력을 쥔 자들에게 목숨도 위협을 받는다는 사실을 일깨워 준다.

중국보다 먼저 농장 집단화를 실시한 북한의 경우, 1992년부터 1998년까지 기근이 극심했던 시기에만 적게는 60만 명에서 많게는 300만 명가량 되는 사람들이 아사한 것으로 추산된다. 인구 비례로 보면 이 숫자는 중국의 '대약진운동'으로 인한 아사자 숫자보다 훨씬 크다.

다행히 미군정은 미국의 제도를 그대로 도입해서 사유재산과 시장경제를 바탕으로 한 자본주의를 정착시켰다. 덕분에, 개인들의 재산권을 보호하고 토지의 사유화를 인정한 대한민국은 합리적 토지 정책을 수행할 수 있었다. 3정보 이상의 농지를 분배 대상으로 삼아, 평년작 생산액의 150퍼센트를 보상지가로 책정하고 5년에 걸쳐 균분하여 보상하되, 지주들의 산업자본가들로의 전환을 도우며, 농민들은 지가의 125퍼센트를 5년 균분 상환하고 25퍼센트는 정부가 지원한다는 내용이었다. 지주들에게 최소한의 보상을 하고 보상금을 산업에 투자하도록 도우며, 농지를 분배받은 농민들이 농지의 산출로 대금을 상환하게 하고 정

러시아와 중국의 농장 집단화의 참혹한 결과는, 국가에 생계를 의존하게 되면 자유만을 잃는 것이 아니라 목숨도 위협을 받는다는 사실을 일깨워 준다.

부가 일부를 부담하는 이 방안은 사유재산 제도의 원칙을 훼손하지 않으면서 농지 소유의 평등을 실현한 현실적 방안이었다.

이런 농지개혁 조치는 6·25전쟁 직전인 1950년 4월 15일에 완료되었다. 덕분에 북한군에게 국토가 대부분 점령된 기간에도 대한민국에 대한 국민들의 충성심은 흔들리지 않았다. 아울러, 과감한 농지개혁으로 생업의 터전을 얻은 농민들의 적극적 지지를 받아 이승만은 정치적 기반을 다질 수 있었다.

[이승만의 대한민주당은 끝내 정당으로 발족하지 못했다. 하와이의 동지회 간부들은 동지회를 해체하는 것을 반기지 않았고, 이승만이 귀국하자 정당으로의 변신을 추진할 동력이 줄어들었다. 이어 이승만이 정파들을 아우른 '독립촉성중앙협의회'를 만들어 정치적 기반으로 삼자, 대한민주당을 만들 이유가 사라졌다.

그래도 대한민주당의 정강과 정책은 대한민국의 구성 원리를 잘 구현했다는 점에서 아주 소중한 유산이다. 간명하게 정리된 정강과 정책은 서로 충돌하지 않고 잘 조화된 일체성을 지녀서 감탄을 부른다.]

얄타 비밀협약 공개

이승만이 우악스럽게 팔을 비틀자, 자기네 입맛에 맞지 않으면 대꾸도 하지 않는 미국 국무부도 어쩔 수 없이 반응했다.

1945년 6월 5일 국무부 극동국장 대리 프랭크 록하트(Frank P. Lockhart)는 국무장관 대리를 대신해서 이승만이 트루먼 대통령에게 보낸 5월 15일자 편지에 대한 답장을 보내왔다. 그는 이승만이 제기한 의혹은 "거짓 소문"에 바탕을 두었으며, 「카이로 선언」에서 천명된 연합국의 조선에 관한 정책은 충실히 이행될 것이라고 밝혔다. 대한민국 임시정부의 국제연합 회의 참석은 자격이 없다는 점을 들어 거절했다. 그리고 일본과의 전쟁에 조선인들을 활용하는 방안은 이미 미군에서 적절하게 수행하고 있다고 지적했다.

이어 6월 8일 조지프 그루 국무장관 대리는 록하트가 이승만에게 편지로 통보한 사항을 직접 성명을 통해 발표했다.

미국 의회에서도 이승만의 폭로에 대한 관심이 커졌다. 6월 22일엔 미시간주 출신 하원의원 폴 셰이퍼(Paul W. Shafer)가 이승만의 발표를 인용하면서 국무부에 투명한 처리를 요구했고, 7월 1일엔 노스다코타 출신 상원의원 윌리엄 랭어(William Langer)가 러시아의 동아시아 정책에 대한 우려를 국무부가 해소해야 한다고 강조했다.

이처럼 '얄타 비밀협약'에 관심이 커지자, 당사국인 영국에서도 관심이 일었다. 의원들은 처칠 수상에게 그런 의혹에 대해 질의했다. 처칠은 "비밀협약은 없었지만, 많은 주제들이 다루어졌고, 몇 가지 대체적 양해 사항들(some general understandings)이 있었다"는 요지의 답변을 했다.

미국 정부가 공식적으로 부인하자, 얄타 회담에서 '비밀협약'이 있었다는 의혹은 일단 해소되었다. 그러자 이승만의 적들이 들고 일어나서 그의 행동을 어리석은 짓이라 거세게 비판했다. 이승만의 견해를 대변하는 〈북미시보〉가 "러시아는 중국 연안에 한인공산당 임시정부를 조직해 두고, 폴란드에서 루블린 정권을 세운 것처럼 조선의 공식 정부로 내세우려 한다"고 보도했으므로, 그들의 반발은 필연적이었다.

그러나 이승만은 자신의 생각을 바꾸거나 활동이 위축되지 않았다. 7월 18일엔 연합국 정상회담을 위해 독일 포츠담에 간 트루먼 대통령에게 긴 전보를 쳐서 조선의 장래를 어둡게 하는 어떤 조치도 취하지 말라고 요청했다.

7월 25일엔 록하트의 해명과 그루의 성명을 반박하는 답신을 록하트에게 보냈다. 이승만은 미국 정부의 해명이 "일상적 상황에선 충분하다고 간주되어야 하지만" 몇 가지 점들 때문에 그의 의심들이 "완전히 해소되지 않았다"고 썼다.

1) 비밀협약의 신빙성은 흠잡을 데 없는 평판을 지닌 미국 시민에 의해 보증되었고, 그는 그의 정보의 원천을 공개할 것이다.
2) 소비에트 러시아 당국이 불길한 침묵을 유지한다.
3) 얄타에서 논의된 주제들이 많은데, 그것들은 현재로선 공개될 수 없다고 처칠 수상이 천명했다. 그는 한국 문제가 그것들 가운데 하나가 아니라고 말하지 않았다.

4) 지난 40년 동안 일본과 싸워 왔고 미국을 돕겠다고 나선 한국을 미국이 승인하지 않는 것은 이미 얄타 회담 이전에 비슷한 성격의 구두나 서면의 협약이 있었음을 가리킨다.
5) 한국은 1905년에 비밀외교의 희생이 되었다. 그것은 여러 해 뒤에야 밝혀져서, 조선인들이 항의하기엔 너무 늦었다. 그들이 외교적 언명과 부인보다 실질적인 보장을 원한다 해서 누가 그들을 비난할 수 있겠는가?

그러는 사이에도 샌프란시스코 회의에선 「국제연합 헌장」이 다듬어지고 있었다. 가장 큰 논점은 안전보장이사회 상임이사국들의 거부권(veto)이었다. 미국, 러시아, 영국, 중국 및 프랑스의 5개국이 거부권을 갖도록 한다는 방안은 다른 나라들의 호감을 얻지 못했다. 오스트레일리아 대표 허버트 비어 에바트(Herbert Vere Evatt)와 필리핀 대표 로물로가 강력히 반대했다. 그러나 거부권이 없으면 미국 상원이 결코 「국제연합 헌장」을 인준하지 않으리라는 미국 국무장관 스테티니어스의 설득에 로물로가 반대를 철회해서 거부권이 인정되었다.

마침내 1945년 6월 25일 전쟁 기념 오페라 하우스에서 열린 마지막 전체회의에 의장인 영국 대표 에드워드 우드(Edward F. L. Wood)[통칭 핼리팩스 백작(Earl of Halifax)]가 헌장의 최종안을 상정했다. 그는 이 투표가 중요하므로 기립으로 찬성 의사를 표하자고 제안했고, 모든 대표들이 기립하자, 만장일치로 가결되었다고 선포했다.

얄타 협정이 맺어지고 꼭 1년 뒤인 1946년 2월 11일, 3국이 맺은 「동아시아에 관한 비밀협약」이 공개되었다. 스탈린은 독일과의 전쟁이 끝난 뒤 두세 달 안에 일본과의 전쟁에 참여하겠다고 루스벨트와 처칠에게 약속했다. 그런 참전은 아래의 조건들이 충족된다는 것을 전제로 삼았다.

1) 외몽골(몽골인민공화국)에서의 현상(status quo)은 유지된다
2) 1904년 러일전쟁으로 러시아가 잃은 권리들은 복원된다.
 a) 남부 사할린과 둘레의 섬들은 러시아에 반환된다.
 b) 대련(다롄)항은 국제항이 되고, 이 항구에 대해서 러시아가 지녔던 특권들은 복원된다. 러시아가 여순항을 해군 기지로 조차한 것은 복원된다.
 c) 만주의 동청철도와 남만주철도는 중국과 공동으로 운영된다.
3) 쿠릴 열도는 러시아에 할양된다.

이승만이 줄기차게 주장한 '얄타 비밀협약'이 실체가 있었음이 밝혀진 것이었다. 그러나 정작 조선에 관한 항목은 비밀협약에 들어 있지 않았다.

이승만은 이런 상황에서 어쩔 수 없이 큰 충격을 받았다. 고브로의 정보가 정확하다고 끝까지 확신했던 그로선 실재하는 비밀협약에 조선에 관한 언급이 없는 상황을 설명할 길이 없었다.

물론 그의 적들은 그가 잘못 알고 경솔하게 행동했다고 그를 공격했다. 그로선 할 말이 없었다. 자신의 폭로로 "미국이 한국에 관한 얄타 비밀협약의 존재를 부인하고 「카이로 선언」은 충실히 이행된다"고 확인한 것은 중요하고 실질적인 성과라고 스스로 얘기할 수는 없었다.

고브로의 신의와 이승만의 배신

느닷없이 닥친 그런 상황에 이승만은 마음이 크게 흔들렸다. 그로선 설명할 수도 변명할 수도 없는 일이었다. 이 점은 올리버가 쓴 이승만의 전기 『이승만: 신화 뒤의 사람(Syngman Rhee: The Man Behind the Myth)』에서 잘 드러난다.

본문만 372페이지인 책에서 샌프란시스코 회담에 관한 부분은 3페이지가 채 못 되고, 그 가운데 얄타 비밀협약의 폭로에 관한 부분은 2페이지가 채 못 된다. 대한민국 임시정부 대표단의 명예와 이승만 자신의 평판을 걸었고, 기자 간담회를 열어 공개적으로 비난했고, 그것의 존재를 증명할 문서를 확보했다고 밝혔고, 국제적 주목을 받았던 일이어서 자신의 긴 독립운동 과정에서 얻은 가장 중요한 성과로 여겼던 일을 이처럼 소략하게 다룬 것은 달리 설명이 안 된다.

그렇다고 해서 이승만이 자신의 판단이 크게 틀렸었다고 인정한 것은 아니다. 조선이 38선을 경계로 해서 남북으로 나뉘게 된 과정을 추정하면서, 그는 얄타에서 스탈린이 "소비에트의 군대가 조선으로 들어가도록 허용되어야 한다"고 루스벨트의 양해를 구했으리라고 추정했다. 이제 와서 돌아보면 이런 추정은 대체로 맞았다.

더욱 이상한 점은, 그 책에 고브로의 이름이 아예 나오지 않는다는 것이다. 이승만과 고브로의 첫 만남은 "5월 초, [이승만은] 공산당을 나온 한 러시아 사람의 방문을 받았다"라고 기술되었다. 그리고 고브로의 이름으로 세 의원에게 보낸 전보들의 내용을 상세하게 기술하면서도 고브로의 이름으로 보냈다는 것을 언급하지 않아서, 마치 이승만 자신이 보낸 것처럼 해 놓았다.

이것은 사실을 크게 왜곡한 기술이어서, 도덕적으로 문제가 된다. 실제로 샌프란시스코 회담과 관련된 한국 독립운동가들의 활동과 이승만의 알타 비밀협약 폭로를 연구한 사람들은 모두 고브로의 정체를 궁금하게 여겼고, 올리버의 잘못된 기술 때문에 엉뚱한 추측들을 했다. 심지어 고브로의 존재를 의심하고 이승만이 만들어 낸 가공의 인물이라는 주장까지 나왔다(이승만이 편지들에서 Gauvreau를 Gouvreau라고 썼다가 Gouvereau라고 쓴 것이 혼란을 키웠다).

도덕적으로 훨씬 큰 문제가 되는 것은, 그렇게 고브로의 이름을 빼고 엉뚱한 존재로 바꾸어 놓은 것은 고브로에 대한 이승만의 배신이라는 점이다. 고브로는 식민지의 처지에서 벗어날 기회를 맞은 약한 나라 조선을 강한 나라들이 비밀리에 러시아의 지배 아래 놓기로 합의했다는 정보를 입수하고, 정의감에서 조선을 위해 평생 애쓴 통신기자 제이 윌리엄스에게 알렸다. 그리고 자신이 지닌 러시아 사람들과의 우의를 이용해서 대한민국이 국제연합에 가입하도록 시도했다. 그런 노력이 실패하자 이승만이 알타 비밀협약을 폭로하도록 기자 간담회를 주선했고, 자기 명의로 미국 의원들에게 전보를 쳤다. 이처럼 위험하기 그지없는 일에서 동지로 함께 싸운 고브로의 자취를 이승만은 철저하게 지워 버린 것이었다. 그것도 미국에서 영어로 출판된 책에서. 동지에 대한 배신이 이보다 더 철저할 수 있을까?

이런 행태는 우리가 아는 이승만의 인품과 행적에 크게 어긋난다. 그를 아는 사람들은 모두 그의 높은 인품과 곧은 처신을 칭찬했고, 지금까지 밝혀진 그의 행위들은 모두 그가 재능만이 아니라 도덕심에서도 뛰어났음을 보여 준다. 그런데 갑자기 이런 설명하기 어려운 행태가 나온 것이다.

이승만의 이런 행태를 설명하려면, 우리는 먼저 『이승만: 신화 뒤의 사람』의 성격을 살펴야 한다. 이 책은 이승만의 전기이지만, 이승만이 제공한 자료들에 크게 의지했다는 점에서 자서전의 성격을 짙게 띤다. 특히 이승만은 이 책을 위해 비망록들을 올리버에게 건넸다. 가장 빠른 것은 6·25전쟁 발발 직후 자신이 수원에서 맥아더 원수와 만나 나눈 얘기들을 적은 비망록으로, 1953년 12월에 올리버에게 건넸다. 올리버는 그 비망록들을 부록으로 실었다. 따라서 이 전기가 1954년에 나오게 된 것은 작가의 뜻이 아니라 이승만 자신의 뜻이었다고 봐야 한다.

그러면 이승만은 왜 그 시기에 영어 전기를 미국에서 펴내려고 했을까? 1953년 12월에 첫 비망록을 작가에게 건넸으니, 그가 영어 전기를 펴내기로 결심한 것은 늦어도 휴전 직후인 1953년 가을로 추정된다. 이 시기는 대한민국에나 이승만에게나 더할 나위 없이 다사다난한 시기였다. 1953년의 전반기는 6·25전쟁에서도 가장 치열한 싸움이 벌어진 때였다. 양쪽 군대가 고지 하나라도 더 차지하겠다고 싸우느라 인명 손실이 엄청났다. 7월 27일에 휴전협정이 조인되면서 3년 넘게 이어진 한국전쟁이 멈췄고, 처절한 인명 희생도 끝났다. 온 세계가 안도의 한숨을 내쉬었다.

그러나 휴전은 이승만의 처지를 오히려 어렵게 만들었다. 전쟁 기간엔 적과의 싸움에 모든 역량을 투입하므로, 상황도 간명하고 의견도 쉽게 모아진다. 그리고 실제 전투와 관련된 결정들은 군사 지휘관들의 몫이었다. 게다가 한국군은 국제연합군에 소속되어서 미군 사령관들의 지휘를 받았다. 자연히 한국 대통령이 내려야 하는 결정들은 그리 어려운 것들이 아니었다. 일단 휴전이 되자, 상황은 근본적으로 바뀌었다. 지금까지 억눌렸던 욕구들이 분출하고 다른 주장들이 서로 부딪쳤다.

대통령이 내려야 할 결정들은 갑자기 많아졌는데, 관련된 사람들의 합의는 어려워졌다.

당시 이승만이 맞은 중요한 과제들은 중요성의 순서대로 1) 휴전 이후 한국의 안보를 보장하는 방안의 확보, 2) 이승만의 휴전 반대와 반공포로 석방으로 냉랭해진 미국과의 유대 회복, 3) 난민들의 구호를 위한 미국의 원조의 확보, 4) 점점 악화되는 일본과의 관계의 정상화였다.

가장 중요한 '한국의 안보 보장'은 1954년 10월 1일 워싱턴에서 「한미 상호방위조약」이 체결됨으로써 충족되었다. 이 조약으로 한국은 안전한 환경 속에서 사회 발전을 이룰 수 있게 되었다. 이 조약의 체결은 오직 이승만이 생각해 낼 수 있고 이룰 수 있었다. 당연히 이것은 이승만의 여러 중요한 성취들 가운데서도 단연 으뜸이었다.

미국과의 유대도 한미 상호방위조약을 체결하는 과정에서 자연스럽게 회복되었다. 특히 공산주의의 위협을 잘 아는 존 포스터 덜레스(John Foster Dulles) 국무장관과 리처드 닉슨(Richard Nixon) 부통령은 이승만과 한국 정부를 적극적으로 지지하게 되었다. 이런 관계 회복에 따라, 미국의 경제 원조도 순조롭게 이루어졌다.

그러나 일본과의 관계 개선은 제대로 나아가지 못했다. 일본과의 관계 개선은 아주 중요한 과제였고 이승만이 그 점을 일찍 깨닫고 먼저 움직였으므로, 이런 실패는 참으로 안타깝다.

한국과 일본 사이의 관계를 근본적으로 규정한 것은 1951년 9월 8일에 연합국과 일본 사이에 체결되어 1952년 4월 28일 발효된 「평화조약(Treaty of Peace)」이다. 흔히 「샌프란시스코 조약(Treaty of San Francisco)」이라 불리는 이 조약은 제2차 세계대전에서 패배한 일본이 그동안 저지른 잘못들을 시정하고 국제사회에 다시 복귀하는 계기가 되었다.

1951년 1월 이승만 대통령은 '샌프란시스코 강화회의'에 참가하기를 희망한다고 발표했다. 그러나 한국은 연합국의 일원이 아니었다. 한국은 국제법으로는 '일본제국 영토의 분리 분할'로 생긴 나라였다. 한국 정부는 대한민국 임시정부가 26년 동안 일본과 맞섰고 전쟁 말기에는 소규모 병력으로 일본과 싸웠다고 주장했지만, 미국은 "조선이 전쟁 중에는 실질적으로 일본의 한 부분이었고 일본의 군사력에 기여했다"고 판단했다. 결국 한국은 강화회의에 초청받지 못했고 조약에도 참여하지 못했다.

그러자 이승만은 일본과 직접 대화를 하겠다는 뜻을 미국에 밝혔다. 당시는 한국전쟁이 한창이었으므로, 미국은 '전쟁을 실제로 하는 국가'인 한국과 '전쟁의 후방 기지 국가'인 일본과의 교섭을 적극적으로 주선했다.

샌프란시스코 조약이 일본과 다른 나라들 사이의 관계를 근본적으로 규정했으므로, 한국과 일본 사이의 교섭도 그 조약의 틀 안에서 이루어졌다. 두 나라의 회담은 1951년 10월 도쿄에서 연합국군 최고사령관 최고사령부(GHQ) 외교국장의 입회 아래 처음 열렸다.

이 1차 회담에서 한국은 재일 한인의 법적 지위, 해방 당시 한국적이었으나 일본으로 간 선박들의 반환, 청구권 및 어업 문제를 주요 의제들로 제시했다. 일본은 한국에 남겨 둔 재산에 대한 청구권을 의제로 제시했다.

일본의 청구권은 샌프란시스코 조약의 규정들에 어긋났다. 조약에 따르면, 한국에서 미 군정청의 명령들에 따라 행해진 일본과 일본인들의 재산의 처분은 효력을 지녔다. 그리고 미 군정청은 취득한 일본인 재산을 한국 정부에 이관했다. 따라서 일본이나 일본인들은 한국에서 보유했던 재산, 권원 및 청구권을 모두 잃은 것이었다. 반면에, 일본에 있는 한국의 재산, 권원 및 청구권은 "특별한 조정"의 대상으로 남았다.

이런 명시적 규정들에도 불구하고, 일본은 남한 미 군정청의 일본인 재산의 '처분'이 국제법상 점령군에게 인정되지 않는 처분인 '사유재산에 대한 처분'까지를 의미하는 것은 아니라고 해석했다. 그리고 그런 해석에 의거해서 사유재산에 관한 한 원래의 권리자인 일본인들에게 보상청구권(역청구권)이 남아 있다고 주장했다.

일본의 이런 태도에 반발한 이승만은 1952년 1월 18일 '평화선(Peace Line)'이라 명명된 해양주권선을 선포했다. 뒤에 '이승만 선(Syngman Rhee Line)'이라 불리게 된 이 해양주권선은 국제적으로 인정된 영해를 훌쩍 넘어 광범위한 한반도 둘레의 해양에 대한 영유를 주장한 것이었다. '평화선'은 원래 맥아더 원수가 전쟁 수행에 필요해서 설정한 '맥아더 선(MacArthur Line)'을 이어받은 것이었다. 한국은 '맥아더 선'의 존속을 미국에 요청했는데, 미국은 샌프란시스코 조약의 발효에 따라 이 선을 철폐하겠다는 방침을 통보해 왔다. 동해의 대부분이 일본 어선들에 개방되는 상황이 닥치자, 이승만은 '평화선'이라는 방식으로 선제적으로 대응한 것이었다.

2차 회담이 열리기 직전인 1953년 2월에 한국 해군이 평화선 안에서 조업하던 일본 어선을 총격해서 선장이 사망하는 사건이 일어났다. 이어 회담 시작 직후엔 민간 병력인 '독도의용수비대'가 독도에 주둔했다. 이런 상황에서 열렸으므로, 회담은 제대로 나아가기 어려웠다.

1953년 10월에 열린 3차 회담에서도 일본은 '역청구권'을 주장했다. 게다가 회담 도중에 구보타 간이치로久保田貫一郎 일본 수석대표가 "일본이 강화조약을 맺기 전에 한국이 독립한 것은 국제법 위반"이라는 주장과 "일본의 한국 통치엔 좋은 점도 있으니, 예컨대 민둥산들의 삼림화, 철도 부설, 항만 건설, 미곡 증산 등이 있다"는 주장을 폈다. '구보타 망언妄言'이라 불리게 된 이 발언을 취소할 것을 한국이 요구하고 일본이 거부하면서, 3차 회담은 결렬되었다.

일본이 회담을 통해 관계를 개선하려는 의사가 없다고 판단한 이승만은 일본에 대해 더욱 강경한 태도를 보였다. 반어적으로, 이런 태도가 일본의 태도 변화를 불렀다. '평화선' 안에서 조업하다 한국에 억류된 일본 어부들의 연인원이 2천 명가량 되자, 일본은 서두를 것이 없다던 태도를 버리고 적극적으로 교섭에 나섰다. 1957년 회담 속개를 위한 예비회담에서 일본은 '역청구권'을 포기하고 '구보타 망언'을 취소했다. 그러나 청구권에 관한 입장 차이가 너무 커서, 1958년에 열린 4차 회담에서도 합의를 이루지 못했다. 결국 '한일 국교 수립'이라는 큰 업적은 박정희 대통령의 몫이 되었으니, 1965년 6월 22일 도쿄에서 「대한민국과 일본국 간의 기본관계에 관한 조약」이 조인되었다.

이처럼 다사다난한 시기에 대통령이 한가롭게 자신의 전기를 외국에서 펴내는 일에 마음을 썼다는 것은 믿어지지 않을 만큼 이상하다. 회고록이든 자서전이든 전기든, 현직 대통령이 펴내는 일은 아주 드물고, 자신의 평판을 높이는 데 마음을 별로 쓰지 않았던 이승만에겐 더욱 어울리지 않는다.

이 의문에 대한 답은 이 책이 나온 시기에 일어난 일들을 살피면 이내 나온다. 1954년 7월에 이승만은 미국을 국빈방문했다. 그는 상하원 합동회의 연설에서 러시아의 침략 야욕을 경고하고 무력만이 대응책이라고 강조해서 큰 호응을 얻었다. 이어 아이젠하워 대통령과 회담하고 "국제연합의 방침 아래 한국의 통일을 위해 노력한다"는 공동성명을 발표했다.

9월엔 자유당이 '초대 대통령 중임 제한의 철폐'를 위한 개헌안을 민의원에 제안했다. 이 개헌안은 "이 헌법 공포 당시의 대통령에 대하여는 제55조 제1항 단서의 제한을 적용하지 아니한다"라는 부칙을 삽입하는 형식이었다. 헌법 제55조 제1항은 "대통령과 부통령의 임기는 4년으로 한다. 단, 재선에 의하여 1차 중임할 수 있다"였다.

11월 27일 민의원은 이 개헌안을 투표에 부쳤다. 재적 의원 203명 가운데 202명이 투표해서 찬성 135표, 반대 60표, 기권 7표가 나왔다. 헌법 개정에 필요한 의결정족수는 재적 의원의 3분의 2였으므로, 숫자로는 135.333…명이었다. 따라서 이 개헌안이 통과되려면 136표의 찬성이 있어야 했다. 그래서 사회를 맡은 자유당 소속 최순주崔淳周 부의장은 부결을 선포했다. 그러나 자유당에선 135.333…명은 존재할 수 없으니, 그 숫자를 사사오입四捨五入(반올림)해서 135명을 의결정족수로 삼아야 한다는 주장을 폈다. 이런 주장에 밀려 최순주 부의장은 이틀 뒤에 부결 선포를 취소하고 가결을 선포했다. '사사오입 개헌'이라는 야유를 받은 이 개헌을 근거로, 이승만은 1956년 5월 15일에 치러진 제3대 정부통령 선거에 대통령 후보로 출마해서 당선되었다.

이런 일들은 이승만이 급히 자신의 전기를 미국에서 출판한 이유를 잘 보여 준다. 그는 늦어도 1953년 가을까지는 세 번째 집권을 결심했고, 3선을 금지한 헌법을 개정할 준비를 했고, 그런 행태가 불러올 미국의 비우호적 여론을 무마할 방도를 찾았고, 자신의 심상을 높일 전기를 미국에서 펴내기로 결정한 것이었다. 그래서 그는 그 바쁘고 힘든 시기에도 전기 집필에 필요한 자료들을 올리버에게 제공했다.

이런 추론은 이승만이 고브로의 존재와 역할을 숨긴 이유도 잘 설명해 준다. 미국의 여론에 영향을 미치려면 주류 언론의 태도가 중요했다. 이승만은 〈뉴욕 타임스〉의 압도적 영향을 늘 인식했으니, '얄타 비밀협약'을 폭로했을 때도 광고를 〈뉴욕 타임스〉에 집중적으로 내려 했었다. 문제는 고브로가 타블로이드를 상징하는 인물이었다는 사정이었다. 고브로의 얘기를 듣고 '얄타 비밀협약'을 폭로했다고 밝히면, 주류 언론은 그의 전기를 낮추볼 터였다. 그래서 고브로의 이름을 숨기고 "공산당을 나온 한 러시아 사람"으로 둔갑시킨 것이었다.

'사사오입 개헌'은 당시 이승만이 '가치를 실현하는 수단'으로 권력을 추구한 것이 아니라 권력 자체를 최고의 가치로 삼았음을 보여 준다. 그는 평생 자신이 지향한 목표를 위해 권력을 추구했다. 젊었을 적엔 조국의 근대화를 위해 정치적 영향력을 길렀고, 긴 망명 시기엔 조국의 독립을 위해 자신의 정치적 기반을 닦았고, 해방 뒤엔 조국에 자유민주주의 사회를 세우기 위해 세력을 모았고, 대한민국의 지도자가 된 뒤엔 신생 국가를 공산주의 세력으로부터 지키는 데 권력을 썼다. 그리고 사람들은 그의 인품과 능력을 높이 평가해서 그를 지도자로 받들었다. 덕분에 그는 당대의 누구보다 크게 조국을 위해 공헌했다.

그러나 세 번째 임기에 대한 욕심을 내면서, 이승만은 자신이 주도해서 세운 대한민국의 기초를 허물기 시작했다. 이승만 자신은 나라를 맡길 만한 사람이 보이지 않는다고 생각했겠지만, 그리고 실제로 그와 견줄 만한 사람은 없었지만, 문제의 핵심은 물론 그것이 아니었다. 그가 대한민국에 도입하는 데 결정적 역할을 한 자유민주주의는 시민들의 뜻을 따라 사회를 구성하고 운영하는 이념이었다. 한 사람의 장기 집권을 막기 위한 '대통령 3선 금지'는 그런 원리를 실천하는 데 꼭 필요한 규칙이었다. 그 규칙을 허문 것은 무엇으로도 정당화될 수 없었다.

1956년 5월 2일 야당인 민주당의 대통령 후보 신익희의 한강 백사장 연설에 30만 명이 모였다는 사실은 다수 시민들이 그렇게 생각했음을 보여 주었다. 5월 5일 신익희가 유세를 하다가 전라북도 이리에서 숨졌다. 그래서 5월 15일에 치러진 정부통령 선거에서 이승만은 그냥 이겼다. 그러나 부통령 선거에선 이승만과 함께 나온 자유당 후보 이기붕李起鵬을 누르고 민주당 후보 장면張勉이 당선되었다.

그래도 이승만은 자신이 물러나야 한다는 것을 깨닫지 못했다. 자신이 이미 지지자들 사이에서도 '투명인간'이 되었다는 사실도 깨닫지 못했다. 그의 지지자들은 그가 죽거나 물러난 뒤의 일을 내다보고 있었다. 자신들의 이익을 위해 권력을 계속 장악하려는 그들에게 중요한 것은, 이승만으로부터 권력을 이어받을 부통령에 자신들의 후보를 당선시키는 것이었다.

1959년 11월 26일 민주당은 대통령 후보에 조병옥趙炳玉을, 부통령 후보에 장면을 지명했다. 그러나 1960년 2월 15일 조병옥이 미국에서 숨졌다. 그래서 이승만은 다시 그냥 이겼고 자유당 정권은 계속 집권하게 되었다. 그러나 자유당을 장악한 세력은 노쇠한 이승만의 유고에 대비해서 부통령 후보 이기붕의 당선에 모든 것을 걸었고, 3월 15일의 선거는 총체적 부정선거가 되었다.

이런 과정을 살피면, 1953년 가을이 이승만의 삶에서 중요한 변곡점이었음이 드러난다. 막 휴전이 된 당시, 그는 이루고자 했던 것들을 다

이루었다. 미군정 아래 이념적으로 혼란스러웠던 사회에 자유민주주의 국가를 세웠고, 공산주의 세력이 "질 수 없는 전쟁"이라고 호언한 한국 전쟁에서 끝내 이겨 북한군과 중공군으로부터 조국을 지켜 냈고, 「한미 상호방위조약」으로 조국의 안보를 튼튼히 해 놓았다. 한 사람이 이런 위업들을 이룬 경우는 참으로 드물다. 따라서 그로선 자신이 이룬 것들로 만족하고 법에 정한 대로 물러나야 했다.

나이도 있었다. 그는 체질이 강인하고 섭생에 주의해서 나이에 비해 건강했다. 그러나 힘든 전쟁을 치르느라 그는 심신이 극도로 지친 상태였다. 건강이 회복되더라도, '나이는 못 속인다'. 휴전 당시 그는 만 78세를 넘겼다. 두 번 더 대통령이 되면 만 85세에 임기가 끝날 터였다. 물러나는 것이 순리였다.

그러나 그는 그렇게 하지 못했다. 셰익스피어의 탄식대로, 사람들은 그런 욕심을 결코 용서하지 않는다.

> 사람들의 나쁜 행태들은 청동에 새겨져 남는다; 그들의 덕행들을
> 우리는 물로 쓴다.

> Men's evil manners live in brass; their virtues
> We write in water.

그래서 사람들은 이승만 이름 석 자를 물로 썼다. 그리고 그의 작은 허물들을 청동에 새겼다.

이승만의 말년의 허물들이 크므로, 그가 고브로에 대한 신의를 저버

사람들은 이승만 이름 석 자를 물로 썼다. 그리고 그의 작은 허물들을 청동에 새겼다.

린 것은 사소한 일로 보인다. 그러나 신의를 저버리는 것은 어떤 경우에라도 사소할 수 없다. 사회의 근본 원리는 개인들 사이의 신의다. 그래서 신의를 저버리는 것은 그 사람의 인품에 대한 가장 통렬한 비판이다. 이승만의 인품이 워낙 훌륭했고 신의를 저버린 경우가 드물었으므로, 그가 고브로에게 보인 행태는 유난히 초라하게 다가온다.

고브로가 신의를 끝까지 지켰다는 사실이 더해지면, 이승만의 행태는 더욱 초라해진다. 고브로는 1956년 10월 16일에 서거했다. 그때 그는 전설적 인물이 되어 있었다. 타블로이드 신문의 번창이 '재즈 시대(Jazz Age)' 미국 사회의 특질들의 하나로 여겨지면서, 고브로는 그 시절을 상징하는 인물처럼 되었다. 그와 함께 일했던 기자들은 그의 장난기 어린 웃음과 독특한 행태를 찬탄에 가까운 마음으로 회고했다. 그리고 불운했던 '미국 공군의 아버지' 빌리 미첼이 합당한 평가를 받으면서, 그에 대한 부당한 평가를 걷어내는 데 결정적으로 기여한 고브로의 공이 주목을 받았다. 그의 부고는 많은 신문들에 실렸는데, 짧은 부고들은 그가 타블로이드 편집자였음을 밝혔고, 긴 부고들은 그가 빌리 미첼의 복권에 결정적 기여를 했다고 덧붙였다.

죽기 두 해 전인 1954년 12월에 고브로는 펜실베이니아주의 〈브리스틀 데일리 쿠리어〉와 대담했다. 그는 포인트 플레전트의 농장에서 그대로 살고 있었다. 고브로 자신은 건강이 좋지 않아서, 대담은 아내 위니프레드(Winifred)를 통해서 이루어졌다.

이 대담에서 고브로는 그의 다양한 경력의 정점이 "1945년의 샌프란시스코 국제연합 회의에서 대한민국 임시정부 공식 대표단의 미국 고문으로 이승만 박사를 대변한 것"이었다고 말했다. 그리고 이승만을 적극적으로 옹호했다.

"공산주의자들은 이 박사가 독재자, 폭군, 국가 자금과 정치적 자유의 탈취자라는 얘기를 퍼뜨리려고 온갖 시도들을 했습니다. 모든 다른 공산주의자들의 선전들과 마찬가지로, 그것은 뻔뻔스러운 거짓말입니다. 모든 세계 지도자들 가운데, 내 생각엔, 이 박사가 원칙을 가장 충실히 따릅니다. 그는 토머스 제퍼슨이 주창한 생각들의 꿋꿋한 추종자이고, 그의 국민들의 권리들과 안정에 관해서는 강경하게 비타협적입니다. 나는 우리 정치가들도 그만큼 사욕이 없기를 바랄 따름입니다."

이 얘기는 좀 뜻밖이다. 빌리 미첼에 대한 부당한 대우를 밝히고 그가 합당한 평가를 받도록 한 것은 신문 기자였던 그로선 자부할 만한 업적일 터이고, 미국 사회에선 높은 평가를 받을 업적이었다. 그러나 그는 달포 동안 이승만을 도운 것을 자신의 경력의 정점으로 삼은 것이었다. 그의 발언은 그가 자신의 시간과 비용을 들여서 이승만을 도운 이유를 새삼 살피게 만든다.

고브로가 『이승만: 신화 뒤의 사람』을 읽었다는 것은 확실하다. 이승만이나 올리버가 책을 보내지 않았다면, 제이 윌리엄스가 챙겨서 보냈을 것이다. 아무도 보내지 않았다면, 그해 여름에 이승만이 미국을 방문했고 그의 전기가 소개되었으니 그가 구해서 읽었을 것이다. 그러나 그는 그 전기에서 자신의 이름이 사라진 것에 마음을 쓰지 않았고, 이승만에 대한 자신의 평가를 바꾸지도 않았다.

『이승만: 신화 뒤의 사람』의 목적과 내용이 그러했으므로, 우리는 그의 판단이 흐려진 때를, 그래서 권력 자체를 추구하고 동지에 대한 신의를 가볍게 여기기 시작한 시기를 상당히 정확하게 짚을 수 있다. 그에게나 대한민국에나 운명적이었던 그 시기는 그가 그 전기를 구상한 1953년 가을이었다. 그의 그런 변모를 사람들이 눈치채기 시작한 것은 조금 뒤일 것이다. 실제로 1954년부터 이승만의 정신능력이 급격히 떨어졌음을 언급한 사람들이 빠르게 늘어났다.

생각해 보면, 권력 자체를 추구하는 욕심과 친구에 대한 신의를 가볍게 여기는 태도는 한 뿌리에서 나왔다. 바로 육신의 노화에 따른 도덕심의 쇠퇴다. 생물학자들은 사람의 뇌가 세 부분으로 이루어졌다고 한다. 근본적 욕망과 충동이 깃든 '파충류 뇌'가 근본이고, 자식들을 보살피고 이웃과 어울리는 사회성이 깃든 '포유류 뇌'가 그 위에 얹히고, 사람의 높은 지능과 도덕심이 깃든 '인간 뇌'가 다시 얹힌 것이다. 파충류 뇌는 몇억 년 되었고, 포유류 뇌는 몇천만 년 되었고, 인간 뇌는 몇백만 년 되었다. 그래서 태아에선 인간 뇌가 맨 뒤에 자라고, 노인에선 인간 뇌가 먼저 쇠퇴한다.

인간 뇌가 쇠퇴하면 사람을 사람답게 만드는 특질들이 줄어들 수밖에 없다. 지적 호기심, 새로운 지식과 기술을 습득하려는 마음과 능력, 낯선 사람들과 어울리고 사귀는 능력, 다른 사람의 처지와 생각에 대한 공감, 익숙한 것들 너머를 그려 보는 상상력, 옳은 일에 앞장서는 도덕적 용기와 같은 특질들이 나이가 들어 가면서 줄어드는 것이다. 상상력, 도전, 모험, 개척, 혁명, 자기희생과 같은 말들은 어느 사회에서나 젊음과 연상된다.

이것은 생리적 현상이어서, 누구도 피할 수 없다. 나이가 들면 누구나 인간성이 줄어든다. 지력이 뛰어나고 인품이 고고한 사람도 피할 수 없다. 이승만이 지력과 도덕적 품성에서 워낙 뛰어난 데다 대통령이었기 때문에 그의 노쇠와 인간성의 감소가 유난히 선명했을 따름이다.

'4월 혁명'이 일어나자, 충격을 받은 이승만은 문득 정신이 들었다. 경무대를 찾은 시민 대표들로부터 상황을 듣고 "국민들은 각하의 하야를 원합니다"라는 건의를 받자, 그는 결단을 내렸다. "국민이 원하면 대통령직을 사임할 것"이라고 발표하고서, 국회에 사직서를 제출했다.

그는 변명을 내놓지 않았다. "야당 후보가 죽어서 나는 투표 전에 실질적으로 당선된 터였다. 왜 부정선거를 했겠는가?"라는 얘기조차 하지 않았다. 이승만의 참모습이 한순간 다시 드러난 것이었다. 꺼지기 직전 촛불이 펄럭이면서 마지막 빛을 뿌리듯.

얄타 비밀협약의 정체

얄타 회담에서 강대국들이 맺은 '동아시아에 관한 비밀협약'이 1946년 2월에 공개됨으로써, 이승만의 주장대로 '얄타 비밀협약'은 존재한다는 것이 드러났다. 그러나 그 비밀협약에 조선에 관한 사항은 없었다. 이승만은 이런 상황을 설명할 길이 없었다.

긴 세월이 지난 지금, 우리는 이 기묘한 일을 어떻게 보아야 하는가?

먼저 살필 것은 이승만이 근거로 삼은 문서다. 주미외교위원부가 공개한 이 문서에서 조선에 관한 내용은 단 두 문장이었다. 이승만은 자신이 조선에 관한 부분만을 안다고 밝혔지만, 신문 기사들은 이 문서가 조선만이 아니라 만주와 외몽골을 다루었다고 보도했다. 당시 워싱턴엔 러시아가 만주와 외몽골에서 우월적 지위를 누리는 것을 미국과 영국이 양해했다는 소문이 널리 퍼졌었다.

이 문서가 실재했고 이승만이 그것을 간수했던 것은 확실하다. 그 문서의 진정성도 확실하다. 처음 그것을 입수한 고브로는 탐사 보도를 잘하는 저널리스트였고, 제이 윌리엄스는 평생 통신사 기자로서 국제 문제들을 다루었고, 이승만은 국제정치 전문가로서 동아시아를 다룬 그 문서를 감별할 적임자였다. 이 세 사람이 확신했으면, 그 문서는 진정한 문서였다. 현실적으로, 그런 문서를 위조해서 이득을 볼 사람도 없었다. 국제적으로 인정받지 못한 가난한 임시정부를 속여서 누가 무엇을 얻을 수 있겠는가?

불행하게도, 결정적 중요성을 지닌 이 문서는 전해 오지 않는다. 올리버는 1949년 5월에 경무대 다락에 있던 트렁크 두 개에 든 이승만의 개인 문서들을 살펴보았다. 1950년 6월에 서울이 북한군에 점령되고서

2주일이 채 안 된 때에, 국제연합 총회에서 러시아 대표 안드레이 비신스키(Andrey Vyshinsky)가 그 문서들의 일부를 인용했다. 올리버는 중요한 문서들이 흩어졌거나 모스크바의 서고들에 있으리라고 말했다.

다음에 살필 것은 비밀협약의 내용과 성격이다. 러시아의 위성국가인 외몽골의 현상 유지를 빼놓으면, 이 협약은 모두 일본이 차지했던 지역들—일본 본토, 일본의 조차지인 관동주, 그리고 일본의 위성국가인 만주국—을 대상으로 삼았다(쿠릴 열도의 북부는 원래 러시아 영토였으나, 북부 사할린과 맞바꾸어 일본 영토가 되었다). 일본의 식민지로서 이내 눈에 뜨이는 조선만이 협약의 대상에서 빠졌다.

스탈린은 러시아가 러일전쟁에서 패배해서 일본에 넘긴 이권들을 되찾는 데 마음을 쏟았다. 현실적 이익도 중요했지만, 제정 러시아가 겪은 패배의 치욕을 씻는다는 뜻도 있었다. 그래서 제정 러시아가 만주에서 지녔던 철도와 항구에 대한 권리처럼 자잘한 이권들까지 챙겼다. 연합국의 일원으로 승전국의 지위를 누리게 된 중국 정부로 당연히 넘어갈 만주국의 자산을 차지하겠다고 전략 회담인 얄타 회담에 어울리지 않는 탐욕스러운 행태를 보인 것이다.

그러나 정작 러일전쟁과 관련이 가장 깊은 조선은 협약에서 전혀 언급되지 않았다. 러일전쟁은 원래 부동항不凍港을 탐낸 러시아가 조선에 진출하는 과정에서 기득권을 지닌 일본과 부딪쳐 일어났다. 러시아가 맨 먼저 잃은 이권도 조선에서 지닌 것들이었다. 1896년의 아관파천俄館播遷으로 조선 왕실이 러시아 공사관에 피신해서 보호를 받게 된 이후, 러시아는 조선에서 많은 이권들을 얻었다. 특히 1903년엔 러시아군이 압록강을 건너 용암포로 들어와서 토지를 매수하고 병영을 짓고 항구의 조차를 요구했다. 비록 일본의 항의로 항구의 조차는 무산되었지만, 용암포는 러시아에 개항되었고, 러시아는 용암포를 당시 황제 니콜라이 2세의 이름을 따서 '포트 니콜라이(Port Nikolai)'라 불렀다. 따라서 스탈린으로선 다른 것들은 몰라도 용암포를 러시아의 한반도 거점으로 삼으려 할 만했다.

전략적으로나 경제적으로나 조선은 무척 중요했다. 비밀협약에 나온 외몽골, 남부 사할린, 쿠릴 열도, 대련과 여순, 그리고 만주 철도를 다 합쳐도 경제적으로는 말할 것도 없고 전략적으로도 조선 하나보다 훨씬 덜 중요했다.

원래 일본 본토인 남부 사할린과 쿠릴 열도를 러시아가 탐낸 까닭은 전략적 이유였다. 1941년 12월 독일군의 모스크바 공격이 실패해서 전황이 러시아에 유리해지자, 동아시아 및 스칸디나비아 담당 외무차관 솔로몬 로좁스키(Solomon Lozovsky)는 러시아가 동아시아에서 지전략적(geostrategic) 입장을 개선해야 한다는 비망록을 스탈린에게 제출했다. 그 문서에서 로좁스키는 오호츠크해의 군항 마가단은 쿠릴 열도에 의해 막혔고 동해 북부의 군항 블라디보스토크는 남사할린에 막혀서 러시아 함대가 태평양으로 진출할 수 없다는 사실을 지적하고, 이 두 지역을 일본으로부터 넘겨받아야 한다고 건의했다.

만일 조선을 지배하게 되면, 러시아는 원산과 부산이라는 좋은 항구들을 얻고 태평양으로 자유롭게 진출할 수 있을 터였다. 게다가 블라디보스토크의 함대와 대련의 함대를 연결하려면, 러시아가 러일전쟁에서 절실하게 경험했듯이, 조선의 지배가 필수적이었다. 그런데도 조선에 대한 언급은 없었다. 이런 사정을 어떻게 설명해야 하나?

우리가 당시 스탈린의 입장에 서서 동북아시아의 상황을 살피면 자연스러운 설명이 떠오른다. 미국이 요구해 온 대로, 그리고 얄타 협정에서 합의한 대로, 독일과의 전쟁이 끝난 뒤 러시아가 일본을 공격하게 되면, 러시아군은 필연적으로 만주의 관동군과 먼저 싸우게 된다. 만주의 관동군을 공격하려면 러시아군은 조선으로 진입해야 한다. 무엇보다도, 북쪽 만주의 관동군을 포위하기 위해선 남쪽의 조선을 점령해서 관동군의 퇴로를 끊어야 한다. 다음엔 일본 본토~부산~서울~안동(안둥)~봉천(펑톈)으로 이어진 일본군의 보급로를 차단해야 관동군과의 싸움에서 쉽게 이길 수 있다.

러시아군이 일단 조선 북부에 진입하면, 조선의 지형과 수송망은 조선 전역의 장악을 필수적으로 만든다. 조선의 철도망은 서울을 중심으로 건설되었으므로, 한반도 동북부에 진입한 러시아군이 서북부 만주 국경으로 이동하려면, 먼저 수도인 서울을 점령하고 경의선을 이용해서 서북부로 향해야 한다. 그리고 후방의 안전을 위해 조선 남부를 점령해야 한다. 즉, 러시아군으로선 개전 초기에 조선을 점령하는 것이 전략적으로 당연하다.

그리고 러시아군은 그렇게 할 힘이 있었다. 실제로 1945년 8월에 일본군을 공격할 때 러시아군은 그렇게 움직였다. 38선 이북만을 점령하기로 한 약속 때문에 개성까지 남하했다 북쪽으로 돌아갔을 따름이다.

한번 러시아군에 점령되면 조선은 아주 오래 러시아의 통치를 받을 터였다. 만주국의 영토인 만주는 중국에 반환되겠지만, 일본의 식민 통치에서 벗어난 조선이 실제로 독립국가로 부활하는 과정은 더딜 수밖에 없었다. 이미 연합국 수뇌들은 조선을 몇십 년 동안 연합국의 신탁통치에 둔다는 방안에 대체로 합의한 상태였다. 일본 본토의 점령에 총력을 기울이는 미국으로선 조선 문제에 관심을 쏟을 새가 없을 터였다.

러시아가 한반도를 오래 점령하면 조선에서도 폴란드와 같은 상황이 나올 수밖에 없었다. 러시아가 조직하고 지원하는 공산주의 세력이 정권을 장악하고, 다른 세력들은 숙청되거나 무력화될 것이었다. 이승만이 걱정한 것이 바로 이런 상황이었다. 그리고 실제로 러시아가 점령한 북한에서 그런 일이 일어났다.

당연히 스탈린으로선 조선에 관해 어떤 합의도 언급도 없는 편이 가장 나았다. 테헤란 회담에서 루스벨트는 '조선을 40년 동안 신탁통치 아래 두는 방안'을 제시했지만, 스탈린은 어물어물 넘어갔다. 얄타 회담에서도 루스벨트는 조선 문제에 대해 합의하고자 했지만, 스탈린은 다시 어물어물 넘어갔다.

> [루스벨트는] 테헤란에서 그가 조선에 대한 신탁통치를 제안했다는 것을 스탈린에게 상기시켰다. 이제 그는 신탁통치를 맡을 국가들을 미국, 중국, 그리고 러시아로 하는 방안을 제시하고자 했다. 스탈린은 반대하지 않았지만, 전통적으로 러시아의 이익권(sphere of interest)인 조선에 대한 실질적 관할을 미국인들에게 넘기려는 뜻을 거의 보이지 않았다. (…)
>
> 스탈린은 보호령(protectorate)이 되는 것이냐고 물었다. "아니, 그렇지 않습니다" 하고 루스벨트는 그를 안심시켰다. 그러자 스탈린은 신탁통치의 기간을 제한할 것을 제시했다. 신탁통치가 철폐되려면 20에서 30년이 지나야 한다는 대통령의 제안에 스탈린은 대답했다. "기간은 짧을수록 좋습니다." 그는 또한 물었다. 조선에 병력을 주둔시키는 것이 필요한지. 그리고 그럴 필요가 없다는 루스벨트의 대답을 듣자 즐거워했다. (플로히S. M. Plokhy, 『얄타: 평화의 대

가 *Yalta: The Price of Peace*』)

"조선에 병력을 주둔시키는 것"을 물었을 만큼 스탈린은 조선에 관심이 컸다. 그러나 그는 루스벨트의 제안에 대해 확실한 답변을 회피하면서 조선 문제를 비밀협약에 넣지 않으려 애썼다. 따라서 우리는 자연스럽게 추론할 수 있다. 스탈린은 가장 중요한 지역인 조선이 비밀협약에 들어가는 것을 막았다고. 그냥 두면 조선이 통째로 러시아의 점령지역이 된다는 것이 그의 계산이었다. 이른바 '불가시성 전술(invisibility tactic)'이었다.

이승만이 폭로한 비밀협약의 내용도 이런 추론을 떠받친다. 협약은 단 두 줄이니, "한국은 일본과의 전쟁이 끝난 뒤까지 소련의 영향 궤도 안에 남도록 한다는 것을 영국과 미국은 러시아에 동의한다. 일본과의 전쟁이 끝난 뒤까지 어떤 약속도 미국과 영국에 의해 한국에 주어지지 않으리라는 것이 추가로 합의되었다"이다. 이 협약을 이행하기 위해 미국과 영국이 해야 할 일은 따로 없다. 그냥 한국에 대해 무슨 약속을 하지 않으면 된다. 이런 일을 굳이 비밀협약에 포함시키는 것은 러시아로선 어리석은 일이다.

이런 경우, "증거의 부재가 부재의 증거는 아니다(Absence of evidence is not evidence of absence)"라는 얘기가 나온다. 조선에 관한 비밀협약의 증거로 드러난 것이 없다는 사실이 비밀협약이 없었다는 증거는 아니라는 얘기다. 그러나 조선에 관한 비밀협약의 경우엔 그런 수준에 머물지 않는다. 조선에 관한 언급이 없었다는 사실이 오히려 수상하고, 간접적으로 비밀협약의 존재를 가리킨다. 모든 일들에 용의주도하고 자잘한 이권들까지 챙기는 스탈린이 조선처럼 탐이 나고 사람들 눈에 잘 뜨이는 존재를 적극적으로 확보하기 위한 조치를 하지 않은 채 그냥 운에 맡겼을 것 같지는 않다.

동아시아에 관한 협약은 두 가지 이유로 비밀에 부쳐졌다. 하나는 아직 러시아와 일본은 적대적 관계가 아니라는 사실이었다. 다른 하나는 러시아가 탐낸 만주의 이권들은 연합국의 일원인 중국의 동의를 얻어야 될 사항들이었다. 따라서 이승만이 지목한 '비밀협약'은 동아시아에 관한 공식 협약이 아니라, 스탈린이 따로 미국의 누군가와 협의한 일이라고 추론할 수 있다. 그렇게 보아야 스탈린의 이상한 행태가 설명된다. 단순히 발표되지 않았다는 뜻에서 '비밀협약'이 아니라, 협약의 존재 자체가 비밀이었다는 얘기다.

용골끌이 작전

여기서 주목할 점은, 얄타에서 맺어진 비밀협약은 동아시아에 관한 것만이 아니었다는 사실이다. 1945년 2월 11일 회담이 마무리되고 합의 사항들이 「얄타 협정」으로 공식화된 뒤 달포가 지난 3월 30일 미국과 영국은 러시아와 또 하나의 '비밀 추가 조항(secret codicil)'에 합의했다. 미국과 영국은 점령 지역에서 관장하는 수백만 명의 러시아 피난민들과 독일군에 편입되었던 러시아인 전쟁 포로들을 모두 러시아로 강제 송환하고, 대신 러시아는 러시아군이 독일 포로수용소에서 해방시킨 서방 연합군 포로 수천 명을 돌려보낸다는 내용이었다.

서방 연합국이 관장한 피난민들과 전쟁 포로들은 러시아로 송환되면 처형되거나 강제노동에 투입될 터였으므로, 이 합의는 더할 나위 없이

미국과 영국은 러시아 출신 독일군 포로들을 강제로 러시아군에 넘겼다. '용골끌이 작전'이라는 명칭은 송환된 러시아 사람들이 맞을 운명을 미국과 영국이 잘 알고 있었음을 말해 준다.

비인도적인 처사였다. 실은 전쟁 포로의 처우에 관한 「제네바 협약」의 위반이었다(이런 사실을 인식한 미국 정부와 영국 정부는 50년 동안 이 비밀 추가 조항을 시민들에게 알리지 않았다).

얄타 회담이 열리기 직전, 워싱턴의 러시아 대사관 무관은 미국 국무부에 독일군에 협력한 러시아인 포로들을 러시아로 송환하라고 요구했다. 조지프 그루 국무차관은 이런 요구를 거부하는 답신을 보냈다.

> 논의 중인 소비에트 국민들의 지위에 관해서, 그들이 독일 포로 수용소에 갇힌 상태가 아니라 독일 군복을 입고 독일군 편제 속에서 독일군에 복무하던 중에 미군에 붙잡혔다는 것을 당신에게 진지하게 상기시켜야 한다고 나는 느낍니다. (…)
>
> 이 사람들을 본국으로 송환하는 것은 「제네바 협약」의 중대한

> 위반이 될 터이므로, 우리는 그렇게 할 수 없습니다. 그들은 독일 군복을 입은 채 붙잡혔고, 「제네바 협약」은 우리가 군복 뒤를 보도록 허용하지 않습니다.

따라서 '비밀 추가 조항'의 협의와 작성에 참가한 미국 대표들은 자신들의 행위가 도덕적으로만이 아니라 법적으로도 문제가 된다는 것을 충분히 인식했던 셈이다.

미국과 영국은 이 '비밀 추가 조항'을 충실히 이행했다. 1946년부터 1947년에 걸쳐 두 나라 군대들은 자신들이 관할하는 독일과 이탈리아의 포로수용소들에 수감된 러시아 출신 독일군 포로들을 강제로 러시아군에 넘겼다.

'용골끌이 작전(Keelhaul Operation)'이라 불린 이 작전은 더할 나위 없이 비참했고 비인간적이었다. '용골끌이'는 사람을 줄에 묶어 배의 용골 아래로 선수에서 선미로 끌거나 한쪽 선측에서 다른 쪽 선측으로 끄는 형벌을 뜻한다. 어지간한 사람은 죽을 수밖에 없는 형벌이라서, 네덜란드와 영국의 해군에선 선상 반란과 같은 중죄를 저지른 선원들에 대한 징벌로 썼고, 해적들은 고문에 썼다. 이 명칭의 채택은 그 작전을 입안한 미군과 영국군의 참모들과 지휘관들이 송환된 러시아 사람들이 맞을 운명을 잘 알고 있었음을 말해 준다. 원래 '용골끌이 작전'은 1946년 8월 14일부터 1947년 5월 9일까지 이탈리아 북부에서 독일군에 협력한 러시아군 포로들을 강제로 러시아 및 공산주의 위성국가들로 송환한 사건을 뜻했다. 그 뒤로 전쟁 말기부터 시작된 러시아로의 강제 송환 전체를 가리키게 되었다.

이 작전이 안은 큰 문제들을 인식한 미군과 영국군의 지휘관들은 이 작전에 관한 모든 정보들을 기밀(top secret)로 분류했다. 심지어 그루 미국 국무차관이 러시아 무관에게 보낸 답신까지 기밀로 묶어 놓았다. 그래서 이 비밀협약은 세상에 전혀 알려지지 않았다.

1954년 초에 미국 저널리스트 줄리어스 엡스타인(Julius Epstein)은 버지니아의 미국 육군 역사기록지부에서 자료를 찾고 있었다. 거기서 그는 '소비에트 시민들의 강제 송환—용골끌이 작전-383-7-14(Forcible Repatriation of Displaced Soviet Citizens – Operation Keelhaul-383-7-14)'라고 씌어진 색인 카드를 발견했다. 그는 그 문서의 열람을 요청했다. 그러자 도서관 직원은 그 문서가 기밀이라서 열람할 수 없다고 말했다. 그리고 그 색인 카드는 공공 목록에 들어 있어선 안 된다면서 그것을 곧바로 제거했다.

그는 그 카드에 나온 '강제 송환'이 전쟁 포로들의 대우에 관한 「제네바 협약」을 위반했다고 판단했다. 그래서 1967년 7월에 「정보자유법(Freedom of Information Act)」이 발효되자, 그는 육군장관을 상대로 '용골끌이 작전'에 관한 문서들을 공개해 달라는 소송을 냈다. 그러나 법원들은 비밀 분류가 적절하다고 판결했다.

엡스타인은 곧바로 백악관에 '용골끌이 작전' 문서들의 비밀 해제와 공개를 요청했다. 1970년 10월 백악관은 그에게 "미국 정부는 용골끌이 작전 문서들의 비밀 해제와 공개에 대해 아무런 반대가 없다. 다만, 그 작전이 영국과의 공동작전이었던 만큼, 비밀 해제와 공개엔 영국의 동의가 필요한데, 아직 그런 동의를 받지 못했다. 따라서 당신의 청원을 거부할 수밖에 없다"는 요지의 답신을 보냈다.

1973년 엡스타인은 그동안 자신이 수집한 자료들을 정리해서 『용골

끌이 작전: 1944년부터 지금까지의 강제 송환 이야기(Operation Keelhaul: The Story of Forced Repatriation from 1944 to the Present)』를 펴냈다. 비밀로 묶인 문서들을 참고하지 못해서 빈곳들이 많지만, 이 책이 나옴으로써 거의 30년 동안 숨겨졌던 부도덕하고 범죄적인 군사작전의 전모가 드러났다.

이어 1977년에 영국 저술가 니콜라이 톨스토이(Nikolai Tolstoy)가 『얄타의 희생자들(Victims of Yalta)』을 펴냈다. 톨스토이는 엡스타인의 책이 나온 뒤에 새로 밝혀진 일들을 수록했고, 특히 '용골끌이 작전'에서 영국군이 한 일들을 자세히 기술했다.

톨스토이는 당시 영국 외상이었던 앤서니 이든이 강제 송환에서 주도적 역할을 했다고 신랄하게 비판했다. 실제로 이든은 1944년 10월에 처칠과 함께 모스크바를 찾아 스탈린과 회담하는 자리에서 "모든 러시아군 출신 포로들의 무조건 송환"을 먼저 제의했다. 톨스토이는 당시 연합군 본부 지중해사령부 주재 영국 공사(British Minister Resident at Allied Force Headquarters, Mediterranean Command)였던 해럴드 맥밀런(Harold Macmillan)도 비판했다. 그의 직무는 영국군이 점령한 이탈리아와 오스트리아에서 정치적 조언과 결정을 제공하는 것이었는데, 그는 영국 정부의 방침을 영국군 사령관에게 제대로 전달하지 않아서 불법적 강제 송환이 이루어지도록 했다는 얘기였다.

러시아 해방군(ROA)

1941년 6월에 독일이 러시아를 기습적으로 침공하자, 러시아 서부 지역의 주민들은 독일군을 해방군으로 여기고 환영했다. 특히 우크라이나 주민들은 독일이 전통적으로 폴란드와 러시아에 적대적이었다는 사실을 떠올리고서, 독일이 자신들의 독립에 도움을 주리라는 기대를 품었다.

우크라이나 주민들의 러시아, 공산주의, 그리고 스탈린에 대한 공포와 증오는 거의 원초적이었다. 러시아는 정치적으로 억압적이었을 뿐 아니라 우크라이나의 전통과 문화를 파괴하고 러시아화(Russification)를 추진했다. 공산주의 체제는 이런 경향을 강압적으로 강화했다. 특히 우크라이나 문화의 중심인 '우크라이나 자주 정교회(Ukrainian Autocephalous Orthodox Church)'를 해체하고 성직자들을 체포하거나 해외로 추방했다. 스탈린은 아예 우크라이나 사람들을 제거하고 러시아 사람들로 우크라이나를 채우는 정책을 추진했다. 특히 1930년대 초엽 스탈린이 의도적으로 만든 대기근(Great Famine)은 우크라이나 사회를 황폐하게 만들었다.

농민들을 대규모 집단농장들 소속으로 만드는 '집단화'는 러시아 전역에서 극심한 혼란과 비효율을 불렀다. 1932년은 흉년이어서, 곡창인 우크라이나에서도 평년작에 못 미쳤다. 그러나 우크라이나 주민들이 배를 곯을 정도는 아니었다. 문제는 집단농장 책임자들이 자신들의 성과를 상부에 보고하는 과정에서 생산량을 경쟁적으로 부풀렸고, 그런 비현실적 통계에 바탕을 두고 정부 당국자들이 농민들로부터 징수할 할당량을 너무 높게 책정했다는 사실이었다. 중앙정부가 파견한 특별 요원들은 농민들의 집을 샅샅이 뒤져 할당량을 징수했고, 농민들은 먹고살 양식이 크게 부족했다. 굶주린 농민이 정부 양곡 저장소에서 밀 한 포대를 훔쳐도 그는 곧바로 총살되었다. 아울러 중앙정부는 우크라이나 사람들이 밖으로 나가는 것을 막았다. 주민들에게 남은 양식이 생존에 필요한 수준에서 크게 모자라고 다른 곳으로 이주할 수도 없으니, 사람들이 그대로 굶어 죽었다.

1932년 후반부터 1933년 후반까지 러시아에서 500만 명이 굶어 죽었는데, 400만 명이 우크라이나 사람들이었다. 이 기간에 러시아 정부는 양곡 100만 톤을 서유럽으로 수출했다. 이렇게 우크라이나가 황폐해지자 러시아 사람들이 우크라이나로 들어왔고, 우크라이나의 러시아화는 가속되었다.

이런 사정 때문에 많은 러시아군 포로들은 기꺼이 독일군에 협력했다. 독일군 지휘관들은 이들을 작은 부대들로 만들어서 러시아군 빨치산들과의 전투, 차량 운행, 부상병 호송, 물자 보급과 같은 일들에 투입했다. 그러나 이들이 환상에서 깨어나는 데는 그리 오래 걸리지 않았다. 독일군은 이들을 진정한 우군으로 대할 생각이 없었고 대우도 나빴다. 그러나 이들에게 열린 길은 독일군에 협력하는 길뿐이었다. 러시아군에게 그들은 이미 반역자들이었고, 러시아군에 붙잡히면 그들은 처형되거나 강제노동에 처해질 터였다.

1942년 여름에 러시아군 2충격군 사령관 안드레이 블라소프(Andrey Vlasov) 대장이 독일군의 포로가 되었다. 그는 1919년에 적군(Red Army)에 들어가서 여러 전투들을 치르면서 유능한 장교로 인정받았다. 1930년대 말엽엔 장개석의 군사 자문관으로 활약했다. 1939년에 군으로 복귀한 뒤 그는 99소총사단을 지휘했는데, 검열에서 그의 사단은 가장 우수한 사단들 가운데 하나로 표창을 받았다. 국방상 세묜 티모셴코(Semyon Timoshenko) 원수는 "99사단이 가장 뛰어나므로"라고 새겨진 금시계를 블라소프에게 선물했다.

1941년 독일군이 러시아를 공격했을 때, 블라소프는 4기계화군단을 지휘했다. 이어 중장으로 진급한 그는 37군 사령관으로 키예프 싸움에 참가했고 독일군의 포위를 피해 후퇴할 수 있었다. 모스크바 방위전에서 그는 20군을 이끌고 반격에 나서서 솔레치노고르스크를 탈환했다. 그는 '모스크바의 수호자'라는 칭호를 얻었고 '적기 훈장'을 받았다.

대장으로 진급해서 2충격군을 지휘하게 된 블라소프는 1942년 1월에 개시된 '류반 공세작전'에서 선봉의 임무를 맡았다. 독일군에 포위된 레닌그라드를 구원하려는 이 작전의 전투 정면은 30킬로미터였고, 블라소프의 부대가 독일군 전선을 뚫으면 4개 군과 3개 군단이 호응하기로 되었다. 블라소프의 2충격군은 독일군 18군의 전선을 뚫고 70킬로미터까지 진출했다. 그러나 지형 때문에 러시아군은 전차부대를 동원하지 못했고 포병의 화력 지원도 미약했다. 그래서 호응하기로 된 다른 부대들은 2충격군이 만든 돌파구를 확장하는 데 실패했다. 이어 독일군이 반격에 나서자, 2충격군은 적군 후방에 고립되었다. 블라소프는 후퇴 요청을 했지만, 상부에 의해 거부되었다.

1942년 5월에야 후퇴 명령이 내려왔지만, 이미 그의 부대는 너무 약해져서 독일군의 포위를 돌파할 수 없었고, 그 과정에서 병력이 거의 다 사라졌다. 상부에선 블라소프에게 항공기로 탈출하기를 권했다. 그러나 그는 혼자 탈출하기를 거부하고 독일군 점령 지역에 숨었다. 마침내 1942년 7월 그는 농민의 밀고로 숨어 있던 농장에서 독일군에게 붙잡혔다.

농가에 숨었던 열흘 동안 블라소프는 자신이 이끈 군대의 몰살에 대해 깊이 성찰했다. 그리고 공산주의와 스탈린이 러시아 인민들의 가장 큰 적이라는 결론에 이르렀다. 1937년과 1938년에 걸쳐 스탈린이 단행한 대규모 숙청은 많은 고급 장교들에게 공산주의에 대한 환멸과 스탈린에 대한 혐오를 심어 주었다. 독일군에 붙잡힌 이상, 블라소프 자신은 물론 그의 모든 부하들에게 조국 러시아로 돌아갈 길은 끊어졌다. 러시아로 돌아가면 그들을 기다리는 것은 처형이나 강제노동이었다. 그래서 차라리 독일군에 협력해서 공산주의와 스탈린을 몰아내는 것이 러시아를 위하는 길이라는 결론에 이른 것이었다.

블라소프가 공산주의와 스탈린에 맞서 싸우기 위해 독일군에 협력할 뜻을 밝히자, 독일군은 그를 베를린으로 이송해서 독일군 선전부에 배속시켰다. 그곳에서 그는 다른 러시아 장교들과 함께 '러시아 인민 해방 위원회(KONR)'와 그것에 충성하는 '러시아 해방군(ROA)'을 창설한다는 계획을 세웠다.

그러나 히틀러는 ROA의 창설에 반대했다. 만일 블라소프가 이끄는 ROA가 스탈린 정권을 무너뜨리는 데 성공하면, 볼가강 서쪽 지역까지 독일이 영유하도록 한다는 자신의 꿈에 방해가 된다고 생각한 것이었다. 그래서 ROA는 독일군 선전 문서들에만 존재하는 조직이 되었다. 자연히, 블라소프는 독일군이 점령한 러시아 영토를 마음대로 방문할 수도 없었다. 에스토니아의 프스코프를 찾았을 때, 그는 독일군을 '손님들(guests)'이라고 지칭했다. 거의 치명적인 이 발언으로 그는 가택 연금을 당했고 비밀경찰에 넘기겠다는 협박까지 받았다.

1943년 여름 '쿠르스크 싸움'에서 독일군이 패하자, 독일군에 협력했던 러시아 병사들이 이탈하기 시작했다. 독일군은 이들을 서부로 재배치해서 이탈을 막으려 했다. 그래서 동부 전선에 71개 대대가 남고, 42개 대대가 서부 전선으로 재배치되었다. D데이에 노르망디에서 연합군 상륙 부대들과 싸운 러시아군 포로 출신 독일군 병사들이 이렇게 재배치된 ROA 병사들이었다.

상황이 독일군에 절망적이 된 1944년 가을, 히믈러는 내키지 않아 하는 히틀러를 가까스로 설득해서 ROA 10개 사단 창설을 허락받았다. 그러나 실제 창설은 지지부진해서 이듬해 2월에야 ROA 1보병사단이 창설되었다. 이 부대는 2만가량 되는 병력에다 상당한 무기를 갖추었다. 2보병사단은 1만 2천이 채 못 되는 병력으로 이루어졌으나, 제대로 무장이 되지 않았다. 3보병사단은 창설이 완료되지 않은 상태로 비무장 병력 1만을 갖추었다.

1945년 4월 11일 ROA 1사단은 오데르강 싸움에 투입되었다. 압도적으로 우세한 러시아군과 3일 동안 싸운 뒤, 1사단은 남쪽으로 물러났다. 블라소프는 휘하 부대들에 오스트리아 남부의 집결지를 향해 움직이라고 지시했다. 그는 자기 병력을 한데 모아서 미군에게 항복하기로 결심하고 미군과 접촉했다.

이때 프라하에서 체코슬로바키아 빨치산 세력이 봉기했다. 독일 무장친위대가 이들을 진압하기 위해 프라하를 파괴하기 시작했다. 그러자 빨치산들은 미군에 구원을 요청했다. 당시 조지 패튼 대장이 이끈 3군은 프라하 서쪽 80킬로미터의 체코슬로바키아 도시 플젠까지 진출한 터였다. 패튼은 아이젠하워에게 프라하 진출의 허가를 요청했다. 그러나 아이젠하워는 패튼의 요청을 거부하고, 오히려 80킬로미터 서쪽으로 물러나서 체코슬로바키아로부터 완전히 철수하라는 명을 내렸다.

ROA 1사단장 세르게이 부냐첸코(Sergei Bunyachenko) 소장은 블라소프에게 빨치산을 지원하는 것을 허가해 달라고 요청했다. 블라소프는 처음엔 독일군을 배신하는 것을 꺼렸으나, 절박한 상황에서 미군에 항복하는 데 도움이 되리라는 판단에서 허가했다. 부냐첸코는 1사단을 지휘해서 독일 무장친위대를 물리치고 프라하를 보전했다.

그러나 체코슬로바키아 빨치산들은 러시아군의 지령에 따라 ROA 병사들을 습격해서 처형했다. 빠르게 체코슬로바키아로 진출하는 러시아군을 피해, 1사단은 다시 서쪽으로 움직였다. 블라소프는 패튼의 3군에 항복을 받아 달라고 요청했다. 그래서 5월 10일 부냐첸코 소장 휘하의 2만 5천 명이 3군에 항복했다. 약속과 달리 미군은 이들의 무장을 해제하고 러시아군에 넘겼다.

이 사이에 블라소프 자신은 참모들과 함께 3군 본부에서 손님(guest) 대접을 받았다. 그러나 자기 부대들과 연락이 되지 않아서 그는 불안했다. 그는 아이젠하워와 연합국 정부들에 편지를 써서, ROA 병력은 러시아로 돌아가고 싶지 않으며, 만일 러시아로 강제 송환되면 모두 비참한 운명을 맞게 된다는 점을 살펴 달라고 호소했다.

아이젠하워도 감히 블라소프를 강제로 러시아군에 넘겨주지는 못했다. 5월 12일 블라소프와 소수의 참모들은 미군 4군 사령부에서 열리는 회의에 꼭 참석해 달라는 요청을 받았다. 블라소프 일행은 전차 4대의 '호송'을 받으면서 회담 장소로 떠났다. 그러나 3군 사령부를 벗어나자 러시아군이 블라소프 일행을 체포했다. '호송'하던 미군 전차들은 블라소프가 러시아군에 의해 체포되는 광경을 조용히 바라보았다.

ROA 2사단에서 살아남은 3천가량 되는 병력은 독일 바이에른 플라틀링의 미국 포로수용소에 수감되었다. 이들은 1946년 2월에 미군 101공수사단 병력에 의해 가축 수송용 화물차에 실려서 러시아로 강제 송환되었다. 노르망디에 맨 먼저 투하되어 나치 독일로부터 프랑스를 해방시킨 부대가 도덕과 법을 어기고, 힘없는 포로들을 죽을 곳으로 몰아넣은 것이다.

서부 전선에 투입된 ROA 병력도 같은 운명을 맞았다. 미군은 이들 가운데 일부를 나치 독일의 다하우 절멸수용소 건물에 수감했다. 미군이 포로들을 러시아군에 넘기기로 하자, 포로들이 잇따라 막사 안에서 목매 자살했다. 불을 지르고 불길 속으로 뛰어들어 죽은 사람도 많았다. 모두 275명이 자살하거나 자살을 시도했다. 러시아군 방첩대(SMERSH) 요원들에게 붙잡히는 것을 피하려고 자신의 몸을 56번이나 찌르는 포로의 모습을 촬영한 필름도 있다.

[러시아로 강제 송환된 블라소프는 악명 높은 루뱐카 감옥에 갇혀서 취조를 받았다. 그리고 1946년 여름에 열린 재판에서 그를 따랐던 ROA 고위 장교들 11명과 함께 사형을 선고받아 교수형으로 처형되었다. 그는 제2차 세계대전이 배출한 영웅들 가운데 하나다. 러시아군을 지휘한 장군들 가운데엔 존경할 만한 인물이 거대한 군대에 비해 너무 드물다. 러시아군 병사들이 동유럽과 독일에서 저지른 만행들은, 그리고 뒤에 만주와 북한에서 일어난 일들은 러시아군 지휘관들에 대한 평가에 반영될 수밖에 없다. 블라소프는 그런 사정이 군사 지휘관들의 자질과 인품의 문제가 아니라 공산주의 체제에서 나온 현상임을 일깨워 준다.

2016년에 러시아 역사학자 키릴 알렉산드로프(Kirill Alexandrov)는 블라소프를 따라 독일군에 협력한 러시아군 고급 장교들 180명의 경력을 분석했다. 그는 그들의 대부분이 스탈린의 '대숙청'의 참혹한 경험 때문에 러시아 체제와 스탈린에 대해 깊은 환멸을 느꼈다는 결론을 내렸다.]

2차대전의 마지막 비밀

블라소프의 ROA와 연결되지 않은 채 독일군에 협력한 군대 조직은 돈, 쿠반 및 테레크에서 온 코사크(카자크)족 군대였었다. 코사크족은 흑해 북부 지역에 사는 주민들로, 러시아인들과 다른 문화를 지녔다. 이들은 '러시아 내전'에서 '적군'에 저항했었고, 공산당이 러시아를 차지한 뒤엔 러시아 정부로부터 박해를 받았다. 이들의 다수는 러시아 국적을 갖지 않았고, 상당수는 국제연맹이 발행한 여권을 지녔다. 1942년 독일이 이 지역을 점령하자 이들은 독일군에 협력해서 자유를 되찾고자 했다. 전세가 독일군에 불리해지자 이들은 가족들과 함께 독일군을 따라 서쪽으로 이주했다. 전쟁이 끝났을 때 이들은 오스트리아에 머물고 있었다.

이들의 중심은 헬무트 폰 판비츠(Helmuth von Pannwitz) 중장이 지휘하는 15무장친위대 코사크 기병군단이었다. 폰 판비츠는 1945년 5월 10일 카린티아의 푈커마르크트 근처에서 영국군 8군 예하 5군단에 항복했다. 이 부대는 원래 독일 정규군에 속했는데, 전쟁 말기에 히믈러가 모든 외국인 병력을 무장친위대 소속으로 바꾸면서 무장친위대 부대가 되었다. 2개 기병사단으로 이루어진 15기병군단은 유고슬라비아에서 빨치산과 싸웠다.

폰 판비츠는 슬라브족을 하등 인간으로 여기는 나치의 편견에 반대했다. 1943년 1월 15일 베를린에서 열린 훈장 수여식에서 그는 히틀러에게 "슬라브족을 하등 인간으로 간주하는 나치의 공식 정책이 전략적으로 잘못되었다"고 진언했다. 그는 코사크족을 존중했고 러시아 정교회에서 예배를 보았다. 그리고 군기를 엄정히 해서 병사들의 약탈을 엄격히 처벌했다. 그래서 그는 코사크족 부하들의 깊은 존경을 받았고, 코사크족 위계에서 가장 높아 러시아 황제만이 오를 수 있었던 '최고 아타만(Ataman)'으로 선출되었다.

폰 판비츠는 코사크족 부하들이 영국군의 관할 아래 남도록 애썼다. 그러나 그들이 유덴부르크에서 러시아군에게 인도되자, 자신은 독일 국민이어서 강제 송환 대상이 아니었지만 다른 독일인 장교들과 함께 강제 송환되는 코사크족 병사들에 합류했다.

당시 15기병군단은 '코사크 예비대(Cossack Reserve)'를 예하 부대로 거느렸다. 이 부대엔 러시아 내전에서 백군(White Army)을 이끌면서 명성을 얻었던 지휘관들이 여럿 있었다. 표트르 크라스노프(Pyotr Krasnov) 중장은 러시아의 '10월 혁명'에서 케렌스키(Alexandr Kerensky)가 볼셰비키 혁명을 진압하기 위해 전선에서 페트로그라드로 파견한 군대의 사령관이었다. 볼셰비키와의 싸움에서 패배한 뒤, 크라스노프는 볼셰비키 포로가 되었다가 풀려났다. 그 뒤로 그는 독일의 지원을 받아 '적군'과 싸웠다. 종전 당시 그는 76세였다. 안드레이 시쿠로(Andrei Shkuro) 중장은 러시아 내전에서 영국, 프랑스 및 미국 군인들과 함께 싸웠다. 종전 당시 그는 58세로 코사크 예비대를 이끌었다. 코사크 예비대는 15기병군단 본대가 머문 카린티아의 서쪽인 동티롤의 리엔츠에 머물고 있었는데, 코사크 병력의 가족들도 이들과 함께 있었다.

1945년 5월 28일 영국군은 코사크 예비대의 모든 장교들을 소집했다. 그리고 고위 영국군 장교들과의 회담을 위해 이동한다고 통보했다. 코사크 예비대는 아직 15기병군단에 닥친 불행을 모르고 있었다. 영국군은 그들을 곧바로 동쪽에 있는 유덴부르크로 이송해서 러시아군에게 넘겼다. 러시아 내전에서 '백군'을 지휘했던 장군들을 보자, 러시아군 방첩대 요원들도 놀랐다.

영국군이 배신하고 자신을 러시아군 방첩대 요원들에게 넘기자, 시쿠로는 영국 국왕 조지 5세가 그에게 수여한 '바스 기사훈장(Companionship of the Bath)'의 십자가를 군복 가슴에서 떼어내서 입회한 영국군 장교의 발 앞에 내던졌다.

코사크 예비대 장교들이 러시아군에 넘겨졌다는 소식이 전해지자, 리엔츠의 코사크 병사들은 서로 팔짱을 끼고 누워서 이송을 거부했다. 이런 수동적 저항에 대해 영국군 병사들은 소총을 휘두르고, 도망치는 병사들엔 총을 발사해서 부상을 입혔다. 그러자 그들의 가족들이 자살을 시도했다. 늙은 부모들과 어린아이들을 먼저 죽이고 자신이 죽는 사람들이 잇따라 나왔다. 코사크 병사 둘은 영국군 장교 앞으로 다가와서 러시아어로 외쳤다. 그리고 영국군 장교가 통역에게 그들이 한 말의 뜻을 묻는 사이, 칼로 목을 긋고 땅에 쓰러졌다. 통역이 영어로 옮긴 그들의 말은 "우리의 피는 당신과 당신 자식들에게 묻을 것이다(Our blood is on you and your children)"였다.

러시아 방첩대는 현장에서 코사크 병력의 일부를 처형하고 나머지는 러시아로 송환했다. [폰 판비츠와 크라스노프, 시쿠로는 1947년 1월 모스크바에서 열린 러시아 군사재판에서 전쟁 범죄 혐의로 사형을 선고받아 레포르트토포 감옥에서 함께 처형되었다.]

영국군에 의해 공산주의 정권으로 넘겨진 것은 코사크족 부대와 주민들만이 아니었다. 폰 판비츠의 15코사크 기병군단이 유고슬라비아에서 티토의 빨치산들과 싸웠으므로, 많은 반공산주의 유고슬라비아 병력과 주민들이 코사크 군단을 따라 오스트리아로 왔다. 이들은 블라이

부르크에서 영국군에 항복했다.

이들은 러시아 주민들이 아니었으므로 강제 송환 대상이 아니었고, 미국과 영국 정부들도 이 점을 분명히 밝혔다. 그러나 영국군은 다른 수용소로 이동한다고 속이고 빨치산들에게 넘겼다. 이렇게 유고슬라비아로 강제 송환된 사람들은 티토 정권에 의해 참혹한 화를 입었다.

꼭 반세기가 뒤인 1995년에, 당시 영국군 대위로 유고슬라비아 병사들과 주민들을 강제로 송환하는 일을 지휘했던 나이절 니컬슨(Nigel Nicolson)은 자신의 부끄러운 경험을 글로 밝혔다.

> 우리는 폭력을 쓰지 말라는 지시를 받았고, 그들에게 그들의 진정한 목적지를 알리는 것이 금지되었다. 자기들이 가는 곳이 어디냐고 그들이 우리에게 물었을 때, 우리는 그들을 이탈리아에 있는 다른 영국군 수용소로 이송한다고 그들에게 대답했고, 그들은 의심 없이 열차에 올랐다. 가축 수송용 화물차량들의 미닫이문들에 자물쇠가 채워지자, 우리 병사들이 물러나고 역사에 숨었던 티토의 빨치산들이 나타나서 열차를 장악했다. 포로들과 난민들은 판자 틈새들로 빨치산들을 볼 수 있었고, 그들은 자기들을 배신하고 거짓말로 속이고 적어도 남자들을 기괴한 죽음으로 몰아넣는다고 우리를 욕하면서 화물차량들의 벽을 두드리기 시작했다. 지금 그들의 끔찍한 운명에 대해선 의심의 여지가 없고, 현장에 있었던 우리는 그때에도 의심할 여지가 거의 없었다. 첫 열차가 떠나고 얼마 되지 않아서, 우리는 도망쳐서 오스트리아로 돌아온 소수의 생존자들에게서 이야기들을 들었고, 그 뒤에 슬로베니아의 구덩이들에선 포박된 해골 수천 구가 발굴되었다.

독일군 162투르키스탄 사단은 캅카스와 투르키스탄 출신 병사들로 이루어진 부대였다. 이 부대는 이탈리아 전선에서 싸웠고, 1945년 5월에 파도바에서 미군에 항복했다. 그들은 타란토 근처의 포로수용소에 수감되었다가 흑해의 항구 오데사로 강제 송환되었다. 이들은 20년 중노동형을 선고받았다.

1945년 5월 8일 독일이 항복하면서, 독일에 있던 많은 러시아인 전쟁포로들과 강제노역에 종사한 노동자들이 해방되었다. 러시아가 점령한 지역에 있던 러시아인들을 러시아 당국이 직접 관장했고, 서방 연합국들의 점령 지역들에 있던 150만 명이 넘는 러시아인들이 러시아 점령 지역으로 이송되었다.

러시아군과 싸우다가 서쪽으로 물러난 헝가리군 포로들의 강제 송환은 미군 지휘관들의 비정함을 괴롭게 보여 준다.

헝가리군은 수도 부다페스트를 지키기 위해 마지막 저항을 시도했다. 그러나 이들은 이내 러시아군에 압도되어 서쪽 오스트리아로 밀려났다. 수천 명에 이르는 그들 헝가리 병력은 미군에 항복했다. 러시아가 헝가리에 세운 공산주의 정권은 이들의 송환을 미군에 요구했다. 전쟁범죄를 저지른 사람들의 목록에 헝가리 사람들은 없었으므로, 독일의 미군 법무참모부는 헝가리 정부의 송환 요구를 거부했다.

상황이 심상치 않다고 판단한 안드레아스 로라허(Andreas Rohracher) 잘츠부르크 대주교는 오스트리아 점령군 사령관인 미군 15집단군 사령관 마크 클라크(Mark W. Clark) 대장을 만나서 이들 포로들이 헝가리로 강제 송환되는 일이 없도록 해 달라고 요청했다. 클라크는 강제 송환이 없도록 하겠다고 약속했다. 그러나 아이젠하워는 헝가리 포로들을 강제로 송환하라는 명령을 내렸고, 그들은 헝가리로 송환되어 상당수가 공개 처형되었다. [뒷날 클라크는 한국전쟁에서 활약했다. 그는 1952년 5월에 매슈 리지웨이의 후임으로 국제연합군 사령관이 되었고 1953년 7월에 휴전협정에 서명했다.]

'용골끌이 작전'은 유럽 밖에서도 수행되었다. 많은 러시아 출신 독일군 포로들이 미국의 수용소들에 수감되었다. 주로 아이다호주에 수감된 이들 포로들은 종전 뒤 러시아 선박들에 의해 러시아로 강제 송환되었다. 이들 가운데 200명은 워낙 격렬하게 저항했으므로 미군 당국은 두 차례나 송환에 실패했다. 그래서 음식에 수면제를 섞는 방식으로 저항을 무력화시킨 뒤에야 그들을 배에 태울 수 있었다.

러시아군 출신 독일군 포로들을 러시아로 강제 송환한 나라는 미국과 영국만이 아니었다. 유럽의 여러 나라들이 러시아의 요구가 있으면 선뜻 강제 송환에 동의했다. 유일한 예외는 리히텐슈타인이었다. 인구가 1만 3천이고 군대는 없고 경찰이 11명인 이 작은 나라는 러시아 대표단에게 "어떤 피난민도, 러시아 사람이든 아니든, 강제로 러시아로 송환되도록 할 수 없다"고 선언했다.

결국 적게는 200만에서 많게는 500만이나 되는 사람들이 러시아, 유고슬라비아 및 헝가리로 강제 송환되었다. 공산주의 러시아 정권에 저항했던 작가 알렉산드르 솔제니친(Aleksandr I. Solzhenitsyn)은 이 강제 송환을 "제2차 세계대전의 마지막 비밀"이라 불렀다. 반체제 활동 혐의로 러시아의 강제수용소(gulag)에서 11년을 살았던 그는 수용소의 끔찍한 상황을 정직하게 기술한 『수용소 군도(Gulag Archipelago)』를 써서 1970년대에 서방에서 출간했다. 그 책에서 그는 자신이 직접 듣거나 전해 들은 '용골끌이 작전'의 피해자들의 삶을 상세히 밝혔다.

세월이 지나고 학자들이 차츰 진상을 밝히면서, '용골끌이 작전'이라는 이름으로 불리게 된 이 거대한 참극의 모습은 거의 다 드러났다. 그리고 그 참극의 성격에 대해서도 판정이 내려졌다.

미국 육군의 공식 역사가인 해럴드 포터(Harold E. Potter) 대령은 얄타 협정도 강제 송환을 정당화할 수 없다고 언명했다. 얄타 협정엔 '폭력의 사용'을 언급한 조항이 없다는 얘기였다. 그러나 비교적 도덕적이고 법을 충실히 따르려 애쓰는 군대였던 미군과 영국군이 이처럼 사악하고 불법적인 행위들을 곳곳에서 저질러서 수백만의 무고한 목숨들을 죽음과 강제노동으로 몰아넣은 참극의 근본적 원인은 아직 명쾌하게 설명되지 않았다.

1953년 봄에 처칠은 코사크 군단과 가족들이 겪은 참화를 처음 들었다. 크게 놀란 처칠은 완전한 조사를 지시했다. 관련된 문서들을 모두 조사한 뒤, 내각 사무처(Cabinet Office)의 레이텀(H. B. Latham) 준장은 무력함을 고백했다.

"우리는 일어난 일들의 세부 사항들은 거의 다 알지만, 현재 우리는 이 사건들이 왜 일어났는지는 말할 수 없다."

수상의 막강한 권한과 능력으로도 진상을 밝힐 수 없었다는 얘기다.

미군의 경우, 포터 대령은 합동참모본부(Joint Chiefs of Staff)가 얄타 협정을 자의적으로 해석한 것이 참극의 직접적 원인이라고 보고했다. 그러나 합동참모본부의 해석은 참극이 이미 대부분 저질러진 뒤에 나왔다.

분명한 것은, 이 참극으로 이득을 본 것은 공산주의 러시아와 스탈린이었다는 점이다. 공산주의 러시아에서 스탈린의 사악한 통치를 받은 사람들은 공산주의 러시아의 실상과 스탈린의 정체를 세상에 알리는 가장 강력한 증거였다. 공산주의자들의 조직적인 선전으로도 덮을 수 없는 그 증거를 자유주의 군대가 스스로 없앤 것이었다.

제4차 모스크바 회담

'용골끌이 작전'은 얄타 회담에 기괴한 빛을 던진다. 얄타 회담이 끝나고 회담의 주역들이 떠난 뒤 한 달도 넘은 때에 비밀리에 맺어진 '추가 조항'이, 언뜻 보면 별 문제가 없을 듯한 조항이, 실제로는 수백만의 무고한 목숨들을 짓밟았다. 그런 참극에서 이익을 본 것은 온전히 공산주의 러시아와 사악한 독재자 스탈린이었다. 자유세계는 자신이 소중히 여기는 가치들을 많이 잃었을 따름이다.

이런 사태를 불러오는 데 결정적 역할을 해서 손에 피를 흥건히 묻힌 사람들—유럽 연합군 최고사령관 아이젠하워 대장, 영국 외상 이든 및 지중해사령부 주재 영국 공사 맥밀런—이 몇 해 뒤엔 자유세계의 중심인 미국과 영국을 이끈 지도자들이 되었다는 사실을 떠올리면, '용골끌이 작전'이 얄타 회담에 던지는 빛은 더욱 기괴해진다(아이젠하워는 1953년부터 1961년까지 대통령을 지냈고, 이든은 1955년부터 1957년까지 수상을 지냈으며, 맥밀런은 이든으로부터 수상직을 물려받아 1963년까지 재임했다).

이런 사정은 공산주의의 붉은 기운이 러시아만이 아니라 유럽 전체를 덮고 미국의 심장부까지 뻗쳤음을, 그래서 얄타 회담이 갑자기 나온 사건이 아니라 오래 이어진 거대한 흐름이 만들어 낸 소용돌이임을 우리에게 일깨워 준다. 실제로 얄타 회담은 테헤란 회담을 이어받았고 포츠담 회담으로 이어졌다.

'용골끌이 작전'과 함께 얄타 회담의 성격과 영향에 대해 뜻있는 얘기를 해 주는 사건은 1944년 10월에 러시아와 영국의 지도자들이 만난 '제4차 모스크바 회담'이다. 얄타 회담을 앞둔 모임이어서 모스크바 회담은 얄타의 예비회담 성격을 띠었고, 러시아에선 스탈린과 몰로토프가, 영국에선 처칠과 이든이 참가했다. 아울러 영국 제국합동참모본부의장(Chief of the Imperial General Staff) 앨런 브루크(Alan Brooke) 원수와 미국의 러시아 주재 대사 애버렐 해리먼과 군사임무단장 존 딘 소장이 참관자 자격으로 참가했다.

회담 첫날인 10월 9일 처칠과 스탈린은 전후 유럽을 서방 영향권과 러시아 영향권으로 나누는 방안을 논의했다. 가장 중요한 사항은 물론 폴란드 문제였다. 이 문제가 워낙 중요했으므로, 모스크바 회담엔 런던 폴란드 망명정부의 대표단과 루블린 공산당 임시정부의 대표단이 참가했다. 그러나 처칠은 테헤란 회담에서 합의된 사항을 지키라고 스탈린을 압박하지 않았다. 동유럽에서 러시아군은 이미 압도적 지위를 누렸고, 처칠은 그런 사실을 받아들였다.

처칠은 대신 발칸반도에서 서방이 영향력을 지니는 데 주력했다. 그는 스탈린과의 단독 면담에서 종이쪽지에 자신의 견해를 써서 스탈린에게 건넸다.

> 루마니아—90% 러시아, 10% 다른 국가들
>
> 그리스—90% 영국(미국과의 합의에 따라), 10% 러시아
>
> 유고슬라비아—50—50%
>
> 헝가리—50—50%
>
> 불가리아—75% 러시아, 25% 다른 국가들

"이 종이를 태웁시다." 처칠이 제안했다.
스탈린은 고개를 저었다. "그대로 보존하는 것이 좋겠습니다."

스탈린은 이 쪽지에 적힌 내용을 읽고 한참 생각했다. 그리고 파랑 연필로 커다란 체크 마크를 한 다음 처칠에게 돌려주었다.

스탈린이 동의하자, 처칠은 만족해서 스탈린에게 농담을 건넸다.

"우리가 수백만 사람들에게 그리도 운명적인 논점들을 이렇게 즉석에서 처리했다는 것으로 보이면, 상당히 냉소적이었다고 사람들이 여길 것 아닌가요?"

스탈린은 잠자코 고개를 끄덕였다.

"이 종이를 태웁시다." 처칠이 제안했다.

스탈린은 고개를 저었다. "그대로 보존하는 것이 좋겠습니다."

그래서 '백분율 협정(Percentages Agreement)'이라 불리게 된 이 쪽지가 보존되었다. 이 논의에 해리먼은 참가하지 않았지만, 처칠은 '백분율 협정'의 내용을 루스벨트에게 알렸다. 루스벨트는 협정의 내용에 대해 대체로 찬동했지만, 불가리아에 대한 지분은 탐탁지 않게 여겼다. 그래서 지분을 놓고 며칠 동안 양국 대표들 사이에 흥정이 이어졌다.

이 과정에서 이든이 '모든 러시아군 출신 포로들의 무조건 송환'을 제안했다. 물론 스탈린의 환심을 사서 협상을 유리하게 하려는 속셈이었다. 그러나 스탈린은 영국이 이미 그렇게 하기로 결정했다는 사실을 영국 정부에 침투한 많은 첩자들로부터 들은 터였다. 실제로 1944년 7월부터 영국의 수용소들에 수감된 러시아군 출신 독일군 포로들 가운데 강제 송환이 된다는 얘기를 듣고 자살하는 사람들이 늘어났다. 그리고 모스크바 회담에 참석했던 영국 대표단이 돌아오자 포로들을 송환하는 절차가 시작되어 12월에 첫 배가 무르만스크로 향했다. 포로들은 배에서 내리자마자 부두의 창고들로 연행되었고, 일부는 거기서 총살되고 나머지는 '교육 시설(educational camps)'로 끌려갔다.

'백분율 협정'을 낳은 제4차 모스크바 회담은 미국과 영국의 지도자들이 러시아 지도자들을 상대한 회담들의 모습과 성격에 대해 많은 것들을 보여 준다. 아울러, 그 회담은 이승만의 세계관과 현실적 판단이 옳았음을 또렷이 드러낸다.

1) 더할 나위 없이 압제적인 전체주의 국가의 지도자인 스탈린과 협상할 때, 처칠도 루스벨트도 자유민주주의 원칙을 내세우지 않았다. 이 두 지도자는 원래 「대서양 헌장」에서 자유민주주의 원칙을 선언한 사람들이었다. 모든 나라들이 동등한 권리와 기회를 갖는 세계 질서를 지향하며, 약소민족들도 독립된 나라를 갖도록 하겠다고 선언한 터였다.

그런 사람들이, 처칠이 겸연쩍어서 고백했듯이, “수백만 사람들에게 그리도 운명적인 논점들을 즉석에서 처리”하는 “냉소적” 행태를 보인 것이었다. 그렇게 자신들이 따르는 이념을 가볍게 버림으로써, 그들은 추구해야 할 목표를 잃었다. 제2차 세계대전에서 미국을 비롯한 자유주의 국가들의 궁극적 목표는 전체주의의 득세를 막아 자유민주주의를 되살리는 것이었다. 독일이나 일본과 같은 나라들을 이 세상에서 없애는 것이 아니었다.

바로 이 점을 이승만이 경계한 것이었다. ‘얄타 비밀협약’의 존재를 폭로했을 때, 그는 물론 몰랐다. 이미 반년 전에 모스크바에서 그런 제국주의적 비밀협정이 맺어진 줄을. 그러나 그는 고브로가 제공한 정보에 바탕을 두고 그런 비밀협약의 존재를 확신했다. 그는 ‘태프트·가쓰라 비밀협약’을 지적했지만, 실은 그 전에 일본과 러시아 사이에 그리고 일본과 영국 사이에 비슷한 협약들이 거듭 맺어졌었다. 따지고 보면, 근대 역사에서 비밀협약들은 무수히 많았고, 흔히 그런 비밀 거래들에 의해 약소국들의 운명이 결정되곤 했다.

2) 자유민주주의라는 궁극적 가치를 가볍게 버리고 ‘현실 정치’라 불리는 냉소적 흥정에 몰두함으로써, 처칠과 루스벨트는 전체주의 세력의 위협에 맞설 수 있는 유일한 방도를 스스로 포기한 것이었다. 공산주의라 칭하든 민족사회주의라 칭하든, 전체주의는 사람의 본성에 관한 그른 가정들 위에 세워진 이념이어서, 필연적으로 압제와 비효율을 낳는다. 그래서 사람들은 자유민주주의를 지향하게 된다. 전체주의를 막는 데는 사람들에게 자유민주주의를 추구할 기회를 주는 것이 긴요하고 실제로 그것으로 족하다.

이승만은 세계 지도자들 가운데 공산주의의 본질과 행태를 가장 먼저 간파하고 경계해 온 사람이었다. 그는 늘 자유민주주의를 따랐고 결코 공산주의에 현혹되지 않았다. 그래서 많은 자유주의자들이 그를 두드러진 자유주의 지도자로 꼽았다.

3) 처칠도 루스벨트도 전체주의자들과 협상을 통해서 공존할 수 있다고 믿었다. 이런 믿음은 전체주의자들이 약속을 지킨다는 믿음에 바탕을 두었다. 이런 믿음은 전체주의의 본질과 속성을 모르거나 애써 외면한 데서 나왔다. 냉소적 태도의 극치인 독일과 러시아의 불가침조약이 맺어져도, 그것이 깨어지는 것을 보고도, 두 지도자들은, 특히 루스벨트는, 전체주의자들을 믿을 수 없다는 사실을 깨닫지 못했다.

협상의 내용도 비현실적이었다. 발칸반도의 어떤 나라에 대한 영향력에서 영국이나 미국이 50퍼센트를 차지한다는 것이 현실적으로 무엇을 뜻하는가? 러시아군이 루마니아, 헝가리, 불가리아를 다 점령하고 공산주의자들로 이루어진 정부를 구성했을 때, 무슨 수단으로 미국이나 영국이 확보한 영향력의 지분을 10퍼센트든 50퍼센트든 실제로 확보한다는 얘기인가? 티토의 빨치산이 영국과 미국의 적극적 지원을 받아 반공산주의 저항운동인 체트니크를 섬멸한 터에, 영국과 미국이 티토의 감사하는 마음을 통해서 50퍼센트의 영향력을 행사하리라고 기대한다는 얘기인가? 자유세계를 이끄는 위대한 정치가들이 한 협상이라고 믿기 어려울 지경이다.

전쟁이 끝났을 때, 폴란드, 헝가리, 루마니아, 불가리아, 유고슬라비아에다 체코슬로바키아까지 모두 공산당 정권이 들어서서 러시아의 위성국가들이 되었다. 러시아가 100퍼센트의 영향력을 행사하게 된 것이었다.

처칠이 영국의 영향권 속에 확실히 놓았다고 생각한 그리스에선 러시아에 충성하는 빨치산 세력이 반공산주의 정부에 대항해서 봉기했다. 이들은 유고슬라비아와 알바니아의 적극적 지원을 받았다. 영국이 정부군을 지원하면서 그리스 내전은 국제전쟁의 양상을 띠었다.

영국군이 정부군을 지원했지만, 반란군이 워낙 강성해서 영국군은 힘에 부쳤다. 결국 1947년부터 미국이 영국을 대신해서 그리스 정부를 지원했다. 러시아의 세력 확장에 맞서 '만회 정책(roll-back policy)'을 내세운 트루먼 대통령은 제임스 밴 플리트(James Van Fleet) 중장이 이끈 250명의 군사고문단과 4억 달러의 경제 원조를 제공했다. 덕분에 정부군의 상황이 호전되어서 1949년에 내전이 끝났다. [한국전쟁이 일어나자, 밴 플리트는 1951년 3월에 매슈 리지웨이의 후임으로 주한 미8군 사령관이 되었다. 1951년 7월에 대장으로 승진한 그는 중공군의 '인해전술' 공세들을 물리치고 전황을 유리하게 이끌었다.]

이승만의 태도는 두 지도자들과 극명하게 대조적이었다. 한국전쟁이 3년째로 접어들자, 전황은 공산군에게 크게 불리하게 되었다. 중공군의 대규모 공세들은 보급의 부족으로 지속되기 어렵다는 것이 거듭 증명되었다. 그러자 공산국들은 휴전 협상에 적극적으로 나섰다. 그때 이승만 혼자 휴전을 반대했다.

언제나처럼 그의 논리는 명쾌했다.

> 공산주의자들은 결코 평화로운 공존을 선택하지 않는다. 그것은 공산주의자들로선 최악의 선택이다. 공산주의 사회는 지옥이므로, 인민들은 자유로운 세상으로 탈출하려 한다. 해방 뒤부터 전쟁 전까지 다섯 해 동안에 300만이나 되는 북한 주민들이 남한으로 내

려왔다. 전쟁 중에 내려온 사람들은 얼마나 되는지 추산하기 어려울 만큼 많다. 그런 상황에서 북한이나 중공이 대한민국과 평화롭게 공존하려 하겠는가?

평화로운 공존은 공산주의자들에겐 자멸을 뜻한다. 따라서 살아남기 위해서라도 그들은 끊임없이 자유로운 국가들을 침공해서 병탄하려 한다. 자유로운 대한민국의 존재 자체가 북한의 공산주의 정권에겐 위협이다.

지금 휴전을 하는 것은 전쟁에서 밀리는 공산군에게 숨을 돌릴 틈을 주어 뒤에 다시 침공하도록 하는 것밖에 안 된다. 그것은 대한민국만이 아니라 다른 자유로운 국가들에게도 재앙일 것이다.

휴전이 되고 두 세대가 지난 지금, 군사적 괴멸을 맞았던 북한은 핵무기 체계를 완성하고 대한민국만이 아니라 미국까지 위협한다. 미국이 강경한 정책을 골랐으면 파멸을 맞았을 중국 공산당 정권이 이제는 미국에 맞서면서 점점 위압적으로 다른 나라들을 대한다. 우리 마음에 얼마나 아프게 울리는가. "지금 휴전을 하는 것은 전쟁에서 밀리는 공산군에게 숨을 돌릴 틈을 주어 뒤에 다시 침공하도록 하는 것밖에 안 된다. 그것은 대한민국만이 아니라 다른 자유로운 국가들에게도 재앙일 것이다"라고 외친 이승만의 목소리가.

4) '백분율 협정'은 중요한 협정이 꼭 공식 외교 문서의 형태를 하지 않을 수도 있다는 것을 일깨워 준다. 만일 스탈린이 만류하지 않았으면 '백분율 협정'이 적힌 쪽지는 불살라졌을 터이고, 후대의 역사가들은 전후 유럽의 기본적 정치 질서가 나온 과정에서 중요한 계기 하나를 놓쳤

을 것이다. 생물의 역사가 화석에 의존하듯, 문명의 역사는 기록이라는 '화석'에 의존한다. 이런 사정은 '얄타 비밀협약'의 존재에 대해 시사하는 바가 있다. 실제로 얄타 회담에서 나온 여러 협약들은 아직도 모두 밝혀진 것이 아니다.

이승만은 1946년에 발표된 '동아시아에 관한 얄타 비밀협정'에서 조선에 관한 항목이 빠졌다는 사실을 설명하지 못했다. 그러나 그는 조선에 관한 비밀협약이 있었다는 자신의 소신을 바꾸지 않았다.

앨저 히스의 역할

그러면 스탈린 또는 스탈린의 대리인은 미국의 누구와 언제 어디서 조선 문제에 대해 양해를 주고받았을까? 여기서 이승만의 숙적 앨저 히스가 다시 등장한다. 히스는 얄타 회담에서 실무를 총괄했다.

히스는 변호사로서 원래 '뉴딜 정책'으로 생긴 농업조정처(Agricultural Adjustment Administration)에서 법률 문제를 다루었다. 그는 1936년에 국무부로 옮겨서 경제담당차관보의 보좌관이 되었고, 1939년부터는 극동국장 스탠리 혼벡의 보좌관으로 일본과 중국에 관련된 일들을 주로 다루었다. 1944년에 그는 전후 국제단체들의 설립을 기획하는 특별정무처(Office of Special Political Affairs)의 책임자가 되었다. 이것은 이상한 인사였다. 국제연합의 설립 업무는 경험이 많고 유럽의 사정을 잘 아는 고위 외교관이 맡는 것이 타당했다. 히스는 직업 외교관이 아니었고, 동아시아 문제를 다루어서 다자 외교에선 경험도 인맥도 없었다.

더욱 이상한 것은 히스가 얄타 회담의 실무를 총괄하는 임무를 맡았다는 사실이었다. 얄타 회담의 주제가 유럽 문제였으므로, 동아시아 전문가인 히스가 발탁된 것은 이해하기 어렵다. 비록 루스벨트가 국제연합의 창설에 온 힘을 쏟았지만, 그것은 그리 복잡한 일이 아니었다. 얄타 회담에서 가장 중요하고 풀기 어려운 문제는 단연 폴란드 문제였다.

더더욱 이상한 것은 히스가 러시아의 첩자라는 의혹이 널리 퍼졌고 루스벨트 자신도 그런 정보를 여러 번 들었음에도 불구하고 그가 발탁되었다는 사실이다. 1939년 9월 미국 공산당원으로 러시아의 첩자였던 휘태커 체임버스(Whittaker Chambers)는 국무부 차관보로 국무부 보안 책임자였던 아돌프 벌(Adolf A. Berle)을 찾아가서 워싱턴에서 여러 해 동안 암약한 러시아 첩자 조직 둘이 있음을 밝혔다. 그가 밝힌 첩자들의 명단엔 히스도 들어 있었다. 벌은 그 명단을 루스벨트에게 보고했다. 그러나 루스벨트는 체임버스의 제보를 수사하자는 벌의 제안을 거부했다.

비슷한 시기에 당시 프랑스 주재 대사였던 윌리엄 불리트는 히스가 러시아 첩자라는 정보를 히스의 직속상관인 혼벡에게 알렸다. 불리트는 프랑스 총리 에두아르 달라디에가 프랑스 방첩기구의 정보라면서 전해 주었다고 밝혔다. 혼벡은 히스에게 그 보고서를 보이고서 사실 여부를 물었다. 히스는 불리트가 보고한 정보를 부인했지만, 혼벡은 이 정보를 백악관에 보고했다. 그러나 루스벨트는 이 정보를 무시했다.

루스벨트는 여러 전문가들이 제기한 히스에 관한 경고들도 무시했다. 특히 의회에서 미국 정부에 침투한 러시아 첩자들을 찾아내는 데 진력한 텍사스 출신 하원의원 마틴 디스(Martin Dies)의 경고도 무시했다. 디스는 루스벨트의 정치적 동지였지만, 그가 공산주의자들이 정부의 여러 부처들에 깊숙이 침투했다고 알리자 루스벨트는 그에게 화를 내면서 "이 나라의 공산주의자들은 아무런 문제가 없소. 나의 가장 친한 친구들 가운데 몇몇은 공산주의자들이오" 하고 쏘아붙였다.

루스벨트가 언급한 "공산주의자 친구들" 가운데 두드러진 인물은 얼 브라우더(Earl Browder)였다. 1930년부터 1945년까지 미국 공산당을 이끌었던 브라우더는 루스벨트의 '뉴딜 정책'을 적극적으로 지지했고, 전쟁 중에는 루스벨트의 국내 정책들을 전적으로 지지했다. 미국 공산당의 충성심이 러시아를 향했으므로, 브라우더는 러시아 정보기구의 첩자로 일했고 러시아 비밀요원들이 공산당원들을 첩자로 삼는 데 도움을 주었다.

이처럼 루스벨트는 러시아가 미국에 심어 놓은 첩자들을 수사해서 드러내는 일에 관심이 없었고, 적극적으로 수사하려는 사람들에 대해 반감을 드러냈다. 국가 안보의 최종 책임자인 대통령이 이런 태도를 보인 것은 설명하기가 쉽지 않다. 루스벨트가 이념적으로 자본주의에 적대적이었고 사회주의로 기울었다는 사실이 가장 근본적 요인일 것이다. 자연히, 공산주의 러시아를 혐오하거나 경계하는 마음이 작았다. 게다가 '뉴딜 정책'은 공산주의에 호의적인 젊은 좌파 지식인들의 열렬한 지지를 받았고 그 정책을 집행하는 기구들은 그들로 채워졌다. 히스에 관해서는, 그가 루스벨트 가족의 친구였다는 사실도 작용했을 것이다.

어찌 되었든, 히스는 대표단의 일원으로 발탁되어 러시아와의 협상에서 미국의 전략과 대응을 실질적으로 조율했다. 스테티니어스는 1944년 12월 1일에 국무장관에 취임했으므로, 외교 업무를 총괄한 지 겨우 두 달이었다. 장관이 되기 전에 1년 남짓 차관으로 일했지만, 그는 원래 철강회사의 경영자여서 외교나 안보에 대한 경험이 적었다. 게다가 그는 히스에게 전적으로 의존해서, 루스벨트에게 올라가는 서류들을 히스가 총괄하도록 만들었다.

백악관의 사정도 히스의 역할을 키웠다. 루스벨트에 가장 가까운 해리 홉킨스(Harry Hopkins)는 1939년에 암 진단을 받았고 과로로 여생이 얼마 남지 않은 처지여서 제대로 일들을 처리할 수 없었다. 그래서 러시아 첩자인 로칠린 커리가 실질적으로 루스벨트가 보고받는 정보를 관장했다. 커리는 얄타 회담에 참가해서 중요한 역할을 했다. 루스벨트 자신도 두 달 뒤에 죽을 병자여서 도저히 업무를 볼 상태가 아니었다. 정신이 혼미한 루스벨트를 회담장에 내보내는 미국 사람들을 처칠이 원망했다는 일화는 당시 상황을 잘 보여 준다. 그래서 미국 대표단에서 직급 낮은 실무자인 히스가 결정적 역할을 하게 되었다.

뒷날 얄타 협정의 내용이 문제가 되었을 때, 스테티니어스는 자신도 모르게 일들이 결정되었다고 해명하면서 히스의 농간을 탓하는 듯한 발언을 했다. 실제로 국무부 본부에서 얄타 회담장의 미국 대표단에 보낸 건의서들이 스테티니어스나 루스벨트에게 전달되지 않았다는 의혹이 일었다. 당시 협상 현장을 잡은 사진에서 루스벨트 대통령과 스테티니어스 국무장관 사이 뒤쪽에 앉아서 기록하고 조언하는 히스의 모습은 음산하게 상징적이다.

얄타 회담에서 히스가 큰 역할을 했다는 사실이 얄타 회담의 이해에서 특히 중요한 이유는 둘이다. 하나는 그가 처음부터 조선 문제를 다룰 때 러시아의 이익을 먼저 고려해 왔다는 사실이다. 그래서 그는 혼벡의 보좌관으로 일할 때는 대한민국 임시정부가 미국의 승인을 받는 것을 가로막았고, 국제연합 사무국장으로 일할 때는 대한민국 임시정부가 국제연합에 가입하는 것을 거부했다. 다른 하나는 그가 러시아 첩자였다는 사실이다. 물론 이 둘은 긴밀히 연관되었다.

루스벨트의 적극적 비호 덕분에 히스는 러시아 첩자라는 의심을 받으면서도 승승장구했다. 루스벨트가 죽고 트루먼이 대통령이 되었어도 그는 여전히 요직에서 일했다. 트루먼은 공산주의나 러시아에 대해 호의적이 아니었다. 그러나 그는 러시아 첩자들이 제기하는 위협을 가볍게 여겼다. 그는 러시아 정보기관들의 행태에 대해 몰랐고 관심도 없었다. 게다가 그는 행정부에 러시아 첩자들이 침투했다는 주장을 자신에 대한 정치적 공격으로 여겼다. 그래서 러시아 첩자들을 찾아내려는 연방수사국(FBI)과 의회의 노력을 드러내 놓고 방해했다.

1945년 11월 6일 러시아 정보기관의 연락원(courier)인 일리저버스 벤틀리(Elizabeth Bentley)가 FBI에 자수했다. 그녀가 밝힌 내용은 트루먼 정권의 비협조로 어려움을 겪던 FBI의 수사에 활기를 불어넣었다.

벤틀리는 1908년에 코네티컷주의 '오래된 가문'에서 태어나 명문 대학들에서 공부한 지식인이었다. 1935년에 그녀는 미국 공산당에 입당했다. 뉴욕의 이탈리아 정보도서관에서 일하게 되자, 그녀는 미국 공산당 지도부에 파시스트 이탈리아에 관한 정보를 수집하겠다고 제안했다. 공산당 지도부는 그녀의 제안을 받아들여 정보원으로 삼았다.

모스크바의 국가보안인민위원회(NKGB)는 그녀가 제공할 수 있는 정보들에 관심이 있어서, 미국에서 활동하는 비밀 정보요원인 제이콥 골로스(Jacob Golos)로 하여금 그녀를 관장하게 했다. 골로스는 본명이 야코프 레이젠(Yakov N. Reizen)으로 미국에 귀화한 러시아 사람이었다. 그녀와 골로스는 곧 연인 사이가 되었다. 그때까지 그녀는 자신이 미국 공산당을 위해 일하는 줄로 믿었다. 사귄 지 한 해가 넘어서야 그녀는 그의 본명을 알게 되었고, 두 해가 되어서야 그가 러시아 정보기관을 위해 일한다는 것을 알게 되었다.

골로스는 1889년에 우크라이나에서 태어났다. 그는 일찍부터 레닌의 추종자가 되어 혁명 활동에 참가했다. 1906년 그는 제정 러시아 당국에 체포되어 북부 시베리아로 추방되었다. 그러나 그는 탈출해서 중국과 일본을 거쳐 미국으로 왔다. 그는 미국 공산당의 창립에서 중요한 역할을 했다. 그는 1930년대 초엽부터 러시아의 정보기관을 위해 일했는데, 1930년대 말엽엔 작가 어니스트 헤밍웨이(Ernest Hemingway)를 포섭했다. 그는 헤밍웨이에게 'Argo'라는 암호명을 부여했지만, 헤밍웨이를 실제로 첩자로 쓰지는 않았다. 스페인 내전에서 '국제여단'의 일원으로 싸웠던 터라 헤밍웨이 자신은 첩보 활동을 하고 싶어 했지만, 그는 첩자로서의 자질이 부족했다.

1940년 미국 법무부는 골로스에게 「외국대리인 등록법」에 따라 러시아 정부의 대리인으로 등록하라고 요구했다. 골로스가 그렇게 등록을 하자, 모스크바의 본부에선 그가 미국 당국에 체포될 가능성을 걱정해서 러시아로 돌아오라고 권유했다. 그러나 스탈린의 '대숙청'을 러시아 현지에서 겪었고 러시아로 돌아간 정보요원들이 모두 처형되는 것을 본지라, 그는 그런 권유를 물리쳤을 뿐 아니라 다른 NKVD 요원들에게 자신이 관장하는 첩자들을 인계하는 것을 거부하고, 자신이 살해되는 경우에 대비해서 미국 내의 러시아 첩자들의 명단을 비밀 봉투에 넣어 보관하고 있다고 알렸다.

일단 외국 대리인으로 등록하자, 골로스로선 자신이 관장하는 첩자들과 만나고 자료를 받아 오는 일이 위험하게 되었다. 그래서 그는 차츰 벤틀리에게 자신의 일을 맡기게 되었고, 그녀는 골로스가 관장하는 첩보망의 실질적 연락원이 되었다. 아울러 골로스는 국제공산당

(Comintern)의 간판 조직으로 첩보 활동을 관장하는 해운 회사의 일상적 업무도 그녀에게 맡겼다. 그녀는 러시아의 첩자 역할을 하면서 보수를 받은 적이 없었지만, 이 해운 회사의 부사장으로 많은 보수를 받았다. 이처럼 그녀의 역할이 중요해지자, 러시아 정보기관에선 그녀에게 '현명한 여인'이란 뜻을 지닌 'Umnitsa'라는 암호명을 부여했다.

1943년 11월 27일 골로스는 심장마비로 죽었다. 벤틀리는 곧바로 골로스가 숨겨 둔 봉투를 찾아내서 없앴다. 그리고 미국 공산당 지도자 얼 브라우더와 만나 자신이 골로스의 첩보망을 관장하겠다고 제안해서 허락을 받았다. 그러나 골로스의 후임 요원은 모스크바의 지시에 따라, 벤틀리의 첩자들이 직접 자신에게 보고하도록 지시했다. 브라우더는 처음엔 벤틀리를 지지했다. 그러나 NKGB 본부의 지시를 받자, 그는 첩자들이 직접 NKGB 요원들에게 보고하도록 지시했다. 이어 그녀는 해운 회사 부사장 자리에서도 밀려났다. 브라우더가 독자적으로 결정할 권한이 없고 NKGB의 지시를 그대로 따르는 존재에 지나지 않는다는 것을 깨닫자, 벤틀리는 충격을 받고 실의에 빠졌다.

1945년 여름 그녀를 관장하는 NKGB 요원은 그녀에게 러시아로 이주하라고 권유했다. 러시아로 가면 자신이 처형되리라고 예상한 그녀는 코네티컷주 뉴헤이븐의 FBI 사무실을 찾아가서 책임자를 만났다. 그러나 그녀는 아직 자수할 결심을 하지 못하고 정황만을 살폈다.

첩자 조직을 관장하지 못하고 봉급이 많은 직장에서도 물러나자, 그녀의 삶은 빠르게 허물어졌다. 그녀는 젊었을 적부터 우울증을 앓았고 술을 많이 마셔 온 터였는데, 연인을 잃은 터에 첩자 임무와 직장을 함께 잃자 그녀는 우울증이 깊어졌고 술을 더욱 많이 마시게 되었다.

1945년 9월 그녀는 새로 자신을 관장하게 된 NKGB 요원 아나톨리 고르스키(Anatoly Gorsky)를 만났다. 그녀는 술에 취한 상태였고, 고르스키의 태도에 화가 치민 그녀는 러시아 요원들을 "조직폭력배"라고 비난했다. 그리고 자신이 "고발자"가 될 수도 있다고 넌지시 위협했다.

술이 깨자, 그녀는 자신이 치명적 실수를 했다는 것을 깨달았다. 실제로 고르스키는 이 일을 모스크바에 보고하면서 "그녀를 제거"하는 것을 건의했다. 그러나 모스크바에선 그녀를 달래서 진정시키라고 고르스키에게 지시했다.

몇 주 뒤 미국 공산당 기관지 〈데일리 워커(Daily Worker)〉의 편집자인 루이스 부덴즈(Louis Budenz)가 미국 정부에 자수했다는 것이 밝혀졌다. 그는 벤틀리가 접촉했던 첩자들 가운데 하나였다. 이제 그녀는 양쪽에서 위협을 받는 처지가 되었다. 왼쪽에선 러시아 요원들이 그녀를 제거하려 들 터였고, 오른쪽에선 부덴즈의 제보로 미국 정부가 그녀를 불러들일 터였다. 마침내 그녀는 결정을 내리고 1945년 11월 6일 FBI 사무실을 다시 찾았다.

이튿날부터 그녀는 러시아 첩자 조직에 관해서 자신이 아는 바를 FBI 요원들에게 밝히기 시작했다. 그녀의 정보는 방대하고 자세했으니, 37명의 연방공무원을 포함한 150명 가까운 사람들이 러시아의 첩자라고 확인했다.

그녀가 러시아 첩자로 지목한 인물들은 대부분 FBI도 혐의를 둔 사람들이었다. 그녀가 제공한 정보의 중요성은 첩자들을 지목한 것 자체에 있었다기보다는, 러시아 정보기관이 첩자들을 포섭하고 운용하는 방식을 보여 주고 아울러 첩자들이 관계를 맺어 협력하는 모습을 드러낸 데에 있었다. 그녀의 제보 덕분에 FBI의 방첩요원들은 지금까지 산발적으로 파악했던 러시아 첩자들을 체계적으로 볼 수 있게 되었다.

그런 체계적 관찰에서 비로소 드러난 것은, 러시아 첩자들이 이미 미국 정부 안으로 깊숙이 침투해서 요직들을 차지하고 국정을 좌우한다는 사실이었다. 백악관에서 국책연구소들에 이르기까지 모든 정부 부서들에 러시아 첩자들과 그들에게 동조하는 사람들이 자리 잡아서, FBI로서도 그들을 상대하기 어렵다는 사정이 드러났다. 예컨대 당장 FBI를 관장하는 법무부에도 공산주의 러시아에 호의적인 인물들이 많았고, 백악관에서는 첩자들이 대통령을 에워싸고 있었다.

골로스가 관장했던 첩자들은 친분, 직업 및 직장으로 얽힌 집단을 이루어서 활동했다.

1) 가장 큰 집단은 러시아 출신 경제학자로 당시 재무부에서 일한 네이선 실버매스터(Nathan G. Silvermaster)가 이끄는 집단이었다. 이 집단에 재무부의 실력자 해리 화이트(Harry D. White)와 백악관에서 루스벨트 대통령을 보좌한 로칠린 커리가 속했다.
2) 실버매스터 집단보다 좀 작은 집단은 수학자 빅터 펄로(Victor Perlo)가 이끄는 집단이었다.
3) 가장 오래된 집단은 해럴드 웨어(Harold Ware)가 이끈 집단이었다. 빅터 펄로도 원래 이 집단에 속했었다. 웨어가 원래 농업 전문가였으므로, 이 집단은 주로 뉴딜 정책의 농업 분야를 관장한 농업조정처(AA)와 농무부 소속 관리들이 많았다. 히스는 이 집단에 속했다.
4) 로버트 밀러(Robert Miller)는 국무부의 남북아메리카 관계를 다

루는 부서에서 일하면서 여러 사람들을 러시아 첩자들로 만들었다.

5) 전략사무국(OSS)과 전쟁정보국(OWI)엔 많은 러시아 첩자들이 침투했다. 이 두 조직이 국무부에 흡수되자, 국무부는 공산주의자들의 소굴이 되었다.

6) 태평양문제연구회(IPR)는 오래되고 평판도 높은 학술단체였다. 조선 사람들에게도 익숙한 단체였고, 1945년 1월에 버지니아에서 열린 회의엔 대한민국 임시정부도 대표단을 파견했다. 그러나 이 단체는 공산주의자들이 장악해서 러시아와 중국 공산당을 위해 일해 온 터였다.

FBI 국장 에드거 후버(J. Edgar Hoover)는 벤틀리의 정체와 자수를 감추기 위해 가장 엄격한 조치를 취하라고 지시했다. 그리고 그녀를 이중첩자로 이용하는 작전을 지시했다. 아울러, 그녀가 러시아 첩자로 지목한 인물들을 감시하기 시작했다.

이런 작전은 250여 명의 요원들이 투입되어 한 해 넘게 지속되었지만, 성과는 없었다. 벤틀리가 관장했던 첩자들은 그녀와 만나려 하지 않아서, 그녀를 이중첩자로 삼으려던 계획은 첫걸음도 떼지 못했다. FBI는 러시아 첩자라는 혐의를 받은 사람들을 감시하고 행적을 추적했지만, 첩자로 활동한 흔적만을 찾았을 뿐 결정적 증거들을 찾지 못했다.

벤틀리가 자수하자, 후버는 그 사실을 워싱턴 주재 영국 안보조정관 윌리엄 스티븐슨(William Stephenson)에게 통보했고, 스티븐슨은 곧바로 런던에 보고했다. 당시 영국 비밀정보부(Secret Intelligence Service)[통칭 MI6]에서 러시아의 침투를 막는 부서인 9과의 책임자는 킴 필비(Kim Philby)였는데, 그는 러시아의 이중첩자여서 러시아에 벤틀리의 자수를 알렸다. FBI의 감시가 시작될 무렵, NKGB는 미국 주재 정보 요원들에게 벤틀리가 관장했던 사람들과의 접촉을 완전히 끊으라고 지시했다. 벤틀리를 마지막으로 관장했던 고르스키는 그녀를 없애자고 본부에 건의했지만, 본부는 그의 건의를 거부했다.

후버는 FBI가 그동안 얻은 증거들로는 러시아 첩자들을 기소할 수 없다고 판단했다. 그래서 그는 특별히 국가 안보를 위협하는 첩자들에 관한 정보를, 안보 문제를 다루는 의회 위원회들에 제공하기로 결정했다. 의회에서 조사하는 과정에서 행적이 드러나면, 행정부의 요직들에 기용된 첩자들이 물러나게 되리라는 생각이었다. 그렇게 해서 벤틀리가 제공한 러시아 첩자들에 관한 정보는 의회에서 다루어지게 되었다.

후버의 노력과 병행해서, 톰 클라크(Tom C. Clark) 법무장관은 벤틀리 사건을 대배심에 회부했다. 벤틀리는 대배심에 여러 차례 출두해서 증언했다. 이 과정에서 그녀의 사건이 보도되었다.

그렇게 자신의 사건이 부분적으로 보도되자, 벤틀리는 사건의 전모를 제대로 밝히려면 스스로 나서야 한다고 생각하게 되었다. 그녀는 〈뉴욕 월드 텔레그램〉의 기자들에게 자신의 사건에 관해 자세히 설명했다. 이 신문은 1948년 7월 21일부터 네 차례에 걸쳐 러시아 첩자들의 조직을 폭로한 익명의 "아름답고 젊은 블론드"의 얘기를 1면에 실었다. 이 선정적 기사들은 큰 반응을 불렀고, HUAC은 곧바로 그녀를 불러서 증언을 들었다. 그녀는 국무부에서 일하는 '히스'라는 인물이 러시아 첩자라고 들었다고 밝혔다.

그녀의 증언은 히스에 관한 관심을 되살렸다. 그리고 문필가로 〈타임〉

지의 편집자였던 휘태커 체임버스가 여러 해 전에 히스에 대해서 한 증언들이 새삼스럽게 주목을 받게 되었다.

1948년 8월 3일 하원 반미국행위위원회(House Un-American Activities Committee, HUAC)는 체임버스의 증언을 들었다. 그는 자신이 1930년대에 미국 공산당의 당원이었으며 공산주의 러시아의 첩자로 일했다고 인정했다. 그리고 자신이 접촉했던 미국 관리들의 이름을 밝혔다. 이들은 모두 루스벨트 정권에서 '뉴딜 정책' 수행 기구들에 자리 잡은 좌파 지식인들이었는데, 가장 두드러진 인물은 국무부에서 일한 히스였다.

1919년에 창설된 미국 공산당은 처음부터 국제공산당의 영향과 지원을 받으면서 러시아의 이익에 충실히 봉사했다. 특히 '비밀기구'라 불리는 미국 공산당 지하조직은 러시아 첩자들이 되어 미국의 기밀들을 러시아에 보고하고 러시아의 이익을 위해 미국 정책들에 영향을 미쳤다. 이들을 실제로 조종한 기관은 러시아군 정보기구인 GRU였다. 물론 미국인 첩자들은 거의 다 자신들이 국제공산당을 위해서 일하며 세계혁명에 이바지한다고 믿었다.

체임버스는 1924년에 레닌의 저서를 읽고 공산주의자가 되었다. 저널리스트여서 자주 여행을 했던 그는 미국 공산당 지도부로부터 연락원 임무를 부여받았다. 그가 러시아 비밀 정보요원들에게 넘긴 정보들 가운데엔 히스가 제공한 자료들도 있었다. 1936년부터 스탈린의 '대숙청'이 시작되어 자신의 동료들이 사라지기 시작하고 자신도 모스크바로 들어오라는 지시를 거듭 받자, 체임버스는 자신과 가족이 러시아 자객에게 암살될까 두려워해서 잠적했다. 1939년 스탈린이 히틀러와 불가침조약을 맺자, 러시아의 배신에 분노한 체임버스는 미국 국무부와

FBI에 러시아 간첩 조직에 관해 자신이 아는 것들을 밝혔다. 그러나 당시 미국 정부는 독일을 가장 큰 위협으로 보고 러시아엔 우호적이어서, 그의 제보는 당국의 관심을 끌지 못했다. 러시아의 공격적 정책이 미국의 안보를 직접적으로 위협하게 된 1948년에야 비로소 그의 제보가 HUAC의 주목을 끌게 되어 증언하게 된 것이었다.

히스가 러시아의 첩자로 활동했다는 주장은 물론 체임버스가 처음 한 것이 아니었다. 위에서 살핀 것처럼, 이미 1939년에 여러 경로로 루스벨트에게 그 혐의가 보고되었다. 결정적 증거는 1945년 9월 캐나다 주재 러시아 대사관에서 암호 전문가로 일했던 이고르 구젠코(Igor Gouzenko)가 캐나다로 망명하면서 미국에서 암약하는 러시아 첩자들을 폭로한 것이었다. 그 첩자들 명단엔 '미국 국무장관 스테티니어스의 보좌관의 보좌관'이 들어 있었다. 스테티니어스는 국무차관으로 근무하다가 코델 헐 국무장관이 병으로 사임하자 장관이 되었다. 히스가 헐 장관의 특별보좌관 혼벡의 보좌관이었다는 사실을 고려해서, FBI는 그 첩자가 히스라고 판단했다. 그리고 1945년 11월엔 벤틀리가 히스를 첩자로 지목했다.

일단 HUAC이 정부에 침투한 러시아 첩자들에 관한 청문회를 열자, 가장 자주 첩자로 지목되었던 히스가 먼저 조사를 받게 되었다. 그는 이틀 전 체임버스가 증언한 내용을 전부 부인했다. 심지어 그는 체임버스를 모른다고 증언했다.

히스가 HUAC에서 증언한 날, 트루먼 대통령은 마침내 FBI가 보유한 히스에 관한 자료를 검토했다. 그는 백악관 특별법률고문 새뮤얼 로젠먼(Samuel Rosenman)에게 "우리는 이 개자식을 그저 기소해선 안 돼.

목을 매달아야 해"라고 화를 냈다. 5분 뒤, 트루먼은 기자 회견에서 히스의 첩자 의혹은 선거가 있는 해의 정치적 공작이라고 선언했다. 그는 이런 주장을 1956년까지 계속했다.

뒷날 로젠먼은 트루먼에게 물었다. "각하, 왜 거짓말을 하셨습니까?"

그러자 트루먼은 태연히 설명했다. "당신은 이해하지 못하는군. 공화당원들은 앨저 히스를 잡으려는 것이 아니었어. 그들은 나를 잡으려는 것이었어. 나로선 정치적 관점을 취해야 했어."

다른 사람들도 히스의 옹호에 나섰다. 국무차관을 지냈고 곧 국무장관이 될 딘 애치슨은 히스가 발표한 성명서의 작성에 직접 도움을 주었다. 엘리너 루스벨트는 히스처럼 훌륭한 인물을 의심하는 것은 용서받을 수 없는 일이라고 선언했다. 청문회에서 히스가 보인 모습도 사람들의 호감을 샀다. 그의 확신에 찬 답변은 믿을 만했고, 그가 답변을 끝내자 기자들은 일제히 박수를 쳤다.

애초에 구체적 정보들을 얻지 못해서 청문회를 시작했던 터라, HUAC은 더 이상 추궁할 거리가 없었다. 그래서 의원들 사이에선 히스에 관한 조사는 그것으로 끝내자는 분위기가 형성되었다. 그때 캘리포니아주 출신 공화당 초선 의원인 리처드 닉슨이 체임버스와 히스 가운데 한 사람이 둘 사이의 관계에 관해서 거짓말을 했다고 지적하면서, 둘 가운데 누가 거짓말을 했는지 밝히는 것을 목적으로 하는 소위원회의 위원장으로 자신을 뽑아 달라고 요청했다.

1948년 8월 25일 '닉슨 소위원회'는 두 사람을 대질 심문했다. 히스는 체임버스를 만난 적이 없다고 끝까지 주장했지만, 보는 사람들에게 두 사람이 1930년대에 잘 알았던 것은 분명했다. 체임버스는 거짓말 탐지기 검사를 받자고 제안했지만, 히스는 거부했다. 히스는 체임버스가 미친 것 같다고 주장했다. 그리고 의회 청문회가 제공하는 면책특권이 없는 상태에서 혐의를 제기해 보라고 체임버스에게 도전했다. 만일 체임버스가 그렇게 한다면, 자신은 그를 명예훼손으로 고소하겠다고 위협했다.

그들의 공식 증언 이틀 뒤, 체임버스는 NBC 방송에 나가서 히스의 도전을 받아들였다.

"앨저 히스는 공산주의자였고 지금도 그러할 것이다."

그러나 히스는 체임버스를 고소하지 않았다. 예상과 달리 히스가 고소하지 않자, 그를 일방적으로 옹호하던 사람들이 머쓱해졌다. 그를 지지하던 신문들도 히스가 자신을 난처하게 만들었다고 지적하고, "고소하든지 입을 닥치든지" 해야 한다고 다그쳤다. 마침내 한 달 뒤 히스는 체임버스를 명예훼손죄로 고소했다.

재판의 사전심리 선서 증언에서 히스의 변호사는 체임버스에게 "히스로부터 받은 타자된 또는 손으로 쓴 통신문"을 갖고 있느냐고 물었다. 물론 그런 통신문을 체임버스가 갖고 있지 않다고 믿었기 때문에 그렇게 물은 것이었다. 체임버스는 1938년 러시아 정보요원들에 의해 암살될까 두려워 잠적할 때 처조카에게 맡겼던 문서 꾸러미를 되찾아, 사흘 뒤에 변호사를 통해 히스의 변호사에게 넘겼다. 65페이지에 이르는 타자된 문서들과 손으로 쓴 비망록들이었다. 그 문서들 가운데 몇은 워낙 극비라서 10년이 지났어도 공개할 수 없는 것들이었다. 그래서 체임버스의 변호사는 그 문서들을 각기 첫 마디와 마지막 마디만으로 정체를 확인했다. 히스는 타자된 문서들이 진정한 국무부 문서들의 사본으로 보이고 손으로 쓴 비망록들 가운데 하나만 빼놓고는 모두 자신의 글씨로 보인다고 인정했다.

트루먼 정권은 히스에게 넘겨진 문서들을 압수하고, 체임버스가 이전에 위증을 했다는 이유로 그를 위증죄로 수사하기 시작했다. 그러나 그들은 히스를 위증죄로 수사하지 않았다. 첩자 혐의를 받는 히스 대신 증인인 체임버스가 수사를 받는 상황이 되자, HUAC은 체임버스가 히스에게 넘긴 문서들의 사본을 행정부에 요청했다. 그러나 트루먼 대통령은 그 요청을 거부했다.

이처럼 히스에 대한 조사가 막히자, 12월 1일 닉슨은 체임버스에게 그런 문서들을 또 갖고 있느냐고 물었다. 체임버스는 그렇다고 대답했다. 이튿날 HUAC의 소환 명령을 받자, 체임버스는 HUAC 선임조사관을 메릴랜드의 자기 농장으로 안내했다. 거기서 그는 속을 도려낸 호박에 감춘 필름 5통을 조사관에게 건넸다. 이 필름들엔 58개의 사진들이 들어 있었는데, 모두 1938년의 첫 석 달 동안 국무부의 기밀문서들을 찍은 것들이었다. 그 문서들 가운데엔 히스가 이니셜을 단 것들도 있었다. 체임버스는 그 필름들이 지하 공산당원들이 제공한 사진기로 국무부의 문서들을 촬영한 첩자가 건넨 것들이라고 밝혔다. 이 문서들은 자연스럽게 '호박 문서들(Pumpkin Papers)'이란 이름을 얻었다. 그리고 체임버스가 이전에 히스의 변호사에게 넘긴 문서들은 '볼티모어 서류들(Baltimore Documents)'이라 불리게 되었다.

트루먼 정권은 이내 '호박 문서들'을 넘기라고 닉슨에게 요구했다. 닉슨은 법무부 요원들이 '호박 문서들'을 열람하고 사본을 가져가는 것을 허용했지만, 법무부가 '볼티모어 서류들'의 사본을 넘길 때까지는 '호박 문서들'을 넘길 수 없다고 맞섰다. 선택의 여지가 없어진 법무부는 12월 6일 급히 열린 연방대배심에 체임버스를 증인으로 소환했다.

대배심의 심리에서 히스가 고용한 필적감정사는 히스가 필적 감정

앨저 히스 재판은 대한민국 임시정부가 미국의 승인을 얻도록 하려는 이승만의 줄기찬 노력이 실패한 이유를 밝혀 주었다.

을 위해 제공한 문서들 가운데 하나가 체임버스가 제공한 문서들과 같은 타자기로 작성되었다고 밝혔다. 1933년에 히스의 아내 프리실라(Priscilla)가 쓴 편지였다. 다른 전문가들도 필적이 체임버스의 필적보다는 히스의 필적에 가깝다고 증언했다. 히스는 결정적 증거가 된 자신의 타자기에 관해 말을 거듭 바꾸었다.

이렇게 자신이 국무부 기밀문서들을 빼돌렸다는 증거들이 점점 많아지자, 12월 15일 히스는 대배심에 이런 증거들을 설명할 수 있는 자신의 이론을 밝혔다. "누가, 아마도 체임버스가, 국무부에 몰래 들어가서 히스의 책상에서 문서들을 훔쳐서, 히스의 집에 있는 히스의 타자기로 문서들의 일부를 타자해서 복사하고, 다른 것들은 마이크로필름으로 촬영하고, 다시 국무부로 돌아가서 그의 책상에 훔친 문서들의 원본들을 돌려 놓았는데, 그렇게 한 목적은 10여 년 뒤에 히스를 모함하기 위한 것이었다"라는 요지였다. 배심원들이 모두 폭소를 터뜨리자, 히스 자신도 "환상적"인 이야기라고 인정했다.

그날 히스는 자신이 체임버스에게 어떤 문서도 넘긴 적이 없으며, 1937년 1월 1일 이후에는 체임버스와 접촉한 적이 없다고 증언했다. 바로 그날 대배심은 히스가 한 그 두 가지 증언이 위증이라고 판정하고 그를 2건의 위증죄로 기소했다. 그의 위증죄들은 그가 러시아를 위해 첩자로 활동했다는 혐의에서 나왔지만, 첩자 활동에 대한 혐의는 공소시효가 지나서 그 혐의로는 기소되지 않았다. 결국 1950년 1월 히스는 2건의 위증죄에 대해 동시집행 5년형을 선고받았다.

히스에 대한 유죄 판결은 대한민국 임시정부가 미국의 승인을 얻도록 하려는 이승만의 줄기찬 노력이 실패한 이유를 밝혀 주었다. 러시아에 충성하는 히스가 국무부에서 일하는 한, 이승만의 명쾌한 논리도 줄기찬 노력도 효과를 볼 수 없었다.

알타 회담에 즈음해선 이승만도 히스의 정체와 의도에 대해 상당한 심증을 지니게 되었다. 위에서 언급된 7월 25일자 편지에서 그는 국무부의 숨은 의도에 관한 자신의 의심을 록하트에게 직설적으로 밝혔다.

"이것은 국무부가 한국 공산주의자들에게 루블린 정부와 같은 정부를 구성할 기회를 주려고 대한민국 임시정부의 승인을 지연시켜 왔다는 우리의 믿음을 확인하는 듯합니다."

히스의 정체와 의도에 대해 심증을 품지 않았다면, 아무리 담대한 이승만이라도 미국 정부의 용인 아래 미국에서 활동하는 처지에서 국무부에 대고 이처럼 노골적인 힐난을 할 수는 없었을 것이다.

붉은 십년대(the Red Decade)

러시아 정보기관 NKGB의 요원 제이콥 골로스가 관장한 첩자 조직은 방대했다. 그러나 그가 관장한 조직은 물론 NKGB가 미국 안에 보유한 첩자들의 일부에 지나지 않았다. 어떻게 해서 이리 많은 미국 시민들이 조국을 배반하고 전체주의 국가 러시아를 위해 일하게 되었는가?

가장 근본적인 조건은, 인류 역사에서 유례가 없는 대규모 전쟁인 제1차 세계대전으로 온 세계가 피폐해졌다는 사정이었다. 유럽 대륙 전부와 영연방, 미국, 일본까지 참가한 전쟁인지라, 온 세계 사람들이 큰 영향을 받았다. 자연히 유럽의 전통적 이념과 체제에 대한 회의가 깊어졌고 비관적 전망이 유행했다. 전쟁 말기인 1918년에 나온 오스발트 슈펭글러(Oswald M. A. G. Spengler)의 『서양의 몰락(The Decline of the West)』이 단숨에 세계적 명성을 얻은 데서 이런 상황을 짐작할 수 있다. 슈펭글러는 문명들이 생명체와 마찬가지로 생성과 쇠멸을 겪는다는 '역사적 순환론'을 제시하면서, 서양 문명이 쇠퇴기에 들어섰다고 진단했다.

과학과 기술의 빠른 발전은 기독교의 영향력을 크게 약화시켰다. 유럽과 미국은 기독교적 세계관에 바탕을 둔 사회들이었으므로, 기독교의 영향력의 약화는 가치 체계의 혼란과 사회적 응집력의 약화를 불렀다. 많은 사람들이 기독교에 대한 믿음을 잃었고, 그들은 자신들을 인도할 새로운 이념을 찾았다.

1929년부터 시작된 '대공황'은 온 세계를 경제적 위기로 몰아넣었다.

서방에서 공산주의에 대한 환상과 지지는 1930년대에 가장 컸다. 미국 저널리스트 유진 리온스는 1930년대를 '붉은 십년대'라 불렀다.

모든 사람들이 영향을 받았고, 많은 이들이 갑자기 궁핍한 삶으로 내몰렸다. 당연히 자본주의에 바탕을 둔 사회 체제에 대한 믿음이 크게 약화되었고, 많은 지식인들이 대안을 모색하게 되었다.

이처럼 물질적으로나 정신적으로나 황폐해진 세상에서 마르크스주의는 매력적 대안으로 떠올랐다. 전통적 질서를 '과학적'으로 비판하고 모든 사람들이 평등하게 잘사는 세상을 제시한다고 주장해 온 마르크스주의는 전통적 사회 질서에서 나온 모든 문제들에 근본적 해결책을 제시하는 것으로 여겨졌다.

제1차 세계대전 중에 일어난 혁명으로 러시아에 공산주의 정권이 들어서서 사회주의의 이상을 실현하는 것으로 보이자, 마르크스주의의 위상은 크게 높아졌다. 러시아를 찾은 지지자들이 공산주의 체제를 칭송하고 '인류의 내일'을 보았다고 선전하자, 많은 사람들이 공산주의 러시아를 흠모하게 되었다.

독일에서 히틀러가 집권하고 나치즘이 사악한 모습을 드러내면서, 공산주의 러시아에 대한 평가는 크게 높아졌다. 급진적 공산주의 사회의 출현에 놀란 사람들을 겨냥해서, 히틀러는 나치즘이 공산주의 러시아에 대한 효과적 대항 세력이라고 주장했다. 1936년의 스페인 내전에서 두 세력이 부딪치면서, 나치즘에 대항하는 공산주의의 위상이 한껏 높아졌다. 특히, 여러 나라 젊은이들이 지원한 '국제여단(International Brigades)'은 러시아에 충성하는 지식인 집단을 만들어 냈다.

서방에서 공산주의에 대한 환상과 지지는 1930년대에 가장 컸다. 미국 저널리스트 유진 리온스(Eugene Lyons)는 1930년대를 '붉은 십년대(the Red Decade)'라 불렀다. 그는 미국에서 공산주의에 대한 열정이 1938년에 절정에 이르렀다고 분석했다. 그의 분석은 미국과 상당히 동질적인 영국에도 그대로 적용될 수 있다.

이렇게 해서 생겨난 공산주의자들이나 동행자들(fellow travelers)은 두 가지 뚜렷한 특질들을 지녔다.

하나는 그들이 대부분 지식인들이었다는 사실이다. 공산주의는 '무산계급'을 위한다고 선언했지만 대중은 별다른 관심이 없었고, 주로 지식인들이 공산주의를 추종했다.

다른 하나는 그들이 '국제공산당' 코민테른에 충성했다는 사실이다. 공산주의가 국경을 초월하는 이념이고 모든 사회들에 퍼졌으므로 그들은 자신들의 조국을 넘어서는 공산주의 조직을 갈구했고, 국제공산당에서 그런 조직을 발견했다. 국제공산당이 러시아 정부가 만들어서 통제하는 조직이라는 사실을 대부분의 공산주의자들은 적어도 처음에는 몰랐으므로, 그들은 기꺼이 그 조직에 충성했고, 궁극적으로 러시아의 이익을 위해 일했다.

케임브리지 5인(Cambridge Five)

러시아 첩자로 암약한 공산주의자들이 주로 지식인이었으므로, 이들은 수에 비해 엄청난 손상을 그들의 조국에 입혔다. 그들은 정부의 요직들에, 특히 외교와 첩보를 다루는 부서들에 많이 등용되어서, 기밀들을 러시아 정보기관들에 제공했고, 정책들을 러시아에 유리하도록 만들고 집행했다. 그래서 그들은 흔히 역사의 흐름을 바꾸었다. 영국의 '케임브리지 5인(Cambridge Five)'은 전형적이다.

NKGB가 '위대한 5인(Magnificent Five)'이라 불렀을 만큼 영국과 미국의 이익을 크게 해친 이들은 존 케언크로스(John Cairncross), 앤서니 블런트(Anthony Blunt), 도널드 매클린(Donald Maclean), 가이 버제스(Guy Burgess) 및 해럴드 '킴' 필비(Harold A. R. "Kim" Philby)였다. 이들이 모두 케임브리지 대학에 다닌 인연으로 러시아 요원들에게 포섭되었다는 점 때문에 그런 이름을 얻었다(케임브리지에서 배운 이들 가운데 러시아 첩자가 유난히 많아서, 케임브리지에 유학했다가 러시아 정보기관에 포섭된 미국인들도 많았다). 이들은 1930년대부터 1950년대까지 러시아에 많은 기밀 정보들을 넘겼다.

매클린은 외교관이 되어 1934년부터 기밀을 러시아에 넘겼다. 버제스는 BBC 기자로 일하면서 1936년부터 정보를 러시아에 제공했다. 이어 MI6 요원과 외교관으로 일하면서 기밀들을 러시아에 제공했다. 이들은 냉전이 시작될 무렵에 중요한 기밀들을 특히 많이 러시아에 넘겼다.

외국의 첩자가 되어 기밀을 적국에 넘기면서 살아가는 것은 심리적으로 큰 짐이 될 수밖에 없다. 그래서 두 사람은 술을 많이 마셨고 "가망 없는 주정꾼"이란 평가를 받았다. 그들은 몰래 갖고 나온 비밀서류들을 술집에 놓고 나오거나 자신이 첩자라는 얘기를 흘리기도 했다. 그러나 그들은 조사도 불이익도 받지 않았다.

1950년 4월 워싱턴의 영국 대사관에서 일등서기관으로 근무하면서 영국 정보기관들을 대표하던 필비는 미국과 영국의 합동수사반이 영국 대사관에 침투한 첩자를 찾는 일을 조정했다. 당시 가장 유력한 용의자는 매클린이었다. 매클린의 도피 계획을 마련한 다음, 필비는 이등서기관으로 함께 일하던 버제스에게 즉시 런던으로 돌아가서 매클린에게 상황을 알리라고 지시했다. 매클린은 이미 감시를 받는 상태였다.

버제스는 그 길로 차를 몰고 나가서 워싱턴 시내에서 과속으로 달렸다. 그는 세 차례나 교통경찰관에게 검거되었으나 대사관 차량임을 내세워 빠져나왔다. 이런 행태는 그의 기대대로 미국 교통 당국의 공식 항의를 불렀고, 대사관은 버제스에게 '행실 불량'을 이유로 런던으로 복귀하도록 조치했다. 버제스는 런던에서 매클린을 만나 상황을 설명하고 도피를 권했다.

MI6 본부에선 1951년 5월 28일에 매클린을 취조하기로 결정했다. 5월 23일이 되어도 매클린이 움직이지 않자, 속이 탄 필비는 버제스에게 전문을 보냈다.

"대사관 차고에 방치된 버제스의 링컨 컨버터블을 즉시 처리하지 않으면, 너무 늦을 것이니 그 차를 폐차장으로 보낼 생각이고, 나로선 더

도울 일이 없다.”

5월 25일 버제스는 매클린을 차에 태우고 사우샘프턴으로 가서 여객선에 올랐다. 그리고 프랑스를 거쳐 모스크바로 향했다.

원래 필비는 매클린만 도피하고 버제스는 시간을 두고 도피하라고 버제스에게 지시했다. 그러나 매클린을 자기 차로 도피시킨 터라 버제스로선 함께 갈 수밖에 없었다. 당연히 필비는 버제스를 통해 매클린에게 정보를 흘렸다는 의심을 샀다. 그동안 여러 차례 의심을 받았던 터라서 필비는 런던으로 소환되어 조사를 받았다. 혐의가 너무 짙어서 해고가 확실해지자 그는 1951년 7월에 MI6에서 사직해서 해고되는 것을 피했다.

필비는 1912년에 영국령 인도의 펀자브에서 태어났다. 그의 부친은 저술가이자 탐험가였는데 인도 통치기구의 관료로 일했다. 그의 별명인 ‘Kim’은 러디어드 키플링(Rudyard Kipling)의 소설 『킴(Kim)』의 주인공 이름이다. ‘킴’은 고아로 자란 백인 소년인데, 첩자로 활약해서 러시아의 음모를 분쇄하고 영국의 이익을 지킨다. 그의 별명과 그의 행적이 반어적 대조를 이룬다.

케임브리지에서 역사와 경제학을 공부한 뒤, 1933년에 필비는 은사의 소개로 파리에 본부를 둔 ‘독일 파시즘 피해자 구호 세계연합’에서 일하게 되었다. 이 단체는 파리로 망명한 독일 공산주의자가 세운 단체였다. 필비는 빈에 파견되어 나치 독일을 탈출한 난민들을 도왔다. 이 과정에서 그는 헝가리 출신 유대인으로 오스트리아 공산당원인 리치 프리트만(Litzi Friedmann)을 만나 결혼했다. 오스트리아에 파시스트 정권이 들어서자 1934년 2월에 그들은 영국으로 탈출했다. 그리고 그녀를 통해 접근한 러시아 요원 아르놀트 도이치(Arnold Deutsch)에 의해 첩자로 포섭되었다. 필비는 도이치에게 케임브리지에서 함께 공부한 사람들을 추천했는데, 매클린과 버제스도 들어 있었다.

스페인 내전이 일어나자 필비는 〈더 타임스〉의 특파원이 되어 프랑코 반군 사령부에서 취재했다. 당시 영국과 러시아는 독일군이 새로 투입한 무기들의 성능에 관심을 보였다. 필비는 메서슈미트(Messerschmitt) 전투기와 판처(Panzer) 전차의 성능에 대해 보고했다. 1937년 12월 그는 취재 중에 정부군 포탄 파편에 머리에 부상을 입었다. 프랑코의 군대를 칭송하는 기사들을 써서 이미 프랑코 정권으로부터 호감을 산 덕분에 그는 프랑코로부터 훈장을 받았다. 그 뒤로 그는 프랑코 정권의 고위 인사들과 자유롭게 교류할 수 있었다. 그는 프랑코에게 직접 지브롤터에 관한 스페인의 정책을 질문했고, "독일군이 지브롤터를 공격하기 위해 스페인 영토를 지나는 것을 결코 허용하지 않겠다"는 답변을 들어 영국 정부에 보고했다.

이때는 스탈린의 '대숙청'이 나온 시기여서, 필비를 관장한 NKGB 요원 둘이 잇따라 모스크바로 소환되어 처형되었다. 다른 요원은 서방으로 망명했다(그는 러시아에 남은 가족을 걱정해서 필비의 존재를 밝히지 않았다). 이처럼 러시아의 끔찍한 실상이 드러났어도 필비의 러시아에 대한 충성심은 흔들리지 않았다.

1940년에 버제스의 추천으로 필비는 MI6에 들어갔다. 이 시기에 그는 러시아에 두 가지 중요한 정보를 제공했다. 하나는 1941년 6월 독일군이 러시아를 침공할 때 침공 시기를 미리 알려 준 것이었다. 도쿄의 러시아 첩자 리하르트 조르게(Richard Sorge)가 일본 주재 독일 대사관에서 얻은 정보를 그가 확인해 준 셈이었다. 그러나 스탈린은 그 정보를 믿지 않았고, 러시아군은 초기에 큰 손실을 입었다.

다른 하나는 일본이 남방으로 진출하기로 결정했으며, 러시아 대신 미국과 싸우기로 결정했다는 정보였다. 이 정보도 조르게가 먼저 제공했는데, 필비의 제보는 조르게의 제보의 신빙성을 높였다. 그래서 스탈린은 만주의 일본 관동군에 대비해서 주둔시켰던 러시아군 병력의 대부분을 서부로 돌려 모스크바 방위전에 투입했다.

1944년으로 들어서자 러시아가 다시 영국의 적대 세력이 될 가능성이 갑자기 커졌다. 그래서 MI6는 공산주의자들에 대응하는 조직인 9과(Section Nine)를 다시 가동시켰다. NKGB는 필비에게 9과로 들어가라고 지시했고, 그는 인맥을 활용해서 9과장이 되었다. 당시 그의 발탁에 대해 부당하다고 거세게 반대한 사람들이 있었지만 그들의 의견은 무시되었다. 필비가 9과장이 되면서 러시아의 침투에 대한 영국의 대응은 무력해졌고, 미국의 대응도 영향을 받았다.

1947년 2월 필비는 터키 주재 영국 정보부서의 책임자가 되었다. 놀랍지 않게도, 그가 지휘한 공산주의 국가들에 대한 침투작전들은 모조리 실패했다. 특히 1949년부터 1952년까지 이어진 '밸류어블 작전(Operation Valuable)'[미국 암호명은 '악귀 작전(Operation Fiend)']은 처절한 실패로 끝났다.

엔베르 호자(Enver Hoxha)가 이끄는 알바니아 공산주의 정권이 지중해의 안보를 위협한다고 판단한 영국은 호자 정권을 전복시키기로 하고 미국에 도움을 요청했다. 그래서 탈출한 알바니아 사람들을 알바니아로 침투시켜서 반란을 유도하는 작전이 수행되었다. 이때 미국 CIA와 업무를 조정하는 일을 필비가 맡았다. 그러나 바다로 침투한 요원들은 미리 대기하던 알바니아 군대와 경찰에 붙잡혔다. 공수된 요원들은 미리 포진하고 있던 알바니아 군대 한가운데로 낙하했다. 당연히 작전 정보가 새어 나갔다는 의심이 일었다. 결국 300명이 넘는 사람들이 죽고 그들을 도우려던 사람들이 보복을 받았다.

뒷날 자신이 러시아 첩자였다는 것이 밝혀진 뒤, 필비는 이 작전에 대해 언급했다.

> 우리가 알바니아로 들여보낸 요원들은 살인, 파괴 활동 및 암살을 노리고 무장한 사람들이었다. (…) 그들은 그들이 지는 위험들을 알았다. 나는 소비에트 연방의 이익에 봉사했고, 그런 이익은 그 사람들이 패배하는 것을 필요로 했다. 그들이 패배하도록 도운 한도까지, 비록 그것이 그들의 죽음을 초래했지만, 나는 유감이 없다.

객관적으로 평가하면, '밸류어블 작전'은 처음부터 잘못된 작전이었다. 갑자기 동유럽에 러시아 위성국들이 출현한 상황에 놀라서, 가장 약한 알바니아의 공산주의 정권을 큰 위험을 지지 않고 손쉽게 무너뜨릴 수 있는지 확인하기 위해서 탈출한 알바니아 사람들을 '실험용 쥐들로 삼아' 들여보낸 것이었다. 그래서 궁극적 책임은 그 작전을 구상하고 수행한 영국과 미국의 당국자들에게 있다. 그래도 자신들의 신조를 따라 위험한 임무에 나서는 사람들을 배신해서 그들의 죽음을 확실히 내놓고도 "나는 유감이 없다"고 술회한 것에서, 그렇게 죽음을 향해 나아간 사람들에 대한 슬픔과 미안함을 전혀 느끼지 못한 것에서 필비의 성품이 잘 드러난다. 그가 무엇을 궁극적 가치로 삼았든, 그는 '사람다운 사람'은 되지 못한 것이었다.

1951년에 MI6를 떠난 뒤에도 필비는 거듭 조사를 받았다. 그러나 그는 자신이 러시아 첩자로 일한 적이 없다고 단호하게 부인했다. 1955년 11월 해럴드 맥밀런 외상은 하원에서 필비가 그의 조국을 배반한 적이 없다고 공식적으로 밝혔다. 이어 필비는 기자 회견에서 "나는 공산주의자였던 적이 없다"고 선언했다.

중요한 자료에 접근할 수 없게 되자 필비의 첩자로서의 가치는 사라졌고, NKGB는 그와의 접촉을 끊었다. 그는 다시 저널리스트가 되어서 런던에서 나오는 신문들의 레바논 특파원으로 활동했다. 그가 중동 지역을 취재하면서 활발하게 움직이자 MI6는 다시 그에게 일을 맡겼다.

1961년 러시아 KGB의 소좌 아나톨리 골리친(Anatoliy Golitsyn)이 핀란드 헬싱키에서 미국으로 망명했다. [NKGB는 1946년 5월부터 여러 차례 이름을 바꾼 뒤 1954년 3월에 KGB가 되었고 소비에트 러시아가 망할 때까지 그 명칭을 썼다.] CIA의 조사가 끝난 뒤, 그는 영국에 관련된 사항들을 진술하기 위해 영국으로 갔다. 그의 진술은 필비가 매클린과 버제스를 도운 첩자임을 확인해 주었다.

1962년 늦게 MI6는 베이루트 주재 요원으로 필비의 친구였던 니컬러스 엘리엇(Nicholas Elliot)에게 필비의 진술을 듣는 임무를 맡겼다. 엘리엇이 필비를 찾아갔을 때 필비는 술에 취해 일어설 수도 없었다. 그는 욕실에서 넘어져 방열기에 다친 머리에 붕대를 감고 있었다. 엘리엇을 보자 필비는 "자네가 올 것 같았다"고 말했다. 미리 경고를 받았다는 얘기였다.

엘리엇은 필비를 힐난했다.

"킴, 한때 나는 당신을 우러러보았소. 제기랄, 나는 지금 당신을 한없이 경멸합니다. 나는 왜 그런가 이해할 만한 양식이 당신에게 남아 있기를 희망합니다."

엘리엇의 힐난에 촉발되어, 필비는 자신이 러시아의 첩자였다는 것을 인정했다. 그리고 자신이 러시아를 위해 한 활동들을 진술했다. 그러나 엘리엇이 진술서에 서명을 요구하자, 필비는 머뭇거리면서 조사를 좀 미루자고 말했다. 그래서 두 사람은 1963년 1월 마지막 주에 다시 만나기로 약속했다.

그러나 필비는 1월 23일에 베이루트에서 사라졌다. 대사관 직원의 만찬 파티에서 만나기로 한 아내와의 약속을 지키지 않은 것이었다. 그날 아침에 오데사로 가는 러시아 화물선이 급히 출항한 것으로 확인되었다. 하도 급작스럽게 출항하는 바람에, 싣다 만 화물들이 부두에 나뒹굴었다.

필비가 사라지자, 필비가 도망갈 틈을 주려고 MI6가 연극을 꾸몄다는 소문이 돌았다. 필비를 재판에 회부하면 MI6만이 아니라 영국 정부에서 필비를 비호한 세력의 행적이 드러날 터이므로, KGB에 필비를 데려가라는 신호를 보냈다는 얘기였다. 특히 필비의 혐의를 공식적으로 벗겨 준 맥밀런과 그의 세력이 난처해질 터였다.

필비는 1963년 7월에 모스크바에 나타났고, 정치적 망명과 시민권이 허여되었다. 그는 자신이 화물선을 타고 왔다고 말했다. 그러나 화물선의 황급한 출항은 눈길을 돌리려는 술수였고, 그는 육로로 시리아를 거쳐 러시아의 아르메니아로 들어갔다는 주장이 나왔다.

어찌 되었든, 필비는 조국을 배반하면서 충성을 바친 러시아에 들어갔고 시민이 되었다. 그러나 그가 만난 세상은 그가 꿈꾼 세상과는 너무 달랐다. 약속과 달리 그는 KGB의 대좌가 아니었다. 그는 10년이 지

필비는 엘리엇에게 자신이 러시아의 첩자였다는 것을 인정했으나, 1963년 1월 23일에 베이루트에서 사라졌고, 7월에 모스크바에 나타났다.

나서야 KGB 본부를 찾을 수 있었고, 그의 능력과 공헌에 걸맞은 일을 할 기회는 주어지지 않았다. 그는 실질적으로 가택 연금 상태에 놓여서 KGB가 모든 방문객들을 검열했다. 그러나 그는 공개적으로는 자신의 판단들을 후회하지 않는다고 밝혔다.

필비가 죽은 뒤 그의 마지막 아내는 필비가 모스크바의 모습에 "여러모로 실망했다"고 말했다. 그는 무척 우울했고, 과음했고, 자살을 시도했다. 그러나 그는 "공산주의의 이상들은 옳았지만, 그것들을 추구한 방식이 글렀다. 잘못은 일을 주도한 사람들에게 있다"고 자위했다.

이것은 공산주의를 추종했던 사람들이 공산주의 사회의 실상이 드러났을 때 보이는 전형적 반응이다. 사회의 청사진인 이념을 현실에서 구현한 결과가 예상과 다르면, 청사진이 비현실적인 이유를 성찰하는 것이 합리적이다. 어떤 가설을 실험해 보니 예측과 다른 결과가 나왔다면 그 가설은 검증에서 실패한 것이고, 폐기되거나 수정되어야 한다. 그것이 과학적 방법론이다. 공산주의를 따른 사회들이 모조리 압제적이고 가난하고 집권 세력이 특권을 누리고 나머지 인민들은 노예들로 살게 되었다면, 공산주의를 주장한 사람들은 자신들의 이념을 깊이 성찰하고 예상과 다른 결과가 나온 까닭들을 찾아내야 한다. 안타깝게도, 그렇게 성찰하는 사람들은 너무 드물다.

필비의 경우, 러시아의 실상을 모스크바에 가서야 알았다고 말한 것은 거짓말이다. 무릇 '붉은 십년대'에 공산주의를 동경한 사람들은 1939년 8월 독일과 러시아가 불가침조약을 맺었을 때, 이어 9월에 독일과 러시아가 폴란드를 침공해서 그 영토를 나누어가졌을 때, 공산주의의 정체와 속성에 대해 깨달을 기회가 있었다. 실제로 그때 적잖은 사람들이 공산주의에 대한 미망에서 깨어나서 반공주의자들이 되었다.

공산주의의 뿌리인 러시아가 보인 그런 행태에서 깨닫지 못한 사람들은 그 뒤 모든 나라들에서 공산당이 보인 행태에서 배울 수 있었다. 불가침조약이 맺어지지 전에 모든 공산주의자들은 나치 독일을 인류의 공적으로 여겨 공격했다. 그러나 불가침조약이 맺어지자, 모든 공산당들의 공식 논조는 나치 독일에 대한 칭송으로 바뀌었다. 두 해 뒤 독일이 러시아를 침공하자, 모든 공산당들의 논조는 다시 나치 독일에 대한 비난과 저주로 바뀌었다. 이런 표변에서 공산당의 정체와 속성을 깨닫지 못한다면, 무엇을 기대할 수 있겠는가?

[조선의 경우, 이런 교훈적 행태는 해방 바로 뒤에 나왔다. 1945년 12월 모스크바에서 열린 미국, 영국, 러시아의 외상 회의에서 "조선을 5년 동안 미국, 영국, 러시아,

중국의 4대국이 신탁통치한다"고 결정되었다. 그러자 남한에선 모든 정당들이 일제히 반대했다. 그러나 러시아군 사령관의 지시를 받기 위해 평양으로 올라갔던 남한의 공산당 지도자 박헌영朴憲永이 1946년 1월 2일 서울로 돌아와서 평양의 지시를 전하자, 공산주의자들은 돌연 반탁에서 찬탁으로 돌아섰다. 워낙 급히 이루어진 반전이라서 '신탁통치 반대 서울시민대회'가 하룻밤 사이에 '민족통일 자주독립 촉성 시민대회'로 바뀌었다. 미처 연락을 받지 못한 사람들은 '신탁통치 절대반대'라고 쓰인 플래카드를 들고 나왔다가 주최측과 실랑이를 벌였다.]

게다가 필비는 러시아 첩자 노릇을 하면서, 러시아 공산주의 정권이 얼마나 사악하고 무자비하고 집요한가 일상적으로 느꼈을 것이다. 그가 스페인 내전에서 취재할 때 그를 관장했던 NKGB 요원들이 잇달아 모스크바로 송환되어 처형되는 것을 겪지 않았던가? 그것으로 부족했다면 카틴 학살, '바르샤바 봉기'에 대한 배신, '용골끌이 작전'처럼 도저히 외면할 수 없는 사건들을 누구보다도 잘 알지 않았던가?

필비가 깊은 우울증에 시달렸고 늘 과음을 했다는 사실은 그도 마음속 깊은 곳에선 자신이 길을 잘못 들었다는 것을, 자신이 사악한 세력에 봉사해 왔다는 것을, 그래서 자신의 삶이 가치 없는 삶이라는 것을 알고 있었음을 말해 준다. 어떤 뜻에선 그는 불운했다. '붉은 십년대'에 젊었던 많은 다른 사람들과 마찬가지로.

이 세상에 너무 많은 불행과 불의가 존재한다는 사실을 외면하지 않고 보다 나은 세상이 나오도록 하려 애쓴 젊은이들은 '공산주의 혁명'이라는 환상을 좇았다. 그들은 어떤 기준으로 살피더라도 평균을 넘는 성품과 재능을 지녔다. 이 세상의 불행과 불의에 무심하거나 외면한 다수보다 그들은 훨씬 인간적인 사람들이었다. 안타깝게도, 그들은 '국제공산당'이라는 '인류 역사에서 가장 거대한 거짓말'을 꿰뚫어볼 만한 능력이 없었다. 그래서 인종과 민족국가를 뛰어넘는 '새로운 질서'를 위해 많은 것들을 희생했다. 그리고 그 과정에서 도덕적으로 타락해서 인간성을 거의 다 잃었다. 나치의 박해를 받은 유대인들을 돕는 일에 선뜻 나섰을 만큼 도덕심이 두터웠던 필비가 조국의 자유를 위해 알바니아로 침투하는 요원들을 배신하고 오히려 그들을 비난하는 사람으로 변모한 것은 이 점을 아프게 보여 준다. 그것이 전체주의의 근본적 사악함이다.

필비는 1988년 모스크바에서 심장마비로 죽었다. 러시아 정부는 그의 장례를 '영웅의 장례'로 치르고 그에게 많은 훈장들을 수여했다.

한번 공산주의라는 거대한 함정에 빠지면 빠져나오기는 힘들었다. '붉은 십년대'라는 말을 만든 리온스의 행적은 이 점을 잘 보여 준다.

그는 원래 공산주의와 러시아와 스탈린을 열렬히 지지한 동행자였다. 1898년에 벨라루스의 유대인 가정에서 태어났으므로 그는 러시아어를 잘했다. 그는 어릴 적부터 공산주의 운동에 가담했고, 미국 공산당에 들어가진 않았지만 동행자로 인식되었다. 그는 러시아 통신사 타스(TASS)의 미국 통신원 노릇을 오래 했는데, 그 덕분에 1928년에 미국 통신사 UP의 모스크바 특파원이 되었다. 그는 러시아의 상황을 호의적으로 보도했고, 연출된 공개 재판에 대해서도 깊이 캐 보지 않았다.

이런 태도는 열매를 맺어서, 1930년 11월 22일에 그는 서방 기자로는 처음으로 크렘린에서 스탈린과 대담했다. 당시 스탈린이 죽었다는 소문이 돌던 참이어서, 그의 대담 기사는 국제적 특종이 되었고 높은 평가를 받았다.

스탈린의 전설의 그림자 속에 살면서 그 주문呪文의 영향을 받지 않을 수는 없다. 내가 문지방을 넘어서자마자 그러나 주저와 불안은 떨어져 나갔다. 스탈린은 문간에서 나를 맞았고, 미소를 띠고, 악수했다. 그의 미소엔 약간의 수줍음이 어렸고, 그의 악수는 건성으로 하는 것이 아니었다. 그는 사람들의 상상 속의 얼굴 찌푸리고 자만하는 독재자와는 현저하게 달랐다. 그의 몸짓 하나하나가 내가 러시아에서 보낸 여러 해 동안 나에게 자신들의 작은 위대함을 강요한 수천의 하위 관료들에 대한 훈계였다. (…)

이 특종 기사를 보내고 나서 리온스는 이듬해 3월에 미국에 돌아왔다. 그리고 UP가 주선한 강연 여행을 했다. 그때 이미 그는 러시아 체제의 압제와 폭력에 대한 의구심을 품고 있었다. 그래도 점점 깊어지는 공황 속에서도 자기도취적 태도를 보이는 기업가들을 보면, 그는 자신의 의구심을 누르고 러시아 혁명을 변호하곤 했다. 뒷날 회고록에서 그는 술회했다.

"만일 내가 영구적으로 미국에 머물렀다면, 나는 비록 큰 상처가 났지만 가까스로 꿰매진 열정을 새로 만들어 냈을 것이다. 나는 〈새 대중(The New Masses)〉에 고상한 거짓말들을 기고하고 행복한 잠을 잤을 것이다."

['새 대중'은 1920년대부터 1940년대까지 미국 공산당에서 발행한 잡지다.]

그러나 리온스는 모스크바로 돌아왔다. 그사이에도 러시아의 압제와 폭력은 더욱 심해졌고 선전은 더욱 허황해졌다. 그의 의구심도 따라서 커졌고 마침내 그의 혁명에 대한 믿음을 압도했다. 그래도 그는 1932년과 1933년의 우크라이나 기근과 농민에 대한 박해를 보도하지 않았다.

실은 스탈린이 초래한 그 재앙을 처음 보도한 〈맨체스터 가디언〉의 개러스 존스(Gareth Jones)의 보도를 거짓으로 몰아붙였다. 존스가 보도한 내용들은 모두 서방 신문들의 러시아 특파원들이 수집한 정보들이었지만, 특파원들은 모두 러시아 정부의 눈치를 보면서 존스를 거짓말쟁이라고 비난했다.

1934년에 미국으로 돌아오자, 리온스는 모스크바 특파원 시절을 회고한 책을 두 권 펴냈다. 1935년에 나온 『모스크바 회전목마(Moscow Carrousel)』는 비교적 목청이 낮은 책이었다. 그러나 1937년에 나온 『이상향 파견 임무(Assignment in Utopia)』는 러시아의 실상과 사건들을 훨씬 솔직하게 기술했다. 이 책은 조지 오웰(George Orwell)에게 직접적 영향을 미쳤다. 『1984년』에 나오는 인상적 구호 "둘 더하기 둘은 다섯이다(Two Plus Two Equals Five)"는 『이상향 파견 임무』에 나온 것을 오웰이 따온 것이다. 러시아 정부가 제1차 5개년계획을 4개년 안에 완수한다는 목표를 세우고 역량을 집중할 때 널리 쓰인 구호가 바로 그것이었다. 오웰은 그것을 전체주의 정권이 끊임없는 내놓는 공식적 거짓말들의 상징으로 썼다.

1941년에 리온스는 『붉은 십년대: 스탈린주의의 미국 침투(The Red Decade: The Stalinist Penetration of America)』를 펴냈다. 이 선구적 저서에서 그는 러시아로부터 지시를 받는 미국 공산주의자들이 미국 사회의 요소들에 침투한 상황을 기술했다. 그 뒤로 그는 러시아 공산주의 체제의 실상을 알리고 미국 사회에 침투한 공산주의자들과 맞서는 일에 앞장을 섰다.

러시아의 첩자가 된 뒤에 전향하는 것은 물론 훨씬 어려웠다. 휘태커 체임버스의 경우는 이 점을 선명하게 보여 준다.

스탈린의 ‘대숙청’이 시작되자, 해외에 있던 러시아 정보기관 책임자들이 본국 송환을 거부하고 탈출했다. 그러나 그들은 거의 다 NKVD가 보낸 자객들에 의해 암살되었다. 그들의 행적에서 교훈들을 얻어, 체임버스는 가족과 함께 오랫동안 잠적했다. 자신의 신념에 따라 위험을 무릅쓰고 생계와 경력을 포기했지만, 그는 수많은 공산주의자들과 동행자들에 의해 비난과 모함을 받았다. 그리고 그들이 붙인 “악한”이라는 평가에서 끝내 벗어나지 못했다.

1961년에 서방으로 망명한 러시아 KGB 요원 아나톨리 골리친은 ‘케임브리지 5인’이라는 표현을 처음 썼다. 그는 케임브리지 출신 러시아 첩자 5인이 있는데, 매클린과 버제스는 확실하고, 필비가 ‘제3의 사나이(the third man)’일 가능성이 높으며, 다른 두 사람은 누구인지 모른다고 진술했다. 그의 진술은 영국 방첩기관들이 무기력에서 벗어나 오랫동안 의심을 받아 온 인물들을 새롭게 주목하도록 만들었다.

앤서니 블런트는 MI5에서 일하면서 영국 왕실의 미술 고문으로도 일했다. 그래서 그를 러시아 첩자로 의심할 사람은 없었다. 1964년 MI5는 미국인 마이클 스트레이트(Michael W. Straight)로부터 블런트가 러시아 첩자라는 제보를 받았다. 30여 년 전 케임브리지에 다닐 때 블런트가 자기를 포섭하려다 실패했다는 얘기였다. MI5의 조사를 받자, 블런트는 자신이 기소를 받지 않는다는 조건 아래 자신이 러시아 첩자였음을 고백했다.

존 케어크로스는 1951년 9월에 매클린과의 친분과 영국 공산당과의 관계에 관해서 MI5로부터 조사를 받았다. 러시아 요원으로부터 교육받은 요령에 따라, 그는 자신이 공산당원임을 숨긴 적이 없고 매클린과는 외무부에서 일할 때 아는 사이였다고 말했다. 그러나 뒤에 버제스의 집에서 발견된 비밀문서에서 그의 자필 문서가 발견되자, 그는 러시아 첩자로 활동해 왔음을 고백했다.

케언크로스는 여러 부서들에서 일해서 많은 정보들을 러시아에 넘겼는데, 가장 중요한 정보들은 암호 해독 부서인 블레칠리 파크(Bletchley Park)에서 독일군 이니그마 암호 교신을 해독한 정보들이었다. 그가 넘긴 정보들은 '쿠르스크 싸움'에서 러시아가 이기는 데 크게 기여했다. 러시아 정보기관에선 케언크로스의 정보들의 가치를 무척 높이 평가했다.

[MI5는 영국 국내의 안보와 방첩을 담당한 안보국(Security Service)을 뜻한다. 원래 군사정보처의 5과(Section Five)였다는 사정에서 이 명칭이 나왔다. MI5는 내무부 산하 기관이다.

MI6는 해외 정보를 담당한 비밀정보국(Secret Intelligence Service)을 뜻한다. 이언 플레밍(Ian Fleming)의 〈제임스 본드(James Bond)〉 연작에 나오는 정보기관이 MI6다. 원래 군사정보처의 6과(Section Six)였다는 사정에서 이 명칭이 나왔다. MI6는 외무부 산하 기관이다.

블레칠리 파크는 통신정보(signals intelligence, SIGINT)를 담당한 정부 암호학교(Government Code and Cypher School)를 뜻한다. 버킹엄셔에 있는 이 건물에서 독일군 암호 해독 작업이 수행되었다. 전쟁이 끝난 뒤 이 기관은 정부 통신본부(Government Communications Headquarters, GCHQ)가 되었다. GCHQ는 외무부 산하 기관이다.]

러시아 첩자로 활동하면서 가장 중요한 기밀인 이니그마 암호 해독 정보들을 외국에 넘겼어도 케언크로스는 기소되지 않았다. 그저 정부 일자리에서 물러났을 따름이다. 뒤에 그를 기소하려는 움직임이 있었지만, 그가 미국에 거주한다는 이유로 기소되지 않았다. 실제로 '케임브리지 5인' 가운데 처벌을 받은 사람은 없었다. 셋은 러시아로 도피했고,

하나는 미국으로 이주했고, 마지막 하나는 기소되지 않는다는 조건으로 자백했다.

이런 결말은 두 가지 요인으로 설명될 수 있다. 하나는 이들이 영국 사회의 지배계층(establishment)에 속해서 알게 모르게 보호를 받았다는 사실이다. 다른 하나는 이미 영국 지배계층에 공산주의자들이 깊이 침투해서 서로 감싸서 어지간한 의심으로는 그들을 밀어낼 수 없었다는 사실이다. 그들이 첩자들이라는 증거들이 쌓이면 미리 도피하도록 주선했고, 조사관들은 그들이 기소되지 않도록 배려했다. 1979년 11월에 마거릿 대처(Margaret Thatcher) 수상은 블런트가 이미 15년 전에 러시아 첩자임을 자백했다고 의회에서 인정했다. 그녀는 블런트가 면책 조건으로 자백하도록 허용된 것을 "지배계층의 결탁의 악취가 나는" 짓이라고 사석에서 비난했다. 이런 사정은 미국에서도 그대로 작용했다.

태평양문제연구회

여러 나라들의 공산주의자들이 국제공산당을 통해 러시아의 이익을 위해 기꺼이 협력한 것을 잘 보여 주는 사례는 태평양문제연구회(IPR)다.

1925년에 창립된 국제 비정부기구(NGO)인 IPR의 연원은 둘이다. 하나는 하와이의 기독교청년회(YMCA)가 추진한 조직인데, 이 조직에선 이승만이 처음부터 활발하게 참여했다. 다른 하나는 뉴욕 YMCA가 추진한 조직인데, 이 조직에선 국제 YMCA에서 활동한 에드워드 카터(Edward C. Carter)가 주도적 역할을 했다.

이름이 가리키듯, IPR은 태평양 둘레의 나라들 사이의 관계를 개선하는 것을 목표로 삼았다. 미국의 중심부는 동부였고 정책들은 모두 동부에서 결정되었다. 역사적으로 미국은 유럽에서 파생되었고 유럽의 중요성이 압도적이었으므로, 미국 동부의 정책 담당자들은 태평양 둘레 지역에 대한 관심이 아주 작았다. 그런 편향을 시정하고 태평양 둘레 국가들의 관계를 개선하는 방안들을 모색한다는 취지에 많은 사람들이 공감했으므로, IPR은 처음부터 국제적 주목을 받았고 명망 높은 사람들이 참여했다.

자연히 IPR의 회의들은 하와이에서 주로 열렸다. 여러 나라들에 지부가 세워졌고, 식민지들인 필리핀과 조선도 회원 자격을 부여했으므로 조선 사람들은 모처럼 국제회의에 참가할 기회를 반겨서 적극적으로 나섰다. 그러나 IPR을 주도한 것은 동부에서 영향력이 있는 후원자들을 많이 확보한 뉴욕의 카터였다. 특히 록펠러(Rockefeller) 가문 사람들이 그를 후원해서, 차츰 IPR의 뉴욕 지부와 국제본부의 집행부는 그가 장악하게 되었다. 1933년 사무총장이 되자 그는 국제본부를 뉴욕으로 옮기는 데 성공했다.

그러나 카터는 공산주의자여서 IPR 집행부에 공산주의자들을 끌어들였다. 특히 1928년부터 그의 수석보좌관으로 일한 프레더릭 필드(Frederick V. Field)는 러시아 첩자였다. 그래서 어느 사이엔가 IPR은 여러 나라들의 공산주의자들과 동행자들만이 아니라 러시아 첩자들이 모여서 암약하는 국제적 플랫폼이 되었다.

IPR을 가장 먼저 플랫폼으로 이용한 공산주의 조직은 상해에서 활약한 리하르트 조르게의 조직이었다.

역사상 가장 성공적인 첩자들 가운데 하나로 꼽히는 조르게는

1895년에 러시아 바쿠에서 태어났다. 그의 부친은 독일인 광산 기술자였고 모친은 러시아 사람이었다. 그는 어릴 적에 베를린으로 이주해서 자라났다. 제1차 세계대전에서 부상하여 병원으로 후송되었을 때, 그는 처음으로 마르크스의 저작을 읽고 감명을 받아 마르크스주의자가 되었다. 1919년 그는 독일 공산당에 가입하고 러시아로 이주해서 국제공산당의 요원이 되었다.

저널리스트로 위장하고서, 조르게는 독일과 영국에서 정보를 모아 러시아에 보고했다. 1930년에 상해로 파견되자, 그는 IPR을 통해서 러시아 첩자 조직을 만들었다. 중국인 농업 전문가 진한생陳翰笙(천한성), 미국인 저술가 아그네스 스메들리(Agnes Smedley), 독일계 영국인 저널리스트 귄터 슈타인(Günther Stein), 일본인 저널리스트 오자키 호쓰미尾崎秀實, 그리고 IPR 일본지부장이자 외무성 촉탁인 사이온지 긴카즈西園寺公一가 두드러진 인물들이었다.

1933년 러시아군 정보기관인 GRU는 조르게에게 일본에 첩자 조직을 만들라고 지시했다. 그가 받은 임무는 "일본이 소비에트 러시아를 공격할 계획을 가졌는가 확인"하는 것이었다. 러일전쟁 뒤 일본이 만주에 진출하자, 러시아는 만주의 관동군의 동향에 늘 관심을 쏟았다. 조르게는 먼저 독일로 가서 열렬한 나치 지지자로 인정받는 데 성공했고, 두 신문의 도쿄 특파원이 되었다. 그의 위장이 워낙 뛰어나서, 그가 일본으로 떠날 때는 괴벨스가 환송 만찬에 참석했다.

조르게는 오자키 호쓰미와 사이온지 긴카즈로부터 일본의 정세에 관한 설명을 들었다. 오자키는 〈아사히朝日신문〉에서 일하면서 참신한 정치 평론으로 명성을 얻었다. 특히 중국 문제에 관한 전문가로 인정받았다. 신문사에서 나온 뒤엔 내각 촉탁으로 일하면서 정책 결정에 참여했다. 그리고 고노에 후미마로近衛文麿 수상의 자문 모임인 '조식회朝食會'의 일원이 되어 수상의 정책 결정에 직접 영향을 미치고 있었다. 사이온지는 정계의 원로 사이온지 긴모치西園寺公望 공작의 적손嫡孫이어서 작위를 물려받을 인물이었다. 귀족 신분이고 외무성 촉탁으로 근무했으므로, 그는 고급 정보들을 얻을 수 있었다. 조르게 자신도 일본어가 유창해서 많은 사람들과 접촉했다.

두 사람으로부터 들은 얘기들을 바탕으로 삼아, 조르게는 독일 대사관에 가서 일본의 정치와 정책에 관해 설명했다. 문화와 언어가 다른 데다가 일본의 정치 상황이 워낙 복잡하고 미묘해서, 독일 외교관들은 일본의 상황을 파악하는 데 애를 먹었다. 그들은 조르게의 명쾌한 해설에 탄복했고 그의 해설대로 본국에 보고했다.

1935년 조르게는 오자키가 입수한 일본군의 계획서를 모스크바로 보냈다. 그 계획서는 일본이 1936년엔 러시아를 침공하지 않으리라는 것을 강력히 시사했다. 조르게는 일본이 1937년에 중국을 침공하리라 추측했고, 1937년 7월에 일본군이 '노구교(루거우차오)사건'을 일으키고 중국을 침공함으로써 그의 추측이 증명되었다.

이어 그는 일본의 정책과 의도에 관한 중요한 정보들을 얻어서 모스크바로 보고했다. 가장 유명한 것은 독일군이 러시아를 1941년 6월 22일에 침공하리라는 정보였다.

스탈린이 조르게의 정보를 믿지 않아서, 러시아군은 독일군에 걷잡을 수 없이 밀렸다. 이제 스탈린은 일본의 침공으로 서쪽과 동쪽에서 싸우는 상황을 걱정하게 되었다. 그래서 조르게에겐 "일본이 러시아를 공격하지 않도록 유도하고, 만일 그 임무가 실패하면 일본의 공격 계획을 미리 경고하라"는 새 임무가 주어졌다.

당시 일본에선 내각, 육군 및 해군이 각기 자신의 주장을 펴고 있어서 뚜렷한 전략이 없었다. 육군은 북방 진출을 추구하는 북주남종北主南從 전략을 따랐다. 그래서 러시아를 주적으로 삼았고, 남방으로의 진출은 미국을 끌어들이지 않을 수 있다면 영국과 네덜란드와는 싸울 수 있다는 견해를 지녔다. 해군은 육군에 맞서는 전통을 따라 북수남진北守南進 전략을 지향했다. 고노에 내각은 전쟁의 확대를 반대하는 입장이었다. 히로히토 천황은 전쟁은 되도록 피하려 했고, 특히 러시아와의 전쟁은 처음부터 반대했다.

조르게는 오자키와 사이온지를 동원해서 일본 정부가 남진을 고르도록 시도했다. 특히 오자키는 고노에 수상의 '조식회'를 통해서 내각을 움직이려 애썼다. 그들이 내세운 남진론의 요체는, 인도차이나로 진출하고 버마를 점령하면 장개석의 국민당군에 대한 보급로를 끊어서 중일전쟁을 빠른 승리로 이끌 수 있고, 네덜란드령 동인도의 풍부한 자원은 일본제국의 보존에 긴요하다는 것이었다. 마침 독일과 러시아가 싸우니, 남진에 필요한 병력을 마련할 수 있다는 계산이 나왔다. 당시 일본 육군은 만주에 11개 사단, 중국에 27개 사단, 예비대로 13개 사단을 보유했는데, 예비대 가운데 10개 사단을 남진 작전에 투입할 수 있다고 보았다.

이런 남진론에 따라 일본군은 1940년부터 시작한 인도차이나에 대한 진출을 확대했다. 마침내 1941년 7월 24일엔 인도차이나의 중요한 비행장들을 점령했다.

조르게에게 일본이 러시아 대신 미국과 싸우도록 유도하라는 임무를 부여했을 때, 스탈린은 이미 미국에서 공작을 벌여 미국과 일본이 싸우도록 유도하라는 지시를 내린 터였다. '눈 작전(Operation Snow)'이라 불린 이 공작을 위해서 미국에 파견된 NKGB 요원 비탈리 파블로프(Vitali Pavlov)는 1941년 5월에 러시아 첩자인 해리 화이트를 만나서 '눈 작전'에 대해 알렸다. 그리고 미국과 일본이 타협하는 것을 막기 위해서 미국이 취해야 할 태도를 자세히 설명했다.

당시 화이트는 재무부의 실질적 2인자로서 장관인 헨리 모겐소(Henry Morgenthau Jr)의 절대적 신임을 받았다. 모겐소는 루스벨트와 친분이 두터웠고, 외교에 관해 자신의 의견을 피력해서 '제2의 국무장관(second secretary of state)'이라 불리는 터였다. 그래서 화이트가 작성한 강경한 비망록들은 모겐소를 거쳐 헐에게 전달되어 국무부의 대일본 정책에 큰 영향을 미쳤다.

아울러, 화이트는 IPR을 주도하는 에드워드 카터에게 "우리 정부 안에는 중국 인민들을 배반하려는 사람들이 있으니, IPR은 미국 정부가 일본과의 공존을 모색하는 것을 막아야 한다"고 역설했다. 화이트의 견해에 따라, IPR은 미국과 일본의 타협을 막기 위해 모든 역량을 동원했다. 먼저, 장개석의 고문으로 중경에 있던 오언 래티모어(Owen Lattimore)가 일본과의 타협을 강력하게 비판하고 나섰다. 그는 백악관의 로칠린 커리에게 일본과의 타협을 막아서 중국을 구해야 한다고 역설했다. 만일 미국이 일본과 타협한다면, 미국은 중국 인민들의 신뢰를 잃으리라고 경고했다.

이런 의견들에 바탕을 두고, 커리는 루스벨트에게 일본의 침략에 강경하게 대응해야 한다고 지속적으로 건의했다. 원래 일본에 대해 비우호적이었던 루스벨트에게 커리의 건의는 전쟁을 피하기 위해 일본과 타협해야 한다는 주장보다 설득력이 있는 것처럼 들렸다.

일본이 프랑스 비시 정부와 협약을 맺어 인도차이나의 중요한 비행장들을 점령하자, 미국은 1941년 7월 26일 일본의 자산을 동결했다. 이어 8월 1일 석유와 가솔린의 수출을 금지했다.

이처럼 전쟁의 위험이 급격히 커지자, 워싱턴에서 헐 국무장관과 노무라 기치사부로野村吉三郎 대사 사이에 협의가 이어졌다. 11월 20일 노무라는 "미국, 영국 및 네덜란드가 중국에 대한 원조를 멈추고 일본에 대한 제재 조치들을 풀면, 남부 인도차이나에서 병력을 철수하고 동남아시아를 공격하지 않겠다"는 내용의 최종 제안을 내놓았다.

11월 26일 헐은 일본의 최종 제안에 대한 반대 제안을 내놓았다. 흔히 「헐 비망록(Hull Note)」이라 불리는 이 제안은 두 부분으로 이루어졌는데, 1부는 국제 질서에 관한 원칙들을 열거했고, 2부는 10개조의 실제적 조치들을 열거했다. 2부의 핵심적 내용은 "일본이 인도차이나와 중국에서 조건 없이 물러나야 한다"는 것이었다. 이처럼 강경한 내용을 담은 「헐 비망록」의 실질적 작성자는 해리 화이트였다.

일본은 「헐 비망록」을 '최후통첩(ultimatum)'으로 받아들였다. 12월 1일에 열린 어전회의에서 히로히토 천황은 미국, 영국 및 네덜란드에 대한 공격을 승인했다. 그리고 한 주일 뒤 일본 연합함대가 펄 하버의 미국 태평양함대를 기습했다.

이처럼 러시아 첩자들은 태평양의 서쪽과 동쪽에서 일본과 미국이 서로 싸우도록 만들기 위해 애썼고, 결국 성공했다. 이 과정에서 IPR의 회원들이 결정적 공헌을 했다. 미국에서 활동한 회원들은 그 뒤로 루스벨트 정권과 트루먼 정권에서 비호를 받으면서 승승장구했다. 그러나 조르게가 이끈 조직은 1941년 10월에 일본 헌병대에 검거되었다. 조르게와 오자키는 11월 7일에 처형되었다. 사이온지는 공작 가문의 적손이라는 신분 덕분에 금고 1년 6월에 집행유예 2년을 받아 풀려났다.

오언 래티모어

태평양의 서쪽에서 리하르트 조르게를 중심으로 한 러시아 첩자들이 일본군의 남진을 유도하고, 동쪽에선 해리 화이트를 중심으로 한 러시아 첩자들이 루스벨트 정권의 강경한 대응을 유도하면서, 미국과 일본은 전쟁으로 휘말려 들었다. 이런 두 갈래 공작은 태평양문제연구회를 플랫폼으로 삼았다. 일본에서 공작한 조직과 미국에서 공작한 조직은 IPR에서 함께 활동한 사람들로 이루어졌고 동일한 목표를 위해 협력했다.

작은 민간단체가 이처럼 거대한 음모를 떠받친 일은 역사적으로 드물다. 게다가 IPR은 그 뒤로도 여러 중요한 역할들을 수행할 터였다.

이처럼 중요하고 흥미로운 단체를 이끈 사람들 가운데 지속적으로 중요한 역할을 한 사람은 미국의 동양학자 오언 래티모어였다. 그는 IPR의 인맥을 충실히 관리했고, IPR의 이념적 방향을 결정했다.

래티모어는 1900년에 미국에서 태어났다. 그러나 부모가 중국의 대학에서 영어를 가르치게 되어 그는 중국에서 자라났다. 이어 유럽에서 교육을 받았다. 그는 영국 무역 회사의 중국 지사에서 일하면서 중국과 중앙아시아를 탐사했다. 그의 여행기들은 좋은 반응을 얻었고, 그는 1942년에 영국 왕립 지리학회(Royal Geographical Society)로부터 큰 권위를 지닌 '페이트런 금메달(Patron's Gold Medal)'을 받았다. 동양의 역사와 실상에 관해 해박한 지식을 갖추고 저서들을 잇따라 내면서 그는 자연스럽게 동양 전문가로 주목을 받았다. 덕분에 그는 1938년부터

1963년까지 존스 홉킨스 대학에서 동양학을 가르쳤다. 이어 1963년부터 1970년까지 영국 리즈 대학에서 중국학 교수를 지냈다. 이 과정에서 그는 중국 전문가들을 많이 길러 냈고 그들을 이끌었다.

래티모어는 여러 분야들에 흥미를 느꼈고, 그것들을 문명의 차원에서 종합하려고 시도했다. 방법론에선 여러 거대학설들을 받아들여서 조화시키려는 절충주의적 태도를 지녔다. 아널드 토인비(Arnold Toynbee)로부터 특히 깊은 영향을 받아서, 그는 문명이 태어나서 자라고 늙어 끝내는 죽는 유기적 존재라고 여겼다.

1934년 래티모어는 IPR의 기관지 〈태평양 사안들(Pacific Affairs)〉의 편집인이 되었다. 편집인으로서 그는 논쟁적 주제들을 즐겨 다루었고 다양한 견해들을 소개했다. 그러나 논객으로선 놀랄 만큼 일관되게 공산주의와 러시아의 이익을 위해 봉사했다.

1932년에 출간된 『만주, 분쟁의 요람(Manchuria, Cradle of Conflict)』에서 그는 러시아를 적극적으로 두둔했다.

"러시아는 현대 세계에서 '운명적 인물들(men of destiny)'을 배출할 만큼 '젊은' 유일한 국가로 보인다. 그 나라는 레닌과 스탈린을 배출한다. (…) 러시아는 중국보다도, 서방의 어떤 국가보다도 성장의 경력을 출범시켰다."

반면에 중국은 "공격적"이고 "팽창주의적"이어서 만주의 침략자가 되었다고 기술했다. 그리고 만주에서 러시아는 중국이나 일본보다 더 큰 권리를 지녔다고 평가했다.

이어 1934년에 출간된 『만주의 몽골족(The Mongols of Manchuria)』에서 그는 만주인들은 중국인들이 아니라 몽골족이며, 신강新疆(신장)성, 몽골, 만주의 3개 변방 지역은 러시아의 영향권 안에 있는 별도의 제국으로 통합하는 것이 옳다고 주장했다. 이런 주장은 이 지역에 대해 전통적으로 영토적 야심을 품어 온 러시아의 견해를 대변했다.

그러나 1942년에 발표된 논문 「새로운 세계 질서 속의 아시아(Asia in a New World Order)」에서 래티모어는 만주인들은 중국인들이 아니라 몽골족이라는 자신의 주장을 바꾸었다. 그는 일본이 실질적으로 점령한 만주의 주민들은 95퍼센트가 중국인들이며, 그곳이 만주라 불린다는 사정 때문에 주민들이 중국인들이 아니라고 생각하는 것은 잘못이라고 지적했다.

1939년에 독일과 러시아가 불가침조약을 맺고 폴란드를 분할 점령했을 때, 러시아와 미국 공산당의 공식 노선을 따라 래티모어는 미국이 유럽 사태에 개입하지 말아야 한다고 주장했다. 이어 영국이 독일에 외롭게 맞섰을 때, 그는 두 나라 사이의 싸움이 "확립된 지배 종족들 사이의 싸움에 지나지 않는다"고 주장했다.

1941년에 독일이 러시아를 침공하자, 러시아의 바뀐 노선을 따라 래티모어는 미국이 즉시 유럽의 전쟁에 개입해서 독일과 싸워야 한다고 주장했다. 그리고 전쟁정보국(OWI)의 태평양 담당관으로 일하면서 그런 주장을 널리 퍼뜨렸다.

중일전쟁에 대해선, 래티모어는 일본의 무지막지한 공격이 중국 사회의 반공산주의적 요소들을 약화시켜서 중국의 공산화에 크게 기여한다고 긍정적 평가를 내렸다. 그는 중국 공산당이 궁극적으로 장개석의 국민당 정부를 몰아낼 터인데, 일본이 그런 결과를 촉진시킨다고 보았다.

1941년 로칠린 커리의 추천을 받아 장개석의 고문으로 중국에 파견되자, 래티모어는 일본과 미국이 전쟁을 하도록 유도하는 러시아의 공작에 동참했다. 그래서 장개석의 국민당 정권은 중국 인민들의 절대적 지지를 받는 민주적 정권이므로 미국은 그런 정권을 배신해선 안 된다고 강력히 주장했다. 그가 백악관의 커리에게 보낸 전문은 태평양전쟁을 일으키는 데 큰 역할을 했다.

1943년 전황이 일본에 불리하게 되자, 래티모어는 다시 태도를 바꾸어 국민당 정권을 "파시스트"로 규정하고 중국 공산당 세력을 "민주적"이라고 칭찬했다. 그리고 장개석의 고문 자격으로 얻은 군사 정보들을 중국 공산군에게 암호로 넘겼다(중국 국민당 정보부서는 이런 사실을 알았지만, 미국과의 관계를 생각해서 모른 척했다).

태평양전쟁이 마지막 단계로 들어서자 래티모어는 러시아가 동북아시아에서 우월적 지위를 누리도록 하는 작업에 착수했다. 그는 일본의 천황제는 폐지해야 하고, 조선 문제의 "가장 좋은 해결책은 러시아가 조선을 장악하도록 하는 것"이라고 주장했다.

모스크바 재판들

래티모어의 궁극적 충성심이 공산주의와 러시아로 향한다는 것을 극적으로 보여 준 사건은 '모스크바 재판들(Moscow Trials)'이었다.

1936년부터 1938년에 걸쳐 모스크바에서 공산당 고위 당원들에 대한 공개 재판이 세 차례 열렸다. 이 재판들은 당시 진행된 스탈린의 '대숙청'에서 외부에 공개된 부분이었다. 널리 알려지고 영향을 미친 공산주의 지도자들이 관련된 재판들이어서 온 세계의 관심을 끌었다.

1917년 볼셰비키 혁명이 성공하자, 혁명을 관리하기 위한 기구로 정치국(Politburo)이 설치되었다. 이 최고 기구는 레닌, 트로츠키, 스탈린,

그리고리 지노비예프(Grigori Zinoviev), 레프 카메네프(Lev Kamenev), 그리고리 소콜니코프(Grigori Sokolnikov) 및 안드레이 부브노프(Andrei Bubnov)의 7인으로 이루어졌다.

혁명 초기부터 레닌의 권위는 절대적이었고 권력은 그에게 집중되었다. 그러나 1922년 5월 그가 뇌졸중으로 휴양에 들어가면서, 공산당은 구심점을 잃고 정파들이 대립하게 되었다. 1924년 1월 레닌이 죽자, 권력투쟁이 본격적으로 시작되었다.

1922년 공산당 중앙위원회가 확대되면서 서기국(Secretariat)이 필요하게 되었다. 새로 만들어진 이 기구의 책임자인 서기장(General Secretary)에 스탈린이 임명되었다. [이때부터 죽을 때까지, 스탈린의 공식 직책은 서기장이었다.] 당시 이 직책은 주목을 받지 못했고, 스탈린 자신도 그리 반가워하지 않았다. 그러나 그는 이내 그 자리의 중요성을 깨닫고 세력 확장에 이용했다. 그는 정치국 회의의 일정을 마련하고 회의의 진행을 이끌어 자신에게 유리한 결론으로 유도했다. 주요 지도자들의 신상과 그들 사이의 관계에 관한 정보들을 얻어서 자신의 입지를 넓히는 데 썼다. 특히 공산당 지방 조직을 관리하면서 자기 사람들을 앉혀서 빠르게 지지 세력을 늘렸다. 당시 다른 지도자들은 모스크바와 페트로그라드(레닌그라드)의 조직에 마음을 썼지만, 전체회의가 열리자 스탈린 지지자들은 다른 지도자들의 지지자들을 압도했다.

레닌이 실질적으로 은퇴한 상황에서, 스탈린은 '좌파'의 중심인물들인 지노비예프와 카메네프와 연합해서 정치국에서 '삼두정치(Triumvirate)'를 형성했다. 레닌은 처음엔 스탈린을 신임했지만, 스탈린의 성격이 음흉하고 행태가 폭압적이라는 것이 드러나자 그를 경계하게 되었다. 그러나 이때는 이미 건강이 악화되어 레닌은 과감한 결단을 하지 못했다. 그는 1923년에 스탈린을 경계하라는 유언(Testament)을 작성했지만, 삼두정치에 의해 발표가 미루어졌다.

레닌이 죽자, 스탈린은 지노비예프와 카메네프를 앞세워 능력과 명성이 뛰어난 트로츠키의 제거에 나섰다(카메네프는 트로츠키의 누이와 결혼한 터였지만, 트로츠키가 그의 처지를 배려하지 않아서 사이가 벌어졌다). 트로츠키가 지병으로 활동을 못하자 명성은 훼손되고 그의 세력은 크게 위축되었다. 결국 1925년 1월에 그는 그의 가장 중요한 직책들인 '군사 및 함대 업무 인민위원'과 '혁명군사평의회 의장'에서 해임되었다.

트로츠키가 세력을 잃자, 스탈린은 '삼두정치'의 동지들인 지노비예프와 카멘네프의 제거에 착수했다. 그는 이 공작을 위해 부하린(Nikolai Bukharin)을 중심으로 한 '우파'와 연합했다. 갑자기 소수파가 된 지노비예프와 카메네프는 트로츠키에게 다시 접근해서 연합했다. 이 두 집단은 사회주의 혁명의 수행 전략을 놓고 부딪쳤다.

트로츠키는 '영구 혁명(Permanent Revolution)'을 주장했다. 19세기 중엽 마르크스와 엥겔스는 "혁명적 계급은 사회의 적대적 세력들과 타협하거나 연합하지 말고 독자적으로 자신의 이익을 추구해야 한다"고 주장했다. 트로츠키는 자본주의가 발전하지 않아서 프롤레타리아 계급이 제대로 형성되지 아니한 사회에서도 사회주의 혁명을 이룰 수 있다고 주장하면서, 노동자들과 농민들의 연합을 통해 권력을 쟁취하는 전략을 제시했다.

스탈린은 '일국 사회주의(Socialism in One Country)'를 주장했다. 제1차 세계대전이 끝난 뒤 유럽에선 사회주의 혁명의 기운이 크게 일었다. 그러나 사회주의 세력은 실제로 권력을 쟁취하는 데 실패했다. 특히 사회주의 혁명에 필요한 조건들이 가장 성숙했다고 여겨진 독일에서의 실패는 충격적이었다. 오직 러시아만이 혁명에 성공했다. 이런 상황에서 러시아는 내부 역량을 강화해서 자신을 지키면서 혁명을 다른 나라들로 수출해야 한다는 것이 스탈린이 제시한 전략이었다. '우파'의 중심인물인 니콜라이 부하린은 이 전략을 정교한 이론으로 정립해서 스탈린을 도왔다.

근본적 중요성을 지닌 이 투쟁에서 스탈린 지지 세력은 트로츠키 지지 세력을 압도했고, '일국 사회주의'는 러시아의 정통 전략으로 채택되었다. 노선 투쟁에서 밀린 트로츠키, 지노비예프 및 카메네프와 그들의 추종자들은 급속히 몰락했다. 트로츠키는 1926년에 정치국 위원에서 해임되었고, 1927년에 공산당에서 제명되었고, 1929년엔 러시아에서 축출되었다. 결국 그는 1940년에 스탈린이 보낸 자객에 의해 멕시코에서 암살되었다. 지노비예프는 1926년에 정치국 위원에서 해임된 뒤 빠르게 자신의 정치적 기반을 잃었다. 카메네프의 몰락은 더 빨랐다.

그래도 트로츠키는 처음부터 끝까지 스탈린에 꿋꿋이 맞서면서 타협하지 않았다. 지노비예프와 카메네프는 이내 스탈린에게 항복해서, 공개적으로 사과하고 추종자들에게 스탈린에게 충성하라고 권했다. 덕분에 그들은 공산당에서 쫓겨났다가 중위급 간부들로 복귀했다.

1928년 스탈린은 '신경제정책(New Economic Policy, NEP)'의 폐기를 선언했다. 그는 NEP가 근본적 문제들을 안았다고 생각했다. 특히 만성적 식량 부족과 더딘 산업화는 NEP를 폐기해야만 해결된다고 진단했다.

NEP는 원래 레닌이 고안한 정책이었다. 적군이 러시아의 중심부를 장악한 1917년부터 내전이 끝난 1922년까지 볼셰비키 정부는 '전쟁 공산주의(War Communism)' 정책에 따라 법령으로 경제를 운영했다. 농민들과 노동자들은 생산하라는 명령을 받았고, 식량을 비롯한 물자들은 법령에 의해 징수되고 분배되었다. 이런 방식은 내전 초기에 새 정권이 마주친 문제들을 해결한 면도 있었지만, 경제를 극도로 황폐화시켰다. 자신들의 노력에 합당하게 정부가 보상해 주지 않으니 생산자들은 생산을 꺼리게 되었고, 자연히 모든 물자들의 생산이 크게 줄어들었다. 이런 경제적 불황은 모든 사람들에게 영향을 미쳤지만, 모든 물자들을 배급에 의존하는 대도시 주민들의 삶이 특히 어려워졌다. 그래서 도시 인구가 급격히 줄어들었고 공업에 필요한 노동자들이 부족해졌다. 1921년 가뭄과 서리로 흉년이 들자 대기근이 닥쳐서 수백만 명이 굶어 죽었다. 당연히 볼셰비키 정권에 대한 지지도 빠르게 줄어들었다.

이런 위기를 맞아 레닌은 줄곧 적으로 삼았던 서방에 원조를 요청했다. 미국의 자본주의를 악마화하는 데 앞장섰던 작가 막심 고리키(Maxim Gorky)는 "모든 정직한 유럽과 미국의 인민들"에게 "빵과 약품을 보내 달라"고 호소했다. 그런 호소에 응해서 허버트 후버가 이끈 미국 구호처(American Relief Administration, ARA)는 대규모 식량 원조에 나섰다. ARA는 직접 러시아 인민들에게 구호품을 배분하겠다고 주장해서 관철시켰다. 덕분에 1천만으로 추산되는 러시아 인민들이 아사를 면했다. [자본주의의 우수함과 미국인들의 너그러움을 증명한 이 사건을 러시아 공산당 정권은 수치스러운 역사로 여겨서, 1950년판 『소비에트 대백과사전』은 ARA를 "염탐과 파괴 활동을 하고 반혁명적 분자들을 지원한" 앞잡이 조직이라고 평했다.]

레닌은 법령으로 경제를 운영할 수 없다는 것을 깨달았다. 그래서 법령으로 경제를 운영하는 '명령경제(command economy)'에 시장경제의 요소들을 부분적으로 도입한 '혼합경제(mixed economy)'를 채택했다. 사유재산 제도가 인정되어 시민들이 이익을 추구하고 재산을 늘릴 수 있게 되었다. 특히 농민들의 농지 소유가 인정되었고, 농지의 집단화는 보류되었다. 나아가서 국제 자본주의 체제로부터 투자를 유치하기 위해 외국 자본가들에게 특혜를 주기로 했다.

NEP라 불린 이런 조치는 일단 공산주의의 후퇴를 뜻했으므로, 공산주의 체제의 완성을 바라는 '좌파'의 공격을 받았다. 그러나 레닌은 사회주의를 이루기 위해선 현대화와 산업 발전과 같은 "결여된 물질적 선행 조건들"을 먼저 만들어야 한다고 주장하면서 NEP를 밀고 나갔다.

시장이 기능하고 이윤 동기가 되살아나자 생산이 빠르게 늘어났다. 특히 농업 생산이 빠르게 회복되었다. 제1차 세계대전, 혁명과 내전을 겪어 황폐해진 러시아 경제가 되살아나서, 1925년엔 경제 생산이 전쟁 이전인 1913년 수준으로 회복되었다. 이런 성과에 만족한 레닌은 이미 1923년에 NEP가 적어도 몇십 년 동안 시행되어야 한다고 말했다.

[1970년대 말엽 모택동이 죽은 뒤 파탄을 맞은 중국 경제를 되살릴 길을 찾던 중국 지도자 등소평鄧小平(덩샤오핑)은 명령경제에 시장경제의 요소들을 도입할 수밖에 없다는 결론에 이르렀다. 그래서 그는 NEP를 중국 경제의 새로운 모형으로 삼았다. 그런 시도가 성공적이었음이 드러나기 시작한 1985년 그는 "어쩌면 사회주의의 가장 옳은 모형은 소비에트 러시아의 NEP이다"라고 공언했다.]

처음부터 NEP를 탐탁지 않게 여겼던 스탈린은 NEP의 성공이 자신을 위협한다고 느꼈다. '혼합경제'에서 시장이 나름으로 작동하자, 정부 부문이 자연스럽게 축소되었다. 그리고 성공한 기업가들이 나와서 정치적 세력을 형성하고, 경제적 자유를 늘리라고 요구하기 시작했다.

이런 흐름을 막기 위해 스탈린은 1928년부터 시작되는 '5개년계획'

을 수립하고 명령경제 체제의 확립에 들어갔다. 이 '1차 5개년계획'의 주요 목표는 산업화였다. 그는 자본주의 국가들과의 전쟁이 불가피하다고 판단했고, 그 전쟁에서 이기려면 군사력을 강화할 수 있는 중공업을 육성해야 한다고 믿었다. 그런 산업화의 재원을 마련하려면 농산물의 생산을 늘려야 하는데, 러시아의 농장들은 너무 작고 원시적이어서 생산성이 낮았다. 그는 쿨라크(kulak)라 불린 부유한 농민들이 투기를 위해 농산물을 정부에 팔지 않고 퇴장退藏하는 행태가 만성적 식량 부족의 원인이라 진단하고서, 이들을 없앨 방안을 모색했다. 이런 문제들에 대한 궁극적 대책으로 그는 농장의 집단화를 추진했다.

1928년 1월 스탈린은 시베리아로 가서 쿨라크 농민들로부터 소장한 곡물을 징수하는 것을 감독했다. 그리고 '5개년계획'을 추진하겠다고 선언했다. 스탈린의 이런 조치에 '우파' 지도자들인 부하린과 알렉세이 리코프(Alexei I. Rykov)는 경악했다. 부하린은 NEP를 적극적으로 지지해 왔고, 리코프는 수상으로서 경제를 실제로 운영해 온 터였다.

공산당과 정치국의 회의들에서 부하린은 NEP를 지속해야 산업화를 이룰 수 있다고 줄기차게 주장했다. 농민들이 부유해질 수 있어야 그들이 농산물을 많이 생산할 터이고, 농산물을 많이 해외에 수출해야 산업화에 필요한 재원을 마련할 수 있다는 얘기였다. 그리고 '전쟁 공산주의'의 실패가 보여 주었듯이, 곡물의 강제 징수는 역효과를 낸다고 지적했다.

그러나 NEP를 지속해야 한다는 부하린의 주장은 공산당원들의 지지를 얻지 못했다. 스탈린 자신은 급속한 산업화를 추진하는 정책이 없으면 혁명이 위협을 받는다고 반박했다. 이런 상황에 부하린은 대처할 길이 없었다. 스탈린은 이미 누구도 도전할 수 없는 독재자였다. 그리고 부하린 자신은 '좌파'를 공격해서 스탈린이 권력을 굳히는 데 큰 도움을 준 터였다.

스탈린은 곧바로 부하린과 그를 지지하는 '우파'를 요직들에서 밀어내기 시작했다. 위기를 느낀 부하린은 이전의 적들에 접근했다. 그는 오래전에 권력에서 멀어진 카메네프와 지노비예프와 만나서 연합을 제안했다. 그러나 그가 카메네프에게 한 얘기들은 트로츠키 계열의 신문에 누설되었고, 그는 종파주의자라는 비판을 받았다. 결국 그는 1929년 11월에 정치국 위원에서 해임되었다. 그는 패배를 받아들이고 스탈린에게 용서를 비는 편지를 보냈다.

1930년 부하린의 동지인 수상 리코프가 정치국 위원에서 해임되었다. 후임은 스탈린의 충실한 추종자인 뱌체슬라프 몰로토프였다. 이로써 레닌이 죽은 뒤 벌어진 권력투쟁이 스탈린의 완벽한 승리로 끝났다. 러시아 혁명을 주도한 '원로 볼셰비키들' 가운데 스탈린만이 살아남은 것이었다.

1934년 12월 1일 레닌그라드에서 정치국 위원인 세르게이 키로프(Sergei Kirov)가 암살되었다. 그는 레닌그라드의 공산당을 장악해서 든든한 기반을 구축했고 전국적으로 인기가 높아서, 스탈린은 그를 잠재적 위협으로 여겼다. 키로프의 기반을 허물려고 스탈린은 그에게 모스크바로 오라고 권유했다. 그러나 키로프는 그런 권유를 따르지 않았다. 자신의 권위가 손상되었다고 여긴 스탈린은 NKVD에 그를 제거하라는 지시를 내렸다.

키로프을 암살하자 스탈린은 그 일을 정적들에게 뒤집어씌웠다. 그동안 그의 눈 밖에 났던 사람들이 모조리 붙잡혀가서 '죄'를 자백하도록

'모스크바 재판'은 연출된 재판이었고, 끌려간 사람들은 심리적 압박과 고문 끝에 혐의를 인정하고 처형되거나 강제수용소에서 죽었다.

강요되었다. 그리고 여러 차례의 시연試演들을 거쳐 완벽하게 '연출된 재판들'을 선보였다.

모스크바 재판들 가운데 1936년 8월에 열린 1차 재판에선 "트로츠키주의자들, 카메네프 추종자들, 지노비예프 추종자들, 좌파, 반혁명 집단"이라 불린 16명이 기소되었다. 트로츠키가 해외로 망명했으므로, 주요 피고인들은 지노비예프와 카메네프였다. 그들은 키로프를 암살했고 스탈린을 죽이려 모의했다는 혐의를 받았다.

이 재판을 연출한 사람은 NKVD 책임자 겐리흐 야고다(Genrikh G. Yagoda)였다. 그는 줄곧 NKVD에서 일하면서 강제수용소들의 설치와 죄수 노동을 이용한 건설 사업들을 이끌었고, 집단농장의 확대를 실제로 수행했다. 이번에도 그는 스탈린의 하수인 역할을 충실하게 수행했다.

죄수들은 극도의 심리적 압박과 고문을 받으면서 연출된 재판에 순응하도록 훈련되었다. 기소된 죄목들을 자백하지 않는 죄수들은 가족들을 박해하겠다는 위협을 받았다. 마침내 지노비예프와 카메네프는 그들과 그들의 가족들 및 추종자들의 목숨을 보장한다는 정치국의 약속이 있어야 "자백"하겠다고 말했다. 그들을 만나자, 스탈린은 그들의 조건을 들어주겠다고 선선히 약속했다. 그래서 피고인들은 모두 공개 재판에서 자신들의 혐의들을 인정했다. 그러나 재판이 끝나자마자 스탈린은 그들을 처형했고, 그들의 가족들도 거의 다 체포해서 처형했다.

1937년 1월에 열린 2차 재판에선 "반소비에트 트로츠키주의자들"이라 불린 17명이 기소되었다. 1차 재판에 기소된 공산당 지도자들보다 덜 알려진 이들은 독일과 연결된 트로츠키와 함께 음모를 꾸몄다는 혐의를 받았다. 이들도 자신들의 혐의들을 모두 인정했고, 처형되거나 강제수용소에서 죽었다.

이런 공개 재판에 이어 1937년 6월엔 비밀 군사 재판이 열렸다. 미하일 투하쳅스키(Mikhail Tukhachevsky) 원수와 8명의 장군들이 독일의 첩자들이라는 죄목으로 기소되었다. 투하쳅스키는 적군의 가장 뛰어난 지휘관으로 백군과의 전쟁에서 수훈을 세웠고 '붉은 나폴레옹'이라 불렸다. 그는 시대를 앞선 전략가여서 러시아군의 조직과 전략을 현대화하는 데 결정적 공헌을 했다. 그는 1920년의 '폴란드·소비에트 전쟁(Polish-Soviet War)'에서 서부 전선 사령관으로 초기에 폴란드 깊숙이 진격했다. 그러나 '바르샤바 싸움'에서 크게 패해서 얻었던 영토를 폴란드에 돌려주는 평화조약을 맺어야 했다. 이 패전에 대해 투하쳅스키와 남서부 전선의 정치위원이었던 스탈린은 서로 비난해서 사이가 극도로 나빠졌다.

보복의 기회를 엿보던 스탈린은 NKVD를 동원해서 국방위원회 부인민위원이었던 투하쳅스키를 체포하고 고문해서 군부 정변을 시도했다는 자백을 받아 냈다. 피고인들은 모두 유죄 판결을 받고 처형되었다. 이들을 재판한 장군들도 그 재판이 무고한 지휘관들을 숙청하는 자리임을 아는지라, 모두 공포에 질렸다. 그들 가운데 한 사람은 탄식했다.

"내일은 내가 같은 자리에 놓이겠구나."

그의 예측은 정확했으니, 그 재판에서 재판관이었던 장교 8명 가운데 5명이 뒤에 숙청당했다. 스탈린은 자신에게 도전할 세력은 군부밖에 없다고 판단해서 적극적으로 군부를 숙청했다.

1938년 3월에 열린 3차 재판은 '연출된 재판들'의 절정이었다. 모두 21명이 기소된 이 재판의 중심인물은 부하린이었다. 그는 뛰어난 이론가여서 러시아만이 아니라 온 세계의 공산주의자들에게 영향을 미쳤다. 그리고 최근까지 국제공산당 집행위원회의 의장을 지내서 그를 따르는 공산주의자들이 많았다. 자연히 그의 재판은 국제적 관심을 끌었다.

이색적 피고인은 야고다였다. 1차와 2차 재판을 성공적으로 연출한 뒤, 그는 곧바로 스탈린의 눈 밖에 나서 NKVD 책임자에서 물러났다. 스탈린의 입장에선 야고다는 이미 역할이 끝난 하수인이었고, 살려 두기엔 너무 많은 것들을 알고 권력까지 쥔 잠재적 위험이었다. 야고다와 함께 NKVD에 있던 그의 세력도 청산되었다. [3차 재판을 연출한 책임자는 야고다의 후임인 니콜라이 예조프(Nikolai I. Yezov)였다. 그도 3차 재판이 끝나자 전임자처럼 숙청되었다.]

"우파들과 트로츠키 추종자들"이라 규정된 이들 피고인들에게 적용된 죄목들은 레닌과 스탈린의 암살 시도, 작가 막심 고리키의 독살, 그리고 러시아를 독일, 일본 및 영국에 분할해서 넘기려는 음모 따위였다.

피고인들은 모두 자신들의 죄들을 인정했다. 부하린을 포함한 주요 피고인들은 처형되었고, 셋만이 강제수용소로 보내졌다.

그들에게 붙여진 죄목들이 워낙 우스꽝스러웠고 재판이 연출임이 명백해서, 1차와 2차 재판까지 의구심을 누르면서 지켜보았던 사람들 가운데 상당수가 3차 재판에 반발했다. 그들 가운데 스탈린의 행태와 공산주의에 환멸을 느껴 반공주의자들이 된 사람들도 적지 않았다. 헝가리 출신 영국 작가 아서 쾨슬러(Arthus Kestler)는 대표적이니, 그는 부하린의 재판을 주제로 삼아서 『일식日蝕』을 썼다. [이내 고전의 반열에 오른 이 작품은 원래 독일어로 씌었는데, 영어로 번역된 『백주의 암흑(Darkness at Noon)』은 1940년에 출간되었다.]

이런 지식인들의 반응과는 판연히 다르게, 래티모어는 1938년 〈태평양 사안들〉에 스탈린의 '대숙청'을 찬양하는 기고자의 글을 실었다. 그 자신은 모스크바의 '연출된 재판들'을 "민주주의의 승리"로 평가하고서 이 대규모 처형들이 "나에겐 민주주의로 들린다"고 결론을 내렸다.

모스크바 재판들이 진행되는 사이에도 '대숙청'은 진행되어, 많은 사람들이 처형되거나 강제수용소들에 갇혔다. 사망자들은 적게는 68만에서 많게는 120만으로 추산된다. 종족적 폴란드인들과 쿨라크로 분류된 농민들이 가장 많이 죽었다.

'대숙청'을 부른 요인들과 과정에 관해서 많은 사람들이 갖가지 가설들을 내놓았다. 예상할 수 있는 것처럼 그것들은 흔히 상충한다. 그리고 그것들 가운데 상당수는 스탈린을 변호하려는 시도들이다. 그러나 그런 시도들은 성공적이지 못하다. '대숙청'은 처음부터 스탈린이 시작했고 줄곧 주도했다. 그는 자신에 위협이 되는 공산당 지도자 키로프를 암살해서 제거하고 그것을 정적들에 뒤집어씌우는 전형적 수법으로 '대숙청'을 시작했다. 그리고 자신이 앙심을 품었던 인물들을 제거해 나갔다. 그는 작은 원한까지도 잊지 않고 보복하는 사람이었다. 그래서 숙청을 지휘하는 NKVD 책임자들인 야고다와 예조프에게 직접 고문을 지시했다. 그는 '사악한 괴물'이었다.

이런 진단은 공산주의 체제에 면죄부를 주는 것이 아니다. 무릇 전체주의는, 공산주의라 불리든 민족사회주의라 불리든, 사악한 괴물들을 만들어 낼 뿐 아니라 가장 사악한 괴물이 궁극적으로 권력을 쥐도록 만든다. 그것이 전체주의의 속성이다. 레닌, 스탈린, 히틀러, 모택동 그리고 러시아의 여러 위성국가들에서 궁극적 승자로 등장한 '자잘한 독재자들'이 그 점을 명료하게 보여 준다.

마가단 수용소

이처럼 래티모어는 모든 일들에서 공산주의와 러시아의 이익을 최고의 가치로 삼았고, 다른 보편적 가치들—진실, 공정, 자유, 논리적 일관성과 같은—은 아주 가볍게 여겼다. 이런 일관성은 글을 쓰는 사람들에겐 무척 힘들다. 저널리스트들인 유진 리온스나 휘태커 체임버스는 끝내 자신을 속이지 못하고, 큰 위험을 무릅쓰고 공개적으로 전향했다. 성품이 냉혹한 킴 필비까지도 양심의 소리를 억누르기 위해 밤마다 술에 취했다. 그러나 래티모어는 평생 공산주의와 러시아에 대한 충성심이 흔들리지도, 양심의 소리에 괴로워하지도 않았다. 그래서 그는 무척 흥미로운 인물이다.

강제수용소에서 11년을 살았던 솔제니친은 수용소의 끔찍한 상황을 정직하게 기술한 『수용소 군도』를 써서 1970년대에 서방에서 출간했다.

1940년대에 있었던 일화 하나는 그의 감춰진 성품을 엿볼 수 있는 틈새 노릇을 한다. 1944년 여름 유럽 전선에서 노르망디 상륙작전이 진행되던 시기에, 헨리 월러스 부통령은 전쟁정보처(OWI)의 업무를 위해 시베리아, 중국 및 몽골을 순방하게 되었다. 월러스의 순방은 로칠린 커리가 주선했고, 커리의 추천을 받아 래티모어가 월러스를 수행했다.

이들은 먼저 시베리아 오호츠크해의 항구 마가단에 들렀다. 마가단은 1930년에 세워진 도시로 북쪽 콜리마강 유역의 금광들에 투입된 죄수들 덕분에 생겨난 도시였다. 그래서 도시 전체가 강제수용소였다. 솔제니친은 『수용소 군도』에서 마가단과 콜리마의 수용소들을 "추위와 잔인의 극(pole of cold and cruelty)"이라고 말했다.

스탈린의 '대숙청'으로 죄수들이 갑자기 불어난 1937년에 콜리마의 수용소장 나프탈리 프렌켈(Naftaly Frenkel)은 "우리는 죄수로부터 첫 석 달 동안에 모든 것을 짜내야 한다—그 뒤엔 그들은 우리에게 필요없다"는 원칙을 세웠다. 1930년대엔 주로 지식인들이 많이 수용되었지만, 전쟁이 끝난 뒤엔 풀려난 러시아군 포로들이 수용소를 채웠다. 아울러, 전쟁 말기부터 종전 직후까지 외국인 포로들—우크라이나인, 폴란드인, 독일인, 일본인 및 조선인 포로들—이 합류했다(일본인들과 조선인들은 만주와 조선에 주둔했던 일본군 병력이었다).

극심한 추위와 굶주림 속에서 극한적 노동을 하면 아무리 강건한 사람도 오래 살아남기 힘들었다. 그래서 콜리마의 수용소들에서 1930년부터 1950년대 중엽까지 적게는 25만에서 많게는 100만이 넘는 사람들이 죽었다. 비록 아는 사람들이 드물지만, 러시아의 강제수용소들은 나치 독일의 강제수용소들보다 먼저 세워져서 훨씬 많은 사람들을 살해했다.

그러나 시베리아에 25일 동안 머물면서 월러스는 만족스럽게 살아가는 노동자들만을 보았다. 그리고 죄수들을 관리하는 NKVD 요원들과 이내 가까워졌고, 그들을 인간적 매력이 있는 사람들이라고 칭찬했다. 그는 마가단 수용소들을 관장한 조직인 '원북 건설조합(Dalstroy)'을, 1670년에 설립되어 캐나다 허드슨만 유역을 실질적으로 지배하면서 교역에 종사한 전설적 민간 회사인 '허드슨스 베이 컴퍼니'와 '뉴딜 정책'의 상징인 '테네시 계곡 개발공사(TVA)'의 결합이라고 묘사했다.

귀국한 뒤 래티모어는 〈내셔널 지오그래픽〉에 실린 여행기에서, 월러스를 따라 원북 건설조합을 "허드슨스 베이 컴퍼니와 TVA의 결합"이라고 설명했다. 그리고 수용된 사람들이 모두 건강하고 잘 먹는다고 칭

콜리마의 수용소들에서 1930년부터 1950년대 중엽까지 적게는 25만에서 많게는 100만이 넘는 사람들이 죽었다.

찬했다.

마빈 리브먼(Marvin Liebman)은 『보수주의자로 나오기(Coming Out Conservative)』에서, 실제로 마가단 수용소에서 살아남아 『소비에트 감옥 수용소들에서 보낸 11년(Eleven Years in Soviet Prison Camps)』을 쓴 엘리너 리퍼(Elinor Lipper)가 월러스의 방문에 관해 들려준 일화를 소개했다.

> 갑자기 대열에서 한 여인이 달려나와 월러스의 발 앞에 엎드렸다. 그녀는 러시아 말로 외쳤다. 죄수들이 어떤 대우를 받는지, 그들이 어떻게 죽어 가는지, 그들이 얼마나 무고한지, 그의 발 앞의 눈처럼 무고한지. "제발," 그녀는 흐느꼈다. "제발 우리를 도와주세요."
>
> 그녀는 물론 끌려 나갔고, 그사이에 월러스의 통역은 그녀가 정

신병자고 그녀가 무슨 얘기를 하는지 모르겠다고 월러스에게 말했다. (…) 나는 뒤에 그날 월러스의 통역 노릇을 한 사람이 오언 래티모어였다는 것을 알게 되었다.

20여 년 뒤 이 일로 논란이 일자, 래티모어는 "나의 역할은 우리를 맞은 사람들에 대해 염탐하는 것이 아니었다"고 변명했다. 이 변명에서 공산주의 첩자들의 전형적 행태가 다시 드러난다. 래티모어의 행태가 문제적인 이유는, 그의 통역이 거짓말이었다는 사실이다. 그는 미국 부통령을 통역으로 수행했으니, 부통령에게 호소한 여인의 발언을 그대로 옮기는 것이 그의 역할이었다. "염탐"이라는 말이 나올 이유가 없다. 고의로 거짓말을 함으로써 그는 도덕적으로나 법적으로나 죄를 지은 것이다. 이처럼 논점을 흐려서 넘어가는 행태를 우리는 이미 앨저 히스와 킴 필비에게서 본 바 있다.

당시 월러스의 주요 보좌관들은 래티모어, 국무부 중국과장 존 카터 빈슨트 그리고 외국경제처(Foreign Economic Administration)의 소비에트 공급 담당관 존 해저드(John Hazard)였는데, 이들을 추천한 것은 백악관의 커리였다. 빈슨트는 IPR과 관계가 깊은 국무부 관료로 중국 공산당 정권을 적극적으로 도왔고, 해저드는 러시아 전문가로 러시아에 대한 미국의 막대한 원조를 담당한 사람이었다. 따라서 월러스는 공산주의 국가들의 이익을 위해 일하는 보좌관들에 둘러싸인 채 순방 임무를 수행한 셈이다.

그가 마가단에서 강제수용소의 실상을 보지 못한 것은 이해할 수 있다. 그리고 진실을 찾는 정직한 마음은 조만간 거짓 너머의 진실을 보게 된다. 공산주의 국가들을 순방한 때부터 8년이 지난 1952년 9월 월러스는 한 잡지에 「나는 어디서 틀렸는가(Where I Was Wrong)」라는 꽤 긴 글을 발표했다. 자신의 지난 10년 동안의 행적을 돌아보는 그 글에서, 그는 체코슬로바키아에서 공산주의자들이 폭력으로 정권을 탈취한 것을 비난하지 않은 것이 자신의 가장 큰 잘못이었다고 밝혔다.

> 당시 나는 민중적 호소력에서 공산주의자들이 우리보다 앞섰고, 그들이 인민 다수의 지지를 받았으며, 인민들은 다시 일어서는 독일을 위세를 부리는 러시아보다 더 두려워한다는 환상에 짓눌렸었다. 그래서 나는 민주적 체코슬로바키아가 냉전의 희생이었다고 말했다. [체코슬로바키아의] 독일에 대한 증오와 두려움이 [체코슬로바키아를] 러시아의 품으로 몰았고, 처음엔 베네슈와 마사리크를 그리고 끝내는 체코슬로바키아에서 태어난 공산주의자들을 지탱할 수 없는 처지로 몰아넣었다는 얘기였다. (…) 어느 정도까지는 나의 분석은 견실했다. 그러나 그것은 체코슬로바키아를 완전히 모스크바에 복종하도록 만든다는 유일한 목표를 지닌 러시아 사람들에 의해 훈련된 공산주의자들의 무자비한 성격을 고려하는 데에선 완전히 실패했다.

제2차 세계대전이 끝난 뒤 러시아가 점령한 동유럽의 국가들 가운데 공산화가 되지 않은 나라는 체코슬로바키아뿐이었다. 스탈린의 지시에 따라 체코슬로바키아 공산당은 1948년 경찰과 노동조합을 동원해서 폭력적 정변을 일으켰다. 공산당이 권력을 장악하자, 대통령 에드바르드 베네슈(Edvard Beneš)는 물러났고 외상 얀 마사리크(Jan Masaryk)는 공산당에 의해 살해되었다.

체코슬로바키아의 공산당 정변은 당시 서방 국가들에 큰 충격을 주었고, 공산주의자들에 대한 경각심을 크게 높였다. 그래서 '마셜 계획(Marshall Plan)'에의 참여, 서독(West Germany) 정부의 수립, 공산당과의 연정의 거부, '북대서양조약기구(NATO)'의 설립이 빠르게 이루어졌다. 이런 흐름에도 불구하고 월러스는 자신이 공산주의와 러시아에 대한 믿음에 매달렸음을 참회한 것이다.

마가단 수용소의 방문에 관해선, 월러스는 자신이 속았음을 선선히 인정했다. 마가단에서 오래 지내고 살아남은 엘리너 리퍼의 책을 읽고서, 그는 자신과 수행원들을 속이기 위해 러시아 사람들이 한 일들을 깨달았다(그 글은 월러스가 자신을 수행했던 보좌관들이, 특히 통역이었던 래티모어가 러시아 사람들과 한통속이 되어 자신을 속였다는 사실을 끝내 깨닫지 못했음을 보여 준다).

월러스는 한국 문제에 관해서도 세월이 가르쳐 준 것이 있음을 밝혔다. "1948년에 나는 러시아와 미국이 자기 군대를 한국에서 철수해야 한다고 믿었다. 러시아의 방법들에 대해 더 많이 알게 된 오늘, 나는 우리가 한국에서 우리 군대를 철수한 것은 심각한 과오였다고 확신한다."

이처럼 늘 미국의 이익보다 러시아의 이익을 추구하는 래티모어의 행태는 사람들의 의심을 살 수밖에 없었다. 그러나 그는 논객이어서 공개적으로 자기 의견을 밝힐 뿐이었고, 국가 기밀에 접근하려 하지 않았다. 그래서 그는 활동에 제약을 전혀 받지 않았고, 오히려 미국 정부에 침투한 공산주의자들의 비호와 추천 덕분에 중요한 정부 직책들을 맡았다.

러시아 첩자 래티모어

1937년 여름 그리스 주재 러시아 공사관의 참사관인 앨리그잰더 바민(Alexander G. Barmine)은 점점 커지는 두려움에 짓눌리고 있었다. 그는 실은 GRU 요원이었는데, GRU와 외교부에서 일하던 그의 직속상관들이 체포되어 처형되고 있었다. 그는 자신도 그런 운명을 맞을 가능성이 점점 커진다고 생각했다. 1919년에 적군에 합류해서 1935년까지 복무했고 GRU에서 일했으므로 그는 많은 군사 지휘관들, 정부 관료들 및 외교관들과 친분이 두터웠는데, 그들 가운데 많은 사람들이 이미 처형된 터였다.

7월이 되자, 바민은 자신과 함께 일하는 공사관 직원들이 한밤에 그의 책상을 뒤지고 그의 사무실을 수색한다는 것을 알게 되었다. 그 자신도 공관의 NKVD 요원들의 감시를 받고 있었다.

그때 그는 14살 난 아들의 편지를 받았다. 아들은 가족이 함께 먼 곳으로 해수욕을 간다고 알리고서 덧붙였다.

"사랑하는 아빠, 학교에서 사람들이 트로츠키파 첩자들인 투하쳅스키, 야키르, 코르크, 우보레비치 그리고 펠드만에게 내려진 선고에 대해 읽어 줬어요. (…) 우리 아파트에 살던 그 펠드만이 아닌가요?"

미하일 투하쳅스키 원수와 다른 여덟 장군들이 비밀 군사 재판을 받고 처형된 것이 겨우 한 달 전인데, 벌써 러시아의 공식 역사는 적군의 영웅들을 역적들로 만들어 놓은 것이었다. 아들의 편지에서 그는 스탈린이 시작한 숙청이 훨씬 거대한 음모며 자신도 곧 본국으로 강제 송환되어 같은 운명을 맞으리라는 것을 확신하게 되었다.

이런 상황에서 아테네의 외항인 피리우스에 정박한 러시아 선박의 선장이 배에서 함께 식사하자고 바민을 초청했다. 이 배는 러시아 공사관에 사전 통지 없이 갑자기 나타난 터여서, 특수한 임무를 띠고 온 것이 확실했다. 바민은 사양했지만 선장은 집요하게 초청했다. 그는 배에 오르는 것은 사양하고, 아테네의 식당에서 선장과 식사하기로 약속했다. 그를 만나자 선장은 본국으로 돌아가라고 강력하게 권고했다.

이미 NKVD 요원들의 감시를 받던 터라서, 그는 서방으로 탈출하기로 결심했다. 뒷날 그는 회고록 『살아남은 자(One Who Survived)』에서 자신이 탈출하게 된 동기를 설명했다.

"만일 내가 어떤 더럽고 거짓인 기소의 결과로 감옥에 갇히면 (…) [나의 가족은] 공식 발표를 믿게 될 것이다. 아무도 감히 나를 변호할 수 없을 터이고, 나는 결코 혐의에서 벗어날 수 없을 터이다. 나는 내 아들들을 영원히 잃을 것이다."

바민은 NKVD 요원들을 따돌리고 아테네에서 도망쳐 파리로 왔다. 그러나 유럽은 너무 위험했다. 바민이 파리로 탈출했을 때, 파리에서 러시아 정보 조직을 관장하던 이그나스 라이스(Ignace Reiss)가 조직을 이탈했다. 라이스는 오스트리아·헝가리 제국의 갈리치아에서 태어났는데, 어릴 적부터 볼셰비키 혁명에 가담했다. 그는 혁명 동지들이 처형되는 것에 대해 거세게 항의하는 편지를 러시아 공산당 중앙위원회에 보냈다. 직접 스탈린에게 쓴 그 편지에서 그는 스탈린이 주도해 온 숙청과 보안 부서들의 행태를 비난하고, 자신이 받은 '적기 훈장'을 함께 보냈다. 그리고 가족과 함께 스위스로 도피했다. 그러나 9월 초에 그는 NKVD 요원들에게 암살되었다.

바민은 프랑스를 떠나 미국으로 건너가서 정치적 망명과 시민권을 얻었다. 1941년 태평양전쟁이 일어나자, 그는 42세였지만 병사로 지원해서 방공포병으로 복무했다. 이어 1943년부터 OSS에서 복무했다. 전쟁이 끝난 뒤엔 오랫동안 '미국의 소리(VOA)' 방송에서 러시아어 방송을 관장했다.

바민의 탈출과 라이스의 암살은 러시아의 실상을 제대로 알지 못하던 서방의 지식인들과 정보 요원들에게 상당한 충격을 주었다. 1952년에 펴낸 회고록 『증인(Witness)』에서 체임버스는 당시 상황을 실감 나게 그렸다.

> 갑자기 평생을 헌신한 혁명가들이 굴속의 토끼들처럼 튀어나오고 GPU[NKVD의 초기 명칭] 요원들이 그들을 뒤쫓았다—아테네의 소비에트 공사관에서 바민이, 소피아의 소비에트 공사관에서 라스콜니코프가, 암스테르담에서 크리비츠키가, 스위스에서 라이스가. 라이스가 도망친 것은 아니었다. 대신, 용감하고 외로운 사람인 그는 혼자만의 항거를 스탈린에게 보냈다. 크렘린 지하실의 살인자여, 나는 이로써 나의 훈장들을 반환하고 나의 행동의 자유를 되찾는다. 그러나 항거만으로는 부족하다. 교활함과 싸우려면 교활함이 필요하다. 조만간 GPU 리무진의 문이 열리고 항거하는 뇌에 총탄이 박힌 라이스의 몸이 굴러 나오도록 정해진 것이었다—그가 탈출한 지 얼마 지나지 않아서 실제로 일어난 것처럼. 내가 이름을 든 넷 가운데 바민만이 사냥꾼들보다 빨랐다.

표도르 라스콜니코프(Fyodor Raskolnikov)는 적군에 일찍 가담해서 러시아 내전에서 적군 함대의 사령관을 지냈다. 그 뒤로 외교관으로 활약해서 여러 나라들에서 대사를 지냈다. 불가리아 주재 특명전권대표로 활동하던 1938년 3월에 그는 본국으로 돌아오라는 명령을 받았다. 그러나 그는 귀국을 거부하고 1939년에 「스탈린에 대한 공개편지」를 발표했다. 며칠 뒤 그는 "창문에서 떨어져 죽었다".

발터 크리비츠키(Walter Krivitsky)는 라이스와 같은 도시에서 태어나 평생을 동지로 산 터였다. 1937년 9월에 먼저 탈출한 라이스가 스위스에서 암살되자, 한 달 뒤 그도 탈출했다. 그는 독일과 러시아가 곧 불가침조약을 맺으리라고 말했다. 그의 폭로를 미국의 좌파 지식인들은 격렬하게 비난했지만, 그의 증언은 곧 현실에 의해 증명되었다. 그는 NKVD 요원들의 암살 기도들을 피하면서 트로츠키를 도왔다. 그의 제보 덕분에 러시아 첩자로 일하던 영국 외무부의 암호 요원이 체포되었다. 영국의 첩자 조직이 와해될 위기를 맞자, NKVD는 그의 암살에 적극적으로 나서서 1941년 2월에 워싱턴의 한 호텔에서 그를 살해하고 자살로 위장했다.

이들의 용감한 폭로 덕분에 러시아에서 진행되던 '대숙청'에 관한 정보들이 서방에 알려졌다. 그러나 미국엔 외국에 관한 정보들을 전담하는 기관이 아직 없었다. OSS는 영국 정보기관의 도움을 받아 1942년에야 창설될 터였고 그나마 1945년에 해체될 터였다. 본격적으로 해외 정보들을 다루는 기관인 CIA는 1947년에야 창설될 터였다. 그래서 미국 정부는 바민이 지닌 많은 중요한 정보들을 제대로 얻어 내지 못했다.

1948년 12월에야 FBI가 심층 면담을 통해 바민으로부터 러시아에 관한 정보들을 많이 얻어 냈다. 그런 정보들 가운데 하나는 래티모어의 정체에 관한 것이었다. 바민은 그의 상관이었던 얀 베르진(Yan K. Berzin)이 그에게 래티모어가 "우리 사람들 가운데 하나"라고 말했다고 밝혔다. 베르진은 GRU를 뛰어난 정보기관으로 키운 전설적 인물이었는데, 끝내 '대숙청'을 피하지 못하고 1938년에 처형되었다. 리하르트 조르게를 발탁해서 훈련시켜 결정적 성과들을 거둔 것도 바로 베르진이었다. 베르진은 일찍부터 래티모어를 발탁해서 임무를 맡겼고 큰 기대를 걸었다고 바민은 밝혔다. 바민의 증언과 래티모어의 행적을 검토한 뒤, FBI는 러시아 정보기관이 1927년 이전에 상해에서 래티모어를 포섭했다는 결론을 내렸다.

FBI와의 면담이 끝난 뒤 바민은 래티모어가 러시아 첩자라는 것을 공개적으로 밝혔다. 1952년엔 상원 '국내안보 소위원회'[통칭 매캐런 위원회(McCarran Committee)]에 출석해서 선서한 뒤 래티모어에 관해 같은 증언을 했다. 이용할 수 있는 자료들을 모두 검토한 뒤, 매캐런 위원회는 래티모어가 "소비에트 음모의 의식적이고 언변이 정연한 도구"라는 결론을 내렸다.

래티모어는 매캐런 위원회에서 위증한 혐의로 기소되었다. 그러나 그를 재판한 판사는 래티모어의 행위들과는 무관한 "법기술적 문제들"을 들어서 그에 대한 기소를 기각했다.

IPR의 중국 공작

1941년 12월 일본과 미국이 전쟁에 들어감으로써, 일본이 러시아를 침공하는 것을 막으려는 태평양문제연구소(IPR)의 공작은 성공했다. IPR은 곧 다음 목표인 중국 국민당 정권을 무너뜨리고 공산당이 중국을 차지하도록 하는 일에 들어갔다. NKGB의 '눈 작전(Operation Snow)'

에 따른 첫 공작과 달리, 이번 공작은 적어도 초기엔 러시아 정보기관이 간여하지 않았고 IPR이 스스로 수행했다.

당시 러시아로선 장개석(장제스)의 국민당 정권을 약화시킬 이유가 없었다. 국민당을 창설하고 이끈 손문(쑨원)은 공산주의 러시아의 도움을 받으려 했고 중국 공산당과의 연합을 추구했다. 러시아도 손문을 지지해서, 국민당과 중국 공산당은 협력했다. 손문이 죽은 뒤 국민당의 실권은 국민혁명군을 장악한 장개석에게로 넘어갔다. 러시아는 장개석에게도 호의적이어서, 1926년 국민혁명군이 '북벌北伐'을 시작하자 장개석에게 군사자문관들을 보냈다. 북벌에 성공한 장개석이 공산군을 공격해서 변방으로 몰아낸 뒤에도 러시아는 장개석과의 관계를 유지했다.

중일전쟁이 일어나자, 일본군을 중국 대륙에 묶어 놓아서 일본이 시베리아를 침공할 힘을 줄인다는 계산에서 러시아는 적극적으로 장개석과 국민혁명군을 도왔다. 러시아는 중국에 군사고문단을 파견했고, 단장 알렉산드르 체레파노프(Aleksandr Cherepanov) 소장은 양자(양쯔)강 중류의 요충 무한武漢(우한)의 방어작전을 도왔다. 특히 일본군의 공격으로 무너진 중국 공군을 도우려고 1937년엔 전투기 155대, 폭격기 62대, 훈련기 8대와 이들 항공기들을 운용할 조종사들과 기술병들을 '지원군(Volunteer Group)'이란 이름을 붙여서 중국으로 보냈다. 이들은 대만의 일본군 기지들을 폭격해서 큰 피해를 입혔고, 무한의 생산 기지를 공습한 일본군 항공기들에 막대한 피해를 주었다.

그러나 1939년에 독일과 불가침조약을 맺어 일본과의 관계를 개선할 필요가 생기자, 러시아는 '지원군'을 중국에서 철수시켰다. 다급해진 장개석은 미국에 지원을 요청해서 클레어 셔놀트가 이끄는 '나는 호랑이들(Flying Tigers)'의 도움을 받았다.

반면에, 그때까지 중공군은 일본군과 싸울 힘도 생각도 없었다.

중국 공산당은 1921년에 상해(상하이)에서 진독수陳獨秀(천두슈)의 주도로 만들어졌다. 이들을 지도한 국제공산당(Comintern) 요원들은 새로 전국적 조직을 만드는 것보다 국민당을 내부에서 장악하는 것이 낫다고 판단해서, 중국 공산당이 국민당과 통합하는 것을 적극적으로 추진했다. 그래서 공산당원들이 국민당에 들어갔고, 실제로 국민당 내부에서 큰 세력을 이루었다.

공산군의 장정

공산당 세력이 심각한 위협이 되었다고 판단한 장개석은 공산당 세력의 제거에 나섰다. 상해를 장악하자 장개석은 공산주의자들을 학살했고, 공산주의자들은 흩어져서 '소비에트 지구'들을 만들어 저항했다. 이들 가운데 가장 큰 것은 모택동(마오쩌둥)과 주덕朱德(주더)이 1930년에 강서(장시)성 서금瑞金(루이진)에 세운 '강서 소비에트'였다. 그러나 모택동은 국민당 첩자들을 색출한다는 명분을 내세워 폭압적 정책을 펴서, '홍군紅軍'이라 불린 공산군이 크게 약화되었다.

1931년 주은래(저우언라이)가 합류하자, 모택동의 지도력에 불만을 품은 공산당과 홍군의 간부들은 주은래를 최고 지도자로 뽑았다. 1933년에 박고博古(보구)와 국제공산당이 보낸 군사 지도자 오토 브라운(Otto Braun)[중국 이름은 이덕李德(리더)]이 합류해서, 주은래와 함께 공산당과 홍군의 업무를 관장했다. 이들은 장개석의 네 차례에 걸친 공격을 잘 막아 냈다.

이때 장개석은 독일의 한스 폰 젝트(Hans von Seeckt) 장군을 수석군사 고문으로 받아들였다. 폰 젝트는 제1차 세계대전에서 활약한 독일의 뛰어난 전략가로 바이마르 공화국의 군대를 재건하는 데 성공한 터였다. 그는 장개석에게 강서성을 서로 연결된 요새들로 에워싸고 초토작전을 수행하라고 조언했다. 이런 봉쇄에 견디지 못하면 공산군은 근거지들에서 나와 공격할 수밖에 없고, 그때엔 국민혁명군의 우세한 화력이 결정하리라는 얘기였다.

이 전술은 성공해서, 국민혁명군은 점점 조여 오고 홍군의 손실은 늘어났다. 마침내 1934년 여름이 되자 강서성 홍군의 전력은 고갈되었다. 이때 국민혁명군 작전본부에 침투한 첩자가, 국민혁명군이 서금에 대한 대규모 공세를 준비한다고 공산당에 알려 왔다. 공산당 상임위원회는 서금을 지킬 수 없다고 판단하고서 서북쪽 섬서(산시)성으로 향하는 전략적 후퇴를 의결했다.

1934년 10월에 13만 명의 홍군 병력과 민간인들이 국민혁명군 전선을 공격했다. 이들 가운데 10만 명가량이 돌파에 성공했다. 그러나 상강湘江(샹강)을 건널 때 국민혁명군의 공격을 받아 큰 손실을 입었다. 초기의 돌파에 성공했던 홍군 병력 8만 6천 가운데 상강을 건너서 서쪽으로 탈출한 병력은 겨우 3만 6천이었다. 치열한 전투는 이틀뿐이었지만, 먼 곳으로 후퇴한다는 상황에 사기가 낮아져서 이탈한 병력이 많았다.

1935년 1월에 홍군은 귀주(구이저우)성 준의遵義(쭌이)에 이르렀다. 이 지역은 국민혁명군의 세력이 약해서 공산당 지도부는 한숨을 돌렸다. 그리고 패전한 원인을 검토하고 앞으로 추구할 전략을 모색했다. '준의회의'라 불리게 된 이 자리에서 박고와 브라운에 대한 매서운 비판들이

공산당의 후퇴는 '장정'이라 불리며 명성을 얻었고, 눈부신 후광을 모택동에게 입혔다.

나왔고, 두 사람은 권한을 거의 다 잃었다. 대신 현실적 대안들을 줄곧 내놓은 모택동이 권위를 되찾아서 군사위원이 되었다. 실질적 당 지도자는 군사위원장이 된 주은래였다.

마침내 1935년 10월 홍군은 섬서성에 이르러서 그곳에 근거를 마련한 홍군 지대의 환영을 받았다. 꼭 한 해 동안 6천 킬로미터를 싸우면서 행군한 이 전략적 후퇴는 '장정長征'이라 불리면서 불후의 명성을 얻었다. 서금에서 출발한 병력에서 살아남은 병사들은 7천가량 되었다. 이어 다른 부대들이 합류했다. ['장정'은 영웅담의 성격을 지녔고 많은 사람들의 감탄을 샀다. 그래서 홍군과 모택동에 눈이 부신 후광을 입혔다. 그러나 그것과 관련된 사실들은 오랜 선전을 통해 점점 부풀려져서, 이제는 사실과 허구를 변별하기 어렵다. '장정'의 실제 길이부터 부풀려졌다. 모택동 자신은 '장정'의 여정이 2만

5천리(12,500km. 중국의 1리는 0.5km)라고 말했다. 그러나 뒤에 '장정'의 길을 실제로 답사한 외국인들은 6천 킬로미터를 넘지 않는다고 밝혔다.]

'장정'의 직접적 효과는 모택동이 강력한 지도자로 떠오른 것이었다. 그 뒤로 그의 권위에 도전한 사람은 없었다. 주은래도 마침내 모택동을 지도자로 받들고 제2인자의 역할을 받아들였다.

'장정'으로 홍군 병력은 크게 줄어들었고, 궁벽한 지역에 은거했으므로 정규전을 수행할 수 없는 상황이 되었다. 그래서 줄곧 유격전을 주장한 모택동이 군사작전을 지휘하게 되었다.

그것은 중국 공산군으로선 합리적 선택이었지만, 러시아와의 관계는 약화될 수밖에 없었다. 일단 유격전을 수행하게 되자, 홍군으로선 일본군과의 충돌을 피하면서 일본군 후방에서 세력을 넓히는 전략을 택하게 되었다. 자연히, 일본군이 국민혁명군을 축출하면 홍군이 침투할 수 있는 지역이 늘어나게 되어, 홍군은 일본군의 승리를 즐기게 되었다. 일본군으로서도 장개석의 국민혁명군의 세력을 갉아먹는 홍군을 파괴할 이유가 없었다. 그래서 일본군과 홍군은 공생과 비슷한 관계가 되었다. 이런 사정을 잘 아는 러시아로서는 자신의 안전에 별 도움이 되지 않는 공산당을 적극적으로 도와서 장개석 정부와 국민혁명군을 약화시킬 이유가 없었다.

IPR의 전략

러시아가 간여하지 않았으므로, 장개석의 국민당 정권을 무너뜨리려는 IPR의 공작은 '눈 작전'처럼 일사불란하게 진행되지는 않았다. 공작을 지휘하는 지도자가 있었던 것도 아니었다. 그래도 이념과 목표가 같은 지식인들이 이심전심으로 꾸민 일이라서 IPR의 공작은 생각보다 치밀하게 계획되었고, 집요하게 수행되었고, 예상보다 훨씬 큰 효과를 거두었다.

IPR의 공산주의자들이 추구한 전략은 자연스럽고 효과적이었다. 그들은 먼저 장개석과 국민당 정부의 평판을 떨어뜨리고 모택동과 공산당의 평판을 높이는 것을 목표로 삼았다. 그런 평판이 굳어지면, 미국의 여론을 움직여서 국민당 정부 대신 공산당을 협력 대상으로 삼도록 유도한다는 계획이었다.

그들은 실제로 여론을 움직일 수단을 지녔다. IPR은 기관지로 계간 〈태평양 사안들(Pacific Affairs)〉을 발행했고 논문들을 펴냈다. 그리고 IPR을 플랫폼으로 삼아 활동해 온 조직들을 동원할 수 있었다. 두드러진 조직은 1937년에 창간된 잡지 〈아메라시아(Amerasia)〉였다. 이름이 가리키듯 이 잡지는 동아시아 문제들을 다루었다. 창간을 주도한 프레더릭 필드와 편집을 주관한 필립 재프(Philip J. Jaffe)는 러시아 첩자들이었다. 필자들은 거의 다 IPR 회원들이었는데, 잡지의 논조를 결정하는 과정에서 두드러진 역할을 한 논객은 오언 래티모어였다.

〈아메라시아〉 너머엔 중국을 연구하는 학자들이 있었다. 이들을 이끄는 사람은 하버드 대학에서 중국 역사를 가르쳐 온 존 페어뱅크(John K. Fairbank) 교수였다. 그는 하버드에서 중국 역사를, 옥스퍼드에선 중국어를, 그리고 중국 청화清華(칭화)대학에서 청清의 외교 정책을 공부했다. 이때 그를 지도한 교수는 뛰어난 역사학자 장정보蔣廷黼(장팅푸)였다. 장정보는 컬럼비아 대학에서 외교 분야의 역사를 공부한 학자로 중국의 외교 정책에 관해 새로운 관점을 제시했다. 1930년대 이후엔 국민당 정부에 참여해서 외교관으로 활약했다. [장정보는 1944년 9월에 캐나다 몬트리얼에서 열린 '연합국 구제부흥기구(UNRRA)'의 제1차 회의에 임병직이 참관자로 참석하도록 주선해 준 바로 그 장정보다.]

태평양전쟁이 일어나자 페어뱅크는 중국 전문가로 미국 정부를 위해 일했다. 중국 정부의 임시 수도 중경(충칭)에 머물면서 전략사무국(OSS)과 전쟁정보국(OWI)에서 일했다.

전쟁이 끝나자 그는 하버드로 돌아와서 중국학 강좌들을 개설했다. 그런 강좌들은 중국학을 연구하는 학자들을 위한 것들만이 아니라 저널리스트들이나 정부 관리들을 위한 것들도 포함했다. 미국에서 중국을 깊이 연구한 사람들이 드물었으므로, 그의 권위와 영향력은 빠르게 커졌다. 그래서 이미 1950년대에 중국 연구에서 그가 주도한 '하버드 학파'가 주류를 이루었다.

1940년대에 그는 중국 국민당 정부를 폄하하고 중국 공산당을 높이 평가했다. 그리고 미국은 중국 공산당과 관계를 맺어야 한다고 주장했다. 그의 영향력이 워낙 컸으므로, 미국의 중국 연구자들은 거의 다 그런 정책을 지지했다. 후에 중국에 공산당 정부가 들어서자, 비효통費孝通(페이샤오퉁)을 비롯한 그의 중국인 동료들은 모두 북경(베이징)으로 돌아갔다. 자연히 페어뱅크는 중국 공산당을 위해서 일했다는 비난을 받았다. 그러나 하버드에 확고한 자리를 마련한 덕분에 그는 별다른 불이익을 받지 않았다.

당시 미국의 중국 전문가들이 거의 다 래티모어와 페어뱅크의 지도와 영향을 받았다는 사정은 미국의 중국 정책에 근본적 영향을 미쳤다. 미국의 정치 지도자들과 관리들이 중국에 대해 어떤 지식과 태도를 지냈든, 그들이 정책을 수립하는 데 도움을 받을 만한 사람들은 예외 없이 중국 공산당에 우호적이었다. 그래서 정치 지도자들과 관리들이 합리적으로 정책을 세우고 추진하려고 노력하더라도, 전문가들이 추천하는 정책들과 방안들에 내재된 편향을 다 극복할 수는 없었다. 그래서 시간이 지날수록 미국의 중국 정책은 중국 국민당 정부에 대해 적대적이 되고 중국 공산당에 우호적이 되었다.

1949년 1월 25일 중국에서 국민당 정부군이 와해되고 공산군이 양자강 이북을 차지해서 중국 대륙이 공산화가 될 위험을 맞았을 때, 당시 민주당 하원의원이었던 존 케네디(John F. Kennedy)는 하원 연설에서 이런 상황을 불러온 요인들 가운데 가장 근본적인 것은 중국 문제를 다룬 외교관들과 그들을 도운 전문가들의 편향적 태도였다고 직설적으로 지적했다. 그는 래티모어와 페어뱅크의 이름까지 들었다.

> 의장님, 이번 주말에 우리는 중국과 미국을 덮친 재앙의 범위를 알게 되었습니다. 극동에서의 우리 외교 정책의 실패에 대한 책임은 온전히 백악관과 국무부에 있습니다. 공산주의자들과의 연합정부가 세워지지 않는 한 원조를 하지 않겠다는 지속적인 주장은 국민당 정부에 대한 마비적 타격이었습니다. 우리 외교관들과 그들의 자문관들인 래티모어와 페어뱅크 같은 자들은 20년 동안 전쟁을 치른 중국의 민주주의 체계의 불완전함과 고위직들에 퍼진 부패에 관한 얘기들에만 마음을 쓴 탓에, 비공산주의 중국에 걸린 우리의 엄청난 이익을 보지 못했습니다. (…) 이제 우리 하원은 밀려오는 공산주의의 물살이 아시아 전체를 삼키는 것을 막을 책임을 떠맡아야 합니다.

위에서 살핀 것처럼, 미국에서 IPR은 중국에 관한 아이디어들의 공급에서 실질적으로 독점적 지위를 누렸다. 이것은 물론 거대한 힘이지만, IPR의 힘은 거기 멈추지 않았다. IPR의 회원들과 동조자들과 후원자들은 이미 미국 정부의 요소들을 장악한 터였다.

백악관은 IPR의 힘의 궁극적 원천이었다. 프랭클린 루스벨트 대통령은 사회주의 질서를 동경했고, '뉴딜 정책'으로 미국에 사회주의적 요소들을 실제로 많이 도입했다. 무엇보다도 그는 공산주의자들을 옹호했고, 러시아와 스탈린에 무척 우호적인 정책들을 폈다. 퍼스트 레이디 엘리너 루스벨트도 이념적 성향이 남편과 비슷했고 공산주의자들을 비호하는 일에 열심이었다. 헨리 월러스 부통령은 루스벨트에게 부담이 될 정도로 급진적인 좌파였고 공산주의 러시아와 중국 공산당을 예찬했다. 루스벨트의 최측근으로 '문고리 권력'을 쥔 해리 홉킨스는 러시아를 돕는 일에 너무 열성적이어서, 미국 정보기관으로부터 러시아 첩자라는 의심을 받았다. IPR의 회원으로 러시아 첩자였던 로칠린 커리는 백악관의 정보의 흐름을 관장해서 대통령의 의사 결정에 큰 영향을 미쳤고, 중국 업무를 맡아서 중국에 관한 정책들을 공산당에 유리하게 유도했다.

중국에 관한 정책들을 실제로 맡은 국무부에서 IPR과 〈아메라시아〉의 인맥은 더욱 두터웠다. 앨저 히스를 비롯한 15명가량의 IPR과 〈아메라시아〉의 회원들과 필자들이 국무부의 요직들을 차지했고, 특히 중국 담당 부서와 중경의 미국 대사관은 그들이 실질적으로 장악했다.

재무부는 공산주의자들이 가장 많이 모인 부서로 꼽혔다. 특히 차관보인 해리 화이트가 장관 헨리 모겐소(Henry Morgenthau)의 위임을 받아 실질적으로 업무를 관장했다. 재무부가 중국에 대한 재정 지원을 맡은 부서였으므로, 재무부는 국민당 정부의 운명에 결정적 영향을 미치게 된다.

비밀공작을 맡은 OSS와 선전을 맡은 OWI는 급히 만들어진 조직들이라서 공산주의자들이 특히 많이 침투했다. 자연히 해가 갈수록 이 기관들은 장개석과 국민당 정부에 점점 더 적대적이 되었다.

1941년 6월 로칠린 커리의 추천을 받아들여 루스벨트는 래티모어를 장개석 총통의 미국 자문관으로 임명했다. 이제 래티모어는 장개석 자신의 생각과 판단에 직접 영향을 미치고 그 과정에서 고급 정보들을 얻을 수 있게 되었다. 장개석을 에워싸는 IPR의 포위망이 완성된 것이었다.

장개석과 국민당 정부의 전복을 꾀하는 IPR의 음모자들은 중국 주재 미군 최고사령관 조지프 스틸웰(Joseph W. Stilwell) 중장에게서 뜻밖의 협력자를 발견했다. 1942년 2월 스틸웰은 중국·버마·인도 전구(CBI Theater)로 배치되었다. 이 전구에서 그는 세 가지 직책을 지녔다. 1) 중국, 버마 및 인도의 미군 사령관, 2) 버마·인도 전구 사령관인 루이스 마운트배튼(Louis Mountbatten) 영국 해군 대장 휘하의 부사령관, 3) 장개석 총통의 군사자문관. 그러나 당시 이 전구에 실제로 배치된 미군 병력은 아주 미미했다. 따라서 직책들은 거창했지만 그가 실제로 거느린 병력은 장개석이 그의 휘하로 보낸 중국군 병력 2개 사단이었다.

이런 상황에서 미군 지휘관에게 요구되는 것은 군사적 능력과 함께 정치적 감각과 협상 능력이었다. 미국, 영국, 중국의 세 나라의 이익과 전략이 서로 상당히 달랐으므로, 모든 일에서 서로 이해하고 타협하는 태도가 특히 중요했다. 아쉽게도, '식초 조(Vinegar Joe)'라는 별명이 말해주듯 스틸웰은 상대의 처지를 이해하고 타협하는 일에선 부족했다. 그래서 그는 영국군 지휘관들과 끊임없이 다투었고, 장개석과 불화했다.

게다가 스틸웰은 자신이 거느린 병력에 대한 배려가 부족했다. 버마의 험준한 밀림에서 오래 작전을 수행하는 일이 얼마나 어려운가 그는 끝내 깨닫지 못했고, 그들의 능력에 부치는 임무들을 부여하고 다그쳤다. 특히 가벼운 무장을 하고 적군 후방에서 움직이는 유격부대로 하여금 견고한 진지를 마련한 일본군을 공격하도록 한 것은 결정적 실책이었다.

연합군의 버마 탈환작전에서 스틸웰은 '미이트키나(Myitkyina) 포위작전'을 직접 지휘했다. 1944년 5월 중순부터 8월 초순까지 지속된 이 작전에서 그가 지휘한 중국군, 미군, 영국군 부대들이 모두 괴멸적 수준의 피해를 입었다. 전설적인 영국군 유격대인 '장거리 침투부대들(Long Range Penetration Groups)'[통칭 'Chindits']의 전체 사상자들의 90퍼센트는 스틸웰의 지휘를 받은 기간에 나왔다. 특수임무를 수행한 미군 5307혼성부대(Composite Unit)의 경험은 더욱 비참했다. 작전에 처음 투입된 3천 명 가운데 작전이 끝났을 때 싸울 수 있는 병력은 겨우 130명이어서 아예 부대가 해체되었다. 병에 걸려 후송된 병사들을 다시 전투로 내모는 그의 혹독한 태도는 미군 병사들로부터 극도의 원망과 증오를 샀다. 그가 처음부터 지휘한 중국군의 사상자는 4천을 넘었다. 스틸웰의 이런 지휘 방식은 미국 국내에서도 문제가 되어, 육군의 조사와 의회 청문회의 조사를 불렀다.

역사적으로 중요한 영향을 미친 것은 국제적 추문이 된 스틸웰과 장개석의 불화였다.

중국에서 세 차례 근무했지만, 스틸웰은 장개석의 처지를 이해하지 못했다. 장개석이 거느린 국민혁명군은 아직 현대적 군대가 못 되었다.

그가 직접 지휘하는 부대들은 보기보다 적었고 이전에 그와 세력을 다투었던 군벌들이 양성한 부대들이 상당했다. 그런 군벌 출신 지휘관들은 장개석의 지시를 충실히 따라 일본군과 싸우기보다, 자신의 부대를 온전히 지키는 데 오히려 마음을 썼다. 장개석은 그런 군벌 출신 지휘관들과 연합하고서 미묘한 세력 균형을 통해서 정권을 유지하는 처지였다. 자연히 장개석은 군벌 출신 지휘관들의 기득권을 불필요하게 침해하지 않도록 배려하면서 군사적 결정들을 내려야 했다.

장개석의 어려운 처지를 잘 보여 준 것은 공산군이 '장정'을 시작했을 때 나온 담합 사건이었다. 강서성 탈출을 계획하면서, 주은래는 국민혁명군의 포위망에서 가장 약한 부분을 찾았다. 그는 광동(광둥)성의 군벌인 진제당陳濟棠(천지탕)이 장개석 직계 지휘관들보다 자신의 병력을 보존하는 데 마음을 더 쓰리라고 판단했다. 그래서 그는 진제당에게 싸우지 않고 광동성을 신속하게 지나가겠다고 제안했다.

진제당은 오랫동안 광동성의 군대와 행정조직을 관장하면서 실질적 지배자 노릇을 해 온 터였다. 그는 유능한 행정가여서, 그의 통치 아래 광동성은 번영했고 주민들은 그를 '남천왕南天王'이라 부르면서 열렬히 지지했다. 주은래의 예상대로 진제당은 공산군과 싸울 뜻이 없어서 주은래의 제안을 선뜻 받아들였다. 그래서 공산군은 신풍新豊(신펑)강을 어려움 없이 건너 광동성을 빠르게 지나갔고, 진제당은 자신의 군대를 보존했을 뿐 아니라 공산군이 비워 놓은 지역을 장악했다. 공산군은 호남湖南(후난)성으로 들어가려다가 상강에서 장개석 직계 국민혁명군과 싸워서, 괴멸적 타격을 입었다. 만일 진제당이 작은 자기 이익을 탐하지 않고 직무를 충실히 수행했다면 세계 역사는 크게 달라졌을 것이다.

중국의 복잡한 현실과 장개석의 어려운 처지를 이해하려 애쓰는 대신, 스틸웰은 자신이 직접 지휘하는 중국군을 양성해서 버마 전선에 투입하려 했다. 일본군과 힘겹게 싸워 온 국민혁명군 지휘관들로선 스틸웰의 계획은 소중한 전력을 낭비하는 일이었다. 그들은 버마 탈환작전을 아시아에서 식민지들을 되찾으려는 영국의 야심이라고 의심했다. 스틸웰의 계획이 워낙 비현실적이었으므로, 장개석만이 아니라 영국 지휘관들도 반대했다. 마침 중국군을 돕는 클레어 셰놀트 소장이 공군 중심의 전략을 제시하자, 장개석은 그의 계획을 채택했다. 이런 결정에 크게 반발한 스틸웰은 장개석을 몰아내려 시도했다. 비록 그런 시도는 실패했지만, 그 과정에서 장개석과 국민당 정부는 미국과의 관계에서, 특히 여론에서 아픈 대가를 치러야 했다.

게다가 스틸웰은 줄곧 공산주의자들과 중공군에 호의적인 태도를 보였다. 국무부가 그에게 보낸 정치보좌관 존 데이비스(John P. Davies)는 드러내 놓고 중공군을 지지했고 스틸웰의 그런 태도를 부추겼다. 스틸웰과 데이비스는 IPR 회원으로 리하르트 조르게 조직의 일원이었던 아그네스 스메들리에 호감을 품어서 가까이 지내면서, 중국 공산당을 위해 활동하는 그녀의 주장에 귀를 기울였다. 이런 사정은 중경의 IPR 회원들이 그들의 공작을 추진하는 데 큰 도움이 되었다.

중국 국민당 정부를 비난하고 중국 공산당을 칭찬하는 IPR의 공작은 중경에 자리 잡은 세 사람이 먼저 시작했다.

그들의 중심인 존 서비스(John S. Service)는 기독교 선교사의 아들로 1909년 사천(쓰촨)성 성도(청두)에서 태어났다. 그는 중국어를 잘했고, 외교관 시험에 합격한 뒤엔 줄곧 중국에서 일했다. 상해 총영사 클레런스 가우스(Clarence E. Gauss)가 대사가 되자 서비스는 그를 따라 중경으로 갔다. 서비스는 중국 공산당의 열렬한 지지자였고 장개석과 국민당 정부에 대해선 적대적이었다. 태평양전쟁이 일어나자 그는 국민당 정부에 더욱 비판적이 되었다. 국무부에 보낸 보고서들에서 그는 국민당 정부를 "비민주적이고 중세적인 파시스트 집단"으로 규정하고 "정치적으로 파산했다"고 평가했다. 그의 견해는 가우스 대사의 전폭적 지지와 보호를 받았다.

솔로몬 애들러(Solomon Adler)는 재무부에서 중경으로 파견한 관리였다. 그는 원래 영국에서 자랐는데, 1940년에 미국 국적을 얻었다. 그는 재무부 안의 러시아 첩자 조직의 우두머리인 해리 화이트 밑에서 일했고 자신도 러시아 첩자로 활동했다. 그는 1941년부터 1948년까지 중경에서 일했는데, 그가 보낸 보고서들은 재무부의 정책을 결정하는 데 큰 영향을 미쳤다. 특히 장개석의 국민당 정부에 대한 지금 지원을 끊어야 한다는 그의 주장은 국민당 정부의 운명에 결정적 역할을 했다.

기조정冀朝鼎(지차오딩)은 국민당 정부의 재정부에서 일하는 관리였다. 그는 미국 대학들에서 경제학을 공부했고 국제공산당의 첩자가 되었다. 그는 미국에 머물면서 중국 공산당을 위한 선전 활동을 활발히 했는데, 1938년 프레더릭 필드가 그를 IPR의 연구원으로 발탁했다. 이어 해리 화이트의 추천으로 그는 중국 재정부장 공상희孔祥熙(쿵샹시)의 비서가 되었다. 공상희의 부인 송애령宋靄齡(쑹아이링)은 '송씨 삼자매'의 맏이로, 둘째는 손문의 후처 송경령宋慶齡(쑹칭링)이었고 셋째는 장개석의 부인 송미령宋美齡(쑹메이링)이었다. 남동생은 중국의 외교를 총괄한 송자문(쑹쯔원)이었다. 국민당 정부의 실력자로 경제를 총괄하는 공상희의 비서라는 요직에 있으면서, 기조정은 국민당 정부의 재정을 파탄으로 이끄는 데 큰 기여를 하게 된다.

이들은 한 집에서 살았다. 서비스와 애들러는 2층의 한 방을 썼고 기조정은 3층의 방을 썼다. 그렇게 함께 살면서 정보를 공유하고 협업을 했다. 서비스는 애들러의 보고서들을 중국의 경제와 재정을 잘 파악한 글이라고 인용하고 칭찬했다. 애들러는 서비스의 보고서들을 인용하면서 중국의 정치에 관한 통찰로 가득하다고 칭찬했다. 이런 협력 과정을 통해서 영향력이 커지자, 그들은 점점 대담해졌다. 그저 장개석과 국민당 정부를 비난하는 것에서 나아가서 중국 공산당을 찬양하기 시작했다. 중국 공산당은 민주적이고, 결코 급진적이 아니고, 미국에 호의적이고, 실은 공산주의자들이 아니라 농민과 농촌을 개량하려는 사람들이라고 역설했다. 마침내 그들은 공산당이 중국의 미래이므로 미국은 그들과 손을 잡아야 한다고 역설했다.

1944년 1월 스틸웰의 정치보좌관 존 데이비스는 중국 공산당 지역에 미군 참관임무단(observer mission)을 보내자고 제안했다. 그는 중국 공산당이 일본과의 전쟁에서 큰 전략적 혜택을 제공할 수 있으며, 만일 미국이 중국 공산당을 멀리하면 중국 공산당은 러시아 쪽으로 더욱 기울 것이라고 전망했다. 그의 제안은 스틸웰의 적극적 추천과 로칠린 커리의 주선을 통해서 루스벨트 대통령의 승인을 받았다. 장개석과 그의 참모들은 그런 제안에 거세게 반발했다. 그러나 6월에 중국을 방문한 월러스 부통령이 설득하자, 장개석은 미군 임무단이 국민당 정부의 감독 없이 중공군 지역을 찾는 것을 마지못해 허락했다.

1944년 7월 미군 참관단(United States Observation Group)[통칭 '딕시 임무단(Dixie Mission)']의 제1진이 연안(옌안)의 중공군 사령부를 찾았다. 단장 데이비드 배러트(David D. Barrett) 대령을 비롯한 7명이었는데, 미국 국무부와 중경의 대사관을 대표해서 서비스가 참가했다. 장개석과 국민당 정부를 격렬하게 비난하고 중국 공산당을 칭찬한 서비스의 보고서들은 데이비스의 눈길을 끌었고, 데이비스는 서비스에게 '딕시 임무단'의 정치 전문가 자리를 맡겼다. 이렇게 시작된 '딕시 임무단'은 1947년까지 중공군 점령 지역에서 활동했다.

놀랍지 않게도 '딕시 임무단'이 제출한 일련의 보고서들은 중국 공산군에 대한 찬탄과 기대를 드러냈다. 공산당 지도자들은 모두 인품이 훌륭하고 점진적 사회 발전을 추구하며 국민당 정부에 대해서도 민주적이고 진지한 자세를 지녔다고 강조했다. 연안의 공산당은 모든 면들에서, 군사적 가능성에서도 중경의 국민당 정부보다 낫다고 평가했다.

이런 보고서들은 미국의 중국 정책에 깊은 수준에서 영향을 미쳤다. 직접적 영향은 미군 사령관이 국민혁명군과 홍군을 직접 지휘해서 일본군과 보다 효과적으로 싸우는 방안을 루스벨트가 현실적이라고 판단한 것이었다. 그런 판단에 따라 루스벨트는 스틸웰이 먼저 국민혁명군을 지휘하도록 장개석에게 압력을 넣고, 이어 홍군도 지휘하도록 공산당 지도자들을 설득하는 방안을 추구하게 되었다.

[뒷날 중국 공산당 정권이 압제적이고 침략적인 모습을 드러냈을 때, 서비스는 미국이 중국 공산당 정권을 동반자로 삼지 않은 것을 탓했다. 만일 미국이 중국 공산당을 인정하고 교류했다면 미국은 모택동의 지나친 정책들을 완화시킬 수 있었으리라는 얘기였다.

베러트 대령은 솔직했다. "덧붙여서, 나는 어느 정도, 어쩌면 몇몇 다른 외국인들보다는 덜했겠지만, '농업 개혁' 헛소리에 속아 넘어갔다. 나는 이것보다는 더 잘 알아차렸어야 했다, 특히 중국 공산주의자들 자신들은 늘 혁명가들이라는 얘기만을 했기 때문에—끝."]

헐리의 수습

이사이에도 장개석과 스틸웰 사이의 관계는 점점 악화되었다. 스틸웰은 장개석을 '땅콩(Peanut)"이라 부르면서 조롱했다(원래 'Peanut'은 공식 무선 통신에서 장개석을 가리킨 암호였다). 장개석은 버마 작전에서 스틸웰이 보인 지휘관으로서의 처신을 들면서 그의 지도력에 대한 의구심을 드러냈다. 마침 루스벨트가 장개석의 생존 가능성에 회의를 드러내자, 스틸웰은 중국 국민혁명군이 일본과 효과적으로 싸우도록 하려면 장개석을 제거해야 한다는 주장을 펴기 시작했다. 그리고 부참모장 프랭크 돈(Frank Dorn) 대령에게 장개석을 제거하는 계획을 수립하도록 지시했다. 비정상적 작전이었지만, 돈은 그 계획이 백악관이나 전쟁부에서 내려온 것이라 짐작하고서 장개석이 탄 비행기를 격추시킨다는 계획을 만들었다.

그러나 그런 계획에 대한 최종 승인이 나기 전에 루스벨트의 개인적 사절(personal envoy) 패트릭 헐리(Patrick J. Hurley)가 중국을 찾았다. 헐리의 일차적 임무는 장개석과 스틸웰 사이의 관계를 원활하게 하는 것이었다. 비록 중국에 관한 지식도 경험도 없었고 중국어도 몰랐지만, 그는 어떤 뜻에선 이 어려운 임무의 적임자였다.

헐리는 1883년에 오클라호마의 북미 원주민 촉토 부족(Choctaw Nation)의 거주지에서 태어났다. 통나무집(log cabin)에서 태어났고 11세부터 광부인 아버지를 따라 탄광에서 일했다. 13살에 어머니가 죽고 가족이 흩어지자 그는 원주민들 속에서 카우보이로 생계를 꾸렸다. 가까스로 학비를 모으자 대학에 다녀 변호사가 되었다. 그리고 촉토 부족을 대리해서 사건들을 맡아 부족의 이익을 잘 보호했다. 미국이 제1차 세계대전에 참가하자 그는 6군단의 법무참모부에 배속되어 프랑스에서 복무했다. 1918년 11월에 76야전포병연대에 배속되자 그는 적군 포화 속의 정찰 임무에 자원해서 공을 세웠고 은성무공훈장을 받았다.

그는 공화당원으로 정치에 입문해서, 1929년엔 허버트 후버 정권의 전쟁부장관이 되어 1933년까지 일했다. 이때 그는 더글러스 맥아더를 육군 참모총장에 임명했다. 루스벨트가 집권한 뒤에도 그는 사안에 따라 루스벨트를 지지했고, 루스벨트는 그를 신임해서 임무들을 맡겼다.

태평양전쟁이 일어나자 헐리는 예비역 대령에서 현역 준장으로 진급했다. 조지 마셜 육군 참모총장은 그를 자신의 개인적 사절로 삼아 오스트레일리아로 파견했다. 헐리의 임무는 필리핀에 고립된 미군들에게 보급품을 공급하는 일이었다. 당시 육군 참모부에서 일했던 아이젠하워가 일본군의 봉쇄를 뚫고 보급을 하려면 "정력과 결단력을 갖춘, 정치계의 구식 해적(an old-fashioned buccaneer in politics, with energy and decisiveness)"인 헐리가 적임자라고 판단해서 그를 추천한 것이었다. 아이젠하워는 헐리가 전쟁부장관이었을 적에 그의 밑에서 일했었다. 육군 참모부는 그 작전을 위해 1천만 달러의 현금을 마련해 주었는데, 마셜과 아이젠하워의 기대에 부응해서 헐리는 세 차례에 걸쳐 미군에게 식량과 탄약을 보급하는 데 성공했다.

루스벨트는 1942년에 헐리를 자신의 개인적 사절로 삼아 스탈린에게 보냈다. 그런 자격으로 그는 '스탈린그라드 싸움'에서 주코프 원수의 반격작전을 열흘 동안 직접 관찰하고 스탈린그라드 시가를 답사했다. 그는 러시아의 군사작전을 관찰할 기회가 주어진 유일한 서방 고급 장교였고, 러시아 장군들의 생각과 희망을 충실히 루스벨트에게 전달했다.

1943년 후반에 헐리는 루스벨트의 개인적 사절로 이란을 찾았다. 그는 곧 열린 테헤란 회담을 준비하는 임무를 띠었다. 이미 러시아를 방문해서 러시아 사람들과 협력한 터라서, 그는 러시아 사람들을 신뢰했다. 그래서 그는 독일이 루스벨트 대통령을 암살하려는 계획을 추진하고 있다는 러시아 사람들의 얘기를 그대로 믿었다. 결국 루스벨트와 미국 대표단은 테헤란의 러시아 대사관에 머물게 되었고, 도청을 통해 러시아 측은 미국 대표단의 협상 전략을 미리 알고 회담에 임했다.

테헤란 회담이 끝난 뒤, 헐리는 최종 보고서를 작성해서 루스벨트에게 보고했다. 헐리는 이란이 풍부한 자원에도 불구하고 가난한 나라로 머무는 것은 영국 제국주의의 탓이 크다고 진단하고, 미국의 이란 정책은 영국과 러시아의 이란에 대한 영향력을 줄이는 데 맞춰져야 한다고 주장했다.

헐리는 1944년에 중경에 닿았다. 중국으로 가는 길에 그는 모스크바에 들러서 스탈린 수상과 몰로토프 외상을 만났다. 그들은 모택동을 비롯한 중국 공산주의자들이 실은 공산주의자들이 아니라 중국 사회를 개량하려는 사람들이며 러시아는 중국 공산당과 아무런 관계도 없다고 주장했다. 헐리는 그들의 얘기를 그대로 받아들였다.

중경에서도 미국 사람들은 중국 공산당에 대해 호의적 견해를 드러냈다. 특히 스틸웰은 장개석에 대해 부정적 견해를 밝혔고 중국 공산당의 역량을 높이 평가했다. 미국 대사관 사람들도 마찬가지였다. 이런 얘기들을 듣자, 중국에 대해서 아는 바가 거의 없었던 헐리는 중국 국민당 정부와 중국 공산당 사이의 관계가 미국의 공화당과 민주당 사이의 관계와 비슷하다고 생각했다. 자신의 임무를 성공으로 이끌 수가 있다고 판단하자, 그는 스틸웰에게 권한을 더 많이 넘기고 연안의 공산당과도 보다 긴밀하게 연합하라고 장개석을 설득하기 시작했다.

장개석 부인 송미령의 동생은 중국의 외교를 총괄하는 송자문이었다. 그러나 스틸웰과 장개석의 불화는 되돌릴 수 없는 상태로 치달았다.

이때는 이미 스틸웰과 장개석 사이의 불화가 되돌릴 수 없는 상태가 되어 있었다. 1944년에 일본군은 중국군의 저항을 단숨에 무너뜨려 전황을 반전시킨다는 목표를 세우고 '1호 작전(Operation Ichi-Go)'을 개시했다. 50만의 병력이 동원된 이 작전에 중국군은 밀려났고, 일본군에 대한 성공적 저항의 상징인 호남성의 장사長沙(창사)가 일본군에 함락되었다. 스틸웰은 중국군의 패퇴를 자신이 중국군을 지휘할 기회로 여겨서, 자신이 국민혁명군의 총사령관이 되고 이어 홍군도 지휘하도록 주선해 달라는 뜻을 백악관에 전달했다. 1944년 8월에 대장으로 승진한 터라서 그는 자신이 그런 직책에 걸맞은 권위를 갖추었다고 여겼다.

백악관은 이런 건의에 호의적이어서, 루스벨트는 장개석에게 보내는 최후통첩을 작성해서 스틸웰에게 보냈다. “스틸웰이 제약 없이 모든 중국군을 지휘할 수 있도록 즉시 조치하지 않으면, 미국은 중국 국민당 정부에 대한 원조를 끊겠다”는 내용이었다.

루스벨트의 최후통첩을 보자 헐리는 경악했다. 그것은 한 나라의 원수가 우방국 원수에게 보낼 수 있는 편지가 아니었다. 그렇게 노골적이고 비외교적인 협박은 세계를 이끄는 미국 대통령에 어울리지 않는 행태였다. 그런 협박이 통할 가능성도 작았다. 장개석에게 미국의 원조는 물론 중요했지만, 군대 통수권을 선뜻 내놓을 만큼 절실한 것은 아니었다. 안팎으로 싸우는 그로선 군대 통수권을 넘기면 목숨을 내놓는 것이나 마찬가지였다.

11살에 탄광의 광부가 된 뒤 변호사, 군인, 정치가, 외교관으로 산전수전 다 겪은 헐리에게 루스벨트와 스틸웰의 계획은 한숨이 나오는 일이었다. 그는 스틸웰에게 요청했다. 루스벨트의 편지를 장개석에게 전달하는 것을 좀 늦추라고. 그리고 간곡하게 설득했다. 그렇게 협박하면 장개석으로선 반발할 수밖에 없으니, 장개석의 체면을 세우면서 스틸웰의 희망을 실질적으로 이룰 수 있는 방안을 찾아보자고. 그러나 루스벨트의 편지에 마음이 달뜬 스틸웰은 바로 장개석을 만났다.

스틸웰의 일기는 그와 장개석의 운명적 면담을 실감나게 묘사했다.

“나는 이 파프리카 뭉치를 ‘땅콩’에게 건네고서 한숨을 쉬면서 자리에 다시 앉았다. 작살은 그 꼬마녀석의 명치에 명중해서 그를 꿰뚫었다. 그것은 깔끔한 타격이었지만, 얼굴이 파래지고 말을 잃은 것 말고는 그는 눈 한번 깜박거리지 않았다.”

이 기록은 기록자의 성품을 잘 보여 준다. 아울러 그의 판단력에 대해서도 얘기해 준다. 스틸웰은 장개석이 중국의 지도자로 부상한 과정도 이유도 살피지 못했다. 난립한 군벌들과 외세들이 뒤얽혀서 음모와 연합과 배신이 끊임없이 나오는 20세기 초엽의 중국 사회에서 최후의 승자가 되었다면, 장개석에겐 그런 험난한 세상에서도 살아남는 능력이 있다는 얘기였다. 그리고 그 과정에서 장개석은 그저 살아남은 것이 아니라, 중국을 통일하고 민주 국가를 세웠다. 손문이 중국 인민들에게 제시한 청사진을 장개석은 실제로 이룬 것이었다. 그것은 어떤 기준으로 평가하더라도 위대한 업적이었다. 자기 나라가 강대국이라는 사실만을 믿고서 오만하게 구는 외국 장군에게 선뜻 자신의 군대 통수권을 내어줄 만큼 나약한 인물이라면, 애초에 거대하고 복잡한 중국의 최고 지도자가 되지 못했으리라는 점을 스틸웰은 성찰하지 못한 것이었다.

장개석은 루스벨트의 최후통첩에 곧바로 반응했다. 그는 헐리에게 루스벨트의 최후통첩이 모욕적이고 중국의 내정에 간섭하려는 미국의 의도를 드러냈다고 지적했다. 그리고 중국 인민들은 그동안 스틸웰이 그들에게 퍼부어 온 모욕을 견디는 데 지쳤다고 덧붙였다. 그는 루스벨트의 편지에 대한 공식 답장에서, 스틸웰은 즉시 다른 지휘관으로 교체되어야 하며 그가 아닌 지휘관은 누구라도 좋다고 밝혔다.

이어 장개석은 국민당 회의에서 루스벨트의 편지가 제국주의의 일종이며, 루스벨트의 요구를 들어주는 것은 장개석 자신을 일본에 부역하는 왕조명(왕자오밍)과 같은 인물로 만들 것이라고 말했다. 루스벨트의 협박에 대해 요구를 들어줄 수 없으니 마음대로 해 보라고 받아 친 것이었다.

장개석의 반응은 허세가 아니었다. 중국에 대한 원조를 중국군에 대한 통수권과 연계시킨 것은 누가 보더라도 터무니없는 요구였다. 실제로 중국에 대한 원조를 끊으면, 그런 조치의 정치적 및 군사적 영향은 걷잡을 수 없이 퍼져 나갈 터였다. 무엇보다도 당시 대통령 선거를 바로 앞에 둔 루스벨트로선 감당할 수 없는 정치적 위험을 안을 터였다.

10월 12일 헐리는 워싱턴에 보낼 전문을 작성했다. “스틸웰은 훌륭한 사람이지만 장개석을 이해하거나 도울 능력이 없으며, 만일 스틸웰이 중국의 미군 사령관으로 남아 있으면 중국은 일본에 패배할 수도 있다”는 요지였다. 그는 그 전문을 보내기 전에 스틸웰에게 보여 주었다.

스틸웰은 거세게 반발했다.

“어떻게 이럴 수 있습니까? 장군님, 당신은 지금 내 목을 무딘 칼로 베고 있습니다.”

헐리는 고개를 끄덕였다.

“압니다. 하지만 우리에게 열린 길은 이것뿐입니다. 장군님, 당신이 대안을 가졌다면 내게 말씀해 주십시오.”

스틸웰은 대답을 하지 못했다.

“내 평생에 싫은 일들을 많이 했지만, 이것이 가장 싫은 일입니다.” 헐리는 진심을 담아 말했다. “하지만 이런 일을 하라고 루스벨트 대통령이 나를 이곳으로 보낸 것 아닙니까?”

10월 19일 스틸웰은 루스벨트 대통령에 의해 중국 주둔군 사령관직에서 소환되었다. 이 사건은 장개석과 국민당 정부에 대한 미국의 인식이 나빠지는 데 크게 기여했다. 신문들은 망해 가는 비민주적 국민당 정부가 일본과 싸우는 대신 공산당에 대한 우위를 지키는 데 열중한다고 비난했다.

스틸웰의 후임은 동남아사령부 최고사령관 루이스 마운트배튼 제독의 참모장이었던 앨버트 웨드마이어(Albert C. Wedemeyer) 소장이었다. 웨드마이어는 차분하면서도 뚝심이 있는 사람이었다. 널리 알려진 일화에서 그의 성품이 드러난다. 당시만 하더라도 표준 영어는 영국 영어라는 생각이 지배적이었다. 미국 사람들이 'schedule'을 '셰듈' 대신 '스케줄'로 발음하는 것을 못마땅하게 여긴 영국군 장군이 그와 함께 일했다. 어느 날 그 영국군 장군이 웨드마이어에게 물었다.

"당신은 어디서 그렇게 말하는 것을 배웠소?"

웨드마이어는 가볍게 응수했다.

"'스쿨'에서 배운 것 같습니다!(I must have learned it at 'school'!)"

웨드마이어는 어려운 상황에서 힘든 일을 수행해야 했다. 후임자에게 상황을 설명하고 자료들을 넘기는 관행을 무시하고, 스틸웰은 웨드마이어를 만나지도 않고 떠났다. 사령관 사무실엔 자료가 전혀 없었고, 참모들은 자료들이 모두 스틸웰의 '뒷주머니'에 있다고 말했다. 중국 사람들의 불신은 더욱 큰 장애였다. 그래도 그는 장개석과 국민혁명군 간부들의 입장을 이해하려 애썼고, 덕분에 파국으로 치닫던 두 나라 사이의 관계는 차츰 회복되었다.

그동안 IPR 공작의 핵심인 서비스는 중국의 공산화를 위한 공작에 열정적으로 매진해 왔다. 그는 줄기차게 장개석과 국민당 정부를 비난하는 보고서들을 국무부로 보냈다. 모택동과 중국 공산당에 대한 미국의 여론이 좋아지고 미국 정부의 태도도 긍정적이 되었다고 판단하자, 그는 1944년 여름부터 드러내 놓고 장개석과 국민당 정권의 전복을 주장하기 시작했다. 6월에 보낸 보고서에서 그는 "여러 가지 이유들로, 만일 [중국을] 통일하고 우리가 일본과 싸우는 것을 도울 수 있는 진보적 정부가 들어서게 된다면, 우리는 국민당의 붕괴를 환영할 수 있을 것이다"라고 썼다. 이어 10월엔 "장개석을 다그칠 필요가 있는데, 가장 효과적으로 다그치는 방안은 장개석을 아예 무너뜨리는 것이다"라는 내용의 보고서들을 거듭 보냈다.

이런 보고서들을 국무부 본부로 보내고서, 서비스는 11월에 업무 협의를 위해 미국으로 돌아왔다. 그는 국무부 본부의 상관들만이 아니라 루스벨트의 수석비서 해리 홉킨스, 중국 담당 비서 로칠린 커리, 그리고 재무부 차관보 해리 화이트와 만나 중국 상황을 보고하고 정책을 협의했다.

흥미롭게도, 그는 IPR 워싱턴 지부에 들러 강연을 했다. 참석자들은 오언 래티모어, 국무부의 중국과에서 일하는 줄리언 프리드먼(Julian Friedman), IPR에서 일한 적이 있고 지금은 해군 정보처(Office of Naval Intelligence) 극동지부에서 일하는 해군 대위 앤드루 로스(Andrew Roth)를 포함했다. 그 모임은 IPR이 그동안의 공작을 평가하고 앞으로 추진할 일들을 계획하는 자리였다.

스틸웰로 인해서 일어난 분란을 해결하려 애쓰는 사이에도 헐리는 국민당 정부와 공산당의 연합을 추진했다. 그 과정에서 그는 중국의 상황이 보기보다 훨씬 복잡하다는 것과, 공산주의자들이 정직하게 협상하는 대신 술수와 선전을 통해서 목적을 이루려 한다는 것을 깨닫게 되었다. 무엇보다도, 장개석의 국민혁명군이 일본군과의 싸움을 거의 다 맡고 있다는 것과, 모택동의 홍군이 일본군과 대규모 전투에서 치열하게 싸운 적이 없다는 것을 확인했다. 그리고 중국에 파견된 미국 군인들과 외교관들이 중국의 실정을 정직하게 보고하는 것이 아니라 국민당 정부를 지나치게 폄하하고 공산당을 터무니없이 미화한다는 것을 발견했다. 그렇게 선입견과 환상에서 벗어나면서, 그는 자연스럽게 장개석과 국민혁명군의 지지자가 되었다.

1944년 11월 가우스 대사가 사임하자, 헐리는 국무부로부터 후임 대사 제의를 받았다. 그는 바로 거절했다. 자신이 장개석과 국민당 정부를 지지하자 국무부의 '반미국적 요소들(un-American elements)'의 집요한 반대에 부딪쳐서 일을 하기가 어려웠다는 사실을 공개적으로 거론하면서. 그러나 루스벨트는 상황이 엄중하니 대사직을 맡아 달라는 전문을 보내왔다. 자신을 믿고 일을 맡기려는 대통령의 요청을 거절할 수 없어서, 헐리는 내키지 않는 마음으로 중국 주재 대사직을 수락했다. 그의 불길한 예감이 현실이 되는 데는 그리 오래 걸리지 않았다.

초인플레이션

사람들의 관심이 국민당 정부와 공산당의 협력에 쏠린 사이에도 중국의 경제 사정은 빠르게 어려워졌다. 군벌들 사이의 어지러운 내전들이 '북벌'의 성공으로 끝나자마자 중일전쟁이 시작되어, 사회가 피폐했고 경제는 점점 어려워졌다. 게다가 인플레이션이 가속되어서, 태평양전쟁이 일어난 뒤로는 초인플레이션(hyperinflation)으로 악화되었다.

인플레이션의 근본적 요인은 국민당 정부의 만성적 적자 재정이었다. 국민당 정부가 들어선 1927년에 정부 세입의 49퍼센트가 중국 은행들로부터의 차입이었다. 그 뒤로 크고 작은 전쟁들을 치르면서 세수는 줄어들었고 전쟁 비용은 늘어났다. 자연히 정부 세입에서 차입의 몫은 꾸준히 늘어났다. 그렇게 적자 재정이 오래 이어지면, 사회에 유통되는 화폐의 양이 늘어나서 필연적으로 물가가 오르게 된다. 화폐 발행이 워낙 빠르게 늘어났으므로, 국민당 정부의 인쇄 시설로는 감당할 수 없는 수준에 이르렀다. 그래서 히말라야를 넘는 '나는 호랑이들'이 우선적으로 공수한 것은 영국에서 인쇄한 중국 화폐 다발들이었다.

중국의 화폐 제도에 심각한 내상을 입힌 것은 미국의 은광銀鑛 지원 정책이었다. 미국 정부는 1933년부터 대량의 은을 매입해서, 1935년엔 은의 가격이 세 곱절이 되었다. 이런 폭등은 은본위 제도를 유지해 온 중국에 엄청난 충격을 주었다. 은이 해외로 유출되어, 화폐의 양이 줄어들어서 물가가 갑자기 내려갔다. 수입품들은 값이 내려가서 경쟁력이 커졌고, 중국 제품들은 경쟁력을 잃었다. 기업들이 도산하고 실업률이 치솟았다. 빚을 진 기업들과 사람들은 갑자기 무거워진 빚에 짓눌렸다. 반어적으로, 가장 큰 빚을 진 것은 국민당 정부였다.

결국 1935년 11월에 국민당 정부는 은본위 제도를 포기하고 중앙은행이 발행하는 지폐를 법정 통화로 삼는 관리통화 제도를 채택했다. 적자 재정과 겹쳐서 이런 전환은 통화 남발을 불렀다. 그래서 극심한 디플레이션이 갑자기 극심한 인플레이션으로 이어졌고, 1943년엔 초인플레이션으로 악화되었다.

이런 상황은 루스벨트의 관심을 끌었다. 대공황을 겪은 터라 그는 경제 문제에 예민했다. 그는 장개석에게 초인플레이션을 진정시킬 방안을 물었다.

공상희와 상의한 뒤 장개석은 초인플레이션을 수습할 방안을 구체적으로 제시했다.

"중국은 미국으로부터 2억 달러어치의 금을 구입한다. 구입 대금은 1941년 4월의 「안정 협정(Stabilization Agreement)」에 따라 중국에 제공된 5억 달러의 차관 가운데 아직 집행되지 않은 부분으로 충당한다. 중국은 구매한 금을 점진적으로 중국으로 이송해서 국내 금융 시장에 팔아서 발행된 지폐를 회수한다."

이 방안은 실제적이어서, 중국 통화에 대한 신뢰를 높일 수 있었다. 미국 재무장관 헨리 모겐소와 중국 재정부장 공상희는 바로 그 방안을 시행하기로 합의했다. 2억 달러의 금이 중국의 초인플레이션을 진정시키는 데 상당한 효과를 거두리라고 모두 기대했다.

그러자 IPR의 공작에 참여한 사람들이 이 방안을 무력화시키려는 작업에 착수했다. 재무차관보 해리 화이트의 주도 아래 재무부의 중경 파견 요원 솔로몬 애들러, 경제전쟁처(Board of Economic Warfare)의 처장 보좌관 프랭크 코(V. Frank Coe), 화폐연구과장 해럴드 글래서(Harold Glasser) 등이 방해작전에 직접 참여했고, 백악관의 로칠린 커리와 국무부의 앨저 히스와 존 서비스가 밖에서 도왔다. 중국 측에선 공상희의 비서인 조기정이 협력했다.

그들은 모겐소와 공상희를 교묘하게 조종하면서 시일을 끌었다. 모겐소와 공상희가 만났을 때 두 대표들이 대동한 참모들이 미국 측은 화이트와 애들러였고 중국측은 기조정이었다는 희비극이 그런 사정을 상징한다. 답답해진 공상희가 모겐소를 압박하면, 모겐소는 화이트에게 금이 중국에 인도되지 않는 까닭을 물었다. 그러면 화이트는 기술적 문제들, 해운의 지연, 갑자기 나타난 문제들과 같은 이유로 늦어진다고 차분히 설명했다. 그런 얘기가 통하지 않게 되자 화이트는 자신이 일부러 지연시켰다는 것을 인정하고서, 어차피 부패하고 무능한 국민당 정부에 금이 인도되면 낭비될 것이니 인도하지 않는 편이 낫다고 모겐소를 설득했다. 그리고 그런 지연은 정당화될 수 없는 것이어서 루스벨트가 알게 되면 일이 커진다는 것을 밝힘으로써, 모겐소에게 모른 체하라고 은근히 협박까지 했다. 결국 금은 너무 조금씩, 너무 늦게 중국에 인도되어, 초인플레이션을 제때에 진정하는 데 별 도움이 되지 않았다.

그사이에 중국의 물가 상승은 급격해져서, 1945년 6월엔 물가가 무려 300퍼센트 넘게 올랐다. 이런 초인플레이션은 경제를 마비시키므로 어떤 정부도 오래 버틸 수 없다. 게다가 초인플레이션은 국민당 정부의 지지 기반인 도시 주민들의 삶을 특히 심각하게 위협했다. 시골에 사는 주민들은 삶에서 자급자족하는 부분이 크므로 초인플레이션의 영향을 덜 받는다. 도시 주민들은 모든 것들을 거래를 통해서 얻으므로 초인플레이션의 영향을 특히 많이 받는다. 그래서 주로 상업과 공업에 종사해서 자본주의 국민당 정부를 지지했던 도시 주민들이 국민당 정부에 등을 돌렸다.

OSS와 중국 공산군의 협력

중요한 싸움터인 중국에 OSS는 뒤늦게 진출했다. 그런 부진을 만회하려는 생각에서, OSS 지휘부는 일찍부터 중국 공산군과의 협력을 추진해 왔다. 1945년 초에 OSS 사령관 윌리엄 도노번(William J. Donovan) 소장이 중국을 방문하게 되자, OSS 중국지부장 리처드 헤프너(Richard Heppner) 대령은 중국 주둔군 사령관 웨드마이어 중장과 공산군과의 협력 방안을 의논했다. 두 사람은 도노번이 중국에 도착하기 전에 중국 공산군과 접촉해서 구체적 협력 방안을 의논하기로 했다.

OSS는 공산군이 장악한 지역에 특별공작 요원들을 파견해서 일본군 후방에서 파괴 활동(sabotage) 임무를 수행하기로 했다. 중공군의 협력에 대해선 2만 5천 명의 공산군을 무장시켜 훈련시키고 권총 10만 정을 제공해서 보상하는 방안을 제시하기로 했다. 육군은 미군 낙하산병 5천 명을 중국 북부에 투하해서 공산군 병력과 함께 작전하는 방안을 마련했다.

1944년 12월 이런 방안을 갖고 OSS의 윌리스 버드(Willis Bird) 중령과 '딕시 임무단'의 배러트 중령이 비밀리에 연안을 찾아 공산당 지도자들을 만났다. 공산군은 그들의 제안을 받아들였다.

그러나 두 사람의 활동은 국민당 정부 비밀정보기관인 '군사위원회 조사통계국'의 요원들에게 탐지되었다. 대립戴笠(다이리) 국장은 밀턴 마일스(Milton E. Miles) 해군 소장을 통해 이 정보를 헐리 대사에게 알렸다. 대립과 마일스는 각기 중국 정부군과 미군의 협력 기구인 '중미 특종기술합작소(Sino-American Cooperative Organization)'의 소장과 부소장으로 협력해 온 사이였다.

헐리는 경악하고 분노했다. 국민당 정부와 공산당에 관련된 일들은 대사인 자신이 먼저 알아야 했다. 더구나 공산군과의 협력은 국민당 정부와 공산당의 협력을 추진하는 자신의 임무와 직접 연관된 일이었다. 대사를 따돌리고 웨드마이어와 헤프너가 비밀리에 공산군 지도자들과 협상했다는 것은 상식에 어긋나는 행태였다. 그리고 공산군과 접촉하려면 먼저 국민당 정부에 알리고 동의를 받는 것이 정당한 절차였다. 동맹국 정부를 따돌리고 본질적으로 반군인 공산군과 비밀리에 접촉하고 협상하는 것은 도리가 아니었다.

상황이 심각하다고 판단한 헐리는 직접 루스벨트에게 편지를 썼다. 국민당 정부가 관련된 문제라서 일이 커졌다. 워낙 사리에 맞지 않게 일을 추진했으므로 웨드마이어는 자신의 잘못을 인정했다.

헐리는 이번 사건이 우발적 소동이라고 생각지 않았다. 그는 중국에 파견된 미국인들이 관리들이든 장교들이든 지나치게 공산당에 편향되어서 현실적 정책을 추진하기 어렵다고 판단했고, 이번 사건도 그런 상황에서 나왔다고 생각했다. 그가 보기엔 대사관의 직업 외교관들이 거의 예외 없이 국민당 정부를 혐오하고 공산당에 대해 환상을 품어서 일을 그르치고 있었다.

특히 문제적인 인물들은 이등서기관 존 서비스와 중국 주둔군 사령관의 정치보좌관인 존 데이비스였다. 대사로 취임한 뒤 업무를 파악하는 과정에서 헐리는 대사관과 국무부 본부 사이에 오간 보고서들을 살폈다. 가장 활발하게 일한 사람은 서비스여서 1,200번이나 본부에 정황을 보고했다. 그러나 그의 보고서들은 한결같이 국민당 정부의 부패를 지적하고 정책을 비난하는 것들이었다. 서비스의 주장은 갈수록 대담해져서, 근자에는 국민당 정부를 버리고 "중국의 미래"인 공산당과 협력해야 한다는 주장을 펴고 있었다. 데이비스는 이번 사건에 직접적 책임이 있었다. 대사 헐리와 사령관 웨드마이어를 연결하는 것이 그의 임무였는데, 오히려 대사를 따돌리고 비밀리에 공산당과 접촉하도록 공작한 것이었다.

헐리는 이런 상황에 과감하게 대처했다. 그는 국무부에 상황을 설명하고, 문제를 일으킨 서비스와 데이비스를 본국으로 소환하라고 요구했다. 일이 워낙 커졌고 국민당 정부와 공산당의 연합을 추진하는 책임을 진 현지 대사의 요구를 국무부 본부도 무시할 수 없어서, 두 사람은 본국으로 소환되었다.

헐리의 과감한 대응은 장개석의 상찬을 받았다. 일본군 주력의 공격을 막아 내며 항복하지 않고 8년을 궁벽한 중경에서 버텼다는 커다란 공은 전혀 인정하지 않고, 피폐한 정부가 안을 수밖에 없는 잘못들을 본질적 문제들인 것처럼 부풀리는 미국 관리들과 저널리스트들만을 상대하다가, 상황을 제대로 인식하고 과감히 바로잡으려고 애쓰는 헐리가 장개석으로선 반갑고 고마울 수밖에 없었다.

이런 과감한 조치를 통해 헐리는 미국의 위신과 신뢰도를 떨어뜨린 사건을 수습하고 국민당 정부와의 관계를 정상화할 수 있었다. 그러나 그는 이런 노력에 대해 국무부로부터 감사 대신 보복을 받았다. 국무부 안으로 깊이 침투해서 요직들을 차지한 공산주의자들은, 특히 러시아 첩자들은 헐리의 활동에서 위협을 느끼게 되었고, 그를 좌절시키기 위해 조직적으로 움직였다. 일본이 항복하고 사태가 급변하자 헐리의 보고들과 건의들은 번번이 국무부 본부의 반대에 부딪쳤고, 그는 자신의 판단과 어긋나는 정책들을 수행해야 하는 처지로 몰렸다.

이번에도 헐리에게 열린 길은 대통령에게 직접 호소하는 것뿐이었다. 그는 미국으로 돌아가서 트루먼에게 중국의 사정과 미국의 대중국 외교 정책의 문제들을 설명했다. 지난번에 그가 미국으로 돌려보낸 문제적 외교관들이 이제는 중국 담당 부서를 장악하고 그의 실질적 상사들이 되어서 공산당에 편향된 지시를 내린다는 사정을 자세히 밝혔다. 그리고 국무부의 중국 정책 담당자들을 바꾸고 중국 정책을 새로 세워야 한다고 건의했다.

그러나 헐리는 트루먼을 설득하는 데 실패했다. 트루먼은 원래 정치적 기반이 없었고 부통령이 된 지 석 달 만에 대통령직을 승계한 터였다. 그래서 그는 루스벨트의 이념과 정책만이 아니라 참모진도 그대로 물려받았다. 특히 중국에 대한 정책에선 오랫동안 중국 업무를 맡아 온 로칠린 커리에 전적으로 의존했다. 게다가 헐리는 줄곧 공화당원이었으므로 트루먼과 개인적 인연이 없었다. 트루먼의 반응이 시원치 않자, 1945년 11월에 그는 중국 주재 대사직을 사임했다.

조지 마셜 특별사절

이런 일들이 벌어지는 사이에도 중국의 사정은 빠르게 악화되었다. 전쟁이 끝나면서 근본적으로 바뀐 국제적 상황이 국민당 정부에 크게 불리했다. 만주의 일본군을 공격해서 만주를 차지한 러시아군은 적극적으로 중국 공산군을 육성했다. 일본군으로부터 압수한 무기들을 중국 공산군에게 제공하고 중국 북부를 공산군이 차지하도록 도왔다.

중일전쟁이 시작되었을 때, 중국 공산군은 병력이 10만이 채 못 되었고 차지한 지역은 화북(화베이)의 산악 지역뿐이었다. 전쟁 중에 일본군 후방에서 세력을 키운 덕분에, 전쟁이 끝났을 때 공산군은 100만 병력과 국토의 4분의 1가량 되는 지역을 장악했다. 이제는 일본군의 무기들로 무장해서 전력이 빠르게 늘어나고 있었다.

반면에 정부군은 일본군의 항복을 받는 일도 수행하기 힘들었다. 중국 대륙의 서남부에서 험난한 지형을 이용해서 일본군을 막아 낸 터라서, 일본군이 점령했던 지역으로 진출할 수송 수단이 크게 부족했다.

10만 명의 미군이 일본군의 항복을 받고 있었지만, 너른 중국에서 일본군의 항복을 받고 치안을 유지하기엔 역량이 너무 부족했다.

중국의 상황이 워낙 급박했으므로, 트루먼은 막 육군 참모총장에서 물러난 조지 마셜(George C. Marshall) 원수를 중국 주재 특별사절(special envoy)로 임명했다. 트루먼으로선 회심의 인사였다.

제2차 세계대전이 일어난 1939년 9월 1일 육군 참모총장이 된 뒤, 마셜은 미국 육군의 빠른 증강을 성공적으로 이루었다. 그의 지휘 아래 미군은 20만이 채 못 되는 병력에 낙후된 무기들을 갖춘 군대에서 3년 만에 800만이 넘는 현대적 군대로 변신했다. 그래서 1943년 〈타임〉지는 그를 '올해의 인물(Man of the Year)'로 뽑았고, 처칠은 그를 "승리의 진정한 조직자(true organizer of victory)"라고 칭찬했다.

마셜은 그를 아는 사람들 모두가 존경한 인물이었다. 특히 루스벨트 대통령은 그를 깊이 신뢰해서 잠시도 자기 곁을 떠나지 못하게 했다. '노르망디 상륙작전'이 실행 단계에 이르자, 마셜이 연합군 최고사령관이 되어 상륙작전을 지휘하는 것이 맞는다는 중론이 일었다. 그러나 루스벨트는 고심 끝에 마셜에게 말했다.

"당신이 나라 밖으로 나가면, 나는 밤에 잠이 오지 않을 것 같은 느낌이 드오."

그래서 루스벨트와 마셜이 키운 아이젠하워가 D데이 작전을 지휘하게 되었다.

아이젠하워가 노르망디 작전을 지휘하기로 결정된 뒤, 루스벨트는 그에게 자신의 속마음을 밝혔다.

"아이크(Ike), 당신하고 나는 '남북전쟁'의 마지막 단계에서 누가 참모총장이었는지 알지만, 실질적으로 다른 사람들은 모르오. 반면에 학생들은 모두 야전군 지휘관들을 잘 아오. 지금부터 50년 뒤엔 실질적으로 아무도 조지 마셜이 누구였는지 모르리라는 생각이 괴롭소."

루스벨트의 예언은 적중해서, 아이젠하워는 모두 기억하는 영웅이 되었고 마셜은 잊혔다. 마셜은 이제 그가 별로 기여한 것이 없는 서유럽 부흥 계획인 '마셜 계획(Marshall Plan)' 덕분에 기억된다.

마셜의 기용은 두루 좋은 반응을 얻었다. 많은 사람들이 "어려운 중국 문제를 해결할 사람이 있다면, 그는 마셜이다"라고 말하면서 기대를 드러냈다. 마셜 자신도 새로운 임무에 흥미와 기대를 품어서, 중국으로 부임하기 전에 대통령과 국무부와 긴밀히 상의했다.

특별사절인 그에게 주어진 임무는 '중국 국민당 정부와 공산당의 휴전과 통합'이었다. 양 세력은 먼저 휴전을 하고, 장개석은 정부를 개혁하고 모택동은 독립된 군대를 포기해서 중국이 통일된다는 각본이었다. 그런 휴전과 통합을 촉진시키기 위해서, 미국은 통일 중국에 대규모 원조를 해서 중국 인민들의 삶을 향상시킨다는 약속을 제시하기로 되었다. 만일 그가 임무를 성공적으로 수행하면, 통합된 중국이 만주를 노리는 러시아를 막아 낼 수 있을 터였다. 그래서 그의 임무는 미국으로선 중국 문제를 다루는 정책을 넘어 러시아에 대응하는 정책의 일부이기도 했다.

이런 임무의 설정은 국무부 극동국장인 존 빈슨트(John Carter Vincent)가 주도했다. 월러스 부통령을 수행해서 마가단 강제수용소를 시찰한 데서 드러나듯, 그는 공산주의와 러시아를 추종했다. 그리고 장개석과 국민당 정부를 비난하고 모택동과 공산당을 찬양했다. 특히 그는 중국 공산주의자들이 진정한 공산주의자들이 아니며, "소위 공산주의자들(the so-called communists)"은 실은 "농업 개혁자들(agrarian reformers)"이라는 주장을 폈다. 그는 국민당 정권이 미국의 정책을 따르도록 만들기 위해 미국의 원조를 지렛대로 삼는 방안도 제시했다.

마셜은 미국을 떠나기 전에 빈슨트로부터 중국의 현황과 합리적 정책들에 대해서 집중적으로 교육을 받았다. 특히 "소위 공산주의자들인 농업 개혁자들"이라는 얘기를 그대로 받아들였다. 이 얘기는 마셜의 마음에 들었다. 만일 연안의 중국 공산주의자들이 진정한 공산주의자들이라면, 국민당 정부와 공산당의 휴전과 통합은 무척 어려울 수밖에 없었다. 그들이 농업 개혁자들이라면, 국민당 정부와의 휴전과 통합이 훨씬 쉬울뿐더러 그들의 참여는 "부패하고 착취적인" 국민당 정부의 개혁에도 도움이 될 터였다.

군사 현황에 관해선 마셜은 주로 스틸웰로부터 정보를 얻었다. 스틸웰이 장개석과 다툴 때 그는 후배이자 친구인 스틸웰의 편을 들었다. 성격이 모난 스틸웰의 격앙된 감정을 가라앉히고 사태를 원만하게 수습해야 할 육군 참모총장으로서 오히려 루스벨트가 장개석에게 최후통첩을 보내도록 만들어 외교적 재앙을 부른 것은 온전히 그의 책임이었다. 스틸웰이 소환된 뒤엔 자주 만나서 그로부터 중국 사정을 들었다. 자연히 마셜은 장개석에 대해 부정적 태도를 지니게 되었다. 반면에 공산군에 대해선 상당한 환상을 품게 되었다. 장개석을 극도로 경멸하고 증오했으므로 스틸웰은 자연스럽게 공산군에 호감을 품게 되었다. 그는 드러내 놓고 공산군을 칭찬했고, 주덕 휘하에서 보병 병사로 종군하는 것이 소원이라는 얘기까지 했었다. 스틸웰의 영향을 받아 마셜은 모택동의 공산군이 스탈린의 러시아군과 본질적으로 다른 '순수한' 군대라는 환상을 지니게 되었다.

중국의 경제와 재정에 관한 정보들은 주로 솔로몬 애들러로부터 얻었다. 애들러가 그동안 국민당 정부에 대한 부정적 인식을 열심히 퍼뜨려 왔고 해리 화이트의 지휘 아래 미국의 재정적 원조를 가로막아 왔다는 것을 알 리 없는 마셜은 중국 인민들의 궁핍과 고통이 국민당 정부의 실책 때문이라는 애들러의 얘기를 그대로 받아들였다. 마셜은 애들러의 조언들을 높이 여겨서, 애들러를 다른 곳으로 옮기려는 재무부의 조치를 막고 계속 그의 조언에 의존했다.

마셜은 이처럼 편향된 정보들을 얻었지만, 자신이 중국에 대해서 알 만큼 안다는 생각을 품게 되었다. 그래서 1945년 12월 22일 중경에 도착했을 때 그는 중국의 사정을 객관적으로 바라보면서 더 많은 정보들을 얻고 자신의 선입견을 고쳐 나가려는 태도 대신, 이미 갖춘 지식들이 옳다는 것을 확인하려는 태도를 지녔다.

중경의 모습은 그의 선입견들을 확인해 주었다. 난민들로 갑자기 불어난 중경은 먼지와 매연과 오물로 뒤덮여서 숨을 쉬기 어려웠다. 모든 것들이 혼란스럽고 임시변통이었다. 그처럼 더럽고 혼란스러운 도시의 모습에서 그는 장개석과 국민당 정부의 무능과 부패를 읽어 냈다. 그리고 일본군의 공습으로 파괴된 도심과 변두리에서 비참하게 사는 난민들의 모습은 그의 임무의 정당성을 확인해 주었다. 내전을 되도록 빨리 끝내고 통합 정부를 세우는 것이야말로 중국 인민들을 돕는 길임을 그는 확신하게 되었다.

중국 공산주의자들에 관한 마셜의 환상도 현실의 지지를 받았다. 마셜이 중경에 도착한 다음 날인 12월 23일 주은래가 마셜을 찾아왔다.

두 사람은 첫 대면에서 친구가 되었고, 마셜은 주은래에게서 자신이 상상해 온 중국 공산당의 진정한 모습을 읽었다. 그런 오독誤讀을 들어 마셜을 탓하기는 어렵다. 거의 모든 외국인들이 주은래에게서 중국 공산당의 정체를 잘못 읽어 낸 터였고 앞으로도 그러할 터였다.

주은래는 매력적인 인물이었다. 그는 젊었을 적에 배우를 했었다. 주로 여자 역을 맡았다. 배우 수업은 그에게 상황에 걸맞게 행동할 능력을 주었고, 그는 줄곧 중국 공산당이 외부에 보이는 얼굴 노릇을 했다. 그의 매력적 용모와 유럽 유학에서 익힌 세련된 태도는 외국인들을 매료시켰다. 그런 매력을 자산으로 삼아, '국공합작'의 공산당 대표로 중경에 머물면서 그는 많은 외국인 외교관들, 군인들, 저널리스트들이 중국 공산당에 호감을 품도록 만들었다.

결국 마셜은 실질적으로 공산주의자들에 둘러싸여, 그들에 의해 변형된 정보들을 얻고, 그들의 조언을 들어 미국 대통령의 특별사절로 일하게 된 것이었다. 이것은 무척 걱정스러운 상황이었지만, 공산주의자들의 침투는 실은 훨씬 깊었다.

중국 공산당의 자료들을 바탕으로 당시의 상황을 기술한 『전략사무국: 냉전의 서장(OSS in China: Prelude to Cold War)』(2011)에서 미국 역사학자 마오춘 위(Maochun Yu)는 마셜의 중경 사무소의 실상을 자세히 기술했다.

> 조지 마셜이 중국에 있을 때, 미국 기관들에 대한 공산주의자들의 침투는 흉흉했다. (…) OSS와 전쟁정보국에 고용된 많은 중국인 타자수들과 통역관들은 연안을 위해 일하는 비밀요원들이었다. 근년에 중국에서 출간된 자료들에서 밝혀진 것처럼, 그들은 미국

의 문서들을 훔쳤고, 비밀 공산주의자들의 활동들을 조직했고, 자주 첩보들을 조작했고, 중국에 있는 미국 정보기관들에 조작된 정보들을 제공했다.

마셜이 공산주의자들에게 둘러싸이고 그를 돕는 미국 기관들이 중국 공산당 첩자들에 의해 깊숙이 침투되었다는 것은 물론 큰 문제였다. 그러나 크게 보면 그것은 부차적 문제였다. 비록 그는 끝내 깨닫지 못했지만, 그가 안은 진정한 문제는 대통령 특별사절로서의 그의 임무가 본질적으로 잘못 설정되었다는 사실이었다.

먼저, 미국이 중국에서 통합 정부를 추진하는 것은 국민당 정부의 정당성과 대표성을 부정하는 일이었다. 미국은 국민당 정부를 정당성과 대표성을 아울러 지닌 중국 정부로 줄곧 인정하고 연합해 왔다. '카이로 회담'에서 공인된 것처럼 중국은 미국, 영국, 러시아와 함께 4대 연합국 강국으로 대접받았다. 그리고 국제연합에서도 안전보장이사회의 '상임 이사국'으로 거부권을 지닌 국가로 특별한 대우를 받았다.

그동안 미국은 장개석이 이끌어 온 국민당 정부의 정당성과 대표성에 의문을 표시한 적이 없었다. 실은 국민당 정부가 중국 인민들의 절대적 지지를 받는 정부라고 칭찬하고 그 정부를 지키기 위해 일본과 전쟁에 들어간다고 밝힌 터였다. 그런 국민당 정부를 일본이 공격한 것이 1941년에 미국이 일본과 전쟁을 하게 된 '개전 이유(casus belli)'였다. 강력한 일본군과 힘든 전쟁을 치러서 일본에 이기는 데 절대적 공헌을 한 국민당 정부의 정당성과 대표성을 전쟁이 끝난 뒤에 부인하는 것은 미국 자신이 내건 '개전 이유'의 정당성을 허무는 일이었다.

그런 관점에서 살피면, 중국 국민당 정부가 공산당과 싸우는 것은 중국 내부의 일이었다. 당연히, 국민당 정부에 휴전하고 통합하라고 강요하는 것은 정당화될 수 없는 내정 간섭이었다. 만일 남북전쟁을 겪는 미국 정부에 대해서 유럽의 강국들이 남부의 분리 정권과 휴전하고 통합하라고 강요했다면 에이브러햄 링컨 대통령은 어떻게 반응했을까?

다음엔, 통합이라는 목표가 현실성이 전혀 없었다. 1945년 후반은 이미 공산주의자들의 정체와 행태가 드러난 시기였다. 공산주의자들은 결코 타협하지 않고 세계를 지배하려 한다는 것이 널리 받아들여졌고, 공산주의자들과의 연합은 그들로 하여금 자유주의 정부 안으로 침투할 기회를 주어 속에서 파먹도록 허용한다는 인식이 자리 잡았다. 특히 폴란드의 공산화는 많은 사람들에게 공산주의의 정체와 속성에 대해 눈을 뜨도록 했다.

마셜의 임무를 설계한 사람들은, 특히 그것을 주도한 존 빈슨트는 이런 장애를 중국 공산주의자들이 실은 공산주의자들이 아니라는 논리로 우회했다. "소위 공산주의자들"이 실은 "농업 개혁자들"이라는 빈슨트의 표현에서 이런 계략이 잘 드러난다. 중국 공산주의자들은 이런 표현을 쓴 적이 없다. 그들은 자기들의 목표가 농업 개혁에 머문다고 말한 적이 없다. 모두 자본주의를 무너뜨리고 공산주의를 도입하겠다고 선언했다.

게다가 두 세력은 이미 20년 가까이 결사적으로 싸워 온 터였다. 어느 쪽도 상대와의 공존을 꿈꾸지 않았고 공존이 가능하다고 믿지도 않았다. 따라서 마셜이 떠맡은 임무는 결코 성공할 수 없는 임무였다. 그를 상대하는 중국 사람들은 모두 그 사실을 알았고 그런 결말에 대비하고 있었다.

셋째, 통합을 위해 먼저 휴전해야 한다는 방안은 일방적으로 국민당 정부에 불리하고 공산당에 유리했다. 얼핏 보면 휴전은 당연하고 중립적인 제안이었지만, 정부군과 공산군의 전력이 크게 차이가 나는 상황에선 약한 쪽을 공격으로부터 막아 주고 군비를 갖출 시간을 준다는 점에서 문제적이었다.

당시 정부군은 일본과의 긴 전쟁을 치른 군대였고, 공산군은 일본군과 제대로 싸운 적이 없이 유격전을 펴 온 군대였다. 두 군대가 맞부딪치자 공산군은 정부군에 일방적으로 밀렸다. 러시아군이 제공한 무기들도 훈련이 제대로 되지 않은 공산군의 전력을 크게 향상시키지 못했다. 그대로 조금 더 두었으면 공산군이 패퇴할 가능성은 무척 컸다. 그런 상황에서 마셜이 양쪽에 강요한 휴전은 정부군엔 날벼락이었고 공산군엔 하늘의 도움이었다.

뒤에 많은 미국 전문가들이 이런 사정을 들어 마셜을 비판했다. 실은 중국 공산주의자들도 그 점을 인정했다. 중국 출신 영국 역사가 장융張戎(창룽)은 『모택동: 알려지지 않은 이야기(Mao Zedong: The Unknown Story)』에서 마셜의 개입이 이 시기의 국공내전에 미친 영향이 결정적이었다고 기술했다.

> 마셜은 모택동을 위해 기념비적 공헌을 하게 된다. 1946년 늦은 봄에 그의 됭케르크라 불릴 수 있는 상황에서 모택동이 벽에 등이 닿도록 밀렸을 때, 마셜은 장개석에게 공산주의자들을 북만주까지 추격하는 것을 멈추라고 무겁고 결정적인 압력을 넣었다. (…) 마셜의 '특명'은 국공내전의 결과에 영향을 미친 아마도 가장 중요한 결정이었을 것이다. 그 시기를 경험한 공산주의자들은, 임표林彪(린바오)부터 은퇴한 병사들에 이르기까지, 사석에선 이 휴전이 장개

석이 저지른 치명적 실수라고 평한다.

[중국 공산군이 정부군에 밀렸을 때, 북한은 중공군의 후방 기지 노릇을 했다. 만주에서 여러 집단들로 나뉜 중공군 부대들은 북한을 통해서 연락을 하고 보급을 받았다. 여기서 주목할 점은 스탈린이 이런 상황을 예측하고 대비했다는 사실이다. 역사학자 이정식은 이 사실에 주목했다.

> 무슨 얘기냐 하면, 일본 〈마이니치신문〉 기자가 소련 문서고에서 1945년 9월 20일자 스탈린의 지령을 찾아냈다는 것입니다. (…) 그냥 소련 점령 지역에 민주 정권을 수립하라는 명령인데, 다시 말하면 단독 정부를 세우라는 겁니다. (…)
>
> 저는 북한의 중공군 후방기지화가 남북분단을 고착화하는 데에 결정적인 역할을 했다고 생각합니다. 저는 스탈린이 북한을 중공군의 후방 기지로 사용하도록 허용한 그날부터 한반도의 통일은, 그가 원했다 하더라도, 원천적으로 불가능하게 되어 버렸다고 봅니다. (…)
>
> 만주에서의 중공군 패배는 북한을 더없이 중요한 전략 기지로 변화시켰기 때문입니다. 만일 북한이 미국 영향권 하에 놓여 있는 남한과 합쳐지게 될 경우 그 전략적 가치는 급전직하 영점으로 떨어질 것입니다. 한반도가 통일될 경우 어떤 형태로든 미국이 관여하게 될 텐데, 소련이 지원하는 팔로군이 북한으로 대피하는 것을 미국이 허용할 리가 없겠죠.
>
> (허동현 편, 『21세기에 다시 보는 해방후사』)

여기서 언급된 '스탈린의 지령'은 스탈린과 총참모장 알렉세이 안토노프(Aleksei I. Antonov) 대장이 1945년 9월 20일에 러시아군 극동군 사령관, 연해주군관구 군

사회의 및 북한을 실제로 점령한 25군 사령관에게 내린 암호전문을 가리킨다. 이 전문의 일부는 이미 1980년대에 공개되었는데, 실질적으로 중요한 항목들은 공개되지 않았었다. 소비에트 러시아가 무너진 뒤 잠시 비밀문서들이 서방에 공개되었을 때, 이 전문의 나머지 부분도 일본 기자의 노력으로 밝혀졌다.

모두 7개 항목으로 이루어진 이 암호전문에서 새로 밝혀진 항목들은 1항, 2항 및 7항인데, 2항이 특히 중요하다. "모든 반일反日 민주주의 정당 단체의 광범한 동맹에 기초하여 북한에 부르주아 민주주의 권력을 수립하는 데 협력할 것"이라는 2항은 러시아가 처음부터 북한에 단독 정권을 세우려고 계획했음을 가리킨다.

2항의 내용은 테헤란 회담과 얄타 회담에서 스탈린이 조선 문제에 대해 줄곧 회피하는 태도를 보인 것을 잘 설명한다. 그는 러시아군이 조선을 점령하리라 예상하고 어떤 형태의 결정도 마다한 것이었다.

아울러, 이런 사정은 1946년 6월 3일 이승만이 정읍에서 한 발언을 떠올리게 한다. "이제 우리는 무기 휴회된 미소공위가 재개될 기색도 보이지 않으며 통일 정부를 고대하나 여의케 되지 않으니, 우리는 남방만이라도 임시정부 혹은 위원회 같은 것을 조직하야 삼팔 이북에서 소련이 철퇴하도록 세계 공론에 호소하여야 될 것이니, 여러분도 결심하여야 될 것이다." 이승만의 발언은 당시엔 거센 비난을 받았고 뒤엔 남북분단의 고착화에 기여했다는 평가를 받았다. 이정식의 견해는 이승만이 국제 정세를 정확하게 파악하고 조선의 앞날을 멀리 내다보았음을 가리킨다.]

이처럼 마셜의 임무가 잘못 설계되었다는 사실은, 사람들이 그에게 걸었던 큰 기대와는 달리 그가 '불가능한 임무'를 맡았음을 가리킨다. 그런 문제는 그가 임무를 수행하는 데 필요한 힘을 지니지 못했다는 사정 때문에 더욱 심각해졌다. 공존할 의사가 없는 두 집단에 공존을 강요하려면 큰 힘이 있어야 한다. 그러나 미국은 국민당 정부에 대해서 지닌 힘이 절대적이지 않았고, 공산당에 대해서 지닌 힘은 전혀 없었다.

내전 상태인 중국에서 궁극적 힘은 군사력이었다. 그러나 중국 대륙에 주둔한 미군은 10만 명에 지나지 않았다. 국민당 정부군은 몇백만 명이었고 공산군도 100만가량 되었다. 게다가 트루먼 정권은 해외 미군의 귀환을 서두르고 있었다. 마셜은 자신의 뜻을 중국 사람들에게 강요할 힘이 실질적으로 없었다.

이처럼 곤혹스러운 상황을 돌파하기 위해 마셜이 고른 전략은, 빈슨트의 제안을 따라, 국민당 정부에 대한 미국의 원조를 통합 정부의 구성에 연계시키는 것이었다. 통합 정부가 구성되기 전까지는 국민당 정부에 대한 원조를 중단시키면, 국민당 정부가 공산당에 충분히 양보해서 통합 정부를 이루리라는 계산이었다.

물론 이 방안은 공산당에 너무 유리하다는 치명적 결함을 안았다. 통합 정부가 구성되지 않아도 공산당은 답답할 것이 없었다. 이미 휴전이 되었으니 국민당 정부군의 공격을 걱정하지 않게 되었고, 시간을 벌면서 전력을 강화할 수 있었다. 자연히, 협상에 응하면서 국민당 정부에 무리한 요구를 해서 통합이 이루어지지 않도록 하는 것이 합리적 협상 전략이었다. 반면에, 국민당 정부는 미국의 원조를 받지 못하니 전력이 고갈되어서 점점 어려운 처지로 몰릴 터였다. 그래서 공산당에 대한 군사적 우위가 줄어들면 협상력이 점점 약해져서 더 많은 것들을 양보해야 될 터였다.

결국 공산당은 이 전략을 따랐다. 협상에 진지하게 임한다는 인상을 마셜에게 주면서 국민당 정부가 받아들일 수 없는 조건들을 계속 내놓아서 통합을 지연시키고, 그 책임을 국민당 정부에 떠넘겼다. 마음이 급해진 마셜로선 공산당은 달래고 국민당 정부는 점점 거세게 압박하는 행태가 되풀이되었다. 국민당 정부로선 마셜의 태도가 점점 더 공산당으로 기우는 것이 불만이어서 마셜에 저항하게 되었고, 마셜과 국민당 정부 사이의 관계는 점점 악화되었다. 애초에 빈슨트, 애들러, 커리, 화이트와 같은 IPR의 러시아 첩자들이 의도했던 목표가 이루어지진 것이었다.

삼자위원회

중국에 부임해서 상황을 파악하자, 마셜은 서둘러 자신의 임무를 수행할 기구를 만들었다. 미국을 대표하는 자신과 국민당 정부를 대표하는 장군張羣(창췬)과 공산당을 대표하는 주은래로 이루어진 '삼자위원회(Committee of Three)'였다. 장군은 외교부장과 군사위원회 비서장을 지낸 정치가로 협상 경험이 많았다. 주은래는 모든 사람들이 예상한 적임자였다.

마셜은 양측이 휴전에 합의하는 것이 급선무라는 점을 지적했다. 그리고 자신이 작성한 휴전 합의서 초안을 내놓았다. 국민당 정부의 요구대로 공산군은 정부군으로 통합되고, 공산당의 요구대로 공산당은 정부에 참여해서 국민당의 일당정치를 끝낸다는 것이 주요 내용이었다. 양쪽의 이해가 워낙 첨예하기 대립했으므로, 협상은 힘들고 더뎠다.

마지막 쟁점은 휴전이 발효되었을 때 정부군이 접근할 수 있는 지역이었다. 충돌을 피하기 위해, 병력의 대부분은 휴전이 발효되었을 때의 위치에 그대로 머물러야 했다. 그러나 정부군은 일본군으로부터 회수한 지역들의 통제를 위해 병력을 움직여야 했다. 주은래는 만주국의 영

미국, 국민당, 공산당을 대표하는 삼자위원회의 휴전 합의는 열광적 반응을 얻었다.

토였던 지역은 정부군이 통제하되, 만주에 인접한 찰합이(차하르)성과 열하(러허)성은 공산군이 계속 장악해야 한다고 주장했다. 장군은 두 성은 섬서성의 중공군이 만주로 진출하는 관문이므로, 정부군이 거기 들어갈 수 있어야 한다고 주장했다.

마셜은 이 쟁점을 양보할 권한이 장군에게 없다고 판단하고서 장개석을 만나 설득했다. 장개석은 만주의 정부군을 위협할 수 있는 두 지역의 전략적 중요성을 지적하면서 공산당의 요구가 부당하다고 말했다. 그러나 마셜이 끈질기게 설득하자, 장개석은 마지못해 두 지역에 대한 군사적 압박을 중지하는 데 동의했다.

1946년 1월 10일 마셜의 사무실에서 휴전 합의 조인식이 열렸다. 마셜이 먼저 서명하고 이어 장군과 주은래가 서명했다. 서명이 끝나자, 마셜은 휴전 합의가 "중국의 효과적 통합을 이루는 데 매우 중요한 주춧돌"이 되리라고 말했다. 다른 두 사람도 선뜻 동의했다. 워낙 힘든 협상이었으므로, 세 사람이 휴전 합의에 이른 것을 자축한 것은 자연스러웠다. 특히 협상을 주도한 마셜은 큰 성취감을 느낄 만했다. 더구나 그에겐 협상을 빨리 마무리해야 할 이유가 또 있었다.

'삼자위원회'가 공식적으로 열리기 하루 전인 1월 6일 세계 곳곳의 미군 병사들이 일어나서 본국 정부에 대해 항의했다. 유럽의 파리와 런던에서 아시아의 마닐라와 상해에 이르기까지, 수천 명의 병사들이 상관들에게 야유를 퍼붓고, 장군들에 대해 욕설을 해 대고, 기자들의 카메라 앞에서 "복무는 좋지만, 농노는 아니다(SERVICE YES, BUT SERFDOM NEVER)"라고 쓰인 팻말들을 흔들었다. 그들은 전쟁이 끝났는데도 여전히 해외에서 복무하는 것에 대해 항의한 것이었다. 전쟁이 끝났어도 미국이 온 세계의 평화를 위해 져야 할 책임이 있고, 그 책임을 이행하기 위해선 병력이 필요하다는 사실엔 그들은 관심이 없었다. 그저 외국에 머물고 싶지 않고 빨리 본국으로 돌아가서 가족을 만나고 싶었다. 물론 그들의 가족들도 같은 마음이었다.

정치 지도자들은 이런 민심에 민감할 수밖에 없었다. 미국 정부는 하루에 1만 5천 명가량 되는 병력을 귀환시키고 있었지만, 여론은 너무 더디다고 비난했다. 공산주의 러시아와 이미 냉전에 들어간 미국이 자유 진영의 지도자로서 지닌 국제적 책임과, 전쟁이 끝나면서 다시 거세진 고립주의 풍조 사이에서 트루먼 대통령은 시달리고 있었다.

이런 불만은 중국 주둔 미군들 사이에서 가장 거셌다. 낯선 땅에서 철도나 항만을 경비하면서 그들은 물을 수밖에 없었다.

"일본이 패망해서 전쟁이 끝난 지 오랜데, 내가 왜 여기서 보초를 서야 하나?"

그런 사정을 아는 트루먼은 마셜이 미국을 떠날 때 미군 병력을 되도록 빨리 귀환시킬 수 있도록 하라고 당부했었다. 이제 대통령의 절실한 부탁을 들어줄 수 있게 된 것이었다.

'삼자위원회'의 휴전 합의는 열광적 반응을 얻었다. 정당 대표들이 모인 회의에서 장개석이 휴전 합의가 되었다고 발표하자, 사람들은 뜨거운 박수로 그 소식을 환영했다. 연안의 공산당 본부에선 공산당 기관지 〈해방일보〉가 "평화적 발전, 평화적 개혁, 평화적 재건 단계의 시작"이라고 선언했다. 미국의 한 방송 해설가는 "마셜 원수의 임무가 완수되었다"고 평가했다.

마셜은 휴전 합의가 제대로 이행되는가 확인할 기구로 '집행본부(Executive Headquarters)'를 설치했다. 이 조직은 '삼자위원회'처럼 미군, 정부군, 공산군의 대표들로 이루어졌고, '휴전조(truce team)'들을 요소들에 파견해서 휴전 이행을 감시했다. 이들이 따른 원칙은 간단했다. 한쪽 군대가 도시를 차지했으면 다른 군대는 하루 여정만큼 물러나고, 양쪽 군대가 한 도시에 있으면 양쪽 군대 모두 하루 여정만큼 물러난다.

이어 마셜은 다음 목표인 양측 군대의 통합에 착수했다. 군대의 통합은 시급했지만 무척 어려웠다. 적대적인 군대들이 어설픈 지휘 계통 아래 섞이도록 하면, 참화를 부를 터였다. 그래서 그는 세 가지 조치들을 구상했다.

1) 양쪽 군대의 일부를 동원 해제한다.

2) 양쪽 군대를 통합한다. 통합은 정부군 5명에 공산군 1명의 비

율로 이루어진다. [당시 미군은 정부군을 300만으로 추산했고 공산군을 100만으로 추산했다.] 통합은 18개월 안에 완료된다.

3) 미국식 '초등학교'를 설치해서 공산당 병력을 교육시킨다. [공산군 병사들을 훈련시키기 위한 '초등학교'의 설치에서 마셜의 두 군대에 대한 평가가 드러난다. 그는 정부군은 일본과의 전쟁을 통해서 현대화가 되었지만 공산군은 아직 현대화가 덜 된 군대라서 기본적 교육이 필요하다고 본 것이었다.]

4) 통합된 군대는 민주적 정부에 충성한다.

마셜은 자신이 세운 계획의 성패는 공산당 지도부를 설득하는 데 달렸다고 생각하고서, 주은래에게 모택동을 비롯한 중공군 지휘관들에게 이런 계획을 설명해 달라고 요청했다. 주은래는 연안으로 가서 마셜의 계획을 공산당 지도부에 설명했다. 모택동은 마셜의 계획을 선뜻 받아들였다.

저항은 오히려 정부군 쪽에서 강했다. 특히 공산당에 대한 의심이 깊은 강경파는 군대의 통합이 공산화로 이끈다고 걱정했다. 그러나 마셜이 강경한 태도로 자신의 계획을 받아들이라고 국민당 정부에 요구하자 장개석도 통합 계획을 받아들였다. 그래서 1946년 2월 25일 「군사적 재편성과 공산군의 국부군으로의 통합을 위한 기초(Basis for Military Reorganization and for the Integration of the Communist Forces into the Nationalist Army)」에 마셜, 장군, 주은래가 차례로 서명했다.

'삼자위원회'가 현안들에 대해 합의를 이루자, 세 위원들은 공산당의 근거인 연안을 찾기로 했다. 연안으로 가는 길에 그들은 합의 사항들의 이행을 확인하는 '집행본부'의 현지 '휴전조'들을 찾았다. 휴전이 공식적으로 선언되었지만 휴전조들은 양쪽의 비협조로 애를 먹고 있었다. 정부군보다는 공산군이 훨씬 문제적이었다. 공산군은 갖가지 술책들로 휴전 감시 활동을 지연시켰고, 때로는 태업으로 휴전조를 고립시켰다. 그래도 '집행본부' 요원들은 낙관적 태도를 보였다.

1946년 3월 4일 오후에 마셜 일행은 연안공항에 닿았다. 공항 활주로에서 기다리던 모택동이 그를 영접했다. 마셜에 대한 공산군의 대접은 궁벽한 산악 지역에 자리 잡은 처지에선 융숭했다. 모택동 둘레엔 미군과 공산군의 간부들이 열을 지었고 그 뒤엔 환영하는 군중 수천 명이 모였다.

마셜이 혼자 수송기에서 내리자, 모택동이 다가가서 악수했다. 둘러선 군중의 박수 소리가 두 사람을 감쌌다. 의장대가 예포를 쏘자, 마셜과 모택동은 함께 의장대를 사열했다. 군악대와 합창대가 마셜을 환영하기 위해 특별히 만들어진 노래를 불렀다.

그날 저녁 마셜은 공산당 지도자들과 민주 국가로서 중국의 앞날에 대해 논의했다. 우호적 분위기 속에서 낙관적 얘기들이 오갔다. 모택동은 합의에 대한 기대를 밝히고 마셜의 업적을 치하한 다음, 미국과 장개석의 인도를 받아 합의 사항들을 충실히 이행하겠다고 약속했다. 마셜은 만족스러운 마음으로 '딕시 임무단'의 어설프게 지어진 숙소에서 밤을 지냈다.

다음 날 아침 그는 연안을 떠났다. 어제와 똑같은 장면이 역순으로 연출되었다. 마셜은 모택동을 비롯한 공산당 간부들과 사진을 찍고 모택동과 마지막 얘기를 나누었다. 연안을 떠나면서 그는 자신이 임무를 성공적으로 완수했다고 믿었다. 그는 곧바로 트루먼에게 보고했다.

"나는 연안에서 모택동과 긴 얘기를 나누었습니다. 나는 극도로 솔직했습니다. 그는 유감을 드러내지 않았고 내게 전적으로 협력하겠다고 다짐했습니다."

이때 트루먼은 미주리주 풀턴의 웨스트민스터 대학에서 처칠의 연설을 듣고 있었다. '평화의 근골(Sinews of Peace)'이란 제목을 단 이 연설에서 처칠은 새로운 전체주의 세력이 자유세계를 위협하고 있다고 경고했다.

> 발트해의 슈테틴에서 아드리아해의 트리에스테까지, 대륙을 질러 철의 장막이 드리워졌습니다. 그 선 뒤에 중부와 동부 유럽의 오래된 나라들의 수도들이 모두 놓여 있습니다. 바르샤바, 베를린, 프라하, 빈, 부다페스트, 베오그라드, 부쿠레슈티, 그리고 소피아. 이들 유명한 도시들 모두와 그 둘레의 사람들은 나로서는 소비에트 영향권이라 불러야 할 곳 속에 놓였고, 모두 한 형태든 다른 형태든 소비에트의 영향만이 아니라 매우 높은, 그리고 어떤 경우들엔 늘어나는 모스크바의 통제 조치들 아래에 놓였습니다.

처칠의 연설보다 열흘 앞선 2월 22일에 러시아 주재 미국 대사 조지 케넌(George Kennan)은 워싱턴으로 긴 전보를 보내왔다. 미국의 대규모 원조로 독일과의 싸움에서 가까스로 이기자 러시아는 점점 비협조적이 되더니, 전쟁이 끝나자 모든 지역들에서 드러내 놓고 공격적이 되었다. 러시아의 이런 돌변에 당황한 미국 국무부는 러시아를 잘 아는 케넌에게 공산주의 러시아의 본질과 전략에 대해 종합적으로 분석해서 대응책을 찾아보라는 지시를 내렸다. 케넌의 전보는 그 지시에 대한 답신이

"대륙을 가로질러 철의 장막이 드리워졌습니다."

었다.

'긴 전보(Long Telegram)'란 이름을 얻은 이 보고에서, 케넌은 공산주의 러시아가 제정 러시아의 역사와 전통을 이어받은 국가며 공산주의 이론과 기구들이 그런 역사와 전통에 덧씌워졌다고 지적했다. "세계적 사안들에 대한 크렘린의 정신병적 견해의 밑바닥엔 전통적이고 본능적인 러시아의 불안감이 있다. (…) [러시아 사람들은] 경쟁적 권력과 협약이나 타협을 한 적이 없이 오직 그것의 완전한 파멸을 노리는 참을성이 있지만, 치명적인 투쟁을 통해서만 안전을 추구하는 것을 배워 왔다." 그는 소비에트 러시아가 제정 러시아 시절부터 다져 온 경찰국가의 전범이며 "이성의 논리에는 반응하지 않고 힘의 논리에만 반응한다"고 진단했다.

케넌은 다른 나라들의 공산당들의 핵심 세력들은 모스크바가 철저하게 조정하고 지도하는 국제공산당의 비밀 조직이며 서로 긴밀하게 연결되어 활동한다고 분석했다. 이런 진단은 러시아 공산당과 중국 공산당 사이에 별다른 연관이 없다는 러시아 지도자들의 발언을 반박하고, 마셜의 임무와 전략을 마련한 사람들의 견해가 근거가 없음을 보여 주었다.

그래도 케넌은 공산주의자들과의 대결에 관해서 상당히 낙관적으로 전망했다. "세계 공산주의는 병든 조직만을 먹는 병적 기생충과 같다"고 진단하고, 미국 사회의 건강과 활력이 공산주의를 막아 내는 힘이라고 지적했다. 그리고 "우리 자신의 방법들과 인간 사회에 대한 개념들을 고수할 용기와 자신을 갖춰야 한다"고 강조했다. 소비에트 러시아를 명쾌하게 분석한 케넌의 보고는 미국 외교관들과 정책 입안자들에게 영감을 주었고, 일관성과 효력을 갖춘 정책을 세우는 데 큰 도움을 주었다.

케넌의 보고가 일깨워 준 것처럼, 마셜의 임무와 전략엔 가장 중요한 고려 사항이어야 할 러시아의 영향력과 태도에 대한 고려가 없었다. 미국이 러시아의 영향력을 물리칠 방책으로 중국의 통합을 추구할 때, 러시아가 개입할 의도와 능력이 있음에도 불구하고 방관하리라 가정한 것이었다. 얄타 회담에서 만주에서의 이권들을 집요하게 추구한 것을 보고도, 중국 공산당이 국제공산당의 지도를 오랫동안 받았고 공산당 간부들이 대부분 모스크바에서 훈련을 받았다는 사실을 알고도, 중국 공산주의자들이 "농업 개혁자들"이어서 러시아의 영향을 거의 받지 않는다고 상정한 것이었다.

이런 비현실적 가정과 전략에 바탕을 두고 마셜은 자기 임무를 다듬었다. 그리고 그런 임무를 성공적으로 수행했다고 판단하고서 중국의 앞날에 대해 밝은 전망을 제시했다. 처칠의 연설과 케넌의 전보는 그런 전망에 불길한 그늘을 던졌다. 자유세계엔 불행하게도, 그 그늘은 빠르게 짙어질 터였다.

물로 씌어진 이름 - 이승만과 그의 시대

제1부 광복 ④

펴낸날 초판 1쇄 2023년 7월 3일
초판 3쇄 2023년 8월 22일

지은이 복거일
그림 조이스 진
펴낸이 김광숙
펴낸곳 백년동안
출판등록 2014년 3월 25일 제406-2014-000031호

주소 경기도 파주시 광인사길 22
전화 031-941-8988
팩스 070-8884-8988
이메일 on100years@gmail.com

ISBN 979-11-981610-5-5 04810
979-11-981610-1-7 04810 (세트)

※ 값은 뒤표지에 있습니다.
※ 잘못 만들어진 책은 구입하신 서점에서 바꾸어 드립니다.